20世纪中国文学研究论文选

Selected Studies of Chinese Literature
in the 20th Century

20世纪中国文学研究论文选

Selected Studies of Chinese Literature in the 20th Century

Selected Studies of Chinese Literature
in the 20th Century

20世纪中国文学研究论文选

通论卷

丛书主编　张燕瑾　赵敏俐

赵敏俐　选编

社会科学文献出版社
SOCIAL SCIENCES ACADEMIC PRESS (CHINA)

教育部人文社会科学重点研究基地

首都师范大学中国诗歌研究中心规划项目

目录

前　言

赵敏俐

　　本卷所选，是 20 世纪中国古典文学研究中具有通论性质的论文。这里所说的"通论"有两种含意，第一是指从整个编辑体例来讲，无法纳入按历史分期所选编的各卷中的论文，第二是这些论文所讨论的大都是有关中国古典文学研究中具有宏观理论方法性的问题和某些比较重要的具有跨时代特征的古典文学现象。从这些论文中，我们也许可以更好地看到 20 世纪以来中国古典文学研究的总的发展进程和研究特点。

　　按性质来讲，选入本卷中的文章大体可分为四组主题。第一组是几篇 20 世纪早期到中期的学人关于中国古典文学新认识的文章，这种认识在一定程度上代表了这一时段古代文学研究的主导性的思想潮流以及其发展阶段的变化。按时间先后来讲，我们可以把这一组文章再细分为三种类型，大体代表了三个不同的阶段。第一个阶段的文章代表了 20 世纪初学人们对中国古典文学的看法。在这里我们首先注意到的是刘师培的《〈论文杂记〉序》。从刘师培的文章中我们可以看到，作为 20 世纪初的学者，他们对古代文学的认识已经开始受西方文化的影响。在《〈论文杂记〉序》一文中，刘师培首先就从西方传来的语法学切入来论述中国的"文学"，并深受西方进化论的影响，他认为中国文学的发展与中国文字的"由文趋质，由深趋浅"同步，乃是"天演之例"，"此正进化之公理"。刘师培虽然不是一个特别赞成俗文学的人，但是他却认识到"故就文字进化之公理言之，则中国自近代以来，必经俗语入文之一级"。他说："以通俗之文，推行书报，凡世之稍识字者，皆可家置一编，以助觉民之用。此诚近今中国之急务也。然古代文词，岂宜骤废？故近日文词，宜区二派：一修俗语，以启瀹齐民；一用古文，以保存国学，庶前贤矩范，赖以仅存。"刘师培的《〈论文杂记〉序》虽然从主体上讲仍是按传统的方式对中国古代文学的发展线索进行的梳理，但是因为他注意到了文字的变化与文学变化之间的关系，而这最终又与中国古代的各种文体相关，所以他的这篇文章，也可以看做是一篇从文字发展与文体学的角度对中国古代文学发展所作的一篇系统的中国文学发展概论，标志着 20 世纪学人对中国古典文学已经有了新的认识。发表于 1906 年的王国维的《文学小言》，虽然篇幅短小，同样体现了当时人对于文学的一种新看法。王国维在此文中明确提出"文学者，游戏的事业也"的观点，这是对传统的"文以载道"说的一种批判。用这种文学观，王国维独推屈原、陶渊明、杜甫、苏轼四人，认为他们是真正的文学天才，并对《三国演义》给以极高的评价。当然，王国维在此文中对戏曲的评价不高，这种观点后来在他的宋元戏曲史中有了重要修正。同时我们在这里还选录了章太炎的《文学总略》一文，此文出自于《国故论衡》，文章中的观点非常典型地代表了中国古代学者对于"文学"的基本看法。我们可以把此文看成是传统学术在 20世纪初的延续。第二阶段的文章以陈独秀的《文学革命论》为代表。此文发表于 1917 年，那正是"五四"新文学运动的开端。严格来讲，陈独秀这篇文章是为他的文学革命主张而作的，其目的是为了说明文学革命在中国现代社会革命中的地位和意义，但是却在客观上对中国几千年的传统文学进行了一次具有颠覆意义的价值评估。他认为几千年的中国文学本是从"多里巷猥词"的《国风》和"盛用土语方物"的楚辞开始的，可是从两汉赋家以后却逐渐脱离了历史和社会的发展变为"雕琢的阿谀的铺张的空泛的贵族古典文学"。直至明清前后七子和八家文派之归、方、刘、姚出，十八妖魔独霸坛，使盖代文豪如马致远、施耐庵、曹雪芹等几不被人所知。因此现在要对这种现状来一个大颠倒。与陈独秀相呼应的是胡适等人的系列文章，在这里我们选了傅斯年的《文学革新申义》，更为系统地结合中国古代文学的现象对陈独秀的文章进行了支持。可以说，正是五四学人的这种观点，改变了中国传统的文学观和文学史观，使白话文学和通俗文学的研究得到了大发展，改变了 20 世纪中国古典文学的格局并指引了新的方向。第三个阶段的文章以游国恩的《对于编写中国文学史的几点意见》、何其芳的《文学史讨论中的几个问题》以及胡念贻的《研究古典文学与批判继承遗产》为代表。其中游国恩的文章是他参加 1956 年教育部组织编写中国文学史教材大纲后的一些体会，何其芳的文章则是 1959 年 6月 17 日在中国作家协会和中国科学院文学研究所召开的文学史问题讨论会上的发言，而胡念贻的文章则是粉碎"四人帮"之后对新中国成立以来三十年有关古典文学研究状况的历史回顾。三篇文章从不同的角度阐释了那个时期对中国古典文学的基本看法以及编写中国文学史的体例问题、分期问题、艺术性问题等。其核心则是关于中国古代文学的内容问题，也就是如何对它进行新的价值重估问题。总之，从刘师培的文章到胡念贻的文章，我们可以看出 20 世纪 80 年代以前关于中国古典文学研究的基本看法的历史变革过程，这对于我们在新世纪重新认识中国古典文学研究有重要的启示意义。

　　第二组是从多角度解释中国古典文学发展现象和艺术特质方面的文章。以时间的顺序，刘师培的《南北文学不同论》是他的《南北文化不同论》中的一节，这是他从地域文化的角度对中国文学提出的新看法，在 20 世纪曾经产生过重要影响。接下来是梁启超的两篇文章，其中《翻译文学与佛典》一文最初发表于 1921 年，这本是关于中国佛教史的一篇论文，文中阐述了佛经翻译的历史、代表人物、翻译的组织、文体的讨论等，并论及其对中国语言和文学的影响有三，第一是"国语实质之扩大"，第二是"语法及文体之变化"，第三是"文学的情趣之发展"，这实际开启了 20 世纪中国佛教文学研究的先河。梁启超的另一篇论文《中国韵文里头所表现的情感》本为 1922 年春在清华学校文学社课外讲演之讲稿，后发表于 1922 年《改造》杂志上。论文认为天下最神圣的东西就是情感，它是人类一切动作的原动力，所以古来大宗教家大教育家，都最注重情感的陶养。而情感教育的最大利器，就是艺术：音乐、美术、文学。而他这篇演讲的重要目的，是要看中国韵文里情感表现的方法，并希望有人把它拿来与西洋文学比较，以便发挥民族文学的长处。梁启超把中国韵文里的情感大致分为奔进的表情法、回荡的表情法、蕴藉的表情法、浪漫派的表情法、写实派的表情法几个方面。按梁启超原来的计划，此文除了对中国韵文里头所表现的情感进行仔细分析之外，他还要探讨文学里头所显的人生观和表情所用文体的比较。他的这篇文章虽然没有做完，但是他对中国韵文里表现情感的方法的分析却是超越古人的，同时体现了 20 世纪学人关于文学本质的新认识。发表于 1922 年的吴宓的《诗学总论》则是对中国诗歌特征所做的有独到之见的分析。作者认为诗与文的主要区别在于诗用切挚高妙之笔和具有音律之文两者，前者属于诗之内质，包括切挚之情与高妙的手法，后者属于诗之外形，这又取决于中国诗歌语言的特殊节奏韵律。这是本人所见到的中国学者第一次通过中西比较的方式对中国诗歌节奏韵律所做的系统分析，至今仍值得重视。接下来，郭绍虞 1926~1927 年发表的《试从文体的演变说明中国文学之演变趋势》和《文学观念与其含义之变迁》，同样是两篇比较重要的文章。其中第一篇，按其写作前言，明显地受到了刘师培《论文杂记》的影响，所不同的是，郭绍虞在论述中国古代文体演变的趋势时，首先看重风谣在艺术起源方面的价值，这又是受五四新文学运动的影响。郭绍虞认为中国后世的诗体都是以风谣为基础演进而成的，"由语言的质素以演成史诗（即叙事诗），由音乐的质素以演成乐诗（或抒情诗），更由于动作的质素而演成舞诗（或剧诗）。"而中国文学的其他文体，也都由此而逐渐衍生出来。把复杂的中国文体演进套进从风谣到史诗、抒情诗、剧诗再到其他文体的过程虽然过于简单和机械，但是郭绍虞这种关注文体演进的文学史眼光的确有些独到之处。而他的另一篇论文系统地论述了中国古代文学观念与其含义的变迁，客观地指出了其从先秦到宋元以后的动态发展过程。我以为这是一篇非常重要的文章，特别是在当下，由于许多人把古代的文学观与今天的文学观念混淆，并倾向于用今天的文学观来解读中国古典文学作品的时候，重读郭绍虞的这篇文章，仍然会给我们以极大的启示。俞平伯的《诗的歌与诵》则从另一个角度探讨了中国古代诗歌的发展问题，该文的起源是对顾颉刚《论诗经所录全为乐歌》一文的不同看法，他认为中国古代的诗除了可歌之外，还有一种不同于歌的诵法，由此进而探讨了乐的变迁、诗与乐的关系以及诵在中国古代诗歌发展中所起的作用。其实，关于中国诗歌与音乐的关系问题，以及与之相关的诵诗的问题，对中国诗歌的发展关系至大，但至今我们所做的研究还远远不够，从这一角度讲，这篇文章也是值得我们注意的。朱光潜1936年发表于《国学季刊》上的文章《中国诗何以走上"律"的路》，同样是从语言发展的角度对中国文学进行的研究，所不同的是，这篇文章并不是以此来讨论文学史发展的趋势，而是在比较分析中具体阐释一种文体——律诗的形成过程。朱光潜认为，从中国早期的诗歌到律诗的形成，标志着从"自然艺术"转变到"人为艺术"。至于在具体的演化中，则主要包括这三个方面：第一是声音的对仗起于意义的排偶，这两个特征先见于赋，律诗是受赋的影响；第二是东汉以后，因为佛经的翻译与梵音的输入，音韵的研究极发达，这对于诗的声律运动是一种极强的刺激剂；第三是齐梁时代，乐府递化为文人诗到了最后阶段，诗有词而无调，外在的音乐消失，文字本身的音乐起来代替它。今天，关于中国律诗的产生问题的研究虽然比朱光潜的认识要深入得多，但是他的这篇文章仍有重要的开创价值。闻一多的《文学的历史动向》是一篇站在世界文化立场上来看中国古典文学的重要文章。在这篇文章里，他提出了文化汇合论的主张，强调了民族文学发展中外来文学的重要性。他认为，在中国、印度、以色列、希腊四个文明古国中，除中国文学之外，其他三种文学之所以没落了，"是因为他们都只勇于'予'而怯于'受'。

中国是勇于'予'而不太怯于'受'的，所以还是自己文化的主人。"闻一多的这一观点，在今天还值得我们深思。发表于20世纪40年代的宗白华的《中国艺术意境之诞生》，是另一篇比较重要的文章。按宗白华的说法，他之所以探讨这个问题，是因为"现代的中国站在历史的转折点。新的局面必将展开。然而我们对旧文化的检讨，以同情的了解给予新评价，也更形重要。就中国艺术方面——这中国文化史上最中心最有世界贡献的一方面——研寻其意境的特构，以窥探中国心灵的幽情壮采，也是民族文化底自省工作"。可见，宗白华写作此文时带着很强的文化使命感。同时，也正是这种文化使命感，使他能够在比较宏通的文化艺术视野下来把握中国艺术（文学），对意境的问题作了极富诗意的探讨。今天我们重新阅读此文，我觉得还会有助于提高我们在古典文学研究中的艺术把握能力。同时，我们在这里也选了钱钟书的《通感》与《中国诗与中国画》两文。"通感"本是心理学和语言学的一个术语，指的是"感觉挪移"，这本是日常生活中常见的心理和语言现象，在文学创作中也有着特殊重要的意义。古今中外的文学家虽然很早就应用此法来进行写作，但是并没人揭示。所以钱钟书的《通感》一文也为学术界所称道。其《中国诗与中国画》一文，则是从艺术审美的多重角度对这两种姐妹艺术之异同所做的前所未有的系统分析。最后，我们选录了程千帆的《古典诗歌描写与结构中的一与多》一文，这是作者结合哲学中的对立统一规律而对中国文学中一种特殊现象的揭示，对于我们分析中国古典诗歌艺术同样具有启示意义。总之，这组文章从几个方面标志着20世纪学人们对于中国古典文学发展现象和艺术本质的多方面理解以及其前所未有的深度和广度，是我们从宏观上深化中国古典文学认识的重要文章。

　　第三组是关于中国古典文学中的一些具体现象的个案研究。以时间的先后记，发表于1927年的顾颉刚的《孟姜女故事研究》是最有典型意义的一篇。孟姜女的故事是中国古代四大民间传说故事之一，有着广泛的社会影响。但是在此之前，没有人对它进行过系统研究。在五四新文化运动的影响下，顾颉刚等人发起了搜集民间歌谣的活动，开始注意孟姜女的故事，最终经过几年的时间搜集整理而成为轰动文坛的论文。此文的价值不仅在于理清了孟姜女故事的来龙去脉，更重要的是开辟了中国古代民间文学研究的新领地，同时，也把民俗学、社会学等研究方法引入中国古典文学研究当中来，因而具有多方面的典范意义。朱自清的《歌谣的起源与发展》一文，本是他1929~1931年在清华大学讲授《歌谣》讲义中的一部分。如果说，五四以后顾颉刚等人发起的歌谣学运动是对于民间歌谣整理和抢救的实践，那么朱自清的歌谣讲义则是从理论上对中国古代歌谣所作的最为系统的研究，至今还没有超过它的系统性著作。我们这里所选的部分专论中国古代歌谣的起源与发展，从中可以看到 20 世纪学者在这方面所取得的实绩。写成于 1941 年夏的冯沅君的《古优解》一文，则是对中国古代一类特殊的与文学和戏剧有关的人物——倡优所做的个案研究。作者在论述中国古代倡优的时候，首先借鉴了西方相关的研究和理论，然后用翔实的资料，探讨了古优的起源、古优的技艺、古优的特征、古优的影响等诸多方面，至今仍是研究先秦两汉文学和中国古代戏剧史不能不看的重要文章。另外，我们在这里还选入了王重民的《敦煌变文研究》一文。变文本是产生于汉魏时期的一种文体，盛行于六朝和隋唐五代时期，对宋元以后的文学也有重要影响。但是，直到敦煌变文被发现之后，才引起当代学人的重视。王重民参加了敦煌变文集的整理，对变文有多年的研究。文章首先对敦煌变文的形式和内容进行了新的分类，接着对"变文"之名称，变文的发生、发展和转变，讲唱变文的仪式和方法等做了详细的论述，最终对变文的特征和文学价值等问题提出了自己的看法。他的这篇文章，是关于敦煌变文研究的一个系统总结。通过以上几个实例，我们可以看出，20 世纪中国古典文学研究在个案研究中所取得的最大成绩，主要都集中在民间文学和通俗文学的领域，这是一个值得我们注意的现象。

第四组是一篇关于 20 世纪中国古典文学研究方法论方面的文章和两篇有关文献考证方面的文章。宽泛地讲，我们所选的前三组文章也都具有一定的方法论意义，从不同方面代表着一种新的研究视野和新的研究方法。但是从 20 世纪开始，人们的确开始自觉地重视研究的方法论问题，通过我们这里所选的罗根泽的《学艺史的叙解方法》，我们可以略见一二。在这篇文章里，作者重点讲的是研究文学艺术问题的具体方法。作者以中国古代文学批评史的研究为例，将具体的方法分为叙述的方法和解释的方法两种，故总称为"叙解方法"。在叙述的方法中，作者认为最重要的有两种，一是述要，二是述创。所谓述要，也就是探寻要领，把握一个学者乃至一个社会的根本观念。而所谓述创，则包括纯粹的创造、综合的创造、演绎的创造和因革的创造四种。在解释的方法中，作者认为最重要的有三种，那就是释义、释因、释果。释义主要有明训、析疑、辨似诸端；释因包括物、人、学三个方面；释果则有作家影响、社会影响、学艺影响三种情况。可见，作者在这里所列的研究方法是相当系统的，也具有相当强的可操作性。其实，无论我们在研究文学中要用到哪些理论为指导，但是要进行研究，从操作层面上讲都必须遵循大致同样的原则。因此，罗根泽的这篇文章在今天仍然有方法论方面的重要参考意义。逯钦立的《〈古诗纪〉补正叙例》一文，本是他为《古诗纪》一书作补正时所采用的方法与原则，而在补正工作基本结束时作为此项工作的重要总结，不仅具体说明了自己在此项工作中所取得的成绩和解决的问题，而且把它提升为具有一定普遍意义的校勘学方法写了出来，就对以后的文学校勘工作有了一定的指导意义。我们知道，20世纪是中国文学资料大发现的时代，在21世纪之初，王国维就根据出土文献等材料，在中国文学研究方法上取得了巨大成就，并提出了适用于文史学科研究的二重证据法。郑振铎的《三十年来中国文学新资料发现记》一文，系统总结了20世纪前期有关中国文学研究新材料的诸多发现。作者热情洋溢地赞扬了新发现对中国文学研究的重大影响，他说：“今日所要走的，乃是就许多新的资料的出现将文学史的局面重为审定的一条大道。”“有许多不被昔人所注意的名著，如今是受着盛大的欢迎。有许多已久被忘却在尘土堆里的要籍，如今是开始被发现其重要。有许多不曾被文人们所接触过的野生的文艺，如今是要第一次地被搜采，被研究。有许多的辛勤苦作的伟大的文人们，有许多的天才绝顶的作家们，向来不曾被那一班修史的史臣们或正统派的士大夫们所回眸一顾的，如今也要轮到他们脱颖而出，占有着文坛的重要的一角垆地了。”可贵的是，作者在这里所说的文学新资料之发现，并不仅仅指那些新出土的地下文献，而且指因为文学观念和社会观念的变迁而带来的对许多过去不曾注意的纸上材料和民间材料等的重新重视，可见他的眼光的敏锐和思维的周详。如何正确地利用大量的新发现的文学材料，扩展和深化新世纪的中国古典文学研究，至今仍然是摆在我们面前的重要任务。郑振铎的这篇文章，在这方面也仍然具有指导意义。

　　受篇幅的限制和编写体例的约束，本卷所选，不过是20世纪中国古典文学研究中具有通论性质论文中的一小部分。我们把它们分为四个部分来进行介绍，并试图让读者从一个侧面看到20世纪中国古典文学研究的发展概况。我们的目标是尽量选择那些具有代表性意义的文章，但是因为个人水平有限，以上所选篇目也许不一定合适，仅作为参考而已。不当之处，还望读者与专家们多多批评指正。

《论文杂记》序

刘师培

　　西人分析字类，曰名词、代词，曰动词、静词、形容词，曰助词、联词、副词。名词、代词者，即中国所谓实字也。动词、静词、形容词者，即中国所谓半虚实字也。助词、联词、副词者，即中国所谓虚字也。予观孔子垂训，首重正名。而汉儒董仲舒亦曰："名生于真，非其真无以为名。"盖实字用以名一切事务者，皆曰名词。字由事造，事由物起，故名词为文字之祖。中国小学书籍，亦多释名词。《尔雅》由《释亲》至《释畜》，以及刘熙《释名》，皆分析名词，字由类聚。是古人非不知名词之用也。至代词一类，皆以虚字代实字之用。吾观刘氏《助字辩略》，释"之"、"其"二字，训为指事物之称，且博引古籍，得数十条。是古人非不知代词之用也。《尔雅·释诂》三篇，大抵皆动词、静词。明人朱郁仪《骈雅》，则大抵皆静词、形容词。是形容词之用，先儒亦早知之。毛、郑释诗，多言状物。而江都汪氏之释"三"、"九"也，亦谓古人作文，多用形容之词，以示立义之奥曲。则静词、状词、形容词之用，古人亦无不知之矣。至助词、联词、副词，则上古之时，大抵由名词假借。其始也，由实字假为半虚实字：如"治"本水名，借为治国之治；"修"本段脯，借为修身之修；（此由实字假为动词者。）"薄"为林薄，借为厚薄之薄，"旧"为鸺鸮，借为新旧之旧（此由实字借为静词、形容词者。）是也。其继也，更由实字借为虚字：如"之"字、（草出地也。）"於"字、（孝鸟也。）"而"字、（颐须也。）"所"字、（锯木声也。）"则"字、（等画物也。）"苟"字、（草也。）"维"字、（车盖系也。）"云"字、（山川气也。）"不"字、（鸟飞翔不下也。）"必"字、（弓檠也。）"莫"字（日且冥也。）是也。其借假之例，约有二端：一为由义假借：如"而"为颐须，有下垂之义，故承上启下之字为"而"；"尽"为器中空，有穷尽之义，故凡物穷尽者皆为"尽"；"云"为山川气，故曰所出之语亦为"云"：其例一也。一为由声假借：本无其字，而读音与某实字音相近，因假借为之，如"於"字、"所"字是：（此与今日土俗有音无字者相似，姑借同声之实字以寄其字形。）其例二也。观此二例，则知虚字本无实义，故有一字数用者，亦有数字一用者，每随文法为转移。近世巨儒，如高邮王氏、洛山刘氏，于小学之中，发明词气学，因字类而兼及文法，则中国古人亦明助词、联词、副词之用矣。昔相如、子云之流，皆以博极字书之故，致为文日益工，此文法原于字类之证也。后世字类、文法，区为二派，而论文之书，大抵不根于小学，此作文所由无秩序也。

一

印度佛书，区分三类：一曰经，二曰论，三曰律。而中国古代书籍，亦大抵分此三类：一曰文言，藻绘成文，复杂以骈语韵文，以便记诵，如《易经》六十四卦及《书》、《诗》两经是也；是即佛书之经类。一曰语，或为记事之文，或为论难之文，用单行之语，而不杂以骈俪之词，如《春秋》、《论语》及诸子之书是也；是即佛书之论类。一曰例，明法布令，语简事赅，以便民庶之遵行，如《周礼》、《仪礼》、《礼记》是也；是即佛书之律类。后世以降，排偶之文，皆经类也；单行之文，皆论类也；会典、律例诸书，皆律类也。故经、论、律三类，可以该古今文体之全。惜后人昧其渊源，不知文章之派别耳。

二

英儒斯宾塞耳有言："世界愈进化，则文字愈退化。"夫所谓退化者，乃由文趋质，由深趋浅耳。及观之中国文学，则上古之书，印刷未明，竹帛繁重，故力求简质，崇用文言。降及东周，文字渐繁；至于六朝，文与笔分；宋代以下，文词益浅，而儒家语录以兴；元代以来，复盛兴词曲：此皆语言文字合一之渐也。故小说之体，即由是而兴，而《水浒传》、《三国演义》诸书，已开俗语人文之渐。陋儒不察，以此为文字之日下也。然天演之例，莫不由简趋繁，何独于文学而不然？故世之讨论古今文字者，以为有浅深文质之殊，岂知此正进化之公理哉？故就文字之进化之公理言之，则中国自近代以来，必经俗语人文之一级。昔欧洲十六世纪，教育家达泰氏以本国语言用于文学，而国民教育以兴。盖文言合一，则识字者日益多。以通俗之文，推行书报，凡世之稍识字者，皆可家置一编，以助觉民之用。此诚近今中国之急务也。然古代文词，岂宜骤废？故近日文词，宜区二派：一修俗语，以启瀹齐民；一用古文，以保存国学，庶前贤矩范，赖以仅存。若夫矜夸奇博，取法扶桑，吾未见其为文也。

三

中国文学，至周末而臻极盛。庄、列之深远，苏、张之纵横，韩非之排奡，荀、吕之平易，皆为后世文章之祖。而屈、宋《楚词》，忧深思远，上承风雅之遗，下启词章之体，亦中国文章之祖也。惟文学臻于极盛，故周末诸子，卒以文词之美，得后世文士之保持，而流传勿失。（中国秦、汉以下文学之士，不知诸子之精深，惟好其文词而已。故近人所选古文，多以诸子入选。）则修词学乌可不讲哉？

四

上古之时，先有语言，后有文字。有声音，然后有点画；有谣谚，然后有诗歌。谣谚二体，皆为韵语。"谣"训"徒歌"，（《说文》"𧨾"字下云："徒歌也。"戴侗《六书故》引唐本《说文》："声谣，徒歌也。"《尔雅释乐篇》亦同。）歌者永言之谓也。（《汉书艺文志》云："咏其声谓之歌。"）"谚"训"传言"，（《说文》云："谚，传言也。"）言者直言之谓也。（《文心雕龙》云："谚，直言也。"）盖古人作诗，循天籁之自然，有音无字，故起源亦甚古。观《列子》所载，有尧时谣，孟子之告齐王，首引夏谚，而《韩非子·六反篇》或引古谚，或引先圣谚，足征谣谚之作先于诗歌。（"谚"字从"言"，"彦"声。"彦"训"美士"。《说文》云："有文人之所言也。"是谚为彦士之文言，非若后世之谚为鄙言俗语也。鄙言俗语为"谚"字引伸之义。）厥后诗歌继兴，始著文字于竹帛。然当此之时，歌谣而外，复有史篇，大抵皆为韵语。言志者为诗，记事者为史篇。史篇起源，始于仓圣。《周官》之制，太史之职，掌谕书名。而宣王之世，复有史籀作《史篇》，书虽失传，然以李斯《仓颉篇》、史游《急就篇》例之，大抵韵语偶文，便于记诵，举民生日用之字，悉列其中，盖史篇即古代之字典也。（《内则》云："十岁学书记。"即史篇也。）又孔子之论学诗也，亦曰"多识于鸟兽草木之名"，是诗歌亦不啻古人之文典也。盖古代之时，教曰"声教"，故记诵之学大行，而中国词章之体，亦从此而生。诗篇以降，有屈、宋《楚词》，为词赋家之鼻祖。然自吾观之，《离骚》、《九章》，音涉哀思，矢耿介，慕灵修，伤中路之夷犹，怨美人之迟暮，托哀吟于芳草，验吉占于灵茅，窈窕善怀，婵娟太息，诗歌比兴之遗也。《九歌》、《招魂》，指物类象，冠剑陆离，舆旌纷错，以及灵旗星盖，鳞屋龙堂，土伯神君，壶蜂雁旭，辨名物之瑰奇，助文章之侈丽，史篇记载之遗也。是《楚词》一编，隐含二体。秦、汉之世，赋体渐兴，（《荀子》已有《蚕赋》。）溯其渊源，亦为《楚词》之别派：忧深虑远，《幽通》、《思元》，出于《骚经》者也；《甘泉》、《藉田》，愉容典则，出于《东皇》、《司命》者也；《洛神》、《长门》，其音哀思，出于《湘君》、《湘夫人》者也；《感旧》、《叹逝》，悲怨凄凉，出于《山鬼》、《国殇》者也；《西征》、《北征》，叙事记游，出于《涉江》、《远游》者也；《鵩鸟》、《鹦鹉》，生叹不辰，出于《怀沙》者也;《哀江南赋》,睠怀旧都,出于《哀郢》者也;推之《枯树》出于《橘颂》,《闲居》出于《卜居》,《七发》乃《九辨》之遗,《解嘲》即《渔父》之意:渊源所自,岂可诬乎?盖《骚》出于《诗》,故孟坚以赋为古诗之流。然相如、子云,作赋汉廷,指陈事物,殚见洽闻,非惟风雅之遗音,抑亦史篇之变体。(观相如作《凡将篇》,子云作《训纂篇》,皆史篇之体,小学津梁也。足证古代文章家皆明字学。)此古代文章之流别也,然知之者鲜矣。

五

箴、铭、碑、颂,皆文章之有韵者也,然发源则甚古。箴者,古人谏诲之词也。(《书·盘庚篇》云:"无伏小人之攸箴。"《诗·庭燎序》云:"因以箴之。"《左传》载师旷之言曰:"百工诵箴谏。")《文心雕龙》之言曰:"夏、商二箴,余句颇存。"(案《夏箴》见于《佚周书·文传篇》,《商箴》见《吕氏春秋·名类篇》,而《谨听篇》亦引《周箴》。)案周辛甲为太史,官箴王缺,而《虞人》一篇,列诸《左传》。则箴体本于三代也。铭者,古人儆励之词也。(《说文》云:"铭,名也。")铭始于黄帝,故《汉志》道家类列《黄帝铭》六篇,厥后禹铭笋簴,汤铭浴盘,武王闻丹书之言,为铭十六,(见《大戴礼》。)而周代公卿大夫,莫不勒铭于器,以示子孙。(见金石书中所载。)故臧武仲云:"夫铭,天子令德,诸侯言时计功,大夫称伐。"而《诗传》亦曰:"作器能铭,可以为大夫。"《考工记》亦曰:"嘉量有铭。"则铭体始于五帝矣。碑者,古人记功之文也。自无怀氏刻石泰山,为立碑记功之始。(《文心雕龙》云:"碑者,埤也。上古帝王,始号封禅,树石碑岳,故名曰碑。")而《穆天子传》亦言穆王纪迹于弇山。则碑体亦始于五帝矣。(古人记功之碑与丽牲之碑不同,见江都凌先生《小楼读书答问》。)颂者,古人揄扬之词也。《庄子》有言:"黄帝张《咸池》之乐,有焱氏为颂。"而《史记·乐书》亦曰:"黄帝有《龙衮颂》。"而帝喾之世,盛墨为颂,以歌《九韶》。(见《文心雕龙》。)《诗》有六义,其六曰颂;《周颂》、《鲁颂》、《商颂》皆载《诗经》。则颂体亦始于五帝矣。推之志铭(如比干《铜盘铭》及孔子铭吴季札墓是。)诔辞之作,(如鲁庄诔县贲父、哀公诔孔子是。)皆起于三代之前,而皆为有韵之文。足证上古之世,崇尚文言,故韵语之文,莫不起源于古昔。阮氏《文言说》所言,诚不诬也。

六

刘彦和作《文心雕龙》,叙杂文为一类。吾观杂文之体,约有三端:一曰答问，始于宋玉，（《答楚王问》）盖纵横家之流亚也；厥后子云有《解嘲》之篇，孟坚有《宾戏》之答，而韩昌黎《进学解》，亦此体之正宗也。一曰七发，始于枚乘，盖《楚词》《九歌》、《九辩》之流亚也；厥后曹子建作《七启》，张景阳作《七命》，浩瀚纵横，体仿《七发》，盖劝百风一，与赋无殊，而盛陈服食游观，亦近《招魂》、《大招》之作，（柳子厚《晋问篇》，亦七类也。）诚文体之别出者矣。一曰连珠，始于汉、魏，盖荀子演《成相》之流亚也；首用喻言，近于诗人之比兴，继陈往事，类于史传之赞辞，而俪语韵文，不沿奇语，亦俪体中之别成一派者也。三者而外，新体实繁：有所谓上梁文者矣；（出于《诗·斯干篇》。）有所谓祝寿文者矣；（始于华封人之祝尧。）而一二慧业文人，笔舌互用，多或累幅，少或数言，语近滑稽，言违典则，此则子云称为小技，而昌黎斥为俳优者也。古人谓"小言破道"，其此之谓乎。

七

西汉之时，总集、专集之名未立；隋、唐以上，诗集、文集之体未分。于何征之？观班《志》之叙艺文也，仅序诗赋为五种，而未及杂文；诚以古人不立文名，偶有撰著，皆出入《六经》、诸子之中，非《六经》、诸子而外，别有古文一体也。如论说之体，近人列为文体之一者也，然其体实出于儒家。（九家之中，凡能推阐义理，成一家者，皆为论体；互相辩难者，皆为辩体。儒家之中，如《礼记·表记》、《中庸》各篇，皆论体也；《孟子》驳许行等章，皆辩体也。即道家、杂家、法家、墨家之中，亦隐含论、辩两体。宣口为说，发明经语大义亦为说。《汉志》于发明经义之文，即附于本经之下。又贾谊《过秦论》三篇，亦列于《新书》，而《汉志》杂家复有《荆轲论》五篇，皆论体之列于子者也。）书说之体，亦近人列为文体之一者也，然其体实出纵横家。（如苏子、张子、蒯通、邹阳、主父偃之文，皆文章中之书说类也，而《汉志》咸列之纵横家中。）推之奏议之体，《汉志》附列于《六经》。（如《尚书》类列议奏四十二篇，《礼》类列议奏三十八篇，《春秋》类列议奏三十九篇、奏事二十篇，《论语》类列议奏二十篇；而河间献王对上下三雍官列于儒家，博士贤臣对列于杂家，此又奏议类之附列诸子中者也。）敕令之体，《汉志》附列于儒家。（儒家之中，列《高祖传》十三篇，自注云："高祖及大臣述古语及诏策也。"又列《孝文传》十一篇，自注云："文帝所称及诏策。"此其确证。）又如传、记、箴、铭，亦文章之一体。然据班《志》观之，则传体近于《春秋》，（故太史公、冯商所著书列入《春秋》类也。）记体近于古礼，（如《周官经》、《古佚礼》、《大小戴礼》，皆记体之先声也。）箴体附于儒家，（儒家列杨雄三十八篇，有箴二篇，而刘向所序六十七篇内，有《列女传颂》，颂亦文也。）铭体附于道家，（道家列黄帝铭六箴，而杂家所列孔甲盘盂二十六篇，亦铭类也。）是今人之所谓文者，皆探源于《六经》、诸子者也。故古人不立文名，亦不立集名。若诗赋诸体，则为古人有韵之文，源于古代之文言，故别于六艺九流之外；亦足证古人有韵之文，另为一体，不与他体相杂矣。至于东汉，文人撰作，以篇计，不以集名。（观《后汉》各列传可见。后世所谓《张平子集》、《蔡中郎集》者，皆后人追称之词也。）六朝以降，集名始兴，分总集、专集为二类。然考《隋书·经籍志》，则所列集名，大抵皆兼括诗文各体，且多俪词韵语之文。唐、宋以降，诗集文集，判为两途。而文之刊入集中者，不论其为有韵为无韵也，亦不论其为奇体为偶体也，而文章之体，至此大淆。惟仪征阮芸台先生编辑《揅经室集》，言集不言文，（只曰《揅经室集》，不曰《揅经室文集》。）析为经、史、子、集四种，（凡说经之文归第一集，记事之文归第二集，言理之文及杂文归第三集，有韵之文、骈体之文及古今体诗归第四集。）谓非窥古人学术之流别者乎？然流俗昏迷，知此义者鲜矣。

八

《汉书·艺文志》叙诗赋为五种，而赋则析为四类：屈原以下二十家为一类，（合屈原、唐勒、宋玉、赵幽王、庄夫子、贾谊、枚乘、司马相如、淮南王、孔臧、刘偃、吾丘寿王、蔡甲、兒宽、张子侨、刘德、刘向、王褒及淮南王群臣，合以武帝之赋，共三百六十一篇。）陆贾以下二十一家为一类，（合陆贾、枚皋、朱建、庄忽奇、严助、朱买臣、刘辟疆、司马迁、婴齐、臣说、臣吾、苏季、萧望之、徐明、李息、淮阳宪王、杨雄、冯商、杜参、张丰、朱宇之赋共二百七十四篇。）荀卿以下二十五家为一类，（合荀卿、广川王越、魏内史、东暆令延年、李忠、张偃、贾充、张仁、秦充、李步昌、谢多、周长孺、锜华、眭弘、别栩阳、臣昌市、臣议、王商、徐博、吕嘉、华龙、路恭之赋，以及秦时杂赋、长沙王群臣赋、李思《孝景皇帝颂》共一百三十六篇。）客主赋以下十二家为一类，（客主赋以下，皆无作者姓名。大抵撰纂前人旧作，汇为一编，犹近世坊间所行之撰赋也。共二百三十三篇。）而班《志》于区分之意，不注一词。近代校雠家，亦鲜有讨论及此者。自吾观之，客主赋以下十二家，皆汉代之总集类也；（此为总集之始。）余则皆为分集。而分集之赋，复分三类：有写怀之赋，（即所谓言深思远，以达一己之中情者也。）有骋辞之赋，（即所谓纵笔所如，以才藻擅长者也。）有阐理之赋。（即所谓分析事物，以形容其精微者也。）写怀之赋，屈原以下二十家是也。（屈原《离骚经》固为写怀之作，《九章》诸篇亦然。唐勒、宋玉皆屈原之徒，《九辨》、《大招》，取法《骚经》。贾谊思慕屈平，所作《吊屈平赋》及《鵩赋》，皆《离骚》之遗意也。相如《大人赋》，亦宋玉《高唐赋》之遗；而淮南所作《招隐士》，又纯乎《山鬼》之意者也。枚皋、刘向之作，亦取意讽谏。余不可考。）骋辞之赋，陆贾以下二十一家是也。（陆贾等之赋虽不存，然陆贾为说客，为纵横家之流，则其赋必为骋词之赋。《汉书》朱建与陆贾同传，亦辩士之流，枚皋、严助、朱买臣，皆工于言语者也；《汉志》列严助书于纵横家，此其证也。史迁、冯商，皆作史之才，则赋笔必近于纵横。杨雄《羽猎》、《长杨》诸赋，亦多富丽之词，亦近于骋词者也。）阐理之赋，荀卿以下二十五家是也。（观荀卿作《成相篇》，已近于赋体，而其考列往迹，阐明事理，已开后世之联珠。《茧赋》诸篇，亦即小验大，析理至精，察理至明，故知其赋为阐理之赋也。余多不可考。惟睢宏为明经之人，所作之赋，亦必阐理之一派也。）写怀之赋，其源出于《诗经》。（《诗序》言："在心为志，发言为诗。"是诗者，即所以写心中之志者也。诗有风、赋、比、兴四体，而《楚词》亦具此四体，故《史记》言《楚词》兼具《国风》、《小雅》之长也。）骋词之赋，其源出于纵横家。（如纵横家所言，非徒善辩，且能备举各物之情况以眩其才。《七发》及《羽猎》等赋，其遗意也。章氏《文史通义》，叙诗赋之源流，已言其出于纵横家矣。）阐理之赋，其源出于儒、道两家。（老子《道德经》已有似赋之处矣。）观班《志》之分析诗赋，（后世之赋，《三都》、《两京》，骋辞赋也；《闲情》、《叹逝》，写怀赋也；《幽通》、《思玄》，析理赋也。）可以知诗歌之体，与赋不同，（不歌而诵为之赋，则诗歌皆可诵者矣。）而骚体则同于赋体。至《文选》析赋、骚为二，则与班《志》之义迥殊矣，（惟戴东原则称《楚词》为《屈原赋》，仍用班《志》之称，作有《屈原赋注》一书。）故特正之。

九

由汉至魏，文章迁变，计有四端；西汉之时，箴、铭、赋、颂，源出于文；论、辩、书、疏，源出于语。观邹（邹阳）、枚（枚乘、枚皋）、杨（子云）、马（司马相如）之流，咸工作赋，沉思翰藻，不歌而诵；旁及箴、铭、骚、七，咸属有韵之文。若贾生作论，（《过秦论》之类是。）史迁报书，刘向、匡衡之献疏，虽记事记言，昭书简册，不欲操觚率尔，或加润饰之功，然大抵皆单行之语，不杂骈骊之词；或出语雄奇，（如史迁、贾生之文是，出于《韩非子》者也。）或行文平实，（如晁错、刘向之文是，出于《吕氏春秋》者也。）咸能抑扬顿挫，以期语意之简明。东京以降，论辩诸作，往往以单行之语，运排偶之词，（载于《后汉书》之文，莫不如是。即专家之文集，亦莫不然。）而奇偶相生，致文体迥殊于西汉。（东汉之儒，凡能自成一家言者，如

《论衡》、《潜夫论》、《申鉴》、《中论》之类，亦能取法于诸子，不杂排偶之词。《论衡》语意尤浅，其文在两汉中殆别成一体者也。）建安之世，七子继兴，偶有撰著，悉以排偶易单行；（如《加魏公九锡文》之类，其最著者也。）即非有韵之文，（如书启之类是也。）亦用偶文之体，而华靡之作，遂开四六之先，而文体复殊于东汉。其变迁者一也。西汉之书，言词简直，故句法贵短，或以二字成一言，（如《史记》各列传中是也。）而形容事物，不爽锱铢。（且能用俗语方言以形容其实事。）东汉之文，句法较长，即研炼之词，亦以四字成一语。（未有用两字即成一句者。）魏代之文，则合二语成一意。（或上句用四字，下句用六字，或上句用六字，下句用四字，或上句下句皆用四字，而上联咸与下联成对偶，诚以非此不能尽其意也，已开四六之体。）由简趋繁，（此文章进化之公例也。）昭然不爽。其变迁者二也。西汉之时，虽属韵文，（如骚赋之类。）而对偶之法未严。（西汉之文，或此段与彼段互为对偶之词，以成排比之体，或一句之中，以上半句对下半句，皆得谓之偶文，非拘于用同一之句法也，亦非拘拘于用一定之声律也。）东汉之文，渐尚对偶。（所谓字句之间互相对偶也。）若魏代之体，则又以声色相矜，以藻绘相饰，靡曼纤冶，致失本真。（魏、晋之文，虽多华靡，然尚有清气。至六朝以降，则又偏重词华矣。）其迁变者三也。西汉文人，若杨、马之流，咸能洞明字学，（故相如作《凡将篇》，而子云亦作《方言》。）故选词遣字，亦能古训是式，（所用古文奇字甚多，非明六书假借之用者，不能通其词也。）非浅学所能窥。（故必待后儒之训释也。）东汉文人，既与儒林分列，（文苑、儒林，范书已分二传。）故文词古奥，远逊西京。（此由学士未必工作文，而文人亦非真识字。）魏代之文，则又语意易明，无俟后儒之解释。（此由文章之中，奇字古文，用者甚少。）其迁变者四也。要而论之，文虽小道，实与时代而迁变。故东京之文，殊于西京；魏代之文，复殊东汉。文章之体，在前人不能强同。若夫去古已远，犹欲择古人一家之文，以自矜效法，吾未见其可也。

一 〇

中国三代之时，以文物为文，（如《易经·贲卦》云："刚柔交错，天文也；文明以止，人文也。观乎天文，以察时变；观乎人文，以化成天下。"《明夷卦》云："内文明而外柔顺。"盖古之所谓文明者，即光融天下之谓也。）以华靡为文，（孔子曰："周监于二代，郁郁乎文哉，吾从周。"而《公羊传》复言："舍周之文，从殷之质。"盖以文为华靡，以质为俭朴。故中国古代皆尚质，不尚文，以为舍质用文，则民智日开，民心日漓，与背伪归真之说相背，故不尚华靡也。）而礼乐法制，（《论语》曰："文王既殁，文不在兹乎？

天之将丧斯文也，后死者不得与于斯文也。天之未丧斯文也，匡人其如予何？"
注以礼乐制度称之。又云："焕乎其有文章。"亦指帝尧之礼乐法度言也。）威
仪文辞，（《诗·淇澳序》云："美武公之有文章也。"而《大雅·抑篇》亦武公
所作，其词曰："慎尔出话，谨尔威仪。"则文章当指威仪文词言矣。观《左
传》襄三十一年所载北宫文子与子太叔之论威仪，可见。又《论语》曰："夫
子之文章，可得而闻。"文章者，亦即威仪之词也。）亦莫不称为文章。推之以
典籍为文，（如《论语》言"文献不足故也"，《孟子》言"其文则史"是
也。）以文字为文，（如《史记·太史公自序》言"《春秋》文成数万"，犹言字
成数万也。又如许君字学之书，名曰《说文解字》，亦此例也。）以言辞为文。
（如《左传》"言之无文，行之不远"，又"言非文词不为功"是也。）其以文
为文章之文者，（即后世文苑、文人之文也。）则始于孔子作《文言》。盖
"文"训为"饰"，乃英华发外，秩然有章之谓也。故道之发现于外者为文，事
之条理秩然者为文，而言词之有缘饰者，亦莫不称之为文。古人言文合一，故
借为文章之文。后世以文章之文，遂足该文字之界说，失之甚矣。（唐甄《潜
书·非文篇》云："古之善文者，根于心，矢于口，征于事，博于典，书于策
简，采色焜耀。以此言道，道在襟带；以此述功，功在耳目：故可尚也。汉乃
谓之文，失之半矣；唐以下尽失之。"其说甚精，惟未穷文字之训。）夫文字之
训，既专属于文章，则循名责实，惟韵语俪词之作，稍与缘饰之训相符。故
汉、魏、六朝之世，悉以有韵偶行者为文，而昭明编辑《文选》，亦以沈思翰
藻者为文。文章之界，至此而大明矣。降及唐代，以笔为文，如昌黎言"作为
文章，其书满家"，（见《进学解》。）梦得言"手持文柄，高视寰海"（见刘
禹锡《祭韩退之文》。）是也。（李习之论韩文云："后进之士，有志于古文
者，莫不视以为法。"是俨然以韩文为古文，而不复称之为笔矣。）以诗为文，
如杜诗"文章憎命达"，（杜诗之言文章者，大抵皆指诗言，如"文章千古
事"，"已似爱文章"，"文章一小技，于道未为尊"，"文章日自负"，"文章
实致身"，"文章开宅奥"，"名岂文章著"，"文章敢自诬"，大抵皆指诗言。
如"文章千古事"一首，下文皆系论诗之语，此工部以诗为文章之证也。若杜
诗所言"海内文章伯"，"岂有文章惊海内"，"每言见许文章伯"，"文章有
神交有道"，似亦指诗而言。若"枚乘文章老"，"文章曹植波澜阔"，"庾信
文章老更成"，"王杨卢骆当时体，轻薄为文哂未休"，则文章当指骈文言。）
韩诗"李杜文章在"（韩诗云："李杜文章在，光焰万丈长。"《新唐书·杜甫
传赞》亦云："昌黎韩愈于文章重许可，诗独推李、杜，曰：'李杜文章在，
光焰万丈长。'诚可信云。"则文章指诗歌而言，明矣。又昌黎《感春诗》有
云："近怜李杜无检束，烂漫长醉多文词。"则文词亦指诗歌言也。）是也。夫
诗为有韵之文，且多偶语，以诗为文，似未尽非；（唐、宋以下，又别诗于古

文之外。如人之有专集者，悉分文集与诗集为二，即诗文汇刻一集，亦必标其名曰"某某诗文集"若干卷，此诗别于文之确证也。）若以笔为文，则与古代文字之训相背矣。而流俗每习焉不察，岂不谬哉？

一

之唐人以笔为文，始于韩、柳。昌黎自述其作文也，谓沉潜秾郁，含英咀华，作为文章，上规姚、姒、《盘》、《诰》、《易》、《诗》、《春秋》、《左氏》，下逮《庄》、《骚》、太史、子云、相如，以闳中肆外。（见《进学解》。）而子厚亦有言，谓每为文章，本《书》、《诗》、《礼》、《春秋》、《易》，参之《谷梁》以厉其气，参之《孟》、《荀》以畅其支，参之《庄》、《老》以肆其端，参之《国语》以博其趣，参之《离骚》以致其幽，参之太史以著其洁。此韩、柳为文之旨也。夫二子之文，气盛言宜，（韩氏《答李生书》云："气盛则言之短长皆宜。"此韩文之要旨。）希踪子史。而韩门弟子有李翱、皇甫湜诸人，偶有所作，咸能易排偶为单行，易平易为奇古，（李习之《答朱载书》云："六经创意造言皆不相师。"又云："天下之语文章有六说焉：其尚异者曰，文章词句奇险而已；其好理者曰，文章叙意苟通而已；溺于时者曰，文章必当对；病于时者曰，文章不当对；爱难者曰，宜深不当易；爱易者曰，宜通不当难。"观于此言，则当时文体之纷争，一在平奇，一在奇偶，一在浅深。此则韩、柳之作异于当时者也。）复能务去陈言，辞必己出。（韩氏《答李生书》云："推陈言之务去。"《樊宗师墓铭》云："惟古于辞必己出。"韩文与当时之文不同者以此。）当时之士，以其异于韵语偶文之作也，（唐代重诗赋，故以韵语偶文者为今文。）遂群然目之为古文。以笔为文，至此始矣。（唐代仍以韩文为笔。）而昌黎之作，尤为学者所盛推。（如梦得之称韩文也，谓"手持文柄，高视寰海，权衡低昂，瞻我所在"，李习之称韩文也，谓"拨去其华，得其本根，包刘越嬴，并武同殷，《六经》之风，绝而复新"，皇甫持正之论韩文也，谓"抉经之心，执圣之权，尚友作者，跂邪觝异，以扶孔子，存皇之极。茹古涵今，无有端倪"，又曰"姬氏以来，一人而已"，李汉论韩文曰："周情孔思，千态万貌，卒泽于道德仁义，炳如也。"韩文为当时所推如此。）宋代之初，有柳开者，文以昌黎为宗。（张景《柳开行状》云："为文章以韩为宗，当时韩之道独行于公，遂名肩愈，字绍先。韩之道大行于今，自公始也。"案开为宋初人。）厥后苏舜钦、穆伯长、尹师鲁诸人，善治古文，效法昌黎，与欧阳修相唱和。（修《书韩文后》云："官于洛阳，而尹师鲁之徒皆在，遂相与为作古文，因出所藏《昌黎集》而补缀之，其后天下学者亦渐趋于古。"《苏子美集序》云："天圣之间，子美独与兄才翁及穆参军为杂文，时人颇相非笑之。"穆修《柳集序》云："予少嗜韩、柳二家之文。"皆其证也。)而曾、王、三苏咸出欧阳之门，故每作一文，莫不法欧而宗韩。(大抵王介甫多效法柳文，然集中所载论文之作，亦盛称昌黎。东坡亦然。至称为文起八代之衰。)古文之体，至此大成。即两宋文人，亦以韩、欧为圭臬。试推其故，约有三端：一以六朝以来，文体益卑，以声色词华相矜尚，欲矫其弊，不得不用韩文；一以两宋鸿儒，喜言道学，而昌黎所言，适与相符，遂目为文能载道，既宗其道，复法其文；(韩文如《原道》、《原性》诸作，以及李习之《复性书》，皆宋儒所景仰，遂以闲圣道、辟异端之功，归之昌黎。实则昌黎言理之文，所见甚浅，何足谓之载道哉？)一以宋代以降，学者习于空疏，枵腹之徒，以韩、欧之文便于蹈虚也，遂群相效法：有此三因，而韩、欧之文，遂为后世古文之正宗矣。世有正名之圣人，知言之君子，其惟易古文之名为杂著乎。

一　二

六朝以前，文集之名未立。(《汉志》载颂赋诗一百家，皆不曰集。晋荀勖分书为四部，四曰丁部，不曰集也。宋王俭作《七志》，三曰文翰，亦不曰集也。文集之称，始于梁阮孝绪《七录》。《隋书·经籍志》以为别集之名，汉东京所创，则文集至东汉始有矣。)及属文之士日多，后之君子，欲观其体势，以见性灵，乃汇萃成编，(亦见《隋书·经籍志》。)颜曰文集。且古人学术，各有专门，故发为文章，亦复旨无旁出，成一家言，与诸子同。试即唐、宋之文言之：韩、李之文，正谊明道，排斥异端，(如韩愈《原道》、《原性》及《答李生书》等篇，李翱《复性书》，皆儒家之言；而韩文之中，无一篇不言儒术者。)欧、曾继之，以文载道，儒家之文也。(南宋诸儒文集，多阐发心性，讨论性天之作，亦儒家之文。)子厚之文，善言事物之情，出以形容之词，(如永州、柳州诸游记，咸能类万物之情，穷形尽相，而形容宛肖，无异写真。)而知人论世，复能探原立论，核覈刻深，(如《桐叶封弟辨》、《晋赵盾许世子义》、《晋命赵衰守原论》诸作，皆翻案之文也。宋儒论史，多诛心之论，皆原于此。)名家之文也。明允之文，最喜论兵，(如《上韩枢密书》等篇皆是，而论古人之用兵者尤多。)谋深虑远，排兀雄奇，(明允最喜阴谋，且能发古人之阴谋，故其为文亦多刻深之论，发人未发。)兵家之文也。子瞻之文，以粲花之舌，运捭阖之词，往复卷舒，一如意中所欲出，而属词比事，翻空易奇，(子瞻之文，说理多未确，惟工于博辩，层出不穷，皆能自圆其说，于苏、张之学殆有得也。)纵横家之文也。(陈同甫之文，亦以兵家兼纵横家者也。)介甫之文，侈言法制，因时制宜，(集中多论新法之文。)而文辞奇峭，推阐人深，（介甫之文最为峻削，而短作尤悍厉绝伦，且立论极严，如其为人。）法家之文也。（若夫邵雍之徒为阴阳家，王伯厚之徒为杂家，而叶水心之徒亦近于法家、兵家。）立言不朽，此之谓与。近代以还，文儒辈出：望溪、姬传，文祖韩、欧，阐明义理，趋步宋儒，（凡桐城古文家，无不治宋儒之学，以欺世盗名。惟海峰稍有思想。若方东树、方宗诚、曾国藩，皆治宋学，复以能文鸣。）此儒家之支派也。慎修、辅之，综核礼制，章疑别微，（近儒治三礼者，如秦蕙田、凌廷堪、程瑶田之流，咸有文集，集中亦多论礼之作，考《汉志》言名家出于礼官，则言礼学者，必名家之支派也。）若膺、伯申，考订六书，正名辨物，（近儒喜治考据，分戴、惠两大派，皆从《尔雅》、《说文》入手。而诸家文集，亦以说经考字之作为多。古人以字为名，名家综核名实，必以正名析词为首，故考据之文亦出名家。）皆名家之支派也。叔子、昆绳，洞明兵法，推论古今之成败，叠陈九土之险夷，（叔子、昆绳论兵之文，多见于集中，或论古事，或论形势，与老苏同。）落笔下言，纵横奔肆，此兵家之支派也。子居之文，取法半山，（亦喜论法制，而文章奇峭峻悍，尤与半山之文相同。）安吴之文，洞陈时弊，兵农刑政，酌古准今，不讳功利之谈，爰立后王之法，（如《安吴四种》是。魏源之文，亦有类安吴者。）此法家之支派也。朝宗之文，词源横溢，（明末陈卧子等之文皆然。）简斋之作，逞博矜奇，若决江河，一泻千里，（俞长城诸家之文亦然。若夫词章之家，亦侈陈事物，娴于文词，亦当溯源于纵横。）此纵横家之支派也。（仲瞿、稚威虽多偶文，亦属纵横也。）雍斋（沈涛别字雍斋，著有《十经斋文集》）、于庭之文，杂糅谶纬，靡丽瑰奇，（凡治常州学派者，其文必杂以谶纬之词，故工于骈文，且以声色相矜。）此阴阳家之支派也。（若夫王锡阐、梅文鼎之集，亦多论天文历谱之文，然皆实用之学，与阴阳家不同。古人治历，所以授时也。王、梅之文，殆亦农家之支派欤。）大绅、台山（彭尺木亦然。）之文，妙善玄言，析理精微，（凡治佛学者，皆能发挥名理，而言语妙天下。）此道家之支派也。维崧、瓯北之文，体杂俳优，涉笔成趣，（凡文人之有小慧者，其文亦然。）此小说家之支派也。旨归既别，夫岂强同？即古人所谓文章流别也。惟诗亦然。子建之诗，温柔敦厚，（子建之诗，颇得风人之旨，故渊雅之音，非七子所能及。孔子之论《关雎》曰："哀而不伤。"子夏之序《诗》亦曰："发乎情，止乎礼义。"子建之诗有焉。）近于儒家。渊明之诗，澹雅冲泊，近于道家。（陶潜虽喜老、庄，然其诗则多出于《楚词》。若嵇康之诗，颇得道家之意。郭景纯之诗，亦有道家之意。）康乐之诗，琢磨研炼，近于名家。（凡六朝之诗，喜用炼句，以状事物之情，且工于刻画，如何逊、阴铿之诗皆是也。然康乐之诗，其滥觞也。）太冲之诗，雄健英奇，（如《咏史》诸诗皆是也。）近于纵横家。（鲍明远之诗亦然。若杨素之诗，则近于法家。）盖在心为志，发言为诗，讽咏篇章，可以察前人之志矣。隋、唐以下，诗家专集，浩如渊海；然诗格既判，诗心亦殊。（诗心者，即作诗者之思想智识也。）少陵之诗，惓怀君父，希心稷、契，（杜诗云："许身亦何愚，窃比稷与契。"）是为儒家之诗。（杜诗云："法自儒家有。"此少陵诗文出于儒家之确证。若夫朱紫阳之诗，亦儒家之诗也。）太白之诗，超然飞腾，（飞腾二字，见杜诗"前辈飞腾入。"）不愧仙才，是为纵横家之诗。（后世惟辛稼轩、陈同甫之词，慷慨激昂，近于纵横家。）襄阳之诗，逸韵天成，（出于陶渊明。）子瞻之诗，清言霏屑，（苏诗妙善玄言，得之老、庄，兼得之佛学，故能含至理于诗。）是为道家之诗。（后世惟范石湖之诗，多冲淡之作，合于道家焉。）储、王之诗，（储光羲及王维也。）备陈稼事，追拟《豳风》，（其诗中叙言田中风景，历历如绘，且多村神父老之谈，然寄怀旷佚，故诗中无一俗笔。）是为农家之诗。（陶诗亦多农家之意。）山谷之诗，峻厉倔强，为西江之冠，（大约西江派之诗，喜用瘦削之语，且出语深峻，有骨无肉，故后人拟之骨硬焉。王荆公之诗亦然。其悍厉峻削，出荆公上。）是为法家之诗。（古代法家之诗，有孔明《梁父吟》，而孔明之治蜀也，亦任法为治，则此诗已先表其志矣。）由是言之，辨章学术，诗与文同矣。要而论之，西汉之时，治学之士，侈言灾异五行，故西汉之文，多阴阳家言。东汉之末，法学盛昌，故汉、魏之文，多法家言。（西汉之文，无一篇不言及天象者。三国之文，若钟繇、陈群、诸葛亮之作，咸多审正名法之言，与西汉殊。）六朝之士，崇尚老、庄，故六朝之文，多道家言。（如葛洪、孙兴公、王逸少、支遁、陶渊明、陶弘景之文，皆喜言名理，以放达为高。齐、梁之文亦然。）隋、唐以来，以诗赋为取士之具，故唐代之文，多小说家言。（观《唐代丛书》可见矣。）宋代之儒，以讲学相矜，故宋代之文，多儒家言。明末之时，学士大夫多抱雄才伟略，故明末之文，多纵横家言。近代之儒，溺于笺注训故之学，故近代之文，多名家言。（此特举说经之文言之。）虽集部之书，不克与子书齐列，然因集部之目录，以推论其派别源流，知集部出于子部，则后儒有作，必有反集为子者，是亦区别学术之一助也。（会稽章氏、仁和谭氏稍知此义，惟语焉未精，择焉未详。故更即二家之言推论之，以明其凡例焉。）

一 三

三代文词，句简而语文。《书》言"辞尚体要"，《礼》言"辞无支叶"，（《礼记》："天下无道，则词有支叶。"）贵简之证也。（《礼记》引孔子曰："夏道未渎词。"是孔子以殷、周之词为已渎也。孔子又曰："辞达而已矣。"荀子曰："乱世之征，文采匿采。"此亦就辞无体要者言也。韩昌黎亦曰：

"由周公而下其说长。") 孔尚文言，（孔子曰："其旨远，其词文。"又曰："言之无文，行之不远。"又曰："非文词不为功。"）曾戒鄙词，（曾子曰："出词气，斯远鄙倍矣。"）尚文之证也。（顾亭林曰："典谟爻象，此二帝三皇之言也。《论语》、《孝经》，此夫子之言也。文章在是，性与天道亦在是。故曰：有德者，必有言。"）夫简近于质，文近于繁，而古代之文，独句简而语文者，其故何与？盖竹帛烦重，学术授受，咸凭口耳，非语文句简，则记忆良难。且三代之文，与后世殊：或意浮于言，有待后人之演绎，（古人之文，一曰蕴藉，一曰奥曲。蕴藉者，凡说一事，或举其偏，不举其全，以俟智者之举一反三，如《庄子》"夔怜蚿"一节，止解夔、蚿、风之句是也。奥曲者，凡说一事，以一字代数字之用，以俟后人之注释；厥证甚多，观江都汪氏《释三九》中篇，可以知矣。且古人作文，必留不尽之意于言外。如郭象注《庄子》"工人无为于刻木"数语，柳子演为《梓人传》一篇，《毛传》"涟风行水成文"一语，眉山演为《仲兄文甫》说一篇，皆演绎之证也。）或词无语助，（词无语助，故其文整齐。）非若后世之冗长：（必待后人之注释。）简而不繁，文而不质，此之故与。秦、汉以降，文与古殊，由简而繁，（顾亭林曰："文以少而盛，以多而衰。以二汉言之，东都之文，多于西京，而文衰矣。春秋以降之文，多于《六经》，而文衰矣。"又云："二汉文人，所著绝少。今人著作，以多为富。夫多则必不能工，即工亦不能皆有用于世，其不传宜矣。"盖三代以下，多游戏之文，而文章不尽有用之文矣。文士日多，而作文者未必真能文之士矣。此文章所由日趋于繁也。）至南宋而文愈繁；（宋代奏疏，每至万余言，而行状、墓铭，亦有数万字者。如朱子作张浚行状，四万字犹以为少。而元人修宋史，李全一传亦六万余言，盖沿宋人撰著之旧也。）由文而质，至南宋而文愈质。盖由简趋繁，由于骈文之废，故据事直书，不复简约其文词：（骈文序一事，必简约其词而出之。散文行而此法亡矣。）由文趋质，由于语录之兴，故以语为文，不求自别于流俗。（语录一体始于唐，然但佛门弟子用之，即达摩不立文字之说也。宋儒作语录，即本于此。明儒亦然。然"常惺惺"、"浑然"等语，既非文言，又非俗语，顾亭林曰："今讲学先生，从语录入门者，多不善于修词。乃或反子贡之言而讥之曰：'夫子之言性道，可得而闻；夫子之文章，不可得而闻也。'"）此虽文字必经之阶级，然君子之学，继往开来，舍文曷达？（《孟子》曰："不成章不达。"）若夫废修词之功，崇浅质之文，则文与道分，（吕氏编《宋文鉴》，朱子谓其有时于文虽不佳，而事理可取者。盖宋儒之论文如此。）安望其文载道哉？（钱竹汀曰："君子之出词气，必远鄙倍；语录行，则儒家有鄙倍之词矣。有德者必有言；语录行，则有德而不必有言矣。"姚姬传曰："唐世僧徒，不通文章，乃书其师语以俚俗，谓之语录。宋世儒者弟子效之，以弟子记先师，惧失其真，犹有取也。明世自著书者，乃亦效其词，此何取哉?")则崇尚文言，删除俚语，亦今日厘正文体之一端也。（若夫以俚俗之文，著之报章，以启瀹愚氓，亦为觉民之一助。惟既曰文词，则文体不得不法古文，否则不得称为文矣。）

一　四

古人诗赋，俱谓之文。（阮芸台《咸秩无文解》云："古人称诗之人乐者曰文。"故子夏《诗大序》："声成文谓之音。"孟子曰："不以文害辞。"赵注曰："文，诗之文章也。"）然诗赋之学，亦出行人之官。盖赋列六艺之一，乃古诗之流。古代之诗，虽不别标赋体，然凡作诗者，皆谓之赋诗，（见《左传》隐三年、闵二年及文六年传。）诵诗者亦谓之赋诗。（见《左传》襄二十八年。）《汉志》叙诗赋略，谓"古者诸侯卿大夫，交接邻国，以微言相感，当揖让之际，必称诗以喻其志，盖以别贤不肖而观盛衰，故孔子言：'不学诗，无以言。'"夫交接邻国，揖让喻志，咸为行人之专司。行人之术，流为纵横家。故《汉志》叙纵横家，引"诵诗三百，不能专对"之文，以为大戒，诚以出使四方，必当有得于诗教。则诗赋之学，实惟纵横家所独擅矣。试考之古籍，则周代之诗，非徒因行人而作，且多为行人所赓诵：有知行人之勤劳，而赋诗以慰恤者；（见《诗·周南·卷耳篇》序及本篇郑笺。）有奖行人之往来，而赋诗以褒美者；（见《诗·小雅·四牡篇》序及本篇"四牡騑騑"句毛传，又见《小雅·皇皇者华篇》序及本篇"駪駪征夫"句毛传。）或行人从政，而室家赋诗以劝行；（见《诗·周南·殷其雷》序及本篇郑笺。）或行人于役，而僚友赋诗以寄念；（见《王风·君子于役篇》序及本篇《正义》。）或行人困瘁，赋诗以抒其情；（见《诗·小雅·北山篇》序及篇中"或不已于行"句，又见《绵蛮篇》序及本篇郑笺。）或行人闵忧，赋诗以述其境；（见《诗·王风·黍离篇》序及篇中"行迈靡靡"句毛传，又见《小雅·小明篇》"我征徂西"句孔疏。）是古诗每因行人而作矣。又以《左氏传》证之：有行人相仪而赋诗者；（见襄公二十六年传，国景子赋《蓼萧》，赋《辔之柔矣》，子展赋《缁衣》，又赋《将仲子兮》。）有行人出聘而赋诗者；（见襄公八年传，范宣子赋《摽有梅》。）有行人乞援而赋诗者；（见襄十六年传，鲁穆叔赋《圻父》，又赋《鸿雁》卒章。）有行人莅盟而赋诗者；（见襄二十七年传，楚蘧罢赋《既醉》。）有行人当宴会而赋诗者；（见昭元年，穆叔赋《鹊巢》、《采蘩》，子皮赋《野有死麕》，赵孟赋《常棣》。）有行人答饯送而赋诗者；（见昭十六年传，子齹等赋《野有蔓草》诸篇饯韩起是。）是古诗每为行人所诵矣。盖采风侯邦，本行人之旧典，（见《前汉书·食货志》。）故诗赋之根源，惟行人研寻最审。（吴季札以行人观乐于鲁，亦其证也。）所以赋诗当答者，行人无容缄默，（《左氏》昭公十二年传云："宋华定来聘，公享之，为赋《蓼萧》，不知，又不答赋。叔孙昭子曰：'必亡。'"）而赋诗不当答者，行人必为剖陈。（《左氏》文四年传云："卫宁武子来聘，公与之宴，为赋《湛露》及《彤弓》，不辞，又不答赋。使行人私焉，对曰：'臣以为肄业及之也。昔诸侯朝正于王，王宴乐之，于是乎赋《湛露》。诸侯敌王所忾，以获其功，于是乎赐之彤弓一。今陪臣来继旧好，君辱贶之，其敢干大礼以自取戾?'"）由是言之，行人承命以修好，苟非登高能赋者，难期专对之能矣。两汉以前，未有别集之目。《汉志》所载诗赋，首列屈原，而唐勒、宋玉次之，（屈原赋二十五篇、唐勒赋四篇、宋玉赋十六篇。）其学皆源于古诗，（《汉志》言屈原作赋以讽，咸有恻隐古诗之义。而《史记·屈原》传亦言《离骚》兼《国风》及《小雅》之长。）虽体格与《三百篇》渐异。（见《文心雕龙·诠赋篇》。）然屈原数人，皆长于辞令，有行人应对之才。（《史记·屈原传》云："娴于辞令，出则接遇宾客，应对诸侯。屈原既死之后，楚有宋玉、唐勒、景差之徒者，皆好词，而以赋见称，然皆祖屈原之从容词令。"其确证也。）西汉诗赋，其见于《汉志》者，如陆贾、严助之流，（陆贾赋三篇，严助赋二十五篇。）并以辩论见称，受命出使。（《史记·陆贾传》言贾有口辩，复使南越。《汉书·严助传》亦言上令助与大臣辩论，复言遣助以意旨谕瓯越。）是诗赋虽别为一略，不与纵横同科，而夷考作者之生平，大抵曾任行人之职。东汉以后，诗赋咸以集名；（《文献通考》引吴氏说，谓东京别集之名，本于刘歆之《略》，而辑略之名，则有本于《商颂》之《辑》。）为行人者，以诗赋与邻境唱酬，亦莫不雍容华国。（如费祎使吴，作《麦赋》，见《三国志·诸葛恪传注》。陈传泽赠诗薛道衡，见《隋书·道衡传》。）故昭明编辑《文选》，于行旅之诗，别立子目。（如苏武等诸人之诗是。）王西庄谓奉使之臣，宜于诗教，（见《西沚集·少司农裘公使浙集序》。）诚不诬也。又班《志》有言："不歌而诵谓之赋。"案"登高能赋"之言，本于毛公《诗传》，在"君子九能"之内。夫九能均不外乎作文，故总名曰德音。而"登高能赋"与"使能造命"相次，其为行人之诗赋无疑。（《鄘风·定之方中》毛传云："故建邦能命龟，田能施命，作器能铭，使能造命，升高能赋，师旅能誓，山川能说，丧记能诔，祭祀能语，君子能此九者，可谓有德者，可以为大夫。"案此乃后世文章之祖也。建邦能命龟，所以作卜筮之繇词也。田能施命，所以为国家作命令也。若夫作器能铭，为后世铭词之祖。使能造命，为后世国书之祖。升高能赋，为后世诗赋之祖。师旅能誓，为后世军檄之祖。山川能说，为后世地志图说之祖。丧记能诔，祭祀能语，为后世哀诔祭文之祖。毛公此说，必周、秦以前古说。即此语观之，足证文章各体出于墨家、纵横家两派矣。《隋书·经籍志》集部总论亦引"登高能赋"之文，其说亦本毛传。）则后世诗集，皆纵横家之派别矣，焉得谓集部与子部无关耶?（若夫荀卿、贾谊、萧望之、刘向等，亦俱有赋，具列于《汉志》之中，此又以儒家而兼文士之才，非纵横一家之所能限矣。）观《礼记·学记篇》有言："宵雅肄三，官其始也。"推古人立法之旨，即望其能赋诗而为行人之官耳；故以古人奉使之诗，励其初学进修之志。（《学记》郑君注云："宵之言小也，谓《鹿鸣》、《四牡》、《皇皇者华》也。为始学者习之，所以劝之以官。"夫《四牡》、《皇皇者华》，均古人出使之诗也。）而后世文章之士，赓诗作赋，亦多浮夸矜诩之词，（《汉书艺文志》云："其后宋玉、唐勒，汉兴，枚乘、司马相如下及杨子云，竞为侈靡弘衍之词，没其风谕之义。是以杨子悔之曰：'诗人之赋丽以则，词人之赋丽以淫。'"又《颜氏家训·文章篇》云："自古文人，多陷轻薄。原其所积文章之体，飚举兴会，发引性灵，使人矜伐，忽于持操，果于进取。"）此则纵横家尚谲弃信之流弊也。（亦见班《志》。）欲考诗赋之流别者，盍溯源于纵横家哉！

一 五

上古之时，六艺之中，诗、乐并列，而诗有入乐不入乐之分。诚以音乐之道，感人至深，故移风易俗，莫善于乐。及墨子作《非乐篇》，习俗相沿，降及秦、汉，《乐经》遂亡。然汉设乐府之官，而依永和声，犹不失前王之旨。及乐府之官废，而乐教尽沦。夫民谣里谚，皆有抑扬缓促之音；声有抑扬，则句有长短。乐教既废，而文人墨客，无复永言咏叹以寄其思，乃创为词调，以绍乐府之遗。夫词于四始之中，大旨近于比兴；而曲终奏雅，惩一劝百，亦承古赋之遗风。然感人至深，捷于影响。则词者，合诗教、乐教而自成一体者也。吾观《诗》篇三百，按其音律，多与后世长短句相符：如《召南·殷其雷篇》云："殷其雷，在南山之阳。"此三五言调也。《小雅·鱼丽篇》云："鱼丽于罶，鲿鲨。"此二四言调也。《齐风·还篇》云："遭我乎猱之间兮，并驱从两肩兮。"此六七言调也。《召南·江有汜篇》云："不我以，不我以。"此叠句韵也。《豳风·东山篇》曰："我来自东，零雨其濛。鹳鸣于垤，妇叹于室。"此换韵调也。《召南·行露篇》曰："厌浥行露。"其第二章曰："谁谓雀无角。"此换头调也。大抵烦促相宣，短长互用，于后世倚声之法，已启其先。足证词曲之源，实为古诗之别派。至于六朝，乐章尽废，故词曲之体，亦始于六朝。梁武帝作《江南弄》，沈约作《六忆诗》，实为词曲之滥觞。唐人乐府，多采五七言绝句。然唐人之词，若《纥那曲》、《长相思》，皆五言绝句之变调也；《柳枝》、《竹枝》、《清平调引》、《小秦王》、《阳关曲》、《八拍蛮》、《浪淘沙》，皆七言绝句之变调也，《阿那曲》、《鸡叫子》，则又仄韵之七言绝句也；《瑞鹧鸪》者，则七言律诗也；《欸残红》者，则五言古诗也：

此亦词为诗余之证。特古人诗调多近于词，而后世词调转出于诗。盖古代诗多入乐，与词相同，而后世之词，则又诗之按律者也。能按律，即能入乐。唐人词律，虽不及宋人之密；然李太白、温飞卿，其词曲皆被管弦，故最精词律。太白所作《清平调》，玄宗调笛倚歌，李龟年亦执板高歌，且谓生平得意之歌，无出于此。（见《松窗录》。）飞卿工于鼓琴听笛，（见《北梦琐言》。）所作词曲，当时歌筵竞唱。（见《云溪友议》。）宰相令狐绹因宣宗爱唱《菩萨蛮》，令飞卿撰进，而宣宗君臣迭相唱和。（见《北梦琐言》。）则太白、飞卿，精于词律，彰彰明矣。盖词皆入乐，故古今之词人，必先通音律，默契其深，然后按律以填词，故所作之词，咸可播之于歌咏。后世之人，按谱填词，而音律之深，或茫然未解。则所谓词者，徒以供骚人墨客寄托之用耳。而词之外遂别有曲矣。岂知古代之词，出于古乐之派别哉！

一 六

唐人之词多缘题生咏：如填《临江仙》之调者，皆咏水仙；填《女冠子》之调者，皆咏道情；填《河渎神》之调者，皆咏崇祠；填《巫山一段云》之调者，皆咏巫峡：以调为题，此固唐人之遗法也。故杨用修诸人，于词调起原，考之甚析。（如《蝶恋花》取梁元帝"翻阶蛱蝶恋花情"，《满庭芳》取吴融"满庭芳草易黄昏"，《点绛唇》取江淹"明珠点绛唇"，《鹧鸪天》取郑嵎"家在鹧鸪天"，《惜余春》取太白赋语，《浣溪纱》取少陵诗意，《青玉案》取《四愁诗》语，《踏莎行》取韩翃诗语，《西江月》取卫万诗语，《菩萨蛮》西域妇髻也，《苏幕遮》西域妇帽也，《尉迟杯》以尉迟公饮酒必用大杯也，《兰陵王》以其入阵之勇也，《生查子》即张博望乘槎事也，《潇湘逢故人》柳恽句也，此皆升庵《词品》考证之语。而都元敬、沈天羽、胡元瑞诸人，于词调起原，尤多考证。）诚以古人作词，以调为题，触景抒情，必合词名之本意。若宋人填词，则不复缘题生咏：如"流水孤村"、"晓风残月"等篇，皆与调名无与；而王晋卿《人月圆》词，语非咏月，谢无佚《渔家傲》曲，词异志和。是唐人以词调为题，（然《菩萨蛮》词，唐人亦无一语与词名合者。）而宋人不复以词调为题也。（然宋人之词，如《黄莺儿》之咏莺，《双飞燕》之咏燕，《迎新春》之咏春，《月下笛》之咏笛，《暗香》、《疏影》之咏梅，《粉蝶儿》之咏蝶，如此之类，亦不可胜计，此皆宋人以调为题者也。）盖唐人由词而制调，故词旨多与调名相符。宋人因调而填词，故词旨多与调名不合；而词牌之外，别有词题矣。此则宋词之异于唐词者也。（五代之时，已有词题，不始于宋也。）

一 七

宋人之词，各自成家。少游之词，寄慨身世，一往情深，而怨悱不乱，悄乎得《小雅》之遗；（东坡《水调歌头》数词亦然。）向子諲《酒边词》、刘克庄《后村词》，眷恋旧君，伤时念乱，例以古诗，亦子建、少陵之亚：此儒家之词也。剑南之词，屏除纤艳，清真绝俗，遒峭沉郁，而出以平淡之词，例以古诗，亦元亮、右丞之匹，此道家之词也。耆卿词曲，密处能疏，崒处能平，状难状之景，达难达之情，例以古诗，间符康乐，此名家之词也。（若耆卿之词，好为俳体，复词多媟黩，则其病也。）东坡之词，慨当以慷，间邻豪放；（如《满庭芳》、《大江东去》、《江城子》诸词是。）龙川之词，感愤淋漓，（如《六洲歌头》、《水调歌头》、《木兰花慢》、《浣溪纱》数首，皆痛心君国，光复之词，溢于言表矣。）睠怀君国，稼轩之词，才思横溢，悲壮苍凉：（如《永遇乐》诸词。）例之古诗，远法太冲，近师太白，此纵横家之词也。（后世词人乐苏、辛词曲之豪纵，竞相效法，浮嚣粗犷，不复成词，此则不善学苏、辛者之失，非苏、辛之失也。）由是言之，古代词人，莫不自辟涂辙，故所作之词，各自不同。岂若后世词人之依草附木，取古人一家之词，以自矜效法哉？

一 八

小说家流，出于稗官。班《志》所列者十余家，今咸失传。惟孔安国《秘记》、（《至理篇》引）董仲舒《李少君家录》、（《论仙篇》引）陈仲弓《异闻记》，偶见引于葛洪《抱朴子》。六朝以降，作者日增。盖中国人民，喜言神怪，而庄言谠论，又非妇孺所能通，故假谈谐鬼怪之词，出以鄙俚，而劝惩之意，隐寓其中，亦感发人民之一助也。然古代小说家言，体近于史，为《春秋》家之支流，与乐教固无涉也。唐代士人始著传奇小说，用为科举之媒，如《幽怪录传奇》是也。宋人《云麓漫钞》称其文备众体，足觇诗笔史才。（《云麓漫钞》曰："唐之举人，先藉当世显人，以姓名达之主司，然后以所业投献，踰数日又投，谓之温卷，如《幽怪录传奇》等是也。盖此等文备众体，可以见史才、诗笔、议论。至进士则多以诗为贽，今有唐诗数百种行于世者皆是也。"）予按《诗》三百篇，如《六月》、《采芑》、《大明》、《笃公刘》、《江汉》诸作，皆为叙事之诗。而汉人乐府之诗，如《孔雀东南飞》数篇，咸杂叙闾里之事。叙事者，《春秋》家之支派也。乐府者，又乐教之支派也。是为《春秋》家与乐教合一之始。（唐杜甫之诗，亦称诗史。）此即金、元曲剧之滥觞也。盖传奇小说之体，既兴于中唐，而中唐以还，由诗生词，由词生曲，而曲剧之体以兴。故传奇小说者，曲剧之近源也；叙事乐府者，曲剧之远源也。乐府之诗，或由一解至数解，即套曲之始也。乐府之句，或由三字至七字，即长短句之始也。且乐府之中，如《孔雀东南飞》诸篇，非惟叙众人之事，亦且叙众人之言，此又曲剧描摹口吻之权舆也。特曲剧之用，声容相兼。声出于《雅》，"雅"训为"正"，乃声音之不失其正者也。容出于《颂》，"颂"、"容"互训，（"颂"字从"公"得声，"容"字从"谷"得声，本属一音之转。又"颂"字从"页"，即象人身之形，与"夏"字同。《九夏》之乐，多属于舞，故《颂》亦属于舞，即古人所谓文舞、武舞二种也。）乃用佾舞以节八音者也。（见《左传》隐五年。）曲剧之兴，实兼二体。元人以曲剧为进身之媒，犹之唐人以传奇小说为科举之媒也。明人袭宋、元八比之体，用以取士，律以曲剧，虽有有韵无韵之分，然实曲剧之变体也。如破题、小讲，犹曲剧之有引子也；提比、中比、后比，犹曲剧之有套数也；领题、出题、段落，犹曲剧之有宾白也；而描摹口角，以偪肖为能，尤与曲剧相符。乃习之既久，遂讹为代圣贤立言。然金、元曲剧之中，其推为正旦者，曷尝非忠臣、孝子、贞夫、义妇耶？故曲剧者，又八比之先导也。古人既以传奇曲剧为进身之媒，则后世以八比为取士之用者，曷足异乎？（章世纯《治平要续·爵禄篇》曰："中产以上之家，无不教子。六岁即延师，教以对偶，取青对白，取一对二，取山对水，取仄对平，牵此扯彼，使整齐可观，高下可诵，此何为也？积之则为表联判语也，演之则时文法也。"据此以观，足证八比之用，与曲剧同，故整齐可观，高下可诵也。）故知八比之出于曲剧，即知八比之文皆俳优之文矣。乃近数百年之间，视八比为至尊，而视曲剧为至卑，谓非一代之功令使之然耶？昔王维奏《郁轮袍》以进身，颇为正直所鄙。明代以降，士人咸凭八比以进身，是趋天下之人而尽为王维也，噫！（八比一体，当附入曲剧之后。）

一　九

近儒昆山顾氏、曲阜孔氏、金坛段氏咸据古诗求古韵。然古诗之中，咸有叶韵，即彼此两韵互相通用之谓也。唐人诗韵最宽，（如昌黎《赠张籍诗》，以城、唐、江、庭、童、穷互押，则庚、青、东、冬四韵之字咸可通叶矣。盖唐人应试用官韵，余则不拘，故一诗之中，往往数韵通叶也。）而词韵亦弗严。（如牡牧填《八六子》调，以深、沉、信、扃、整五字，合于一词之中是也。）宋人作词亦多叶韵，（试举其例，如姜夔《鬲溪梅令》用人、邻、阴、寻、云、盈为韵，则真、侵、文、庚四韵可通用矣。陆游《双头莲》用寄、骥、气、水、里、逝为韵，则寘、未、纸、屑四韵可通用矣。秦观《品令》用织、吃、日、不、惜为韵，则职、锡、质、物、陌五韵可通用矣。晁补之《梁州令》用浅、遍、脸、缓、愿、盏、远为韵，则铣、霰、俭、旱、愿、潸、阮七韵可通用矣。柳永《引驾行》用暮、举、睹、处、去、负为韵，则遇、语、麌、御、洧五韵可通用矣。苏轼《劝金船》用客、识、月、却、节、插为韵，则陌、职、月、药、屑、洽六韵可通用矣。辛弃疾之《东坡引》用怨、面、雁、断、满为韵，则愿、霰、谏、翰、旱五韵可通用矣。方千里《俱犯》用靓、定、静、迥为韵，则敬、径、梗、迥四韵可通用矣。吕渭老《握金钗》用趂、尽、粉、损为韵，则震、轸、吻、阮四韵可通用矣。以上所举数词，皆宋词之最工者也。余如赵德仁、王沂孙、林安世之词，用叶韵者甚多，不具引。）即《花间》、《樽前》诸集，其韵通叶亦宽。盖词以协律，当以口舌相调。（见张玉田《词源》。）毛西河谓词本无韵，立说虽偏，然词以口舌相调，苟能合自然之音律，则虽方言俚语，亦可入词。如秦观《品令》之用"个"字，（其词云："掉又臞。天然个，品格于中压一。帘儿下，时把鞋儿踢。语低低，笑咭咭。"盖用个字作语助，今高邮土人皆如此，秦氏用个字入词，即用高邮土地之方言也。此以方言俗语入词之证。）柳永《迎春乐》之用"瞧"字，（其词云："近来憔悴人惊怪，为别相思瞧。"而刘过《竹香词》亦用瞧字。盖用瞧字作语助字，瞧亦土音也。与《温公诗话》所载陈亚《乞雨诗》"定应瞧作胡卢巴"，借瞧字为晒字者不同。）蒋捷《秋雨祖》之用"挼"字，（其词曰："黄云水铎秋笳喧，吹入双鬓如雪，愁多无赖处，漫碎把寒花轻挼。"而元曲《胡蝶梦》亦用挼字：音释云：挼，疟且切。盖挼字亦土音也。）皆其证也。而黄山谷在戎州时所作乐府，以泸、戎之间读"笛"为"读"，遂以"笛"韵叶"竹"字，（见陆游《老学庵笔记》。）亦方言俚语可入词曲之征也。岂可以词韵一一绳之哉？且古人喜操土音，如郑诗用"且"字、（狂童之狂也且。）《楚词》用"些"字（《招魂篇》）是也。秦、柳、黄、蒋之词，其用韵颇合古诗遗法。故西河谓词本无韵。然词调贵协，若徒执无韵之说，以致音韵失谐，则又词曲之大弊也。若万氏《词律》、蒋氏《词读》，拘墟于音韵之间，致以后人之词韵绳古人，岂知古人词律之精，固在此不在彼乎？（姜白石、张玉田以降，已鲜有以土音入词者。）

二〇

诗与乐分，然后诗中有乐府。乐府将沦，乃生词曲。曲分南北，自昔然矣。然南剧之调，多本于词，（如词调中之《捣练子》、《生查子》、《点绛唇》、《霜天晓角》、《卜算子》、《谒金门》、《忆秦娥》、《海棠春》、《秋蕊香》、《燕归梁》、《浪淘沙》、《鹧鸪天》、《虞美人》、《步蟾宫》、《鹊桥仙》、《夜行梅花引》、《唐多令》、《一剪梅》、《破阵子》、《行香子》、《青玉案》、《天仙子》、《传言玉女》、《风入松》、《祝英台近》、《满路恋芳春》、《满江红》、《烛影摇红》、《绛都春》、《念奴娇》、《高阳台》、《东风第一枝》、《真珠帘》、《齐天乐》、《二郎神》，皆南剧用为引子者也。词调中之《柳梢青》、《贺圣朝》、《醉东风》、《红林擒近》、《蓦山溪》、《声声慢》、《桂枝香》、《永遇乐》、《解连环》《沁园春》、《贺新郎》，皆南剧用为慢词者也。）而北剧之调，鲜本于词，（惟词调之《青令儿》及《忆王孙》二调，北剧之中或偶用之。）其故何哉？昔唐人祖孝孙有言："梁、陈旧乐，用吴、楚之音；周、齐旧乐，涉胡戎之技。"乐分南北，分析昭然；而所谓音杂胡戎者，皆北方之乐也。自是以后，胡角之音，渐输中国。（如《黄鹄解》、《陇头水》、《出关》、《入关》、《出塞》、《入塞》、《折杨柳》、《黄单于》、《赤之杨》、《望行人》十曲是也。《通志》曰："古有胡角十曲，即胡乐。"）而隋炀之世，复有《涼州》、《伊州》、《甘州》、《渭州》四曲，由西域输华，而四夷之乐，析为九部，（如西涼、龟兹、天竺、康居之乐是。）播为声歌。夷乐之兴，自此始矣。隋、唐以降，北方之乐，胡汉杂淆；惟南方之地，古乐稍存。唐、宋之词，虽失古音，然源出乐府，鲜杂夷乐之音。（大抵东晋以降，北方北乐之音多流入江南，与南方之乐歌相杂，故与秦、汉之音不同。）宋、元以降，南剧起于南方；南方为古乐仅存之地，以调之出于古乐府也，故其调亦多出于词。北剧起于北方；北方为胡乐盛行之地，故音杂胡乐，而其调鲜出于词。虽然，南剧之音，虽伤轻绮，糅杂吴音，然视北剧之吐音粗厉，声杂华夷者，岂不彼善于此乎？自夷礼输华以后，中国士民，非唯不能保存古礼也，并不知保存古乐。笛曰羌笛，（骆宾王《荡子从军赋》云："羌笛横吹陇路风。"马融《长笛赋》云："此器起近代，出于羌中。"《通志》云："今横笛去觜，其加觜者，谓之义觜。"笛注云："横笛，小篴也，出汉灵帝，好胡笛。"《宋书》云："有胡篴出于胡吹，即谓出君也。"梁《胡吹歌》云："下马吹横笛。"此歌本出北国，亦即此物。盖羌笛、横笛、胡篴，同实异名，甚原皆出于胡吹。故《通志》又云："今之篴又有胡吹，非雅乐也。"）笳曰胡笳，（胡笳见《晋书·刘琨传》。《通志》云："杜挚有《笳赋》，云西戎所造。"晋先蚕注："车驾住，吹小菰；发，吹大菰。"菰即笳也。又有胡笳。《汉书》筝笛录有其曲。又云："角者，出于羌胡，以惊中国马。筚篥者，出于胡中，其声悲。"盖笳、角、筚篥，其物虽异，然为军中所吹则一也。）鼓曰羯鼓，（羯鼓催花，为唐玄宗事，见《唐代丛书》中。）而琵琶、（《通志》引傅玄说，谓琵琶本出胡中。又云："五弦琵琶，盖北国所出。"）箜篌、（《通志》曰：竖箜篌，胡乐也。汉灵帝好之。体小而长。）锦鸡鼓、虎拨思，（《野获编》云："乐器中有四弦长项圆鼙者，俗名琥珀槌，京师及塞北人呼胡博词，又名浑不是，《元史》称火不思，本房中马上所弹者。正统年间，以虎拨思赐瓦剌，盖即此物。又有紧急鼓者，讹为锦鸡鼓，皆虏乐也。"）咸为虏乐。夷声竞作，雅乐式微，声音感人，如响斯应，用夷变夏，此为滥觞，则音乐改良乌可缓哉？

二

自唐人以律赋取士，而赋体日卑。昔《文心雕龙》之论赋也，谓六艺附庸，蔚成大国。吾观《诗》有六义，赋之为体，与比、兴殊。兴之为体，兴会所至，非即非离，词微旨远，假象于物，而或美或刺，皆见于兴中。比之为体，一正一喻，两相譬况，词决旨显，体物写志，而或美或刺，皆见于比中。故比、兴二体，皆构造虚词，特兴隐而比显，兴婉而比直耳。（毛公释独标兴体，则以兴体难知，非解不明；若比、赋二体，读诗者皆可知之，无俟赘述也。若朱传则兼标三体，且误以兴为比。）赋之为体，则指事类情，不涉虚象，语皆征实，辞必类物。故"赋"训为"铺"，义取铺张。（昔邵公言公卿献诗，师箴赋。毛传言登高能赋，可以为大夫。赋也者，指实事而言也。若夫春秋之时，以诵诗为赋诗者，则诵诗者必陈其文，与铺张之义同也。）循名责实，惟记事析理之文，可锡赋名。自战国之时，楚《骚》有作，词咸比兴，亦冒赋名，（故班《志》称《离骚》诸篇为《屈原赋》。）而赋体始溢。赋体既溢，斯包函愈广；故《六经》之体，罔不相兼。贾生《鹏赋》，旨贯天人，入神致用，其言中，其事隐，撷道家之菁英，约儒家之正谊，其原出于《易经》；及孟坚、平子为之，《幽通》、《思玄》，析理精微，精义曲隐，其道杳冥而有常，则《系辞》之遗义也。班固《两都》，诵德铭勋，从雍揄扬，事覈理举，颂扬休明，远则相如之《封禅》，（相如《封禅文》亦近赋体，杨雄《剧秦》、班固《典引》皆属此体。）近师子云之《羽猎》，其原出于《书经》；及潘岳之徒为之，《藉田》一赋，义典言弘，亦《典》、《诰》之遗音也。屈原《离骚》，引辞表旨，譬物连类，以情为里，以物为表，抑郁沉怨，与风雅为节，其原出于《诗经》；及宋玉、景差为之，涂泽以摛辞，繁类以成体，振尘滓之泽，发芳香之邕，亦葩经之嗣响也。相如《上林》，枚乘《七发》，聚事征材，恢廓声势，谲而不觚，肆而不衍，其为文也，纵而复反，放佚浮宕，而归于大常，其原出于《春秋》，及左思之徒为之，迅发弘富，博厚光大，亦史传之变体也。荀卿《赋篇》，观物也博，约义也精，简直谨严，品物毕图，朴质以谢华，轫断以为纪，其原出于《礼经》；及孔臧、司马迁为之，章约句制，切墨中绳，排纂以立体，艰深以隐词，亦古典之遗型也。屈原《九歌》，依永和声，近古乐章，（《九歌》本楚人祀神之乐章。）其原出于《乐经》；后世之赋，虽不歌而诵，（班《志》云："不歌而诵者谓之赋。"）然子渊之赋《洞箫》，马融之赋《长笛》，咸洞明乐理，（故《文选》之赋，别立音乐之赋为一门。）则亦音乐之妙论也。彦和之论，夫岂诬哉?左、陆以下，渐趋整练。齐、梁而降，益事妍华。自唐迄宋，以赋造士，创为律赋，虽贻俳优之讥，然指物贵工，隶事贵当，铢量寸度，言不违宗，合于指事类情之义。其旨则是，其格则非。后儒不察赋义之本原，而所作赋篇，多涉虚象，毋亦昧于文章之流别欤?

二 二

近世以来，正名之义久湮。由是，于古今人之著作，合记事、析理、抒情三体，咸目为"古文辞"。（如姚氏选《古文辞类纂》，其最著者也。）不知"辞"字本义，训为"狱讼"。《说文》"辛"部云："辞，讼也；从䇂，䇂犹理辜也。䇂，理也。"又有"嗣"字，下云："籀文：辞，从司。"是辞专指狱讼言，故与"皋"、"辜"等字并列。（故《大学》言"无情者不得尽其辞"也。）此"辞"字之本义也。又《说文》"司"部下云："词，意内而言外也；从司，从言。"是"词章"、"词藻"诸字，皆作"词"而不作"辞"。而"词"字又训为语助。（《文选》刘桢赋云："杨蒬陈词。"注云："惟、曰、兮、斯之类，皆语句词。"是词为语助也。近儒高邮王氏作《经传释词》，其自序云："说经者于语词之例，略而不究，或即以实义释之，使其文扦格而意亦不明。窃谓不知语助者，犹不知实义也。盖实义不外乎文字通用，明于通用，则语词自无窒碍矣。"是王氏亦以词为语助也。盖词为语助，故引申其义，则一切言论文章，皆称为词。）凡古籍"言辞"、"文辞"诸字，古字莫不作"词"，特秦、汉以降，误"词"为"辞"耳。《易·系辞》释文云："辞，说也；辞本作词。"《礼记·曲礼》篇释文并同。《周礼》大行人职云："辞协命。"郑注云："故书作叶词命。"《诗·大雅》云："辞之辑矣。"《说文》引作"词之辑矣"。是"词"字为古文，而"辞"字则系传写之误。其所以误"词"为"辞"者，则由"辞"字籀文作"嗣"，与"词"字之形相近，故因形近而相讹。实则字各一义，非古代通用之字也。（《汉书·叙传》音义云："词，古辞字。"是"辞"字古文当作"词"字之证。）后世习俗相沿，误"词"为"辞"，俗儒不察，遂创为"古文辞"之名，岂知"辞"字本古代狱讼之称乎? 甚矣，字义之不可不明也。

二 三

上古之时，未有诗歌，先有谣谚。然谣谚之音，多循天籁之自然。其所以能谐音律者，一由句各叶韵，二由语句之间多用叠韵、双声之字。凡有两字同母，是为双声；两字同韵，谓之叠韵。上古歌谣，已有此体。昔尧时《击壤歌》曰："日出而作，日入而息。""日出"、"日入"，皆叠韵也。虞廷之赓歌曰："股肱"、"丛脞"。此双声也。舜时之歌曰："祝融西方发其英。""祝融"二字，亦双声也。（又如古歌"断竹续竹，飞土逐肉"，皆叠韵也。）诗三百篇，大抵指物抒情之作，一字不能尽，则叠字以形容之，如雎鸠之"关关"，葛覃之"萋萋"是也；或用叠韵，则山之"崔嵬"，马之"虺陨"是也；或用双声，如"蟏蛸在东"、"鸳鸯在梁"是也。双声叠韵，大抵皆口中状物之词，及用之于诗，则口舌相调，声律有不期其然而然者。故两汉、魏、晋之诗，多沿此例；特斯时韵学未兴，未立"双声"、"叠韵"之名耳。自周容、沈约创四声切韵，有"前浮声、后切响"之说，由是偶文韵语之中，多用双声叠韵。（或自相为对，或互相为对。）律诗始于萧齐，故双声之体，亦始于王融。（王融诗曰："园蘅眩红葩，湖荇烨黄花；回鹤横淮翰，远越合云霞。"此诗见原集中。）厥后唐人多用之。（如皮日休《溪上思》云："疏鱼低通滩，冷鹭立乱浪；草彩欲夷犹，云容空淡荡。"温庭筠诗云："高阁过空谷，孤竿隔古冈；潭庭空淡荡，髣髴复芬芳。"此其双声也。余证甚多。）盖律体盛行，故其法益密。杜少陵之诗，尤善用双声叠韵：有二句皆双声而自相为对者，（如少陵《赠鲜于京兆》云："奋飞超等级，容易失沉沦。""奋飞"、"容易"皆系双声。此双声之自相为对者。余证甚多。）有二句皆叠韵而自相为对者，（如少陵《寄卢参谋》云："流年疲蟋蟀，体物幸鶺鴒。""蟋蟀"、"鶺鴒"，皆系叠韵。此叠韵之自相为对者。余证尚多。）亦有双声叠韵互相为对者。（如少陵《赠河南韦尹》云："牢落乾坤大，周流道术空。""牢落"为双声，"周流"为叠韵，此以上句双声对下句之叠韵者也。又少陵《赠汝阳王诗》云："寸肠堪缱绻，一诺岂骄矜。""缱绻"为叠韵，"骄矜"为双声，此以上句叠韵对下句双声者也。余证甚多。）迨及宋初，此法渐微，惟苏诗喜用双声。（东坡尝戏作切语《竹诗》，又作《和正甫一字韵诗》，又作《江行见月》四言诗，此三诗者，无一语而非双声，可以知苏诗之喜用双声矣。）然齐、梁以前，未立"叠韵"、"双声"之目，齐、梁以后，又渐失双声叠韵之传，然考其篇章，往往亦多暗合。则叠韵双声乃自然之音律，非人力所可强为矣。故未有文字之前，已具此体，惟前人未能一抉其秘耳。海宁周氏作《杜诗双声谱》，已发明此例，并旁采古今之诗以为证佐，可谓发前人所未发矣；惟意有未尽，故复即其义而申之。（王西庄诸儒亦复深信此说，见《蛾术编》。）

二 四

昔孟子之论说诗也，谓"不以文害词，不以词害志"。予观秦、汉以后之诗文，何以文害词者之多乎？如江淹《恨赋》有云："孤臣危涕，孽子坠心。"

夫"坠涕"、"危心"之语，均于古籍有征，而江氏必欲反其词以自矜险语，不知"危涕坠心"四字，语词相缀，皆属不伦，奚得谓之合论理乎？又杜甫《秋兴》诗有云："红豆啄馀鹦鹉粟，碧梧栖老凤凰枝。"夫"鹦鹉"、"凤凰"，皆系主词，"豆"、"粟"、"梧"、"枝"，皆系所谓词：（当云"鹦鹉啄余红豆粟，凤凰栖老碧梧枝。"）而杜氏必欲倒其词以自矜研炼，此非嗜奇之失乎？不惟此也。杜甫律诗有云："白头搔更短，浑欲不胜簪。"夫白发可言长短，今易白发为白头则属不词。（俞氏荫甫亦议之。）又白居易诗云："掌珠一颗儿三岁，鬓雪千茎父六旬。"夫十日为旬，载于往籍；（《说文》"勹"部"旬"字下云："十日为旬。"故唐代以前，无以旬为十年者。）今白氏以十载为旬，非与古训相背乎？（以十年为一旬，盖始于唐。故白氏又有诗云："且喜同年满七旬。"又明徐尊生诗云："客中生日近七夕，老子行年当五旬。"以十年为旬，与白氏同。）夫智者千虑，岂无一失？特名不正者言不顺，欲顺其言，必正其名。若以文害词，则背于正名之义，岂可复蹈其弊乎？故举古人文词之失，以见其凡。（夫今日所以不敢讥江淹、杜甫者，以其名高也。若初学作文之人，造语与江、杜同，必斥之为文理不通矣。）

《国粹学报》第9期，1905年

后收入《刘申叔遗书》，今有江苏古籍出版社 1997 年版

南北文学不同论

刘师培

夫声律之始，本乎声音。发喉引声，和言中宫，危言中商，疾言中角，微言中徵、羽。商、角响高，宫羽声下，高下既区，清浊旋别。善乎《吕览》之溯声音也，谓"涂山歌于候人始为南音，有娀谣乎飞燕始为北声"。则南声之始起于淮、汉之间，北声之始起于河渭之间。故神州语言虽随境而区，而考厥指归则析分南、北为二种。（大抵北方语言河西为一种，则陕、甘是也。河北为一种，则山西、直隶、安徽北境是也。界乎南、北之间者则淮南为一种，则江苏、安徽之中部及湖北东境是也。汉南为一种，则湖北中部、西部及四川东部是也。南方语言则分五种：金陵以东为一种，则江苏南境、浙江东北境是也。金陵以西为一种，则安徽南京及江西北部是也。湘、赣之间为一种，则湖南全省及江西南境是也。推之闽、广各为一种。广西、云、贵为一种。然论其大旨则南音、北音二种，其大纲也。）陆法言有言："吴、楚之音时伤清浅，燕、赵之音多伤重浊。"此则言分南、北之确证也。（大抵时愈古则音愈浊，时愈后则音愈清；地愈北则音愈重，地愈南则音亦愈轻。）声能成章者谓之言，言之成章者谓之文。古代音分南、北，（如《说苑·修文篇》言："舜以南风，纣以北鄙之音，互相不同。"又《家语》言"子路鼓瑟，有北鄙杀伐之声。"而《左传》又言，楚钟仪鼓琴操南音。亦古代音分南、北之证。）河、济之间古称中夏，故北音谓之夏声，（《左传》襄二十九年）又谓之雅言。（《论语》言"子所雅言"。雅即夏也。）江、汉之间古称荆、楚，故南音谓之楚声，或斥为"南蛮鴃舌。"（《孟子》）《荀子》有言："君子居楚而楚，居夏而夏。"夏为北音，楚为南音，音分南北，此为明证。（余杭章氏谓"夏音即楚音。"不知夏音即华夏之音。汉族由西方入中国，以黄河附近为根据，故称北方曰华夏。而南方之地则古为荒服，安得被以华夏之称？不得以楚有夏水，而夏、楚音近，遂以夏音即楚音也。章说非是。）

声音既殊，故南方之文亦与北方迥别。大抵北方之地，土厚水深，民生其间，多尚实际；南方之地水势浩洋，民生其间，多尚虚无。民尚实际，故所著之文不外记事、析理二端；民尚虚无，故所作之文或为言志、抒情之体。中国古籍以六艺为最先，而《尚书》《春秋》记动记言，谨严简直；《礼》《乐》二经例严辞约，平易不诬。记事之文，此其嚆矢。《大易》一书，素远钩深，精义曲隐，析理之作，此其权舆。若夫兵农标目，医历垂书，炎黄以降，著述浩繁。（如兵家始于黄帝、鬼容区，农家始于神农，医家始于神农、黄帝及岐伯诸人，历学亦始于容成，皆见于《汉志》，实为上古之书。）然绳以著书之律，则记事、析理实兼二长。此皆古代北方之文也。（因古帝皆都北方，而南方则为苗族之地。）惟《诗》篇三百则区判北、南，《雅》《颂》之诗起于岐、丰，而《国风》十五，太师所采，亦得之河、济之间。故讽咏遗篇大抵治世之诗，从容揄扬，（如《周颂》及《大雅》《小雅》前半及《鲁颂》《商颂》是）衰世之诗悲哀刚劲，（如《小雅》中《出车》《采芑》《六日》以及《秦风》篇皆刚劲之诗也，而《小雅》《大雅》之后半则为悲哀之诗。）记事之什雅近典谟，（如《七月》篇历叙风土人情，而《笃》《公刘》诸篇皆不愧诗史）北方之文莫之或先矣。惟周、召之地在南阳、南郡之间，（此《韩诗》说，予案《周南》言汉广，言汝坟，则周南之地在南阳、南郡之东；《召南》言汝沱，则召南之地当在南阳、南郡之西。盖文王兼牧荆、梁二州，故《国风》始于《周》《召》。）故二《南》之诗感物兴怀，引辞表旨，譬物连类，比兴二体，厥制益繁，构造虚词，不标实迹，与二《雅》迥殊。至于哀窈窕而思贤才，咏汉广而思游女，屈、宋之作于此起源。《鼓钟》篇曰"以《雅》以《南》。"非《诗》分南、北之证与？（《毛传》云，"为《雅》为《南》也，舞四夷之乐，大德广所及也。"又言"南夷之乐曰《南》。"盖以《雅》为中国之乐，以南为四夷之乐也。不知北方之诗谓之《雅》，《雅》者北方之音也。南方之诗谓之《南》，《南》者南方之音也。此音分南、北之证。非以南夷之乐该四夷之乐也。）

春秋以降，诸子并兴。然荀卿、吕不韦之书最为平实，刚志狭理，轹断以为纪，其原出于古礼经，（孔孟之言亦最平易近人）则秦、赵之文。故河北、关西无复纵横之士。韩、魏、陈、宋，地界南、北之间，故苏、张之横放，（苏秦为东周人，张仪为魏人。）韩非之宕跌，（非为韩人）起于其间。惟荆、楚之地僻处南方，故老子之书，其说杳冥而深远。（老子为楚国苦县人）及庄、列之徒承之，（庄为宋人，列为郑人，皆地近荆、楚者也。）其旨远，其义隐，其为文也，纵而后反，寓实于虚，肆以荒唐谲怪之词，渊乎其有思，茫乎其不可测矣。屈平之文，音涉哀思，矢耿介，慕灵修，芳草美人，托词喻物，志洁行芳，符于二《南》之比兴，（观《离骚经》《九章》诸篇皆以虚词喻实义，与二《雅》殊。）而叙事纪游，遗尘超物，荒唐谲怪，复与庄、列相同。（故《史记》之论《楚词》也，谓"蝉蜕秽浊之中，浮游尘埃之外，皭然涅而不污，推此志也，虽与日月争光可也。"）南方之文，此其选矣。又纵横之文亦起于南，（如陈轸、黄歇之流是也）故士生其间，喜腾口说，甚至操两可之说，设无穷之词，以诡辩相高。故南方墨者以坚白异同之论相訾，（见

《庄子》）虽其学失传，然浅察以炫词，纤巧以弄思，习为背实击虚之法，与庄、列、屈、宋之荒唐谲怪者，殆亦殊途而同归乎！观班固之志艺文也。分析诗赋，屈原赋以下二十五家为一种，陆贾赋以下二十一家为一种，荀卿赋以下二十五家为一种。盖屈原、陆贾籍隶荆南，（贾亦楚人）所作之赋一主抒情，一主骋辞，皆为南人之作；荀卿生长赵土，所作之赋偏于析理，则为北方之文。兰台史册固可按也。

西汉之时，文人辈出。贾谊之文，刚健笃实，出于韩非；晁错之文，辨析疏通，出于《吕览》；而董仲舒、刘向之文，咸平敞通洞，章约句制，出于荀卿。盖西汉北方之文实分三体：或镕式经诰，褒德显容，其源出于《雅》《颂》，颂赞之体本之；或探事献说，重言申明，其源出于《尚书》，书疏之体本之；或文朴语饰，不断而节，其源出于《礼经》，古赋之体本之；（如孔臧、司马迁、韩安国之赋是）又《淮南》之旨虽近庄、列，然衡其文体仍在荀、吕之间，亦非南方之文也。（惟小山《招隐士》篇出于屈、宋。）若夫史迁之作，排纂雄奇，书为记事，文则骋词。而枚乘、司马相如咸以词赋垂名，然恢廓声势，开拓宦突，殆纵横之流欤。（如枚乘《七发》，相如《子虚赋》《上林赋》是也。）至于写物附意，触兴致情，（如相如《长门赋》《思大人》，枚乘《菟园赋》是也。）则导源楚骚，语多虚设。子云继作，亦兼二长，（如《羽猎赋》《河东赋》出于纵横家者也，若《反离骚》诸作则出于楚骚者也。）例以文体，远北近南。东京文士彪炳史编，然章奏书牍之文咸通畅明达，虽属词枝繁，然铨贯有序，论辨之文亦然。（如班彪《王命论》，朱穆《崇厚论》是。）若词赋一体，则孟坚之作虽近杨、马，然征材聚事，取精用弘，《吕览》类辑之义也，蔡邕之作似之；平子之作，杰格拮挞，俶傥可观，荀卿《成相》之遗也，王延寿之作似之。即有自成一家言者，亦辞直义畅，雅懿深醇。（如荀悦《申鉴》，王符《潜夫论》是。）盖东汉文人咸生北土，且当此之时，士崇儒术，纵横之学，屏绝不观，《骚经》之文，治者亦鲜，故所作之文偏于记事、析理，（如《幽通》《思玄》各赋以及《申鉴》《潜夫论》之文，皆析理之文也，若夫《两都》《鲁灵光》各赋则记事之文。）而骋辞、抒情之作，嗣响无人。惟王逸之文，取法骚经，（王为南郡人）而应劭、王充，南方之彦，（劭为汝南人，充为会稽人。）故《风俗通》《论衡》二书近于诡辩，殆南方墨者之支派欤？于两汉之文，别为一体。盖三代之时文与语分，排偶为文，直言为语。东汉北方之文，词多骈俪，句严语重，乃古代之文也；南方之文多属单行，语词浅显，乃古代之语也。

建安之初，诗尚五言。七子之作，虽多酬酢之章，然慷慨任气，磊落使才。造怀指事，不求纤密，隐义蓄含，余味曲包，而悲哀刚劲，洵乎北土之音。（气度渊雅逊东汉，而魄力则过之，孔融、曹操之诗尤为悲壮。）魏晋之际文体变迁，而北方之士，侈效南文。曹植词赋，涂泽律切，忧远思深，其旨开于宋玉，及其弊也，则采摘艳辞，纤冶伤雅。嵇、阮诗歌，飘忽峻佚，言无端涯，其旨开于庄周，及其弊也，则宅心虚阔，失所旨归左思诗赋广博沉雄，慨慷卓越，其旨开于苏、张，及其弊也，则浮嚣粗犷，昧厥修辞。北方文体至此始涓。又建安以还，文崇偶体，西晋以降，由简趋繁。（凡晋人奏议之文、论述之文皆日趋于偶，日趋于繁，与东汉殊。）然晋初之文，羹元尚存，雕几未极。如杜预、荀勖、傅玄，咸吐词简直；若张华、潘岳、挚虞，始渐尚铺张。三张二陆文虽遒劲，亦稍入轻绮矣。诗歌亦然，故力柔于建安，句工于正始。此亦文体由北趋南之渐也。

　　江左诗文溺于玄风，辞谢彫采，旨寄玄虚，以平淡之词，寓精微之理。故孙（孙绰）、许（许珣）、二王（王羲之、王献之），语咸平典，由嵇、阮而上溯庄周，此南文之别一派也。惟刘琨之作，善为凄戾之音，而出以清刚；（孙楚、卢谌之作亦然）郭璞之作，佐以虓炳之词，而出以挺拔。北方之文，赖以不堕。晋、宋以降，文体复更。渊明之诗仍沿晋派。至若慧业文人，咸崇文藻，镂雕云风，模范山水。自颜、谢诗文，舍奇用偶，鬼斧默运，奇情毕呈。句争一字之奇，文采片言之贵，情必极貌以写物，辞必穷力以追新。（谢元晖亦然）齐、梁以降，益尚艳辞，以情为里，以物为表，赋始于谢庄，诗昉于梁武。（简文及元帝之诗亦然）阴、何、吴、柳（阴铿、何逊、吴均、柳恽），厥制益工，研炼则隐师颜、谢，妍丽则近齐、梁。子山继作，掩抑沉怨，出以哀艳之词，由曹植而上师宋玉。此又南文之一派也。（惟范云、任昉，文诗渊懿，江总、沈约亦无轻靡之辞，乃齐、梁文士之杰出者。）鲍照诗文，义尚光大，工于骋势，然语乏清刚，哀而不壮，大抵由左思而上效苏、张。此亦南文之一派也。梁、陈以降，文体日靡，（至陈后主而极矣。即刘孝标、刘彦和、陆佐文之文亦多清新之句。）惟北朝文人舍文尚质。崔浩、高允之文咸硗确自雄。温子昇长于碑版，叙事简直，得张、蔡之遗规；卢思道长于歌词，发音刚劲，嗣建安之佚响。（如《蓟北歌词》诸作是也）子才、伯起（邢邵、魏收），亦工记事之文，岂非北方文体固与南方文体不同哉？自子山、总持（江总）身旅北方，而南方轻绮之文渐为北人所崇尚。又初明（沈炯）、子渊（王褒）身居北土，耻操南音，诗歌劲直，习为北鄙之声，而六朝文体亦自是而稍更矣。

　　隋炀诗文远宗潘、陆，一洗浮荡之言，惟隶事研词尚近南方之体。杨、薛之作，间符隋炀，吐音近北，摛藻师南。故隋、唐文体，力刚于颜、谢，采缛于潘、张，折衷南体、北体之间而别成一派。唐初诗文与隋代同，制句切响，言务纤密，虽雅法六朝，然卑靡之音于焉尽革。四杰继兴，文体益恢，诗音益谐。自是以降，虽文有工拙，然俳四俪六，益趋浅弱。惟李、杜古赋，词句质素，张、陆奏章，析理通明，唐代文人，瞠乎后矣，昌黎崛起北陲，易偶为奇，语重句奇，闳中肆外，其魄力之雄，直追秦汉，虽模拟之习未除，然起衰之功不可没也。习之、持正、可之，咸奉韩文为圭臬，古质浑雄，唐代罕伦。子厚与昌黎齐名，然栖身湘、粤，偶有所作，咸则庄、骚，谓非土地使然与？若贞观以后，诗律日严，然宋、沈之诗，以严凝之骨饰流丽之词，颂扬休明，渊乎盛世之音。中唐以降，诗分南北，少陵、昌黎体峻词雄，有黄钟大吕之音；若夫高（适）、常（建）、崔（颢）、李（颀），诗带边音，粗厉猛起；张（籍）、孟（郊）、贾（岛）、卢（仝），思苦语奇，缒幽凿险，皆北方之诗也。太白之诗，才思横溢，旨近苏、张；（乐府则出《楚词》）温、李之诗，缘情托兴，谊符楚骚；储、孟之诗，清言霏屑，源出道家，皆南方之诗也。晚唐以还，诗趋纤巧，拾六代之唾余，自郐以下，无足观矣。

　　宋代文人，惟老苏之作间近昌黎。欧、曾之文，虽沉详整静，茂美渊懿，训词深厚，然平弱之讥，何云克免？岂非昌黎之文固非南人所能效哉？（小苏之文愈伤平弱，介甫文虽挺拔，然浑厚之气亦逊昌黎。）若东坡之文，出入苏、张、庄、老间，亦为南体。苏门四子，更无论矣。北宋诗体，初重西昆，派沿温、李。苏诗精言名理，有东晋之风。（此出于道家，若欧、王之诗于北宋亦为特出）西江一体，虽逋峭坚凝，一洗凡艳，然雄厚之气，远逊杜、韩，岂非杜、韩之诗亦非南人所克效欤？南宋诗文，多沿古制。惟同甫、水心，文体纵横；放翁、石湖，诗词淡雅。（一近张、苏，一近庄、列。）然咸属南人，若真、魏之文缜密端悫，诚哉中流之砥柱矣。（若夫东莱之文，稼轩之词，亦近纵横。朱子之文，雅近真、魏。）金元宅夏，文藻黯然。惟遗山之诗则法少陵，存中州之正声，子昂卑卑，非其匹也。自元以降，惟剧曲一端区分南北，若诗文诸体，咸依草附木，未能自辟涂辙，故无派别之可言。大抵北人之文，猥琐铺叙，以为平通，故朴而不文；南人之文，诘屈雕琢，以为奇丽，故华而不实。

　　当明代中叶，七子之诗，雄而不沉；归、茅之文，密而不茂。至于明季，几社、复社之英发为文章，咸感愤淋漓，悲壮苍凉，伤时念乱，音哀于子山，气刚于同甫，虽间失豪放，然南人之文兼擅苏、张、屈、宋之长自此始也。明社既墟，遗民佚士睠怀故都，或发绵渺之文，（如吴梅村之诗，毛西河之文是。）或效轶荡之体，（如侯、魏之文，阎、万之诗是。）咸有可观。（大抵黎洲之文冗长，惟亭林诗文为最佳，船山之文则又明文之杰出者矣。）清代中叶，北方之士咸朴僿塞冗，质略无文。南方文人，则区骈、散为二体。治散文者工于离合激射之法，以神韵为主，则便于空疏，以子居、皋闻为差胜；（此所谓桐城派也，余咸薄弱。）治骈文者一以摘句寻章为主，以蔓衍炫俗，或流为诙谐，以稚威、容甫为最精。（雅威之文以力胜，容甫之文以韵胜，非若王、袁之矜小慧也。）若夫惟诗歌一体，或崇声律，（如赵执信及后世扬州诗派是）

或尚修词，（如宋琬之流是）或矜风调。（前有施、王，后有袁枚，皆宗此派。）派别迥殊，然雄健之作概乎其未闻也。故观乎人文，亦可以察时变矣。

刘师培《刘师培中古文学论集》，陈引驰编校，
中国社会科学出版社，1997 年 6 月

文学小言[※]

王国维

一

昔司马迁推本汉武时学术之盛，以为利禄之途使然。余谓一切学问皆能以利禄劝，独哲学与文学不然。何则？科学之事业，皆直接间接以厚生利用为旨，古未有与政治及社会上之兴味相刺谬者也。至一新世界观与新人生观出，则往往与政治及社会上之兴味不能相容。若哲学家而以政治及社会之兴味为兴味，而不顾真理之如何，则又决非真正之哲学。以欧洲中世哲学之以辨护宗教为务者，所以蒙极大之污辱，而叔本华所以痛斥德意志大学之哲学者也。文学亦然；铺饤的文学，决非真正之文学也。

二

文学者，游戏的事业也。人之势力用于生存竞争而有馀，于是发而为游戏。婉娈之儿，有父母以衣食之，以卵翼之，无所谓争存之事也。其势力无所发泄，于是作种种之游戏。逮争存之事亟，而游戏之道息矣。唯精神上之势力独优，而又不必以生事为急者，然后终身得保其游戏之性质。而成人以后，又不能以小儿之游戏为满足，于是对其自己之感情及所观察之事物而摹写之，咏叹之，以发泄所储蓄之势力。故民族文化之发达，非达一定之程度，则不能有文学；而个人之汲汲于争存者，决无文学家之资格也。

三

人亦有言，名者利之宾也。故文绣的文学之不足为真文学也，与铺饤的文学同。古代文学之所以有不朽之价值者，岂不以无名之见者存乎？至文学之名起，于是有因之以为名者，而真正文学乃复托于不重于世之文体以自见。逮此

※ 《文学小言》发表于1906年《教育世界》总第139号，收入《静庵文集续编》。

体流行之后，则又为虚玄矣。故模仿之文学，是文绣的文学与铺缀的文学之记号也。

四

文学中有二原质焉：曰景，曰情。前者以描写自然及人生之事实为主，后者则吾人对此种事实之精神的态度也。故前者客观的，后者主观的也；前者知识的，后者感情的也。自一方面言之，则必吾人之胸中洞然无物，而后其观物也深，而其体物也切；即客观的知识，实与主观的感情为反比例。自他方面言之，则激烈之感情，亦得为直观之对象、文学之材料；而观物与其描写之也，亦有无限之快乐伴之。要之，文学者，不外知识与感情交代之结果而已。苟无锐敏之知识与深邃之感情者，不足与于文学之事。此其所以但为天才游戏之事业，而不能以他道劝者也。

五

古今之成大事业大学问者，不可不历三种之阶级："昨夜西风凋碧树，独上高楼，望尽天涯路。"（晏同叔《蝶恋花》）此第一阶级也。"衣带渐宽终不悔，为伊消得人憔悴。"（欧阳永叔《蝶恋花》）此第二阶级也。"众里寻他千百度，回头蓦见（编者按：当作"蓦然回首"），那人正在灯火阑珊处。"（辛幼安《青玉案》）此第三阶级也。未有不阅第一第二阶级，而能遽跻第三阶级者。文学亦然。此有文学上之天才者，所以又需莫大之修养也。

六

三代以下之诗人，无过于屈子、渊明、子美、子瞻者。此四子者苟无文学之天才，其人格亦自足千古。故无高尚伟大之人格，而有高尚伟大之文学者，殆未之有也。

七

天才者，或数十年而一出，或数百年而一出，而又须济之以学问，帅之以德性，始能产真正之大文学。此屈子、渊明、子美、子瞻等所以旷世而不一遇也。

八

"燕燕于飞，差池其羽。""燕燕于飞，颉之颃之。""睍睆黄鸟，载好其音。""昔我往矣，杨柳依依。"诗人体物之妙，侔于造化，然皆出于离人孽子征夫之口，故知感情真者，其观物亦真。

九

"驾彼四牡，四牡项领。我瞻四方，蹙蹙靡所骋。"以《离骚》、《远游》数千言言之而不足者，独以十七字尽之，岂不诡哉！然以讥屈子之文胜，则亦非知言者也。

十 〇

屈子感自己之感，言自己之言者也。宋玉、景差感屈子之所感，而言其所言；然亲见屈子之境遇，与屈子之人格，故其所言，亦殆与自己之言无异。贾谊、刘向其遇略与屈子同，而才则逊矣。王叔师以下，但袭其貌而无其情以济之。此后人之所以不复为楚人之词者也。

十 一

屈子之后，文学上之雄者，渊明其尤也。韦、柳之视渊明，其如贾、刘之视屈子乎！彼感他人之所感，而言他人之所言，宜其不如李、杜也。

十 二

宋以后之能感自己之感，言自己之言者，其唯东坡乎！山谷可谓能言其言矣，未可谓能感所感也。遗山以下亦然。若国朝之新城，岂徒言一人之言已哉？所谓"莺偷百鸟声"者也。

十 三

诗至唐中叶以后，殆为羔雁之具矣。故五季、北宋之诗，（除一二大家外。）无可观者，而词则独为其全盛时代。其诗词兼擅如永叔、少游者，皆诗

不如词远甚。以其写之于诗者，不若写之于词者之真也。至南宋以后，词亦为
羔雁之具，而词亦替矣。（除稼轩一人外。）观此足以知文学盛衰之故矣。

十 四

上之所论，皆就抒情的文学言之（《离骚》、诗词皆是。）至叙事的文学
（谓叙事诗、诗史、戏曲等，非谓散文也）则我国尚在幼稚之时代。元人杂剧，
辞则美矣，然不知描写人格为何事。至国朝之《桃花扇》，则有人格矣，然他
戏曲则殊不称是。要之，不过稍有系统之词，而并失词之性质者也。以东方古
文学之国，而最高之文学无一足以与西欧匹者，此则后此文学家之责矣。

十 五

抒情之诗，不待专门之诗人而后能之也。若夫叙事，则其所需之时日长，
而其所取之材料富，非天才而又有暇日者不能。此诗家之数之所以不可更仆
数，而叙事文学家殆不能及百分之一也。

十 六

《三国演义》无纯文学之资格，然其叙关壮缪之释曹操，则非大文学家不
办。《水浒传》之写鲁智深，《桃花扇》之写柳敬亭、苏昆生，彼其所为，固
毫无意义。然以其不顾一己之利害，故犹使吾人生无限之兴味，发无限之尊
敬，况于观壮缪之矫矫者乎？若此者，岂真如汗德所云，实践理性为宇宙人生
之根本欤？抑与现在利己之世界相比较，而益使吾人兴无涯之感也？则选择戏
曲小说之题目者，亦可以知所去取矣。

十 七

吾人谓戏曲小说家为专门之诗人，非谓其以文学为职业也。以文学为职
业，馂馅的文学也。职业的文学家，以文学为生活；专门之文学家，为文学而
生活。今馂馅的文学之途，盖已开矣。吾宁闻征夫思妇之声，而不屑使此等文
学嚣然污吾耳也。

王国维《王国维文学美学论著集》

北岳文艺出版社，1987 年 4 月

文学总略

章太炎

　　文学者，以有文字著于竹帛，故谓之文。论其法式，谓之文学。凡文理、文字、文辞，皆称文。言其采色发扬谓之彣，以作乐有阕，施之笔札谓之章。《说文》云："文，错画也，象交文。""章，乐竟为一章。""彣，𢒉也。""彰，文彰也。"或谓"文章"当作"彣彰"，则异议自此起。传曰："博学于文。"不可作"彣"。《雅》曰："出言有章。"不可作"彰"。古之言文章者，不专在竹帛讽诵之间。孔子称尧、舜，"焕乎其有文章"，盖君臣朝廷尊卑贵贱之序，车舆衣服宫室饮食嫁娶丧祭之分，谓之文；八风从律，百度得数，谓之章。文章者，礼乐之殊称矣。其后转移施于篇什，太史公记博士平等议曰："谨案诏书律令下者，文章尔雅，训辞深厚。"（《儒林列传》）。此宁可书作"彣彰"耶？独以五采彰施五色，有言黻、言黼、言文、言章者，宜作"彣彰"。然古者或无其字，本以"文章"引申。今欲改"文章"为"彣彰"者，恶夫冲淡之辞，而好华叶之语，违书契记事之本矣。孔子曰："言之无文，行而不远。"盖谓不能举典礼，非苟欲润色也。《易》所以有《文言》者，梁武帝以为"文王作《易》，孔子遵而修之，故曰《文言》"。非矜其采饰也。夫命其形质曰文，状其华美曰彣，指其起止曰章，道其素绚曰彰，凡彣者必皆成文，凡成文者不皆彣，是故榷论文学，以文字为准，不以彣彰为准。今举诸家之法，商订如左方。

　　《论衡·超奇》云："能说一经者为儒生，博览古今者为通人，采掇传书以上书奏记者为文人，能精思著文连结篇章者为鸿儒。"又曰："州郡有忧，有如唐子高、谷子云之吏，出身尽思，竭笔牍之力，烦忧适有不解者哉！"又曰："长生死后，州郡遭忧，无举奏之吏。以故事结不解，征诣相属，文轨不尊，笔疏不续也。岂无忧上之吏哉？乃其中文笔不足类也。"又曰："若司马子长、刘子政之徒，累积篇第，文以万数，其过子云、子高远矣；然而因成前纪，无匈中之造。若夫陆贾、董仲舒，论说世事，由意而出，不假取于外；然而浅露易见，观读之者犹曰传记。阳成子长作《乐经》，杨子云作《大玄经》，造于助思，极賾冥之深，非庶几之才，不能成也。桓君山作《新论》，论世间事，辩照然否，虚妄之言，伪饰之辞，莫不证定。彼子长、子云论说之徒，君山为甲。自君山以来，皆为鸿眇之才，故有嘉令之文。"准此，文与笔非异涂，所谓文者，皆以善作奏记为主。自是以上，乃有鸿儒。鸿儒之文，有经、传、解故、诸子，彼方目以上第，非若后人摈此于文学外，沾沾焉惟华辞之守，或以论说、记序、碑志、传状为文也。独能说一经者，不在此列，谅由学官弟子，曹偶讲习，须以发策决科，其所撰著，犹今经义而已，是故遮列使不得与也。

自晋以降，初有文笔之分。《文心雕龙》云："今之常言，有文有笔，有韵者文也，无韵者笔也。"然《雕龙》所论列者，艺文之部，一切并包。是则科分文笔，以存时论，故非以此为经界也。昭明太子序《文选》也，其于史籍，则云"事异篇章"；其于诸子，则云"不以能文为贵"。此为衷次总集，自成一家，体例适然，非不易之定论也。若以文笔区分，《文选》所登，无韵者固不少。若云文贵其彣耶，未知贾生《过秦》、魏文《典论》，同在诸子，何以独堪入录？有韵文中，既录汉祖《大风》之曲，即《古诗十九首》亦皆入选，而汉晋乐府，反有佚遗。是其于韵文也，亦不以节奏低卬为主，独取文采斐然，足耀观览，又失韵文之本矣。是故昭明之说，本无以自立者也。〔案〕《晋书·乐广传》：请潘岳为表，便成名笔。《成公绥传》：所著诗赋杂笔十余卷。《张翰传》：文笔数十篇行施世。《曹毗传》：所著文笔十五卷。《王珣传》：珣梦人以大笔如椽与之，既觉，语人曰："此当有大手笔事。"俄而帝崩，哀册谥议，皆珣所草。《南史·任昉传》：既以文才见知，时人云任笔沈诗。《徐陵传》：国家有大手笔，必命陵草之。详此诸证，则文即诗赋，笔即杂文，乃当时恒语。阮元之徒猥谓俪语为文，单语为笔。任昉、徐陵所作，可云非俪语邪？

近世阮元以为孔子赞《易》，始著《文言》，故文以耦俪为主，又牵引文笔之说以成之。夫有韵为文，无韵为笔，是则骈散诸体，一切是笔非文，借此证成，适足自陷。既以《文言》为文，《序卦》、《说卦》又何说焉？且文辞之用，各有体要。《彖》、《象》为占繇，占繇故为韵语；《文言》、《系辞》为述赞，述赞故为俪辞；《序卦》、《说卦》为目录笺疏，目录笺疏故为散录。必以俪辞为文，何缘《十翼》不能一致？岂波澜既尽，有所谢短乎？或举《论语》言"辞达"者，以为文之与辞，划然异职。然则《文言》称文，《系辞》称辞，体格未殊，而题号有异，此又何也？董仲舒云"春秋文成数万"，兼彼经传，总称为文，犹曰今文家曲说然也；《太史公自序》亦云"论次其文"，此固以史为文矣。又曰："汉兴，萧何次律令，韩信申军法，张苍为章程，叔孙通定礼仪，则文学彬彬稍进。"此非耦俪之文也。屈、宋、唐、景所作，既是韵文，亦多俪语，而《汉书·王褒传》已有《楚辞》之目。王逸仍其旧题，不曰楚文，斯则韵语耦语，亦既谓之辞矣。《汉书·贾谊传》云："以属文称于郡中。"其文云何，若云赋也，《惜誓》载于《楚辞》，文辞不别；若云奏记条议，适彼之所谓辞也。《司马相如传》云"景帝不好辞赋"。《法言·吾子》云："诗人之赋丽以则，辞人之赋丽以淫。或问君子尚辞乎？曰，君子事之为尚，事胜辞则伉，辞胜事则赋，事辞称则经。"以是见韵文耦语，并得称辞，无文辞之别也。且文辞之称，若从其本以为部署，则辞为口说，文为文字。古者简帛重烦，多取记臆，故或用韵文，或用耦语，为其音节谐适，易于口记，不烦纪载也。战国纵横之士，抵掌摇唇，亦多积句，是则耦丽之体，适可称职。乃如史官方策，有《春秋》、《史记》、《汉书》之属，适当称为文耳。由是言之，文辞之分，反覆自陷，可谓大惑不解者矣。

或言学说、文辞所由异者，学说以启人思，文辞以增人感，此亦一往之见也。何以定之？凡云文者，包络一切著于竹帛者而为言，故有成句读文，有不成句读文，兼此二事，通谓之文。局就有句读者，谓之文辞；诸不成句读者，表谱之体，旁行邪上，条件相分，会计则有簿录，算术则有演草，地图则有名字，不足以启人思，亦又无以增感，此不得言文辞，非不得言文也。诸成句读者，有韵无韵分焉。诸在无韵，史志之伦，记大傀异事则有感，记经常典宪则无感，既不可齐一矣。持论本乎名家，辨章然否，言称其志，未足以动人也。《过秦》之伦，辞有枝叶，其感人顾深挚，则本诸纵横家。然其为论一也，不可以感人者为文辞，不感者为学说。就言有韵，其不感人者亦多矣。《风》、《雅》、《颂》者，盖未有离于性情，独赋有异。夫宛转偎隐，赋之职也。儒家之赋，意存谏诫，若荀卿《成相》一篇，其足以感人安在？乃若原本山川，极命草木，或写都会城郭游射郊祀之状，若相如有《子虚》，扬雄有《甘泉》、《羽猎》、《长杨》、《河东》，左思有《三都》，郭璞、木华有《江》、《海》，奥博翔实，极赋家之能事矣，其亦动人哀乐未也？其专赋一物者，若孙卿有《蚕赋》、《箴赋》，王延寿有《王孙赋》，祢衡有《鹦鹉赋》，侔色揣称，曲成形相，嫠妇孽子，读之不为泣，介胄戎士，咏之不为奋，当其始造，非自感则无以为也，比文成而感亦替，此不可以一端论也。且学说者，独不可感人耶？凡感于文言者，在其得我心。是故饮食移味居处缊愉者，闻劳人之歌，心犹怕然。大愚不灵无所愤悱者，睹眇论则以为恒言也。身有疾痛，闻幼眇之音，则感慨随之矣。心有疑滞，睹辨析之论，则悦怿随之矣。故曰："发愤忘食，乐以忘忧。"凡好学者皆然，非独仲尼也。以文辞、学说为分者，得其大齐，审察之则不当。

如上诸说，前之昭明，后之阮氏，持论偏颇，诚不足辩。最后一说，以学说、文辞对立，其规摹虽少广，然其失也，只以彣彰为文，遂忘文字，故学说不彣者，乃悍然摈诸文辞之外。惟《论衡》所说，略成条贯。《文心雕龙》张之，其容至博，顾犹不知无句读文，此亦未明文学之本柢也。余以书籍得名，实冯傅竹木而起，以此见言语文字，功能不齐。世人以"经"为"常"，以"传"为"转"，以"论"为"伦"，此皆后儒训说，非必睹其本真。案"经"者，编丝缀属之称，异于百名以下用版者。亦犹浮屠书称"修多罗"，"修多罗"者，直译为"线"，译义为"经"。盖彼以贝叶成书，故用线联贯也；此以竹简成书，亦编丝缀属也。"传"者，"专"之假借。《论语》"传不习乎"，《鲁》作"专不习乎"。《说文》训专为"六寸簿"，簿即手版，古谓之忽，（今作笏）。"书思对命"，以备忽忘，故引申为书籍记事之称。书籍名簿，亦名为专。专之得名，以其体短，有异于经。郑康成《论语序》云："《春秋》二尺四寸，《孝经》一尺二寸，《论语》八寸。"此则专之简策，当复短于《论语》，所谓六寸者也。（《汉·艺文志》言：刘向校中古文《尚书》，有一简二十五字者。而服虔注《左氏传》则云：古文篆书，一简八字。盖二十五字者，二尺四寸之经也，八字者，六寸之传也。古官书皆长二尺四寸，故云二尺四寸之律。举成数言，则曰三尺法。经亦官书，故长如之，其非经律，则称短书。皆见《论衡》。）"论"者，古但作"侖"，比竹成册，各就次第，是之谓侖。箫亦比竹为之，故"龠"字从"侖"，引伸则乐音有秩亦曰侖，"于论鼓钟"是也；言说有序亦曰侖，"坐而论道"是也。《论语》为师弟问答，乃亦略记旧闻，散为各条，编次成帙，斯曰《侖语》。是故绳线联贯谓之经，簿书记事谓之专，比竹成册谓之侖，各从其质以为之名。亦犹古言"方策"，汉言"尺牍"，今言"札记"也。虽古之言"肄业"者，（《左氏传》：臣以为肄业及之也。）亦谓肄版而已。《释器》云："大版谓之业。"书有篇第，而习者移书其文于版，（学童习字用觚，觚亦版也。故云肄业。）《管子·宙合》云："退身不舍端，修业不息版。"以是征之，则肄业为肄版明矣。凡此皆从其质为名，所以别文字于语言也。其必为之别何也？文字初兴，本以代声气，乃其功用有胜于言者。言语仅成线耳，喻若空中鸟迹，甫见而形已逝，故一事一义得相联贯者，言语司之。及夫万类坌集，莽不可理，言语之用，有所不周，于是委之文字。文字之用，足以成面，故表谱图画之术兴焉，凡排比铺张，不可口说者，文字司之。及夫立体建形，向背同现，文字之用，又有不周，于是委之仪象。仪象之用，足以成体，故铸铜雕木之术兴焉，凡望高测深不可图表者，仪象司之。然则文字本以代言，其用则有独至，凡无句读文，皆文字所专属者也，以是为主。故论文学者，不得以兴会神旨为上。昔者文气之论，发诸魏文帝《典论》，而韩愈、苏辙窃焉。文德之论，发诸王充《论衡》，（《论衡·佚文》篇：文德之操为文。又云：上书陈便宜，奏记荐吏士，一则为身，二则为人。繁文丽辞，无文德之操，治身完行，徇利为私，无为主者。）杨遵彦依用之，（《魏书·文苑传》：杨遵彦作《文德论》以为古今辞人，皆负才遗行，浇薄险忌，唯邢子才、王元景、温子昇彬彬有德素。）而章学诚窃焉。气非窅突如鹿豕，德非委蛇如羔羊，知文辞始于表谱簿录，则修辞立诚其首也，气乎德乎，亦末务而已矣。

《文选》之兴，盖依乎挚虞《文章流别》，谓之总集。《隋书·经籍志》曰："总集者，以建安之后，辞赋转繁，众家之籍，日以孳广，晋代挚虞，苦览者之劳倦，于是芟翦繁芜，自诗赋下，各为条贯，合而编之，谓之《流别》。"然则李充之《翰林论》，刘义庆之《集林》，沈约、丘迟之《集钞》，放于此乎。《七略》惟有诗赋，及东汉铭诔论辩始繁，荀勖以四部变古，李充、谢灵运继之，则集部自此著。总集者，本括囊别集为书，故不取六艺、史传、诸子，非曰别集为文，其他非文也。《文选》上承其流，而稍入《诗序》、《史赞》、《新书》、《典论》诸篇，故名不曰《集林》、《集钞》，然已病矣。其序简别三部，盖总集之成法，顾已迷误其本，以文辞之封域相格，虑非挚虞、李充意也。《经籍志》别有《文章英华》三十卷，《古今诗苑英华》十九卷，皆昭明太子撰，又以诗与杂文为异，即明昭明义例不纯，《文选序》率尔之言，不为恒则。且总别集与他书经略不定，更相阑入者有之矣。今以《隋志》所录总集相稽，自《魏朝杂诏》而下讫《皇朝陈事诏》，凡十八家百四十六卷；自《上法书表》而下讫《后周与齐军国书》，凡七家四十一卷；而《汉高祖手诏》，匡衡、王凤、刘隗、孔群诸家奏事，书既亡佚，复傅其录。然《七略》高祖、孝文诏策，悉在诸子儒家，《奏事》二十卷隶《春秋》，此则总集有六艺、诸子之流矣。陈寿定诸葛亮故事，命曰《诸葛氏集》，然其目录有《权制》、《计算》、《训厉》、《综核》、《杂言》、《贵和》、《兵要》、《传运》、《法检》、《科令》、《军令》诸篇，《魏氏春秋》言"亮作《八务》、《七戒》、《六恐》、《五惧》，皆有条章，以训厉臣子"。若在往古，则《商君书》之流，而《隋志》亦在别集，故知集品不纯，选者亦无以自理。阮元之伦，不悟《文选》所序，随情涉笔，视为经常，而例复前后错迕。曾国藩又杂钞经史百家，经典成文，布在方策，不虞溃散，钞将何为？若知文辞之体，钞选之业，广狭异途，庶几张之弛之，并明而不相害。凡无句读文，既各以专门为业，今不呕论。有句读者，略道其源流利病，分为五篇，非曰能尽，盖以备常文之品而已。其赠序寿颂诸品，既不应法，故弃捐弗道尔。

刘梦溪主编《中国现代学术经典——章太炎卷》

河北教育出版社，1996年8月

文学革命论

陈独秀

今日庄严灿烂之欧洲，何自而来乎？曰，革命之赐也。欧语所谓革命者，为革故更新之义，与中土所谓朝代鼎革，绝不相类；故自文艺复兴以来，政治界有革命，宗教界亦有革命，伦理道德亦有革命，文学艺术，亦莫不有革命，莫不因革命而新兴而进化。近代欧洲文明史，宜可谓之革命史。故曰，今日庄严灿烂之欧洲，乃革命之赐也。

吾苟偷庸懦之国民，畏革命如蛇蝎，故政治界虽经三次革命，而黑暗未尝稍减。其原因之小部分，则为三次革命，皆虎头蛇尾，未能充分以鲜血洗净旧污；其大部分，则为盘踞吾人精神界根深蒂固之伦理道德文学艺术诸端，莫不黑幕层张，垢污深积，并此虎头蛇尾之革命而未有焉。此单独政治革命所以于吾之社会，不生若何变化，不收若何效果也。推其总因，乃在吾人疾视革命，不知其为开发文明之利器故。

孔教问题，方喧呶于国中，此伦理道德革命之先声也。文学革命之气运，酝酿已非一日，其首举义旗之急先锋，则为吾友胡适。余甘冒全国学究之敌，高张"文化革命军"大旗，以为吾友之声援。旗上大书特书吾革命军三大主义：曰，推倒雕琢的阿谀的贵族文学，建设平易的抒情的国民文学；曰，推倒陈腐的铺张的古典文学，建设新鲜的立诚的写实文学；曰，推倒迂晦的艰涩的山林文学，建设明了的通俗的社会文学。

《国风》多里巷猥辞，《楚辞》盛用土语方物，非不斐然可观。承其流者，两汉赋家，颂声大作，雕琢阿谀，词多而意寡，此贵族之文古典之文之始作俑也。魏、晋以下之五言，抒情写事，一变前代板滞堆砌之风，在当时可谓为文学一大革命，即文学一大进化；然希托高古，言简意晦，社会现象，非所取材，是犹贵族之风，未足以语通俗的国民文学也。齐、梁以来，风尚对偶，演至有唐，遂成律体。无韵之文，亦尚对偶。《尚书》、《周易》以来，即是如此。（古人行文，不但风尚对偶，且多韵语，故骈文家颇主张骈体为中国文章正宗之说。——亡友王无生即主张此说之一人——不知古书传抄不易，韵与对偶，以利传诵而已，后之作者，乌可泥此？）

东晋而后，即细事陈启，亦尚骈丽。演至有唐，遂成骈体。诗之有律，文之有骈，皆发源于南北朝，大成于唐代。更进而为排律，为四六。此等雕琢的阿谀的铺张的空泛的贵族古典文学，极其长技，不过如涂脂抹粉之泥塑美人，以视八股试帖之价值，未必能高几何，可谓为文学之末运矣! 韩、柳崛起，一洗前人纤巧堆朵之习，风会所趋，乃南北朝贵族古典文学，变而为宋、元国民通俗文学之过渡时代。韩、柳、元、白，应运而出，为之中枢。俗论谓昌黎文章起八代之衰，虽非确论，然变八代之法，开宋、元之先，自是文界豪杰之士。吾人今日所不满于昌黎者二事：

一曰，文犹师古。虽非典文，然不脱贵族气派，寻其内容，远不若唐代诸小说家之丰富，其结果乃造成一新贵族文学。

二曰，误于"文以载道"之谬见。文学本非为载道而设，而自昌黎以讫曾国藩所谓载道之文，不过抄袭孔、孟以来极肤浅极空泛之门面语而已。余尝谓唐、宋八家文之所谓"文以载道"，直与八股家之所谓"代圣贤立言"，同一鼻孔出气。

以此二事推之，昌黎之变古，乃时代使然，于文学史上，其自身并无十分特色可观也。元、明剧本，明、清小说，乃近代文学之粲然可观者。惜为妖魔所厄，未及出胎，竟尔流产，以至今日中国之文学，委琐陈腐，远不能与欧洲比肩。此妖魔为何？即明之前后七子及八家文派之归、方、刘、姚是也。此十八妖魔辈，尊古蔑今，咬文嚼字，称霸文坛。反使盖代文豪若马东篱，若施耐庵，若曹雪芹诸人之姓名，几不为国人所识。若夫七子之诗，刻意模古，直谓之抄袭可也。归、方、刘、姚之文，或希荣誉慕，或无病而呻，满纸之乎者也矣焉哉。每有长篇大作，摇头摆尾，说来说去，不知道说些甚么。此等文学，作者既非创造才，胸中又无物，其伎俩惟在仿古欺人，直无一字有存在之价值，虽著作等身，与其时之社会文明进化无丝毫关系。

今日吾国文学，悉承前代之弊：所谓"桐城派"者，八家与八股之混合体也；所谓"骈体文"者，思绮堂与随园之四六也；所谓"西江派"者，山谷之偶像也。求夫目无古人，赤裸裸地抒情写世，所谓代表时代之文豪者，不独全国无其人，而且举世无此想。文学之文，既不足观，应用之文，益复怪诞：碑铭墓志，极量称扬，读者决不见信，作者必照例为之。寻常启事，首尾恒有种种谀词。居丧者即华居美食，而哀启必欺人曰"苦块昏迷"。赠医生以匾额，不曰"术迈岐、黄"，即曰"著手成春"。穷乡僻壤极小之豆腐店，其春联恒作"生意兴隆通四海，财源茂盛达三江"。此等国民应用之文学之丑陋，皆阿谀的虚伪的铺张的贵族古典文学阶之历耳。

际兹文学革新之时代，凡属贵族文学，古典文学，山林文学，均在排斥之列。以何理由而排斥此三种文学耶？曰：贵族文学，藻饰依他，失独立自尊之气象也；古典文学，铺张堆砌，失抒情写实之旨也；山林文学，深晦艰涩，自以为名山著述，于其群之大多数无所神益也。其形体则陈陈相因，有肉无骨，有形无神，乃装饰品而非实用品；其内容则目光不越帝王权贵，神仙鬼怪，及其个人之穷通利达。所谓宇宙，所谓人生，所谓社会，举非其构思所及，此三种文学共同之缺点也。此种文学，盖与吾阿谀夸张虚伪迂阔之国民性，互为因果。今欲革新政治，势不得不革新盘踞于运用此政治者精神界之文学。使吾人不张目以观世界社会文学之趋势，及时代之精神，日夜埋头故纸堆中，所目注心营者，不越帝王、权贵、鬼怪、神仙，与夫个人之穷通利达，以此而求革新文学，革新政治，是缚手足而敌孟贲也。

欧洲文化，受赐于政治科学者固多，受赐于文学者亦不少。予爱卢梭、巴士特之法兰西，予尤爱虞哥、左喇之法兰西；予爱康德、赫克尔之德意志，予尤爱桂特郝、卜特曼之德意志；予爱倍根、达尔文之英吉利，予尤爱狄铿士、王尔德之英吉利。吾国文学豪杰之士，有自负为中国之虞哥、左喇、桂特郝、卜特曼、狄铿士、王尔德者乎？有不顾迂儒之毁誉，明目张胆以与十八妖魔宣战者乎？予愿拖四十二生的大炮，为之前驱。

1917年2月1日，发表于《新青年》第2期

后收录于《独秀文存》，安徽人民出版社，1987年，第95~98页

文学革新申义

傅斯年

中国文学之革新，酝酿已十余年。去冬胡适之先生草具其旨，揭于《新青年》，而陈独秀先生和之。时会所演，从风者多矣。蒙以为此个问题，含有两面。其一，对于过去文学之信仰心，加以破坏。其二，对于未来文学之建设加以精密之研究。过去文学，乃历史上之出产品。其不全容于今日，自不待智者而后明。故破坏一端，在今日似成过去，但于建设上讨论而已。然以愚近中所接触者言之，国人于此抱怀疑之念者至多。恶之深者，斥为邪说，稍能容者，亦以为异说高论，而不知其为时势所造成之必然事实。国人狃于习俗，此类恒情，原无足怪。然欲求新说之推行，自必于旧者之不合时宜处，重申详绎，方可奏功。然则破坏一端，尚未完全过去。此篇所说，原无宏旨，不过反复言之，期于共喻而已。

本篇所陈，纷杂无次，综其大旨，不外三端。一为理论上之研究。就文学性质上以立论，而证其本为不佳者。二为历史上之研究。泛察中国文学升降之历史，而知变古者恒居上乘，循古者必成文弊。三为时势上之研究。今日时势，异乎往者，文学一道，亦应有新陈代谢作用为时势所促，生于兹时也。此外偶有所涉，皆为附属之义。

今试作文学之界说曰："文学者，群类精神上之出产品，而表以文字者也。"此界说中有"群类精神上出产品"之总（Genus）与"表以文字"之差（Difference）。历以论理形式，尚无舛谬文学之内情本为精神上之出产品，其寄托之外形本为文字。故就质料言之，此界说亦能成立。既认此界说为成立，则文学之宜革不宜守，不待深思而解矣。文学特精神上出产品之一耳（Genus，必为复数）。他若政治、社会、风俗、学术等，皆群类精神上出产品也。以群类精神为总纲，而文学与政治、社会、风俗、学术等为其支流。以群类精神为原因，而文学与政治、社会、风俗、学术等为其结果。文学既与政治、社会、风俗、学术等同探本于一源，则文学必与政治、社会、风俗、学术等交互之间有相联之关系。易言之，即政治、社会、风俗、学术等之性质皆为可变者，文学亦应为可变者。政治、社会、风俗、学术等为时势所迫概行变迁，则文学亦应随之以变迁，不容独自保守也。今知政治、社会、风俗、学术等性质本为变迁者，则文学可因旁证以审其必为变迁者。今日中国之政治、社会、风俗、学术等皆为时势所挟大经变化，则文学一物，不容不变。更就具体方面举例言之，中国今日革君主而定共和，则昔日文学中与君主政体有关系之点，若颂扬铺陈之类，理宜废除。中国今日除闭关而取开放，欧洲文化输入东土，则欧洲文学中优点为中土所无者，理宜采纳。中国今日理古的学术已成过去，开后的学术将次发展，则于重记忆的古典文字，理宜洗濯，尚思想的益智文学，理宜孳衍。且文学之用，在所以宣达心意。心意者，一人对于政治、社会、风俗、学术等一切心外景象所起之心识作用也。政治、社会、风俗、学术等一切心外景象俱随时变迁，则今人之心意，自不能与古人同。而以古人之文学达之，其应必至于穷，无可疑者。知政治、社会、风俗、学术等应为今日的而非历史的，则文学亦应为今日的而非历史的。晚周有晚周特有之政俗，遂有晚周特殊之文学。两汉有两汉特殊之政俗，遂有两汉特殊之文学。南朝有南朝特殊之政俗，遂有南朝特殊之文学。降及后代，莫不如此。此理至明也。

且精神上之出产品，不一其类，而皆为可变者。固由其所从出之精神，性质变动，迁流不居。子生于母自应具其特质。精神生活本有创造之力。故其现于文学而为文学之精神也，则为不居的而非常住的，无尽的而非有止的，创造的而非继续的。今吾党所以深信文学之必趋革新，而又极望其革新者，正所以尊崇吾国之文学，爱护吾国之文学，推本文学之性质，可冀其辉光日新也。或者竟欲保持旧观，以往古之文学，达今日之政俗学问。一闻革新之论，实不能容。揆彼心理，诚谓今日以往之文学，造乎其极，蔑以加矣。夫造乎其极，蔑以加者，止境也，即死境也。口持保存国粹之言，乃竟以文学末日待之。何不肖不祥至于斯也。保存国粹之念，谁则让人。惟其有保存国粹之念，而思所以保存之道，然后有文学革新之谈。犹之欲保存中国，然后扑满清政府而建共和耳。

中夏文学之殷盛，肇自六诗，踵于《楚辞》。（此就屈宋而言，不包汉世楚辞。）全本性情，直抒胸臆，不为词限，不因物拘。虽敷陈政教，褒刺有殊，悲时悯身，大小有异。要皆“因情生文”，而情不为文制也。惟其以感慨为主，不牵词句，不矜事类，故能吐辞天成，情意备至。而屈宋之文，遂能“决乎若翔风之运轻郝，洒乎若元泉之出乎蓬莱而注渤澥”。降及汉世，政教失而学术息，章句兴而性灵蔽。武功方张，吐辞流于夸诞。小学深修，奇字多入赋篇。独夫在上，谀声大作。心灵不起，浮泛成文。故能义贫而词富，情寡而文繁，炫耀博学，夸张声势，大而无当，放而无归，瓠落而无所容。于是六义大国，夷为三仓附庸，抒情之文，变作隶胥之录。相如唱之，杨雄和之，犹然天下从风，斯文敝之始也。东京以还，此道更盛。京都之制，全无性灵。堆积为工，诞夸成性。而性灵亦为文词所拘，末由发展。建安黄初之间，曹王特出。子建之诗，直追枚李。仲宣之赋，大革汉风。浮词去而气质尚，上跻乎变风变雅之间，非舍本逐末之赋家所能比拟。诚文学界中一大革新，亦是文学一大进化。

无如狂澜方挽，迷途又生。渡江而后，"诗必柱下之旨归，赋乃漆园之义疏"。文学依附玄家，不能自立。谢容易以光景之文，斯足美矣。而乃"启心闲绎，托辞华瞻，巧倚迂回"，"晦涩费解"。以贵族之习气，合山林之幽阻，不谓为文弊不可也。则有吟咏性情反贵用事。天才短谢，物类乃崇。"崎岖牵引"，"拘挛补衲"。"唯睹事类，顿失精采"。"大明太始中，文章殆同书案"矣。又如沈约制韵，"使文徒多拘忌，伤其真美"。性灵汨没，不知其几何也。简文变古，淫艳当途。声色使人目眩，荡情致人心乱。岂仅害于文章，亦大伤于世道。徐庾承其流化，辞重情轻之倒置，积重难返矣。其于六代之中，"前不见古人，后不见来者"，独辟致远之境，不染矸辞之病，起江东之独秀者，则陶潜其人也（以上略本钟嵘、刘勰二家言及五代诸史传论。）隋唐之间，清风乃振。炀帝、太宗皆有变古之才。而开元之间，李、杜挺起，除六朝之文弊，启文囿之封疆，性灵大宏矣，降及元和，微之宫词，妇人能解，香山乐府，全写民情。革险阻而趋平易，舍小己以入群伦。又有昌黎、柳州，作范其间，除人造之俪辞，返天然之散体。论其造诣所及，柳则大启后世小说家刺时之旨（唐代小说本盛，然柳州之旨，却与当时芜滥卑劣者不同。）又为持论者示精确之准的。韩则论文论学，皆启有宋一代风化。（别有详论。）于骈体横被一世之际，独不惜人之"大怪"。于是开元、元和之间，诗文俱革旧观。言乎文情，靡靡者易为积健，拘文者易为直抒，辞重者易为情重。体渐通俗，市语入文。况述社会，略见端倪。言乎文体，又多有创作。七言、长风，至李杜始成体制，至香山乃能纪事。七律、排律虽不始于此时，而创作奇格，实出杜公。太白古乐府，尤复一篇一格，句法长短参差，竟空前而绝后。又汉乐府之遗意，久已乖亡。晋宋以降，庙堂之制，则摹古不通，燕寝之作，则轻艳浮浅。唐世词张而乐离，乐府之为用已不可存。太白、香山独创新声以应之，后世名之曰词，遂成宋、金、元、明新文学之前驱，斯又足贵也。然则开元、元和之间，又为文学界中一大革新，亦是文学一大进化。旷观此千年中，变古者大开风流，循旧者每况愈下。文学不贵师古，不难一言断定也。历观楚汉至今二千年中文学升降之迹，则有因循前修，逐其末流，而变本加厉者。若扬、马之承屈、景，南朝之承魏晋，北宋吴蜀六士之承韩公。皆于古人已具之病，益之使深，终以成文弊。又有不辟新境，全摹古人，若明、清二代诸家之复古，极其能事，不过"优孟衣冠"，而其自身已无存在之价值，更何论乎性情之发展。别有挟古人之糟粕，当风化之已沫，矸成新体，专刻皮鞟。如樊南之四六，欧王之宋骈，内心疲苶不存，岂有不枯薄者耶。至为曹王变古，独开宗风。李、杜、韩、柳，俱启新境。宋词、元曲，尤多作之自我。惟其不袭古人，故能独标后代也。凡此四格，因革各异，良劣有殊。弘治嘉靖复古之风，至今未斩。虽所托因人不同，其舍己则一。不以摹拟为门径，竟以摹拟为归宿。纵能希抗古人，亦仅为其奴隶（词曲本宋元新文学，自明清复古家作之，亦复同流合污），斯乖之最下者也。若夫刻其皮鞟，逐其末流，一则徒辨乎体貌，一则流连而忘归，亦非宏宝之途也。此三者均未脱离古人，其能附骥尾而行以传于后者，幸也。明清复古之文，尤少谈之者。既无殊特之点，更无殊特之位置。而今之惑人犹复以趋古人为名高，岂非大左乎。革新诸家，亦多诡词复古。故太白则曰"圣代复远古，垂衣贵清真。"昌黎则曰"非两汉之书不敢观。"词曲不袭前人矣，犹装其门面曰"古乐府之遗"。斯由贵古贱今，华人恒性。语人自作古始，听者将掩耳而走，何如因利乘便，诡辞以为名高乎。且所谓变古者，非继祖龙以肆虐，束文籍而不观。贤者识其大者，不贤者识其小者。尽可取为我用。但能以"我"为本，而用古人，终不为古人所用，则正义几矣。易曰"革之时义大矣哉"，变动不居，推陈出新。今虽无人提倡文学革命，而时势要求，终不能自已也。

古典文学所由成立之历史，殊不足观也。周秦诸子动引古人，凡所持论，必谓古之道术有在于是者。此则求征以信人，取喻以足理，庄子所谓重言与后世之古典文学渺不相涉者也。自西汉景武以降，辞赋家盛起。虽具瑰玮之才，而乏精密之思。欲为无尽之言，必敷枝叶之辞。义少文多，自当取贵于事类。事类客也，今则变为主。所以足言也，今则言足犹取事类。臃肿不治尾大不掉之病，此其肇端也。又词赋家之意旨，原不剀切。取用于质言，将每至于词穷，幸能免于词穷，亦未足以动人。故利用事类之含胡，以为进退申缩之地，利用事类之炜烨，以为引人入迷之方。此古典文学所由成立之第一因也。两汉章句之儒，博于记诵，贫于性情。发为文章，自必炫其所长，藏其所短。引古人之言以为重，取古人之事以相成，当其能事于事古，其流乃成堆砌之体。斯风流传，久而不沫。于是书案之文，字林之赋，充斥于文苑。京都之作，人且以方物志待之矣。此古典文学所由成立之第二因也。魏晋以降，浮夸流为妄言。禹域未一，而曰"肃慎贡矢，夜郎请职"。克敌未竟，而曰"斩俘部众，以万万计"。但取材于成言，初无顾于事实。则直为古人所用，而不能用古人矣。斯习所被，遂成不作直言，全以古事代替之风。此古典文学所由成立之第三因也。降及齐梁，声律对偶，刻削至严。取事取类，工细已深。概以故事代今事。不容质说。古典文学之体于是大定。自斯而后，众家体制，为古典主义所范者多矣，寻其流弊，则意旨为古典所限，而莫能尽情；文辞为古典所蔽，而莫由得真；发展性灵之力，为古典所夺，而莫能尽性，文以足言之用，全失其效，且反为言害矣。故综此四端，可一言以弊之，曰：舍本逐末而已。今文学所以急待改革者，正求置末务本。于此舍本逐末之古典文学，理宜加以掊击。然用古典能得足志足言之效者，即不可与古典文学同在废置之例。古典原非绝对不可用，所恶于古典文学者，为其专用古典而忘本也。陈仲甫先生曰：

"行文本不必禁止用典，惟彼古典主义，乃为典所用，而非用典也，是以薄之耳。"诚深得其情之言也。

欲知今后文言之宜合，当知上古文言何由分判。太古文言，固合而不离也。周诰殷盘，诘屈聱牙，正由以语入文，古今语异，乃不可解耳。（今人恶白话以为不古，而中国第一部书即以白话为之。托词名高者，其可以已乎。）古人竹简繁重，流传端赖口耳。欲口耳之易传，必巧饰其词，杂以骈句，润以声节。浸成修整之文，渐远天然之语。不观《尚书》之多韵语偶辞乎，斯文言分离第一步也。周承二代之后，郁乎其文。大夫行人，多闻博古，自能吐辞温润，动引故言。孔子谓诵《诗》可以专对，专对之尚文可知也。《左传》载行人之语多有雷同者，其刻画可知也。士夫之言日美，遂为文章之宗，农牧之言仍质，乃成市语之体。斯文言分离第二步也。秦汉以还，动多师古，不敢如晚周之世，以当时语言为文章。（诸子之中，自《荀子》等数家外，多用当时通用之语著之竹帛，即《论语》亦然也。）而文言分离之象大定。斯其第三步也。然汉魏六朝之文，内情终不远离于语言。史语汉书，多载彼时市语，学者诂经，好引当代方言。二陆往来之书，竟通篇为白话焉。魏晋以降，文章典丽，语言称是。《晋书》、《博物志》、《世说新语》等所载当时口语，少因笔削，概由直录。齐梁韵学入文，亦入于语。周颙之徒，双声叠韵，铿锵其话言。至于隋唐，此风不替。李密隔河数字文化及罪，化及不解，曰："何须作书语耶。"化及粗顽，自不解书语，然密既腾诸口说，必彼时上流用之也。循上所言事实以观察之，可得四间。第一，中国语文之分离，强半为贵族政体所造成。贵族之性，端好修饰，吐辞成章，亦复如是。今苟不以高华典贵为文章之正宗，即应多取质言。且贵族之政，学不下庶人，文言分离，无害于事也。今等差已泯，群政艾兴。既有文言通用于士流，复有俗语传行于市民，俗语著之纸墨，别为白话文体。于是一群之中，差异其词。言语文章之用，固所以宣情，今则反为隔阂情意之具。与其樊然淆乱，难知其辨，何若取而齐之，以归于一乎。第二，语文体貌虽异，而性情相关。一代文辞之风气，必随一代语言以为转变。今世有今世之语，自应有今世之文以应之，不容借用古者。与其于今世语言之外，别造今世之文辞，劳而无功，又为普及智慧之阻，何如即以今世语言为本，加以改良，而成文言合一之器乎。第三，《论语》所用虚字，全与《尚书》违。屈、景所用，若"羌"、"些"者，又为他国所无。彼所以勇于作古者，良由声气之宣，非已死虚字所能为。故不以时语为俚，不以方言为狭。惟其用当时之活虚字，乃能曲肖神情，此白话优于文言一巨点也。第四，《史记》、《汉书》以下，何以必杂当代白话，二陆书简，何以必用市语。岂非由白话近真，文言易于失旨乎。《史记》云，诸君必以为便国家，《汉书》易为文言，朵气极矣。且宋人语录，全以白话为之。议者将曰：理学家不重文章也，从事文辞，劳费精神，有妨于研理也，玩物而丧志也。此皆浅言也。文不尽言，言不尽意。言语本为思想之利器，用之以宣达者。无如思想之体，原无涯略，言语之用，时有闲穷。自思想转为言语，经一度之翻译，思想之失者，不知其几何矣。文辞本以代言语，其用乃不能恰如言语之情。自言语转为文辞，经二度之翻译，思想之失者，更不知其几何矣。苟以存真为贵，即应以言代文。一转所失犹少，再转所失遂巨也。且唐宋诗人，多用市语，词典之体，几尽白话，固为其切合人情。以之形容，恰得其宜，以之达意，毕肖心情。今犹有卑视白话者，岂非大惑乎。

今世流行之文派，得失可略得言。桐城家者，最不足观，循其义法，无适而可。言理则但见其庸讷而不畅微旨也，达情则但见其陈死而不移人情也，纪事则故意颠倒天然之次序，以为波澜，匿其实相，造作虚辞，曰：不如是不足以动人也。故析理之文，桐城家不能为，则饰之曰：文学家固有异夫理学也。疏证之文，桐城家不能为，则饰之曰：文章家固有异夫朴学也。抒感之文桐城家不能为，则饰之曰：古文家固有异夫骈体也。举文学范围内事，皆不能为，而觍颜曰文学家。其所谓文学之价值，可想而知。故学人一经瓣香桐城，富于思想者，思力不可见；博于学问者，学问无由彰；长于情感者，情感无所用；精于条理者，条理不能常，由桐城家之言，则奇思不可为训，学问反足为累。不崇思力，而性灵终归泯灭。不尚学问，而智识日益空疏。托辞曰："庸言之谨"，实则戕贼性灵以为文章耳。桐城嫡派无论矣，若其别支，则恽子居异才，曾涤生宏才，所成就者如此其微，固由于桎梏拘束，莫由自拔。钱玄同先生以为"谬种"，盖非过情之言也。世有为桐城辩者，谓桐城义法，去泰去甚。明季末流文弊，一括而去之。余则应之曰，桐城遵循矩矱，自非张狂纷乱者所可呵责。然吾不知桐城之矩矱果何矩矱也。其为荡荡平平之矩矱，后人当遵之弗畔。若其为桎梏心灵戕贼性情之矩矱，岂不宜首先斩除乎。

中国本为单音之语文，故独有骈文之出产品。论其外观，修饰华丽，精美绝伦。用为流连光景、凭吊物情之具，未尝无独到之长也。然此种文章，实难能而非可贵，又不适用于社会。将来文学趋势大迁，只有退居于"历史上艺术"之地位，等于鼎彝，供人玩好而已。且骈文有一大病根存，即导人伪言是也。模棱之词，含糊之言，以骈文达之，恰充其量。告言之文，多用骈体，利其情之易于伸缩，进退皆可也。今新文学之伟大精神，即在篇篇有明确之思想，句句有明确之义蕴，字字有明确之概念，明确而非含糊，即与骈文根本上不能相容。尚旨而不缛辞，又与骈文性质上渺不相涉。况含糊模棱，无信之词也。专用譬况，遁辞之常也。骈文之于人也，教之矜伐，诲之严饰，启其意气，泯其懿德。学之而情为所移，便将与鸟兽草木虫鱼为群，而不与斯人之徒相与。欲其有济于民生，作辅于社会，诚万不可能之事。而况六朝文人，多是薄行，鲜有令终。诵其诗，读其文，与之俱化。上焉者，发为游仙之想；中焉者，流成颓唐之气；下焉者，浸变淫哇之风。今欲崇诚信而益民德，写人生以济群类，将何用此骈体为也。

龚定盦久与汪容甫、魏默深号称三家，今更磅礴海内，寻其独立不羁，自作古始，曷尝不堪服膺。生逢桐城滑泽文学盛行之日，又当试帖四六混合体之骈文家角立之时，独能希抗诸子，高振风骨，可以为难矣。然而佶屈聱牙，不堪入口，既乖"字妖"之条，又违"易造难识"之戒。故为惊众之言，实非高人之论，多施僻隐之字，又岂达者之为。用辞含糊，等于骈体，庞然自大，类然古文。文章本以宣意，何必深其壁垒乎。张皋文等好作难解之文，固可与龚氏齐视。余尝读其赋《钞序》、《黄山赋》诸篇，几乎不能句读。穷日夜力以释之，及乎既解，则又卑之无甚高论，果何用此貌似深奥者为也。故龚氏之变当时文体则是矣，惜其所变者未当。彼龚氏者，文学界中不中用之怪杰也。

自汪容甫、李申耆标举三国、晋宋之文，创作骈散交错之体，流风所及，于今为盛。章太炎先生其挺出者也。盖汉人制文，每牵于章句。梁后俪体，专务乎雕琢。唐宋不免于粗犷，清代尽附于科举。（散文与八比合，骈文与试帖诗赋合）以三国、晋宋疏通致远之文当之，则皆望风不及。苟非物换时移，以成今日之世代者，虽持而勿坠可也。无若时势之要求，风化之浸变，陈词故谊，将不致用于今日。魏晋持论，固多精审，然以视西土逻辑家言，尚嫌牵滞句文，差有浮辞。其达情之文，专尚"风容色泽，放旷精清"，以视西土表象写实之文，更觉舍本务末，不切群情。故论其精神，则"意度格力，固无取焉"。论其体式，则"简慢舒徐，斯为病矣"。况文学本逐风尚为转移，今不能以《世说新语》为今后之风俗史，即不能以三国、晋宋文体为今后之正宗，理至显也。

西方学者有言，"科学盛而文学衰"。此所谓文学者，古典文学也。人之精力有限，既用其精力于科学，又焉能分神于古典？故科学盛而文学衰者，势也。今后文学既非古典主义，则不但不与科学作反比例，且可与科学作同一方向之消长焉。写实表象诸派，每利用科学之理，以造其文学，故其精神上之价值有迥非古典文学所能望其肩背者。方今科学输入中国，违反科学之文学，势不能容，利用科学之文学，理必孳育。此则天演公理，非人力所能逆从者矣。

平情论之，纵使今日中国犹在闭关之时，欧土文化犹未输入，民俗未丕变，政体未革新。而乡愿之桐城，淫哇之南社，死灰之闽派，横塞域中。独不当起而翦除，为末流文弊进一解乎？而况文体革迁，已十余年，辛壬之间，风气大变。此酝酿已久之文学革命主义，一经有人道破，当无有间言。此本时势迫而出之，非空前之发明，非惊天之创作。始为文学革命论者，苟不能制作模范，发为新文，仅至于持论而止，则其本身亦无何等重大价值，而吾辈之闻风斯起者，更无论焉。若于此犹存怀疑，非拘墟于情感，即阙乏于常识。此篇所言，全无妙义，又多盈辞，实已等于赘旒。今后但当从建设的方面有所抒写。至于破坏既往，已成定论，不待烦言矣。

原载《新青年》第四卷第一号，1918年1月15日

选自《傅斯年全集》第四册，联经出版事业公司，台北，1980年

翻译文学与佛典

梁启超

说　明

本文最初发表于1921年7月15日出版的《改造》第3卷第11号，原名《中国古代之翻译事业》，副题为《翻译文学与佛典》，收入《梁任公近著第一辑》中卷（1923年6月初版）时，改为今题。《饮冰室合集》编入《专集》之五十九。作者自1920年起，有撰写《中国佛教史》的计划，故陆续完成、发表了一系列论文。此为其中一篇，着重阐述了佛经翻译的历史及其对中国语言、文学的影响。此次校点，以《梁任公近著第一辑》为底本，参校以《改造》杂志。

一　佛教输入以前之古代翻译文学

翻译有二，（1）以今翻古，（2）以内翻外。以今翻古者，在言文一致时代，最感其必要。盖语言易世而必变：既变，则古书非翻不能读也。求诸先籍，则有《史记》之译《尚书》。今举数条为例：

《尚书·尧典》

钦若昊天。

允釐百工，庶绩咸熙。

帝曰："畴咨！若时登庸？"放齐曰："胤子朱启明。"帝曰："吁！嚚讼；可乎？"

帝曰："咨！四岳：朕在位七十载，汝能庸命巽朕位？"岳曰："否德，忝帝位。"曰："明明扬侧陋！"师锡帝曰："有鳏在下，曰虞舜。"帝曰："俞！予闻；如何？"岳曰："瞽子，父顽，母嚚，象傲。克谐以孝；烝烝义，不格奸。"帝曰："我其试哉。"女于时；观厥刑于二女。釐降二女于妫汭①，嫔于虞。

《史记·五帝本纪》

敬顺昊天。

---

① "妫汭"当作"妫汭"。下同。

信饬百官，众功皆兴。

尧曰：“谁可顺此事者？”① 放齐曰：“嗣子丹朱开明。”尧曰：“吁！顽，凶；不用。”尧曰：“嗟！四岳：朕在位七十载，汝能用命践朕位？”岳应曰：“鄙德，忝帝位。”尧曰：“悉举贵戚及疏远隐匿者！”众皆言于尧曰：“有矜在民间，曰虞舜。”尧曰：“然！朕闻之；其何如？”岳曰：“盲者子，父顽，母嚚，弟傲。能和以孝；烝烝治，不至奸。”尧曰：“吾其试哉。”于是尧妻之二女；观其德于二女，舜饬下二女于妫汭，如妇礼。

此种引经法，以后儒眼光论之，则为擅改经文。而司马迁不以为嫌者，盖以今语读古书，义应如此。其实不过翻译作用之一种，使古代思想融为“今化”而已。然自汉以后，言文分离。属文者皆摹仿古言，译古之业遂绝。

以内译外者，即狭义之翻译也。语最古之译本书，吾欲以《山海经》当之，此经殆我族在中亚细亚时相传之神话。至战国秦汉间始写以华言。故不独名物多此土所无，即语法亦时或诡异。然此不过吾个人理想，未得确实佐证，不能断言。此外古书中之纯粹翻译文学，以吾所记忆，则得二事：

（一）《说苑·善说》篇所载鄂君译越人歌。

越语原文

滥兮抃草滥予昌枑泽予昌州州饶焉乎秦胥胥缦予乎昭澶秦逾渗惿随河湖②

楚语译文

今夕何夕兮，搴舟中流。
今日何日兮，得与王子同舟。
蒙羞被好兮，不訾诟耻。
心几顽而不绝兮，知得王子。
山有木兮木有枝。
心说君兮君不知。

（二）《后汉书·西南夷传》所载白狼王唐菆等《慕化诗》三章。

（原文）	（译文）	（原文）	（译文）
提官隗构	大汉是治，	魏冒逾糟	与天意合。
罔译刘脾	吏译平端，	旁莫支流③	不从我来。

---

① “者”字原无。
② “惿”原作“惶”。
③ “支流”原作“支留”。

征衣随旅	闻风向化，	知唐桑艾	所见奇异。
邪呲繼繻	多赐缯布，	推潭仆远	甘美酒食。
拓拒苏便	昌乐肉飞，	局后仍离	屈伸悉备。
偻让龙洞	蛮夷贫薄，	莫支度由	无所报嗣。
阳雒僧鳞	愿主长寿，	莫稚角存	子孙昌炽。

右第一章

偻让皮尼	蛮夷所处，	且交陵悟	日入之部。
绳动随旅	慕义向化，	路且倸雒	归日出主。
圣德渡诺	圣德深恩，	魏菌度洗	与人富厚。
综邪流藩	冬多霜雪，	莋邪寻螺	夏多和雨。
藐浔泸漓	寒温时适，	菌补邪推	部人多有。
辟危归险	涉危历险，	莫受万柳	不远万里。
术叠附德	去俗归德，	仍路孳摸	心归慈母。

右第二章

荒服之仪	荒服之外，	犁藉怜怜	土地垲堉。
阻苏邪犁	食肉衣皮，	莫砀粗沐	不见盐谷。
闷译传微	吏译传风，	是汉夜拒	大汉安乐。
踪优路仁	携负归仁，	雷折险龙	触冒险隘。
伦狼藏幢	高山岐峻，	扶路侧禄	缘崖磻石。
息落服湿	木薄发家，	理沥髭雒	百宿到洛。
捕菌菌呲	父子同赐，	怀槁匹漏	怀抱匹帛。
传言呼敕	传告种人，	陵阳臣仆	长愿臣仆。[①]

右第三章

右两篇实我文学界之凤毛麟角，《鄂君歌》译本之优美，殊不在《风》、《骚》下。原文具传，尤为难得。倘此类史料能得多数，则于古代言语学、人类学皆有大裨；又不仅文学之光而已。然我国古代与异族之接触虽多，其文化皆出我下；凡交际皆以我族语言文字为主，故"象鞮"之业，无足称焉，其对于外来文化，为热情的欢迎，为虚心的领受，而认翻译为一种崇高事业者，则自佛教输入以后也。

① "犁藉"原作"犁籍"，"服湿"原作"服淫"，"怀槁"原作"怀稿"。

二　佛典翻译界之代表人物

汉哀帝元寿元年 (西纪前二年) 博士弟子秦景宪从大月氏王使伊存口受浮屠经。(见《三国志》裴注引鱼豢《魏略·西戎传》。) 中国人知有佛典自此始；顾未有译本也。现在藏中佛经，号称最初译出者，为《四十二章经》，然此经纯为晋人伪作，滋不足信。(拙著《中国佛教史》别有考证。) 故论译业者，当以后汉桓灵时代托始，东晋南北朝隋唐称极盛。宋元虽稍有赓续，但微末不足道矣。据元代《法宝勘同总录》所述历代译人及所译经卷之数，如下：

(朝代)	(译人)	(部数)	(卷数)
后汉永平十至唐开元十八			
(西六七—七三〇)	一七六	九六八	四五〇七
唐开元十八至贞元五			
(西七三〇—七八九)	八	一二七	二四二
唐贞元五至宋景祐四			
(西七八九——〇三七)	六	二二〇	五三二
宋景祐四至元至元二十二			
(西一〇三七——一二八五)	四	二〇	一一五

上表乃总括前后大小译业略举其概。其实译业之中坚时代，仅自晚汉迄盛唐约六百年间，其译界的代表人物如下：

(1) 安世高　安息人。后汉桓帝初，至洛阳。译《安般守意经》等三十九部。(《长房录》著录百七十六部，大半伪托。)

(2) 支娄迦谶　月支人。后汉灵帝光和中平间，译出《般若道行经》、《般舟三昧经》等十四部。(《长房录》著录二十一部。)

右两人实译业开山之祖。但所译皆小品，每部罕有过三卷者。同时复有竺佛朔 (天竺人)、安玄 (安息人)、支曜 (月支人)、康孟祥、康巨 (俱康居人)，并有所译述。而本国人任笔受者，则孟福、张莲 (俱洛阳人)、严佛调 (临淮人) 最著。

(3) 支谦　月支人，支谶再传弟子，汉献帝末，避乱入吴，江南译业自谦始。所译有《维摩诘》、《大般泥洹》等四十九经。

(4) 竺法护　其先月支人，世居敦煌。西晋武帝时，发愿求经，度葱岭，历诸国，通外国语言文字三十六种，大赍梵经还，沿路传译。所译有《光赞般若》、《新道行》、《渐备一切智》、《正法华》等二百十部。(中有伪托。)《梁高僧传》云："经法所以广流中华，护之力也。"①其追随笔受者，有聂承远、聂道真，陈士伦、孙伯虎、虞世雅等。而聂氏父子通梵文，护卒后，道真续译不少。

（5）释道安　俗姓卫，常山人。安为中国佛教界第一建设者，虽未尝自有所译述，然苻秦时代之译业，实由彼主持，苻坚之迎鸠摩罗什，由安建议；《四阿含》、《阿毗昙》之创译，由安组织，翻译文体，由安厘正。故安实译界之大恩人也。其在安系统之下与译业有直接关系者，其人如下：

赵文业　名正，济阴人。仕苻坚为校书郎，苻秦一代译业，皆文业与道安共主持之。晚年出家，名道整，偕法显西游，没于印度。

僧伽跋澄　罽宾人。受道安等之请，译《阿毗昙毗婆沙》。

昙摩难提　兜佉勒人。受道安等之请，译《增一阿含》、《中阿含》、《毗昙心》、《三法度》等凡百六卷。

僧伽提婆　罽宾人。受道安等之请，助译二《阿含》及《毗婆沙》等。后南渡，入庐山，受慧远之请，校正前译。今本《中阿含》，则提婆与僧伽罗叉所再治也。

竺佛念　凉州人。道安等所组织之译业，跋澄、难提、提婆等所口诵者，皆佛念为之笔受；鸠摩罗什之译业，念亦参预。《高僧传》云："自世高、支谦以后，莫逾于念。自苻、姚二代为译人之宗。"诸经出念手笔者，殆逾六百卷矣。同时有法和、惠嵩、慧持者，亦参斯业。

（6）鸠摩罗什　其父天竺人，其母龟兹王之妹；什生于龟兹。九岁随母历游印度，遍礼名师，年十二已为沙勒国师。道安闻其名，劝苻坚迎之。坚遣吕光灭龟兹，挟什归；未至而坚已亡，光挟什滞凉州。至姚秦弘始三年，姚兴讨光，灭后凉，迎什至长安，备极敬礼。什以弘始三年至十一年凡八年间，译书逾三百卷。经部之《放光般若》，《妙法莲华》，《大集》，《维摩诘》；论部之《中》，《百》，《十二门》，《大智度》；皆成于其手，龙树派之大乘教义，盛弘于中国，什之力也。其门下数千人，最著者僧肇，僧睿，道生，道融，时号四圣，皆参译事。

佛陀耶舍　罽宾人。罗什之师。什译《十住经》，（即《华严十定品》之别译。）特迎耶舍来华，共相征决，辞理方定。

弗若多罗，昙摩流支，卑摩罗叉　多罗，罗叉，皆罽宾人；流支，西域人。多罗以弘始六年诵出《十诵律》，罗什司译；未成而多罗逝。翌年，流支至关中，乃与什共续成之。后罗叉来游，在寿春补译最后一诵。律藏之弘，赖三人也。

---

① 《竺昙摩罗刹传》，"中华"下原有"者"字。

(7) 觉贤　梵名佛陀跋陀罗，迦维罗卫人，释尊同族之苗裔也。释智严游印度，礼请东来，以姚秦中至长安，罗什极敬礼之。既而为什门诸人所排摈，飘然南下。宋武帝礼供，止金陵之道场寺。初支法领得《华严》梵本于于阗，又无译者。义熙十四年请觉贤与法业，慧义，慧严等，共译之，华严开宗，滥觞于此。贤所译经论十五部百十有七卷，其在译界之价值，与罗什埒。

(8) 法显　俗姓龚，平阳武阳人。以晋隆安三年 (西三九九) 游印度求经典，义熙十二年归。凡在印十五年（编者按：隆安三年 (399) 至义熙十二年 (416)，应为十七年，作者计算有误。）；所历三十余国，著有《佛国记》；今存藏中。治印度学者，视为最古之宝典。(欧人有译本及注释。) 在印土得《摩诃僧祇律》、《杂阿含》、《方等泥洹》诸梵本，《僧祇律》由觉贤译出；《杂阿含》由求那跋陀罗译出；显自译《方等泥洹》。自显之归，西行求法之风大开。其著者有法勇 (即昙无竭)、智严、宝云、慧景、道整、慧应、慧嵬、僧绍 (此七人皆与法显同行者)、智猛、道普、道泰、惠生、智周等，中印交通，斯为极盛。

(9) 昙无忏　中天竺人。北凉沮渠蒙逊时，至姑臧。以玄始中译《大般涅槃经》，《涅槃》输入始此。次译《大集》、《大云》、《悲华》、《地持》、《金光明》等经，复六十余万言。

(10) 真谛　梵名拘那罗陀，西天竺优禅尼国人。以梁武帝大同十二年由海路到中国。陈文帝天嘉光大间①，译出《摄大乘论》、《唯识论》、《俱舍论》等六十四部二百七十八卷。(《大乘起信论》，旧题真谛译，近来学界发生疑问，拙著《中国佛教史》别有考证。) 无著，世亲派之大乘教义传入中国，自谛始也。

与真谛相先后者，有菩提流支，勒那摩提，昙摩流支，佛陀扇多，般若流支，皆在北朝盛弘经论，而般若流支亦宗唯识，与谛相应。

(11) 释彦琮　俗姓李，赵郡人。湛深梵文，隋开皇间，总持译事。时梵僧阇那崛多，达摩笈多等所译经典，多由琮鉴定。琮著《众经目录》、《西域传》等，义例谨严。对于翻译文体，著论甚详。

(12) 玄奘三藏　俗姓陈，洛州人。唐太宗贞观二年。冒禁出游印度，十九年归，凡在外十七年。从彼土大师戒贤受学，邃达法相。归而献身从事翻译，十九年间 (西六四五——六六三) 所译经论七十三部一千三百三十卷，其最浩瀚者，如《大般若经》之六百卷，《大毗婆沙》之二百卷，《瑜伽师地论》之一百卷，《顺正理论》之八十卷，《俱舍论》之三十卷，自余名著，具见录中。以一人而述作之富若此，中外古今，恐未有如奘比也。事迹具详《慈恩传》中，今不备述。

(13) 实叉难陀　于阗人。以唐武后证圣间，重译《华严经》，今八十卷本

---

① "光大"原误作"光太"，今改正。

是也。又重译《大乘起信论》等。

菩提流志　南印度人。与难陀同译《华严》，又补成《大宝积经》足本。

（14）义净三藏　俗姓张，范阳人。以唐咸亨二年出游印度，历三十七年乃归。归后专事翻译，所译五十六部二百三十卷。律部之书，至净乃备；密宗教义，自净始传。

（15）不空　北天竺人。幼入中国，师事金刚智，专精密藏。以唐开元、天宝间游印度。归而专译密宗书一百二十余卷。

晚唐以后，印土佛教渐就衰落，邦人士西游绝迹，译事无复足齿数。宋代虽有法天，法护，施护，天息灾等数人，稍有译本，皆补苴而已。自汉迄唐，六百余年间，大师辈出。右所述者，仅举其尤异，然斯业进化之迹，历历可见也。要而论之，可分三期：

第一，外国人主译期。

第二，中外人共译期。

第三，本国人主译期。

宋赞宁《高僧传三集》论之云："初则梵客华僧，听言揣意。方圆共凿，金石难和。碗配世间，摆名三昧。咫尺千里，覿面难能。……"此为第一期之情状；安世高，支娄迦谶等，实其代表。此期中之翻译，全为私人事业。译师来自西域，汉语既不甚了解。笔受之人，语学与教理，两皆未娴。讹谬浅薄，在所不免。又云："次则彼晓汉谈，我知梵说，十得八九，时有差违。……"此为第二期之情状；鸠摩罗什，觉贤，真谛等，实其代表。口宣者已能习汉言，笔述者且深通佛理。故邃典妙文，次第布现，然业有待于合作，义每隔于一尘。又云："后则猛显亲往，奘空两通。器请师子之膏，鹅得水中之乳。……印印皆同，声声不别。"此为第三期之情状；玄奘，义净等实其代表。我邦硕学，久留彼都。学既邃精，辩复无碍。操觚振铎，无复间然。斯译学进化之极轨矣。

三　翻译所据原本及译场组织

今日所谓翻译者，其必先有一外国语之原本，执而读之，易以华言。吾侪习于此等观念，以为佛典之翻译，自始即应尔尔，其实不然。初期所译，率无原本，但凭译人背诵而已。此非译师因陋就简，盖原本实未著诸竹帛也。《分别功德论》卷上云：

外国法师徒相传，以口授相付，不听载文。

道安《疑经录》云：(《出三藏集记》卷五引)

外国僧法皆跪而口受，同师所受，若十，二十，转以授后学。①

《付法藏因缘传》载一故事，殊可发噱。兹录如下：

阿难游行，至一竹林，闻有比丘诵法句偈：

"若人生百岁，不见水老鹤，不如生一日，而得睹见之。"阿难语比丘："此非佛语。……汝今当听我演：

'若人生百岁，不解生灭法，不如生一日，而得了解之。'"尔时比丘即向其师说阿难语。师告之曰："阿难老朽，言多错谬，不可信矣。汝今但当如前而诵。"……②

兹事虽琐末，然正可证印度佛书，旧无写本。故虽以耆德宿学之阿难，不能举反证以矫一青年比丘之失也。其所以无写本之故，不能断言。大抵（一）因古代竹帛不便，传写綦难，故如我国汉代传经，皆凭口说。（二）含有教宗神秘的观念，认书写为渎经，如罗马旧教之禁写《新、旧约》也。佛书何时始有写本，此为学界未决之问题。但据法显《佛国记》云：

法显本求戒律，而北天竺诸国，皆师师口传，无本可写。

法显西游，在东晋隆安三年后（西历五世纪初），尚云"无本可写"，则印土写本极为晚出，可以推见。以故我国初期译业，皆无原本。前引《魏略》载"秦景宪从月氏使臣口受浮屠经。"③盖舍口受外无他本也。梁慧皎《高僧传》称安世高"讽持禅经"，称支娄迦谶"讽诵群经"，则二人所译诸经皆由暗诵可知。更有数书，传译程序，记载特详，今举为例：

（一）《阿毗昙毗婆沙》。(此书后经玄奘再译为二百卷。) 由僧伽跋澄口诵经本，昙摩难提笔受为梵文，佛图罗刹宣译；秦沙门敏智笔受为晋本。(见《高僧传》卷二。)

（二）《舍利弗阿毗昙》。昙摩耶舍暗诵原本，以秦弘始九年命书梵文。停

---

① "僧法"后原有"学"字。

② 首句为撮述语，"竹林"下有"之中"二字，"阿难"与"语"之间有删略，"我演"后有"佛偈"二字，"了解"原作"解了"，"老朽"后亦删去一句。

③ 原文作"博士弟子景卢受大月氏王使伊存口受浮屠经"。

至十六年，经师渐娴秦语，今自宣译。（见《出三藏集记》卷十一引释道标《序》。）

（三）《十诵律》。罽宾人弗若多罗以秦弘始六年诵出；鸠摩罗什译为晋文。三分获二，多罗弃世。——西域人昙摩流支以弘始七年达关中，乃续诵出，与什共毕其业。（见《高僧传》卷三。）

若《毗婆沙》者，经两次口授，两次笔受，而始成立。若《十诵律》者，暗诵之人去世，译业遂中辍；幸有替人，仅得续成。则初期译事之艰窘，可概见矣。

在此种状态之下，必先有暗诵之人，然后有可译之本，所诵者完全不完全，正确不正确，皆无从得旁证反证。学者之以求真为职志者，不能以此而满意，有固然矣。于是西行求法热骤兴。

我国人之西行求法，非如基督教徒之礼耶路撒冷，回教徒之礼麦加，纯出于迷信的参拜也。其动机出于学问——盖不满于西域间接的佛学，不满于一家口说的佛学。譬犹导河必于昆仑，观水必穷溟渤。非自进以探索兹学之发源地而不止也。余尝搜讨群籍，得晋唐间留学印度八十余人。（详见《千五百年前之中国留学生》。）今摘举数人，考其游学之动机如下：

法护　是时晋武之世，寺庙图像，虽崇京邑，而方等深经，蕴在葱外。护乃慨然发愤……游历诸国。……遂大赍梵经，还归中夏。（《梁僧传》卷一本传）

法显　常慨经律舛阙，誓志寻求，以晋隆安三年，……西渡流沙，……（卷三本传）

昙无竭　尝闻法显等躬践佛国，乃慨然有忘身之誓。……遂以宋永初元年……远适西方。进至罽宾国。……学梵书梵语。……（卷三本传）①

道泰　先有沙门道泰，志用强悍。少游葱右，遍历诸国。得《毗婆沙》梵本十余万偈。……（卷三《浮陀跋摩传》）②

智严　志欲博事名师。广求经诰。遂周流西国，……功逾十载。（卷三本传）

宝云　忘身徇道，志欲……广寻经要。遂以晋隆安之初……，与法显、智严先后相随。……在外域遍学梵书。（卷三本传）

智猛　每闻外国道人说天竺……有方等众经。……遂以姚秦弘始六年……出自阳关。……历迦惟罗卫及华氏等国，得《大泥洹》，《僧祇律》，

---

① "誓"后应去删节号；"西方"下有删略。

② "余"原作"有"。

及馀经梵本。(卷三本传)①

朱士行 尝于洛阳讲《道行经》。觉文意隐质,诸未尽善,……誓志捐身,远求大本。遂以魏甘露五年,西渡流沙。(卷四本传)②

玄奘 既遍谒众师,备餐其说。详考其义,各擅宗途;验之圣典,亦隐显有异,莫知适从。乃誓游西方,以问所惑。(《慈恩法师传》卷一)

以上不过举最著之数人为例。自余西游大德前后百数十辈,其目的大抵同一。质言之,则对于教理之渴慕追求——对于经典求完求真之念,热烈腾涌。故虽以当时极艰窘之西域交通,而数百年中,前仆后继,游学接踵。此实经过初期译业后当然之要求。而此种极肫挚极严正之学者的态度,固足永为后学模范矣。

佛典传写发达之历史,非本篇所能详述。以吾考证所臆测,则印度境外之写本,先于境内;大乘经典之写本,先于小乘。此西纪第四世纪以前之情状也。自尔以后,梵本日增,输入亦日盛,其杂见于唐道宣《续高僧传》者甚多。略举如下:

梁初,有扶南沙门曼陀罗,大赍梵本,远来贡献。(卷一《僧伽婆罗传》)③

菩提流支房内,经论梵本,可有万夹。(按:此未免铺张。)(卷一本传)④

真谛赍经论以梁大同十二年达南海。……所出经论传记二百七十八卷。……余未译梵本书,并多罗树叶,凡有二百四十夹。若依陈纸翻之,则列二万余卷。今所译讫,仅数夹耳。(卷一本传)⑤

北齐天保中,邺京三藏殿内梵本千有余夹,敕送天平寺翻译。(卷二《那连提耶舍传》)⑥

齐僧宝暹等十人,以武平六年采经西域,……凡获梵本二百六十部。(卷二《阇那崛多传》)⑦

---

① “有”后有删略,“姚秦”原作“伪秦”;“历”句乃撮述,非原文,“得《大泥洹》、《僧祇律》”原文作“得《大泥洹》梵本一部,又得《僧祇律》一部。”

② “五年”后删去一句。

③ “有”前原有“又”字,“曼陀罗”后有删略。

④ “菩提”原作“三藏法师”。

⑤ 首句乃撮合数句之意而成;“传记”原作“记传”,此二字下有删略;“未”前原有“有”字,“所”原作“见”,末句原文作“止是数甲之文”。

⑥ 引文乃撮述语。又,传名中“提”后漏一“黎”字。

⑦ 首句“宝暹”及“六年”后均有删略。

　　隋开皇中新平林邑，所获佛经，合五百六十四夹，一千三百五十余部。并昆仑书，多梨树叶。敕送翻经馆，付彦琮披览，并使编叙目录。(卷二《彦琮传》)①

　　那提三藏，搜集大小乘经律论五百余夹，合一千五百余部，以唐永徽六年达京师。(卷五《玄奘传》)②

《慈恩法师传》，记玄奘所得经典，分类列目如下：

大乘经	二二四部	大乘论	一九二部
上座部书	一五部	三弥底部书	一五部
弥沙塞部书	二二部	迦叶臂耶部书	一七部
法密部书	四二部	说一切有部书	六七部
因明论	三六部	声论	一三部
凡五二〇夹	六五七部		

　　有原本的翻译，比诸无原本的翻译：第一，有审择之余地。第二，有覆勘之余地。其进步之显著，固无待言。即译事之组织，亦与时俱进。其始不过一二胡僧随意约一信士私相对译。其后渐为大规模的译场组织。此种译场，由私人或私团体组织者，有若东晋时庐山之般若台；(慧远所组织，觉贤曾为主译。) 有若陈代富春之陆元哲宅，有若陈隋间广州之制旨寺。其以国家之力设立者，有若姚秦时长安之逍遥园，北凉时姑臧之闲豫宫，东晋时建业之道场寺，刘宋时建业之祇洹寺，荆州之辛寺，萧梁时建业之寿光殿，华林园，正观寺，占云馆，扶南馆，元魏时洛阳之永宁寺及汝南王宅，北齐时邺之天平寺，隋时长安之大兴善寺，洛阳之上林园，唐时长安之弘福寺，慈恩寺，玉华宫，荐福寺等，其最著也。

　　在此种译场之下，每为极复杂的分功组织，其职员略如下：

一译主　如罗什，觉贤，真谛，菩提流支，阇那崛多，玄奘，义净等。

二笔受　如聂承远，法和，道含等。

三度语　如《显识论》之沙门战陀。

四证梵　如《毗奈耶》之居士伊舍罗。

五润文　如玄奘译场之薛元超，李义府等，义净译场之李峤，韦嗣立等。

---

　　① "隋开皇中"原作"大业二年"，此下有删略，"敕送"句原作"有敕送馆"，"彦琮"原无"彦"字。

　　② "三藏"后有删略，"以"后原无"唐"字，"年"下原有"创"字。

六证义　如《婆沙论》之慧嵩，道朗等。

七总勘　如梁代之宝唱、僧佑，隋代之彦琮等。

每译一书，其程序之繁复如此，可谓极谨严之态度也已。

四　翻译文体之讨论

翻译文体之问题，则直译意译之得失，实为焦点。其在启蒙时代，语义两未娴洽，依文转写而已。若此者，吾名之为未熟的直译。稍进，则顺俗晓畅，以期弘通；而于原文是否吻合，不甚厝意。若此者，吾名之为未熟的意译。然初期译本尚希，饥不择食；凡有出品，咸受欢迎。文体得失，未成为学界问题也。及兹业寖盛，新本日出，玉石混淆。于是求真之念骤炽，而尊尚直译之论起，然而矫枉太过，诘鞠为病，复生反动，则意译论转昌。卒乃两者调和，而中外醇化之新文体出焉。此殆凡治译事者所例经之阶级，而佛典文学之发达，亦其显证也。

译业起于汉末，其时译品，大率皆未熟的直译也。名书所评诸家译品略如下：

安世高　世高出经，贵本不饰。天竺古文，文通尚质；仓卒寻之，时有不达。（《出三藏集记》卷十，引道安《大十二门经序》）①

天竺音训诡塞，与汉殊异。先后传译，多致谬滥。唯高所出，为群译之首。安公（道发）以为若及面禀，不异见圣。（《梁高僧传》卷一《安清传》②）

支娄迦谶　安公校定古今精寻文体。云某某等经，似谶所出。凡此诸经皆审得本旨，了不加饰。（同上《支谶传》③）

竺佛朔　　汉灵时译《道行经》，译人时滞，虽有失旨，然弃文存质，深得经意。（同上④）

支曜康巨　汉灵、献间译经。并言直理旨，不加润饰。（同上⑤）

据此诸评，则初期译家，率偏于直译，略可推见。然其中亦自有派别。世高、支谶两大家译本，今存藏中者不少。（内有伪托）试细辨核，则高书实比谶书为易读。谶似纯粹直译，高则已略带意译色彩。故《梁传》又云："高所出

---

①　"卷十"应作"卷七"。

②　"天竺"后有删略，"塞"原作"謇"。

③　"某某等经"四字原无。

④　首句均为撮述语。

⑤　首句均为撮述语。

经，辩而不华，质而不野。读者亹亹忘倦。"① 道安《人本欲生经序》云："斯经似安世高译。义妙理婉；每览其文，欲罢不能。"②（《出三藏集记》卷七）窃尝考之：世高译业在南，其笔受者为临淮人严佛调。支谶译业在北，其笔受者为洛阳人孟福、张莲等。好文好质，隐表南北气分之殊，虽谓直译意译两派，自汉代已对峙焉可耳。

支谶，法护，当三国两晋间，译业宏富；所译亦最好调畅易读。殆属于未熟的意译之一派。《梁传》称："谦辞旨文雅，曲得圣义。"③又引道安言，谓"护公所出，纲领必正；虽不辩妙婉显，而宏达欣畅。"④支敏度称"谦以季世尚文，时好简略。故其出经，颇从文丽，然约而义显，可谓深入。"⑤（《出三藏集记》卷八引《合首楞严经记》）两公文体，可见一斑。然而文胜之弊，已与相缘。故僧睿论谦译《思益经》，谓："恭明（谦之字）前译，颇丽其辞，仍迷其旨。是使宏标乖于谬文，至味淡于华艳。"（罗什译《思益梵天所问经》僧睿《序》）僧肇论旧译《维摩诘经》，谓："支（谦）竺（法护）所出，理滞于文。"（罗什译《维摩诘经》僧肇《序》）支敏度亦谓："支恭明，法护，叔兰，先后所译三本（维摩），或辞句出入，先后不同；或有无离合，多少各异；或方言训诂，字乖趣同；或其文梵越，其理亦乖；或文义混杂，在疑似之间。"⑥（《出三藏集记》卷九引支敏度《合维摩诘经序》）意译之敝，渐为识者所恫矣。

翻译文体之讨论，自道安始。安不通梵文；而对于旧译诸经，能正其谬误。所注《般若》、《道行》、《密迹》、《安般》；寻比文句，析疑甄解。后此罗什见之，谓所正者皆与原文合（《历代三宝记》卷四）。彼盖极富理解力，而最忠实于学问。当第二期译事初起，极力为纯粹直译之主张，其言曰：

> 前人出经，支谶，世高，审得梵本难系者也。又罗，支越，断凿之巧者也。巧则巧矣，惧窍成而混沌终矣。若夫以《诗》为烦重，以《尚书》为质朴，而删润合今，则马郑所深恨者。（《摩诃钵罗若波罗蜜经抄序》，《出三藏集记》卷九）⑦

昔来出经者，多嫌梵言方质，而改适今俗。此政（注释："政"字原脱，今

① 据《安清传》，"高"及"所出经"后均有删略，末句原作"读者皆亹亹而不倦焉"。
② "译"及"理婉"后均有删略，"每"前原有"安"字，"罢"原作"疲"。
③ "谦辞旨"二句原作"曲得圣义，辞旨文雅"。
④ "护公所出"及"纲领必正"后均删去一句。
⑤ "谦"字原无，"然"后有删节，"可谓"上原有"真"字。又《合首楞严经记》为支谶所译。
⑥ "三本"前乃撮述语，"训诂"原作"训古"，"其理"原作"其趣"。
⑦ "断"应作"斫"，"删润"原作"删令"。又，书名"抄经"应作"经钞"。

补。) 所不取，何者？传梵为秦，以不闲方言，求知辞趣耳，何嫌文质？……
经之巧质，有自来矣。唯传事不尽，乃译人之咎耳。(十四卷本《鞞婆沙序》)①

　　译人考校者少，先人所传，相承谓是。……或殊失旨，或粗举意。……
意常恨之。……将来学者，审欲求先圣雅言者，宜详揽焉。诸出为秦官，便
约不烦者，皆蒲萄酒之被水者也。(《比丘大戒序》，《出三藏集记》卷十二引)②

　　"葡萄酒被水"，"窍成混沌终"之两喻，可谓痛切。盖译家之大患，莫过
于羼杂主观的理想，潜易原著之精神。陈寿谓："浮屠所载，与中国《老子
经》而相出入。"(见宋赞宁《高僧传三集》卷三，谓《三国志》述临儿国其文如此。今本无此语，
亦并无《临儿传》。) 盖彼时译家，大率渐染老庄，采其说以文饰佛言。例如《四十
二章经》，(此经吾疑出支谦手，说详《中国佛教史》。) 非惟文体类《老子》，教理亦多沿
袭。此类经典，搀杂我国固有之虚无思想，至佛教变质，正所谓被水之葡萄酒
也。以忠实之道安，睹此固宜愍疾。故大声疾呼，独尊直译。其所监译之《鞞
婆沙》，"案本而传，不令有损言游字。时改倒句，余尽实录。"(原序) "时竺佛
念笔受诸经，常疑此土好华，每存莹饰。安公深疾，穷校考定，务存典骨。许
其五失梵本，出此以外，毫不可差。"③(《出三藏集记》卷九引《僧伽罗刹集经后
记》，作者失名。) 其严正强硬态度，视近一二年来时贤之鼓吹直译者，盖有过之
无不及矣。

　　安公论译梵为秦，有"五失本三不易"。五失本者：(一) 谓句法倒装。
(二) 谓好用文言。(三) 谓删去反覆咏叹之语。(四) 谓去一段落中解释之
语。(五) 谓删去后段覆牒前段之语。三不易者：(一) 谓既须求真，又须喻
俗。(二) 谓佛智悬隔，契合实难。(三) 谓去古久远，无从询证。(见《大品
般若经序》。以原文繁重不具引，仅撮其大意如上。) 后世谈译学者，咸征引焉。要之翻译
文学程式，成为学界一问题，自安公始也。

　　鸠摩罗什者，译界第一流宗匠也。彼为印度人，深通梵语，兼娴汉言。其
所主张与道安稍异。彼尝与僧睿论西方辞体，谓：

　　　　天竺国俗，甚重文制。……改梵为秦，失其藻蔚。虽得大意，殊隔文
　　体。有似嚼饭与人，非徒失味，乃令呕哕也。(《梁高僧传》卷二本传)

　　推什公本意，殆持"翻译不可能"之论。但既不获已而乞灵译事，则比较

---

① "改适"前原有"而"字，"此"后原有"政"字，"取"后原有"也"字。

② "少"原作"鲜"。

③ 首句乃撮述语，"常疑"、"安公"、"典骨"后均有删略。

的偏重意译。其译《法华》，则"曲从方言，趣不乖本。"① （慧观《法华宗要序》）其译《智度》，则"梵文委曲，师以秦人好简，裁而略之。"② （僧睿《大智释论序》）其译《中论》，则"乖阙繁重者，皆载而裨之。"③ （僧睿《中论序》）其译《百论》，则"陶练覆疏，务存论旨；使质而不野，简而必诣。"（僧肇《百论序》）据此可见凡什公所译，对于原本，或增或削，务在达旨，与道安所谓"尽从实录不令有损言游字"者，殊科矣。吾以为安之与什，易地皆然。安惟不通梵文，故兢兢于失实，什既华梵两晓，则游刃有余地也。什译虽多剪裁，还极矜慎。其重译《维摩》："道俗虔虔，一言三复，陶冶精求，务存圣意。文约而诣，旨婉而彰。"（僧肇《维摩诘经序》）其译《大品般若》："手执梵本…口宣秦言。两释（注释：原误作"译"，今改正。）异音，交辩文旨。……与诸宿旧五百余人，详其义旨，审其文中，然后书之。……胡音失者，正之以天竺；秦言谬者，定之以字义。不可变者，即而书之。故异名斌然，梵音殆半。斯实匠者之公谨，笔受之重慎也。"④ （僧睿《大品经序》）由此观之，则什公意译诸品，其惨淡经营之苦，可想见耳。

赞宁云："童寿（即罗什）译《法华》，可谓折中；有天然西域之语趣。"（《宋高僧传》卷三）"天然语趣"四字，洵乃精评。自罗什诸经论出，然后我国之翻译文学，完全成立。盖有外来"语趣"输入，则文学内容为之扩大，而其素质乃起一大变化也。绝对主张直译之道安，其所监译之《增壹阿含》、《鞞婆沙》、《三法度》诸书，虽备极矜慎，而千年来鲜人过问。而什译之《大品》、《法华》、《维摩》以及四论（《中》、《百》、《十二门》、《大智度》），不特为我思想界辟一新天地，即文学界之影响亦至巨焉，文之不可以已如是也。

道安大弟子慧远，与罗什并时，尽读其新译。故其持论，渐趋折衷。其言曰："譬大羹不和，虽味非珍；神珠内映，虽宝非用。'信言不美'，有自来矣。（此言直译之缺点）若遂令正典隐于荣华，玄朴亏于小成，则百家诡辩，九流争川；方将函沦长夜，不亦悲乎？（此言意译之缺点）……则知依方设训，文质殊体。若（编者按："若"字原脱，今补。）以文应质，则疑者众；以质应文，则恍者寡。"⑤ （《大智论抄序》）此全属调和论调，亦两派对抗后时代之要求也。

---

① "趣"前原有"而"字。

② "委曲"下有删略，"裁"前原有"故"字。

③ "皆"前原有"法师"二字，"载"原作"裁"。

④ "宿旧"下有删略；"故"原作"是以"。

⑤ "有自来"上原有"固"字，"诡辩"原作"竞辩"，"函"原作"幽"，"长夜"下删去一句，"则知"下原有"圣人"，"以文"前原有"若"字，"恍"原作"悦"。

此后关于此问题之讨论，莫详于隋代之彦琮。《唐僧传》（卷二本传）称其"著《辩正论》，以垂翻译之式"。其要略曰："若令梵师独断，其微言罕革；笔人参制，则余辞必混。意者宁贵朴而近理，不用巧而背派。"① 此旨要趋重直译也。又言："译才须有'八备'：（一）诚心爱法，志原益人，不惮久时。（二）将践觉场，先牢戒足，不染讥恶。（三）筌晓三藏，义贯两乘，不苦暗滞。（四）旁涉坟典，工缀典词，不过鲁拙。（五）襟抱平恕，器量虚融，不好专执。（六）耽于道术，澹于名利，不欲高炫。（七）要识梵言，方闲正学，不坠彼学。（八）薄阅《苍》《雅》，粗谙篆隶，不昧此文。"② 其（一）（五）（六）之三事，特注重翻译家人格之修养，可谓深探本原；余则常谈耳。然琮之结论，乃在废译。意欲人人学梵，不假传言。故云："直餐梵响，何待译言？本尚亏圆，译岂纯实？"更极言学梵文之必要，云："研若有功，解便无滞，匹于此域。固不为难，难尚须求，况其易也？……向使……才去俗衣，寻教梵字。……则人人共解，省翻译之劳。……"③ 据此，则彦琮实主张"翻译无益论"之人也。以吾观之，梵文普及，确为佛教界一重要问题。当时世鲜注意，实所不解。但学梵译汉，交相为用。谓译可废，殊非自利利他之通轨也。

道宣之传玄奘也，曰："自前代以来，所译经教，初从梵语倒写本文，次乃回之顺同此俗；然后笔人观理文句。中间增损，多坠全言。今所翻传，都由奘旨。意思独断，出语成章。词人随写，即可披玩。"（《唐高僧传》卷五本传）盖前代译师，无论若何通洽，终是东渡以还，始学华语；辞义扞格，云何能免？口度笔受，终分两橛。例如罗什，号称"转能汉言，音译流便。"（《梁高僧传》卷二本传）然据笔受《大智度论》之僧睿，则谓："法师于秦语大格。……苟言不相喻，则情无由比。……进欲停笔争是，则校竞终日，卒无所成。退欲简而便之，则负伤手穿凿之讥。"（《出三藏集记》卷十一，引《大智释论序》）则扞格情形，可以想见。幸而肇、睿诸贤，既精教理，复擅文辞。故相得益彰，庶无大过耳。又如真谛晚年，始得与法泰对翻《摄大乘》、《俱舍》两论，谛叹曰："吾早值子无恨矣。"④（《唐高僧传》卷一《法泰传》）是知前代任何名匠，总须与笔受者蚩罣相依。故原本所含义谛，最少亦须假途于两人以上之心理，始得现于译本。夫待译乃通，已为间接，此则间接之中又间接焉。其间所失，宜几何者？故必如

————————

① "其微言"原作"则微言"。

② 首句乃撮述，文中原无一、二、……八等字，分别于每则后加"其备一也"，"其备二也"……"其备八也"；又，"坟典"原作"坟史"，"方闲"原作"乃闲"，"正学"原作"正译"。

③ "则"后有删略。

④ "值子"后有删略。

玄奘、义净，能以一身兼笔舌之两役者，始足以语于译事矣。若玄奘者，则意译直译，圆满调和。斯道之极轨也。

五　译学进步之影

欲察译学之进步，莫如将同本异译之书为比较的研究。吾今选出一书为标准，即《大般若经》之第四分，前代通称《小品般若》者是也。此书前后所译凡九本，五存四佚。今将现存五本以（甲）（乙）（丙）（丁）（戊）符号表其名如下：

（甲）《道行般若经》后汉支娄迦谶译

（乙）《大明度无极经》吴支谦译

（丙）《摩诃般若钞经》苻秦昙摩蜱译

（丁）《小品般若经》姚秦鸠摩罗什译

（戊）《大般若经第四分》唐玄奘译

右五本出现之时期，自汉至唐，相去八百余年；其译人皆各时代之代表人物。（甲）本之支娄迦谶，与安世高齐名，称译界开创二杰。（乙）本之支谦，则“意译派”第一宗匠也。（丙）本昙摩蜱口译，竺佛念笔述，然实成于道安指导之下。（丁）本之鸠摩罗什，（戊）本之玄奘，则前后两译圣，稍治斯学者，所能共知矣。吾昔曾将此经第一品，分五格钞录，比对其异同。不惟可以察文体之嬗易；即思想之变迁，亦历历可寻；实一种极有趣之研究也。惜不得梵文原本，与通梵者商榷其得失耳。今摘录数段供参考：

书中发端，记佛命须菩提为诸菩萨演说般若波罗蜜。时舍利弗窃念：“须菩提是否能以自力演说，抑承佛威神力?”须菩提知其意而语之，其语五本异译如下：

（甲本）	（乙本）	（丙本）	（丁本）	（戊本）
敢佛弟子所说法所成法，皆持佛威神。何以故？佛所说法，法中所学，皆有证，皆随法展转相教，展转相成。法中终不共诤。何以故？时而说法莫不喜乐者，自恣善男子善女人而学。	敢佛弟子所作，皆乘如来大士之作。所以者何？从佛说法，故有法学。贤者子贤者女，得法意以为证。其为证者所说所诲所言，一切如法无诤。所以者何？如来说法，为斯乐者族姓子传相教，无所诤。①	敢佛弟子所说法所成法，皆承佛威神。何以故？佛所说法，法中所学。皆有证以知，便能有所成，展转能相成教。所以者何？怛萨阿竭所说无有异。若有仁善欲学是法，于中终不诤。②	佛诸弟子，敢有所说，皆是佛力。所以者何？佛所说法，于中学者，能证诸法相。证已有所言说，皆与法相不相违背。以法相力故。	世尊弟子敢有宣说显了开示，皆承如来威神之力。何以故？舍利子：佛先为他宣说显了开示法要；彼依佛教，精勤修学，乃至证得诸法实性；后转为他有所宣说显了开示。若与法性能不相违，皆是如来威神加被；亦是法性等流。③

其间小节可注意者，如（甲）（乙）（丙）本，皆将"敢"字放在句首，当是纯袭印度语法，（丁）（戊）本便不尔。如"善男子善女人"，（乙）本作"贤者子贤者女"，乍视觉极刺眼。如"如来"，（丙）本译音作"怛萨阿竭"，此字在后来译本中，已成僵语。然此皆无关宏旨，可勿深辩。以全段文意论，吾辈读（甲）（丙）本，几全不解；读（乙）本似略解；读（丁）（戊）本则全解。盖（甲）（丙）皆属初期之直译派；而其主译者皆外人，不娴汉语。（乙）本属初期之意译派；（丁）本属后期之意译派，其主译者虽皆外人，而略娴汉语。（戊）本则中国人主译，后期之"意直调和"派也。其尤当注意者，五本中皆有"证"字，吾辈读后两本，知其为"证悟"之"证"；然读前三本，则几疑为"证据"之"证"。两义相去，何啻霄壤？又（丁）本言"诸法相"，（戊）本言"诸法实性"，自是此段中主要之语。然（甲）（丙）两本皆不见此字，知是对译者传诗不出，因而没却；此初期直译之弊也。（乙）本作"法意"，虽未阙漏，然笼统含混矣；此初期意译之弊也。（丁）

① "所作"原作"所说"，"相教"后原有"如经意"三字。

② "成都"后原有"于诸法随其教"六字。

③ "亦是"后原有"所证"二字。

（戊）两本，皆能译矣，然用字精确之程度则又有别。"法相"就现象言，"法性"就本体言。两者虽非一非异，然《般若》属龙树派思想，应云"法性"；若言"法相"，则与无著派思想混矣。故（戊）本所译，自优于（丁）本也。又（丁）（戊）两本，意义皆了；然（丁）本字数，远简于（戊）本。（丁）本意译之模范，（戊）本直译之模范也。

（甲本）	（乙本）	（丙本）	（丁本）	（戊本）
①菩萨当念作是学，入中心不当念是菩萨。 ②何以故？有心无心。 ③舍利弗谓须菩提：云何有心无心？ ④须菩提言：如是：亦不有有心，亦不无无心。①	①又：菩萨大士行明度无极，当受学此：如学此者，不当念我是道意。 ②所以者何？是意非意；净意光明。 ③贤子鹙鹭子曰：云何有是意而意非意？ ④善业曰：谓其无为无杂念也。②	须菩提白佛：菩萨摩诃萨行般若波罗蜜，当作是学：学其心不当念我是菩萨。 ②何以故？心无心，心者净。 ③舍利弗谓须菩提：云何有心，心无心？ ④须菩提言：从对虽有心；心无心。如是，心亦不知者，亦无造者，以是亦不有有心，亦不有无心。③	复次：世尊：菩萨行般若波罗蜜时，应如是学：不念是菩萨心。 ②所以者何？是心非心，心相本净故。 ③舍利弗言：何法为非心心？ ④须菩提言：不坏不分别。④	复次：世尊：菩萨摩诃萨修行般若波罗蜜多时，应如是学：谓不执着大菩提心。 ②所以者何？心非心性，本性净故。 ③舍利子问善现言：何等名为心非心性？ ④善现答言：若无变坏，亦无分别，是则名为心非心性。⑤

此段问答，大可见译笔工拙及译意显晦之差。须菩提语（戊）本"谓不执著大菩提心"一句，（甲）（丙）（丁）三本，大同小异，皆云"不念是菩萨"，此直译而不达意也。（乙）本改为"不当念我是道意"，意译的色彩颇重，然益难解矣。（戊）本云："心非心性，本性净故。"又云："若无变坏，

---

① "菩萨"与"当念"之间有删略，"云何"句后亦有删略。
② "当受学此"原作"当学受此"，"如学"原作"如受"，"我是"原作"是我知"，"善业"前有删略。
③ "念"上原有"自"字，"有心，心无心"下有删略，"有无心"原作"无无心"。
④ "舍利弗"前有删略。
⑤ "菩萨"前原有"若"字，又，此句末尾原无"时"字；"舍利子"前有删略。

亦无分别,是则名为心非心性。"其意盖谓吾人常识所谓心者,皆指有变坏有分别者也;《般若》之心,无变坏,无分别,是心而非心也。此"心而非心之性",其本性清净。如此剖读,语意甚莹。(丁)本所译,亦庶几矣;但以心性为心相耳。前三本则缺点甚多。(甲)本殆笔述者完全不解,以影响语搪塞。(乙)本骤读似甚晓畅,实则纯以老庄学说诬佛说,此意译家之大病也。(丙)本纯粹直译。其"从对虽有心"一语,他本皆不译。窃疑此语甚要,盖指吾人常识有对待之心也。但其以"无造者"翻"无变坏";以"无知者"[1]翻"无分别",则拙晦极矣。

(甲本)	(乙本)	(丙本)	(丁本)	(戊本)
菩萨行般若波罗蜜,色不当于中住;痛痒、思想、生死、识不当于中住。	菩萨修行明度无极,不以色住;于痛、想、行,不以识住。	菩萨行般若波罗蜜,色中不当住;痛痒、思想、生死、识不当于中住。	菩萨行般若波罗密时;不应色中住,不应受、想、行、识中住。	菩萨摩诃萨行般若波罗蜜多时,不应住色;亦不应住受、想、行、识。
何以故?住色中为行色;住痛痒、思想、生死、识中为行识。设住其中者。为不随般若波罗蜜教。	所以者何?若止于色,为造色行;止痛、想、行,为造识;非为应受。	想色住,为行生死识;想痛、思想、生死、识住,为行生死识。设住其中,不随般若波罗蜜教。	何以故?若住色中,为作色行;若住受、想、行、识中,为作识行。若行作法,则不能受般若波罗蜜。	所以者何?若住于色,便作色行,非行般若波罗蜜多;若住受、想、行、识,便作受,想,行,识行,非行般若波罗蜜多。
何以故?行识故,是为不行般若波罗蜜。不行者,菩萨不得"萨芸若"。[2]	明度无极,不以造行为应受。受此,其不具足明度无极,终不得"一切知"。	不为应"萨芸若"。[3]	不能习般若波罗蜜,不具足般若波罗蜜,则不能成就"萨婆若"。	何以者何?非作行者,能摄般若波罗蜜多。不摄般若波罗蜜多,则于般若波罗蜜多不能修习,……不能圆满,……则不能得"一切智智",不能摄所摄有情。[4]

[1] "无知"原作"不知"。

[2] "设住"句前原有"不当行识"四字。

[3] "菩萨"后原有"摩诃萨"三字,下例同;"想痛"后漏一"痒"字,"生死识"下原有"不当行生死识"六字。

[4] 首句"行般若"原作"修行般若",又,此句末尾原无"时"字;"则不能"原作"便不能",又,此句下有删略。

读此段，最令吾辈注目者，则术语厘定之不易也。即如佛典中最重要之五蕴所谓色，受，想，行，识者，实几经变迁，乃定为今名。

	梵名	今义 (甲)(丙)本	(乙)本	(丁)(戊)本
	Rūpa ===	物态 === 色	色	色
	Vedanā ===	感觉 === 痛痒	痛	受
五蕴	Samjnā ===	记忆 === 思想	想	想
	Samjñā ===	意志 === 生死	行	行
	Vijñāna ===	认识 === 识	识	识

旧于此五名，或译以一字，或译以两字，既已参差不类，且痛痒，生死等名，亦不包举，且易滋误混。支谦全易以一字译，大体甚善矣，然省"痛痒"称"痛"，愈益难解，罗什以后，受，想，行，识，斯为定名。区区三字，积数百年之进化；其惨淡经营可想也。又如 Prajñā-pāramitā（甲）本译音为"般若波罗蜜"；而偏重意译之（乙）本，则以"明"译"般若"，以"度无极"译"波罗蜜"，因名"明度无极"；而（丙）（丁）（戊）三本皆译音不译意。又如 Sarvajnā（甲）本译音之"萨芸若"，（丙）（乙）[①]本从之；（乙）本译义作"一切智"，（戊）本从之，而加一字为"一切智智"。此皆关于术语之应比较研究者。至于意义畅达之程度，则试以（戊）本作标准，持以对核前四本，其递次进步之迹甚明。

（甲本）	（乙本）	（丙本）	（丁本）	（戊本）
菩萨行般若波罗蜜，一切字法不受。是故三昧无有边无有正。	是名曰"菩萨大士诸法无受之定"。场旷趣大而无有量。	是菩萨为行般若波罗蜜，复不受三昧字，广大所入。	是名"菩萨诸法无受三昧"。广大无量无定。	是名"菩萨于一切法无摄受定"。广大无对无量决定。

就此一句话，（乙）本之意译，可谓极适极妙，虽（丁）（戊）本亦不能出其右，而（甲）（丙）两本之直译，真使人堕五里雾中也。

然直译而失者，极其量不过晦涩诘籁，人不能读，枉费译者精力而已，犹不至于误人。意译而失者，则经译者之思想，横指为著者之思想，而又以文从字顺故，易引读者入于迷途。是对于著者读者两皆不忠，可谓译界之蟊贼也

———————————

① "丁"原误作"乙"。

已。试更就前经剌举数段为例：

戊本（玄奘译）

（一）诸色离色自性，受，想，行，识离受，想，行，识自性……能相亦离所相，所相亦离能相。……

（二）分明执着故，于"如实道"不知不见，不信谛法，不觉实际。

乙本（支谦译）

（一）其于色也，休色自然；于痛，想，行，休识自然。……于智休止，智之自然者休矣；想休止，相之自然者休矣。

（二）以专著故，而不知此无所用聪明之法。

右第（一）段依奘译，论心理作用，本极复杂，依谦译，则"自然"两字尽之矣。第（二）段依奘译，谓以平等智观察诸法实相；依谦译，则灰身灭智而已。此与前文所举奘译之"无变坏无分别"，谦译作"无为无杂念"正同一例。此皆袭用老庄语，欲人易入；而不知已大失原意，正道安所谓"葡萄酒之被水"者也。赞宁云："房融润文于《棱严》，宜当此消。"①（《宋高僧传》卷三）须知前代佛典，其愈易读者愈蹈此病。彼人人爱读之《棱严》，识者已讥之矣。宁又云："糅书勿如无书，与其典也宁俗。"（同上）此二语真译界永世之药石，鼓舌操觚者所宜日三复也。

六　翻译文学之影响于一般文学

凡一民族之文化，其容纳性愈富者，其增展力愈强，此定理也。我民族对于外来文化之容纳性，惟佛学输入时代最能发挥。故不惟思想界生莫大之变化，即文学界亦然。其显绩可得而言也。

第一，国语实质之扩大

初期译家，除固有名词对音转译外，其抽象语多袭旧名，吾命之曰"支谦流"之用字法。盖对于所谓术语者，未甚经意，此在启蒙草创时，固应然也。及所研治日益深入，则觉旧语与新义，断不能适相吻合，而袭用之必不免于笼统失真。于是共努力从事于新语之创造。如前所述道安，彦琮之论译例；乃至明则撰《翻经仪式》，玄奘立"五种不翻"，赞宁举"新意六例"；其所讨论，则关于正名者什而八九。或缀华语而别赋新义，如"真如""无明""法界""众生""因缘""果报"等；或存梵音而变为熟语，如"涅槃""般若""瑜伽""禅那""刹那""由旬"等。其见于《一切经音义》、《翻译名义

---

① "棱严"下删去一句。

集》者既各以千计。近日本人所编《佛教大辞典》，所收乃至三万五千余语。此诸语者非他，实汉晋迄唐八百年间诸师所创造，加入吾国语系统中而变为新成分者也。夫语也者所以表观念也；增加三万五千语，即增加三万五千个观念也。由此观之，则自译业勃兴后，我国语实质之扩大，其程度为何如者？

译家正名之结果，更能令观念增其正确之程度。尝变苻秦译之《阿毗昙八犍度论》，其第一篇第三章题为《人跋渠》，第二篇第三章亦题《人跋渠》；及唐玄奘重译此书名为《发智论》，其第一篇之《人跋渠》，则改题为《补特迦罗纳息》；第二篇之《人跋渠》，则改题为《有情纳息》。("跋渠""纳息"皆译音，即他经所译"品"字之义。) 考第一篇原文为Pudgala Varga；第二篇原文为Sattva Varga。据玄奘①《音义》卷二十二释"补特伽罗"云："梵本补 (pu)，此云数；特伽 (dga)，此云取；罗 (la)，此云趣。数取趣，谓数数往来诸趣也。"此殆近于所谓灵魂者；而其物并非"人类"所专有。《唯识述记》卷一释"有情"云："梵言萨埵 (Sattva)，有情生故，能爱生故。"② 此殆指凡含生之类而言；故旧本亦译为"众生"。然则此两字皆不能以旧语之"人"字函之明矣。而初期译家，口笔分功，不能相喻。闻梵师所说，义与"人"近，则两皆以"人"译之。读者为旧来"人"字观念所因，则与本意绝不能了解。且彼中两语，我译以同一之词，则两观念之区分，无由辩晰。逮新译出，斯弊乃祛。盖我国自汉以后，学者唯古是崇。不敢有所创作，虽值一新观念发生，亦必印嵌以古字，而此新观念遂晦没于囫囵变质之中。一切学术，俱带灰色，职此之由。佛学既昌，新语杂陈，学者对于梵义，不肯囫囵放过，搜寻语源，力求真是。其势不得不出于大胆的创造。创造之途既开，则益为分析的进化。此国语内容所以日趋于扩大也。

第二，语法及文体之变化

吾辈读佛典，无论何人，初展卷必生一异感；觉其文体与他书迥然殊异，其最显著者：(一) 普通文章中所用"之乎者也矣焉哉"等字，佛典殆一概不用 (除支谦流之译本)。(二) 既不用骈文家之绮词俪句，亦不采古文家之绳墨格调。(三) 倒装句法极多。(四) 提挈句法极多。(五) 一句中或一段落中含解释语。(六) 多覆牒前文语。(七) 有联缀十余字乃至数十字而成之名词。——一名词中，含形容格的名词无数。(八) 同格的语句，铺排叙列，动至数十。(九) 一篇之中，散文诗歌交错。(十) 其诗歌之译本为无韵的。凡此皆文章构造形式上，画然辟一新国土。质言之，则外来语调之色彩甚浓厚，若与吾辈本

---

① "玄奘"应为"玄应"。
② "言"原作"云"，梵文为作者所加，"有情"及"能"前均有删略，"能"下原有"有"字。

来之"文学眼"不相习；而寻玩稍进，自感一种调和之美。此种文体之确立，则罗什与其门下诸彦实尸其功。若专从文学方面较量，则后此译家，亦竟未有能过什门者也。

赞宁论译事云："声明中（一）'苏漫多'，谓泛语平语言辞也。（二）'彦底多'，谓典正言辞也。佛说法多依'苏漫多'，意住于义，不依于文；又被一切故。若'彦底多'，非诸类所能解故。……折中适时，自存法语，斯得译经之旨矣。"①（《宋高僧传》卷三）"彦底多"者，即古雅之文；"苏漫多"者，即通俗之文也。佛恐以辞害意且妨普及，故说法皆用通俗语。译家惟深知此意，故遣语亦务求喻俗。吾侪今读佛典，诚觉仍有许多艰深难解之处。须知此自缘内容含义，本极精微，非可猝喻。亦如近译罗素、安斯坦诸述作，虽用白话，原非尽人能解也。若专以文论，则当时诸译师，实可谓力求通俗。质言之，则当时一种革命的白话新文体也。（试读什译《法华·譬喻品，信解品》等篇，当知此言不谬。）佛典所以能为我国文学界开一新天地，皆此之由。

尤有一事当注意者，则组织的解剖的文体之出现也。稍治佛典者，当知科判之学，为唐宋后佛学家所极重视。其著名之诸大经论，恒经数家或十数家之科判；分章分节分段，备极精密。（道安言诸经皆分三部分，一序分，二正宗分，三流通分；此为言科判者之始。以后日趋细密。）推原斯学何以发达，良由诸经论本身，本为科学组织的著述。我国学者，亦以科学的方法研究之，故条理愈剖而愈精。此种著述法，其影响于学界之他方面者亦不少。夫隋唐义疏之学，在经学界中有特别价值，此人所共知矣。而此种学问，实与佛典疏钞之学同时发生。吾固不敢径指此为翻译文学之产物，然最少必有彼此相互之影响，则可断言也。而此为著述进化一显著之阶段，则又可断言也。

自禅宗语录兴，宋儒效焉；实为中国文学界一大革命；然此殆可谓为翻译文学之直接产物也。盖释尊只有说法，并无著书。其说法又皆用"苏漫多"。弟子后学汲其流，则皆以喻俗之辩才为尚。入我国后，翻译经典，虽力谢雕饰，然犹未敢径废雅言。禅宗之教，即以大刀阔斧，抉破尘藩；即其现于文字者，亦以极大胆的态度，掉臂游行。故纯粹的"语体文"完全成立，然其动机实导自翻译。试读什译《维摩诘》等编，最足参此间消息也。

第三，文学的情趣之发展

吾为说于此。曰："我国近代之纯文学——若小说，若歌曲，皆与佛典之翻译文学有密切关系"，闻者必以为诞；虽然，吾盖确信之。吾征诸印度文学进展之迹而有以明其然也。夫我国佛教，自罗什以后，几为大乘派所独占，此尽人所能知矣。须知大乘在印度本为晚出；其所以能盛行者，固由其教义顺应

---

① "泛语"原作"泛尔"；"斯"后原有"谓"字。

时势以开拓，而借助于文学之力者亦甚多。大乘首创，共推马鸣。读什译《马鸣菩萨传》，则知彼实一大文学家大音乐家；其弘法事业恒借此为利器。试细检藏中马鸣著述：其《佛本行赞》，实一首三万余言之长歌。今译本虽不用韵，然吾辈读之，犹觉其与《孔雀东南飞》等古乐府相仿佛。其《大乘庄严论》，则真是"《儒林外史》式"之一部小说；其原料皆采自《四阿含》，而经彼点缀之后，能令读者肉飞神动（拙著《佛典解题》，于此二书别有考证批评。）马鸣以后成立之大乘经典，尽汲其流；皆以极壮阔之文澜，演极微眇之教理。若《华严》，《涅槃》，《般若》等，其尤著也。（此一段，吾知必为时流谈佛者所大骇怪；但吾并不主张"大乘非佛说"，不过承认大乘经典晚出耳。其详见拙著《中国佛教史》。）此等富于文学性的经典，复经译家宗匠以极优美之国语为之迻写。社会上人人嗜读；即不信解教理者，亦靡不心醉于其词缋。故想象力不期而增进，诠写法不期而革新，其影响乃直接表现于一般文艺。我国自《搜神记》以下一派之小说，不能谓与《大庄严经论》一类之书无因缘。而近代一二巨制《水浒》、《红楼》之流，其结体运笔，受《华严》、《涅槃》之影响者实甚多。即宋元明以降，杂剧，传奇，弹词等长篇歌曲，亦间接汲《佛本行赞》等书之流焉。吾知闻吾说者必大诃斥：谓子所举各书，其中并不含佛教教理，其著者或且于佛典并未寓目；如子所言，毋乃附会太甚。此等诃辞，吾固承认也。虽然，吾所笃信佛说"共业所成"之一大原理，谓凡人类能有所造作者，于其自业力之外，尤必有共业力为之因缘。所谓共业力者，则某时代某部分之人共同所造业，积聚遗传于后；而他时代人之承袭此公共遗产者，各凭其天才所独到，而有所创造。其所创造者，表面上或与前业无关系，即其本人亦或不自知；然以史家慧眼烛之，其渊派历历可溯也。吾以为近代文学与大乘经典，实有如是之微妙关系；深达文心者，当不河汉吾言。

吾对此问题，所欲论者犹未能尽；为篇幅及时日所限，姑止于此。读斯篇者，当已能略察翻译事业与一国文化关系之重大。今第二度之翻译时期至矣，从事于此者，宜思如何乃无愧古人也！

刘梦溪主编《中国现代学术经典——梁启超卷》
河北教育出版社，1996年8月

中国韵文里头所表现的情感

梁启超

说　明

本文原为1922年春在清华学校文学社课外讲演之讲稿，拟分十三节。经过调整，将"象征派的表情法"并入"蕴藉的表情法"，合成一节，又略去"文学里头所显的人生观"与"表情所用文体的比较"二节，已完成的部分只有十节。前八节先在1922年2月、4月《改造》第4卷第6号、8号上刊出。1925年收入梁廷灿所编《(乙丑重编) 饮冰室文集》时，始将末二节补全。其后，《饮冰室合集》列入《文集》之三十七。文章以分类的表情法分析中国古典诗歌，有意对旧文学进行系统、规范的研究。此次校点，以《改造》杂志及《(乙丑重编) 饮冰室文集》为底本，与《饮冰室合集》合校。

本学期在清华学校讲国史，校中文学社诸生，请为文学的课外讲演，辄拈此题。所讲现未终了，讲义随讲随编，其预定的内容略如下：

一　导言（一）
二　导言（二）
三　奔迸的表情法
四　回荡的表情法（一）
五　回荡的表情法（二）
六　附论新同化之西北民族的表情法
七　蕴藉的表情法
八　附论女性文学与女性情感
九　浪漫派的表情法
十　写实派的表情法
十一　文学里头所显的人生观
十二　表情所用文体的比较

右讲稿皆于著史之暇闲日抽余晷草之；其脱略舛谬处，自知不少——即如第三讲中论奔迸的表情法所引《陇头歌》，细思实当改入第四讲中论回荡的表情法条下——今因《改造》杂志索稿，匆匆检付，无暇覆勘校改。惟自觉用表情法分类以研究旧文学，确是别饶兴味。前人虽间或论及，但未尝为有系统的研究。不揣愚陋，辄欲从此方面引一端绪；其疏舛之处，极盼海内同嗜加以是正。

校中参考书缺乏，且时日匆促，故所引作品，仅凭记忆所及，读者幸勿责其罣漏。

　　　　　　　　　　十一，三，二十五，在清华学校。启超。

一　导言（一）

天下最神圣的莫过于情感：用理解来引导人，顶多能叫人知道哪件事应该做，哪件事怎样做法，却是被引导的人到底去做不去做，没有什么关系；有时所知的越发多，所做的倒越发少。用情感来激发人，好像磁力吸铁一般，有多大分量的磁，便引多大分量的铁，丝毫容不得躲闪，所以情感这样东西，可以说是一种催眠术，是人类一切动作的原动力。

情感的性质是本能的，但他的力量，能引人到超本能的境界；情感的性质是现在的，但他的力量，能引人到超现在的境界。我们想入到生命之奥，把我的思想行为和我的生命并合为一；把我的生命和宇宙和众生并合为一；除却通过情感这一个关门，别无他路。所以情感是宇宙间一种大秘密。

情感的作用固然是神圣，但他的本质不能说他都是善的，都是美的；他也有很恶的方面，他也有很丑的方面。他是盲目的，到处乱碰乱迸，好起来好得可爱，坏起来也坏得可怕。所以古来大宗教家、大教育家，都最注意情感的陶养。老实说，是把情感教育放在第一位。情感教育的目的，不外将情感善的美的方面尽量发挥，把那恶的丑的方面渐渐压伏淘汰下去。这种工夫做得一分，便是人类一分的进步。

情感教育最大的利器，就是艺术：音乐、美术、文学这三件法宝，把"情感秘密"的钥匙都掌住了。艺术的权威，是把那霎时间便过去的情感，捉住他令他随时可以再现；是把艺术家自己"个性"的情感，打进别人们的"情阈"里头，在若干期间内占领了"他心"的位置。因为他有恁么大的权威，所以艺术家的责任很重，为功为罪，间不容发。艺术家认清楚自己的地位，就该知道：最要紧的工夫，是要修养自己的情感，极力往高洁纯挚的方面，向上提絜，向里体验，自己腔子里那一团优美的情感养足了，再用美妙的技术把他表现出来，这才不辱没了艺术的价值。

二 导言（二）

我这篇讲演，说的是中国韵文里头所表现的情感。"韵文"是有音节的文字。那范围，从三百篇、楚辞起，连乐府歌谣、古近体诗、填词曲本乃至骈体文都包在内。（但骈体文征引较少）我所征引的只凭我记忆力所及，自然不能说完备，但这些资料，不过借来举例，倒不在乎备不备，我想怎么多也够了。我所征引的，都是极普通脍炙人口的作品，绝不搜求隐僻，我想这种作品，最合于作品代表的资格。

我这回所讲的，专注重表现情感的方法有多少种，哪样方法我们中国人用得最多用得最好。至于所表现的情感种类，我也很想研究；但这回不及细讲，只能引起一点端绪。我讲这篇的目的，是希望诸君把我所讲的做基础，拿来和西洋文学比较。看看我们的情感，比人家谁丰富谁寒俭，谁浓挚谁浅薄，谁高远谁卑近，我们文学家表示情感的方法，缺乏的是哪几种。先要知道自己民族的短处去补救他，才配说发挥民族的长处，这是我讲演的深意。现在请入本题。

三 奔进的表情法

向来写情感的，多半是以含蓄蕴藉为原则，像那弹琴的弦外之音，像吃橄榄的那点回甘味儿，是我们中国文学家所最乐道。但是有一类的情感，是要忽然奔进一泻无余的：我们可以给这类文学起一个名，叫做"奔进的表情法"。例如碰着意外的过度的刺激，大叫一声或大哭一场或大跳一阵，在这种时候，含蓄蕴藉，是一点用不着。例如《诗经》：

> 蓼蓼者莪，匪莪伊蒿。哀哀父母，生我劬劳！（《蓼莪》）
> 彼苍者天，歼我良人！如可赎兮，人百其身。（《黄鸟》）

前一章是父母死了，悲哀到极处，"哀哀……劬劳"八个字，连泪带血迸出来。后一章是秦穆公用人来殉葬，看的人哀痛怜悯的情感，迸在这四句里头，成了群众心理的表现。

> 风萧萧兮易水寒，壮士一去兮不复还！

这是荆轲行刺秦始皇临动身时，他的朋友高渐离歌来送他；只用两句话，一点扭捏也没有，却是对于国家、对于朋友的万斛情感，都全盘表出了。

古乐府里头有一首《箜篌引》，不知何人所作：据说是有一个狂夫，当冬天早上，在河边"被发乱流而渡"，他的妻子从后面赶上来要拦他，拦不住，溺死了；他妻子做了一首"引"，是：

公无渡河！公竟渡河！堕河而死，将奈公何。[①]

又有一首《陇头歌》，也不知谁人所作，大约是一位身世很可怜的独客。那歌有两叠，是：

陇头流水，流落四下，念吾一身，飘然旷野。
陇头流水，鸣声呜咽，遥望秦川，肝肠断绝。

这些都是用极简单的语句，把极真的情感尽量表出；真所谓"一声《河满子》，双泪落君前"。你若要多著些话，或是说得委婉些，那么真面目完全丧掉了。

力拔山兮气盖世！时不利兮骓不逝！骓不逝兮可奈何！虞兮虞兮奈若何！（《虞兮歌》）
大风起兮云飞扬！威加海内兮归故乡！安得猛士兮守四方！（《大风歌》）

前一首是项羽在垓下临死时对着他爱妾虞姬唱的，把英雄末路的无限情感都涌现了。后一首是汉高祖做了皇帝过后，回到故乡，对那些父老唱的，一种得意气概尽情流露。

陟彼北芒兮，噫！顾瞻帝京兮，噫！宫阙崔巍兮，噫！民之劬劳兮，噫！辽辽未央兮，噫！（《五噫歌》）

这一首是后汉时梁鸿作的。满肚子伤世忧民的热情，叹了五口大气，尽情发泄，极文章之能事。

上邪！我欲与君相知，长命无绝衰。山无陵，江水为竭；冬雷震震夏雨雪；天地合；乃敢与君绝。（《上邪曲》）

这类一泻无余的表情法，所表的什有九是哀痛一路。这首歌却是写爱情，像这样斩钉截铁的赌咒，正表示他们的恋爱到"白热度"。

---

① "将"原作"当"。

正式的五七言诗，用这类表情法的很少，因为多少总受些格律的束缚，不能自由了。要我在各名家诗集里头举例，几乎一个也举不出。（也许是我记不起）独有表情老手的杜工部，有一首最为怪诞！

> 剑外忽传收蓟北，初闻涕泪满衣裳。却看妻子愁何在，漫卷诗书喜欲狂。白日放歌须纵酒，青春结伴好还乡。即从巴峡穿巫峡，便下襄阳向洛阳。①

凡诗写哀痛、愤恨、忧愁、悦乐、爱恋，都还容易；写欢喜真是难。即在长短句和古体里头也不易得；这首诗是近体，个个字受"声病"的束缚，他却做得如此淋漓尽致！那一种手舞足蹈的情形，读了令人发怔，据我看过去的诗没有第二首比得上了。

此外这种表情法，我能举得出的很少。近代人吴梅村，诗格本不算高，但他的集中却有一首，确能用这种表情法。那题目我记不真，像是《送吴季子出塞》。他劈空来怎么几句：

> 人生千里与万里，黯然消魂别而已！君独何为至于此？生非生兮死非死，山非山兮水非水。……②

他送的人叫做吴汉槎，是前清康熙间一位名士，因不相干的事充军到黑龙江，许多人替他叫冤，都有诗送他，梅村这首算是最好；好处是把无穷的冤抑，用几句极粗重的话表尽了。

词里头这种表情法也很少，因为词家最讲究缠绵悱恻，也不是写这种情感的好工具。若勉强要我举个例，那么，辛稼轩的《菩萨蛮》上半阕：

> 郁孤台下清江水，中间多少行人泪。西北望长安，可怜无数山。……

这首词是在徽、钦二宗北行所经过的地方题壁的，稼轩是比岳飞稍为晚辈的一位爱国军人，带着兵驻在边界，常常想要恢复中原，但那时小朝廷的君臣都不许他；到了这个地方，忽然受很大的刺激，由不得把那满腔热泪都喷出来了。

吴梅村临死的时候，有一首《贺新郎》，也是写这一类的情感，那下半阕是：

---

① "结伴"原作"作伴"。
② 据《悲歌行赠吴季子》，"生非"与"山非"二句应互调。

　　故人慷慨多奇节，恨当年沉吟不断，草间偷活。艾炙眉头瓜喷鼻，今日须难决绝，早患苦重来千叠。脱屣妻孥非易事，竟一钱不值何须说。……①

　　梅村因为被清廷强奸了当"贰臣"，心里又恨又愧，到临死时才尽情发泄出来，所以很能动人。

　　曲本写这种情感，应该容易些，但好的也不多。以我所记得的，独《桃花扇》里头，有几段很见力量。那《哭主》一出，写左良玉在黄鹤楼开宴，正饮得热闹时，忽然接到崇祯帝殉国的急报，唱道：

　　高皇帝，在九京，不管亡家破鼎。那知你圣子神孙，反不如飘蓬断梗！十七年忧国如病，呼不应天灵祖灵，调不来亲兵救兵。白练无情，送君王一命！……②
　　宫车出，庙社倾，破碎中原费整。养文臣帷幄无谋，蓁武夫疆场不猛。到今日山残水剩，对大江月明浪明，满楼头呼声哭声。这恨怎平，有皇天作证。……

　　那《沉江》一出，写清兵破了扬州，史可法从围城里跑出，要到南京，听见福王已经投降，哀痛到极，迸出来几句话：

　　抛下俺断蓬船，撇下俺无家犬！呼天叫地千百遍，归无路进又难前！……累死英雄，到此日看江山换主，无可留恋。③

　　唱完了这一段，就跳下水里死了。跟着有一位志士赶来，已经救他不及，便唱道：

　　……谁知歌罢剩空筵？长江一线，吴头楚尾路三千，尽归别姓，雨翻云变！寒涛东卷，万事付空烟！……

　　这几段，我小时候读他，不知淌了几多眼泪。别人我不知道，我自己对于满清的革命思想，最少也有一部分受这类文学的影响。他感人最深处，是一个个字，都带着鲜红的血呕出来。虽然比前头所举那几个例说话多些，但在这种

　　① "恨当年"原作"为当年"。
　　② "那知你"原作"那知他"。
　　③ "抛下"原作"撇下"，"蓬"原作"篷"，"撇下"原作"丢下"，"呼天叫地"原作"叫地呼天"。

文体不得不然，我们也不觉得他话多。

凡这一类，都是情感突变，一烧烧到"白热度"；便一毫不隐瞒，一毫不修饰，照那情感的原样子，迸裂到字句上。我们既承认情感越发真越发神圣，讲真，没有真得过这一类了。这类文学，真是和那作者的生命分劈不开。——至少也是当他作出这几句话那一秒钟时候，语句和生命是迸合为一。这种生命，是要亲历其境的人自己创造，别人断乎不能替代。如"壮士不还""公无渡河"等类，大家都容易看出是作者亲历的情感。即如《桃花扇》这几段，也因为作者孔云亭是一位前明遗老（他里头还有一句说：哪晓得我老夫就是戏中之人？），这些沉痛，都是他心坎中原来有的，所以写得能够如此动人，所以这一类我认为情感文中之圣。

这种表现法，十有九是表悲痛；表别的情感，就不大好用。我勉强找，找得《牡丹亭·惊梦》里头：

> 原来是姹紫嫣红开遍，似这般都付与断井颓垣！

这两句的确是属于奔进表情法这一类。他写情感忽然受了刺激，变换一个方向，将那霎时间的新生命迸现出来，真是能手。

我想：悲痛以外的情感，并不是不能用这种方式去表现。他的诀窍，只是当情感突变时，捉住他"心奥"的那一点，用强调写到最高度。那么，别的情感，何尝不可以如此呢？苏东坡的《水调歌头》，便是一个好例：

> 明月几时有？把酒问青天。不知天上宫阙，今夕是何年？我欲乘风归去，又恐琼楼玉宇，高处不胜寒。……

这全是表现情感一种亢进的状态；忽然得着一个"超现世的"新生命。令我们读起来，不知不觉也跟着到他那新生命的领域去了。这种情感的这种表现法，西洋文学里头恐怕很多，我们中国却太少了。我希望今后的文学家，努力从这方面开拓境界。

四　回荡的表情法（一）

这一回讲的，我也起他一个名，叫做"回荡的表情法"。是一种极浓厚的情感蟠结在胸中，像春蚕抽丝一般，把他抽出来。这种表情法，看他专从热烈方面尽量发挥，和前一类正相同；所异者，前一类是直线式的表现，这一类是曲线式或多角式的表现；前一类所表的情感，是起在突变时候，性质极为单纯，容不得有别种情感搀杂在里头，这一类所表的情感，是有相当的时间经过，数种情感交错纠结起来，成为网形的性质。人类情感，在这种状态之中者最多，所以文学上所表现，亦以这一类为最多。

这类表情法，在《诗经》中可以举出几个绝好模范：

> 鸱鸮鸱鸮！既取我子，无毁我室！恩斯勤斯，鬻子之闵斯。
> 迨天之未阴雨，彻彼桑土，绸缪牖户；今女下民，或敢侮予。
> 予手拮据，予所捋荼；予所蓄租，予口卒瘏；曰予未有室家。
> 予羽谯谯，予尾翛翛，予室翘翘，风雨所漂摇，予维音哓哓。（《鸱鸮》）

三百篇的作者，百分之九十九没有主名，独这一篇因《尚书·金縢》所记，我们确知系出周公手笔，是当管蔡流言王业漂摇的时候，作来感悟成王的。他托为一只鸟的话，说经营这小小的一个巢，怎样的担惊恐，怎样的挨辛苦，现在还是怎样的艰难。没有一句动气话，没有一句灰心话；只有极浓极温的情感，像用深深的刀痕刻镂在字句上。那情感的丰富和醇厚，真可以代表"纯中华民族文学"的美点。他那表情方法，是用螺旋式，一层深过一层。

> 弁彼鸒斯，归飞提提，民莫不穀，我独于罹。何辜于天，我罪伊何？
> 心之忧矣，云如之何？
> 踧踧周道，鞠为茂草，我心忧伤，怒焉如捣。假寐永叹，维忧用老；
> 心之忧矣，疢如疾首。
> 维桑与梓，必恭敬止。靡瞻匪父，靡依匪母。不属于毛，不离于里；
> 天之生我，我辰安在？……（《小弁》）

这诗共八章，为省时间起见，仅引三章，其实全篇是无一处不好的。这诗也大概寻得出主名，是周幽王宠爱褒姒，把太子废了，太子的师傅代太子做这篇诗来感动幽王。幽王到底不听，周朝不久也被犬戎灭了；算是历史上很有关系的一篇文学。这诗的特色，是把磊磊堆堆蟠郁在心中的情感，像很费力的才吐出来；又像吐出，又像吐不出，吐了又还有。那表情方法，专用"语无伦次"的样子，一句话说过又说，忽然说到这处，忽然又说到那处。用这种方式来表现这种情绪，恐怕再妙没有了。

> 彼黍离离，彼稷之苗；行迈靡靡，中心摇摇。知我者谓我心忧，不知
> 我者谓我何求！悠悠苍天，此何人哉？
> 彼黍离离，彼稷之穗；行迈靡靡，中心如醉。知我者谓我心忧，不知

我者谓我何求! 悠悠苍天, 此何人哉? (《黍离》)

这首诗依旧说是宗周亡了过后, 那些遗民, 经过故都凭吊感触做出来, 大约是对的。他那一种缠绵悱恻回肠荡气的情感, 不用我指点, 诸君只要多读几遍, 自然被他魔住了。他的表情法, 是胸中有种种甜酸苦辣写不出来的情绪, 索性都不写了, 只是咬着牙龈长言咏叹一番, 便觉得一往情深, 活现在字句上。

　　肃肃鸨翼, 集于苞棘。王事靡盬, 不能艺黍稷。父母何食! 悠悠苍天, 曷其有极! (《鸨羽》)
　　泛彼柏舟, 亦泛其流。耿耿不寐, 如有隐忧。微我无酒, 以敖以游。
　　我心匪鉴, 不可以茹; 亦有兄弟, 不可以据。薄言往诉, 逢彼之怒。
　　我心匪石, 不可转也; 我心匪席, 不可卷也; 威仪棣棣, 不可选也。
　　忧心悄悄, 愠于群小; 遘闵既多, 受侮不少。静言思之, 寤辟有摽。
　　日居月诸, 胡迭而微。心之忧矣, 如匪浣衣。静言思之, 不能奋飞。
(《柏舟》)

那《鸨羽》篇, 大抵是当时人民被强迫去当公差, 把正当职业都担搁了, 弄到父母挨饿。那《柏舟》篇, 大约是一位女子, 受了家庭的压迫, 有冤无处诉。都是表一种极不自由的情感。他的表情法, 和前头那三首都不同: 他们在饮恨的状态底下, 情感才发泄到喉咙, 又咽回肚子里去了。所以音节很短促, 若断若续; 若用曼声长谣的方式写这种情感便不对。

这五篇都是回荡的表情法, 却有四种不同的方式, 我们可以给他四个记号:

《诗经》中这类表情法, 真是无体不备, 像这样好的还很多, 《小雅》什有九皆是。真所谓"温柔敦厚"; 放在我们心坎里头是暖的。《诗经》这部书所表示的, 正是我们民族情感最健全的状态; 这一点无论后来哪位作家, 都赶不上。

楚辞的特色, 在替我们文学界开创浪漫境界, 常常把情感提往"超现实"

的方向，这一点下文再说。他的现实方面，还是和三百篇一样路数，缠绵悱恻，怨而不怒，试举数段为例：

……入溆浦余儃佪兮，迷不知吾所如；深林杳以冥冥兮，猿狖之所居。山峻高以蔽日兮，下幽晦以多雨；霰雪纷其无垠兮，云霏霏而承宇。哀吾生之无乐兮，幽独处乎山中；吾不能变心而从俗兮，固将愁苦而终穷。……（《涉江》）

……忠何罪以遇罚兮，亦非余心之所志；行不群以颠越兮，又众兆之所咍。纷逢尤以离谤兮，謇不可释；情沉抑而不达兮，又蔽而莫之白。

心郁邑而侘傺兮，又莫察余之中情；固烦言不可结诒兮，愿陈志而无路。退静默而莫余知兮，进号呼又莫吾闻；申侘傺之烦惑兮，中闷瞀之忳忳。……（《惜诵》）

曼余目以流观兮，冀一反之何时；鸟飞反故乡兮，狐死必首丘；信非吾罪而弃逐兮，何日夜而忘之。（《哀郢》）

……忳郁邑余侘傺兮，吾独穷困乎此时也；宁溘死以流亡兮，余不忍为此态也。……（《离骚》）

制芰荷以为衣兮，集芙蓉以为裳；不吾知其亦已兮，苟余情其信芳。高余冠之岌岌兮，长余佩之陆离；芳与泽其杂糅兮，唯昭质其犹未亏。忽反顾以游目兮，将往观乎四荒；佩缤纷其繁饰兮，芳菲菲其弥章。人生各有所乐兮，余独好脩以为常；虽体解吾犹未变兮，岂余心之可惩。（同上）

屈原的情感，是烦闷的；却又是浓挚的，孤洁的，坚强的。浓挚孤洁坚强三种拼拢一处，已经有点不甚相容，还凑着他那种境遇，所以变成烦闷。《涉江》那段，用象征的方式，烘托出烦闷。《惜诵》那段，写无伦次的烦闷状态，和前文所引的《小弁》，同一途径。《哀郢》那段，把浓挚的情感尽量显出；《离骚》两段，专表他的孤洁和坚强。屈原是有洁癖的人，闹到情死；他的情感，全含亢奋性，看不出一点消极的痕迹。

宋玉便不同了。他代表的作品是《九辩》，完全和屈原是两种气味：

悲哉秋之为气也！萧瑟兮草木摇落而变衰；憭栗兮若在远行，登山临水兮送将归。泬寥兮天高而气清，寂寥兮收潦而水清。憯凄增欷兮薄寒之中人，怆恍忱悢兮去故而就新。坎廪兮贫士失职而志不平，廓落兮羁旅而无友生，惆怅兮而私自怜。……（《九辩》）①

---

① "泬寥"原作"沉寥"。

这篇全是汉晋以后那种叹老嗟卑的颓废情感所从出，比屈原差得远了。但表情的方法，屈宋都是一样，我譬喻他像一条大蛇，在那里蟠—蟠—蟠！又像一个极深极猛的水源，给大石堵住，在石罅里头到处喷迸。这是他们和三百篇不同处。

楚辞多半是曼声；很少促节，大抵这一体与促节不甚相宜。独有淮南小山《招隐士》是别调，全篇都算得促节，如：

> 王孙游兮不归，春草生兮萋萋，岁暮兮不自聊，蟪蛄鸣兮啾啾，坱兮轧，山曲岪，心淹留兮恫慌忽，罔兮沕，憭兮栗，虎豹穴，丛薄深林兮人上栗。

但这种促节不全属吞咽一路。像《哀郢》那几句，的确写饮恨的情感，却仍是曼声。

汉魏六朝五言诗的表情法，都走微婉一路，容下文再说。要看他们热烈的情感，还是从乐府里找。试举几首为例。

(1)

悲歌可以当泣，远望可以当归。
思念故乡，郁郁累累。
欲归家无人，欲渡河无船。
心思不能言，肠中车轮转。

(2)

秋风萧萧愁杀人，出亦愁，入亦愁。
座中何人，谁不怀忧，令我白头。
胡地多悲风，树木何脩脩。
离家日趋远，衣带日趋缓；心思不能言，肠中车轮转。①

(3)

来日大难，口燥唇干；今日相乐，皆当喜欢。……
月没参横，北斗阑干，亲交在门，饥不及餐。……

(4)

出东门不顾，归来入门怅欲悲。

————————

① "悲风"原作"飙风"。

盎中无斗储，还视桁上无悬衣。

拔剑出门去，儿女牵衣啼。

他家但愿富贵，贱妾与君共铺糜。

共铺糜；上用仓浪天故，下为黄口小儿。

今时清廉难犯，教言君自爱莫为非。

今时清廉难犯，教言君自爱莫为非。

行吾！去为迟；（注：行吾之"吾"字，疑即"乎"字同音通用）

平慎行，望君归。

（5）

有所思，乃在大海南；何用问遗君，双珠玳瑁簪。

用玉绍缭之；闻君有他心，拉杂摧烧之。

摧烧之，当风扬其灰；从今已往，勿复相思。

相思与君绝，鸡鸣狗吠当知之。

妃呼豨！秋风肃肃晨风飔；东方须臾高知之。（注）"妃呼豨"，感叹辞。①

这些乐府，不惟不能得作者主名，并不能确指年代，大约是汉以后唐以前几百年间的作品。此外还有许多好的，因为他是另外一种表情法，等到下文别段再讲。读这几首，大略可以看得出当时平民文学的特采，是极真率而又极深刻，后来许多专门作家都赶不上。李太白刻意学这一体，但神味差得远了。

汉代大文学家很少，流传下来最有名的是几篇赋，都不是表情之作。五言诗初发轫，没有壮阔的波澜；摹仿三百篇取蕴藉一路的较多些，很回荡的可以说没有。勉强举一两首，如苏武的：

结发为夫妻，恩爱两不疑。欢娱在今夕，燕婉及良时。

征夫怀往路，起视夜何其。参辰皆已没，去去从此辞。

行役在战场，相见未有期。握手一长叹，泪为生别滋：

"努力爱春华，莫忘欢乐时。生当复归来，死当长相思。"

枚乘的：

行行重行行，与君生别离。相去万余里，各在天一涯。

道路阻且长，会面安可知。胡马依北风，越鸟巢南枝。

---

① "狗吠"后原有"兄嫂"二字。

相去日已远，衣带日已缓。浮云蔽白日，游子不顾返。

思君令人老，岁月忽已晚。弃捐莫复道，努力加餐饭。①

两首皆写男女别时别后的情爱，前一首近于螺旋式，后一首近于吞咽式。当时作品中，只能到这种境界而止；往前比，比不上三百篇楚辞，往后比，比不上唐人，同时的，也比不上平民文学的乐府。到三国时建安七子，渐渐把五言成立一个规模，内中以曹子建为领袖。子建《赠白马王彪》一首，可算得在五言诗里头别出生面，开后来杜工部一路。这诗很长，录之如下：

谒帝承明庐，逝将归旧疆。清晨发皇邑，日夕过首阳。伊洛广且深，欲济川无梁。泛舟越洪涛，怨彼东路长。顾瞻恋城阙，引领情内伤。太谷何寥廓，山树郁苍苍。霖雨泥我涂，流潦浩纵横。中逵绝无轨，改辙登高冈。修坂造云日，我马玄以黄。

玄黄犹能进，我思郁以纡。郁纡将何念，亲爱在离居。本图相与偕，中更不克俱。鸱枭鸣衡轭，豺狼当路衢。苍蝇间白黑，谗巧反亲疏。欲还绝无蹊，揽辔止踟蹰。

踟蹰亦何留，相思无终极。秋风发微凉，寒蝉鸣我侧。原野何萧条，白日忽西匿。归鸟赴乔林，翩翩厉羽翼。孤兽走索群，衔草不遑食。感物伤我怀，抚心长太息。

太息将何为，天命与我违。奈何念同生，一往形不归。孤魂翔故域，灵柩寄京师。存者忽已过，亡没身自衰。人生处一世，去若朝露晞。年在桑榆间，影响不能追。自顾非金石，咄唶令心悲。

心悲动我神，弃置莫复陈。丈夫志四海，万里犹比邻。恩爱苟不亏，在远分日亲。何必同衾帱，然后展殷勤。忧思成疾疢，毋乃儿女仁。仓卒骨肉情，能不怀苦辛。

苦辛何虑思，天命信可疑。虚无求列仙，松子久吾欺。变故在斯须，百年谁能持。离别永无会，执手将何时。王其爱玉体，俱享黄发期。收泪即长路，援笔从此辞。②

大抵情感之文。若写的不是那一刹那间的实感，任凭多大作家，也写不好。子建这诗有篇序，说是同白马王、任城王三兄弟入朝。任城王死去，到还国时，"有司以二王归藩，道路宜异止宿，意毒恨之；盖以大别在数日，是用

---

① "莫复道" 原作 "勿复道"。

② "忧思" 句 "疾疢" 原作 "疾瘀" 或 "疾疢"，下 "毋乃" 原作 "无乃"。

自剖，愤而成篇"① 云云。兄弟的真爱情，从肺腑流出，所以独好。

此后阮嗣宗几十首的《咏怀》，大部分也是表情感热烈方面的。内中如"二妃游江滨"，"嘉树下成蹊"，"平生少年时"，"湛湛长江水"，"徘徊蓬池上"，"独坐空堂上"，"驾言发魏都"，"一日复一夕"，"嘉时在今辰"等篇，都是回肠荡气的作品。陶渊明虽然是淡远一路（下文别论），但集中《咏荆轲》，《拟古》里头的"荣荣窗下兰"，"辞家凤严驾"，"迢迢时尺楼"，"种桑长江边"，《杂诗》里头的"白日沦西河"，"忆我少年时"② 等篇，都是表现他的阳性情感，应属于这一类。此外如鲍明远的《行路难》，潘安仁的《悼亡》，都也有好处。

中古以降的诗，用这种表情法用得最好的，我可以举出一个人当代表。什么人？杜工部！后人上杜工部的徽号叫做"诗圣"，别的圣不圣，我不敢说，最少"情圣"两个字，他是当得起。他有他自己独到的一种表情法，前头的人没有这种境界，后头的人逃不出这种境界。他集中的情诗太多了，我只随意举出人人共读的几首为例：

客行新安道，喧呼闻点兵。借问新安吏，县小更无丁。府帖昨夜下，次选中男行。中男绝短小，何以守王城？肥男有母送，瘦男独伶俜。白水暮东流，青山闻哭声。莫自使眼枯，收汝泪纵横。眼枯即见骨，天地终无情。……（《新安吏》）

四郊未宁静，垂老不得安。子孙阵亡尽，焉用身独完？投杖出门去，同行为辛酸。……老妻卧路啼，岁暮衣裳单。孰知是死别，且复伤其寒。此去必不归，还闻劝加餐。……（《垂老别》）

这类是由"同情心"发出来的情感。工部是个多血质的人，他《自京赴奉先咏怀》那首诗里头说："穷年忧黎元，叹息肠内热。"又说："彤庭所分帛，本自寒女出；鞭挞其夫家，聚敛贡城阙。"又说："朱门酒肉臭，路有冻死骨。"他还有一首诗道："堂前扑枣任西邻，无食无儿一妇人。不为困穷宁有此，只缘恐惧转相亲。"③ 集里头像这样的还多，都是同情心的表现。他的眼睛，常常注视到社会最底下那一层；他最了解穷苦人们的心理。所以他的诗因他们触动情感的最多，有时替他们写情感，简直和本人自作一样。三吏三别，便是模范的作品。后来白香山的《秦中吟》、《新乐府》，也是这个路数，但主观的讽刺色彩太重，不能如工部之哀沁心脾。

---

① "止宿"原作"宿止"，"自剖"后删去一句。

② "少年"原作"少壮"。

③ "转相亲"原作"转须亲"。

（1）

少陵野老吞声哭，春日潜行曲江曲。江头宫殿锁千门，细柳新蒲为谁绿。……明眸皓齿今何在，血污游魂归不得。清渭东流剑阁深，去住彼此无消息。人生有情泪沾臆，江水江花岂终极。黄昏胡骑尘满城，欲往城南忘南北。（《哀江头》）

（2）

……腰下宝玦青珊瑚，可怜王孙泣路隅。问之不肯道姓名，但道困苦乞为奴。已经百日窜荆棘，身上无有完肌肤。……豺狼在邑龙在野，王孙善保千金躯。不敢长语临交衢，且为王孙立斯须。……（《哀王孙》）

（3）

忆昔开元全盛日，小邑犹藏万家室；稻米流脂粟米白，公私仓廪俱丰实；九州道路无豺虎，远行不劳吉日出；齐纨鲁缟车班班，男耕女桑不相失；宫中圣人奏云门，天下朋友皆胶漆；百余年间未灾变，叔孙礼乐萧何律。岂闻一绢直万钱，有田种谷今流血；洛阳宫殿烧焚尽，宗庙新除狐兔穴。伤心不忍问耆旧，复恐更从乱离说。……（《忆昔》）①

这都是他遭值乱离所现的情感。集中这一类，多到了不得，这不过随意摘几首；前两首是遭乱的当时做的，后一首是过后追想的。后人都恭维他的诗是诗史；但我们要知道他的诗史，每一句每一字都有个"杜甫"在里头。

死别已吞声，生别常恻恻。江南瘴疠地，逐客无消息。故人入我梦，明我长相忆。恐非平生魂，路远不可测。魂来枫林青，魂返关塞黑。君今在罗网，何以有羽翼。落月满屋梁，犹疑照颜色。水深波浪阔，毋使蛟龙得。（《梦李白》）

这是他梦见他流在夜郎的朋友李白，梦后写的情感。他是个最多情的人，对于好些朋友，都有诗表示热爱，这首不过其一。他对于自己身世和家族，自然用情更真切了。试举他几首。

（1）

……老妻寄异县，十口隔风雪。谁能久不顾，庶往共饥渴。入门闻

---

① "更从"原作"初从"。

号咷，幼子饿已卒。吾宁舍一哀，里巷亦呜咽。所愧为人父，无食致夭折。……（《自京赴奉先咏怀》）

(2)

去年潼关破，妻子隔绝久。今夏草木长，脱身得西走。麻鞋见天子，衣袖露两肘。朝廷愍生还，亲故伤老丑。……寄书问三川，不知家在否？比闻同罹祸，杀戮到鸡狗。山中漏茅屋，谁复依户牖？摧颓苍松根，地冷骨未朽。几人全性命，尽室岂相偶？……自寄一封书，今已十月后；反畏消息来，寸心亦何有。……（《述怀》）

(3)

长镵长镵白木柄，我生托子以为命！黄独无苗山雪盛，短衣数挽不掩胫；此时与子空归来，男呻女吟四壁静。呜呼！二歌兮歌始放，邻里为我色惆怅。

有弟有弟在远方，三人各瘦何人强？生别展转不相见，胡尘暗天道路长。前飞䴔鹅后鹙鶬，安得送我置汝旁。呜呼！三歌兮歌三发，汝归何处收兄骨！

有妹有妹在钟离，良人早没诸孤痴。长淮浪高蛟龙怒，十年不见来何时。扁舟欲往箭满眼，杳杳南国多旌旗。呜呼！四歌兮歌四奏，林猿为我啼清昼。（《同谷七歌》中三首）①

读这些诗，他那浓挚的爱情，隔着一千多年，还把我们包围不放哩。那《述怀》里头，"反畏消息来"一句，真深刻到十二分；那《七歌》里头"长镵"一首，意境峭入，这些地方，我们应该看他的特别技能。

他常常用很直率的语句来表情。举他一个例：

忆年十五心尚孩，健如黄犊走复来。庭前八月梨枣熟，一日上树能千回。即今倏忽已五十，坐卧只多少行立。强将笑语供主人，悲见生涯百忧集。入门依旧四壁空，老妻睹我颜色同。痴儿未知父子礼，叫怒索饭啼门东。（《百忧集行》）

用近体来写这种蟠薄郁积的情感本来极不易，这种门庭，可以说是他一个人开出。我最喜欢他《喜达行在所》三首里头那第三首的头两句：

———————

① "前飞"句"驾"应作"䴔"。

死去凭谁报，归来始自怜。

仅仅十个字，把那虎口余生过去现在的甜酸苦辣，一齐迸出。我真不晓得他有多大笔力。此外好的很多，凭我记忆最熟的背他几首：

(1)

国破山河在，城春草木深。感时花溅泪，恨别鸟惊心。
烽火连三月，家书抵万金。白头搔更短，浑欲不胜簪。

(2)

带甲满天地，胡为君远行。亲朋尽一哭，鞍马去孤城。……

(3)

亦知戍不返，秋至拭清砧。已近苦寒月，况经长别心。
宁辞捣熨倦，一寄塞垣深。用尽闺中力，君听空外音。

(4)

今夕鄜州月，闺中只独看。遥怜小儿女，未解忆长安。
香雾云鬟湿，清辉玉臂寒。何时倚虚幌，双照泪痕干。

(5)

野老篱前江岸回，柴门不正逐江开。渔人网集澄潭下，估客船从返照来。
长路关心悲剑阁，片云何意傍琴台。王师未报收东郡，城阙秋生画角哀。①

(6)

岁暮阴阳催短景，天涯霜雪霁寒宵。五更鼓角声悲壮，三峡星河影动摇。
野哭千家闻战伐，夷歌几处起渔樵。卧龙跃马终黄土，人事音书漫寂寥。

他表情的方法，可以说是《鸱鸮》诗或《黍离》诗那一路，不是《小弁》诗那一路，和楚辞更是不同。他向来不肯用语无伦次的表现法，他所表现的情，是越引越深，越拶越紧。我想这或是时代色彩。到中古以后，那"小弁风"的堆垒表情法，怕不好适用，用来也很难动人了。至于那吞咽式，他却常用，《梦李白》那首，便是这一式的代表。但杜诗到底是曼声的比促节的好。

———————

① "船从"原作"船随"。

工部表情的好诗，绝不止前头所举的这几首（无论古近体）；我既不是做古诗的选本，只好从略；还有些属于别种表情法的，下文另讲。但我们要知道，这种表情法，可以说是杜工部创作；最少亦要说到了他才成功；所以他在我们文学界占的位置，实在不同寻常；同时高岑王李那些大家，都不能和他相提并论。后来这种表情法，虽然好的作品不少，都是受他影响，恕我不征引了。

别的我虽然打定主意不征引，独有元微之悼亡的七律三首，我不能不征引。因为他是这一类的表情法，却是杜工部以外的一种创作：

谢公最小偏怜女，自嫁黔娄百事乖。顾我无衣搜荩箧，泥他沽酒拔金钗。
野蔬充膳甘长藿，落叶添薪仰古槐。今日俸钱过十万，与君营奠复营斋。

昔日戏言身后意，今朝都到眼前来。衣裳已施行看尽，针线犹存未忍开。
尚想旧情怜婢仆，也曾因梦送钱财。诚知此恨人人有，贫贱夫妻百事哀。

闲坐悲君亦自悲，百年多是几多时。邓攸无子寻知命，潘岳悼亡犹费辞。
同穴窅冥何所望，他生缘会更难期。惟将终夜长开眼，报答平生未展眉。

这三首诗所表的情感之浓挚，古人后人都有的；但他用白话体来做律诗，在极局促的格律底下，赤裸裸把一团真情捧出，恐怕连杜老也要让他出一头地哩。

五　回荡的表情法（二）

回荡的表情法，用来填词，当然是最相宜；但向来词学批评家，还是推尊蕴藉，对于热烈盘礴这一派，总认为别调。我对于这两派，也不能偏有抑扬（其实亦不能严格的分别）。但把回肠荡气的名作，背几阕来当代表。

初期的大词家，当然推李后主。他是一位"文学的亡国之君"，有极悲痛的情感，却不敢公然暴露。自然要用一种蟠郁顿挫的方式表他，所以最好。他代表的作品是：

(1)
春花秋月何时了！往事知多少；小楼昨夜又东风，故国不堪回首月明中。雕阑玉砌应犹在，只是朱颜改。问君能有几多愁，恰似一江春水向东流。（《虞美人》）

(2)
帘外雨潺潺，春意阑珊。罗衾不耐五更寒。梦里不知身是客，一晌贪欢。

独自莫凭阑；无限江山。别时容易见时难。流水落花春去也，天上人间。（《浪淘沙》）

这两首词音节上虽然仍带含蓄，也算得把满腔愁怨尽情发泄了。所以宋太祖看见，竟自赐他牵机药，要他的命。

宋徽宗的身世，和李后主一样，他有一首《燕山亭》，写得亦是这一类情感；但用的是吞咽式，觉得分外凄切。今录他下半阕：

凭寄离恨重重，这双燕何曾会人言语。天遥地远，万水千山，知他故宫何处。怎不思量，除梦里有时曾去。无据，和梦也新来不做！

词中用回荡的表情法用得最好的，当然要推辛稼轩。稼轩的性格和履历，前头已经说过：他是个爱国军人，满腔义愤，都拿词来发泄；所以那一种元气淋漓，前前后后的词家都赶不上。他最有名的几首是：

（1）

更能消几番风雨，匆匆春又归去。惜春长怕花开早，何况落红无数。春且住，见说道天涯芳草无归路。怨春不语，算只有殷勤画檐蛛网，尽日惹飞絮。长门事，准拟佳期又误。蛾眉曾有人妒。千金纵买相如赋，脉脉此情谁诉。君莫舞，君不见玉环飞燕皆尘土。闲愁最苦，休去倚危阑，斜阳正在烟柳断肠处。（《摸鱼儿》）

（2）

野塘花落，又匆匆过了清明时节。划地东风欺客梦，一枕云屏寒怯。曲岸持觞，垂杨系马，此地曾经别。楼空人去，旧游飞燕能说。 闻道绮陌东头，行人长见，帘底纤纤月。旧恨春江流不尽，新恨云山千叠。料得明朝，尊前重见，镜里花难折。也应惊问近来多少华发。（《念奴娇》）

（3）

绿树听啼鴂。更那堪杜鹃声住，鹧鸪声切。啼到春归无啼处，苦恨芳菲都歇。算来抵人间离别。马上琵琶关塞黑，更长门翠辇辞金阙。看燕燕，送归妾。 将军百战身名裂，向何梁回头万里，故人长绝。易水萧萧西风冷，满座衣冠似雪。正壮士悲歌未彻。啼鸟还知如许恨，料不啼清泪长啼血。谁伴我，醉明月。（《贺新郎》）①

————————

① "啼鴂"原作"鹈鴂"，"算来"原作"算未"。

凡文学家多半寄物托兴，我们读好的作品原不必逐首逐句比附他的身世和事实。但稼轩这几首有点不同，他与时事有关，是很看得出来；大概都是恢复中原的希望已经断绝，发出来的感慨。《摸鱼儿》里头"长门""蛾眉"等句，的确是对于宋高宗不肯奉迎二帝下诛心之论；所以《鹤林玉露》批评他，说"斜杨烟柳"之句，在汉、唐时定当贾祸；又说："高宗看见这词，很不高兴，但终不肯加罪，可谓盛德。"①诗人最喜欢讲怨而不怒，像稼轩这词，算是怨而怒了。《念奴娇》那首，题目是《书东流村壁》；正是徽、钦北行经过的地方，所以把他的"旧恨新恨"一齐招惹出来。《贺新郎》那首，是和他兄弟话别之作，自然把他胸中垒块尽情倾吐。所以这三首都是有"本事"藏在里头，不能把他当一般伤春伤别之作。

前两首都是千回百折，一层深似一层，属于我所说的螺旋式。后一首却是堆垒式，你看他一起手硬硼硼的举了三个鸟名，中间错错落落引了许多离别的故事，全是语无伦次的样子，却是在极倔强里头，显出极妩媚。三百篇、楚辞以后，敢用此法的，我就只见这一首。

这一派的词，除稼轩外，还有苏东坡、姜白石都是大家。苏辛同派，向来词家都已公认；我觉得白石也是这一路，他的好处，不在微词而在壮采。但苏、姜所处的地位，与辛不同，辛词自然格外真切，所以我拿他来做这一派的代表。

稼轩的词风，不甚宜于吞咽式；但里头也有好的。如：

> 宝钗分，桃叶渡，烟柳暗南浦。怕上层楼，十日九风雨。断肠点点飞红，都无人管，倩谁劝流莺声住。　鬓边觑，试把花卜归期，才簪又重数。罗帐灯昏，哽咽梦中语。是他春带愁来，春归何处，却不解带将愁去。（《祝英台近》）

这首很有点写出幽咽的情绪了，但仍是曼声，不是促节。促节的圣手，要推周清真，其次便数柳耆卿。各录他的代表作品一首：

(1)

柳阴直，烟里丝丝弄碧。隋堤上曾见几番，拂水飘绵送行色。登临望故国，谁识，京华倦客。长亭路年去岁来，应折柔条过千尺。　闲寻旧踪迹，又酒趁哀弦，灯照离席。梨花榆火催寒食。愁一箭风快，半篙波暖，回头迢

---

① 此乃撮述语。

递便数驿。望人在天北。　凄恻，恨堆积。渐别浦萦回，津堠岑寂。斜阳冉冉春无极。念月榭携手，露桥闻笛。沉思前事，似梦里，泪暗滴。(《兰陵王》清真)

(2)

寒蝉凄切，对长亭晚，骤雨初歇。都门帐饮无绪，正留恋处，兰舟催发。执手相看泪眼，竟无语凝咽。念去去千里烟波，暮霭沉沉楚天阔。　多情自古伤离别，更那堪冷落清秋节。今宵酒醒何处，杨柳岸晓风残月。此去经年，应是良辰好景虚设。便纵有千种风情，待与何人说。(《雨霖铃》耆卿)

这两首算得促节的模范。读起来一个个字都是往嗓子里咽。当时有人拿耆卿的"晓风残月"和东坡的"大江东去"比较，估算两家品格的高下，其实不对。我们应该问哪一种情感该用哪一种方式。

吞咽式用到最刻入的，莫如李清照女士的《壶中天慢》和《声声慢》，今录他一首：

寻寻觅觅，冷冷清清，凄凄惨惨切切。乍暖还寒时候，最难将息。三杯两盏淡酒，怎敌他晚来风急。雁过也，正伤心，却是旧时相识。　满地黄花堆积，憔悴损，如今有谁堪摘。守着窗儿，独自怎生得黑。梧桐更兼细雨，到黄昏点点滴滴。这次第，怎一个愁字了得。(《声声慢》)[1]

清照是当时金石学家赵明诚的夫人，他们夫妇学问都好，爱情浓挚。可惜明诚早死，清照过了半世寡妇的生涯。他这词，是写从早至晚一天的实感，那种茕独恓惶的景况，非本人不能领略，所以一字一泪，都是咬着牙根咽下。

还有一位不是词家的陆放翁，却有一首吞咽式的好词：

红酥手，黄滕酒，满城春色宫墙柳。东风恶，欢情薄，一怀愁绪，几年离索。错错错！　春如旧，人空瘦，泪痕红浥鲛绡透。桃花落，闲池阁，山盟虽在，锦书难托。莫莫莫！(《钗头凤》)[2]

读这首词要知道他的本事：原来放翁夫人，是他母族的表妹，结婚后不晓

---

[1] "切切"原作"戚戚"。

[2] "黄藤"原作"黄滕"。

得为什么，他老太太发起脾气来，逼他们离婚。后来两个人都各自改婚了，但爱情总是不断。有一天放翁在一个地方，名叫沈园，碰着他故妻，情感刺激到了不得，所以填这首词。后来直到六七十岁，每入城一次总到沈园落一回眼泪。晚年还有一首诗："梦断香销四十年，沈园花老不飞绵。此身行作稽山土，犹吊遗踪一泫然。"[①] 这是和《孔雀东南飞》同性质的一出悲剧，所以他这词极能动人。

清朝好词不少。内中最特别的，算顾梁汾（贞观）寄吴汉槎的两首。

季子平安否？便归来生平万事，那堪回首。行路悠悠谁慰藉，母老家贫子幼。记不起从前杯酒。魑魅搏人应见惯，料输他覆雨翻云手。冰与雪，周旋久。　泪痕莫滴牛衣透。数天涯依然骨肉，几家能彀？比似红颜多薄命，争不如今还有？只绝塞苦寒难受！廿载包胥承一诺，盼乌头马角总相救。置此札，君怀袖。

我亦飘零久。十年来深恩负尽，死生师友。宿昔齐名非忝窃，试看杜陵消瘦，曾不减夜郎僝僽。薄命长辞知己别，问人生到此凄凉否？千万恨，为君剖。　兄生辛未吾丁丑。共些时冰霜摧折，早衰蒲柳。词赋从今须少作，留取心魂相守。但愿得河清人寿，归日急翻行戍稿，把虚名料理传身后。言不尽，观顿首。（《贺新郎》）[②]

这两首和元微之那三首《悼亡》，算得过去文学界的双绝。他是"三板一眼"唱得出来的一封信，以体裁论，已算创作。他的好处，全在句句都是实感，没有浮光掠影的话，有点子血性的人，读了不能不感动。后来成容若用尽力量把吴汉槎救回，全是受了这两首词的刺激。容若赠梁汾的《贺新郎》，末几句："绝塞生还吴季子，算眼前此外皆闲事。知我者，梁汾耳。"就是这两首词结束的历史。所以我说情感是一种催眠术。

清代大词家固然很多，但头两把交椅，却被前后两位旗人——成容若、文叔问[③]占去，也算奇事！容若的词，自然以含蓄蕴藉的小令为最佳。但我们要知道这个人有他特别的性格；他是当时一位权相明珠的儿子，是独一无二的一位阔公子，他父母又很钟爱他。就寻常人眼光看来，他应该没有什么不满足。

——————————

① "花老"原作"柳老"。

② "生平"原作"平生"，"多薄命"原作"多命薄"，"争不如"原作"更不如"，"总相救"原作"终相救"，"虚名"原作"空名"。

③ "文"当作"郑"，"叔问"为郑文焯之字。下同。

他不晓为什么，总觉得他所处的环境是可怜的。他的夫人早死，算是他极惨痛的一件事，但不能便认为总原因；说他无病呻吟，的确不是，他受不过环境的压迫，三十多岁便死了。所以批评这个人，只能用两句旧话，说："古之伤心人，别有怀抱。"他的文学，常常表现出这种狂热的怪性。我们试背他几首：

(1)

辛苦最怜天上月：一昔如环，昔昔都成玦。若似月轮终皎洁，不辞冰雪为卿热。　无那尘缘容易绝，燕子依然，软踏帘钩说。唱罢秋坟愁未歇，春丛认取双飞蝶。（《蝶恋花》）①

(2)

如今才道当时错，心绪低迷；红泪偷垂，满眼春风百事非。　情知此后来无计，强说欢期；一别如斯，落尽梨花月又西。（《采桑子》）②

像这类的作品，真所谓"哀乐无端"，情感热烈到十二分，刻入到十二分。许多人说《红楼梦》的宝玉，写的就是成容若。我们虽然不愿意轻率附会，但容若的奇情，只怕有点像宝玉哩。

文叔问的词格，很近稼轩、白石，但幽咽的作品，比他们多；此老怕要算填词界最后的一个名家了。他的名作，我不大背得出，只记得几句：

……延伫，销魂处，早漏泄幽盟，隔帘鹦鹉。残花过影，镜中情事如许。西风一夜惊庭绿，问天上人间见否？……（《月下笛》）

题目是《戊戌八月十三日宿王御史宅闻邻笛》，咏的是戊戌政变时事。"隔帘鹦鹉"指袁世凯泄漏我们的秘密；"一夜惊庭绿"等语，很表得出当时社会一般人对于这件事的情感。

此外宋、清两代这类表情法的好词还很多，我所举的也不能都算得代表的作品，不过凭我记得的背背罢了。

曲本里头，用回荡表情法用得好的很不少，《西厢记》、《琵琶记》里头就有好些，可惜我背不出来。我脑子里头印得最深的，是《牡丹亭》的《寻

① "飞蝶"原作"栖蝶"。

② "如今"原作"而今"，"低迷"原作"凄迷"。

梦》。

> 最撩人春色是今年。少什么高就低来粉画垣。原来春心无处不飞悬。哎！睡荼蘼抓住了裙钗线，恰便是花似人心向好处牵。①
>
> 为甚呵玉真重溯武陵源？也则为水点花飞在眼前。是天公不费买花钱；则咱人心上有啼红怨。唉！孤负了春三二月天。
>
> ……
>
> 偶然间，心似缱，梅树边。这般花花草草由人恋；生生死死随人愿；便酸酸楚楚无人怨。……
>
> ……一时间望一时间望眼连天，忽忽地伤心自怜。知怎生，情怅然；知怎生，泪暗悬。②
>
> 春归人面，整相看，无一言。我待要折我待要折的那柳枝儿问天，我如今悔我如今悔不与题笺。……
>
> 为我慢归休缓留连。听听这不如归春暮天。难道我再难道我再到这亭园，则挣的个长眠和短眠。……③

像这种文学，不晓得怎么样的沁人心脾！像我们这种半百岁数的人，自信得过不会偷闲学少年，理会什么闲愁闲恨，却是一日念他百回也不厌！

其次便是《长生殿》的《弹词》。他写李龟年流落江南，带着个琵琶卖技换饭吃，一面弹，一面唱出那种今昔兴亡之感。那龟年初出台唱的是：

> 不提防余年值乱离，逼拶得歧路遭穷败！受奔波，风尘颜面黑；叹衰残，霜雪鬓须白。今日个流落天涯，只留得琵琶在！……

跟着唱完了十几段，那听的人觉得他形迹蹊跷，苦苦盘问他是谁；他让人瞎猜了一大堆，才自己说明来历道：

> 俺只为家亡国破兵戈沸，因此上孤身流落在江南地。……您官人絮叨叨苦问俺为谁，则俺老伶工名唤龟年身姓李。

---

① "高就低来"原作"低就高来"。

② "一时间望"原不叠。

③ "休缓留恋"原作"休款留恋"，又，"难得我再"原不叠。

中间唱的那十几段，段段都好，尤为精采的是写马嵬坡兵变那一段：

> 恰正好呕呕哑哑霓裳歌舞，不提防扑扑突突渔阳战鼓。划地里出出律律纷纷攘攘奏边书，急得个上上下下都无措。早则是喧喧嗾嗾惊惊遽遽仓仓卒卒挨挨拶拶出延秋西路，銮舆后携着个娇娇滴滴贵妃同去。又只见密密匝匝的兵恶恶狠狠的话闹闹吵吵轰轰嗻嗻四下喳呼，生逼散恩恩爱爱疼疼热热帝王夫妇。霎时间画就这一幅惨惨凄凄绝代佳人绝命图。①

这种文学，不是曲本不能有。他的刺激性，比杜工部的《哀江头》、白香山的《长恨歌》，只怕还要强几倍哩！那整出的结构，像神龙夭矫，非全读看不出来。

凡长篇的写情韵文，煞尾总须用些重笔，像特别拿电气来震荡几下，才收束得住。如《离骚》讲了许多漫游宽解的话，最后几句是：

> 陟升皇之赫戏兮，忽临睨乎旧乡。仆夫悲余马怀兮，蜷局顾而不行。②

《招魂》说了一大堆及时行乐的话，最后几句是：

> 皋兰被径兮斯路渐；湛湛江水兮上有枫；目极千里兮伤春心。魂兮归来哀江南。

都是用这种方法，把全篇增几倍精采。曲本里头得这诀窍的，要算《桃花扇》最后《余韵》那出的《哀江南》：

(1)

> 山松野草带花挑，猛抬头秣陵重到！残军留废垒，瘦马卧空壕。村郭萧条。城对着夕阳道。

(2)

> 野火频烧，护墓长楸多半焦；田羊群跑，守陵阿监几时逃。鸽翎蝠粪满堂抛，枯枝败叶当阶罩。谁祭扫，牧儿打碎龙碑帽。③

---

① "恶狠狠的话" 末字原作 "语"。

② "兮" 原作 "夫"。

③ "田羊" 原作 "山羊"。

(3)

横白玉八根柱倒，堕红泥半堵墙高。碎琉璃瓦片多，烂翡翠窗棂少。舞丹墀燕雀常朝，直入宫门一路蒿，住几个乞儿饿莩。

(4)

问秦淮旧日窗寮，破纸迎风，坏槛当潮。目断魂销，当年粉黛，何处笙箫？罢灯船端阳不闹，收酒旗重九无聊。白鸟飘飘，绿水滔滔，嫩黄花有些蝶飞，瘦红叶无个人瞧。①

(5)

你记得跨青溪半里桥，旧长板没一条。秋水长天人过少。冷清清的落照，剩一树柳弯腰。②

(6)

行到那旧院门何用轻敲。也不怕小犬哑哑，无非是断井颓巢，不过些砖苔砌草。手种的花条柳梢，尽意儿采樵。这黑灰是谁家的厨灶？

(7)

俺曾见金陵玉树莺啼晓，秦淮水榭花开早，谁知道容易冰消。眼看他起朱楼，眼看他宴宾客，眼看他楼塌了。这青苔碧瓦堆，俺曾睡风流觉。将五十年兴亡看饱。那乌衣巷不姓王，莫愁湖鬼夜哭，凤凰台栖枭鸟。残山梦最真，旧境丢难掉。不信这舆图换稿，抬一套《哀江南》，放悲声唱到老。③

《桃花扇》是明末南京的历史剧，借秦淮河里头几个人物写兴亡之感。末后这一出《余韵》，把几位遗老扮作渔翁樵夫，发他们的感慨。《哀江南》这一首，是那樵夫唱的，是全剧的收场；所以把全剧关系地点，逐一描写他的现状，作个总结。第一段写南京城，第二段写孝陵，第三段写皇宫，都是亡国后公共的悲感。第四段写秦淮，第五段写河上的长桥，第六段写河那边的旧院（当时冶游胜处），都是剧中人物怅触旧游的特别悲感。第七段是把各种情感归拢起来，带血带泪，尽情倾吐，真所谓"悲歌当哭"了。有了这出，能把剧中

---

① "瘦红叶"原作"新红叶"。

② "旧长板"原作"旧红板"。

③ "玉树"原作"玉殿"，"抬"原作"讹"。

情节，件件都再现一番，令他印象更深。

这种表情法，是文学上最通用的，我们中国人也用得很精熟，能够尽态极妍。我们从三百篇起到曲本止，把那代表的名作比较比较，也看得出进化的线路。

六　附论新同化之西北民族的表情法

我讲完了回荡写情法，要附带着论一件事：

我们的诗教，本来以温柔敦厚为主，完全表示诸夏民族特性，三百篇就是唯一的模范。楚辞是南方新加入之一种民族的作品。他们已经同化于诸夏，用诸夏的文化工具来写情感，搀入他们固有思想中那种半神秘的色彩，于是我们文学界添出一个新境界。汉人本来不长于文学，所以承袭了三百篇、楚辞这两份大遗产，没有什么变化扩大。到了"五胡乱华"时候，西北方有好几个民族加进来，渐渐成了中华民族的新分子；他们民族的特性，自然也有一部分溶化在诸夏民族的里头，不知不觉间，便令我们的文学顿增活气。这是文学史上很重要的关键，不可不知。

这种新民族特性，恰恰和我们的温柔敦厚相反，他们的好处，全在伉爽真率。三百篇里头，只有秦风的《小戎》、《驷驖》、《无衣》诸篇，很有点伉爽真率气象，这就是西戎系的秦国民族性和诸夏不同处；可惜春秋以后，秦国的文学作品，没有一篇流传。燕赵古称多慷慨悲歌之士，文学总应该有异采；可惜除了《易水歌》之外，也看不着第二首。到五胡南北朝时候，西北蛮族，纷纷侵入，内中以鲜卑人为最强盛。鲜卑人在诸蛮族中，文化像是最高，后来同化于我们也最速。他们像很爱文学和音乐，唐代流传的"马上乐"，什有九都出鲜卑。他们初初学会中国话，用中国文字表他情感，完全现出异样的色彩。试写他几首：

> 上马不捉鞭，反折杨柳枝。蹀座吹长笛，愁杀行客儿。
> 腹中愁不乐，愿作郎马鞭。出入擐郎臂，蹀座郎膝边。
> 放马两泉泽，忘不着连羁。担鞍逐马走，何得见马骑。
> 遥看孟津河，杨柳郁婆娑。我是虏家儿，不解汉儿歌。
> 健儿须快马，快马须健儿。跸跋黄尘下，然后别雄雌。
>
> 《折杨柳歌》
>
> 男儿欲作健，结伴不须多。鹞子经天飞，群雀两向波。
> 放马大泽中，草好马着膘。牌子铁裲裆，钷铧鹡尾条。
> 前行看后行，齐着铁裲裆。前头看后头，各着铁钷铧。
> 男儿可怜虫，出门怀死忧。尸丧狭谷中，白骨无人收。

《企喻歌》

　　新买五尺刀，悬着中梁柱。一日三摩挲，剧于十五女。
　　客行依主人，愿得主人强。猛虎依深山，愿得松柏长。

《琅琊王歌》①

　　慕容攀墙视，吴军无边岸。我身分自当，枉杀墙外汉。
　　慕容愁愤愤，烧香作佛会。愿作墙里燕，高飞出墙外。

《慕容垂歌》

　　可怜白鼻䯄，相将入酒家。无钱但共饮，画地作交赊。
　　何处碟筋来，两颊色如火。自有桃花容，莫言人劝我。

《高阳乐人歌》

　　李波小妹字雍容，褰裳逐马如转蓬，左射右射必叠双。女子尚如此，
男子安可逢。

《李波小妹歌》②

　　读这几首，可以大略看出他们"虏家儿"是怎么个气象了。他们生活是异
常简单，思想是异常简单，心直口直，有一句说一句；他们的情感是"没遮拦"
的。你说他好也罢，说他坏也罢，总是把真面孔搬出来。别的且不管他，专就
男女两性关系而论，也看出许多和从前文学态度不同的表现。试举他几首：

　　青青黄黄，雀石颓唐。槌杀野牛，押杀野羊。
　　驱羊入谷，自羊在前。老女不嫁，蹋地唤天。
　　侧侧力力，念郎无极。枕郎左臂，随郎转侧。
　　摩挲郎须，看郎颜色。郎不念女，各自努力。

《地驱歌》③

　　烧火烧野田，野鸭飞上天。童男娶寡妇，壮女笑杀人。

《紫骝马歌》

　　谁家女子能行步，反着夹禅后裙露。天生男女共一处，愿得两个成翁姬。
　　华阴山头百丈井，下有流水彻骨冷。可怜女子能照影，不见其余见斜领。
　　黄桑柘屐蒲子履，中央有丝两头系。小时怜母大怜婿，何不早嫁论家计。

《捉搦歌》

　　像这种毫不隐瞒毫不扭捏的表情，在三百篇和汉魏人五言诗里头，绝对的

---

① "琅琊"原作"瑯玡"。
② "转蓬"原作"卷蓬"，"女子"原作"妇女"。
③ "念郎"原作"念君"。

找不出来。这些都是北朝文学；试拿来和并时的南朝文学比较，像那有名的《子夜》、《团扇》、《懊侬》、《青溪》、《碧玉》、《桃叶》各歌曲，虽然各有各的妙处，但前者以真率胜，后者以柔婉胜，双方的分野，显然可见。

经南北朝几百年民族的化学作用，到唐朝算是告一段落。唐朝的文学，用温柔敦厚的底子，加入许多慷慨悲歌的新成分，不知不觉，便产生出一种异彩来。盛唐各大家，为什么能在文学史上占很重的位置呢？他们的价值，在能洗却南朝的铅华靡曼，参以伉爽真率，却又不是北朝粗犷一路。拿欧洲来比方，好像古代希腊、罗马文明，搀入些森林里头日耳曼蛮人色彩，便开辟一个新天地。试举几位代表作家的作品，如李太白的：

> 金尊清酒斗十千，玉盘珍羞直万钱。停杯投箸不能食，拔剑四顾心茫然。
> 欲渡黄河冰塞川，将登太行雪满天。闲来垂钓碧溪上，忽复乘槎梦日边。
> 行路难，行路难！多歧路，今安在？长风破浪会有时，直挂云帆济沧海！
> （《行路难》）①

杜工部的：

> 朝进东门营，暮上河阳桥。落日照大旗，马鸣风萧萧。
> 平沙列万幕，部伍各见招。中天悬明月，令严夜寂寥。
> 悲笳数声动，壮士惨不骄。借问大将谁，恐是霍嫖姚。（《后出塞》）

> 挽弓当挽强，用箭当用长。射人先射马，擒贼先擒王。
> 杀人亦有限，立国自有疆。苟能制侵陵，岂在多杀伤。（《前出塞》）

高适的：

> 汉家烟尘在东北，汉将辞家破残贼。男儿本自重横行，天子非常赐颜色。……山川萧条极边土，胡骑凭陵杂风雨。战士军前半死生，美人帐下犹歌舞。大漠穷秋塞草腓，孤城落日斗兵稀。身当恩遇常轻敌，力尽关山未解围。铁衣远戍辛勤久，玉箸应啼别离后。少妇城南欲断肠，征人蓟北空回首。边庭飘飖那可度，绝域苍茫无所有。杀气三时作阵云，寒声一夜传刁斗。……（《燕歌行》）

---

① "乘槎"原作"乘舟"。

这类作品，不独三百篇、楚辞所无，即汉魏晋宋也未曾有。从前虽然有些摹写侠客的诗，但豪迈气概，总不能写得尽致。内中鲍明远最喜作豪语，但总有点不自然。所以这种文学，可以说是经过一番民族化合以后，到唐朝才会发生。那时的音乐和美术，都很受民族化合的影响；文学自然也逃不出这个公例。

写关塞景况，寓悲壮情感，是唐以后新增的诗料（前此虽有，但不多，且不好）。词曲以缘情绮靡为主，用这种资料却不多，范文正有一首最好。

塞外秋来风景异，衡阳雁去无留意。四面边声连角起；千嶂里，长烟落日孤城闭。 浊酒一杯家万里，燕然未勒归无计。羌管悠悠霜满地；人不寐，将军白发征夫泪。[1]（《渔家傲》）

词里头的苏辛派，自然都带几分这种色彩。内中最粗豪的，如稼轩的：

醉里挑灯看剑，醒来吹角连营。八百里分麾下炙，五十弦翻塞外声，沙场秋点兵。 马作的卢飞快，弓如霹雳弦惊。了却君王天下事，赢得生前身后名，可怜白发生。（《破阵子》）[2]

名家的词，最粗犷的莫过刘后邨，几乎全部集都是这一类的话。他最著名的一首是：

何处相逢，登宝钗楼，访铜雀台。唤厨人斫就，东溟鲸脍；圉人呈罢，西极龙媒。天下英雄，使君与操，余子何堪共酒杯？车千乘，载燕南代北，剑客奇才。 酒酣鼻息如雷，谁信被晨鸡催唤回。叹年光过尽，功名未立；书生老矣，气运方来。使李将军，遇高皇帝，万户侯何足道哉？推衣起，但凄凉感旧，慷慨生哀。（《沁园春》）[3]

这一派词，我本来不大喜欢，因为他有烂名士爱说大话的习气。但他确带点北朝气味，在文学史上应备一格的。

曲本里头，有一首杂剧，像是明末清初的作品，演的是"鲁智深醉打山门"。那鲁智深拜别他的师父时，唱道：

漫洒英雄泪，相离处士家。谢你慈悲剃度在莲台下；没缘法转眼分离乍。赤条条来去无牵挂。那里讨烟蓑雨笠卷单行，一任俺芒鞋破钵随缘化。①

也是刻意从粗犷一面做，因为替粗犷的人表情，不如此便失真了。

七　蕴藉的表情法

这回讲的，是含蓄蕴藉的表情法。这种表情法，向来批评家认为文学正宗，或者可以说是中华民族特性的最真表现。这种表情法，和前两种不同：前两种是热的，这种是温的；前两种是有光芒的火焰，这种是拿灰盖着的炉炭。这种表情法也可以分三类：第一类是情感正在很强的时候，他却用很有节制的样子去表现他；不是用电气来震，却是用温泉来浸；令人在极平淡之中，慢慢地领略出极渊永的情趣。这类作品，自然以三百篇为绝唱。如：

瞻彼日月，悠悠我思，道之云远，曷云能来。

如：

昔我往矣，杨柳依依；今我来思，雨雪霏霏。行路迟迟，载渴载饥。

如：

君子于役，不知其期。曷至哉？鸡栖于埘；日之夕矣，牛羊下来。君子于役，如之何勿思？②

拿这类诗和前头几回所引的相比较：前头的像外国人吃咖啡，炖到极浓，还搀上白糖牛奶；这类诗像用虎跑泉泡出的雨前龙井，望过去连颜色也没有，但吃下去几点钟，还有余香留在舌上。他是把情感收敛到十足，微微发放点出来；藏着不发放的还有许多，但发放出来的，确是全部的灵影，所以神妙。汉魏五言诗，以这一类为正声。如李陵的：

携手上河梁，游子暮何之。徘徊蹊路侧，恨恨不能辞。行人难久留，各言长相思。安知非日月，弦望自有时。努力崇明德，皓首以为期。

---

① "漫洒"原作"漫拭"，"相离"原作"相随"，"谢你"原作"谢您个"，"那里"后原有"去"字，"一任俺"原作"敢辞去"。

② "牛羊"原作"羊牛"。

那神味和"瞻彼日月"一章完全相同，真算得"含毫邈然"。又如《古诗十九首》里头的：

迢迢牵牛星，皎皎河汉女。纤纤擢素手，札札弄机杼。终日不成章，泣涕零如雨。河汉清且浅，相去复几许？盈盈一水间，脉脉不得语。

涉江采芙蓉，兰泽多芳草。采之欲遗谁，所思在远道。还顾望旧乡，长路漫浩浩。同心而离居，忧伤以终老。

这类诗都是用淡笔写浓情，算得汉人诗格的代表。后来如曹子建的：

高台多悲风，朝日照北林。之子在万里，江湖迥且深。……

阮嗣宗的：

嘉时在今辰，零雨洒尘埃。临路望所思，日夕复不来。……

陶渊明的：

……情通万里外，形迹滞江山。君其爱体素，来会在何年。

谢玄晖的：

大江流日夜，客心悲未央。徒念关山近，终知返路长。……

都是这一派。汉魏六朝诗，这一类的好作品很多。

这一派，到初唐时，变了样子：他们把这类诗改做"长言永叹"的形式，很有些长篇。但着墨虽多，依然是以淡写浓；我譬喻他，好像一桌极讲究的素菜全席。有张若虚一首，可算代表作品：

春江潮水连海平，海上明月共潮生；滟滟随波千万里，何处春江无月明。
江流宛转绕芳甸，月照花林皆如霰；空里流霜不觉飞，汀上白沙看不见。
江天一色无纤尘，皎皎空中孤月轮；江畔何时初见月，江月何年初照人。
人生代代无穷已，江月年年望相似；不知江月待何人，但见长江送流水。

白云一片去悠悠，青枫浦上不胜愁；谁家今夜扁舟子，何处相思明月楼。
可怜楼上月徘徊，应照离人妆镜台；玉户帘中卷不去，捣衣砧上拂还来。
此时相望不相闻，愿逐月华流照君；鸿雁长飞光不度，鱼龙潜跃水成纹。
昨夜闲潭梦落花，可怜春半不还家；江水流天去欲尽，江潭落月复西斜。
斜月沈沈藏海雾，碣石潇湘无限路；不知乘月几人归，落月摇情满江树。

               （《春江花月夜》）①

  这首诗读起来令人飘飘有出尘之想。"江畔何人初见月，江月何年初照人"，"谁家今夜扁舟子，何处相思明月楼"，这类话，真是诗家最空灵的境界。全首读来，固然回肠荡气；但那音节，既不是哀丝豪竹一路，也不是急管促板一路；专用和平中声，出以摇曳；确是三百篇正脉。

  初唐佳作，都是这一路；虽然悲慨的情感，总用极平和的音节表他。如李峤的：

  ……自从天子去秦关，玉辇金舆不复还；珠帘羽帐长寂寞，鼎湖龙髯安可攀。
千龄人事一朝空，四海为家此路穷；雄豪意气今何在，坛场宫馆尽蒿蓬。
道旁故老长叹息，世事回环不可测；昔时青楼对歌舞，今日黄埃聚荆棘。
山川满目泪沾衣，富贵荣华能几时；不见只今汾水上，惟有年年秋雁飞。

                （《汾阴行》）②

  相传唐明皇幸蜀时候，听人背这首诗，泪数行下，叹道："李峤真才子！"这种诗的品格高下，别一问题；但确是初唐代表，确是中国诗界传统的正声。后来白香山从这里一转手，吴梅村再从这里一转手，但可惜越转越卑弱。

  盛唐以后，这一派自然也不断，好的作品自然也不少；但在古体里头，已经不很通用。因为五古很难出汉魏范围，七古很难出初唐范围。倒是近体很从这方面开拓境界，因为近体篇幅短，非用含蓄之笔，取弦外之音，便站不住。内中五律七绝为尤甚。唐人著名的七绝，和孟王韦柳的五律，都是这一派。杜工部诗虽以热烈见长，他的五律，如"凉风起天末"、"今夜鄜州月"、"幽意忽不惬"等篇，也都是这一派。

  王渔洋专提倡神韵，他所标举的话，是"不着一字，尽得风流"；"羚羊

———————————

  ① "皆如霰"原作"皆似霰"，"江畔何时"原作"江畔何人"，"江水流天"原作"江水流春"。

  ② "去秦关"原作"向秦关"，"金舆"原作"金车"，"道旁"原作"路逢"。

挂角，无迹可寻"，虽然太偏了些，但总不能不认为诗中高调。我想：他这种主张是对的，但这类诗做得好不好，全问意境如何。我们若依然仅有三百篇汉魏初唐人的意境，任凭你运笔怎样灵妙，也不能出他们的范围；只有变成打油派，令人讨厌。我们生当今日，新意境是比较容易取得的；那么，这一派诗，我们还是要尽力的提倡。

第二类的蕴藉表情法，不直写自己的情感，乃用环境或别人的情感烘托出来。用别人情感烘托的，例如《诗经》：

> 陟彼冈兮，瞻望兄兮。兄曰："嗟！予弟行役，夙夜必偕；上慎旃哉，犹来无死！"……（《陟岵》）

这篇诗三章，第一章父，第二章母，第三章兄。不说他怎样的想念爷妈哥哥，却说爷妈哥哥怎样的想念他。写相互间的情感，自然加一层浓厚。

用环境烘托的，例如《诗经》：

> 我徂东山，慆慆不归；我来自东，零雨其濛。
> 鹳鸣于垤，妇叹于室；洒扫穹窒，我征聿至。
> 有敦瓜苦，烝在栗薪；自我不见，于今三年。（《东山》）

且不说回家会着家人的情况，但对一件极琐碎的事物——柴堆上头一棚瓜说："咱们违教三年了。"言外的感慨，不知有多少。

古乐府《孔雀东南飞》，最得此中三昧。兰芝和焦仲卿言别，该篇中最悲惨的一段，他却悲呀泪呀……不见一个字。但说：

> 妾有绣腰襦，葳蕤自生光；红罗复斗帐，四角垂香囊；
> 箱奁六七十，绿碧青丝绳；物物各自异，种种在其中。
> 人贱物亦鄙，不足迎新人；留待作遗施，于今无会因。……（古诗《为焦仲卿妻作》）[①]

专从纪念物上头讲，用物来做人的象征；不说悲，不说泪，倒比说出来的还深刻几倍。到别小姑时，却把悲情尽地发泄了。

> 却与小姑别，泪落连珠子："新妇初来时，小姑始扶床；

---

① "新人"原作"后人"。

今日被驱遣，小姑如我长。勤心养公姥，好自相扶将。
初七及下九，嬉戏莫相忘。"……（同上）

兰芝的眼泪，不向丈夫落，却向小姑落。和小姑说话，不说现时的凄惨，只叙过去的情爱；没有怨恨话，只有宽慰和劝勉的话。只这一段，便能把兰芝极高的人格极浓厚的爱情，全盘涌现出来。

后来用这类表情法，也是杜工部最好。如他的《羌村》三首：

峥嵘赤云西，日脚下平地。柴门鸟雀噪，归客千里至。妻孥怪我在，惊定还拭泪。世乱遭飘荡，生还偶然遂。邻人满墙头，感叹亦欷歔。夜阑更秉烛，相对如梦寐。

晚岁迫偷生，还家少欢趣。娇儿不离膝，畏我复却去。忆昔好追凉，故绕池边树。萧萧北风劲，抚事煎百虑。赖知禾黍收，已觉糟床注。如今足斟酌，且用慰迟暮。

群鸡正乱叫，客至鸡斗争。驱鸡上树木，始闻叩柴荆。父老四五人，问我久远行。手中各有携，倾榼浊复清。苦辞"酒味薄，黍地无人耕；兵革既未息，儿童尽东征。"请为父老歌，艰难愧深情。歌罢仰天叹，四座泪纵横。①

这三首实写自己情感的地方很少；（第二首有"少欢趣""煎百虑"等语，在三首中这首却是次一等。）只是说日怎么样，云怎么样，鸟怎么样，鸡怎么样，老妻怎么样，儿子怎么样，邻居怎么样；合起来，他所谓"死去凭谁报，归来始自怜"的情感，都表现出来了。还有《北征》里头的一段，也是这种笔法：

……况我堕胡尘，及归尽华发。经年至茅屋，妻子衣百结。……平生所娇儿，颜色白胜雪；见耶背面啼，垢腻脚不袜。床前两小女，补绽才过膝；海图坼波涛，旧绣移曲折；天吴及紫凤，颠倒在裋褐。……那无囊中帛，救汝寒凛栗？粉黛亦解苞，衾裯稍罗列。瘦妻面复光，痴女头自栉；学母无不为，晓妆随手抹；移时施朱铅，狼籍画眉阔。……问事竟挽须，谁能即嗔喝。……

这种诗所用表情技术，可以说和《陟岵》同一样。不写自己情感，专写别

---

① "欷歔"原作"歔欷"。

人情感。写别人情感，专从极琐末的实境表出，这一点又是和《东山》同样。这一类诗，我想给他一个名字，叫做"半写实派"：他所写的事实，是用来做烘出自己情感的手段，所以不算纯写实；他所写的事实，全用客观的态度观察出来，专从断片的表出全相，正是写实派所用技术，所以可算得半写实。

第三类蕴藉表情法，索性把情感完全藏起不露，专写眼前实景（或是虚构之景），把情感从实景上浮现出来。这种写法三百篇中很少，勉强举个例，如：

> 春日载阳，有鸣仓庚。女执懿筐，遵彼微行，爰求柔桑。
> 春日迟迟，采蘩祁祁。女心伤悲，殆及公子同归。（《七月》）

这是专从节物上写那种和乐融泄的景象，作者的情绪，自然跟着表现出来。

但这首还有人在里头，带着写别人的情感，不能纯粹属于此类。此类的真正代表，可以举出几首。其一，曹孟德的：

> 东临碣石，以观沧海。水何澹澹，山岛竦峙。
> 树木丛生，百草丰茂。秋风萧瑟，洪波涌起。
> 日月之行，若出其中；星汉粲烂，若出其里。（《观沧海》）

这首诗仅仅写映在他眼中的海景，他自己对着这景有什么感触，一个字未尝道及。但我们读起来，觉得他那宽阔的胸襟，豪迈的气概，一齐流露。

北齐有一位名将斛律光[①]，是不识字的，有一天皇帝在殿上要各人做诗，他冲口做了一首，便成千古绝唱。那诗是：

> 敕勒川，阴山下，天似穹庐，笼盖四野。天苍苍，野茫茫，风吹草低见牛羊。（《敕勒歌》）

这诗是独自一个人骑匹马在万里平沙中所看见的宇宙。他并没说出有什么感想，我们读过去，觉得有一个粗豪沉郁的人格活跳出来。

阮嗣宗《咏怀》里头有一首：

> 独坐空堂上，谁可与欢者。出门临永路，不见行车马。登高望九州，悠悠分旷野，孤鸟西北飞，离兽东南下。日暮思亲友，晤言用自写。

---

①应作"斛律金"。

这首诗一起一结，虽然也轻轻的点出他的情感，但主要处全在中间几句，从环境上写出那种百无聊赖哀乐万端的情绪，把那位哭穷途的先生全副面孔活现出来。

杜工部用这种表情法也用得最好。试举他两首：

> 竹凉侵卧内，野月满庭隅，重露成涓滴，稀星乍有无。
> 暗飞萤自照，水宿鸟相呼。万事干戈里，空悲清夜徂。（《倦夜》）

这首诗题目是《倦夜》。看他前面仅仅三十个字，从初夜到中夜到后夜，初时看见月看见露，月落了看见星看见萤，天差不多亮了听见水鸟，写的全是自然界很微细的现象，却是通宵睡不着很疲倦的人才能看出。那"倦"的情绪，自在言外，末两句一点便够。又：

> 风急天高猿啸哀，渚清沙白鸟飞回。无边落木萧萧下，不尽长江滚滚来。……（《登高》）

这首是工部最有名的七律，小孩子都读过的。假令我们当作没有读过，掩住下半首，闭眼想一想情形，谁也该想得到是在长江上游——四川湖北交界地方秋天一个独客登高时候所见的景物。底下"万里悲秋常作客，百年多病独登台"那两句，不过章法结构上顺手一点，其实不用下半首，已经能把全部情绪表出。

须知这类诗和单纯写景诗不同：写景诗以客观的景为重心，他的能事在体物入微；虽然景由人写，景中离不了情，到底是以景为主。这类诗以主观的情为重心，客观的景，不过借来做工具；试把工部的"竹凉侵卧内"和王右丞的：

> 万壑树参天，千山响杜鹃。山中一夜雨，树杪百重泉。……

比较，便见得王作是纯客观的，杜作是主观气分甚重。

第四类的蕴藉表情法，虽然把情感本身照原样写出，却把所感的对象隐藏过去，另外拿一种事物来做象征。这类方法，三百篇里头很少——前所举《鸱鸮》篇，可以归入这类；"山有榛隰有苓"、"谁能烹鱼溉之釜鬵"等篇，也带点这种气味；但属少数，且不纯粹——因为三百篇的原则，多半是借一件事物起兴，跟着便拍归本旨，像那种打灯谜似的象征法，那时代的诗人不大用他。但作诗的人虽然如此，后来读诗的人却不同了。试打开《左传》一看，当时凡有宴会都要赋诗，赋诗的人在三百篇里头随意挑选一篇借来表示自己当时所感。同一篇诗，某甲借来表这种感想，某乙也可以借来表那种感想。拿我们今日眼光看去，很有些莫名其妙。所以我说：三百篇的作家没有象征派，然而三百篇久已作象征的应用。

纯象征派之成立，起自楚辞。篇中许多美人芳草，纯属代数上的符号，他意思别有所指。如《离骚》中：

> 览相观于四极兮，周流乎天余乃下。望瑶台之偃蹇兮，见有娀之佚女。吾令鸩为媒兮，鸩告余以不好。雄鸩之鸣逝兮，余犹恶其佻巧。心犹豫而狐疑兮，欲自适而不可。凤皇既受诒兮，恐高辛之先我。欲远集而无所止兮，聊浮游以逍遥。及少康之未家兮，留有虞之二姚。理弱而媒拙兮，恐导言之不固。世溷浊而嫉贤兮，好蔽美而称恶。……

又：

> 时缤纷以变易兮，又何可以淹留。兰芷变而不芳兮，荃蕙化而为茅。何昔日之芳草兮，今直为此萧艾也？……余以兰为可恃兮，羌无实而容长。委厥美以从俗兮，苟得列乎众芳。椒专佞以慢慆兮，樧又充夫佩帏。既干进而务入兮，又何芳之能祇。固时俗之从流兮，又孰能无变化。览椒兰其若兹兮，又况揭车与江离。……①

这类话若不是当作代数符号看，那么，屈原到处调情到处拈酸吃醋，岂不成了疯子？蕙会变茅，兰会变艾，天下哪有这情理？太史公说得好："其志洁，故其称物芳。"他怀抱着一种极高尚纯洁的美感，于无可比拟中，借这种名词来比拟。他既有极秾温的情感本质，用他极微妙的技能，借极美丽的事物做魂影，所以着墨不多，便尔沁人心脾。如：

惜吾不及见古人兮，吾谁与玩此芳草。（《思美人》）

如：

沅有芷兮澧有兰，思公子兮未敢言。（《湘夫人》）

如：

夫人自有兮美子，荪何为兮愁苦。（《少司命》）

———————

① "樧又"后原有"欲"字，"祇"应作"祗"。

如：

> 心不同媒劳，恩不甚兮轻绝。（《湘君》）

这都是带一种神秘性的微妙细乐，经千百年后按奏，都能使人心弦震荡。

自楚辞开宗后，汉魏五言诗，多含有这种色彩。如《庭中有奇树》、《迢迢牵牛星》等篇，乃至张平子的《四愁》，都是寄兴深微一路，足称楚辞嗣音。

中晚唐时，诗的国土，被盛唐大家占领殆尽；温飞卿、李义山、李长吉诸人，便想专从这里头辟新蹊径。飞卿太靡弱，长吉太纤仄，且不必论；义山确不失为一大家。这一派后来衍为西昆体，专务掎扯词藻，受人诟病。近来提倡白话诗的人不消说是极端反对他了。平心而论，这派固然不能算诗的正宗，但就"唯美的"眼光看来，自有他的价值。如义山集中近体的《锦瑟》、《碧城》、《圣女祠》等篇，古体的《燕台》、《河内》等篇，我敢说他能和中国文字同其运命。就中如《碧城》三首的第一首：

> 碧城十二曲阑干，犀辟尘埃玉辟寒。阆苑有书多附鹤，女床无树不栖鸾。
> 星沉海底当窗见，雨过河源隔座看。若使晓珠明又定，一生长对水晶盘。

这些诗，他讲的什么事，我理会不着；拆开一句一句的叫我解释，我连文义也解不出来。但我觉得他美，读起来令我精神上得一种新鲜的愉快。须知：美是多方面的，美是含有神秘性的。我们若还承认美的价值，对于这种文学，是不容轻轻抹煞啊！

八　附论女性文学与女性情感

现在要附一段专论女性文学和女性情感。

三百篇中——尤其国风——女子作品，实在不少。如《绿衣》、《燕燕》、《谷风》、《泉水》、《柏舟》、《载驰》、《氓》、《竹竿》、《伯兮》、《君子于役》、《狡童》、《褰裳》、《鸡鸣》，或传说上确有作者主名，或从文义推测得出。我们因此可想见那时候女子的教育程度和文学兴味比后来高些；或者是男女社交不如后世之闭绝，所以他们的情感有发舒之余地，而且能传诵出来。内中有好几篇最能发挥女性优美特色。如：

> 黾勉同心，不宜有怒。采葑采菲，无以下体。德音莫违，及尔同死。
> （《谷风》）

如：

匪我愆期，子无良媒。将子毋怒，秋以为期。（《氓》）

这两首都是弃妇所作，追述从前爱情，有不堪回首之想。一种温厚肫笃之情，在几句话上全盘托出。又如：

君子于役，苟无饥渴。（《君子于役》）

伤离念远，四个字抵得千百句话。又如：

泛彼柏舟，在彼中河。髧彼两髦，实惟我仪。
之死矢靡他。母也天只，不谅人只。（《柏舟》）

这首相传是卫共姜所作，父母逼他离婚，他不肯。那坚强的意志和专一肫笃的爱情都表现出来。却是怨而不怒，纯是女子身分。又如：

载驰载驱，归唁卫侯。驱马悠悠，言至于漕。大夫跋涉，我心则忧。
既不我嘉，不能旋反；视尔不臧，我思不远。既不我嘉，不能旋济；
视尔不臧，我思不閟。
陟彼阿丘，言采其蝱。女子善怀，亦各有行。许人尤之，众稚且狂。
我行其野，芃芃其麦。控于大邦，谁因谁极。大夫君子，无我有尤。
百尔所思，不如我所之。（《载驰》）

这首是许穆夫人所作。他是卫国女儿，卫国亡了，他要回去省视他兄弟，许国人不许他，因作此诗。一派缠绵悱恻，把女性优美完全表出。

女子很少专门文学家，不惟中国，外国亦然。想是成年以后受生理上限制所致。汉魏以来女性作品，如秦嘉妻徐淑，如班婕妤，各有一两首，都很平平。蔡文姬的《胡笳十八拍》，似是唐人所谱。《悲愤》两首，大概是真。他遭乱被掠入匈奴，是人生极不幸的遭际。他自己说：

薄志节兮念死难，虽苟活兮无形颜。

可怜他情爱的神圣，早已为境遇所牺牲了；所剩只有母子情爱，到底也保不住。他诗说：

……已得自解免，当复弃儿子。……儿前抱我颈，问"母欲何之？人言母当去，岂复有还时。阿母常仁恻，今何更不慈？我今未成人，奈何不顾思。"
见此崩五内，恍惚生狂痴；号泣手抚摩，当发复回疑。……①

我们读这诗，除了同情之外，别无可说。他的情爱到处被蹂躏；他所写全
是变态，但从变态中还见出爱芽的实在。

窦滔妻苏蕙的《回文锦》，真假不敢断定，大约真的分数多。这个作品技
术的致巧，不惟空前，或者竟可说是绝后，但太雕凿违反自然了。他说："非
我佳人（指窦滔），莫之能解。"只能算是他两口子猜谜，不能算文学正宗。若
说这作品在我们文学史上有价值，只算他能够代表女性细致头脑的部分罢了。

苏伯玉妻《盘中诗》：

> 山树高，鸟鸣悲。泉水深，鲤鱼肥。空仓雀，常苦饥；吏人妇，会夫稀。
> 出门望，见白衣。谓当是，而更非。还入门，中心悲。……

这首不敢断定必为女性作品，但情绪写得很好。

古乐府中有几首，不得作者主名，不知为男为女。假定若出女子，便算得
汉魏间女性文学中翘楚了。如：

> 上山采蘼芜，下山逢故夫。长跪问故夫："新人复何如？"
> "新人虽然好，未若故人姝。颜色类相似，手爪不相如。"
> 新人从门入，故人从阁去。新人工织缣，故人工织素。
> 织缣日一匹，织素五丈余。将缣来比素，新人不如故。②

又如：

> ……夫婿从南来，斜倚西北眄。语卿"且勿眄，水清石自见"。石见何
> 累累，远行不如归。③

这类诗很表示女性的真挚和纯洁，我们若认他是女性作品，价值当不在
《谷风》、《氓》之下。

唐宋以后，闺秀诗虽然很多，有无别人捉刀，已经待考；就令说是真，够
得上成家的可以说没有。词里头算有几位。宋朱淑真的《断肠词》，李易安的

---

① "我今"原作"我尚"。
② "虽然"原作"虽言"。
③ "从南"原作"从门"。

《漱玉词》，清顾太清的《东海渔歌》，可以说不愧作者之林。内中惟易安杰出，可与男子争席，其馀也不过尔尔。可怜我们文学史上极贫弱的女界文学，我实在不能多举几位来撑门面。

男子作品中写女性情感——专指作者替女性描写情感，不是指作者对于女性相互间情感——以楚辞为嚆矢。前段所讲"美人芳草"就是这一类。如：

> 君不行兮夷犹，蹇谁留兮中洲。美要眇兮宜修，沛吾乘兮桂舟。
> 令沅湘兮无波，使江水兮安流。望夫君兮未来，吹参差兮谁思。……
> （《湘君》）
> 帝子降兮北渚，目眇眇兮愁予。嫋嫋兮秋风，洞庭波兮木叶下。……
> 沅有茝兮澧有兰，思公子兮未敢言。荒忽兮远望，观流水兮潺湲。……
> （《湘夫人》）
> 入不言兮出不辞，乘回风兮载云旗。悲莫悲兮生别离，乐莫乐兮新相知。
> 荷衣兮蕙带，倏而来兮忽而逝。夕宿兮帝郊，君谁须兮云之际。
> 与汝游兮九河，冲风至兮水扬波。与汝沐兮咸池，晞汝发兮阳之阿。……
> （《少司命》）

这几首都是描写极美丽极高洁的女神，我们读起来，和看见希腊名雕温尼士女神像同一美感，可谓极技术之能事。这种文学优美处，不在字句艳丽而在字句以外的神味。后来摹仿的很多，到底赶不上。李义山的《重过圣女祠》：

> 白石岩扉碧藓滋，上清沦谪得归迟。一春梦雨常飘瓦，尽日灵风不满旗。……

全从以上几首脱胎，飘逸华贵诚然可喜，但女神的情感，便不容易着一字了。

汉魏古诗，写两性间相互情爱者很多，专描女性者颇少，今不细论。六朝时南北人性格很有些不同，在他们描写女性上也可以看出。北朝写女性之美，专喜欢写英爽的姿态。如：

> ……好妇出迎客，颜色正敷愉。伸腰再拜跪，问客平安无。
> 请客北堂上，坐客青氍毹。清白各异樽，酒上正华疏。
> 酌酒持与客，客言主人持。却略再拜跪，然后持一杯。
> 谈笑未及竟，左顾敕中厨，促令办粗饭，慎莫使稽留。
> 废礼送客出，盈盈府中趋。送客亦不远，足不过门枢。……（《陇西行》）①

----

① "平安无"原作"平安不"，"青氍毹"原作"毡氍毹"。

读起来仿佛入到欧洲交际社会，一位贵妇人极和霭极能干的美态，活现目前。又如：

> ……朝辞爷娘去，宿暮黄河边。不闻爷娘唤女声，但闻黄河流水鸣溅溅。旦辞黄河去，暮至黑山头。不闻爷娘唤女声，但闻燕山胡骑声啾啾。
> ……可汗问所欲，"木兰不用尚书郎。愿借明驼千里足，送儿还故乡"。……（《木兰词》）

这首写女子从军，虽然是一种异态，但决非南朝人意想中所能构造。最妙者是刚健之中处处含婀娜，确是女性最优美之点。

南朝人便不同了。他们理想中女性之美，可以拿梁元帝的《西洲曲》做代表。

> 忆梅下西洲，折梅寄江北。单衫杏子红，双鬓鸦雏色。
> 西洲在何处，两桨桥头渡。日暮伯劳飞，风吹乌桕树。
> 树下即门前，门中露翠钿。开门郎不至，出门采红莲。
> 采莲南塘秋，莲花过人头。低头弄莲子，莲子清如水。
> 置莲怀袖中，莲心彻底红。忆郎郎不至，仰首视飞鸿。
> 飞鸿满汀洲，望郎上青楼。楼高望不见，尽日阑干头。
> 阑干十二曲，垂手明如玉。卷帘天自高，海水摇空绿。
> 海水梦悠悠，君愁我亦愁。南风知我意，吹梦到西洲。①

这首诗写怀春女儿天真烂漫的情感，总算很好，所写的人格，亦并不低下。但总是南派绮靡的情绪，和北派截然两样。后来作家，大概脱不了这窠臼。

唐诗写女性最好的，莫过于杜工部的《佳人》。

> 绝代有佳人，幽居在空谷。自云良家子，零落依草木。……
> 在山泉水清，出山泉水浊。侍婢卖珠回，牵萝补茅屋。
> 摘花不插鬓，采柏动盈掬。天寒翠袖薄，日暮倚修竹。

工部理想的佳人，品格是名贵极了，性质是高抗极了，体态是幽艳极了，情绪是愁至极了。有人说这首诗便是他自己写照，或者不错。总之描写女性之美，我说这首是千古绝唱。

太白《长干曲》②摹仿《西洲》很像，写小家儿女的情爱，也还逼真，但

---

① "清如水"原作"青如水"，"视飞鸿"原作"望飞鸿"，"汀洲"原作"西洲"。
② "曲"原作"行"。

价值不过尔尔。

李义山写女性的诗，几居全集三分之一，但义山是品性堕落的诗人，他理想中美人不过娼妓，完全把女子当男子玩弄品，可以说是侮辱女子人格。义山天才确高，爱美心也很强，倘使他的技术用到正途，或者可以做写女性情感的圣手，看他《悼亡》诸作可知。可惜他本性和环境都太坏，仅成就得这种结果。不惟在文学界没有好影响，而且留下许多遗毒，真是我们文学史上一件不幸了。

词里头写女性最好的，我推苏东坡的《洞仙歌》。

冰肌玉骨，自清凉无汗。水殿风来暗香满。绣帘开，一点明月窥人，人未寝，欹枕钗横鬓乱。　起来携素手，庭户无声，时见疏星度河汉，试问夜如何？夜已三更，金波淡玉绳低转。但屈指西风几时回，又不道流年暗中偷换。①

好处在情绪的幽艳，品格的清贵，和工部《佳人》不相上下。

稼轩的：

蓦然回首，那人却在、灯火阑珊处。（《青玉案》）

白石的：

想佩环夜月归来，化作此花幽独。（《疏影》）②

都能写出品格。柳屯田写女性词最多，可惜毛病和义山一样，藻艳更在义山下。

曲本每部总有女性在里头，但写得好的很少。因为他们所构曲中情节，本少好的，描写曲中人物，自然不会好。例如《西厢记》一派，结局是调情猥亵，如何能描出清贵的人格？又如《琵琶记》一派，主意在劝惩，并不注重女性的真美。所以曲本写女性虽多，竟找不出能令我心折的作品。内中惟汤玉茗是最浪漫式的人。《牡丹亭·惊梦》里头，确有些新境界。如：

可知我常一生儿爱好是天然，恰三春好处无人见。……

"爱好是天然"这句话，真所谓为爱美而爱美，从前没有人能道破。写女性高贵，此为极品了。底下跟着衍这段意思，也有许多名句。如：

朝飞暮卷，云霞翠轩；雨丝风片，烟波画船：锦屏人忒看得韶光贱。

---

① "几时回"原作"几时来"。

② "夜月"原作"月夜"。

如：

> 则为俺生小婵娟，拣名门一例一例里神仙眷；甚良缘把青春抛得远；俺的睡情谁见。……

如：

> 则为你如花美眷，似水流年。是答儿闲寻遍，在幽闺自怜。

这些词句，把情绪写得像酒一般浓，却不失闺秀身分，在艳词中算是最上乘了。

这段末后，还有几句话要讲讲：近代文学家写女性，大半以"多愁多病"为美人模范，古代却不然。《诗经》所赞美的是"硕人其颀"，是"颜如舜华"；楚辞所赞美的是"美人既醉朱颜酡，娭光眇视目层波"①；汉赋所赞美的是"精耀华烛，俯仰如神"，是"翩若惊鸿，矫若游龙"；凡这类形容词，都是以容态之艳丽和体格之俊健合构而成，从未见以带着病的恹弱状态为美的。以病态为美，起于南朝，适足以证明文学界的病态。唐宋以后的作家，都汲其流，说到美人便离不了病，真是文学界一件耻辱。我盼望往后文学家描写女性，最要紧先把美人的健康恢复才好。

九　浪漫派的表情法

欧洲近代文坛，浪漫派和写实派迭相雄长。我国古代，将这两派划然分出门庭的可以说没有；但各大家作品中，路数不同，很有些分带两派倾向的。今先说浪漫的作品。

三百篇可以说代表诸夏民族平实的性质，凡涉及空想的一切没有。我们文学含有浪漫性的自楚辞始。春秋战国时候的中原人都来说"楚人好巫鬼"，大抵他们脑海中，含有点野蛮人神秘意识，后来渐渐同化于诸夏，用诸夏公用的文化工具表现他们的感想，带着便把这种神秘意识放进去，添出我们艺术上的新成分。这种意识，或者从远古传来，乃至和我们民族发源地有什么关系也未可知。试看，楚辞里头讲昆仑的最多——大约不下十数处。像是对于昆仑有一种渴仰，构成他们心中极乐国土。这种思想渊源，和中亚细亚地方有无关系，今尚为历史上未决问题。他们这种超现实的人生观，用美的形式发摅出来，遂为我们文学界开一新天地。楚辞的最大价值在此。

楚辞浪漫的精神表现得最显者，莫如《远游》篇。他起首那段有几句：

> 惟天地之无穷兮，哀人生之长勤。往者余弗及兮，来者吾不闻。（《远游》）

---

① 《招魂》原文，两句均有"些"字；又"层"作"曾"。

屈原本身有两种矛盾性：他头脑很冷，常常探索玄理，想像"天地之无穷"；他心肠又很热，常常悲悯为怀，看不过"民生之多艰"。（《离骚》语）他结果闹到自杀，都因为这两种矛盾性交战，苦痛忍受不住了。他作品中把这两种矛盾性充分发挥，有一半哭诉人生冤苦，有一半是寻求他理想的天国。《远游》篇就是属于后一类。他说：

> 载营魄而登霞兮，掩浮云而上征。命天阍其开关兮，排阊阖而望予。
> 召丰隆使先导兮，问太微之所居。集重阳入帝宫兮，造旬始而观清都。
> 朝发轫于太仪兮，夕始临乎於微闾。屯余车之万乘兮，纷溶与而并驰。
> 驾八龙之婉婉兮，载云旗之逶蛇。建雄虹之采旄兮，五色杂而炫耀。
> 服偃蹇以低昂兮，骖连蜷以骄骜。骑胶葛以杂乱兮，斑漫衍而方行。
> 撰余辔而正策兮，吾将过乎句芒。历太皓以右转兮，前飞廉以启路。
> 阳杲杲其未光兮，凌天地以径度。……（同上）

如此之类有好几段，完全是幻构的境界。最末一段道：

> 经营四方兮，周流六漠。上至列缺兮，降望大壑。下峥嵘而无地兮，上寥廓而无天。视儵忽而无见兮，听惝恍而无闻。超无为以至清兮，与泰初而为邻。（同上）

这类文学，纯是求真美于现实界以外，以为人类五官所能接触的境界都是污浊，要搬开他别寻心灵净土。《离骚》、《涉江》中一部分，也是这样。

《招魂》——据太史公说也是屈原所作。其想像力之伟大复杂实可惊。前半说上下四方到处痛苦恐怖的事物，都出乎人类意境以外。后半说浮世的快乐，也全用幻构的笔法写得淋漓尽致。末后一段说这些快乐，到头还是悲哀，以"魂兮归来哀江南"一句，结出作者情感根苗。这篇名作的结构和思想，都有点和噶特的《浮士达》相仿佛。

楚辞中纯浪漫的作品，当以《九歌》的《山鬼》为代表，今录其全文。

> 若有人兮山之阿，被薜荔兮带女萝。既含睇兮又宜笑，子慕余兮善窈窕。
> 乘赤豹兮从文狸，辛夷车兮结桂旗。被石兰兮带杜衡，折芳馨兮遗所思。
> 余处幽篁兮终不见天，路险艰兮独后来。
> 表独立兮山之上，云容容兮而在下；杳冥冥兮羌昼晦，东风飘兮神灵雨。
> 留灵修兮憺忘归，岁既晏兮孰华予。
> 采三秀兮于山间，石磊磊兮葛蔓蔓。思公子兮憺忘归，君思我兮不得闲。

山中人兮芳杜若，饮石泉兮荫松柏。君思我兮然疑作。

雷填填兮雨冥冥，猿啾啾兮又夜鸣，风飒飒兮木萧萧，思公子兮徒离忧。（《山鬼》）①

这篇和《远游》、《离骚》、《招魂》等篇作法不同：那几篇都写作者自身和所构幻境的关系，这篇完全另写一第三者作影子。我们若把这篇当画材，将那山鬼的环境面影性格画来，便活现出屈原的环境面影性格。这种纯粹浪漫的作法，在我们文学界里头，当以此篇为嚆矢。

陶渊明的《桃花源诗·序》，正是浪漫派小说的鼻祖。那首诗自然也是浪漫派绝好韵文。里头说的：

……相命肆农耕，日入随所憩。桑竹垂余荫，菽稷随时艺。
春蚕收长丝，秋熟靡王税。荒路暖交通，鸡犬互鸣吠。……
童孺纵行歌，斑白欢游诣。草荣识节和，木衰知风厉。
虽无纪历志，四时自成岁。怡然有余乐，于何劳智慧？……②

这是渊明理想中绝对自由绝对平等无政府的互助的社会状况。最主要的精神是"超现实"。但他和楚辞不同处，在不带神秘性。

神仙的幻想，在我们文学界中很占势力。这种幻想，自然是导源于楚辞，但后人没有屈原那种剧烈的矛盾性，从形式上模仿蹈袭，往往讨厌。如曹子建也有一首《远游篇》，读去便味如嚼蜡。嵇中散的《游仙诗》，也看不出什么异彩。到郭景纯十几首《游仙》，便瑰丽多了。其中如：

翡翠戏兰苕，容色更相鲜。绿萝结高林，蒙茏盖一山。
中有冥寂士，静啸抚清弦。放情凌霄外，嚼蕊挹飞泉。……

虽然纯从《山鬼》篇脱胎，却把幽愤境界变为飘逸。又如：

杂县寓鲁门，风暖将为灾。吞舟涌海底，高浪驾蓬莱。
神仙排云出，但见金银台。陵阳挹丹溜，容成挥玉杯。
姮娥扬妙音，洪崖颔其颐。升降随长烟，飘飘戏九垓。

---

① "含涕"原作"含睇"，"验艰"原作"险难"，"思公子兮憺忘归"原作"怨公子兮怅忘归"，"徙"原作"徒"。
② "随"原作"从"。

奇龄迈五龙，千岁方婴孩。燕昭无云气，汉武非仙才。①

这类诗像是佛教入中国后，参些印度人梵天的幻想。但每首总爱把作者的宇宙观人生观直白点出，未免有些词费。

浪漫派文学，总是想像力愈丰富愈奇诡便愈见精采。这一点，盛唐大家李太白，确有他的特长。如他的《公无渡河》全从古乐府《箜篌引》敷演出来。《箜篌引》十六个字千古绝唱，如何可拟作？他这首的前半"黄河西来决昆仑……其害乃去茫然风沙"，已经把这条黄河写得像有神秘性。到下半首依传说略叙事实后更虚构可怖的幻象。说：

被发之叟狂而痴，清晨径流欲奚为？旁人不惜妻止之，公无渡河苦渡之。

虎可搏，河难凭，公果溺死流海湄。有长鲸白齿若雪山，公乎公乎挂骨于其间。《箜篌》所谣竟不还。②

这诗把原来的《箜篌引》赋与一种浪漫性，便成创作。又如《飞龙引》的：

……载玉女，过紫皇。紫皇乃赐白兔所捣之药方。后天而老凋三光。下视瑶池见王母，蛾眉萧飒如秋霜。

如《蜀道难》的：

……蚕丛及鱼凫，开国何茫然。尔来四万八千岁，不与秦塞通人烟。

西当太白有鸟道，可以横绝峨眉颠。地崩山摧壮士死，然后天梯石栈相钩连。……

太白集中像这类的很多，都可以证明他想像力之伟大，能构造出别人所构不出的境界。他还有两首词，把他的美感表得十分圆满。词调是《桂殿秋》，文如下：

仙女下，董双成。汉殿夜凉吹玉笙。曲终却从仙官去，万户千门惟月明。

河汉女，玉炼颜。云軿往往在人间。九霄有路去无迹，袅袅香风生佩环。

---

① "云气"原作"灵气"。

② "所谣"原作"所悲"。

后来这类作品，我最爱者为王介甫的《巫山高》二首：

巫山高，十二峰。上有往来飘忽之猿猱，下有出没瀺灂之蛟龙，中有倚薄缥缈之神宫。神人处子冰雪容，吸风饮露虚无中，千岁寂寞无人逢，邂逅乃与襄王通。丹崖碧嶂深重重，白月如日明房栊，象床玉几来自从，锦屏翠幔金芙蓉。阳台美人多楚语，只有纤腰能楚舞，争吹凤管鸣鼍鼓；哪知襄王梦时事，但见朝朝暮暮长云雨。

巫山高，偃薄江水之滔滔；水于天下实至险，山亦起伏为波涛。其巅冥冥不可见，崖岸斗绝悲猿猱；赤枫青栎生满谷，山鬼白日樵人遭。窈窕阳台彼神女，朝朝暮暮能云雨；以云为衣月为裙，乘光服暗无留阻。昆仑曾城道可取，方丈蓬莱多伴侣；块独守此嗟何求，况乃低佪梦中语。

这类诗词，从唯美的见地看去，很有价值。他们并无何种寄托，只是要表那一片空灵纯洁的美感。太白、介甫一流人，胸次高旷，所以能有这类作品。像杜工部虽然是情圣，他却不会作此等语。

苏东坡也是胸次高旷的人，但他的文学不含神秘性，纯浪漫的作品较少。他贬谪琼州的时候，坐在山轿子上打盹，正在遇雨，梦中得了十个字的名句。"千山动鳞甲，万壑醋笙钟。"① 醒来续成一首诗道：

四洲环一岛，百洞蟠其中。我行西北隅，如度月半弓。登高望中原，但见积水空。此身将安归？四顾真途穷。眇观大瀛海，坐咏谈天翁。茫茫太仓间，稊米谁雌雄？幽怀忽破散，咏啸来天风。千山动鳞甲，万壑醋笙钟。焉知非群仙，钧天宴未终。喜我归有期，举酒属青童。急雨岂无意，催诗走群龙。梦中忽变色，笑电亦改容。应怪东坡老，颜衰语徒工。久矣此妙声，不闻蓬莱宫。②

他作诗时候所处的境界，恰好是最浪漫的，他便将那一刹那间的实感写出来，不觉便成浪漫派中上乘作品。

浪漫派特色，在用想像力构造境界。想像力用在醇化的美感方面，固然最好，但何能个个人都如此？所以多数走入奇诡一路。楚辞的《招魂》已开其端绪，太白作品，也半属此类。中唐以后，这类作风益盛，韩昌黎的《陆浑山火

———————

① "壑"当作"谷"。下同。

② "此身将"原作"此生当"、"太仓间"原作"太仓中"，"稊米"原作"一米"，"焉知"原作"安知"。

和皇甫湜》、《孟东野失子》、《二鸟诗》等篇，都带这种色彩。我们可以给他一个绰号，叫做"神话文学"。神话文学的代表作品，应推卢玉川。他有名的《月蚀诗》二千多字，完全像希腊神话一般，内中一段：

> ……传闻古老说，蚀月虾蟆精。径圆千里入汝腹。汝此痴骸阿谁生？……忆昔尧为天，十日烧九州；金铄水银流，玉烛丹砂焦，六合烘为窑，尧心增百忧。帝见尧心忧，勃然发怒决洪流，立拟沃杀九日妖；天高日走沃不及，但见万国赤子臛臛生鱼头。此时九御导九日，争持节幡麾幢旄。驾车六九五十四头蛟，螭虬掣电九火辀。汝若蚀开龂龌轮，御辔执索相爬钩；推荡轰訇入汝喉，红鳞焰鸟烧口快，翎鬣倒侧声盏邹，撑肠柱肚礧块如山丘，自可饱死更不偷，不独填饥坑，亦解尧心忧。……①

又如《与马异结交诗》中一段：

> 伏羲②画八卦，凿破天心胸。女娲本是伏羲妇，恐天怒，捣炼五色石，引日月之针五星之缕把天补。补了三日不肯归婚家，走向日中放老鸦，月里栽桂养虾。天公发怒化龙蛇。此龙此蛇得死病，神农合药救死命。天怪神农党龙蛇，罚神农为牛头令载元气车。
> 不知药中有毒药，药杀元气天不觉。……

这种诗取采资料，都是最荒唐怪诞的神话，还添上本人新构的幻想，变本加厉。这种诗好和歹且不管他，但我们不能不承认作者胆量大，替诗界作一种解放。又不能不承认是诗界一种新国土，将来很有继续开辟的余地。

玉川最喜欢把人类意识赋与人类以外诸物，《观放鱼歌》："鸂鶒鸧鸥凫，喜观争叫呼；小虾亦相庆，绕岸摇其须"，便是。他还有二十首小诗，设为石、竹、井、马兰、蛱蝶、虾蟆，相互谈话。内中石说道："我在天地间，自是一片物；可得杠压我，使我头不出。"他所假设一场谈话，虽然没有什么深奥哲理，但也算诗界一种创作，比陶渊明的形影神问答进一步。

同时李长吉也算浪漫派的别动队。他的诗字字句句都经过千锤百炼；但他的特别技能不仅在字句的锤炼，实在想像力的锤炼。他的代表作品，如《金铜仙人辞汉歌》：

> 茂陵刘郎秋风客，夜闻马嘶晓无迹；画栏桂树悬秋香，三十六宫土花碧。

---

① "玉烛"原作"玉爥"，"柱肚"原作"拄肚"，"礧块"原作"礧傀"。
② "伏羲"原作"神农"，应从梁氏改。

魏官牵车指千里，东关酸风射眸子；空将汉月出宫门，忆君清泪如铅水。
衰兰送客咸阳道，天若有情天亦老；携盘独出月荒凉，渭城已远波声小。①

此外如"昆山玉碎凤皇叫，芙蓉泣露香兰笑"，如"女娲炼石补天处，石破天惊逗秋雨"，如"洞庭雨脚来吹笙，酒酣喝月使倒行"，如"银浦流云学水声"，如"呼龙耕烟种瑶草"，如"南风吹山作平地，帝遣天吴移海水"，此等语句，不知者以为是卖弄词藻，其实每一句都有他特别的意境。大抵长吉脑里头幻象很多，每一个幻象，他自己立限只许用十来个字把他写出。前人评他做诗是"呕心"，真不错。这种诗自然不该学，但我们不能不承认他在文学史上的价值。

十　写实派的表情法

现在要讲写实派。写实派作法，作者把自己情感收起，纯用客观态度描写别人情感。作法要领，是要将客观事实照原样极忠实的写出来，还要写得详尽。因为如此，所以所写的多是三几个寻常人的寻常行事或是社会上众人共见的现象，截头截尾单把一部分状态委细曲折传出。简单说，是专替人类作断片的写照。

这种作品，在三百篇里头不能说没有，如《卫风》的《硕人》，《郑风》的《大叔于田》、《褰裳》，《豳风》的《七月》，都有点这种意思。但三百篇以温柔敦厚为主，不肯作露骨的刻画，自然不能当这派作品的模范。楚辞纯属浪漫的作风，和这派正极端反对，当然没有可征引了。

汉人乐府中有一首《孤儿行》，可以说是纯写实派第一首诗。全录如下：

孤儿生，孤儿遇生命当独苦。
父母在时，乘坚车驾驷马；父母已去，兄嫂令我行贾。
南到九江，东到齐与鲁；腊月来归，不敢自言苦。
头多虮虱，面目多尘土。
大兄言办饭，大嫂言视马；上高堂行趣殿，下堂孤儿泪下如雨。
使我朝行汲暮得水，来归手为错，足下无扉。
怆怆履霜，中多蒺藜，拔断蒺藜，肠肉中怆欲悲；泪下渫渫，清涕累累。
冬无复襦，夏无单衣。居生不乐，不如早去下从地下黄泉。

————————

① "夜间"原作"夜闻"。

春气动，草萌芽；三月蚕桑，六月收瓜，将是瓜车，来还到家。

瓜车反覆，助我者少，啖瓜者多，愿还我蒂；兄与嫂严独且急，归当与校计。

乱曰：里中一何谅谅！愿欲寄尺书将与地下父母，兄嫂难与久居。[①]

这首诗只是写寻常百姓家一个可怜的孩子，将他日常经历直叙，并不下一字批评。读起来能令人同情心到沸度，可以说是写实派正格。

《孔雀东南飞》，是最有结构的写实诗。他写十几个人问答语，各人神情毕肖，真是圣手。内中"妾有绣丝襦……"[②]"着我绣夹裙……""青雀白鹄舫……"三段，铺叙实物，尤见章法。可惜所铺叙过于富丽，稍失写实家本色。又篇末松梧交枝鸳鸯对鸣等语，已经搀入象征法。虽然如此，这诗总算写实妙品。

魏晋写实的五言，以左太冲《娇女诗》为第一：

吾家有娇女，皎皎颇白皙。小字为纨素，口齿自清历。
鬓发覆广额，双耳似连璧。明朝弄梳台，黛眉类扫迹。
浓朱衍丹唇，黄吻烂漫赤。娇语若连琐，忿速乃明懂。
握笔利彤管，篆刻未期益。执书爱绨素，诵习矜所获。
其姊字惠芳，面目粲如画。轻妆喜娄边，临镜忘纺绩。
举觯拟京兆，立的成复易。玩弄眉颊间，剧兼机杼役。
从容好赵舞，延袖像飞翮。上下弦柱际，文史辄卷襞。
顾盼屏风画，如见已指摘。丹青日尘暗，明义为隐赜。
驰骛翔园林，果下皆生摘。红葩缀紫蒂，萍实骤抵掷。
贪华风雨中，倏忽数百适。务蹑霜雪戏，重綦常累积。
并心注肴馔，端坐理盘槅。翰墨戢闲案，相与数离逖。
动为垆钲屈，屣履任之适。止为茶荈据，吹吁对鼎𬭤。
脂腻漫白袖，烟重染阿锡。衣被皆重池，难与次水碧。
任其孺子意，羞受长者责。瞥闻当予杖，掩泪俱向壁。[③]

这首诗活画出两位天真烂漫性情活泼娇小玲珑又爱美又不懂事的女孩子。尤当注意者，太冲对于这两位女孩子，取什么态度，有何等情感，诗中一个字没有露出。他的目的全在那映到他眼里的小女孩子情感，他用极冷静的态度忠

[①] "当独"原作"独当"，"来还到家"原作"来到还家"。

[②] "丝"当作"腰"。

[③] "烂漫"原作"澜漫"，"盼"原作"晒"，"已指摘"，原作"已指摘"，"吹吁"原作"吹嘘"，"烟重"原作"烟熏"，"次水"原作"沈水"。

实观察他，忠实描写他，所以入妙。后来模仿这首诗的不少，但都赶不上他。如李义山的《骄儿诗》，即是其中之一首。依着《骄儿诗》看来，义山那位衮师少爷顽劣得可厌，是不管他；——也许是义山照样写实，那么少爷虽不好，诗还是好。但那诗中说旁人对于他儿子怎样批评，又说他自己对于儿子怎样希望，还把自己和儿子比较，发一段牢骚，这是何苦呢？我们拿这两首诗比一比，便可以悟出写实派作法的要诀。

前回曾举出杜工部半写实派的几首诗。其实工部纯写实派的作品也很不少而且很好。如：

> 献凯日继踵，两蕃静无虞。渔阳游侠地，击鼓吹笙竽。云帆转辽海，粳稻来东吴。越裳与楚练，照耀舆台躯。主将位益崇，气骄凌上都。边人不敢议，议者死路衢。[①]（《后出塞》）

这首诗是安禄山还未造反时作的，所指就是安禄山那一班军阀。仅仅六十个字，把他们豪奢骄蹇情形都写完了。他却并没有一个字批评，只是用巧妙技术把实况描出，令读者自然会发厌恨忧危种种情感。这是写实文学最大作用。又如：

> 三月三日天气新，长安水边多丽人。态浓意远淑且真，肌理细腻骨肉匀。
> 绣罗衣裳照暮春，蹙金孔雀银麒麟。头上何所有？翠为匐叶垂鬓唇；
> 背后何所见？珠压腰衱稳称身。就中云幕椒房亲，赐名大国虢与秦。
> 紫驼之峰出翠釜，水精之盘行素鳞。犀箸厌饫久未下，鸾刀缕切空纷纶。
> 黄门飞鞚不动尘，御厨络绎送八珍。箫鼓哀吟感鬼神，宾从杂遝实要津。
> 后来鞍马何逡巡，当轩下马入锦茵。杨花雪落覆白蘋，青鸟飞去衔红巾。
> 炙手可热势绝伦，慎莫近前丞相嗔。

又如：

> 步屧随春风，村村自花柳。田翁逼社日，邀我尝春酒。
> 酒酣夸新尹，畜眼未见有。回头指大男，"渠是弓弩手。
> 名在飞骑籍，长番岁时久。前日放营农，辛苦救衰朽。
> 差科死则已，誓不举家走。今年大作社，拾遗能住否？"
> 叫妇开大瓶，盆中为吾取。感此气扬扬，须知风化首。

---

① "游侠"原作"豪侠"，"越裳"原作"越罗"。

语多虽杂乱，说尹终在口。朝来偶然出，自卯将及酉。
久客惜人情，如何拒邻叟。高声索果栗，欲起时被肘。
指挥过无礼，未觉村野丑。月出遮我留，仍嗔问升斗。

这首和前两首不同：前两首是一般写实家通行作法，专写社会黑暗方面；这首却是写社会光明方面，读起来令人感觉乡村生活之优美。那"田父"一种真率气象以及他对于社交之亲切，对于国家义务之认真，都一一流露。

写实家所标旗帜，说是专用冷酷客观，不搀杂一丝一毫自己情感，这不过技术上的手段罢了。其实凡写实派大作家都是极热肠的。因为社会的偏枯缺憾，无时不有，无地不有，只要你忠实观察，自然会引起你无穷悲悯。但倘若没有热肠，那么他的冷眼也决看不到这种地方，便不成为写实家了。杜工部这类写实文学开派以后，继起的便是白香山。香山自己说：

惟歌生民病……甘受时人嗤。

他自己编定诗集，用诗的性质分类，第一类便是"讽喻"。讽喻类主要作品是十首《秦中吟》和五十首《新乐府》。这六十首诗，可以说完成写实派壁垒，替我们文学史吐出光焰万丈。但他的作风与纯写实派有点不同：每篇之末，总爱下主观的批评，不过批评是"微而婉"罢了。里头纯客观的只有几首。如：

帝城春欲暮，喧喧车马度。共道牡丹时，相随买花去。
贵贱无常价，酬直看花数。灼灼百朵红，戋戋五束素。
上张幄幕庇，旁织巴篱护。水洒复泥封，移来色如故。
家家习为俗，人人迷不悟。有一田舍翁，偶来买花处。
低头独长叹，此叹无人喻。一丛深色花，十户中人赋。

（《秦中吟·买花》）

如：

卖炭翁，伐薪烧炭南山中。满面尘灰烟火色，两鬓苍苍十指黑。卖炭得钱何所营，身上衣裳口中食。可怜身上衣正单，心忧炭贱愿天寒。夜来城上一尺雪，晓驾炭车辗冰辙。牛困人饥日已高，市南门外泥中歇。翩翩两骑来是谁？黄衣使者白衫儿。手把文书口称敕，回车叱牛牵向北。一车炭，千余斤，官使驱将惜不得。半匹红纱一丈绫，系向牛头充炭直。

（《新乐府·卖炭翁》）①

---

① "城上"原作"城外"，"官使"原作"宫使"。

像这类不将批评主意明点出来的，约居全部十分之一，其余都把自己对于这件事情的意见说出。他的《新乐府自序》说：

> ……首句标其目，卒章显其志，三百篇之义也。其辞质而径，欲见之者易喻也。其言直而切，欲闻之者深诫也。其事核而实，使采之者传信也。……①

他并不是为诗而作诗，他替那些穷苦的人们提起公诉，他向那些作恶的人们宣说福音。所以他不采那种藏锋含蓄的态度，将主观的话也写出来。但是以作风论，我们还认他是写实派，因为他对于客观写得极忠实极详尽。

写实派固然注重在写人事的实况，但也要写环境的实况。因为环境能把人事烘托出来。写环境实况的模范作品，如鲍明远《芜城赋》中一段：

> 泽葵依井，荒葛胃涂；坛罗虺蜮，阶斗麏鼯，木魅山鬼，野鼠城狐，风噪雨啸，昏见晨趋，饥鹰厉吻，寒鸱吓雏，伏虣藏虎，乳血餐肤，崩榛塞路，峥嵘古馗，白杨早落，塞草前衰，棱棱霜气，蔌蔌风威，孤蓬自振，惊沙坐飞，灌莽杳而无际，丛薄纷其相依，通池既已夷，峻隅又已颓。直视千里外，唯见起黄埃，凝思寂听，心伤已摧。②

所写全是客观现象，然而读起来自然会令情感涌出，妙处全在铺叙得淋漓透彻。学写实派的不可不知。

刘梦溪主编《中国现代学术经典——梁启超卷》

河北教育出版社，1996

---

① "三百篇"原作"《诗》三百"。
② "餐"原作"飧"。

诗学总论

吴　宓

　　今欲论诗，应先确定诗之义。惟诗与文既相对而言，故诗之定义，须示其有别于文之处。但英文之所谓诗Poetry实应译为韵文，盖所包甚广，如戏曲亦在其中。非若吾国诗之外，尚有词与曲等另列也。英文之文Prose，又曰散文，乃指无韵之文。英文诗不用韵者甚多。诗与文之真正区别，说见后。至若吾国之骈文，如以英文按之，则界在诗文之间，未可勉强划分也。

　　古今人所作诗之定义极多，不可殚述。如R.M.Alden著之*Introduction to Poetry*开卷即胪列二十余条皆名人所作。然作者下笔之时，各有其特别着眼之点、注重之处，志在申明己意，专论诗中之某事。故每一定义，虽各有其精神独到之处，而究各有所偏，未足以概诗之全体。今以己意，并参酌各家之说，作成诗之定义，力求平正浑括，再由英文译成中文。如下：

　　诗者，以切挚高妙之笔，或笔法具有音律之文，或文字表示生人之思想感情者也。Poetry is the intense and elevated expression of thought and feeling in metrical language.

　　此定义须详细解释。今先设文之定义如下。文者，以文字表示生人之思想感情者也。此数语用之于诗亦合，特未显诗文二者之间，究何所区别耳。或疑华次华斯（William Word Sworth）有言，诗者，激烈感情之自然发泄于外者也。Poetry is the spontaneous overflow of powerful feelings语出其所著*Preface to the Second Edition of Lyrical Ballads*（1800）则诗当专主表示感情而不及思想矣。不知安诺德（Matthew Arnold）亦有言，诗乃评判人生者也。Poetry is the criticism of 1ife语出其所著*The Study of poetry* (1880)此则谓诗专重理智思想而不及感情矣。其实二子之说，各有所偏。只举一端，而不见全体。即如韩愈祭十二郎文，岂非感情之作。而如陶潜之饮酒诗，何尝不说理。又如卢梭之《忏悔录》、狄昆西（De Quincey）之《吸食鸦片之英国人自述》，岂非任情之文。而蒲伯（Pope）之《批评论》（*Essay on Criticism*），及莎士比亚之《天仇记》（Hamlet）剧中第三幕第一场最著名独唱、论生死之一段，乃正说理之诗。故文与诗，各皆表示思想及感情，兼有其二，不废其一。特若比较论之，则文重思想，诗重感情，略有所偏耳。惟然，故文主以理服人，而诗则主以情动人。同一字也，文中用之，则以其确切之本义为训（Intellectual Denotaion）。诗中用之，则指其就吾人日常习惯，所能引起之感情而言（Emotional Association or Connotation）。例如父字，用之于文，则仅明甲为乙之子之关系而已。而用之于诗，则并宣乙于甲生身之恩、教训之德、慈爱之怀等等。而读诗者，立即忆及我自己之父之种种情形及平日相待之感情矣。又如"某日，王生不携仆从，由西安赴上海，行途凡三千四百六十五里。"此文也，述事以外，无他意。而柳宗元诗"一身去国六千里"，则极写放逐孤臣感愤之意，长途险阻艰难之苦。六千里者，不必其以里计程、而适为六千之整数，犹书极长之路、极远之地而已。然即此用字之不同，亦属比较言之耳。论诗与文之区别，只能究其极端，而辨其大不同之处。固有似诗之文，亦有文中之诗，界在二者之间，罔两因依者，实难强定。惟不当以例外末节，而破坏大体之界说耳。

由是言之，则诗与文之差别，仅诗用（一）切挚高妙之笔，（二）具有音律之文，而文则无之耳。（一）者属于内质，（二）者属于外形。以下当分别释之。惟兹有须郑重声明者，则内质与外形之美，常合一而不可分离是也。质（Matter）与形（Form）之说，实始于亚里士多德之形而上学，谓质与形合，而成一物。去质或形，则无此物，故形质并重。譬如方砖，乃砖质而方形者也。如掷为碎块，则非复方砖矣，然犹是砖也。苟去砖之色泽形相等等，则并此砖而无之矣。故形与质不可分离。相合而互成其美，缺一则均归消灭，未可以意为之高下轻重也。天下之美人美器、妙文妙诗，皆合其外形之美与内质之美而成。美人之肤色，似属外形。然去此肤色，则血肉之躯已无存，更何有于美乎？以诗言之，诗所表示之思想感情，其内质之美也。韵律格调，则外形之美也。如有高妙之思想感情，尚是浑沌未成形之质，苟得以精美之韵律格调表而出之，则为极佳之诗，否则不能。故韵律格调，正所以辅成思想感情之美，并非灭绝之、摧抑之也。思想感情不佳，徒工于韵律格调，必不能为上等之诗，此固显而易见。然若划除一切韵律格调，使不留存，则所余者已不能为诗矣，尚何有于美乎？故善为诗者，既博学行德，以自成其思想感情之美，更揣摩谙练，以求得韵律格调之美。夫然后其所作乃璀璨深厚，光焰万丈。中国之屈原、杜甫，西方之但丁、弥儿顿，皆是也。若不讲思想感情，徒事韵律格调，则或流于摹仿，或堕入纤巧。中西之下等诗人，皆此类也，然彼固犹能为诗人也。若举韵律格调而歼除之，是直破坏诗之本体，使之不存。虽有极佳之思想感情，何所附丽？何由表达？至若并思想感情亦不讲求，专以粗浅卑劣之思，激躁刻薄之情，毫无学问书卷之益，绝少温柔敦厚之气，此则既无外形之美，而亦何尝有内质之美哉？甚矣其惑也。故今之作粗劣之白话诗，而以改良中国之诗自命，举国风从，滔滔皆是者，推原其本，实由于不知形与质不可分离之理，应并重而互成其美，不应痛攻而同归消灭。惟昧于此理，故扰攘恣睢，去正途愈远，入魔障益深。呜呼哀哉！吾尝介绍英文诗，亦欲借此以明诗之根本道理精神，及格律程式之要。苟能贯通而彻悟，则中国诗之前途，或有一线生机乎？此外似相反而实相成，可合一而不可分离之事。如天才与人工、自然与修琢等。皆与内质外形之问题相类。通人利用而成其美，盲俗攻掊而益其乱。此类之事例极多，今均不赘论。读者可推而知之也。

今将上所言诗与文之差别，分条释之。（一）所谓切挚（Intense）之笔者，犹言加倍写法，或过甚其词之谓。盖词人感情深强，见解精到，故语重心急，惟恐不达其意，使人末由宣喻者，故用此笔法。如前所引柳宗元诗"一身去国六千里，万死投荒十二年"。又陈其年诗"百年骨肉分三地，万死悲哀并九秋"。夫二人之艰难困苦，虽至其极，然尚未死。即人死亦只一次，乃曰万死，是切挚之笔也。又如杜甫之"穷年忧黎元，叹息肠内热。取笑同学翁，浩歌弥激烈。"又"谁能久不顾，庶往共饥渴。入门闻号咷，幼子饿已卒。吾宁舍一哀，里巷亦呜咽。"是切挚之笔也。又如西德尼（Sir Philip Sidney）所作《爱情之路》（Via Amoris）之诗，其末二句谓吾自计不如此路，数百年中，常得亲美人之玉趾，虽然，吾不恨也。（I envy you nolot……Hundreds of years you Stella's feet may kiss！）又如莎士比亚之《世路》（The World' sWay）一诗，开端即云，厌见此种种，吾求速死。（Tired with all these, for restful death I cry）又如无名氏（Anon）所作《大勇之士》（The Grean Adventurer）一诗，谓极高之山，极深之海，萤所不能度之微隙，蝇所不能栖之狭地，爱我之人皆可逾越经行而至。又如胡德（Thomas Hood）之《缝衣歌》（Song of the Shirt）此歌今人已译为中文诗。谓米薪原作面包竟若是之贵，而人之血肉竟若是之贱乎？是均切挚之笔也。综上诸例观之，可知切挚有二法，或加增其数量，或改易其事理。所谓改易其事理者，即诗人感情深挚激切之时，所言确与真理实象不合，与世中常情相悖，而写来又但觉其逼真，而颠扑不破是也。或疑诗人可不诚耶？曰非是之谓也。作文贵诚，作诗尤贵诚。作文尚可伪托，作诗断难假冒。西德尼曰Look in thy heart, and write。盖作诗非"语语自我心中爬剔而出"不可也。所谓切挚，即诚也。惟兹所言改易其事理一层，实本于心理之变态，正惟不合于常情，乃愈见其诚耳。如孝子苦块昏盲，遂忘饥渴寒热。常人而忘饥渴寒热，则系矫情作伪。若孝子当椎心泣血、昏迷失次之后，而犹不忘饥渴寒热，则其所为种种，皆作伪欺人矣。诗人之诚与不诚，其关系正类此。故上言切挚之二法，均正著诗人之诚，而不可以不诚疑之也。

（二）所谓高妙（Elevated）之笔者，犹言提高一层写法。即不实指，不平铺，不直叙，不顺写，不白描，不明断，不详释，不遍举，不密绘，不条分缕析，不量尺度寸，不浅俚凡近，不蹈常习故，不因袭陈腐，不以法律科学机械之法，论人叙事写景绘物，而透过一层，直达垓心。而又选择凝炼，直传一人一事一景一物之本性、之精神、之要旨、之菁华，略其边幅，不留渣滓。于是能见人之所不能见，达文之所不能达，使读诗者，立刻领悟，而别有会心，咸具同感。其方法在以想像力（Imagination）造成一种幻境（Illusion）。而此幻境以文字为其媒质（Medium）。

以上云云，今不逐句详释。读者以所知之诗按之，必可了解。略举数例。如杜甫之"摘花不插鬓，采柏动盈掬。天寒翠袖薄，日暮倚修竹。"此写人笔法之高妙也。"翻身向天仰射云，一笑正坠双飞翼。明眸皓齿今何在，血污游魂归不得。清渭东流剑阁深，去住彼此无消息。"此写事笔法之高妙也。"锦江春色来天地，玉垒浮云变古今。"又"无边落木萧萧下，不尽长江滚滚来。"此写景笔法之高妙也。"数回细写愁仍破，万颗浑圆讶许同。"又"此皆骑战一敌万，缟素漠漠开风沙。其余七匹亦殊绝，迥若寒空动烟雪。"此写物笔法之高妙也。更如华次华斯之（Ode to Milton）云，Thy soul was like a star, and dwelt apart：etc. 此写人笔法之高妙也。如前举莎士比亚之《世路》（The World's Way）云，And captive Good at tending captain Ill。此写事笔法之高妙也。如摆伦之《王孙哈鲁纪游诗》（Childe Harold）诗云，All heaven and earth are still —though not in sleep，But breathless。此写景笔法之高妙也。如雪莱（Shelley）之《云雀曲》（To a Skylark）云，From the earth thou springest，Like a cloud of fire。此写物笔法之高妙也。反之，诗中亦有笔法极不高妙，因而为人所诟病者。如华次华斯之《荆棘》（The Thorn）诗云，I've measured it from side to side，Tis three feet long，and two feet wide。又其Peter Bell诗云，Only the ass，with motion dull Upon the pivot of his skull，Turns round his long left ear。皆为其至友辜律己（Coleridge）所讥，谓不成为诗，则以其描叙之呆板笨拙，而粗俗猥鄙犹其余事也。

诗为美术之一，凡美术皆描摹人生（Imitation of human life）者也。惟其描摹之法，非以印版写照，重拓复本，毕肖原形，毫厘不爽之谓。盖如是则理固不宜而势亦不能。其法乃于观察种种，积久成多之后，融聚一处，整理而修缮之，另行表而出之以示人（Re-presentation）。故美术皆造成人生之幻境（Illusion）。而此幻境与实境（Actuality）迥异。盖实境者，某时某地，某人所经历之景象、所闻见之事物也。幻境则无其时，无其地，且凡人之经历闻见未尝有与此全同者，然其中所含人生之至理、事物之真象，反较实境为多。实境似真而实幻，幻境虽幻而实真。譬如屋外之山，实境也。画中之山，则幻境也。吾友适间所乘之马，实境也。缟素漠漠开风沙之马，则幻境也。实境迷离闪烁，不易了解。幻境通明透彻，至易领悟。实境成于偶然，而凌乱无理。幻境出之化工，故层次位置关系极清。凡美术皆示人以幻境，而不问实境。至若究二者之关系，则幻境乃由实境造出，取彼实境整理而修缮之，即得幻境矣。整理修缋之法，要者有二。一曰剪裁，二曰渲染。剪裁 (Selection) 直译曰选择者，不将实境中所有之形色事物，均取而纳之幻境。但选其佳者、合用者，而弃其不佳者、不合用者，即足。譬如为美人画像，则不可存其面上黑痣。叙英雄之行事，则不必记其每餐所食之蔬肴。小说书中所谓有话即长、无话即短是也。渲染（Improvement）直译曰改善者，实境中之形色事物，不必存其原来之真，而尽情改易，变不佳为佳，化无用为有用。然后入之幻境，以符作者之意旨。譬如白居易作《长恨歌》，欲读者感到而怜爱歌中之女主人，遂谓杨太真养在深闺人未识是也。又如《琵琶记》中之蔡邕，岂《后汉书》中之蔡邕哉？余可类推。既经此层步骤，故美术中之幻境，比之原有之实境，必较为精美，较为清晰，较为趣味浓深。试以诗中之境界，与吾生所见者，相比而证之，必见其然也。

美术中幻境之价值，不在其与实境相去之远近，而在其本身是否完密（Complete），无一懈可击。使读者置身其间，视如真境。真境者，其间之人之事之景之物，无一不真。盖天理人情物象，今古不变，到处皆同，不为空间时间等所限。故真境（Reality）与实境迥别，而幻境之高者即为真境。故凡美术，皆求造成一无殊真境之幻境，惟诗亦然。昔者亚里士多德著《诗学》(Poetics)，谓史专叙一时一地三数人之事，而诗则叙古今天下所有之人之事。故二者相较，诗高于史云云。实即此处所言之理，盖史者实境之纪录，而诗则幻境之真相也。

凡幻境之造成，必有其媒质（Medium）以为接引之具。幻境只能在此媒质中出现，不能舍此而独存。譬如光之传达由于空气中之以太，苟无空气无以太，则无光。又如木之传声，比水与空气为敏速清朗。何哉？媒质之异也。故幻境与其媒质，至有密切之关系。各种美术，皆主造幻境，故各有其专用之媒质。今列表如下。

(美术)	(媒质)	(美术之类)
雕刻	体 面	空间之美术
绘画	线 黑白 色	空间之美术
音乐	声音	时间之美术
诗	文字	时间之美术
建筑	位置空间中之节奏	节奏之 (Rhythmic) 美术
舞	动作时间中之节奏	节奏之 (Rhythmic) 美术

诗之媒质为文字，诗附丽于文字。每种文字之形声规律，皆足以定诗之性质。故诗不可译，以此国文字与彼国文字为异种之媒质也。又各种美术之媒质既不同，故不可以此美术之媒质，强用之于彼美术。譬犹以声音作画，势有所

不能。夫诗亦犹是也，不可以作画作乐之法而作诗也。若然，是乱其畛域（Confusion of the genre）而灭其本质也。此雷兴（Lessing）所以有《拉奥空》（Laocoon）之作，而白璧德有《新拉奥空》（New Laocoon）之作也。今之形象派（Imagists）以作画之法作诗，而象征派（Symbolists）则时以作乐之法作诗，故谬误层出。其诗少可诵者，他人尤不宜效其法也。

诗人能造幻境，端赖其想像力（Imagination）。释之为心相，亦实应直译曰想，简而且确。吾国人现多喜用双字，冗杂繁复，皆由不究字义之过，故笼统含糊。惟以想像力一名，今已多用之者。苟译为想，反滋误解，故勉曰想像力。想像力者，质言之，即设身处地，无中生有之天才也，故能造成幻境。想像力愈强者，其所造之幻境亦愈真。诠释想像力者极多，其说今不备述。心理学者以想像力为记忆之一种，与梦略同。各人自身从未见闻感受之事物，决不能入梦。梦中之境界，不过撷取异时异地所见闻感受者，集而纳之一处，遂合成新幻之楼台。想像力亦然，故想像力有集合归纳之功用。文学家之论想像力，则谓凡具想像力者，能见他人之所不能见。所谓能见他人之所不能见者何物耶？曰，事物间之同异而已。例如杜甫诗"人生不相见，动如参与商"。人生两朋友之不易相逢，与参商之不易相逢同。但此层之不同，常人不能见，惟杜甫有想像力，故独能见之。又"细柳新蒲为谁绿"。杜甫，人也，具有灵性。故感慨兴亡，伤今昔情形之异。柳与蒲，物也，无灵性。故不能感慨兴亡，不能见今昔情形之异。故杜甫处此而兴趣都非，而蒲柳处此犹茂绿如恒。此人与物赋性之不同也。此层之不同，常人不能见，独杜甫能见之。如彭士（Burns）之《田鼠》（To a Mouse）诗，既谓田鼠之巢倾，将如人之苦寒而无家者。此人与田鼠之同也。而末章又言田鼠但知有目前之苦乐，而不伤既往，不忧后来，故尚比人为差幸也。此人与田鼠之异也。凡此皆见人之所不能见也。辜律己谓想像力之作用，先一一解离分析，然后重行结合构造。此即上文所言整理修缮之法也。诗人富有想像力，见常人之所不能见，故人每以诗人为狂，缘狂人之想像力亦强，故见神见鬼。昔柏拉图谓狂有四种，而诗人居其一。见其语录《斐德罗Phaedrus篇》）。而莎士比亚亦谓见Midsummer Night's Dream, Act V, Scene I.疯人、情人、诗人，皆为想像力所充塞。实乃一而三、三而一者也。诗人凝目呆视，忽天忽地，无中生有，造名赋形（The lunatic, the lover and the poet Are of imagination all compact, etc.）云云，皆可互证也。

以上已申明诗与文内质之差别，今进而论其外形之差别，即诗必具有音律（Metre），而文则无之也。然文与诗皆有节奏（Rhythm）。试究其本原。盖天下之物，全同则无美，全异则亦无美。纯整则无美，纯散则亦无美。惟异中有同，或寓整于散，而美始生。所谓Unity in Variety之理，乃凡百美术之起点也。譬如市街之上，一片瓦砾荒墟。或房屋大小形色，各各不同，毫无次序条理之可言。则观之徒乱人意，美感何从而生？然使行遍全城，所见房屋，皆同式同样之五层洋楼，鳞集栉比，毫无别异，则生烦厌之心，而亦难得美感。惟若其房屋有高有低有大有小，忽中式忽西式，而色泽形式，亦有变化。而变化之中，确有条理可寻，则观者必觉其美焉。又如击钉入木之声，忽高忽低，忽轻忽重，忽断忽续，忽长忽短，忽疾忽徐，忽响忽息，使人闻之心烦意乱。而榨机吸水者，拍拍续响，每次皆然，亦使闻者厌倦。故知全同全异之形，不足以悦目。全同全异之声，不足以悦耳。惟同中有异、异中有同者始能之。若是者何也？即目见某形之后，稍转而复见此同一之形，目能辨之。其间又杂以他形。又耳闻某声之后，过顷而复闻此同一之声，耳能辨之。其间又杂以他声，如是则生美感。而谓之曰有节奏（Rhythm）。转言之，某形式某声相重而叠见，而与他形式他声相间而错出，合此二者而成节奏。故节奏者，重叠（Repetition）错综（Alternation）之排列也。若其为形之上下前后左右等位置之排列，则为空间之节奏。若其为声之长短高低轻重等次序之排列，则为时间之节奏。而皆本乎异中有同，寓整于散之原理，而动人之美感者也。今以此按之于诗文。古希腊拉丁之诗文，以长音之部分（Long Syllable）与短音之部分（Short Syllable）相间相重者也。英国之诗文，以重读之部分（Accented Syllable）与轻读之部分（Unaccented Syllable）相间相重者也。吾国之诗文，以平声之字与仄声之字相间相重者也。惟每一相间相重之处，其间隔（Interval）之长短无定，以图表之如下。

甲甲乙甲乙甲甲乙乙乙乙乙甲甲乙乙甲乙乙乙甲乙甲甲（第一图）
仄平仄仄仄平仄平仄平仄仄仄平平仄（无定式）

然既相间相重，固已为节奏矣。故知节奏者，文亦有之，不独诗有之。节奏不能为诗文之差别也明矣。文有节奏，故有抑扬顿挫之音，高下疾徐之调。

今设使其二者相间相重之处之间隔有定，如下图，则名之曰音律（Metre）。

甲甲乙乙甲甲乙乙甲甲乙乙甲甲乙乙甲甲乙乙甲甲乙乙（第二图）
平平仄仄平平仄仄□仄仄平平仄仄平□（错综式）

甲甲乙甲甲乙甲甲乙甲甲乙甲甲乙甲甲乙甲甲乙甲甲乙（第三图）
仄仄平平平仄仄□平平仄仄仄平平□（对称式）

故音律者，节奏之整饬而有规则者也（Regular rhythm）。其法或每一相重相间之间隔全同，如第二图之甲甲与乙乙均隔二字是也。或成一定之比例，如第三图之甲甲与乙，为二与一之定比例是也。音律乃节奏之一种，特节奏之最整者耳。故凡有节奏者，皆可成音律。音律（Metre）原为尺度之义，用之于建筑绘画音乐等诸凡空间时间之排列，固无不可。但常例以此字专用于诗，以名诗中整饬有规则之节奏，而不推之于他种美术。间亦用于音乐，而义自略异。故此后亦只论诗中之音律。文中有音律否？曰无之。何以知其然也？试任取英国文一篇，寻其重读之所在。或取中国文一篇，寻其平仄之排置。所得者必类于第一图，而绝异于第二图第三图也。若按之于诗，则所得者，必为第二图第三图之形无疑。惟中国之五七古诗及歌行等，似不符此例。然五七古之平仄，无规则之中，尚自有其规则。出于天籁，合乎自然。总之，五七古等中平仄之排比，较之散文，要为整饬多多，况有句之长及韵之限制耶。以中西比较，只能观其大体之相同，阐明其中之要理。未可末节逐处牵强附会也。由是知节奏者，诗与文之所同具，而音律者，乃诗之所独有。故可以音律别诗与文。如前述定义之所云，无音律者，不能谓之诗。否则其所号为诗者，实无殊于文也。譬如开水之中，不入茶叶，则只可以开水称，而不可名为茶。非谓开水不可饮也，但名不可假也。如指开水为茶，则将何以名茶乎？即强为之，然世人之自饮其茶者必犹多，而不愿以开水代茶也。今之作诗而欲尽去平仄者，可以憬然而知止矣。

由上言之，诗之音律有三种（一）如希腊拉丁文之诗，以长音短音之部分定之，故名长短音律（Quantity Metre）。（二）如英文之诗，以字中重读轻读之处定之，故名轻重音律（Accent Meter）。（三）如吾国之诗，以平仄，即字音之高下（Pitch）定之，然其为用一也。音律之单位曰节（Foot）。诗之每行曰一句（Verse）。此句与文法句读之句迥异。如遥怜小儿女，未解忆长安。又独有宦游人，偏惊物候新。以文法论之，则十字为一句。而以此所谓诗句之句论之，则五字为一句，十字为二句矣。取诗一句，将其音律画出，是曰to scan。其事曰Scansion。则该句必可分为数段，各段之音律全同。此一段即为一节，例如上文第二图可分为甲甲乙乙 甲甲乙乙 甲甲乙乙等，而每一 甲甲乙乙 即一节也。第三图可分为甲甲乙 甲甲乙 甲甲乙等，而每一甲甲乙 即一节也。一句共有数节。各节又相同。故一句之音律，可以其节之式，再加倍数，以简单表明之。例如上文第二图，可以 六 甲甲乙乙表之。犹言该句共有六次叠见之甲甲乙乙也。第三图可以 八 甲甲乙 表之，其义亦同。惟所应注意者，诗中之音律属于时间之节奏，即其中所以相间相重者，无非时间之隔离与划分而已。兹更详释之。（一）在希腊拉丁文之诗，读一长音之部分所需之时，适为读一短音之部分所需之时之一倍。设读一长音之部分需时二秒始竣，则读一短音之部分需时一秒即足。今试以线之长短，表读音之时间之久暂，则桓吉尔（Virgil）之《伊尼德》（Aeneid）开卷第一句（Verse）可以图示之如下。

Ar—ma   n—um—que ca—no   Tro—lde qui pa—mus ab—or—ts

今设线之一段为一秒时，则谓二秒之长音与一秒之短音相间相重也可。谓每四秒中，有长音一次也亦可。或谓每隔二秒，再有长音出现，也亦无不可。通用之符号，系以—表长音。以◡表短音。犹吾国旧例。以—表平声字。以丨表仄声字也。前既言节为音律之单位，故欲表音律，首须标明每节中有长音若干、短音若干。希腊诗于每种之节，各与以专名。拉丁诗中沿用之。英文诗沿用之，惟义稍异。见下。兹列其最要之数种于下。

（节之名称）	（符号）	（节之名称）	（符号）
Iambus (–bic)	‿—	Anapest (–tic)	‿‿—
Trochee (–chaic)	—‿	Dactyl (–llic)	—‿‿
Spondee (–daic)	——		

集相同之数节而成一句。故欲表示某句之音律，只须先举每节之名称或符号，再言如是者此句中共有若干节，即可。兹列希腊文之数目字如下，拉丁诗亦沿用之。_{英文诗同，见上注。}

Mono（一）	Bi（二）	Tri（三）	Tetra（四）
Penta（五）	Hexa（六）	Hepta（七）	Octa（八）

故如上所举桓吉尔之诗，乃连缀六个 —‿‿ 而成一句。故可名为Dactylic hexametre。上一字须用形容词。若其连缀五个 ‿— 而成一句，则当名为Iambic pentametre也。余可类推。

（二）在英国之诗，则情形大异。英文最初之诗，毫无韵律，仅于每句中，置字首子音相同之字（Alliteration）三个，前半句有其二，后半句有其一。借是以略求整饬，而成相间相重之道。然备极散漫，其句之长短，句中字数之多少，均毫无定准。今举《珠》（Pearl）诗中之二句为例，其时已至十四世纪之中叶，然犹简陋如此也。_{其诗是第一句用W起首之字三。第二句用d起首之字三。}

> W̲hat w̲ryde has hyder my juel w̲ayned
> And d̲on me in d̲el and gret d̲aunger?

按英文之Alliteration（字首子音相同者）其最简之式，如do done den day等，即吾国文之双声也。而英文之Assonance（字中母音相同）其最简之式，如day say way nay等，即吾国文之叠韵也。《诗经》中用双声叠韵字极多，亦可与此英国古诗比较也。

自后英国诗逐渐发达，作者取拉丁古诗为模型，而造音律。故其所造者为长短音律。惟英国文字本与拉丁文截然不同。英文中长音短音之分不严，虽欲力效拉丁古诗之音律，而终有刻鹄之消。况中世之拉丁诗，亦渐用轻重音律以代长短。故其后英国诗人多有彻悟者，知所造音律，非本于英国文字之性质，决不合用。英国文字本有读轻读重之处之分，遂以读重之部分（Accented Syllable）当拉丁古诗之长音，而以英诗读轻之部分（Unaccented Syllable）当拉丁古诗之短音，制为轻重音律，通用至今，永为定法。惟当其变更之始，长短音律实与轻重音律，并为世用。如弥儿顿作《失乐园》（Paradise Lost）犹效拉丁古诗而用长短音律。降至十九世纪，如英国丁尼生（Tennyson）作 Idylls of the King，美国郎法罗（Longfellow）作 Evangeline 皆仍用长短音律于英诗，然终嫌勉强，庸手不能仿效也。英诗始创音律之时，其表示节句，均沿用拉丁旧名。实希腊字迨既改定为轻重音律之后，犹沿用不衰，迄于今日。虽众皆知英诗以读音轻重之相间相重，定其音律。易言之，即每经若干秒之时，而重读之音（Accent or Stress）出现一次，亦沿用希腊拉丁之名词如故。并不顾名思义，而自审其不当也。例如格莱（Gray）诗 *The cur few tolls the knell of parting day* 固亦称为 lambic pentametre 然与上文所言拉丁诗之 Iambic pentametre 相去极远，不待辩而明矣。不但此也，英诗且移用拉丁诗长音之符号—而表读重之处（Accent），又以拉丁诗短音之符号⌣表读轻之处。故如兹所引格莱之诗句，应表之如下。每节与节之间，例以极细之竖线隔断。此句共五节。

The cur´— few tolls´ the knell´ of pat´— ting day´

⌣ —| ⌣ —| ⌣ —|⌣ —   ⌣ —

亦有虑其含混。用读重之符号´代—以别之者。即如下。

晚近二十年来，或又以 Iambic pentametre 等名词，用之英诗中。既与原来字义相去甚远，且繁复冗长，难于记忆，不便抄写，遂倡为新法，以符号简单表示之。其法略如代数公式，以 X 表读重之部分，以 A 表读轻之部分。故 AX 即 Iambus 也，XA 即 Trochee 也，AAX 即 Anapest 也，XAA 即 Dactyl 也，XX 即 Spondee 也。然后再加数目字于前，以表该句中共有若干节，以代希腊数目字。例如 5AX 即 Iambic pentametre 也，6XAA 即 Dactyllic hexametre 也。余类推。此法极简单，惟文人作者，以其新出而不雅驯，故犹或不肯用之。

（三）其在吾国之诗，以平仄为音律。平仄之分，由于字音之高低（Pitch）。就物理学论之，凡音之高低，由于每秒中音波振动数之多寡。音之轻重，则由于音波波幅之宽狭。去声音最高，上声次之，平声又次之，入声最低。合上去入为仄声。约略言之，则可云仄声高而平声低，故与音乐上之高调低调 Soptano, Alto, Tenor, Bass. 相类。惟平上去入之间，其详确之关系，尚待今之物理学家试验测定。如取若干组之平上去入之音，如吴五误屋、鱼语御玉之类。——测定其每秒音波之振动数，然后取其平均数，则可定平上去入声之振动数之相互比例为若干。即可按之于西乐谱，而知平上去入各当音乐谱中之何级何调，而其间声音高低之差，究为几何也。至平仄之中，音之长短有无关系，尚不能断。盖平声低而长，入声低而短，去声高而长，上声高而短。约略言之，则平声长而仄声短。既云平声低而长、仄声高而短，则音之长短，是否亦足以定平仄？此事仍属疑问，尚待研究者也。然吾国以平仄为诗之音律，利用相间相重之法，以成时间中极有规则之节奏，此则与希腊拉丁及英国之诗，均全相同，可谓不谋而合也已。兹更列比较表如下。

（一）希腊拉丁诗之音律，以长音及短音之部分，相重相间而成。（物理学上无关系）

（二）英国诗之音律，以重读及轻读之部分，相重相间而成。以音波波幅之宽狭定之。

（三）吾国诗之音律，以仄（高）声及平（低）声字相重相间而成。以音波振动数之多寡定之。

以上于诗之定义，每段阐发无遗。或疑吾国有韵为诗，无韵为文，何不可以韵之有无，别诗与文耶？曰此中西不同之处也。在昔希腊拉丁之诗，皆恃长短音律而不用韵（Rhyme）。所谓韵者，即数句之诗，句末之字之尾音皆相同也。至中世时，拉丁诗渐有用韵者。韵之兴也，盖与轻重音律同时。自有以轻重音律代长短音律者，而韵即与之俱来，不能分离。英国诗最初只有字首子音相同之字，固无韵也。其后模仿拉丁古诗之长短音律，自不用韵。十四世纪中，即有用韵者，前所举之《珠》（Pearl）诗是也。迨乔塞（Chaucer）始大用韵。自后英诗凡用轻重音律者，必皆有韵。故有韵无韵之诗同时并行，作者各持一是，或互相攻诋。迟至十七世纪，如弥儿顿作（L' Allegro）及（Il Penseroso）虽亦用韵，然其作《失乐园》（Paradise Lost）乃不用韵。且于其序中，斥韵为the invention of a barbarous age，谓诗人才绌而欲自掩其丑，乃创为韵，其实诗不必有韵也云云。是时今文古文二学派之争方烈，弥儿顿为古文派巨子，故其所言如此。至十八世纪之初，而韵大行，无或訾议者矣。盖轻重音律已经通用故也。自后韵之有无，则随诗之体裁及作者之精神而定。大率摹古之作，而雄浑高亢者，则以英文强效长短音律而不用韵。述今之作，而平易曲尽者，则径用轻重音律而必用韵，至今犹然。如弥儿顿作《失乐园》系用Iambic Pentametre而无韵，此体名曰Blank Verse。又如蒲伯作《批评论》（Essay on Criticism）亦用Iambic Pentametre。而每二句必同韵，此体名曰Heroic Couplet。此二体乃英诗中之最重要而常见者也。总之，英文诗之无韵者多多。其故则由昔日模仿希腊拉丁诗之长短音律而然。故不能以韵之有无，而当以具有音律（Metre）与否，为诗文之差别也。希腊拉丁诗用长短音律，故不宜用韵。英诗除摹古者外，皆用轻重音律。既用轻重音律，故不能不用韵。此皆由于其国文字之本性而然。吾国文字之本性，与以上截然不同。既适于用韵，行之数千年而已然，经验可以证明。故今仍当存之，决不可强学希腊拉丁古诗或借口英诗之Blank Verse而径倡废韵也。

原载《学衡》1922年9月第9期

孟姜女故事研究

——古史辨自序中删去之一部分

顾颉刚

(一)孟姜女故事历史的系统

（1）此故事最早见的，是《左传》。襄公二十三年（纪元前五四九）传说，齐将杞梁在莒国战死；齐侯回来，在郊中遇见杞梁之妻，使吊之。她以为郊中不是吊丧的地方，把他却去。因此齐侯到她的家里吊了。在这一段记载里，只见得她是一个知礼的妇人。还有和杞梁同战的华还结果如何，书上没有记载。

（2）次见的是《檀弓》。它引曾子的话道："杞梁死，其妻迎其柩于路而哭之哀。"这是说明她遇见齐侯为的是迎柩；"哭之哀"三字又涂上了感情的色彩了。

（3）其次是《孟子》上的淳于髡的话。他道："王豹处于淇而河西善讴，绵驹处于高唐而齐右善歌，华周杞梁之妻善哭其夫而变国俗。"他把杞梁妻的哭和王豹绵驹的歌讴同举，并说因她的哭夫而变了国俗，可见齐国唱她的哭调的风气是很盛行的。据战国时的记载，雍门周以哭见孟尝君，孟尝君为之流涕狼戾；韩娥过雍门，曼声哀哭，一里老幼悲愁，其后雍门人善放娥之遗声：可见齐都中人的好唱哭调原是战国时的风气。所以我们可以怀疑淳于髡这话是倒果为因的：因为齐国有此风气，所以成了杞梁之妻的哭；她的哭中原有韩娥们的成分，她的故事中加入的哀哭一段事原是战国时音乐界风气的反映。

（4）在西汉时，她的故事依然向着这方面发展。枚乘杂诗说："上有弦歌声，音响一何悲？谁能为此曲，无乃杞梁妻？"王褒洞箫赋形容箫声的妙，说："钟期牙旷怅然而愕立兮，杞梁之妻不能为其气。"

（5）到西汉的后期，这个故事的中心忽从悲歌而变为崩城。刘向在《说苑》及《列女传》中都说她在夫死后向城而哭，城为之崩；《列女传》中并说她因无人可靠，赴淄水而死。这样的任性径行，和却郊吊的知礼的态度大不相同，刘向采入书中，可见"齐东野人"的传说的力量胜过了经典中的记载了。

（6）她哭崩的城的所在，东汉初年王充《论衡》里首说是杞城，并说给她哭崩了五丈（《变动篇》）。杞国当杞梁死时是在缘陵（今山东昌乐县），离临淄很近，从莒到齐可以经过，这说如当实事看也说得通。顺从这一说的，有东汉末邯郸淳说的"杞崩城隅"（《曹娥碑》），西晋时崔豹说的"杞都城感之而颓"（《古今注》）。

（7）三国时，她的故事忽然出了一个非常可怪之论。曹植在《黄初六年令》中说"杞妻哭梁，山为之崩"，又于《精微篇》中说"杞妻哭死夫，梁山为之倾"，可见那时有她哭崩梁山的传说。这种传说在王充时还没有，所以他驳崩城之说时尚说"哭能崩城，复能坏山乎！"他从大处极力的一驳，哪知不久就从他驳诘的理由中生出了新的传说来了。梁山崩是春秋时的一件大事（成公五年，纪元前五八六），当然在山陕间可以构成一种传说。这种传说和杞妻的传说结合，主要的理由固然为了她的哀哭的感天，但一半也因了杞梁的字"梁"，与杞梁的氏"杞"而崩杞城一样。这种传说似乎并不普遍（曹植文中既说"崩山陨霜"，又说"崩城陨霜"），后来便歇绝了。李白诗中虽有"梁山感杞妻，恸哭为之倾"（《东海有勇妇》）的话，说不定他是沿袭曹植所用的典故。（清韩城县志云，一"孟姜女祠在大崩邨，今废"，或是这件故事的尾声。）

（8）东汉末，蔡邕著的《琴操》有《杞梁妻叹》一曲，这是第一次把她的歌辞写出的。歌道："乐莫乐兮新相知！悲莫悲兮生别离！哀感皇天城为堕！"上二句是《楚辞少司命》中语，下一句是她自己说堕城，都很奇突。此后叙述她的歌曲的，有西晋崔豹《古今注》和五代马缟《中华古今注》。崔豹说此歌是她的妹妹明月所作，马缟说是她的妹朝日所作。

（9）后魏郦道元在《水经注》中说她哭崩的城是莒城（沭水条）。这或因《列女传》中有"枕其夫之尸于城下而崩"的话，杞梁既死于莒，其妻也应该到莒去哭，所以由他自己改定的。这句话因为没有传说在背后衬托，所以没有势力；只有明杨仪及清王照圆一班读书人才在《明良记》和《列女传》注中引了。

（10）《同贤记》（不知何人撰，见《珮玉集》引；日本写本《珮玉集》题天平十九年，即唐玄宗天宝六年 [七四七]，可见此书是中唐以前人所作，《同贤记》又在其前。）说燕人杞良避始皇筑长城之役，逃入孟超后园；孟超女仲姿浴于池中，仰见之，请为其妻。杞良辞之，她说："女人之体不得再见丈夫"，就告知父亲嫁他。夫妻礼毕，良回作所，主典怒其逃走，打杀之，筑城内，仲姿既知，往向城哭。死人白骨交横，不能辨别，乃刺指血滴白骨，云，"若是杞良骨者，血可流入"。沥至良骸，血径流入！便收归葬之。这个记载比较了以前的传说顿然换了一副新面目。第一，它把杞梁改名为良，并且变成了秦朝的燕人而筑长城了。第二，它把杞梁之妻的姓名说出了，是姓孟名仲姿。第三，杞梁是避役被捉打杀，筑在长城内的，所以她要向城而哭。第四，筑入长城内的死尸太多，所以她要滴血认骨。这几点都很可注意。孟仲姿的姓名或是从孟姜讹变的，也许孟姜是从孟仲姿讹变的，现在没有证据，未能断定。说杞梁为燕人，想因燕近长城之故，或者这一种传说是从燕地起来的。滴血认骨是六朝时盛行的一种信仰，萧综私发齐东昏墓一件事是一个证据。至于杞梁筑长城，孟仲姿哭长城，这里面自有复杂的原因。其一，是由于事实上的。隋唐间开边的武功极盛，长城是边疆上的屏障，戍役思家，闺人怀远，长城便是悲哀所集的中心。杞梁妻是以哭夫崩城著名的，但哭崩杞城和莒城与当时民众的情感不生什么关系，在他们的情感里非要求她哭崩长城不可。其二，是由于乐曲上的。乐曲里说到城的，大抵是描写筑城士卒的痛苦。如陈琳《饮马长城窟行》说"君独不见长城下，死人骸骨相撑拄"，王翰的诗说"长城道傍多白骨……云是秦王筑城卒……鬼哭啾啾声沸天"，张籍《筑城曲》说"千人万人齐抱杵……军吏执鞭催作迟……杵声未定人皆死；家家养男当门户，今日作君城下土"，都是。在这些歌词中，都有招他们的闺人去痛哭崩城的倾向。杞梁妻既以哭城和崩城著名，自然会得请她作这些歌词中的主人，把她的故事变为哭长城而收取了白骨归家了。

（11）《文选集注残卷》（日本写本；罗振玉影印，题为"唐写"。其中引及李善及五臣注，最早亦在中唐以后。）曹植《求通亲亲表》的注中说，孟姿居近长城，正在后园池中游戏，杞梁避役到此，她反顾见之，请为夫妻。梁以不敢望贵人相采辞之。她说："妇人之体不可再为男子所见"，遂与之交。后闻其死，往收其骸骨，知他筑在城中，便向城哭，城为之崩。城中骨乱难识，乃以泪点之，变成血。这段故事和《同贤记》所载极相像，说孟姿居近长城，和《同贤记》说杞梁为燕人亦相近；又称孟仲姿为孟姿，和孟姜一名更接近了。

（12）敦煌石室中的藏书是唐至宋初人所写的。里边有一首小曲，格律颇近于捣练子，曲中称杞梁为"杞梁"，称其妻为"孟姜女"，又说"造得寒衣无人送，不免自家送征衣。长城路，实难行……愿身强健早还归"，这是开始从"夫死哭城"而变为"寻夫送衣"，孟姜女一名也坐实了。寻夫送衣一件事也是有来历的。我们读汉以后的诗，便可见用捣衣作题的特别多，这是因为沙场征戍客也特别多之故。如谢惠连的"裁用笥中刀，缝为万里衣"，柳恽的"念君方远徭，望妾理纨素"，庾信的"玉阶风转急，长城雪应瘰"，杜甫的"宁辞捣衣倦，一寄塞垣深"，都是；但这是制衣付寄而不是自行。后来忍不住了（或是寻不到送衣的人），唐王建的《送衣曲》便道："去秋送衣渡黄河，今秋送衣上陇坂；妇人不知道径处，但问新移军近远……愿郎莫着裹尸归，愿妻不死长送衣！"她是一年一度的自己送去了。妇人送衣和杞梁妻有什么关系？唐皮日休

《卒妻悲》云，"河隍戍卒去，一半多不回……处处鲁人鬓，家家杞妇哀。"原来她们把自己的哀感算做杞梁妻的哀感，她们要借了她的故事来消除自己的块垒呢！至于"孟姜"一名，三见《诗经》"鄘风"和"郑风"，又都加上一个"美"字，说不定在春秋时即以为美女的通名，象现在说西施或嫦娥一样。"大雅"又称公亶父妻为"姜女"，或许后来此名即与在民众社会中孟姜即与相并合。杞梁之妻的名，或由孟姜移转而渐变为孟姿，以至孟仲姿（孟姜或由姜嫄致误，详说下陕西条）。

（13）唐宋周朴作《塞上行》，直用民众传说，云："长城哭崩后，寂寞到如今。"同时僧贯休做的《杞梁妻》也是这般，说："秦之无道兮四海枯，筑长城兮遮北胡；筑人筑土一万里，杞梁贞妇啼呜呜……再号杞梁骨出土，疲魂饥魄相逐归。"后人不知道那时的传说，单见贯休这诗，以为是他的无知妄作。例如顾炎武在《日知录》中骂的"并《左传》，《孟子》而未读"；汪价在《中州杂俎》中骂的"乖谬舛错，皆由僧贯休诗误也"。他们不知道一种传说能够使得文人引用，它的力量一定是大得超过了经典。贯休诗中这样说，正可见唐代盛行的孟姜女故事的面目是这样的呢。

（14）北宋祥符中（一〇〇八———一〇一六）王梦徵作安肃的《姜女庙记》（一作《孟姜女练衣塘碑刻》），此碑至明隆庆间发见。这是我们知道的孟姜女庙的最早的一个。又同官的孟姜女庙是北宋嘉祐中（一〇五六———一〇六三）县令宗谔重修的。因为她的人格日益伟大，所以列入了祀典。

（15）南宋初，郑樵在《通志乐略》中说稗官之流把杞梁之妻演成万千言，可见那时有把这件故事作为小说或平话的。

（16）约略与《通志》同时的《孟子疏》说："或云，齐庄公袭莒，战而死；其妻孟姜向城而哭，城为之崩。"这是杞梁之妻的孟姜一名见于经典的开始。

（17）南宋周煇著的《北辕录》记淳熙四年（一一七七）贺金国生辰事，中云："至雍丘县，过范郎庙，其地名孟庄，庙塑孟姜女偶坐，配享者蒙恬将军也。"这是范郎之名见于载籍的第一次。雍丘原即西周时的杞国，那地又有孟庄，说不定这个庙宇是从她的姓和最初所说哭崩的城上转出来的（现在的唱本和小说都说孟姜是孟家庄人）。至于杞梁的变为范郎乃是形化（"杞"字一变而为文选集注的"杞"，而变而为敦煌小曲的"犯"，三变而为与犯同音的"范"）而兼音变（由"ㄌ—ㄤ"变为"ㄈㄤ"）。

（18）元陶宗仪著的《辍耕录》中所载院本名目，在"打略拴搐"类里有孟姜女。院本是金国的剧本，或者这本戏是十二世纪中的产物。这是我们所知道的孟姜女戏剧中的最早一本。明沈璟著的《南九宫谱》中引孟姜女传奇二则：一是筑城者唱的，中有"本是簪缨裔……儒身挂荷衣"之名，可见其中说秦始皇用了儒生筑城；一是范郎的母亲唱的，中有"悔恨孤贫命，图一子晚景温存"之句，可见其中说范郎是由寡母抚育成人。（元末高则诚做的《琵琶记》说"譬如范杞郎差去筑城池，他的娘亲怨望谁？"辞意与此同。）南曲谱虽未说明这一本传奇是何代人所作，但南曲导源于宋，南曲谱所引的曲文多是很古的，明徐渭《南词叙录》所录"宋元旧篇"中有孟姜女送寒衣，疑即是此。如果这一个假设不误，这本戏可以定为我们所知道的孟姜女戏的第二本。元钟嗣成做的《录鬼簿》中，彰德人郑廷玉条下有孟姜女送寒衣，这是北曲中的整本孟姜女戏，可惜也失传了。在北曲中偶然说到孟姜女的地方，可以注意的有二条：一是马致远做的《任风子》，说"想当时范杞良筑在长城内"，一是武汉臣做的《生金阁》，说"杀坏了范杞梁"。在这两条中，可以知道元代的孟姜女故事对于范郎有斩杀的传说，又可见杞梁既因"杞"而改姓了范，但名中仍保存了杞字，变成了一个重床叠屋的姓名。后来范希郎，范三郎，范四郎，范士郎，范喜郎，范杞郎，范纪郎，万喜良许多不同的名字就都在这上生发出来了。

（19）从明代的中叶到末叶，这一百八十年中忽然各地都兴起了孟姜女立庙运动。这个运动缘何而起，我至今还没有明白，不过借此可见"孟姜女哭崩长城，携取了范杞梁尸骨"的一个传说的势力扩大极了，逼得文人学者不能不承认它的历史上的地位了。天顺五年（一四六一）编成的《大明一统志》说，"孟姜女本陕之同官人，秦时以夫死长城，自负遗骨以葬于县北三里许，死石穴中。"这大概是志书中正式记载这个后起的传说的第一回吧？同官之说，前所未闻；孟姜女成了同官人，于是她从齐籍转入了秦籍了。弘治五年（一四九二），杞县西滩堡建孟姜女庙，在周烨所见之外又多了一处（见《图书集成》，《职方典》三七八）。正德十四年（一五一九），张镇作安肃县知县，从古迹中剔得孟姜女祠，把它重建起来，在郑昱作的记中，说这是孟姜女的故里，有"濯衣塘"。这把她说成了燕国人，恐与《同贤记》所说的"燕人杞良"和"文选集注"所说的"居近长城"有些渊源，在记载中虽见得很晚，但这个传说的起源是很早的。嘉靖十三年（一五三四），湖南巡抚林大略修澧州孟姜女祠。澧州人李如圭在祠记中说孟姜女是秦时澧州人，范郎供役长城，她在嘉山筑台而望，久待不归，乃亲去寻夫，这又把她说成了楚国人了。李如圭是知道同官的古迹的，所以他替这两种传说作伐，说澧州是她的生处，同官是她的死所。其后陕西人马理做的《同官孟姜庙碑记》、《孟姜女补传》及《孟姜女集》等就完全采用了这一说，甘心牺牲了《一统志》同官产之说了。隆庆三年（一五六九），周以庠作安肃知县，梦见了孟姜女，又寻得了北宋的石刻，就立孟姜女墓碑，又建忠节堂，祀他们夫妇。照这样说，孟姜女是生于安肃，又是葬于安肃的了。万历二十二年（一五九四），重修同官县庙。就是这一年，山海关尹张栋建贞女祠於山海关。她与山海关发生关系是最后起的传说，但到现在三百余年中是最占势力的。张时显做的碑文（一五九六）说她姓许，居长，故名许孟姜；范郎到辽筑城，她前去寻觅，知道他已死；就痛哭而绝。又黄世康做的碑文（见《鬼冢志》附录）上也说她姓许，嫁给关中范植；范郎去后，寡姑亦死，她葬姑寻夫，见了白骨，痛哭三日夜而死；扶苏蒙恬表封他们官爵，把他们合葬，这一天，飞沙凝成了望夫石，海中涌出了一个圆岛，就在岛上筑坟，石上建庙。在这个传说上应当注意的，她忽然姓许，和她的丈夫合葬山海关。至此，她的坟墓已有了四处：一是同官，二是安肃，三是山海关，还有一个早被人们忘却的临淄旧墓。崇祯十三年（一六四三），山海关副使范志完又把山海关的庙宇重修了。在不记年代的庙宇中，又有潼关一处。詹詹外史（冯梦龙的别号）的情史中说孟姜负骨归家，到潼关，筋力竭了，坐山旁而死，土人替她立庙。于是她的死所又多出了潼关一处，想来那地也是有她的坟墓的。

（20）在明代中，各地的民间的孟姜女传说像春笋一般地透发出来，得到文人学士的承认。但是他们的承认是有条件的，因为他们已经读了书了，闻见广了，多少有些辨别推究的能力了。他们对于这种传说的态度，可以分做两种。第一是硬并，要把向来不同的传说并合到一条线上。例如上面举的同官和澧州各有孟姜女的传说，李如圭便把它们并合起来，说她是生在澧州而死在同官的。如此，这两个传说便可相容而不相冲突了。但这个伎俩是要穷的，例如安肃，山海关，潼关的传说，他便没有方法再去并合。何况同官的传说原说她是同官人，他何得牺牲了这个传说的一半，硬把澧州的并合上去！第二是硬分，要把变迁得面目不同的传说分别为漠不相关的两件事。例如《情史》中把杞梁妻和孟姜女分做两人，黄世康碑文中说孟姜哭夫"有如杞妇，还追袭莒之魂"，王世懋《孟姜祠歌》说："精灵直遇杞梁妇。"这种办法，固然是最简便的解决方法，但又不免太不顾事实了。

（21）清宣统二年（一九一〇），上海推广马路，开至老北门城脚，得一石棺，中卧三尺余石像，当胸镌篆书"万杞梁"三字。上海的城是嘉靖三十二年（一五五三）筑的，这像当是筑城时所凿。筑城时何以要凿这一个像，这不得不取孟姜仙女宝卷的话作解答。宝卷上说秦始皇筑长城，太白星降童谣，说"姑苏有个万喜良，一人能抵万民亡；后封长城做大王，万里长城永坚刚"，于是秦皇下令捉他，筑在城内。这是江苏的传说，为的是太湖一带"范"和"万"的音不分，范姓转而为万，又加上了厌胜的信仰，以为造长城要伤一万生民，只有用了姓万的人葬在城内才可替代。上海既在这个传说的区域之内，筑城的年代又正值这件故事风靡一世，各处都造像立庙的时候，所以就凿了石像埋在城底，以求城墙的坚固。在这个传说里，说万喜良是苏州人，孟姜女是松江人。这也是现在最占优势力的传说。

（22）清代学者是最淹博的，他们很瞧不起明代学者的浅陋，所以孟姜女的故事在明代虽蓬蓬勃勃地透露了出来，但一到了清代便不由得不从地平线上重压到地平线下去了。他们对于这件故事的意见，可以分为四派。第一派是只信《左传》而不信它书的，如顾炎武（《日知录》）、朱书（《游历记存》）等。他们说她既能却郊吊，又何至于路哭；齐君既能遣吊，又何至于使杞梁暴骨沟中。他们寻它的变迁，谁人始说崩城，谁人始说崩长城，分得十分清楚。他们对于这些变迁，虽是只骂前人的附会，但这件故事的演化的情状已能作大致的揭发了。第二派，信得宽了一点，可以信到汉人之说了，如钱曾（《读书敏求记》）、梁玉绳（《瞥记》）等。他们说崩的城是齐城，贯休之误是由于不考《列女传》。冯梦龙的《东周列国志》也是这样说。第三派是再宽一点，肯信哭崩长城之说了，但因要维持孟姜们是春秋时的齐人之故，所以说这个长城是齐的长城而不是秦的长城。例如《职方典》山海关条说"不知其谓长城者，乃泰山之下长城非辽东之长城。"《长清县志》又据了《管子》"长城之阳，鲁也；长城之阴，齐也"，而说春秋时已有长城。其实若被她哭崩的城确是齐长城，何以哭崩秦长城的话未起时只听到崩杞城，崩莒城之说而听不到崩齐长城之说呢？第四派转了一个方向，说孟姜女不即是杞梁妻，也不是从杞梁妻传误的，乃是《汉书·匈奴传》中说的筑城的汉将之妻，她是在丈夫死后把城修完的范夫人。主张这一说的有俞樾（《小浮梅闲话》）和何出光（《木兰祠赛神曲》）。他们把"范"字和"城"字固做对了，可惜把"杞梁"和"崩城"又做错了。

（23）从清代到现在，这件故事的方式大概如下：①查拿逃走，②花园遇见，③临婚被捕，④辞家送衣，⑤哭倒长城，⑥秦皇想娶她，她要求造坟造庙和御祭，⑦祭毕自杀，秦皇失意而归。惟在蒙古车王府所藏唱本中见有数本，都说秦皇怜其贞节，赏与玉带，并无欲得之意；又陕西唱本说始皇封她为贞烈女孟姜，云南唱本也说秦王封她为一品贞节夫人，令澧州建造节孝牌坊：这三说较为别异。至于在生的地点上，以苏州（万）松江（孟）为最有力，华州，余杭（范）务州，澧州（孟）次之；在死的地点上，几乎一致地说是山海关，只有一小部分说是潼关和长安。李如圭所考定的一个是早已不通行的了。

（二）地域的系统

以上所说的是就这一件故事的纵的系统上看。如果我们更就横的系统看，那就可以再得到以下许多。（用现在的政治区域来分固未善，但在故事的区域未确定时只得暂用分省的办法）

（1）山东：

它是这件故事的出发点。事实发生在齐郊。哭调是在齐都中盛行的。《檀弓》和《孟子》的作者也都是山东人。汉代起来的传说说她投的淄水和崩的杞城也都在山东。所以在这件故事的初期七百余年（公元前五四九——公元二〇〇）之中，它的根据地全没有离开过山东的中部。就是后来郦道元说的莒城，也是在山东（今莒县）。

在这个区域内的古迹，杞梁故宅在益都县，杞梁墓在临淄县。又从张夏到泰安道中经过的长城铺（属长清县）说是孟姜故里，其地有姜女庙。临朐县南的穆陵关（齐长城的关）也有杞梁妻哭崩之说。她投水之处说在益都故宅西北二十里。总之，这些古迹都在临淄（齐都）的四围。

但是这个区域中的传说，现在是衰微极了，不但不能伸张它的势力到外面来，反而顺受了外面的传说的侵略，据济宁的传说，孟姜女是松江人；万喜良是苏州人，为避筑城逃到孟家入赘，年余后始因孟公庆寿而破露，捕埋城下；孟姜哭倒长城时，自身也压死在城下。那地又有《美孟姜歌》，也称她的夫为万喜良。在这种上面，很可见它受了江苏南部的影响。又齐东县《十二贤歌》称孟姜为许孟姜，这当是受的河南和直隶的影响。

在泰安买到的唱本，是北京的鼓词。济南瑞林斋有刻本哭长城岭儿调，其中事实和鼓词相同，只有说用了罗裙包夫骨而埋葬是小异。

（2）山西陕西和湖北：

三国时，曹植始言杞妻哭崩梁山。梁山向来说为河西韩城，清崔述始依了《诗经》和《左传》的证据说在河东（山西）；但他又说"当跨河在冀雍之界上，故能阻塞河流。"大约山西和陕西的山虽给黄河破了开来，但山脉相连，河东梁山的对岸的山也可以加以同样的称谓。如果确是这样，我们可以说这件故事的区域是在今山西的西南部和陕西的东部。在这一个区域中，她的故事真多极了。

先说山西。曲沃县侯马镇南浍河桥土岸上有手迹数十，是她送寒衣时经过浍水，水涨不得渡，以手拍南岸而哭，水就浅了下去，这手迹便是拍岸时所留遗。现在岸已崩徙，迹仍不灭。从这条路线上看，她寻夫时是从西南到东北的。又潞安也有姜女祠。

从侯马往西南，是陕西的潼关。明人冯梦龙的《情史》和汉口的《送衣哭夫卷》说她负骨归家，到潼关时力竭而死，潼关人替她立庙。这是说她死在潼关。江苏的《仙女宝卷》说她到潼关去寻夫，大哭崩城。这是说被她哭崩的城是潼关。

从潼关往西是华州。广西刻本《花幡记》和厦门刻本《哭倒万里长城歌》都说范杞郎是华州人。我起初寻不出它的原因，后来知道了：孟子说"华周杞梁之妻"，周和州同音，所以《汉书·古今人表》便写作"华州"。以误传误的结果，于是"华周和杞梁的两位夫人"竟变作了"华州人杞梁的夫人"了。

华州的西南是长安。云南唱本中说她到长安，对城踢脚大哭，北门城墙一齐崩倒。广西的《花幡记》也说她哭倒了长安的长城八百里。长安并没有长城，或许从这"长"字变化出来的。

长安的北面是耀县，耀县的北面是同官县，同官县的北面是宜君县。那三处是这件故事的最重要的地点，故事的性质也极悲壮。大意是说：孟姜负夫骸骨归来，沿了北洛水南奔；追兵将到，她逃到北高山（同官北五十里）中，渴极了，大哭，忽然地下涌出泉水来了（因为它的声音永远像呜咽一般，故名哭泉；又因是她的节烈之气所感，故名烈泉）。她又走了一回，倦得利害，逃不动了，追兵紧随在她的后面；正在无奈之际，忽然山峰转移，遮回了她，把追兵隔断了（后来这山就叫做女回山）。她走到同官水湾，气力已竭，把丈夫骸骨放在西山（一作金山）石穴下，自己坐在旁边死了。土人敬重她的贞节，就地埋葬；又塑了夫妇两像，立庙祭祀。石穴中有洞隙，祭祀的时候可以看见金钗的影子。这座庙在同官北三里，宜君南三十里，壤地交错，又涉及耀县，所以在这三县的志书上都有记载。《关中胜绩图志》说，"女回山横断无路，忽道从峡口出"，可见其险。《耀州志》驳遮回之说，以为是负骸回经其间故名，这也不过用了常理来驳辨奇迹罢了。这件故事，犹存着汉代人烈性感天的想象，和崩山之说极相近。

明《一统志》说孟姜女是同官人。清《陕西通志》也这样说；又说适范植仅三日（《郡国志》同）。《耀州志》引乔世宁《孟姜女》传，说"秦法，役怠者辄填城土中死"，和《同贤记》所载相同，异乎江、浙间厌胜之说。明季三原人马理作《孟姜女补传》，《祠碑记》，《孟姜女集》，为孟姜女故事的一个汇集，其中录同官传说尤多。但他和乔世宁一样地信了李如圭的话，一口咬定孟姜女是澧州人；他的碑记中又称为"前秦澧州人"，甚可异。他的文中称孟姜女之夫为范喜，又范郎，又范喜郎，想来是以"喜"为名，以"郎"为称谓的。乔世宁说："其夫范氏，亡其名，称曰范郎"，也是以郎为称谓之词。最近西安文明堂刻本《钱角坟十张纸》说孟姜女配范三郎，婚后未满一个月就别了。她送寒衣去时，始皇封她为贞烈女孟姜。兴平万世堂刻本《王桂英哭杀场》中也是这样说，但又称她为孟长姜。秦腔中有《哭长城》剧本，但未见其书，不知道是怎样的。

再有一件奇怪的事情。明黄世康做的《山海关孟姜碑文》起首说她是"关中范植妇"，原和《陕西通志》的话一样，但下面说她"出秦岭而西，循漆川而北"，则便不可解。她住在关中，要到山海关寻夫，须向东北方绕走，何以竟向西北走去呢？这恐怕是他误钞了陕西的传说，而陕西的传说乃是向西北的长城去收骨的（看他们说孟姜是同官人，又说她负骨沿北洛水南旋可知）。那么，陕西人说的哭崩的城，一定不是山海关和潼关，更说不到是杞城和莒城了。

　　至于同官一带的孟姜女故事何以会得这般发达，我敢作一假设，大约是由姜嫄转误的。《诗经·绵》篇说"民之初生，自土沮漆"，《生民》篇又说"厥初生民，时维姜嫄"，可见姜嫄原是沮漆间的伟大人物。沮水出宜君县北，漆水出同官县东北；两水把同官夹在里面，到耀县而合流。或者年代久远，姜嫄的奇迹渐渐失去，适有杞梁妻崩城和崩山的传说起来，那地的人就把她顶替了，如果这个假设将来有证实的时候，我敢说孟姜女一名亦即由姜嫄而来。

　　韩城县的大崩村也有孟姜女庙。照我们想，梁山在韩，这应当是崩山之说的残遗。但县志上说："孟姜女石上手迹在大崩村长城旁，孟姜女寻夫，哭而城崩"，那么这个古迹也是归到崩城上的。或者崩城之说的势力太强了，他们只得把这大崩村的本地风光丢掉了。甘肃方面的材料，除了敦煌写本小曲以外，没有得到什么。这自然因为交通不便之故。从前的玉门关的征戍客积了多少愁怨，送寒衣的故事一定是极占势力的，将来这一方面大有发见许多新材料的希望呢。

　　湖北汉口宏文堂刻有送衣哭夫卷，又题"宣讲适用送寒衣"。卷中说河南灵宝县人范杞良早丧父，年十八，母为娶姜家女孟姜。过了两天，他就被官差拉去筑城。范母念儿心切，过了三年，病死了。孟姜负土成坟既毕，就包了衣履寻夫。她过了陕州，到潼关，向陕西行去。走了十余天，思念亡姑，在途痛哭，忽然面前起了一阵旋风，向北而行。她祷告之下，知道这是婆婆的鬼魂，就随着旋风走。又过了二十余天，逢见一老人，名塞翁；他告她，筑城的八十万人夫，不上一年已都拖死了，死后就填在城中；并告她，孝子的骨是洁白的，范杞良既孝，可滴血在洁白的骨上。她一路受仙人点化，菩萨保佑。到长城后且哭且寻。第三天上还寻不到，她就把身子向城上撞去。忽然间天崩城裂，长城倒坏了三千余丈，反把孟姜倒退了三里远，晕死在地。她醒转时，望见长城已成平地，即走进城基，滴血试骨。寻得了丈夫的尸骸，哭了一会，忽然想起被朝廷察觉，拿去问罪，岂不是连这尸骸也不得回乡，便慌忙打开衣包，捆束好了背起就走，叫唤范郎冥魂跟着南行。她由神灵暗护，日夜行走，翻山过岭，脚不停留，七天七夜到潼关。她两眼血淋，坐在落雁崖前，寸步难行。男女们数千人上山来看，她将夫骨放在身边，痛哭诉情，听的人没有一个不流泪。过了三天三夜，她死了。潼关人敬重她，把他们夫妇尸骸合葬崖下，造烈女祠。在这一本卷里，是说她往西寻夫的，黄世康所说"出秦岭而西，循漆川而北"，正是她的路线。但什么地方是她取骨的所在，依然没有指出。我们可以说，这个故事大概是同官的故事的分化，潼关的冢墓是金钞金山严的老文章的。湖北的西北部接着河南和陕西，说不定这件故事是灵宝至潼关间的故事，而从丹江和汉水流入湖北的。

　　湖北方面的材料现在得到的很少，仅知道汉口的戏剧中有《五仙女临凡》一本，是演孟姜女的，其中有"仙女下凡"及"哭长城"等节目。这戏当是用汉调唱的，看戏名可见其情节和江苏的仙女宝卷相近。

（3）直隶京兆和奉天：

在这一个系统上，发现的材料中时代最早的是《同贤记》所说的"燕人杞良"。现在有徐水（安肃），山海关和绥中三处根据地，但都是不相统属的。

徐水县治北里许，路西有村名小新安，相传是孟姜故里，村中有濯衣塘，说是孟姜女的浣衣处。旁有孟姜女祠，明正德间建；隆庆间掘得宋碣，又建忠节堂。堂侧有姜女墓。她的生死都在一地，和同官的传说相似。这地方所以有此传说，或者因范阳（故城在县治北固城镇）和范郎在文字上有些关系而然，但这只是一个极薄弱的假设而已。这个地点在故事中并不占势力，只因从前驿道所经（今京汉路仍之），容易给人看见，所以在游记上提到的也很多。

静海县在徐水东约二百里，那地有两种姜女卷，也许留得一点徐水的传说。卷一大一小，僧人也啤诵。大卷未见。小卷说许孟姜七岁即念佛行善；十五岁，由父母命嫁范杞郎。刚三日，范即被点赴役。他不耐苦，逃归，给官兵追回，在长城捉打杀，筑在城内。他托梦给她，她就织了一领赭黄袍，又织寒衣（卷中描写织的花纹极详）。织就后亲自送去，把黄袍献与始皇。始皇要娶她，她请在葬夫后。她到长城下痛哭，土地与城隍把城墙推倒了。她滴血认骨，要求始皇用黄金棺殡殓，一下子撩了罗裙跳入水中。始皇敬重她，造了一座姜女庙。静海又有一歌云："孟姜织黄袍，三百六十条；只为范杞郎，一年织一遭。"这把捣衣变成了织衣，想来静海方面织黄袍的女工是很多的，从她们的意想里构成了这类的歌和卷。那地又有一谜，内有句云"哭倒长城十万里"。如果这样，她不但把长城完全哭倒，而且已超过了原有的长城十余倍了。

山海关也是道途所经，那地的风景尤好，而且是长城的终点，所以这个后起的地点可以压倒许多先前所称道的地点。关东八里有望夫石，石上有乱杵迹。这在当地人的心目中自然是以为孟姜是住在山海关的：因为她在本乡盼望这个远戍的丈夫，所以有望夫石；因为她想借寄寒衣时就在望夫石上捣衣，所以留下了许多乱杵迹。但这个地点给外来的人知道了，他们心中原有从南到北的孟姜女的，而山海关已是北方的边境，就把她的居住地武断为她的行程的终点，说这石是在她死后指定的，于是望夫的名义和捣衣的杵迹都没有了着落了。海涯外一里许有一小岛，夏天水涨时微露顶面，但无论怎样的大浪总打不倒顶上草青处，冬天水冰之后是滑不可登的，这就是孟姜女的墓。《临榆县志》说："有石出海上，形肖冢，人以为姜女坟"，言外颇有不信任之意。孟姜女庙就筑在望夫石上。那边的碑记一致地说她姓许，从陕西到此，痛哭而死。黄世康的碑文中又有"飞沙凝石，遂变望夫之形；圆岛涌波，忽示佳城之势"的奇迹。明陈绾《姜女坟诗》云："孱躯虽死志未灰，化作望夫石礧礧；江枯海竭眼犹青，望入九原何日起。"这也是替后起的望夫石传说圆谎的。照这段故事看，范郎的白骨她早已滴血寻得了，还立在石上遥望有什么意义。又现在的唱本传说，凡是说她到山海关收尸的，总说秦始皇想娶她，这或者因孟姜女庙和秦皇岛太接近了，容易生出这个联想之故。据说京奉车过山海关长城时，常有几个年老的近处人在车上指着城缺，说："现在这火车能够通过万里长城，全亏了孟姜女的一哭啊！"下面就紧接着讲这件故事。可见在他们的意想中，以为铁路的过道是孟姜女哭崩的。

直隶古北口有姜女祠。这和山海关一样，为的是一个关隘。

北京的大鼓书中有《孟姜女寻夫》，分离乡、入梦、宿店、路叹、认骨五折。结果，她是投海死的。又有《哭城牌子曲》，说她千里寻夫，被神风刮到山海关；始皇知道，赏给她羊脂玉带，表扬她的贞节。又有歇后语二则，表示范郎的被埋和孟姜的善哭。又从老妇人口中，知道她由葫芦中出生，这是江浙间的传说传到北方的。

奉天东南部的绥中县有孟姜祠，祠前有望夫石，相传即其墓。土人说秦始皇欲纳她为妃，她触石而死。绥中在山海关东北百余里，这个古迹当然是山海关的分支。在那地人的意想里，这方石有三种用处：一是望夫，二是尽节，三是葬身。

山海关为往来三省必经之路，这件故事的势力既大，想起由此分化的当不止绥中一支。又朝鲜离直隶奉天均近，去年马衡先生往游，购得朝鲜文梁山伯唱本而归，孟姜女的故事也未必没有流传。这都待将来的发见呢。

（4）河南：

从《北辕录》中，知道宋代雍丘的孟庄有范郎庙，并以蒙恬配享，表示她哭崩的是秦的长城。雍丘即今杞县，在河南东部；孟庄在县治西二十里。这个孟庄后来就成为唱本、剧本中的孟家庄。当时所以在此立庙，或者因孟姜的"孟"字和孟庄有些关系而来。如果确是如此，那么，那个地方的人一定说孟姜是生长在杞县的了。杞县西滩堡有孟姜妇庙，明弘治五年建。这不知是否即孟庄的一个？

元代彰德人郑廷玉作的孟姜女杂剧，想来总写出些河南的故事，可惜已失传了。现在河南流行的孟姜女唱本有一种是极有势力的，东自开封，中经许昌，西至南阳，一律通行，不但有刻本，且有卖歌的乞丐歌唱着，民众口中成诵的也不少。这可以说是统一河南全境的唱本。其中事实的大概是：江宁县富翁许员外，无子，晚得一女，因爷姓许，娘姓孟，认的干娘姓姜，故叫许孟姜。她在十六岁时，配给城南同庚的范希郎。过门后不到一个月，秦始皇点民夫修边墙，就把他点了去。她有一天梦见丈夫，恐其苦寒，就辞别翁姑前往送衣。途中艰苦难行，为观音所救，送至边墙。她询问土夫，才知道丈夫不能受苦，给他们处死，葬在边墙里了。一时昏晕过去；关王不收，又醒了过来。她望城痛哭，惊动了上天张玉皇，传旨打倒边墙，让她领取尸首。一霎时，龙王雷公将边墙打倒了二三里。她滴血认尸后，正包裹欲走，忽然秦始皇来了；他见她美貌，要封她在昭阳。她要求四件事：①银顶金棺成殓，②文武百官穿孝，③昏君随后拄哀杖，④埋到东海岸上；他件件依了。工毕时，就拉了罗裙蒙面，跳入江心。龙王把她救回龙宫，认作干女儿。这个唱本，把杞县一说完全丢了，反把她俩认为江宁人。我很怀疑这是江苏北部的故事而流入河南的。这有三个证据：第一，"江宁"在清代是江苏北部的省会；第二"东海"想是指淮海一带的海，今江苏徐海道也有东海县（即海州）；第三，"江心"怕也是指宁扬一带的江。总之，这三个地方都是江苏所有而是河南所没有的。江苏的徐州和河南的归德壤地相连，或许是从那里传过去的。倘使果是如此，则大可借此窥见江苏北部的这一件故事的面目了。（关于这一方面，至今没有集到一点材料）

江苏南部最通行的孟姜女唱春调十二月的和四季的，开封的人也歌唱，"万"字不改为"范"。借此可见河南的故事受江苏方面的影响之大。

云南传说范希郎是陈州人（今为淮阳县），这也许和杞县有些关系。厦门御前清曲说范杞郎是叶州人，倘不是指的叶县，便是华州的误写。汉口《送衣哭夫卷》说范杞良是陕州灵宝县人，那里离山西的曲沃和陕西的潼关都近，恐有些来历。

以上三说，都是说孟姜的丈夫是河南人的。

（5）湖南和云南：

湖南的孟姜女故事似乎到明代才露脸的，但很不可轻视。临澧境内有姜女汊，为澧水所经；它的南岸有小山，顶有姜女庙，建筑已旧。临澧东境为澧县，县治东四十余里有新洲（一作东南三十里新城镇），洲有嘉山，一名孟姜山，面临澧水，风景秀丽。上有姜女庙，甚堂皇。庙前一峰名望夫台，是孟姜女望范郎处。山下有石四方，各尺许，光明可照，传为姜女镜石，石上有很清楚的脚迹（今石已堕入水中）。台旁有小竹，名绣竹，一名刺竹，叶子破碎得像丝缕一般。相似孟姜女到台上望夫，一路做着针黹，随手把针划叶，后来就变成了新种。孟姜女的故宅在山麓。明嘉靖十三年（一五三四），湖南巡抚林大辂和澧洲知州汪倬增修庙宇，名贞烈祠，又有百练堂。里人李如圭作祠记，说孟姜女是秦时本州人，夫范郎往筑长城，她在山上筑台而望；久久不归，她不惮险远，亲往寻觅，但寻夫之后莫知所终。李如圭是到过同官，听得那边的故事的，于是他并合了两处的话，说她是生在澧州而死在同官的。后人信这说的很多，澧州便真成了她的出生地了。

这件故事，依我的猜测，和舜妃是有关系的。《山海经》中山经云："洞庭之山，帝之二女居之，是常游于江渊，澧沅之风，交潇湘之渊，是在九江之间，出入必以飘风暴雨。"这是说洞庭的女神常游于江澧沅湘之间，以至常有风雨，原为楚人对于洞庭多风雨的一种神话的解释。楚辞《九歌》中有《湘君》和《湘夫人》二篇，叙述相思望远之情，非常的轻迅跌丽。篇中都有"捐余玦（一作袂）兮江中，遗余佩（一作褋）兮醴浦"的话，醴即澧。湘君和湘夫人当然都是湘水之神，篇中有"帝子降兮北渚"的话，或即《山海经》的"帝之二女"。自战国末以"帝"为人王阶位的称号，又适有舜娶尧二女的传说，于是秦博士就说湘君是尧女。适会舜有野死之说，于是《述异记》和《博物志》等书都说舜崩於苍梧之野，尧之二女娥皇女英追之不及，相与恸哭，以涕挥竹，竹上文为之斑斑然；其他又有相思宫，望帝台（这种话虽初见于晋人的书，但看秦博士的话，这种传说是早应有的）。因为有这个传说，所以洞庭东岸有黄陵庙祀尧女。又因尧女有这样一段哀艳的故事，和杞梁妻很相像，所以容易起人联想，例如庾信《哀江南赋》云："城崩杞妇之哭，血染湘妃之泪"，又《拟咏怀》云："啼枯湘水竹，哭坏杞梁城"，都是。临澧和澧县在洞庭之西，正是帝女湘君游嬉的地方，与黄陵庙遥遥相对。说不定舜妃的故事传去之后，他们把帝子湘君忘了；孟姜女的故事传去之后，他们又把舜妃忘了，把舜妃那一套家伙都赠与她了：所以舜妃有望帝台而孟姜女有望夫台，舜妃挥泪于竹而成斑文而孟姜女也把针划叶而成绣竹。

湖南西部的乾城县的民歌说孟姜女寻夫有"踢一脚来哭一声，万里城墙齐齐崩"的话，城崩由于脚踢，和云南传说相同。

湖南的孟姜女故事在东面几省似乎毫没有势力，但西面的云南省则颇受到它的影响。昆明的孟姜女故事的唱词有三种：①孟姜女寻夫，是卖唱的瞎子们唱的；②孟姜女哭夫是小孩子们唱的。这两种都是小曲；③孟姜女全传，分鸾鸯配，尽忠义，阴曹府，平山岭四卷，很像弹词，是和着金钱板、道琴等乐器而唱的。全传书首叙述历代沿革，至"嘉庆皇帝登龙位"而止，自是嘉庆间人作的。内容大概说：秦朝湖广澧州孟家庄富翁孟老者，妻王氏，生女孟姜女。孟姜年十六，父亲已近八十，及欲替她招赘。一天，老者得梦，土地指示他，明天有一少年来借宿，可招为婿。果然，翌日有一自称应考归家的范希郎叩门借宿，老者问明来历，知道是陈州范员外第三公子，就把他招赘了。成婚三日，忽有钦差牟合来拿逃兵，他们才知道秦王筑长城，范郎被征当兵，因他生得伶俐，秦王赐给他令箭，飞虎旗，叫他管十万人马。他在沙场贪了玩要，天天打阵摸混江（当是赌名），把赐来的东西都输去了。秦王知道大怒，贬他亲自筑城。日挑土，夜挑砖，受苦不过，逃了回来，哪知竟结下了这重姻缘。这时范郎被捕，姜女送了一程，痛苦而回。他到了京师，秦王令御林军将他四十军棍打死，尸骸筑在长城之内，使他永世不得翻身。姜女在家等了三年，杳无信息，朝夕啼哭，哭声惊动了森罗大王，命判官查生死簿，知道范郎是娄金狗转世，姜女是鬼金羊转世；范郎阳寿未绝，死后居枉死城中。他便放他出来，令他托梦与妻，他告她，他的父名范德钟；又请她前往长安收取尸骨。她醒来，就别父母向长安而去。到平山袁达关，为强盗所抢，锁闭后堂。幸牢头好心私放。到界牌路不能辨路，跌死尘埃，太白星君下凡救她，把她渡过洋子江，又赐她乌鸦一对领路，她跟着到长安。乌鸦站在长城上，她就对城踢脚大哭，北门城墙一齐崩倒。她滴血认骨，滴到第七尸，认到了。巡城官周易感她的孝（义见下），带她上朝启奏。秦王嘉其千里寻夫的大孝，传旨将尸领回，封她为为一品贞节夫人，令澧州知州当衙建造节孝牌坊，上写"冰壶玉洁节孝孟姜女坊"十大字。她到澧州，知州迎旨，吩咐人马轿子送她归家。她到家时，知道二亲都已身亡，愈加悲哭。忽然想起范郎托梦的话，陈州有他的父母兄长，就派人接到澧州，合为一家。姜女寿至九十九岁。这一个传说如果确与澧州方面的一样（过袁达关时，叙述湖广及澧州的钱粮和风景等甚详，想来未必是云南人作的），那么，孟姜寻得了夫骨之后原是安安稳稳地回家的，说不定澧州还有她的坟墓呢。

云南南部的个旧县有歌云，"你是山中一块柴，拿来人间做骨牌……低头吃水孟姜女"。可见云南有把她的故事画上骨牌的；画中作低头吃水之状，当是受陕西哭泉的影响。

四川和贵州方面的材料全没有得到（云南刻本《孟姜女全传》虽标："西蜀荣焕堂刻本"，但据陈松年的证明，乃由荣焕堂的主人系川籍之故）。云南既能隔省而受湖南和陕西的影响，想来那两省的传说也是属于这一系统的。

（6）广东和广西：

广东海丰客家族说孟姜女是一个孝女。她的父亲给人埋在长城下，她傍城大哭，城墙为她倒塌了八百里。她把父尸觅到了。后来补筑倒塌的城墙，终于随筑随崩，故至今长城依然留着缺处。又海丰《十二月山歌》也说"哭崩长城八百里"（广西《花幡记》也这样说）。海丰《邪歌》有"四角面巾涂里拖，中央绣出孟姜女"的话，可见这件故事有登入绣货的。又有二谜，把孟姜女做谜面。海丰东面的潮洲，歌曲中有《送寒衣》，见百代公司留声片目录。

以上诸项，别的都很平常，惟独说孟姜女为孝女是一件可惊诧的事实。这个疑窦直到见了广西的唱本时方才明白。广西刻本《歌钱临风》中列孟姜女为"二十四孝"之一，但只说她寻丈夫的骸骨；又《花幡记》也以目连救母，孟宗哭竹等起，而以她的送寒衣为行孝之一。读了这些，才知道那边的人民不但称子女善事父母为孝，即妻妾的善事夫君也是一例的称为孝的。后得云南的《孟姜女全传》，说城官和秦王都为她的孝心所感动，始知道西南各省关于这一义是很普遍的。孟姜的变为孝女而寻父尸，当然由此转化。

福佬族对于这件故事的传说，是：秦始皇有一宝鞭，给他一打，天下的石都归到城下。孟姜女的丈夫被点，身弱不能做工。不久死去，给人埋在城下。

孟姜女寻到长城,知其已死,大哭不已,感动了天地,上帝命五雷下降,把城墙裂开,由她取了骸骨。

广东三点会祭陈玉兰姑嫂时,须读一篇很长的哀歌,里面也有孟姜女寻夫的故事。

广西象县的传说,是:范四郎为秦始皇点去造长城,吃不惯苦,私下逃走。六月六日那一天,风俗上不论男女,为要被除炎热晦气,都要到莲塘洗澡。孟姜女在家中莲塘举行被除,刚刚解开罗裙,忽见对面塘边有一男子伸首私窥。她因私处已给他瞧见,除死以外只有嫁给他的一法,就嫁与了。谁知结婚未满三朝,给官差侦知,把他拿去,舂在城墙内。她到长城,寻了七天七夜,横尸太多。寻不到,感动了太白金星,趁她昏死的时侯,把她的灵魂引到丈夫被舂的地方,并教说她滴血之法。她醒来时,照了他的话,还是寻不到。她气急大哭,哀声震动了天地,城就崩倒了。她寻得了骸骨,负归埋葬。在这一则故事里,还保存得《同贤记》所写的形式。

象县的《孟姜女十二月歌》,意境与江苏《唱春调》所叙相同,完全是闺怨之辞,不说到寻夫的事实。其中称夫为范士郎。

桂林文茂堂刻本《孟姜女花幡记》有较完备的叙述。它说,东京秦王抽民丁筑长城,华州范杞郎只十五岁,也被抽去。他不堪其苦,夜行日藏地逃入务州(亦作武州)。务州富家女孟姜女正在思嫁,她到泗水烧香,许下三愿:凡见她在杨柳树下脱衣裳的,见她在百花楼上巧梳妆的,见她针黹穿线绣鸳鸯的,就愿意嫁给他。六月中,她在园中池塘洗浴,把衣衫挂在杨柳树上,轻轻下水,忽见树上有人,忙穿了衣问他,知道他是范郎。她便叫他下水,和她成双。他不肯,她加以恫吓,说,"如若不然,便要报官捉你这个长安逃出的民丁了!"范郎惊怕,只得在杨柳树下依了她的请求。她带他见父母,说明情由,交拜成亲。那时夫妇谐和,如鱼得水。一天蒙恬点工,少了范郎一人。追到武州褚光县,知道他躲在孟家庄已历两个月了。他捉去后,就被蒙恬腰斩,筑在长城。他的灵魂变了凤凰,啣书与孟姜,嘱她早嫁。她不听,做了寒衣亲自送去。一路经过泗州堂、蟒蛇村、饿虎村、雪雨村、山林、桂香村,到泗州,遭逢诸般苦辱。泗州没有船渡,龙王差夜叉把他度过了。到长城后,不见范郎,在城边哭了七天七夜,哭倒了长安的长城八百里。感动了太白星,指示她觅尸的法子。觅到后解下衣衫包了,把三尺白罗当作花幡,引了亡魂走出长安。蒙恬奏知始皇,捉孟姜上殿。始皇见她貌美,要册立她为皇后。她要求三件事:①斩蒙恬伸夫冤,②唤僧道做斋诵经,③御驾亲祭范郎,送他归天,始皇一一依了。她捧了香炉,在江边祝告范郎:"有灵有威神灵现,鬼灵无感嫁君王!"说话未了,范郎显灵立在黑云头,一朵黄云托起了孟姜女,升天去了。蒙恬鬼魂呼冤,她说:"我们都是星宿,是五行的相克呢!"这一篇故事极可注意:第一, 她在杨柳树下逼范郎成亲, 和《文选集注》所引同; 第二, 她包了尸骨, 用花幡引亡魂出长安, 与贯休诗 "疲魂饥魄相逐归" 语意同。恐怕广西的传说还保存得唐代的这件故事的大概。那时的孟姜女是一个活泼泼的女子, 并不曾受过诗礼的化育; 那时寻尸的结果是要归葬, 并没有要挟秦始皇去办国葬呵。这个唱本里又有几处应当注意的: 一是崩的长城在长安, 二是泗州和武州 (或务州之讹) 的地名。书中说及泗州六次, 务州二次, 武州一次。而且孟姜女一出门已到了泗州堂, 经了许多山村快到长城时又是泗州, 可见作者眼底的天下是很小的。泗州在安徽的东北, 错入江苏的西北部。武州, 历史上共有六个, 其中一个是下邳 (见《隋书·地理志》), 离泗州极近, 不知是否即此。如果是此, 那么, 这和河南最通行的一个唱本怕有些关系了。务州, 当是武州之讹。如果武州反是务州之讹, 那么, 浙江金华县是隋置的婺州, 或许是 "婺" 字传误的。又按, 务州之说在南部诸省中甚有力, 不但孟姜女的故事如此, 广东海丰的梁山伯与祝英台的节义全歌也说 "务州梁家一子儿"。

(7) 福建:

南宋时, 莆田人郑樵在《通志》中说杞官演杞梁之妻的故事成万千言, 邵武士人所作的《孟子疏》又以 "孟姜" 二字入疏, 想见当时福建方面这个传说的有力。

福州平讲曲有《姜姬英女运骸》一本, 言华周死于莒, 她的妻姜姬英借足了金银亲往赎尸, 挈婢同行, 途中历尽艰苦, 至九龙山, 为强盗所追, 华周鬼魂救之得脱。这是杞梁妻故事的分化。

近年福州儒家班中有孟姜女一本, 中分长亭别, 遇盗, 过关歌等阕。过关歌有旧唱和新唱两种: 旧唱即是浙江的《孟姜女四季歌》; 新唱也是闺怨体。遇盗中有 "恨恶仆起谋心将婢来害, 可怜奴孤身失落山林" 之句, 和浙江、江苏的故事相同。

厦门调有《捉杞郎》, 见百代公司唱片目。厦门的御前清曲是采元明杂剧散套译为土语的, 因康熙中曾一度进御故名。曲中关于这件故事的有五阕, 一为路叹, 二为到长城, 三为见蒙恬将军, 四、五为哭夫; 中说范杞郎是叶州门道村的秀才, 早丧父母。厦门又有通行的唱本两种: 一即《桂林花幡记》; 一是《孟姜女哭倒万里长城歌》, 厦门人敕桃仙用土语编的。歌中说, 武州孟家庄的姜女在家思嫁, 在城隍庙烧香许愿。六月到园中洗浴, 遇见杞郎, 成了婚配 (情节与《花幡记》同)。蒙恬点军, 不见杞郎。屈指一算, 知道他逃在孟家, 便派兵捉获, 押到长城斩了, 葬在城内。他的灵魂变了莺哥, 到姜女处报说他死了。她做了衣送去, 经过了泗州堂、百花卷、西山当、大东山、恶蛇村、猛虎埔、麒丽墩、太行山、树林堂、洋子江、三条路, 碰到了许多危险: 由神灵保护, 始得过去。太白金星化做白鹤, 把她引到了长城。她问番官, 知道杞郎已死，大哭，哭倒了长城数百里。杞郎神魂灵应，三十六骨化为一堆。她滴血觅得后，用衫裙包骨，脱乌巾做幡，烧化纸钱，引魂远去。蒙恬把她捉到宫中，秦王要娶她做后；她要求了建庙宇、杀蒙恬、亲身下愿几件事，他都依了。三个月后杞良庙宇造好，姜女入庙行香，蒙恬破腹斩首以祭。杞郎神魂化做祥云，她就逃入。秦王见其白日上天，骂为妖精。她在云头回骂三声，骂得他两脚浮浮，落在东海里做了一头春牛，年年春天给人看，留下了万古的恶名。这篇故事是大体根据于花幡记的。

(8) 浙江：

平湖县治东二十九里有苦竹山，又名捣衣山，离乍浦镇二里，高丈余，广数亩。山下有孟姜捣衣石，旧名一片石。乍浦八景，其六曰"孟姜捣石"。乍浦又有孟姜故居。这一说只见于平湖县志，或者是早已忘却的传说了。《花幡记》说姜女住在务州。务州若是婺州之误，那么金华或许也有孟姜故居。

绍兴一带是孟姜女故事极盛行的地方。"目连戏"中有孟姜女戏，戏中的故事大概是：有两个贼到一个员外的家里偷南瓜，回来剖开，里边乃是一个人。他们怕了，送回去。员外把这孩子养大，名为万喜良。后来秦始皇造万里长城，要有一万人筑在城里，惟有万喜良一人可以抵当万人，便下令捉拿。孟姜女也不是人生的，是在葫芦里生的。又绍兴中秋祀月必供南瓜，相传古时有月华堕入瓜内，剖开看时成一女子，即孟姜。这些传说有两点是该注意的：其一，万喜良和孟姜的本体就是神仙，不像他处的传说必须死后成神或神人投胎；其二，是把这件故事落在厌胜的模型里，不像别的地方说范郎因私逃被杀或体弱病死而筑在长城内的。厌胜的传说，江浙一带都很流行。就绍兴说，明知府汤绍恩在三江筑应宿闸不成，梦神告须用木龙血胶合；正踌躇间，忽见一学童的书包上署名莫龙，顿悟神语，执置之石下，闸基乃固，后在闸旁立莫龙庙祀他。近年造沪杭甬铁路到曹娥江，预备筑铁桥，适教育厅调查学龄儿童，一时谣言蜂起，说凡是调查到的儿童都要填塞在桥底的。因为有了这种背景，所以这件故事也就跟着变了。

绍兴流行的《孟姜女四季歌》，即是神州的过关歌旧唱：不知道这是哪里做了流到那里的。至《十二月花名歌》，则是江苏的歌而流入浙江的，因为唱春调是江苏的调子。这歌几乎在浙江全境内通行。

浙江的孟姜女唱本似乎都是江苏过去的，惟宁波老凤英斋刻的《孟姜女五更调》是用宁波话做的。

绍兴道士作法事，内有"翻九楼"一项，高搭了桌子翻弄花样，花样中的一种唤做"孟姜女纺花"。平湖"羊皮戏"（剪羊皮作的影戏）中亦有孟姜女送衣事。又男巫祭神和石匠工作时所唱辞也都有此。模数算命和鸟衔牌算命中也都有旧孟姜女的牌。又骨牌游戏中有一种排列猜枚的方式，唤做"孟姜女寻夫"。

上海印的唱本和演的戏剧，有几种说范纪良是余杭人。余杭离平湖不远，或许是捣衣山的故事所演化的。今将戏考中万里寻夫和弹词本孟姜女合叙于下：秦朝的兵部尚书余杭人范启忠与赵高不睦，死后其妻蔡氏继逝，单传一子纪良，在家读书。始皇要造万里长城，赵高借此报仇，说长城工程浩大，须伤百姓万人；范纪良是一个奇异之人，若得他祭禳，可抵万人之用。始皇准奏，令蒙恬前往捉拿。吏部尚书李洪和范启忠交好，派人急速送信。纪良逃到松江，进孟隆德花园歇息。隆德亦曾官上大夫，因始皇无道，告老还家。他只有一女名孟姜，因曾梦见观音，对她说必须见她肌肤的人才可嫁，故父母和她议婚她都不愿。这一天，她在园中扑蝶，用力过猛，扇落池内。她正挽起衣袖，探水取扇，纪良怕她跌下，不觉喊声小心。她见了他，询问来历，他直说了。她因臂膊已给他瞧见，便禀明父母嫁他。不意仆人呼唤傧相喜娘，消息漏出，给蒙恬捕去，始皇令在长城下斩了。孟姜备了寒衣，亲自送去，由仆人孟兴婢女春兰伴送。途中孟兴起了不良之心，将春兰推落湖中，逼孟姜和他成亲。她假说要取山腰红花为媒，把他也推落涧中去了。她独行到了顺天，关官疑她是流娼，要她唱曲，她就唱了一首《四季歌》（即福州过关歌旧唱）。她到长城，知道丈夫已死，大哭，哭崩了城墙的一角。蒙恬见了她，送至朝中。始皇欲封她为妃。她要求三事：①将范纪良尸首礼葬，②满朝文武挂孝，③礼毕到望萍桥望乡；始皇一一依了。礼毕，她回转行台，修书与母诀别，就到桥上跳水而死。孟隆德接到这信，由别房过继螟蛉；范家也立了嗣。在这个故事里，多出了范郎父亲的和赵高结怨，观音的托梦给孟姜女，孟兴的杀婢欺主，关官的勒迫唱曲等等，和江苏的故事同了一半。

（9）江苏：

江苏南部的孟姜女故事是最后起而现在最占势力的。凡是这一方面的故事，都说孟姜女是华亭县人，万喜良是苏州元和县人。因为江苏的文化发达，上海书肆操着全国书籍的发行权，所以上海石印的孟姜女唱本直销到浙江、福建、湖北、山东、河南、山西诸省，无形中改变了全国民众对于这件故事的记忆。现在北京的秦腔女演员演孟姜女剧，也说孟姜的丈夫姓万而是元和县人了，她过关时也唱花名歌词了；湖北熊佛西先生在美国寄回来的长城之神的剧本也以万喜良为名了，孟姜女的嫁他也以"扑蝶落扇，臂为他见"为原因了。

江苏南部民间最流行的是唱春调的孟姜女十二月花名，或是由十二月花名节缩而成的四季花名。这种歌传也传到浙江、湖北、河南等处，浙西尤通行。歌中全是闺怨之词，借了孟姜女的名字而写出思妇的悲哀，和这件故事的本身并没有什么关系。例如"桑篮挂拉桑树上，勒把眼泪勒把桑"，不即是唐人诗中的"提笼忘采叶，昨夜梦渔阳"吗？"满满斟杯奴不喝，无夫饮酒不成双"，也不即是《诗经》中的"岂无膏沐，谁适为容"吗？但新编的孟姜女特别花名

（上海久益斋石印本）和最新孟姜女十二月花名（南京刻本）都是有本事的了。又苏州恒志书社刻本孟姜女五更调说"听唱好新闻，新闻有名声"，又把这件故事认作新闻了。

河南唱本说范和孟都是江宁人，不知道在江宁本地有这个传说没有？普通都说孟姜为华亭人，当是由华州演变来的。孟姜生于南瓜中的传说，民众间亦承认，但不及绍兴的普遍。又苏州有"裙带鱼（狭长的海鱼）为孟姜女的脚带所变成"的传说。

有一个最通行的唱本名孟姜女万里寻夫，不知道印过了几千万册，几乎每个书摊上都找得到，各省也都传去了。这唱本上说，秦始皇造长城，没有神仙不能造成，伤百姓太多；天上神仙知道了，化了凡人送信，说苏州万喜良可抵一万人。始皇听得大悦，立了皇榜捉他。榜文挂到苏州，万员外打发儿子逃生。他逃到松江，匿在孟家花园的树下。这天孟姜到园游玩，一阵狂风，把她的扇子吹入池中；唤婢不来，她就脱去了衣服下池捞取。忽见树下有人，问知其故，她便说："我是立过海誓山盟愿的，见我白肉的是我的夫君；现在我就嫁给你。"同到父母处，说了。正在挂灯结彩，给外面知道，把孟家围住。喜良捆绑上船，到长城时已患病；筑城三天就死了。孟姜准备寒衣，叫孟兴送去。孟兴知道喜良已死，到苏州嫖赌完了。孟姜梦见喜良，得悉实情，决心自送寒衣。过了终七，辞别父母而行。她经苏州后，到浒墅关，关官逼她唱曲，她就唱了十二月花名。一路走去，经过望亭、无锡、高桥、六社、横林、戚墅、丁堰、常州。她到清凉寺中叩祷，观音命韦驮和城隍保护，土地引路，限于七日七夜内到长城。从此经丹阳、镇江、黄河，到长城。她向城大哭；喜良阴魂显圣，城倒露出尸骨，她滴血认了。鸵子报了上去，把她解至金殿。始皇见她貌美，要封为正宫。她要求三事：①制长桥一座，十里长，十里阔，②十里方山造坟墩，③万岁身穿麻衣到坟前祭奠；他件件都依了。工竣后，排驾起行，过了长城，上长桥，过了长桥到坟前。祭毕，始皇要她同回宫庭，她骂了他一顿，投入长桥下死了。皇后知道，封他们夫妇为大王和天仙，又骂始皇无道。他大怒，绑皇后到法场。太后知道，赦回皇后，封赠喜良们。这个故事除了末段的滑稽趣味以外，可注意的是它所用的地名。它记苏州到常州的驿站很清楚（即今沪宁路所过的几个站），但常州以西就只知道丹阳、镇江两个大城，过了镇江就只道是黄河与长城了。在这样寒伧的地理知识上，可以见出作者确是一个苏州的民众文学家。

还有一本《孟姜仙女宝卷》，也是很通行的。现在所知道的它的流传的地方，已有浙江、广东、广西诸省了。卷中说，冬至节，诸仙叩贺玉帝退班后，各自游行三界。仙姬宫管蚕桑的七姑星，斗鸡宫管禾苗的芒童仙官，游到南天门前，望见下界杀气冲天。芒童仙知道秦皇要造万里长城，立愿去救万民灾祸。七姑仙劝住他，不听。她心中不安，要救仙弟的难，也下凡了。芒童仙投到苏州万家，名喜良，父万天心，母郑氏。七姑仙到华亭，不愿受胎产的血污狼藉，见孟家庄冬瓜甚大，就遁入瓜中。这一颗冬瓜，是孟家仆人孟兴所种，但瓜藤牵到邻姜家而生。孟家主人孟隆德是一个财主，没有子女。姜家只有一个年近八十的老婆婆，孤苦非凡。这天孟兴去采瓜，姜婆因生在她的地方，和他争夺。地保判断，两家对分。孟兴正要切下时，仙女在瓜中着急大叫。他们大胆问明，在边上剖开，只见里面端坐着一个女孩。孟兴把女孩抱去；姜婆抢不到手，奔到县署声冤。县主断此女为两家公有，取名孟姜女；姜婆和孟公合为一家。两家都满意而退。不久，姜婆死了。孟姜长成，父母要替她招赘，她说愿意修行侍亲。其实，她很明白，她此来是为接应仙弟的，不过借此推托而已。一天，玉帝登坛，查悉他们私自下凡之事，大怒，命太白金星降下童谣。始皇听得童谣中有"姑苏有个万喜良，一人能抵万民亡"的话，就出皇榜捉拿。喜良逃到松江，见座花园，挨进暂停。其时孟姜念佛课毕，到花园散心，忽然一阵狂风，把她吹跌莲池之内。她连叫救命，惊动喜良，跑出挽她起来。孟公出来，问了他的来历，孟姜心中明白，是为了结这一段尘缘来的。孟公向他说亲，即行喜礼。不料给钦差知道，在合卺时捕去了。他到了长城，城官因其代万民而死，侍奉十分殷勤。李斯奏请郊天祭地，赐万喜良王爵，封为长城万里侯万王尊神。始皇从之，亲往致祭（祭文上写"正统十年"）。他一路受尽惊吓，已病半月，此时魂不附体，如木偶一般。太监武士等替他换了衣冠蟒袍，扛在长城地坑中，四面泥土掩定。他一灵回家，托梦给父母，说封了万里侯，死也甘心了。他又到孟姜处去，见她正在哭着，说："当年劝你不要下凡，你不听我，现在害得侬同来受苦！"他托梦与她，嘱其亲到长城，请始皇勅建万王神庙。她辞别父母，哭泣上路。到了潼关，大哭一声，城头坍了；原来喜良显灵，把他的尸骨露了出来。潼关总兵把她解到金殿；始皇见其美，要她嫁与。她要求三事：①造丘坟，②造万王庙，③御驾亲祭；他一一依了。一个月后完工，始皇亲祭，焚帛烧锭，火光熊熊。她渐渐近火，始皇正唤她留心，她已跳到火里，化作一阵青烟，上天去了。始皇叫苦连天，命人寻看尸骨，但毫无踪影。他疑心孟姜是仙女，又在万王庙旁造起仙女宫来。孟隆德与万天心本是好友，此时万家老夫妇把住宅舍与常州清凉寺，遣散僮仆，住在孟家。四老一同念佛修道，南海大士前往点度。孟姜上天，和喜良相见，携手同归，拜见四位父母。大士降临，带领他们同见玉帝。家僮使女从长城归来，只见四老盘足而坐，音乐喧天，冉冉脱凡上天去了。大士向玉帝说情，赦芒童和七姑无罪，复原职；四老也派了天官职事。这一篇故事，婆子气重极了，只因"宣卷"的事本是在婆子社会中流行的。它说万喜良本是为救万民来的，孟姜女本是为救仙弟来，而又未经投胎，不昧本性，一切的痛苦都是她豫料到的。

太白星的降童谣是为完成喜良们的志愿的，她跌到池内是给风吹下的（无扑蝶的游戏，也没有裸浴的轻荡），喜良葬在长城内是穿了蟒袍封为"万里侯万王"的，万、孟两家父母都是由大士超度到天宫的，这是何等的慈祥，何等的有礼仪，何等的美满呵！

还有两种章回小说，是脱胎于上面说的唱本、宝卷、戏本的，都是上海石印本：一唤做《孟姜女万里寻夫全传》，凡十六回；一唤做《哀情小说孟姜女》（又名《万里寻夫贞节传》），凡十二回。这二种也都流传到直隶、河南、湖北诸省。

《万里寻夫全传》中说，孟姜女是孟隆德晚年所生，长益美慧。她从一绣花娘学绣，这人是一个节义妇人，教她读书，数年中学成了满腹经史。万喜良在苏州，以学问著名。其时始皇要造长城，有一散仙恐其伤百姓过多，知道喜良是仙人转世，该受此劫，就往见始皇，说万喜良可抵代一万个夫役的死。始皇就行文到楚国，令楚王捉拿，楚畏秦强，只得到苏州张贴榜文。万员外嘱儿子易服逃生，县尹往查，说是喜良游学齐、鲁去了。秦使回国，始皇大怒，传旨无论何国一体严拿。这时孟姜十六岁了，父母正要同她招婿，她得了一梦，梦见花园中莲并蒂，鸳鸯交颈；正在赏玩时，却起了一个霹雳，风雹齐下；把莲花打碎，鸳鸯打死了。她醒来，到父母处说起此事；他们也说得到了同样的梦。这天，孟姜绣倦，进花园纳凉，忽见一双飞舞的蝴蝶，上前扑着。不料用力过猛，跌入池内；两腿沾泥。因在夜间，就脱衣洗澡，全身白肉为万喜良所见。她抬头见他，羞得无地自容，穿衣唤他，问明情由，便要嫁与。喜良不肯，她拉他到父母处，以死求婚，他只得应允了。消息泄露，钦差趁结婚时前往搜查，终于在柴房内搜出。喜良到长城做工三天，就死了。督工官命人把他埋在城内，不到数天城工已完，以前坍塌的地方也都修好。始皇欢喜，封他为督理长城之职，派王贯代主祭他。孟家派孟兴前去探视，他到时正值御祭，回来不敢声张，只说姑爷卧病。他们又派他把寒衣和银两送去。他到苏州眠花宿柳，一年后用光了才回去，说姑爷死了。这夜孟姜梦见喜良，具悉孟兴诓骗之事。明天要捉他时，他早已逃走了。她立志前往寻骨，过了七七，和仆孟和、婢小秀同行。喜良托梦时，曾给她一双黑鞋。醒来时就变了一对小鸦，她喂养着。起行之日，不知路径，在灵前祷祝，只见那对小鸦朝着她乱叫。她们起身后，就由它们领路。先到苏州，拜见了翁姑。有一天，忽地出来一个打棍人，把孟和打死，把小秀丢在山腰，原来这正是孟兴。他逼她成亲，她心生一计，把手巾包了石子，失手落在涧中，说包内有黄金二十两。他贪财心切，顺崖下取，给孟姜投石打死了。她孤身半夜走到辛店，听得一家有机声书声，请求借宿。这读书的小孩名韩信，刚七岁，已立了灭秦的大志了。她到木德川，行李给贼人抢光。到曹家店，幸遇店主相助，得了些盘缠。到浒墅关，关官不放；她唱了十二月花名，他也落泪了。出关后，遇见一个挈着小孩的老妇，给她一封枣子，陪她在望亭睡眠。她半夜醒时，面前睡着大小二虎，她惊骇晕去。明天醒时，只见留着一个简帖，上写"浒墅关土地奉了菩萨法旨令本关山神母子前来搭救，所食枣名火枣，是仙家的妙品，食过十二枚便可一年不饥不渴"。自此以后，她不吃东西，行路也有精神。她在路上日诵经卷，黑夜也不停宿，只管往前走。有一天，她走过一条有妖怪的山路，给她天宫中的姐妹麻姑和许飞琼救世主，从云中送到无锡。孟姜由此过高桥，六社，横林，戚墅，丁堰到常州。常州南门有个清凉寺，她叩门求宿，招待她的两个女冠原来是华周杞梁之妻。她们自哭夫之后，虽蒙齐君抚恤，终是穷无所依。二人往山中挖菜煮食，忽然挖出一个何首乌，吃后白发变黑，皱纹平舒，不饮不渴，年纪不过二十外，众人都称她们为仙人。活到一百余岁，亲丁俱无，又加乐毅伐齐，国内大乱，恐为强暴所污，到清凉寺出家。自从到此以来，已经了一百余年了，这天，孟姜女进殿哭拜菩萨，梦见菩萨命韦驮和各府州县城隍土地在七日七夜之内送她到长城；又令浒墅关山神将劫贼押到长城。将赃物跪献与她。华周杞梁之妻听得了菩萨的命令，十分钦敬，说她这样贞烈，自愧不如。她到丹阳，见慈航寺香火极盛。进去参拜，忽然霹雳一声，把能言的活菩萨打死，现出白毛老猿的本相，原来它受不起她的一拜，送行的韦驮把它打死呢。在这里，她又遇见了高渐离之妻。从此到金山，因无钱渡江，到大王庙祷祝，大王把她在蒲团上送过去了。她到黄河，又无法渡过，愤激投下，韦驮把她送过去了。第七天上，果然到得长城。她依了神示，找到了六角亭，拍着城墙大哭，把头碰去，许多神灵着了急，赶紧推倒一段城墙。她昏晕醒来，见死了的劫贼跪在旁边，将衣包跪献。她把包打开，把骨殖一段段地拾取，放在衣服里，缺少一双鞋子，两双小鸦落下来，就是鞋了。这时守城官奏知朝廷，始皇派赵高提捉。孟姜见了赵高，破口大骂。赵怒，命将喜良骨烧化成灰。兵卒去时，见有两虎守着，不敢走近。赵高带孟姜见始皇，不易孝服；始皇爱其美，命王贯替他说亲。孟姜要求三件事：①造十里长桥，②造十里方阔的坟茔，③皇帝和大臣往祭；始皇一一依了。这座桥跨过了鸭绿江，好似飞虹亘天。祭后，始皇要孟姜同归。她一直跑到长桥，大骂始皇，高叫丈夫，跳下去了。始皇叫人打捞，不知去向，原来她的尸紧贴在江岸呢。始皇回京后，她又自己漂上岸来。守城官把她盛殓，暗暗地埋在喜良坟内。皇后骂了昏王，险些遭斩，给太后救下。万员外听得孟姜死耗，立主招魂，又为他过继一子，到松江搬取隆德夫妇同居，弄孙自娱。这本小说大约是一个略略通文的人做的，所以知道那时的苏州属于楚国，又知道有高渐离、韩信诸人。最奇怪的，他会使孟姜女和杞梁妻会面，并使杞梁妻自愧不如。

哀情小说《孟姜女》里，用的新名词很多，分明是这十几年中的作品。起首与宝卷一样，叙述孟姜的诞生的神话。下说万纪良的父万启忠与赵高不睦，辞职退隐。太白星降下童谣。赵高公报私仇；李斯谏阻无效。皇榜挂到苏州，纪良由家人万祥陪伴逃出。中途，万祥给土匪杀害了，包袱银两悉被抢去。纪良到孟家花园，与孟姜相遇。正在合卺时，即被蒙恬捕去。解到长城，封侯受祭，埋于城内。他的魂到孟姜处，听她正哭述天宫谏阻下凡的事，他恐和她见面后她要寻死，不如让她到长城去吃一番辛苦，造一座庙宇的好，就不托梦与她，飞向外面去了。孟姜亲送寒衣，途中婢为仆害，仆又受孟姜的诳而落涧，她一人独行，作歌自叹（闽、浙通行的四季歌）。过把城关（即长城总关），关官疑她是歌妓，要她唱曲，她就唱了十二月花名。她一路哭泣，到了潼关，还觅不到，披散了头发撞去；万杞良阴魂把城一推，城就开了。蒙恬送孟姜上殿，始皇要娶她。她要求三事：①殓杞良，埋长城下，②万岁亲自祭奠，文武挂孝，③丘坟前造一座万里长城侯万王神庙；始皇都依了。祭毕，她和他携手至望萍桥上，纵身向河中跳下，即化为仙体，和纪良同驾云头到松江会见四老，告别，上天宫归位。尸首捞不着，李斯请建仙女庙。这是全把宝卷作底而用他种有力的传说（如万父和赵高结怨，孟姜女途中唱歌，跳水而死）把它修饰的。

（三）研究的结论

这一件故事仅仅断续地研究了一年多，所得的材料亦仅由同志钱南杨（肇基）、钟敬文、刘半农、郑鹤声、郑宾于（孝观），常维钧（惠）诸先生供给，虽已激起了许多人的"小题大做"的批评，但我自己觉得，这实在是极不完全的。（读者不要疑我为假谦虚；只要画一地图，就立刻可以见出材料的贫乏，如安徽、江西、贵州、四川等省的材料便全没有得到；就是得到的省分每省也只有两三县，因为这两三县中有人高兴和我通信。）我想，如能把各处的材料都收集到，必可借了这一个故事，帮助我们把各地交通的路径，文化迁流的系统，宗教的势力，民众的艺术……得到一个较清楚的了解。这比了读呆板的历史，不知道可以得益到多少倍。至于小题大做，乃是不成问题的，因为天下事只有做不做，没有小不小，只要你肯做，便无论什么小问题都会有极丰富的材料，一粒芥菜子的内涵可以同须弥山一样的复杂（但这是生着势利眼的人们所不能理会的）。现在试从这一点贫乏的材料中提出几项故事的大趋势瞧一下（里边有许多未考定的事实；因便于称说，不悉列明）：

第一，就历史的文化中心上看这件故事的迁流的地域。春秋战国间，齐、鲁的文化最高，所以这件故事起在齐都，它的生命日渐广大。西汉以后，历代宅京以长安为最久，因此这件故事流到了西部时，又会发生崩梁山和崩长城的异说。从此沿了长城而发展：长城西到临洮，故敦煌小曲有孟姜寻夫之说；长城东至辽左，故《同贤记》有杞梁为燕人之说。北宋建都河南，西部的传说移到了中部，故有杞县的范郎庙。湖南受陕西的影响，合了本地的舜妃的信仰，故有澧州的孟姜山。广西、广东一方面承受北面传来的故事，一方面又往东推到福建、浙江，更由浙江传至江苏。江浙是南宋以来文化最盛的地方，所以那地的传说虽最后起，但在三百年中竟有支配全国的力量。北京自辽以来建都近一千年，成为北方的文化中心，使得它附近的山海关成为孟姜女故事的最有势力的根据地。江浙与山海关的传说联结了起来，遂形成了这件故事的坚确不拔的基础，以前的根据地完全失掉了势力。除非文化中心移动时，这件故事的方式是不会改变的了。

第二，就历代的时势和风俗上看这件故事中加入的分子。战国时，齐都中盛行哭调，需要悲剧的材料，杞梁战死而妻迎柩是一个很好的题目，所以就采了进去。西汉时，天人感应之说成为一种普遍的信仰，在那时人的想象中构成了奇迹，如荆轲刺秦王的白虹贯日，邹衍下狱的六月飞霜，东海孝妇冤死的三年不雨，都是。杞妻的哭，到这时便成了崩城和坏山的感应，以致避兵而回，因渴泉涌。六朝、隋唐间，人民苦于长期战争中的徭役，一时的乐曲很多向着这一方面的情感而流注，但歌辞里原只有抒写普泛的情感而没有指实的人物。"此中有人，呼之欲出"，于是杞梁的崩城便成了崩长城，杞梁的战死便成逃役而被打杀了。同时，乐府中又有捣衣，送衣之曲，于是她又作送寒衣的长征了。再从别地的风俗传说上看这件故事中加入的分子。陕西有姜嫄的崇拜，故杞梁妻会变成孟姜女。湖南有舜妃的崇拜，故孟姜女会有望夫台和绣竹。广西有被除的风俗，故孟姜女会在六月中下莲塘洗澡。静海有织黄袍的女工，故孟姜女会得织就了精工的黄袍而献与始皇。江浙间盛行着厌胜的传说，故万喜良会得抵代一万个筑城工人的生命。西南诸省有称妻妾事夫为孝的名词，故孟姜女会得变成了寻夫崩城的孝女。其它如滴血认骨之说，如仙人下凡救劫之说，如葬姑寻夫之说，也莫不有它的来历。

第三，就民众的感情与想象上看这件故事的酝酿力。一件故事，一定要先有了它的凭藉的势力，才有发展的可能。所以与其说是这件故事中加入外来的分子，不如说从民众的感情与想象上酝酿着这件故事的方式。例如上条所举，杞梁妻哀哭的故事是由于齐都中哭调的酝酿，崩城和坏山的故事是由天人感应之说的酝酿，孟姜女送寒衣哭长城的故事是由于饮马长城窟行、筑城曲、捣衣曲、送衣曲等歌诗的酝酿。又如望夫石，有它的地方是很多的。唐张籍《望夫石》诗云："望夫处，江悠悠；化为石，不回头。"白居易《蜀路石妇》诗云："道旁一石妇，无记复无铭；传是此乡女，为妇孝且贞，十五嫁邑人，十六夫征行；夫行二十载，妇独守孤茕。"又《继古诗》云："戚戚复戚戚，送君还行役；……生作闺中妇，死作山头石！"宋苏辙《望夫台》诗云："江上孤峰石为骨，望夫不来空独立……江移岸改安可知，独与高山化为石。"明《一统志》云："石妇山在广德州城南五十里，旧传谢氏女望夫而化为石，因名。"这些东西正与澧州、山海关、绥中的望夫台和望夫石一例：不过澧州等处已把它指定为孟姜女的遗迹，而当涂（张籍所咏）、忠州（苏辙所咏）等处则没有指实，或指定了别人（如谢氏）罢了。推原它们所以不被指定为孟姜女的遗迹之故，只因她的故事是活动的（崩城和送衣都须出门）。而谢氏等因望夫而化石则是固定的。我们由此可以知道，民众的感情中为了充满着夫妻离别的悲哀，故有捣衣寄远的诗歌，酝酿为孟姜女寻夫送衣的故事；有登高望夫的心愿，酝酿为孟姜女筑台远望的故事（以及谢氏等望夫化石的故事）；有骸骨撑拄的猜想，酝酿为孟姜女哭崩长城滴血觅骨的故事。所以我们与其说孟姜女故事的本来面目为民众所改变，不如说从民众的感情与想象中建立出一个或若干个孟姜女来。孟姜女故事的基础是建设于夫妻离别的悲哀上，与祝英台故事的基础建设于男女慈爱的悲哀上有相同的地位。因为民众的感情与想象中有这类故事的需求，所以这类故事会得到了凭藉的势力而日益发展。

第四，就传说的纷异上看这件故事的散乱的情状。从前的学者，因为他们看故事时没有变化的观念而有"定于一"的观念，所以闹得到时狼狈。例如上面举的，他们要把同官和澧州的不同的孟姜女合为一人，要把前后变名的杞梁妻和孟姜女分为二人，要把范夫人当作孟姜女而与杞梁妻分立；要把哭崩的城释为莒城或齐长城，都是。但现在我们搜集了许多证据，大家就可以明白了：故事是没有固定的体的，故事的体便在前后左右的种种变化上。例如孟姜女的生地，有长清、安肃、同官、泗州、务州（武州）、乍浦、华亭、江宁诸说；她的死地，有益都、同官、澧州、潼关、山海关、绥中、东海、鸭绿江诸说。又如她的死法，有投水、跳海、触石、腾云、哭死，力竭，城墙压死，投火化烟，及寿至九十九诸说。又如哭倒的城，有五丈、二三里、三千余丈、八百里、万里、十万里诸说。又如被她哭崩的城的地点，有杞城、长城、穆陵关、潼关、山海关、韩城、绥中、长安诸说，寻夫的路线，有渡浍河而北行、出秦岭而西北行、经泗州到长城、经镇江到山海关、经把城关到潼关诸说。又如他们所由转世的仙人，范郎有火德星、娄金狗、芒童仙官诸说，孟姜有金德星、鬼金羊、七姑星诸说。这种话真是杂乱极了，怪诞极了，稍有知识的人应当知道这是全靠不住的。但我们将因它们的全靠不住而一切推翻吗？这也不然。因为在各时各地的民众的意想中是确实如此的，我们原只能推翻它们的史实上的地位而决不能推翻它们的传说上的地位。我们既经看出了它们的传说上的地位，就不必用"定于一"的观念去枉费心思了。

第五，就传说的自身解释上看这件故事的改变的样子。例如"孟姜"二字都是可以用作姓的，所以孟姜仙女卷就解释道，孟家种的瓜生在姜家地上，姜婆与孟公争夺瓜中的女儿，县官断她为两家公有，便用了两家的姓作她的名。北方的孟姜又姓许，所以河南唱本也解释道，"他爹姓许来娘姓孟，认了干娘本姓姜。"我们由此可以知道，有许多传说是本来没有的，只为了解释的需要而生出来的。即如孟姜女的婚配，最早的记载只说她因杞梁窥见了她的身体，妇人之体不得再见丈夫，故毅然嫁与。后来为了解释她何以给他窥见身体之故，便想出了许多方法，或说她坠扇入池，将臂拾取，为他所见，或说她入水取扇，污了一身的泥，就此洗浴，为他所窥；或说她被狂风吹落池中，为他所救；或说她忆春思嫁，烧香许愿，愿嫁与见她脱衣裳的人；或说她虔心事神，观音托梦，嘱她嫁与见她肌肤的人。又如范郎筑在城内，最早的记载不过说他逃避工役，故处死填城，后来为了解释他何以要处死填城之故，或说万喜良自愿替代万民灾难；或说仙人有意降下童谣，说只有他能抵万人生命；或说赵高和他父亲不睦，故意要杀他祭禳长城。因为各人有解释传说的要求，而各人的思想知识悉受时代和地域的影响，所以故事中就插入了各种的时势和风俗的分子。

第六，就这件故事的意义上回看民众与士流的思想的分别。杞梁妻的故事，最先为却郊吊，这原是知礼的知识分子所愿意颂扬的一件故事。后来变为哭之哀，善哭而变俗，以至于痛哭崩城，投淄而死，就成了纵情任欲的民众所乐意称道的一件故事了。它的势力侵入了知识分子，可见在这件故事上，民众的情感已经战胜了士流的礼教。后来民众方面的故事日益发展，故事的意义也日益倾向于纵情任欲的方面流注去：她未嫁时是思春许愿的，见了男子是要求在杨柳树下配成双的，后来万里寻夫是经父母翁姑的苦劝而终不听的；秦始皇要娶她时，她又假意绸缪，要求三事，等到骗到了手之后而自杀。但这件故事回到知识分子方面时，就只变了一个面目，变得循规蹈矩了：她的婚姻是经父母配合的，丈夫行后她是奉事寡姑而不敢露出愁容的，姑死后是亲自负土成坟而后寻夫的；到后来也没有戏弄秦始皇的一段事。因为两方面的思想有这样的冲突，所以一个知礼的杞梁之妻会得变成了自由慈爱的主张者，敢把自己的生命牺牲于爱情之下；但又因知识分子的牵制，所以虽有城崩的失礼而仍保留着却郊吊的知礼，虽有冒险远行的失礼而仍保留着尽孝终养的知礼。我们只要一看书本碑碣上的记载，便可见出两败俱伤的痕迹，倒不如通行于民众社会的唱本口说保存得一个没有分裂的人格了。

从以上诸条看来，我们可以知道一件故事虽是微小，但一样地随顺了文化中心而迁流，承受了各时各地的时势和风俗而改变，凭藉了民众的情感和想象而发展。我们又可以知道，它变成的各种不同的面目，有的是单纯地随着说者的意念的，有的是随着说者的解释的要求的。我们更就这件故事的意义上回看过去，又可以明了它的各种背景和替它立出主张的各种社会的需要。

我们懂得了这件故事的情状，再去看传说中的古史，便可见出它们的意义和变化是一样的。孟姜女的生于葫芦或南瓜中，不即是伊尹的生于空桑中吗？范喜郎为火德星转世，死后归复仙班，不即是传说的"乘东维、骑箕尾而比于列星"吗？秦始皇被骂后两脚浮浮，落在东海里做春牛，不即是"尧殛鲧于羽山，其神化为黄熊，以入于羽渊，实为夏郊"吗？范杞郎死而化为凤凰或鹦鹉，也不即是女娲的溺死而化为精卫（帝女雀）吗？饿虎、毒蛇、雨雪诸村，也不即是《山海经》上的有食人的窫窳的少咸之山，有攫人的䑏湖的崌嵫之山，冬夏有雪的申首之山吗？（用《楚辞》中的《招魂》和《大招》看来就更像。）读者不要疑惑我专就神话方面说，以为古史中原没有神话的意味，神话乃是小说不经之言。须知现在没有神话意味的古史，却是从神话的古史中淘汰出来的。清刘开《广列女传》的"杞植妻"条云："杞植之妻孟姜。植婚三日，即被调至长城，久役而死。姜往哭之，城为之崩，遂负骨归葬而死。"我们只要看了这一条，便可知道民间的种种有趣味的传说全给他删去了，剩下来的只有一个无关痛痒的轮廓，除了万免不掉的崩城一事之外确没有神话的意味了。况且就是崩城的神话也何尝不可作为非神话的解释，有如王充所云"或时城适自崩，杞梁妻适哭其下"（《论衡·感虚篇》）呢。所以若把《广列女传》所述的看作孟姜的真事实，把唱本、小说、戏本……中所说的看作怪诞不经之谈，固然是去伪存真的一团好意，但在实际上却本末倒置了。我们若能了解这一个意思，就可历历看出传说中的古史的真相，而不至再为学者们编定的古史所迷误。

1927年·1月
（《现代评论》第二周年增刊）

顾颉刚、钟敬文等：《孟姜女故事论文集》，
中国民间文艺出版社，1983

试从文体的演变说明中国文学之演变趋势

郭绍虞

这是从两篇文改写成的。一篇是《中国文学演进之趋势》，载《小说月报》十七卷号外《中国文学研究》上；一篇是《中国文学演化概述》，载河南中州大学文艺研究会主办的《文艺》一卷二期。这两篇文，都在一九二六年发表，内容相近，有部分重复，因改写为一篇，并换了现在的新题目。

一

刘师培说："英儒斯宾塞耳有言'世界愈进化，则文字愈退化。'夫所谓退化者，乃由文趋质，由深趋浅耳。及观之中国文学，则上古之书，印刷未明，竹帛繁重，故力求简质，崇用文言。降及东周，文字渐繁；至于六朝，文与笔分；宋代以下，文词益浅，而儒家语录以兴；元代以来，复盛兴词曲；此皆语言文字合一之渐也。故小说之体，即由是而兴，而《水浒传》、《三国演义》诸书，已开俗语入文之渐。陋儒不察，以此为文字之日下也。然天演之例，莫不由简趋繁，何独于文字而不然？故世之讨论古今字学者，以为有浅深文质之殊，岂知此正进化之公理哉？"（《论文杂记》）这在中国旧学者中确是一个卓特的见解。本文所论即本于这些意见，而从文体上说明中国文学之演变趋势，同时说明无论何种文体都有几种共同的倾向，即是（一）自由化，（二）语体化。而（三）散文化又是这二化的关键。这样的演化，正是泥古者所慨叹为退化的，实则正如刘师培所说，这是进化的公理。

章炳麟也说："世言希腊文学，韵文完具乃有笔语，史诗功善后有舞诗。韵文先史诗，次乐诗，后舞诗。笔语先历史、哲学，后演说……征之吾党，秩序亦同。"（《检论》卷五附录《正名杂义》）所以本文所述又全本马尔顿Monlton之近世文学研究中所作表以立论。学术本无国界的区别，不妨引作参证以察知中国文学演进之趋势。说中国文学演进之趋势，范围不免太大了。因为本文所论并不涉及社会发展这方面。我们只就文体发展这一角度来说明文学发展的趋势而已，所以范围是比较小的。

这是所谓"楔子"，也即所谓"开场白"。

二

欲研究文学之起源，先须探求文学发生之原因。文学起于劳动实践。在劳动实践过程中，产生了相互表达思想感情的语言，同时也发展了对客观世界的认识和感受的能力。既有所感于中，便不能不谋有以抒于外。班固《汉书·艺文志》所谓"爱乐之心感而歌咏之声发"，朱子《诗集传序》所谓"夫既有欲矣，则不能无思，既有思矣，则不能无言，既有言矣，则言之所不能尽而发于咨嗟咏叹之余者，必有自然之音响节奏而不能已焉"，都是这些意思。所以我们若探究文学之原始，不能泥于他所使用的工具，以为只有用文字写成的才是文学作品。不论语言或文字，只须含有文学的性质，都可以称之为文学。

文学是最单纯最率直最直接表示我们情感的东西，所以最初的人类，亦早已造成表示此情感之形式。沈约谓"歌咏所兴自生民始"，亦与近世文学史家以风谣为原始文学之说相合。文字未兴以前，风谣即为初民的文学。文字既定以后，诗歌又足赅一切创造的文学。人文演进遂由诗歌以衍为各种的文体。此章学诚所以说后世之文体备于战国。而战国之文多出于诗教。总之，风谣是原始文学，而诗则是风谣之演进，各种文体又是从诗体推演出来的。

近人研究风谣所由构成的要素不外三事：（一）语言，（二）音乐，（三）动作。语言是"辞"的方面，音乐属"调"的方面，动作为"容"的方面。

风谣与诗之不同，只是（一）风谣为混合的表现，而诗则趋于分析的发展。（二）风谣以语言为工具，而诗则用文字为工具。至于（三）若就艺术言之，则亦不妨称风谣为未成熟的产物，而诗为较成熟的作品。

原始的风谣今虽不得而知，但我们可以考察现在野蛮民族的情状而加以推测，也可以根据古人的记载而参以想象。《吕氏春秋·古乐篇》谓："昔葛天氏之乐，三人操牛尾，投足以歌八阕。"我们即可据之以看出无文字以前的风谣，其语言音乐动作三者混合的关系。《毛诗大序》论诗歌之起源亦谓："诗者，志之所之也，在心为志，发言为诗。情动于中而形于言，言之不足故嗟叹之，嗟叹之不足故永歌之，永歌之不足，不知手之舞之，足之蹈之也。"此节说明文学、音乐、舞蹈三种混合的关系更为明晰。大抵昔人思虑单纯，言辞间质，虽有所感于中而不能细密地抒发于外，所以不得不借助于其它的艺术。其后渐次进步而后始与舞蹈分离了，更进而后与音乐分离了。迨到描写的技巧更精的时候，即由音乐蜕留的韵律亦渐次可以破除了。另一方面，于其仍借助于舞蹈与音乐者，也比以前进步，成为更精密的体制。于是文学上的种种形式体裁与格律，遂由以产生，而其源固导始于风谣。

从风谣以进于诗，于是在此三种混合的质素中趋于分析的发展：由语言的质素以演成史诗（即叙事诗），由音乐的质素以演成乐诗（或抒情诗），更由动作的质素以演成舞诗（或剧诗）。旧时把《诗经》分成《风》、《雅》、《颂》之类。我们若从大体上观察，则《雅》似近于史诗，《风》可以当抒情诗，而"颂"字训容，故《颂》又相当于剧诗。

<h1 style="text-align:center">三</h1>

从西方各国韵文演进的先后而言，最早是叙事诗，次抒情诗，又次为剧诗。但在中国最初的文学而言，抒情诗较多佳构，叙事诗则罕见流传。于是有人怀疑中国文学演进的先后，独成为例外。章炳麟《正名杂义》因谓："古者文学未兴，口耳之传渐则忘失，缀以韵文，斯便吟咏而易记忆。意者仓、沮以前，亦直有诗史而已。下及勋、华，简篇已具，故帝典虽言多有韵，而文句参差，恣其修短，与诗殊流矣。"此虽只是"想当然耳"的论调，但谓仓、沮以前直有诗史，亦不是绝无理由的。刘师培《论文杂记》谓"（上古之时）歌谣而外，复有史篇，大抵皆谓韵语。言志者为诗，记事者为史篇。史篇起源，始于仓圣。周官之制，太史之职，掌论书名。而宣王之世，复有史籀作史篇，书虽失传，然以李斯《仓颉篇》、史游《急就篇》例之，大抵韵语偶文，便于记诵，举民生日用之字，悉列其中"，则后世史篇的体制，也未常不可为作上古史诗之遗型了。（案西方的叙事诗大都以神话传说中神人英雄之动作为其述作之对象，而中国的民族心理不很喜欢神话传说中的荒唐故事，所以叙事诗较少，亦不见流传。又由于儒家偏重实际，"子不语：怪、力、乱、神"，故经孔子删定的《诗》、《书》，也不重在这方面的记录。于是刘氏复以史篇当之，虽稍牵强，可备一说。）

此后演进分为二途。其仍为韵文者，成为《诗经》中的大小二《雅》。大小二《雅》，虽亦重在言当时政事之得失，但有偏于抒情的色彩，与西方的叙事诗不同。所以章炳麟称为"同波异澜，各为派别"。这是由史诗演进的一种。（雅体以多抒情的分子，故后来的抒情诗无论是古体或近体或是与音乐相关的乐府犹多有取于二《雅》者。昔人恒以《风》、《雅》连称，亦正以其性质相近，而雅体不完全同于叙事诗之故。）

其变为散体者即为历史。刘师培论文分为"文"、"语"二体，以为"文近于经，语近于史"（见《国粹学报》第一期《文章源始》），则史诗之散体化本为当然的现象。古代有韵的历史今已不可考知，而如《尧典》一篇，中间犹有杂以韵语之处，这与雅体之纯为韵文者固不相同，但还可以看出从韵到散的痕迹。至于后世的历史则更明显的偏于散行的方面了。（中间虽经过骈文时期的潮流，史家论赞亦多并俪之作，而史传正文仍尚单行。）所以，从史诗演进为雅体,已杂以抒情的分子;而史诗之演进为历史,则是叙事诗的散文化。

叙事诗的特点,其一是属于知识经验的记载,其又一是属于情感想象的描写。即此后演进为历史,仍保存此二重性质。所以古代文史合一,史家与文家常不能分离。直至后来史家的著作,以开局设监之故,不出于一人一手之列,于是偏重在记载,倾向于理知,而忽于描写,因而史学遂渐与文学分离了。至其偏重在情感想象之描写者则另外演进为小说,而为之枢纽者实为传记一类的文字。(历史重在记载的翔实,传记则不必如此,可以容纳荒唐诡幻的想象,亦可以容纳点缀铺排的描写,无论是记载或描写社会现象的传记,或是记载或描写自然现象的传记,都不必如历史之全真,亦不必如小说之全幻,故为二者之过渡。我们只须看《穆天子传》、《山海经》诸书便可以明了此中的关系了。(小说亦受哲理文或辞赋的影响,但只是旁支,刘师培《论文杂记》云:"古代小说家言,体近于史,为《春秋》家之支流,与乐教固无涉也。"所言极是。)小说的演进,始于汉魏六朝笔记的志怪的小说,继以唐人单篇的传奇的小说,最后成为宋元以后章回的小说。唐以前的小说多用文言,宋以后的小说多用语体,这实是叙事诗从散文化后更进一步的语体化。近自外来文学输入以后,于是复有翻译的小说,或用文言,或用语体,大抵又多破除章回的陋习,这又是体裁的倾向于自由化了。

这是叙事诗一方面的演进。

四

至于抒情诗呢?《诗经》中的《风》,大体可为代表。《风》虽不必定与舞容有关,但其与音乐发生关系则是无可疑。此后渐次演进至春秋战国之间,遂有诗与赋的区别。诗仍与音乐发生关系,赋则只于句末用韵,保存一些蜕化的遗迹,但不用以歌唱,也就离音乐而独立了。此时的赋,其体制颇简单,如郑庄之赋大隧,士荐之赋狐裘皆然。自其"不歌而颂"的作用而言,固可称之为短赋,由其抒情的性质而言,亦不妨称之为小诗。所以《文心雕龙·诠赋篇》称之为"虽合赋体,明而未融"。这是从乐诗以成为单纯的抒情诗。

此后赋体的演进以受南方楚声的影响而成为"骚赋",以偏于"铺采摘文"的作用而成为"辞赋",在于骈文时代则成为"骈赋",在于近体诗的韵律确定以后复创为"律赋",最后以文体偏于单行的方面而成为"文赋"。迨至今日,一方面因于语体的流行,一方面因于外来诗体的影响,遂复有"散文诗"之称。散文诗的性质实与赋的性质相近,同样的都介于诗与小说的中间;由其"铺采摘文"方面而言,则近于小说,由其"体物写志"方面而言,则近于诗。我们只须看最初的辞赋,知屈原的《渔父》、宋玉的《对楚王问》诸篇虽非韵文而饶有诗的意境，便可悟其关系了。明散文诗的性质和赋的性质相近，然后知赋体的演进，方其初虽有由散趋骈、由骈趋律的情形；语其终，实有化骈为散、化文为语的倾向。其初文趋于骈趋于律是受当时文体的影响；其终之为散行为语体，则是合于一切文体演进的趋势。这是抒情诗变为赋体后的散文化与语体化，同时亦即是自由化。

赋本由抒情诗蜕变而来，故原始的赋尚带抒情的色彩。（短赋本同于小诗，完全是发抒情志的产物，即骚赋的媚词逸调，渐有文胜于情、华而不实的倾向，而其反复缱绻，缠绵悱恻之致，犹颇多抒情的分子。魏晋的短赋也有抒情的倾向。）"辞赋"以后始偏于铺写而薄于情感，于是抒情的分子，其不成为韵语而保存抒情诗之本来面目者，遂别成为抒情文。其最显著者即古文中的哀祭一类。姚鼐《古文辞类纂序目》谓："哀祭类者，《诗》有《颂》，《风》有《黄鸟》、《二子乘舟》，皆其原也。楚人之辞至工，后世惟退之、介甫而已。"可知哀祭类这种的抒情文，最初的导源是抒情诗，后来的面目是抒情赋。直至赋的方面渐渐减少抒情的分子，于是更一变其形制，而为有韵的祭文或哀辞。祭文或哀辞之用韵，不过为便于宣读及历史上遗形的关系。若至感情流露，热情胜涌的时候，便不免感到用韵之束缚，于是如韩愈的《祭十二郎文》之类，便化为散行而不复用韵了。更进一步，于是如白居易的《祭弟文》之类，明白如话，不惟化为散行，并且变成语体化了。这又是抒情诗成为抒情文后的散体化与语体化，而同时也即其自由化。

赋体比较地保存诗的形式而重在铺写，抒情文又保存抒情诗的质素而变其体裁，这都是抒情诗之与音乐分离而其面目复不同于诗体的现象。

即就其面目仍成为诗体者而言，亦有合乐不合乐之别。《楚辞》有《九歌》以侑乐，有《九章》以抒情，其途辙渐分。迨至汉时，于是古诗与乐府遂显然殊途。此后唐人以绝句入乐，宋人以词，元人以曲，都与音乐发生关系，至其随意抒情的篇什，又都是"不歌而诵"的。大抵诗与音乐之关系本极密切，一方面常欲脱离音乐而独立，一方面却又常和音乐发生纠葛。由于这种交互的关系，于是无论诗的方面或乐府的方面，遂常相互影响而成为新的体裁。

音乐本是动的美术，不能和文学一样容易保存它永久的性质，故其本身最容易变迁；加以外来乐器乐调之输入，促使中土的音乐更容易变化。诗以和音乐相关之故，所以音乐变迁了，诗体亦不得不随之以俱变。雅乐之变为乐府，就是这个缘故；此后乐府之屡变其体，亦未尝不是这个道理。

诗体虽随音乐而屡变，但于既变之后，又往往欲脱离音乐的关系。汉人以乐府入乐，但魏晋以后的拟古乐府便不然了。唐人以绝句度曲，但当时已有用以纯粹抒情的了。五季两宋以词播管弦，而在北宋已有腔子里缚不住的词人了。元明重曲，但其乐律至今可考者只有昆腔的北曲与昆腔的南曲而已。且在当时便有不妨拗折天下人嗓子的曲家。所以本是入乐的歌曲，至后世亦往往等于纯粹的抒情诗。

这两种交互的关系——诗体随音乐以变迁，与诗体脱离音乐的束缚，虽似相反而实相成，因为都所以促进诗体使之更趋于自由。其欲脱离音律的束缚，固是趋于自由的表现；即其随音乐以变迁，亦以乐中有泛声之故，其调子不能整齐，于是诗体亦较为自由，没有字数整齐的限制。从这方面看，这实是诗体的自由化。

诗体既渐趋于自由，其随以并起的现象，即是采用语体以入诗。语体文学之发达固另有其他的原因，但是诗体愈自由，则采用语体的量亦愈以增加。所以唐人诗中虽多采用方俗语言以入诗，但不如宋人之词其采用语体之处为尤多；宋人词中固多有纯用语体以成篇者，但也不如元人之曲之尤为普遍。一方面固是诗体愈自由，愈可增加采用语体的数量。一方面亦是愈采用语体，愈可促进诗体之自由。这二者实是交相为因、交相为果的。

明此，然后知近人所提倡的新体诗，其动机固是受外来文学的影响，而其体裁与风格都仍有其历史上的渊源。新体诗的演进，其初期即是语体的自由诗，一方面采用古诗之没有音律的束缚，一方面采用词曲之没有句调的限制，所以正亦不妨视为诗体自然的演进。直到第二期才成为语体的散文诗，然后其句调既渐趋于欧化，风格亦迥异乎曩制，而受外来文学的影响，也更为显著了。但是这种演变，也还是逐步形成，有它历史的渊源的。

以上都是由于风的方面的演进。至于以反省为作用而运以散文别抒妙理者，则为哲理文。（庄、列寓言，赋家取之，成为假设问对的布局；小说家取之，即为神话传说的基础。至其虚构的设想，更是给小说家志怪传奇以帮助。《庄子》第一篇即言："齐谐者志怪者也。"若使果有齐谐这部书，则是哲人的文学采用志怪的小说，所以递为因果，后世小说亦有导源于哲理文的可能。若使没有齐谐这部书，也可知志怪小说的产生，导源于哲人的想象。哲理文本偏于知的方面，但古代的哲理文，以其文句之美，颇饶文学的兴趣，故有文艺的价值，迨至后世情的文与知的文逐渐分途，于是，唐代的禅家，宋代的理学家，但取其达，不尚其美，也就不能阑入文学范围以内了。）另一方面，哲理文导源于箴铭，本是从韵文来的。（口语文学以歌谣谚语为主。歌谣重在抒情，谚语偏于述知，此后演进，一成为抒情诗，一成为格言诗，演进为箴铭。哲理文是与箴铭一类的文字相为因果的。箴铭一类文字，但如张载的《东、西铭》，已成为散文化了。所以姚鼐以此列入箴铭类，而曾国藩《经史百家新钞》则以之与论辨为异。）哲理文导源于箴铭，本是从韵文来的。此后演进，化韵语为散行，组片段成系统，于是遂有哲人的文学。刘师培谓："秦汉以降，文与古殊，由简而繁，至南宋而文愈繁，由文而质，至南宋而文愈质。"（《论文杂记》）此数语若用以说明哲理文之语体化，可谓最为适合。

哲理文嫡系的演进，成为论辨序跋等类的文字；其旁系的演进，一方面足以助辞赋之体制，一方面足以助小说之萌芽，其演进的趋势也都有语体化的倾向。

这是抒情诗一方面的演进。

五

其在剧诗则《诗经》中的《颂》可以为其代表。刘师培《原戏》一文谓："戏为小道，然发源则甚古。迥稽史籍，歌舞并言。……歌舞本于诗，故歌诗以节舞。以歌传声，复以舞象容。孔子删诗，列《周颂》、《鲁颂》、《商颂》于篇末，《颂》列于诗，犹戏曲列于诗词中也。"（《国粹学报》第三十四期）所言极有理由。不过《颂》虽美盛德之形容，或未必是搬演故事，与近世的戏曲还有距离。其后或杂咏故事而不被谱歌舞，或合以歌舞而不演故事，或搬演杂戏而并非事实，或只演故事而并无歌曲，尚不能算是真正的戏曲。所以王国维《戏曲考原》谓："杂剧传奇之创作前，中国尚未有真戏曲。"今论戏曲，亦当自元时讲起，而略溯其文体上的导源。

戏曲的体制大抵导源于词。由词别出谓乐语，为传踏，为大曲，为诸宫调，遂进而为杂剧。乐语大曲皆为贵族所使用，所以不妨专尚藻饰，多用骈体律句，取其易于歌诵。至如诸宫调，则起自民间（王灼《碧鸡漫志》谓熙宁丰间泽州孔三传，始创诸宫调，古传士大夫皆能诵之。）便不妨多杂以诨语，我们再看董解元《西厢记》也可看出其关系（王国维《宋元戏曲史》断定董词为诸宫调）。元人杂剧继之，遂专以本色相高，这实是戏剧的语体化。

自元人的杂剧以进为明人的传奇，中间因受当时复古的影响，于是文词方面如梁辰鱼等均好以俪语入曲，遂一变本色的风格，而偏重词藻，这好似逆流的进行；但在体制方面，则传奇实较杂剧为自由，每剧无一定之折数，每折无一定之宫调，且不独以数色合唱一折，并有以数色合唱一曲，而各色又皆有白有唱。所以从另一方面言，未尝不是杂剧的自由化。

清代中叶以后，复废昆曲而流行今剧。其剧本虽尚本色，究嫌腐俚，所以较少文学上的价值，但于其搬演的动作上则更较昆曲为自由。及至启关以后，更受西方戏剧的影响，于是社会上遂流行新剧，并且脱离音乐的关系了。至其表演之趋于自由，剧本之化为散行，尤为明显的事实。

刘师培《论文杂记》谓："明人袭宋、元八比之体，用以取士，律以曲剧，虽有有韵无韵之分，然实曲剧之变体也。如破题、小讲，犹曲剧之有引子也；提比、中比、后比，犹曲剧之有套数也；领题、出题、段落，犹曲剧之有宾白也；而描摹口角，以偪肖为能，尤与曲剧相符。乃习之既久，遂诩为代圣贤立言。然金、元曲剧之中，其推为正旦者，曷尝非忠臣、孝子、贞妇、义夫耶？故曲剧者，又八比之先导也。"所言虽不免稍偏，但亦足说明剧曲之散文化。

由剧诗演进而别向散文方面发展者，即为辞令。西方文学史家称之为演说。《汉书·艺文志》谓："纵横家者流，盖出于行人之官。"又谓："古者诸侯卿大夫交接邻国，以微言相感，当揖让之时，必称《诗》以谕其志，盖以别贤不肖而观盛衰焉。"据是可知辞令与诗的关系。辞令之与时，一方面固不妨称时喻志，用昔人的成句以微言相感，一方面亦不妨随机应变，巧为运用而自抒机轴。所以孔子谓："诵《诗三百》使于四方，不能专对，虽多，亦奚以为？"又曰："不学诗无以言。"学诗以后而可以自己运用，以委婉其意而善达其辞，便已很明显的指出辞令之渊源于诗了。章实斋《文史通义·诗教（上）》谓："比兴之旨，讽谕之义，固行人之所肄也。纵横者流，推而衍之，是以能委折而入情，微婉而善讽也。"刘师培《论文杂记》阐此义更明。

章炳麟《正名杂义》谓："若吕出自行人，短长诸策，实多口语，寻理本旨，无过数言，而务为纷范，期于造次可听，溯其流别，实不歌而诵之赋也。秦代仪轸之辞，所以异于《子虚》、《大人》者，亦有韵无韵云尔。名家出自礼官，墨师史角固清庙之守也。故经说上下权舆于是。龙、施相绍，其流遂昌，辩士凌谇，固非韵文所能检押矣。然则纵横近于雄辩，虽言或偭规，而口给可用。名家契于论理，苟语差以米，则条贯已歧。一为无法，一为有法，而皆隶于演说者也。"此文谓纵横同于辞赋，虽不能赅辞赋的全体，却亦能得一部的真相。《汉书·艺文志》于诗赋略别出陆赋之属，即是专主说辞的。所以章学诚亦谓"恢廓声势，苏、张纵横之体"，至其谓"辩士凌谇固非韵文所能检押"，则不过仅就大体言之。《越语》载范蠡对越王之词，《史记·龟策传》载卫平对宋元之语，洋洋洒洒全篇成韵，犹可窥见其出于诗的形迹。则纵横之与辞赋，亦不仅有韵无韵之分了。

上所论证皆足以明辞令之出于诗，而尚不足明辞令之出于剧诗。我以谓古代剧诗之动作的表现，即在于乐舞，而乐舞的作用，如《礼·乐记》所谓"执其干戚，习其俯仰屈伸，容貌得庄焉"，则可知乐舞之足以训练仪容。辞令的美妙，不仅由于吐属的隽永，亦更重在仪容的娴雅。在于抵掌而谈之时，身所表显的是仪容，而其口所宣足以转入之意者则在于辞令。普通每以"动人视听"一语形容言词的功效，实最惬当。其"视"的方面是所以促人注意的仪容。其听的方面是所以促人省察考虑的辞令。明此则辞令之出于剧诗便可不烦解说了。

不过辞令是空间的美，而非时间的美。其由空间的美而转为时间的美之时，即成为有永久价值的文学。前人以此种辞令附载史书，于是只知道这是史家的文学之美，而不知此是辞令本身的美了。《汉书·艺文志》谓左史记言，右史记事，事为《春秋》，言为《尚书》，此与《礼·玉藻》所言"动则左史书之，言则右史书之"，虽不相同，但可看出在于古初或竟有这种记事记言的分别。左史右史之职，据刘师培《古学出于官守论》所言，当以左史记言、右史记事之说为当。此等区分在后世史职并不如此，但因于古初的分别转足以窥出文体之流变，记事者即为由于叙事诗所衍成的历史，记言者即为剧诗所衍成的演说。《汉书·艺文志》又谓："《书》者，古之号令，号令于众，其言不立具，则听受施行者弗晓。"立具，即叱嗟立办之意。曰号令，曰立具，则可知本为一种通俗的语言。《初学记·文部·七略》谓："《尚书》直言也。"直言曰言，论难曰语，亦可知书体本是直言之言，而非论难之语。因此更可知其性质之同于演说，明此，然后知叙事诗与剧诗的分别，历史与演说的分别，记事与记言的分别，《春秋》与《尚书》的分别。自后世史家以言行之关系至密，不复区分叙述，遂不论记言记事，举以纳之于史，如《左传》一书即为最早的创例。后人因此，遂昧于文体之渊源，以辞令为出于史家了。固然史家记录辞令的时候，往往加以润饰，如《左传》所载各人的谈吐，如出一口，亦可为辞令经文学家润饰之证。但是辞令的本身亦确有其美的。

姚鼐《古文辞类纂》所分奏议、书说、赠序、诏令四类，都为由辞令蜕变的文体。而诏令、赠序二类尤近于演说的性质。周穆王命祭公谋父为威猛之词以责敌人，梁王觞诸侯于范台，鲁君择言而进，都与今日演说的情形相似。至于奏议、书说二类，溯其原始大都本为语言，而后才润饰为文辞的。至其后期，则往往以文代语，所以于其本身即是时间的美而非空间的美了。

诏令奏议都用于贵族，一为上命下之辞，一为下对上之辞，赠序多取以贡谀，至少亦适用于文人阶级，所以皆取其文词尔雅，成为贵族的古典的文学。这是出于特殊的情形，故与一般文体演进的趋势似不相合。但如元代的《天宝宫圣旨碑文》，则诏令固亦有用语体的了。任昉《奏弹刘整文》中，所引刘寅妻范氏的诉状，及奴海蛤等的借状，则知奏议中固亦有用语体的了。不过就大体而言，不能据此孤证以为诏令奏议的语体化而已。诏令在实际上亦趋于语体化，不过文人每加以点窜耳。

书说一类用于朋辈往还，其性质便与贵族的文学不同。所以宋元以后，书牍一体，虽仍有用骈文或散文的，但是参用语体却也是不可掩的事实。

辞令一类的文体，以经贵族的使用，于是语饰以文，反不显著语体化的倾向，至其散文化的趋势，则甚为明著。隋文帝以不喜词华之故，诏天下公私文翰并宜实录，当时泗州刺史司马幼之文表华溢，甚至付有司治罪，这实是散文化的先声。唐代台阁文字，令狐楚、李商隐辈虽为逆流的运动，但总不敌散文化的倾向。

这又是剧诗一方面的演进。

原载一九二六年中州大学《文艺》一卷二号

此据郭绍虞《照隅室古典文学论集》上编，
上海古籍出版社，1983

文学观念与其含义之变迁

郭绍虞

一

近人之论文学者，每谓古人囿于传统的文学观，对于文学的含义，辨析不清。此语似矣，而实未然。历史事实错综复杂，总不可只看一端，便加论定。我们假使看到各时代对于文学见解之不尽相同，那就不能一笔抹煞，谓为辨析不清。

另一方面，我们虽不能一笔抹煞谓为辨析不清，但我们也不能轻率论定，称为古人对于文学已有正确的认识。为什么？历史事实固然有接近正确认识的一面，但也有混淆不分的一面。就文学观念与其含义之变迁言，应当区分为两个阶段：从周秦到南北朝，是文学观念逐渐演进，也即是对于文学的认识逐渐明确的时代；从唐到宋，由于复古思想的影响，于是文学观念也成为逆流，依旧变得认识不清了。其实在前一阶段，是就艺术特征来认识文学的性质的，弊在偏重形式，不免忽略了思想性一方面；到后一阶段，则矫枉过正，又不免过度强调了思想性的一面，于是所谓传统的文学观，真有些对于文学的含义辨析不清了。

这是不是成为历史上的倒退现象呢？那也不然。只从文学观念一点而言，好似倒退，但在其它方面，还是有它的进步意义的，所以也不能一概而论。不过本文所论，只重在文学观念一点而已。

二

文学之名，始见《论语》。《论语·先进篇》讲到孔门四科，有"文学子游子夏"之语。邢昺《论语疏》谓："文章博学则有子游子夏二人。"我以为这样解释，比较适合当时历史事实。文章博学在后世可分为二科，在当时则无此需要，可以统摄在"文学"一词之中。大抵初期的文学观念，亦即最广义的文学观念；一切书籍，一切学问，都包括在内。所以杨雄《法言·吾子篇》云：

"子游子夏得其书矣。"曰得其书，则知文学与学术并不分界限。文即是学，学不离文，故言文即可以赅学。如《论语·子罕篇》云：

> 子畏于匡，曰："文王既没，文不在兹乎？天之将丧斯文也，后死者不得与于斯文也；天之未丧斯文也，匡人其如予何！"

此处所谓"文"，即指昔人全部的学术。以昔人学术自己担当承受，所以说"天之未丧斯文也，匡人其如予何！"正因以学为文，所以可以教，《述而篇》云："子以四教，文行忠信。"又因以学的文，所以也可以学。《学而篇》云："行有余力，则以学文。"总之这几处所谓"文"，均指先王之遗文，所以学之不妨博。《雍也篇》云："君子博学于文"，《子罕篇》亦载颜渊有"博我以文"之叹，则知孔子论"文"，本兼"学"义。用单字则称"文"，用连语则称"文学"。这样，文学一语，当然兼有博学之义。这是文学观念演进中第一期的见解。

时至两汉，文化渐进，一般人亦觉得文学作品确有异于其他文件之处，于是所用术语，遂与前期不同。用单字则有"文"与"学"之分，用连语则有"文章"与"文学"之分。以含有博学之意义者，称之为"学"或"文学"；以美而动人的文辞，则称之为"文"或"文章"。如此区分，才使文学与学术相分离。这可于下列《史记》、《汉书》中所言各条按而知之。

《史记》中所言"文学"各条，大都指学术言。如：

> 上乡儒术，招贤良，赵绾、王臧等以文学为公卿。（《孝武本纪》）
> 上征文学之士公孙弘等。（同上）
> 勃不好文学。（《绛侯周勃世家》）
> 晁错以文学为太常掌故。［应劭曰："掌故，百石吏，主故事。"］（《晁错传》）
> 万石君名奋……无文学，恭谨无与比……虽齐、鲁诸儒质行，皆自以为不及也。（《万石君传》）
> 郎中令王臧以文学获罪。（同上）
> 兒宽等推文学。（同上）
> 夫不喜文学。（《灌夫传》）
> 上方乡文学招俊义，以广儒墨。（《公孙弘传》）
> 天子方招文学儒者。（《汲黯传》）
> 夫齐、鲁之间于文学，自古以来，其天性也。（《儒林传》）
> 及今上即位，赵绾、王臧之属明儒学，而上亦乡之，于是招方正贤良文

学之士。（同上）

延文学儒者数百人，而公孙弘以《春秋》，白衣为天子三公。（同上）

郡国县道邑有好文学，敬长上，肃政教，顺乡里，出入不悖所闻者……（同上）

能通一艺以上，补文学掌故缺。（同上）

治礼次治掌故 [徐广曰："一云'次治礼学掌故'。"]，以文学礼义为官。（同上）

自此以来，则公卿大夫士吏斌斌多文学之士矣。（同上）

于是汉兴，萧何次律令，韩信申军法，张苍为章程，叔孙通定礼仪，则文学彬彬稍进。（自序）

在此数节中，可以看出文学与儒术的关系，也可以看出文学与掌故的关系，甚至以律令、军法、章程、礼仪等为文学；则知其所谓文学云者：自广义言之，包含一切学术之意；即就狭义言之，亦指儒家的学术而言，不能简单地以词章当之。

至于不指学术而带有词章之意味者，则称之为"文章"或"文辞"。如：

择郡国吏木讷于文辞，重厚长者，即召除为丞相史。（《曹相国世家》）

太史公曰："……燕齐之事，无足采者。然封立三王，天子恭让，群臣守义，文辞烂然，甚可观也，是以附之世家。"（《三王世家》）

余以所闻由、光义至高，其文辞不少概见，何哉？（《伯夷传》）

屈原既死之后，楚有宋玉、唐勒、景差之徒者，皆好辞而以赋见称。（《屈原传》）

臣谨案诏书律令下者，明天人分际，通古今之义，文章尔雅，训辞深厚，恩施甚美。小吏浅闻，不能究宣，无以明布谕下。（《儒林传》）。

天子问治乱之事，申公时已八十余，老，对曰："为治者不在多言，顾力行何如耳！"是时天子方好文词，见申公对，默然。（同上）

此处所谓"文章"或"文辞"，即与上文所述"文学"之义不同。观其同在《儒林传》一篇之中，而严为区分如此，则知此种分别，并不是出诸无意的。班氏《汉书》，大率多本《史记》，其于"文学""文章"之分，亦与《史记》相同。如《张汤传》云："是时，上方乡文学，汤决大狱，欲传古义乃请博士弟子治《尚书》、《春秋》，补廷尉史"，而于《公孙弘传赞》则云："文章则司马迁、相如"，又云："刘向、王褒以文章显"，则知《汉书》用词也是按照《史记》旧例的。

至其用单字者，则本于孔门所谓"文学"一语而析言之：文是文，学是学；以文章之义称文，以博学之义称学。清刘天惠《文笔考》云：

> 《汉书·贾生传》云："以能诵《诗》、《书》属文闻于郡中。"《终军传》云："以博辨能属文闻于郡中。"《司马相如叙传》云："文艳用寡，子虚乌有。"《扬雄叙传》云："渊哉若人，实好斯文。初拟相如，献赋黄门。"至若董子工于对策，而《叙传》但称其属书。马迁长于叙事，而传赞但称其史才，皆不得混能文之誉焉。盖汉尚辞赋，所称能文，必工于赋颂者也。《艺文志》先六经，次诸子，次诗赋，次兵书，次术数，次方技，六经谓之六艺。兵书、术数、方技，亦子也。班氏序诸子曰："今异家者，各推所长，穷知究虑，以明其指。虽有蔽短，合共要归，亦六经支与流裔。"据此则西京以经与子为"艺"，诗赋为"文"矣。
>
> 然非独西京为然也。《后汉书》创立《文苑传》，所列凡二十二人，类皆载其诗赋于传中。盖文至东京而弥盛，有毕力为文章，而他无可表见者，故特立此传。必载诗赋者，于以见一时之习尚，而《文苑》非虚名也。其《传赞》曰："情志既动，篇辞为贵。抽心呈貌，非雕非蔚。殊状共体，同声异气。言观丽则，永监辞费。"章怀注：扬雄曰："诗人之赋丽以则。"是《文苑》所由称文，以其工诗赋可知矣。然又不特《文苑》为然也。《班固传》称能属文而但载其《两都赋》；《崔骃传》称善属文，而但载其《达旨》及《慰志赋》。班之《赞》曰："二班怀文。"崔之《赞》曰："崔氏文宗。"由是言之，东京亦以诗赋为文矣。（《学海堂集》卷七）

这一节话可为我说作证。在当时，只有王充《论衡》所说的"文"或"文章"仍指广义言，那是例外，别有原因。此外我们试再从反面就其论"学"的来看，如：

> 然齐、鲁之间，学者独不废也。于威、宣之际，孟子、荀卿之列，咸遵夫子之业而润色之，以学显于当世。（《史记·儒林传》）
>
> 赵绾、王臧之属明儒学。（同上）
>
> 汉定，伏生求其书，亡数十篇，独得二十九篇，即以教于齐、鲁之间。学者由是颇能言《尚书》。（同上）
>
> 董仲舒子及孙，皆以学至大官。（同上）
>
> 汉承亡秦绝学之后，祖宗之制，因时施宜。自元、成后，学者蕃滋。（《汉书·韦贤传赞》）
>
> 诸儒为之语曰："欲为《论》，念张文。"由是学者多从张氏。（《汉书·

张禹传》)

> 古之儒者，博学乎《六艺》之文。六学者，王教之典籍，先圣所以明天道，正人伦，致至治之成法也。……及至秦始皇兼天下，燔《诗》、《书》，杀术士，六学从此缺矣。(《汉书·儒林传》)

> 父理，为当世名儒，以《诗》授成帝，为高密太傅，别自名学。(《后汉书·伏湛传》)

> 哀平间以儒学显。(《后汉书·蔡茂传》)

> 父充，持《庆氏礼》……作章句辩难，于是遂有庆氏学。(《后汉书·曹褒传》)

> 初，中兴之后，范升、陈元、李育、贾逵之徒，争论古今学。后马融答北地太守刘瓌及玄答何休，义据通深，由是古学遂明。(《后汉书·郑玄传》)

类此之例甚多，则知两汉之以"文""学"二字区别用之，其迹甚著。至于更为明显之例，如：

> 雄少而好学，不为章句，训诂通而已。……顾尝好辞赋……又怪屈原文过相如，至不容，作《离骚》，自投江而死，悲其文，读之未尝不流涕也。(《汉书·扬雄传》)

> 博学多通，遍习五经，皆训诂大义，不为章句。能文章，尤好古学，数从刘歆、扬雄辩析。(《后汉书·桓谭传》)

此二节以"学"与"文"分别并言，更可看出其分用之迹。所以吾谓两汉所用的术语，用单字则称"文"与"学"，用连语则称"文章"或"文辞"，而称学为"文学"。

大抵学术用语恒随时代而变其含义，只须细细体会，犹可得其梗概。阮元知六朝有"文""笔"之分，诚是一大发现，惜不知汉初已有"文学""文章"之分，已有"学"与"文"之分。若明汉时有"文学""文章"之分，"学"与"文"之分，则知六朝"文""笔"之分，即从汉时所谓"文"或"文章"一语，再加以区分耳。若以前不经此分途，则"文""笔"之分，亦断不会突然产生的。梁元帝云："古之学者有二，今之学者有四。"(《金楼子·立言篇》)惟其有"文学""文章"之分，有"学"与"文"之分，所以有二。否则"文学"一语，可以赅括尽之，即在古之学者，亦未见有二也。不过在此期虽有"文学""文章"之分，而称学为"文学"，则与现在所称"文学"之义还是不同的。这是文学观念演进中第二期的见解。

至魏晋南北朝间，遂较两汉更进一步，于同样的美而动人的文章中间更有

"文""笔"之分。清梁光钊《文笔考》谓:"孔子赞《易》有《文言》。其为言也,比偶而有韵,错杂而成章,灿然有文,故文之。孔子作《春秋》,笔则笔;其为书也,以纪事为褒贬,振笔直书,故笔之。'文''笔'之分,当自此始。"(《学海堂集》)此说近于附会,未敢苟同;谓为偶合则可,若谓孔子或孔子时对于"文""笔"二字的观念已与六朝人区分的相同,恐未必然。

"文""笔"区分,最早当始于晋时。今案《晋书》所载,如:

> 文笔议论有集行于世。(《蔡谟传》)
>
> 以文笔著称。(《习凿齿传》)
>
> 广善清言而不长于笔,将让尹,请潘岳为表。岳曰:"当得君意。"广乃作二百句语,述己之志。岳因取次此,便成名笔。时人咸云:"若广不假岳之笔,岳不取广之旨,无以成斯美也。"(《乐广传》)
>
> 所著诗赋杂笔十余卷行于世。(《文苑·成公绥传》)
>
> 其文笔数十篇行于世。(《文苑·张翰传》)
>
> 所著文笔十五卷传于世。(《文苑·曹毗传》)
>
> 桓温重其文笔,专综书记。(《文苑·袁弘传》)

《晋书》虽出唐人所纂,但此等处或即根据晋人著述,亦未可知。不过晋人纵有"文""笔"之称,而于其区分之点,仍未明言。其对"文""笔"作明划区分的始见于宋。颜延之谓:"竣得臣笔,测得臣文。"(《宋书·颜竣传》,亦见《南史》)这是"文""笔"二词分别对举的例。范晔《狱中与甥侄书》亦云:"手笔差易,文不拘韵故也。"则于对举之外,再进一步别其性质。后来刘勰《文心雕龙》亦以有韵为文,无韵为笔。此等重在形式上的区分,实是"文""笔"区分中前期的见解。

至如梁元帝《金楼子·立言篇》所云:

> 古人之学者有二,今人之学者有四。夫子门徒转相师受,通圣人之经者谓之儒。屈原、宋玉、枚乘、长卿之徒,止于辞赋,则谓之文。今之儒,博穷子史,但能识其事,不能通其理者,谓之学。至如不便为诗如阎纂,善为章奏如伯松,若此之流,泛谓之笔。吟咏风谣,流连哀思者,谓之文。而学者率多不便属辞,守其章句,迟于通变,质于心用。学者不能定礼乐之是非,辨经教之宗旨,徒能扬榷前言,抵掌多识,然而把源之流,亦足可贵。笔退则非谓成篇,进则不云取义,神其巧惠,笔端而已。至如文者,维须绮縠纷披,宫徵靡曼,唇吻遒会,情灵摇荡。

如此区分，才着眼在性质的差异。──笔重在知，文重在情；笔重在应用，文重在美感。于是始于近人所云纯文学杂文学之分，其意义有些相近。这才是文笔区分的后期的见解。

又"文学"一名，亦至南朝以后，其含义始渐与近人所称之义相近。孔门以文学包括文章博学二义，至两汉则文是文，学是学，然其论及"文学"者，仍有博学之义。直至南朝，于是文学一名，即是"文章"之义，不复带学术的意义了。

姚思廉《梁书·文学传序》谓："今缀到沆等文兼学者为《文学传》。"其《陈书·文学传序》亦云："今缀杜之伟等学既兼文，备于此篇云尔。"据其所言，似乎所云"文学"之义，还必兼学的方面，实则并不如此。我们且看，范晔《后汉书》之所以必列文苑一传，正是为了当时有毕力为文章，而其他无可表见的人，才辟此一栏的。使其有学可自表见，则尽可列之《儒林传》中，何必别立名目呢？大抵自楚以后，而后世有专工于文之人；自东汉以后，而后史有专以文名之传；自晋以后，而后书有专重于文之集；自南朝以后，而后著录有专载集部之目。章学诚《文史通义·文集篇》谓："古学源流至此为一变。"这诚然是一变，因为到这时候，才是文学与学术分离之渐。我们若从文学的观点而言，则此变正是演进的变，决不至如章氏这样有"江河日下"之叹。

我们再看，宋文帝命雷次宗立儒学，何尚之立玄学，何承天立史学，谢元立文学，以文学与儒学玄学史学并称，则文学之义，也有脱离学术的倾向了。他如《梁书·文学传》谓：

> 自高祖即位，引后进文学之士，苞及从兄孝绰，从弟孺，同郡到溉，溉弟洽，从弟沆，吴郡陆倕、张率，并以文藻见知。（《刘苞传》）
>
> 昭明太子爱文学，深爱接之。（《刘孺传》）
>
> 高祖招文学之士，有高才者，多被引进。（《刘峻传》）

《南史·文学传》亦谓：

> 檀超少好文学，放诞任气。

以上几节所称的"文学"，实在不能与孔门四科的"文学"等量并观，（《陈书·文学传论》云："夫文学者，盖人伦之所基欤？是以君子异乎众庶。昔仲尼之论四科，始乎德行，终于文学，斯则圣人亦所贵也。"似乎仍袭孔门的文学概念。实则孔门四科与宋文四学，根本不同。因为德行等等都属虚品，而儒学玄学史学，则都是切实的学术。）也不能与《史》、《汉·儒林传》中之所谓

"文学"相提并论，盖两汉以前之所谓"文学"，是从学的观点说的；南朝之所谓"文学"，是从文的观点说的。若明白这二点，则知六朝在文学批评史上之重要贡献，不仅如阮元所云只在"文""笔"之分了。这是文学概念演进中第三期的见解。

综括上文所言，列为表式明文如次：

第一期（周秦）文学——包括文章博学二义。

第二期（两汉）
- 文学（学）——指学术言，本于周秦时"文学"一语中"博学"一义。
- 文章（文）——指词章言，本于周秦时"文学"一语中"文章"一义。其义近于近人所称广义的文学。

第三期（魏晋南北朝）——学
- 其他各学（即两汉文学之义）
  - 儒——通其理。
  - 学——识其事。
- 文学（即两汉文章之义）
  - 文——近于纯文学。
  - 笔——近于杂文学。

三

自周秦以迄南北朝，文学观念逐渐演进，逐渐正确，已如上述。但从此以后，一般人对于文学的观念复为复古思潮所笼罩，眷怀往古，取则前修，不惜再为逆流的进行，而传统的文学观遂于以形成。这实是中国文学批评史上重大的问题。不过在此复古潮流中间，亦自有其进行的阶段。隋唐为一期，两宋以后又为一期。

唐人与宋人之文学观，其病全在以文与道混而为一。但中间亦自有区别。唐人主文以贯道，宋人主文以载道。李汉《韩昌黎集序》云："文者，贯道之器也。"此贯道之说。周敦颐《通书·文辞》云："文所以载道也，轮辕饰而弗庸，徒饰也，况虚车乎？文辞，艺也；道德，实也。……不知务道德而第以文辞为能者，艺焉而已。"此又载道之说。谓文以贯道，是主张因文以见道，虽亦重道而仍有意于文；谓文以载道，是主张为道而作文，只重在道而无事于文。贯道是道必藉文而显，载道是文须因道而成，轻重之间，区别显然。这不是我的凿说，宋儒朱子已言之。《朱子语类》云：

> 问韩文李汉序头一句甚好。曰："公道好，某看来有病。"曰："文者贯道之器。——且如六经是文，其中所说皆是这道理，如何有病？"曰："不然。这文学皆是从道中流出，岂有文反能贯道之理！文是文，道是道，文只如吃饭时下饭耳。若以文贯道，确是把本为末，以末为本，可乎？其后作文者皆是如此。"

读这一节，则于所谓"贯道""载道"之区别，可以了然了。盖唐宋人之文学观，实有这种分别，不得谓为凿说。

至唐宋人之文学观所以有此分别者，全由于当时学术风气之不同。人皆知中国经学史上有"汉学""宋学"之分，而不知"唐学"实为其转变之枢纽。盖中国旧时所谓学术，本逃不出六艺经典的范围。汉人通其训诂章句，于是有所谓"汉学"；宋人明其义理，于是有所谓"宋学"；在唐人则不过重在文辞方面，玩其文章结构而已。研究之对象仍一，不过方法有不同，方面有不同而已。是故唐以前无以文为教者；以文为教，自韩愈始。在韩愈以前所谓以文为教者，不过童子之师授之书而习其句读者而已。韩愈之教，则始有文学的意味，而不复限于习其句读了。韩愈《师说》云："古之学者必有师。师者所以传道授业解惑也。"曾国藩《求阙斋读书录》解此语，谓："传道谓修己治人之道，授业谓古文六艺之业，解惑谓解此二者之惑。韩公一生学道好文，二者兼营，故往往并言之。末幅云'闻道又先后，术业有专攻'，仍作双修。"于此可知韩氏用力之途，是二者兼营的。又韩愈《答刘正夫书》云："若圣人之道不用文则已，用则必尚其能者。"可知韩氏不过欲以文昌圣人之道而已。唯然，所以他于学道好文虽是二者兼营，而计其成绩，论其影响，仍以属于文者为多。刘勰云："自生人以来，未有如夫子者也。敷赞圣旨，莫若注经，而马郑诸儒，弘之已精。就有深解，未足立家。唯文章之用，实经典枝条。……于是搦笔和墨，乃始论文。"（《文心雕龙·序志篇》）可知刘勰论文，与两汉经生，原来还是同一作用的。那么从两汉训诂之学进为唐人文章之学，也是自然的趋势了。

进至宋代，遂专重在传道一方面，而不重在学文一方面。在唐人是二者兼营者，至宋儒则专攻其一端。所以吾说"唐学"为"宋学"之过渡。宋儒既专攻一端，于是不以文为教，而以道为教。此种学术风气之转移，不可不深察之。观《二程全书》中所载，如：

> 问：作文害道否？曰：害也。凡为文不专意则不工，若专意则志局于此，又安能与天地同其大也。《书》云"玩物丧志"，为文亦玩物也。吕与叔有诗云："学如元凯方成癖，文似相如始类俳。独立孔门无一事，只輸颜氏得心斋。"此诗甚好。古之学者，惟务养情性，其他则不学。今为文者，专务章句，悦人耳目，既务悦人，非俳优而何？
>
> 曰：古者学为文否？曰：人见六经，便以为圣人亦作文，不知圣人亦抒发胸中所蕴，自成文耳。所谓有德者必有言也。
>
> 曰：游、夏称文学，何也？曰：游、夏亦何尝秉笔学为词章。且如"观乎天文以察时变，观乎人文以化成天下"，此岂词章之文也！

其不欲专意为文之意可知。所以明白唐学重在文，宋学重在道，那么文以贯道与文以载道之区别，也自然明白了。

由于文以贯道的文学观，以形成为古文家之文。在古文家之文学批评，虽口口声声不离"道"学，但在实际上，只以之作为幌子，作为招牌，至其所注重而用力者，毕竟还在修词的工夫。这不仅唐代古文家是如此，即宋代的古文家也未尝不是如此，即此后自唐宋八家一脉相承的古文家，也未尝不是如此。另外，由于文以载道的文学观以形成为道学家之文。道学家之文只求词达，不尚藻饰，其甚者创为语录体，所以道学家的文学批评就重道轻文，只把文作为一种工具——所谓载道之具而已。

古文家之文与其文学观，其误在以笔为文；以笔为文，则六朝"文""笔"之分淆矣。道学家之文与其文学观，又误在以"学"为文；以学为文，则两汉"文学""文章"之分，"学"与"文"之分亦混矣。在以前一再演进而归于明划者，至是复一再复古而归于混淆，惜哉！自宋以后，"天不变道亦不变"的论调深入人心，于是一般人之文学观也跟着永久不变。永久不变，此所以传统的文学观，至两宋以后始有权威也。

综上所述，复列为表式以明之如下：

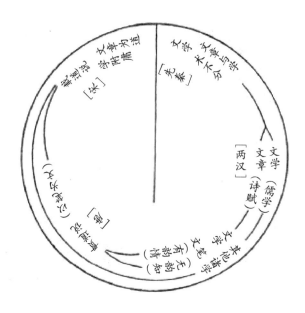

原载1927年《东方》第25卷第1期

此据郭绍虞《照隅室古典文学论集》上编,

上海古籍出版社, 1983年9月

歌谣的起源与发展

朱自清

【外国关于歌谣起源的学说】 R.Adelaide Witham女士在《英吉利苏格兰民间叙事歌选粹》 (Representative English and Scottish Popular Ballads, 1909) 的引论里，说Sir Walter Scott的《边地歌吟》 (Border Minstresly) 出版的时候，许多人都祝贺他。只有一位诚实的老太太，James Hogg的母亲，却发愁道："那些歌原是做了唱的，不是做了读的；你现在将好东西弄坏了，再没有人去唱它们了。"这就是说，印了它们，便毁了它们。要知道那位老太太何以这样失望，我们得回到歌谣的起源上去。歌谣起于文字之先，全靠口耳相传，心心相印，一代一代地保存着。它并无定形，可以自由地改变，适应。它是有生命的；它在成长与发展，正和别的有机体一样。那位老太太从这个观点看，自然觉得印了就是死了——但从另一面说，印了可以永久保存，死了其实倒是不死呢。

论到歌谣——叙事歌——起源问题，纠纷甚多。据Witham所引，共有四种学说，她先说她所信的。

一 民众与个人合作说 她说叙事歌起于凡民，乃原始社会生活的一种特征；那时人家里，村人的聚会里，都唱着这种叙事歌。那时的诗人不能写，那时的民众不能读；诗人得唱给他们听，或念给他们听。那时的社会是同质的，大家一切情趣都相同，没有智愚的分野，国王与农夫享受着同样的娱乐；全社会举行公众庆祝时，醋歌狂舞，更是大家所乐为。初民间有此种庆典，乃历史上常例；现在的非洲、南美洲、澳洲，还可见此种歌舞的群众。

今就几种叙事歌中，举一事例——堡中主人不在家，他的妻与子被人杀害的情节。假定有几个报信人来到群众之中，报告这桩悲剧，大家都围拢来。这班听众听得手舞足蹈，时时发出嘈杂的强烈的呼喊；这种舞蹈与呼喊渐渐地，和现在群众的喝采与摇身 (Swaying) 一样，成为有节奏的。那些说话的也在摇晃着；这一部分是因为群众动作的影响，一部分是因为他们自己强烈的感情自然而然地变成有节奏的声调。他们一件件地叙述，把故事结束住了为止。在他们停下来喘口气或想一想的当儿，群众低声合唱着和歌或叠句。这些歌者天然用着民间流传的简单辞句，所以他们的故事容易记住。民众以后会常常教他们来说这桩故事，他们忍不住要学着说，自己便也常常唱起来了。日子久了，未免有许多改变与增加的地方。故事一天有民众唱着，便一天没有完成；它老是在制造之中，制造的人就是民众。

第二步的发展是巧于增修歌谣的人——也许是初次报信人之一，也许是群众中之一，接受听众特别的赞扬。他们知道了他的才能的时候，一定静听他的叙述，只在唱和曲时，才大家合唱。他的改本，记住的人最多。但他决不能以为这是他自己个人的产物；他与民众都是它的作者，无心的作者，而这首歌谣的历程也并未完毕，却正是起头呢。后来民众渐渐看重单独的歌者。因而有了那可羡可喜的歌工，以歌为业，不但取传统的材料，还能自己即兴成歌，用旧的语句，而情事是随意戏造的。这一步的发展，使我们有许多完成的叙事歌，但那与传统的东西全然各异。

以上所述的全过程里最重要的一点——并非空想——是，民众与歌工相当于我们现在的作者，而口传相当于我们印刷的书。

此说以为叙事歌的制作是互相依倚的两部分的协力：先是某一时候有一个人作始，后是大家制作。这两部分工作的比例，因每首歌而异。但那"一个人"的特殊位置，必得弄清楚，不可看得过重，也不可看得过轻。

此说与Kidson的界说相同，只Kidson是论民歌，与此有遍举偏举之别罢了。据Witham自注，其说实出于Gummere的《诗的起源》、《民间叙事歌》两书，及Kittredge《英吉利苏格兰民间叙事歌引论》，Kidson书中也说到Gummere，大约是同出一源的。

二 Grimm 说 他假定一群民众，为一件有关公益的事，举行典礼，大家在歌舞；这时候，各人一个跟一个，都做一节歌；合起来就是一首歌。大家都尊敬这首歌，没有一个人敢改变它。

Witham说这是将民众当做作者，说一个社会的全民众在娱乐的聚会里，事前毫未思索，忽然会唱出有条有理的歌来。这是假定一个社会里的各人，有着相等的文才，而忽略了那压不住的"一个人"，比大众智巧的"一个人"。

三 散文先起说 这一派说 Grimm 所谓民众，并不常跳舞而出口成歌，也并不要求所有故事必用韵语传述。他们爱用散文谈说他们今昔的丰功伟业，有叙有议，有头有尾；有些地方便找他们中善歌的人来插唱一回。自然而然地，这所唱的歌容易记得，便流传下来了。

Witham说这一派偏重个人方面。叙事歌有时突然而起，有时突然中断，以及其他不明的情形，此说可以解释。但在歌的作始这件事上，他们却无视了民众，无视了歌舞的群众那一面。

四 个人创造说 这一派说叙事歌，无论实质方面，形式方面，都是某一歌工（Minstrel）的制作；民众呢，先只听着，后来学着歌工唱。

Witham说这更偏重个人了。她说这是将民间叙事歌的"民间"，当作现在"民间歌谣"（popular songs）的"民间"一样了——民众喜欢这些歌谣，学会了，就随便地唱。这一派承认在长时期中，民众会弄出种种变化；和曲与套语会加进这些歌谣去，而它们本身也会转变。以这一点论，此说似乎与民众制作说到了一条线上。但此说将民众的贡献，只看作不关紧要的偶然的事；而民众制作说则将这种贡献当作绝对的要素——缺了它，叙事歌便不成其为叙事歌了。换句话说，前者看叙事歌是一种创造；后者则以为是长期演进的结果。（以上节译Witham文）

五　Pound说　她主张个人制作说，比（四）说更进一步。她说，主张民众与个人合作说的人，大抵根据旅行家、探险家、历史家、论说家的五花八门的材料，那些是靠不住的。他们由这些材料里，推想史前的社会，只是瞎猜罢了。我们现在却从南美洲、非洲、澳洲、大洋洲得着许多可靠的现存的初民社会的材料，由这里下手研究，或可有比较确实的结论——要绝对确实，我们是做不到的。这是她的根本方法。（Pound书一页、二页）

她说文学批评家的正统的意见（民众与个人合作说），人类学家并不相信（四页）。他们的材料，都使他们走向个人一面去。她说歌谣不起于群舞；歌舞同是本能，并非歌由舞出。儿童的发展，反映着种族的发展，现在的儿童本能地歌唱，并不等待群舞给以感兴，正是一证（八五页）。其实说歌与舞起于节日的聚会，在理都不可通。各个人若本不会歌舞，怎么一到节日聚在一起，便会忽然既歌且舞呢？这岂非奇迹？（九页）她研究现在初民社会的结果，以为初民时代，歌唱也是个人的才能，大家都承认的，正如赛跑、掷标枪、跳高、跳远一样。（十三页）

正统派的意见以为叙事歌是最古的歌谣。她说最古的歌谣是抒情的，不是叙述的。那时最重要的是声，是曲调；不是义，不是辞句。古歌里的字极少，且常无意义，实是可有可无的。正统派说叙事歌起于节日舞，所以歌谣起于节日舞。但我们现在知道，最古的歌谣，有医事歌、魔术歌、猎歌、游戏歌、情歌、颂歌、祷词、悲歌、凯歌、讽刺歌、妇歌、儿歌等，都是与节日舞无关的。又如催眠歌，也是古代抒情体的歌，但与歌舞的群众何关呢？（二九页）她说和歌与独唱或者起于同时，或者独唱在先；但它决不会在后。（三五页）她又疑心上文所说各种歌还不是最古的；最古的或者是宗教歌。这才是一切歌诗的源头。（第五章《英国叙事歌与教会》）

正统派又说叙事歌的特性是没有个性。这因叙事歌没有作者；并非全然没有作者，只作者决不在歌里表现自己。什么人唱，什么人就是作者，而这个人唱时也是不表现自己的情调的。所以叙事歌中，用第三身多而用第一身少。这一层和正统派的民众与个人合作说是相关的。Pound承认叙事歌大多数是无个性的，但她另有解说（一〇一页、一七八页），此地不能详论。

以上各说，都以叙事歌为主。但他们除 Pound 外，都以叙事歌为最古的歌谣；我们只须当他们是在论"最古的歌谣"的起源看，便很有用。至于叙事歌本身，我相信 Pound 的话，是后起的东西。

【中国关于歌谣起源的学说】 郑玄《诗谱序》说："诗之兴也，谅不于上皇之世。大庭，轩辕，逮于高辛，其时有亡，载籍亦蔑云焉。《虞书》曰：'诗言志，歌永言，声依永，律和声'，然则诗之道放于此乎？"孔颖达《正义》申郑说道："上皇，谓伏羲，三皇之最先者，故谓之上皇。郑知于时信无诗者；上皇之时，举代淳朴，田渔而食，与物未殊，居上者设言而莫违，在下者群居而不乱，未有礼义之教，刑罚之威；为善则莫知其善，为恶则莫知其恶。其心既无所感，其志有何可言？故知尔时未有诗咏。"这是乌托邦的描写，不容易教人相信，其实他自己也未必相信，他的《毛诗正义序》里说："若夫哀乐之起，冥于自然，喜怒之端，非由人事。故燕雀表啁噍之感，鸾凤有歌舞之容。然则诗理之先，同夫开辟；诗迹所运，随运而移。上皇道质，故讽谕之情寡；中古政繁，亦讴歌之理切。"所谓"诗理之先，同夫开辟"，——只是上皇时"讽谕之情寡"罢了，——正与上节矛盾；那里的话许是为了"疏不破注"之故罢。这"诗理"一语和沈约的"歌咏所兴，自生民始"（《宋·谢灵运传论》），意思相同。我想是较为合理的说法。以上都是论诗之起源的。歌谣是最古的诗；论诗之起源，便是论歌谣的起源了。

有人说，郑玄《易论》所引伏羲《十言之教》，是散文之起源，而据《诗谱序》，伏羲时尚无诗；这明是散文先于韵文了。但韵文先于散文，是文学史的公例，中国何以独异呢？郭绍虞先生《中国文学史纲要》稿本中有《韵文先发生之痕迹》一节，是专讨论此事的，今抄在下面：

> 第一层只须看出文学与宗教的关系。历史学者考察任何国之先民莫不有其宗教，后来一切学术即从先民的宗教分离独立以产生者。这是学术进化由浑至画的必然的现象，文学亦当然不能外于此例，所以于其最初，亦包括于宗教之中而为之服务。《周礼·春官》所谓"大司乐分乐而序之以祭以享以祀"，都是一些宗教的作用。
>
> 在于中国古代，执掌宗教之大权者——易言之，即是执掌一切学术之全权者——即是巫官。刘师培谓"上古之时政治学术宗教合于一途，其法咸备于明堂"（详见其所著《古学出于官守论》，载《国粹学报》第十四期），所言极确。王国维《宋元戏曲史》言之更详。其言云：
>
> "耿舞之兴，其始于古之巫乎？巫之兴也，盖在上古之世。《楚语》：'古者民神不杂，民之精爽不携贰者，而又能齐肃衷正……如是则明神降

之，在男曰觋，在女曰巫……及少皞之衰，九黎乱德，民神杂糅，不可方物，夫人作享，家为巫史。'然则巫觋之兴在少皞之前，盖此事与文化俱古矣。"

"巫之事神必用歌舞。《说文解字》五'巫，祝也，女能事无形以舞降神者也；象人两褎舞形，与工同意'，故《商书》言'恒舞于宫，酣歌于室，时谓巫风'……是古代之巫实以歌舞为职以乐神人者也。"

舞必合歌，歌必有辞。所歌的辞在未用文字记录以前是空间性的文学；在既用文字记录以后便成为时间性的文学。此等歌辞当然与普通的祝辞不同；祝辞可以用平常的语言，歌辞必用修饰的协比的语调。所以祝辞之不用韵语者，尚不足为文学的萌芽；而歌辞则以修饰协比的缘故，便已有文艺的技巧。这便是韵文的滥觞。

当时的歌舞，在国则为"夏""颂"，在乡则为"傩""蜡"。

颂所以"美盛德之形容，以其成功，告于神明"（《诗大序》），故用于祭礼，而颂即为祭礼之乐章，可以用之于乐歌，亦可以用之于乐舞。这在前文已明言之，所以商周的颂亦可以作为商周时代的剧诗。

商周以前并不是没有这种剧诗。刘师培《原戏》一文谓：

"在古为'夏'，在周为'颂'（商亦有之）。夏、颂字并从页有首之象（夏字从夊，并象手足），夏乐有九（即《周礼》所谓《王夏》、《肆夏》、《昭夏》、《纳夏》、《章夏》、《齐夏》、《族夏》、《械夏》、《骜夏》也），至周犹存，宗礼宾礼皆用之。盖以歌节舞，复以舞节音，犹之今日戏曲以乐器与歌者舞者相应也。后世变夏为颂，《周礼》郑注云：'夏、颂之族类也。'而颂之作用并主形容。"（《国粹学报》第三十四期）

据是亦不能谓夏无剧诗，不过如郑玄《诗谱序》所云"篇章泯弃"而已。

其在乡间则刘氏谓：

"在国则有舞容，在乡则有傩礼（傩虽古礼，然近于戏），后世乡曲偏隅每当岁暮亦必赛会酬神，其遗制也。"

王氏亦谓：

"及周公制礼，礼秩百神而定其祀典，官有常职，礼有常数，乐有常节，古之巫风稍杀；然其余习犹有存者，方相氏之驱疫也，大蜡之索万物也，皆是物也。故子贡观于蜡而曰，一国之人皆若狂，孔子告以张而不弛，文、武不能，后人以八蜡为三代之戏礼（《东坡志林》），非过言也。"

《礼·郊特牲》谓"伊耆氏始为蜡"，现在关于伊耆氏的时代很不易断定。郑注只云"古天子号"，即其于《明堂位》注亦只云"古天子有天下之号"；孔颖达于《礼正义》谓即神农，于《诗正义》谓"伊耆、神农，并与大庭为一"，而《庄子·胠箧篇》论及古帝王则又别神农与大庭为二。

《帝王世纪》又谓帝尧姓伊祈，故伊耆氏即帝尧。有此种种异说固不易考定伊耆氏之为谁，但可断言者即是蜡祭之不始于周代。王氏谓"其余习犹有存者，则可知巫风固远起于古初。"

《周礼·春官》又谓"鞮鞻氏掌四夷之乐，与其声歌"，郑注云："四夷之乐：东方曰韎，南方曰任，西方曰株离，北方曰禁"。此虽未必可据以为即是古代四方之夷乐，但可推知古代不仅贵族有乐舞乐歌，即民间亦有之；不仅国都有乐舞乐歌，即四方偏隅之处亦有之。故由于古代民族的宗教心理而言，可以推测最古之时亦早已有韵文发生之可能。

第二层只须看出文学与音乐的关系。孔氏《诗正义》又申郑氏《诗谱序》之说而谓：

"大庭，神农之别号。大庭、轩辕，疑其有诗者，大庭以还，渐有乐器；乐器之音逐人为辞，则是为诗之渐，故疑有之也。"

此说亦未必是。我们可以想象得到一定是先有歌辞而后有乐器。方其最初，心有所感而发为歌，于其歌时，势必击物以为之节。《吕氏春秋》所谓"葛天氏之乐三人操牛尾投足以歌八阕"，或者他［们］操牛尾的作用，亦等于今人手中执了乐杖以按拍；又或者他［们］投足的作用，亦等于今人用足尖着地以按拍。

这一些虽类舞蹈的动作实系音乐的作用。《左传》隐公五年所谓"夫舞，所以节八音以行八风"，即可知舞有节音的作用。后人觉得单是手舞足蹈、击节按拍之不足以协和众人的声音，于是始渐有乐器的发明。

即就乐器而言，中国的发明乐器亦很早。《礼·明堂位》云："土鼓蒉桴苇龠，伊耆氏之乐也。"这当是最初最简单的乐器了。当时有简单的乐器，所以亦有简单的韵文。《礼·郊特牲》篇载伊耆氏蜡辞云："土反其宅，水归其壑，昆虫毋作，草木归其泽。"

《礼运》又谓："夫礼之初，始诸饮食。其燔黍、捭豚、污尊而杯饮，蒉桴而土鼓，犹若可以致其敬于鬼神。"可知土鼓蒉桴之乐，本所以"致其敬于鬼神"，而蜡是为田根祭，亦正是"礼之初始诸饮食"的证据。今存的蜡辞，其是否出于后人之追记或依托，又其用是否等于祝辞抑歌辞，虽皆不可得知，总之可借以窥出文学与音乐的关系。以有歌辞以后于是想用乐器来辅助；亦以有乐器以后于是必用歌辞以和乐。所以我们可以说乐器因于歌辞的需要而发生，而歌辞却又因于乐器的发明而益进步。《文心雕龙·明诗》篇谓"黄帝云门理不空弦"，亦是既有乐便必有诗的意思。中国音乐的发明既很早，则当然有韵文产生之可能；至于散文则在书契未兴以前，和书契方兴之时，不会便有散文的成功。

第三层只须看出文学与一切学术的关系。在于没有文字以前，情感所发，固须成为歌咏，而经验所启迪，理性所悟澈，有的属于知识方面可为科学之基础；有的属于道德方面，足为哲学的萌芽，这些亦往往编为韵语以为口耳相传的帮助。广义的文学本可分为学识之文与感化之文二种，在初期的文学以属于广义为多。则凡含有哲学性质之解释自然者或是科学性质之实验自然者都可属于文学的范围。在于文字未兴散文未起以前，一定先有这种韵文的存在是无疑义的。

《尚书》和《左传》中往往言"古人有言"，《诗经》中亦往往言"先民有言"或"人亦有言"，因此颇保存一些古代的韵语。这些韵语的性质不是人生方面的指导，便是知识经验之传递。我们现在虽不能断言这些古语究竟古到如何程度，但可确知这些古语在散文未起以前其应用为尤广。我们只看箴铭一类的文字在古代发生为特早，便可知此中的关系了。明此，所以即就伏羲的《十言之教》而言，亦当属于韵文而不能称之为散文（不过是以双声为韵罢了）。

明文学与宗教之关系，然后知古初早有叙事诗与剧诗的存在。明文学与音乐之关系，然后知古初早有抒情诗的存在。明文学与一切学术之关系，然后知古初早有谚语歌诀的存在；此虽与抒情诗相近，但又微与抒情诗不同。

以上所论，范围虽较广——第三层全是关于谚的——但大部分仍是关于歌谣的起源的。

原始歌谣的要素如何呢？郭先生在《中国文学演进之趋势》（《中国文学研究》）里说：

风谣……于后世文学不同者，即在于后世渐趋于分析的发展，而古初只成为混合的表现。今人研究风谣所由构成的要素不外三事：

（1）语言——辞——韵文方面成为叙事诗，散文方面成为史传，重在描写，演进为纯文学中之小说。

（2）音乐——调——韵文方面成为抒情诗，散文方面成为哲理文；重在反省，演进为纯文学中之诗歌。

（3）动作——容——韵文方面成为剧诗，散文方面成为演讲辞；重在表现，演进为纯文学中之戏曲。

在于原始时代，各种艺术往往混合为一，所以风谣包含这三种要素，为当然的事情，即后世的文学犹且常与音乐舞容发生连带的关系，而与音乐的关系则尤为密切。这因语言与动作之间，以音乐为其枢纽之故。——欲使其语言有节奏，不可不求音乐的辅助；欲使其音声更有力量，不可不借动作以表示：所以诗歌并言，歌舞亦并言。以音乐为语言动作的枢纽，正和以歌为诗与舞的枢纽一样。《左传》襄公十六年谓"使诸大夫舞曰'歌诗必类'。齐高厚之诗不类"，俞樾《茶香室经说》卷十四，不从杜注"歌诗各从义类"之说，而据《楚辞·九歌·东君》篇"展诗兮会舞，应律兮合篇"之语，谓"古者舞与歌必相类，自有一定之义例，故命大夫以必类"。据杜注则可知诗与歌的关系，据俞说则可明歌与舞的关系。这皆是有文字以后的情形，而仍合于无文字以前的状态。

《吕氏春秋·古乐》篇谓"葛天氏之乐，三人操牛尾投足以歌八阕"，我们犹可据之以看出无文字以前的风谣，其语言、音乐、动作三种要素混合的关系。

葛天氏的时代虽不可确知，即有无葛天氏其人亦未易断言。张楫《文选·上林赋注》只谓为"三皇时君号"，而未明定其时代。皇甫谧《帝王世纪》虽言葛天氏袭伏羲之号，但他本是造伪史有名的人，亦未可据其言以为典要。所以我们虽疑葛天、伏羲诸称，多出于后人想象的谥号，但就《吕览》此节而言，可信此八阕之歌尚在书契未兴以前，而关于先民风谣的形制，亦可由此窥出；正不必因于不能稽考其文辞，审察其音律，研究其动作，而病为荒唐无稽之谰言。我们即就此八阕的名目而言：——一曰《载民》，二曰《玄鸟》，三曰《遂草木》，四曰《奋五谷》，五曰《敬天常》，六曰《建地功》，七曰《依地德》，八曰《总禽兽之极》：——亦觉很合于初民的思想。初民所最诧为神秘而惊骇者，即是对于自然界的敬仰和畏惧；而他们所最希冀的，亦只是一些遂草木、奋五谷的事情。

《毛诗大序》论诗歌之起源，亦谓"诗者，志之所之也。在心为志，发言为诗。情动于中而形于言，言之不足故嗟叹之，嗟叹之不足故永歌之，永歌之不足，不知手之舞之足之蹈之也。"此节说明这三种艺术混合的关系更为明晰。以文学为主体而以音乐舞蹈为其附庸；以诗歌为最先发生的艺术，而其他都较为后起。这些意思，都可于言外得之。盖昔人思虑单纯，言辞简质，虽有所感于中而不能细密地抒发于外，所以不得不借助于其他的艺术。后来渐次进步，始渐与舞蹈脱离关系了，更进而后与音乐脱离关系了；迫到描写的技巧更进的时候，即由音乐蜕留的韵律，亦渐次可以破除了。至其依旧借助于舞蹈与音乐的地方亦更逐渐进步，而成为更精密的体制。于是文学上的种种形式体裁与格律遂由以产生，而其源因导始于风谣。

郭先生着眼在诗；他只说古初"先"有韵文，却不说"怎样"有的。我们研究他的引证及解释，我想会得着民众制作说的结论，至少也会得着民众与个人合作说的结论。但他原只是推测，并没有具体的证据；况且他也不是有意地论这问题，自然不能视为定说。

此外钱肇基先生有《俗谜溯原》（《歌谣周刊》九四号）及《俗谜溯原补》（同上九七号），那是要看出俗谜始见于何时何书；但录著的时代显然不能就当作起源的时代的。

【传疑的古歌】　古歌，郭先生曾引葛天氏的《八阕》和伊耆氏的《蜡辞》；《八阕》是有目无辞的。此外后汉赵晔的《吴越春秋》九陈音引《弹歌》云：

> 断竹，续竹，飞土，逐宍。（宍，古"肉"字）

他说，"古者……死则裹以白茅，投于中野。孝子不忍见父母为禽兽所食，故作弹以守之，绝鸟兽之害。故歌曰……之谓也。"《八阕》、《蜡辞》和《弹歌》，都见于秦汉人书，而《弹歌》最晚。关于前两者，郭先生亦已论及。《弹歌》著录虽晚，但刘勰《文心雕龙》却以为是黄帝时的歌谣（《明诗》篇、《章句》篇）。他大概是根据旧史，旧史说黄帝时已有弓矢了。郭先生说此歌"语词简质，当是太古的作品"，但"不能确知其时代"。又说刘氏据有弓矢言，而《吴越春秋》说，"弓生于弹"；弹在弓前，刘说未必可信。白启明先生也以为此歌在黄帝之先，不过到了汉人才记下来罢了（《歌谣纪念增刊》）。

在以上三种里，《蜡辞》或许有歌舞的群众为背景，《八阕》的歌者有三人，也可说与歌舞的群众有关；《弹歌》可就难定。陈音的话不大明白。白启明先生说："古来作吊时节……乃是手执弹弓，帮助孝子守其父母的遗尸。"此话若真，这歌或许也是吊者群集时所唱。但有人说这是最古的谜语，那虽仍可说"生于民间"，意味却不同了。

但是苻秦王嘉《拾遗记》载少昊的母亲皇娥与"白帝之子"遇于穷桑沧茫之浦，其唱和的歌云：

> 天清地旷浩茫茫，万象回薄化无方。涵天荡荡望沧沧，乘桴轻漾著日旁。当其何所？至穷桑。心知和乐悦未央！
> 四维八埏眇难极，驱光逐影穷水域。璇宫夜静当轩织，桐峰文梓千寻直。伐梓作器成琴瑟，清歌流畅乐难极。——沧湄海浦来栖息！

此二歌，纯用七言，断非古体，大约是王嘉伪造的。不过辞虽不真，其事或出于相传的神话，而又为男女私情之作，可当"对山歌"起源的影子看。又王充《论衡》（《感虚》篇、《艺增》篇、《自然》篇、《须颂》篇）载尧时五十之民击壤歌云：

> 吾日出而作，日入而息，凿井而饮，耕田而食，尧何等力！

这首歌至多也只是追记的，甚至竟是伪造的。这与上一种原都不能算作歌谣，但却可见出古代传说的另一面，歌起于个人的创造——用旧来的解释，也可说歌谣起于个人的创造了。

【歌谣起源的传说】　我们还有许多歌谣起源的传说，虽是去古已远，却也可供参考。这些传说，大抵是关于某种歌谣或某地歌谣的，以歌谣全体为对象的，却还没有，怕也不能有。

一　荧惑说　陈仁锡《潜确类书》二引张衡云："荧惑为执法之星，其精为风伯之师，或儿童歌谣嬉戏。"《晋书·天文志》中说得更详细："凡五星盈缩失位，其精降于地为人。……荧惑降为童儿，歌谣嬉戏。……吉凶之应，随其象告。"《东周列国志》说周宣王时有红衣小儿作"檿弧服萁"之谣，（《国语·郑语》作童谣，《史记·周本纪》作童谣）为褒姒亡周之兆。所谓红衣小儿书中说就指荧惑；荧惑是火星，所以说是红衣。

二　怨谤说　《汉书·五行志》中之上："传曰，'言之不从，是谓不乂。……时则有诗妖。……''言之不从'，从，顺也。'是谓不乂'，乂，治也。……言上号令不顺民心……则怨谤之气发于歌谣，故有诗妖。"传是伏生《洪范五行传》。

三　《子夜歌》　传说　《唐书·乐志》曰："《子夜歌》者，晋曲也。晋有女子名子夜，造此声，声过哀苦。"《宋书·乐志》曰："晋孝武太元中，琅琊王轲之家，有鬼歌《子夜》。殷允为豫章，豫章侨人庾僧虔家亦有鬼歌《子夜》。殷允为豫章，亦是太元中，则子夜是此时以前人也。"（《乐府诗集》四十四）《唐书》所说，也依据《宋书》。"有女子名子夜"等语，像是历史的叙述；但"鬼歌《子夜》"等语，又像是传说。我疑心子夜或未必有，或是所谓"箭垛式的人物"。《子夜歌》现存四十二首，在《乐府》中，佚掉的也许还有；这些歌所咏不同，不见得是一个人造的。

四　河南传说　尚钺先生给顾颉刚先生的信（北京大学研究所《国学门周刊》七），说他的家乡河南罗山县有两种歌谣原始的传说。第一种较普遍，第二种是一个混名叫"故事精"的老伙计说的；他说"有些'编'的意味"，但"也不能证明这是假的"。

其一说老天爷恨世间人太坏，便叫秦始皇下凡来杀人。他杀人的方法，除打仗外，便是兴筑长城。老天爷又助桀为虐地在天上出了十二个日头。这十二个日头轮流着司昼，使天永昼而不夜。这样可以使人都疲乏死。这时一个慈善家的绣楼上一位小姐，动了恻隐之心，便制出许多歌来。人们学了一唱，便忘了疲乏，又作起工来；于是得以不死。

其二也说秦始皇下凡，教人兴筑长城，好让他们劳死。但是好善的老头儿太白金星李长庚知道了，便私走红尘，仍变成一个老头儿，教大家唱歌，使他们忘掉疲劳而免于死。

五 淮南传说 《语丝周刊》十台静农先生《山歌原始之传说》一文，说是从淮南田夫野老的队中搜辑来的。其说有二，但颇相似，许是一种传说的转变吧。

其一说秦始皇筑长城，劳苦而死的人很多——孟姜女的丈夫也死在这一役。但大家迫于威力，都不敢不干。有一天他们正疲乏不堪的时候，有的瞌睡，有的叹息，有的手足不能动，深宫里绣楼上两位在刺绣的年轻的公主，忽然看见这些可怜的人们。她们非常感动，并觉得长此下去，他们怕只有疲乏与倦怠，长城将永久修不成；于是作了些山歌来鼓起他们的精神。当时一面作，一面写，都从楼窗飞给他们。从此他们都高兴地唱起来，将所有的疲乏都忘了。

其二说两位大家小姐，在绣楼上看见农夫们在"热日炎炎"底下做活，一个个疲乏、劳顿。她们动了慈悲心，想不出别法，只能作些山歌安慰他们。山歌写在纸上，随风送到农夫们面前。他们于是一面唱，一面工作，从前的疲乏都变成了欢欣了。

六 江南传说 沈安贫先生有《一般关于歌谣的传说》一文（《歌谣周刊》六五号），据他说，这传说是"流行吴县"的。他说："相传汉时张良，最会编唱调笑讥讽的歌谣，当他离了故乡十多年回来的时候，看见一个少女在田中耘削棉花，他就对她唱起歌来：

> 啥人家田，啥人家花？啥人家大因辣浪削棉花？阿有啥人家大因搭我张良困一夜，冬穿绫罗夏穿纱。

少女就回答他唱：

> 张家里个田，张家里个花。张家里个大因辣里削棉花。我娘搭俉张良困一世，黼看见啥冬穿绫罗夏穿纱！

张良听了此歌，知道所调笑的就是他的女儿，大大的悔惭，从此他不再唱歌。"

江苏海门有《耘青草》歌谣的传说（《歌谣周刊》六六号魏建功先生文）与此大同小异。这传说说"张良是第一个制风筝的。他骑在风筝上，腾到天空中，看见下面有两个女子……就唱起调情的歌来。"等到张良知道是他自家的女儿在下面时，他"从九霄云里掉下来，就呜呼了。到如今那条系风筝用的线还在南通，是一条铁索。"我想这传说也许比前一个早些，因为还近乎神话。

《西汉演义》第八十一回《张子房吹箫散楚》似乎《史记》中"四面皆楚歌"一语，又似乎与这两种传说有些关系。

七 两粤传说 粤俗好歌，明时已如此（据钟敬文先生引明屈大均《广东新语·粤歌条》）。因此有歌仙刘三妹的传说。钟先生说："明清人的记载中，颇有涉及之者。在一部分的民众口中，现在还是乐道不衰。"（《民间文艺丛话》九一页）他又说，这个传说的记载，似以《广东新语》为较早（同书同页）。此书第八卷"刘三妹"条云："新兴女子有刘三妹者，相传为始造歌之人。唐中宗年间，年十二，淹通经史，善为歌。千里内闻歌名而来者，或一日，或二三日，卒不能酬和而去。三妹解音律，游戏得道。尝往来两粤溪峒间，诸蛮种类最繁，所过之处，咸解其语言。遇某种人，即依某种声音作歌与之唱和，某种人奉之为式。尝与白鹤乡一少年，登山而歌，粤民及傜僮诸种人围而观之，男女数十百层，咸以为仙。七日夜歌声不绝，俱化为石。土人因祀之于阳春锦石岩。岩高三十丈，林木丛蔚，老樟千章，蔽其半岩，口有石磴，苔花绣蚀，若鸟迹书。一石状如九曲，可容卧一人，黑洞有光，三妹之遗迹也。月夕，辄闻笙鹤之声。岁丰熟，则仿佛有人登岩顶而歌。三妹，今称'歌仙'。凡作歌者，毋论齐民与傜、僮人，山子等类，歌成必先供一本祝者藏之，求歌者就而录焉。不得携出。暂积遂至数箧。兵后，今荡然矣。"这个传说见于他书的，与此稍有异同。钟先生曾作一表，今照录：

书名或篇名	广东新语	粤 述	池北偶谈	峒谿纤志志余	刘三姐
三妹籍贯	广东新兴	广西贵县西山	广西贵县水南村		广东潮梅
三妹时代	唐中宗	唐景龙	唐神龙		
敌手姓名籍贯	白鹤乡少年	朗宁白鹤书生张伟望	邕州白鹤秀才	白鹤秀才	农夫
赛歌地点	登山而歌	白石山	西山高台	粤西七星岩	广西柳州立鱼峰
供祀地点	阳春锦石岩	白石山		苗、傜等洞中(？)	立鱼峰(？)

这个传说又与客家人中通行的罗隐做天子故事混合（钟先生说），便成了愚民先生所述的翁源的传说（见《民俗》十三十四期合刊）。据这个传说，罗隐换了肋骨之后，不但做不成皇帝，便连举人都中不到。他好不懊恼。只闷居

家中，做了许多山歌，一本一本地堆满三间大屋。但是念给人家听时谁也觉得不好。他的山歌太正经了，太文雅了，一般人老是不懂。他妹妹劝他说说女人。他答应了，又做了许多吟咏女人的山歌书，仍是一本本存在书房内。

刘三妹是远近知名的才女。她的才学，谁都比不上，吟诗作对，件件都能；唱山歌更是她特别的本领，和人对唱到十日半月，都唱不尽。谁都喜欢她，谁都钦敬她，谁都怕她。她也很自负地说："有谁和我猜（对唱）山歌，猜得我赢的，我便嫁给他。……"

于是罗隐载了九船所著的山歌书去见刘三妹，他以为一定可以取胜的。到了她的屋前，碰到一个少年姑娘在河唇担水。他上前问道："小姨，你可知道三妹的屋家在什么地方？""你找她做甚？""我想和她猜山歌，把她娶来做老婆。""请问先生有多少山歌？……""一共有九船，三船在省城，三船在韶州，三船已撑到河边……""那么，你回去吧，你不是三妹的敌手。""怎解？……""滚开！"三妹高唱道——

石山刘三妹，路上罗秀才，人人山歌肚中出，哪人山歌船撑来？

唱得罗秀才哑口无语，翻遍船内的山歌书，都对不出来。恼得面红耳赤，将三船的山歌书抛下河里去，垂头丧气地回家去了。其他在韶州广州的山歌，因为没有焚掉（？），遂流传世上，为人们所歌唱。（以上大部分用愚民先生《山歌原始的传说及其他》原文。）

这个传说，江西也有（见《文学周报》三○六期王礼锡先生《江西山歌与倒青山风俗》）。但"罗隐"却换作"一个饱学先生"，"山歌书"却换作"书"，而歌辞也微有不同。王先生说，江西歌谣大概分为二种；山歌"是客籍所独有"。这个传说就是关于山歌的，而男女竞歌正是客族的风俗；那么，这自然也是客族的传说了。

以上一、四、六之二及三都带有神话的意味。二是从政治的观点上看，传说味似最少，但"诗妖"一名，暗示着谶语之意，便当归入这一类里。四、五都说到秦始皇筑长城，又说到始作歌谣的是女子（小姐或公主），又说唱了歌便忘了疲乏；这几点我以为都有来历。秦始皇筑长城一点，大约是因为孟姜女歌曲流行极久极广极多之故。大家提起歌谣，便会联想到孟姜女、长城、秦始皇，所以便说歌谣因筑长城而有了。说始作者是女子，也可以孟姜女故事解释；一面又因女子善歌（如韩娥）且心慈，可以圆成其说。至于"忘疲"一层，则是唱歌者自然的心理，又可说是歌谣的一种很大的效用；以之插入传说，也是自然而然的。四之二里，作始的女子变为"太白金星李长庚"，我疑心与一说有些关系；老人的慈善，或也是一因。六、七均说"对山歌"的起源，与上稍别；其成因可推测者，已分叙在各本条中。三又稍不同，亦已见本条中。

在这几种传说里，我们可以看出一种共同的趋势，就是，歌谣起于个人的创造。一、二虽没有其他五说说得明白，但无所谓歌舞的群众，甚至连群众的聚会，也没有这一层，是显然的。这与我们从郭先生所说推测的结果恰恰相反。

【歌谣里的第一身与歌谣的作者】 这个问题与歌谣起源有关，上文已说及。现在从《诗经》看起。《诗经》里第一身叙述及第一身代名词很多，差不多开卷即是——这是就《国风》《小雅》而论；《大雅》与《颂》里，可以说没有歌谣（顾颉刚先生说，见《歌谣》三十九期）。汉魏及南北朝乐府，如"相和歌辞"、"清商曲辞"里，第一身叙述及代名词也不少。近代的小曲，客家谣、粤讴、侬歌、傜歌、僮歌、闽歌、台湾歌谣，也是如此。可是《古谣谚》所录，便不相同。自然，我们可以说，《古谣谚》所据各书，其采录歌谣之意，或因政治关系，或因妖祥关系，所以多是历史的歌谣或占验的歌谣；这些都是客观的，当然没有第一身可见，这是歌谣的支流。《诗经》、《玉台新咏》、《乐府诗集》所录才是歌谣的本流，那是抒情的。但近代的北京歌谣和吴歌，确是抒情的，却也几乎全是第三身的叙述，这又是何故呢？我现在只能说：歌谣原是流行民间的，它不能有个性；第三身、第一身，只是形式上的变换，其不应表现个性是一样——即使本有一些个性，流行之后，也就渐渐消磨掉了。所以可以说，第一身、第三身，都是歌谣随便采用的形式，无甚轻重可言。至于歌谣的起源，我以为是不能依此作准的。

与第一身及个性问题连带着的，便是作者。中国歌谣大部分也无作者，但并非全然如此。《诗经》、《玉台》、《乐府》、《古谣谚》所录，以及粤讴、客家歌谣，有一小部分——虽然是极小一部分——是有作者的。《古谣谚·凡例》中有所谓"出自构造"或"一人独造"的谣，就是这一种；刘复先生所谓"官造民歌"（《歌谣周刊》八十号）也是这一种。而上举江南、两粤的传说里，也说到歌谣的作者。兹只举明末阎典史守江阴时造出的四句歌谣——所谓"官造民歌"——为例：

> 无锡人团团一炷香，常州人献了老婆又献娘，靖江奶奶跪在沙滩上，惟有我江阴人宁死不投降！

还有小曲或唱本，与粤讴一样，起初大抵是有作者的，只是不可考罢了。顾颉刚《吴歌甲集·自序》里曾说，"这些东西，虽也是歌谣，但大部分是下等文人或鬻歌的人为了赚钱而做出来的。"这是不错的。这些有作者的歌谣，加上那些传说，即使还不够处立起个人创造说，也尽足以使我们从郭先生的理论及那前三种传疑的古歌里所推得的结果动摇了。

【歌谣的传布转变与制作】《清华周刊》三十一卷第四六四五号有R.D. Jameson先生《比较民俗学方法论》（Comparative Folklore Methodological Notes）一文，介绍芬兰学派（Finnish School of Folklorists）的史地研究法（Historico-geograpical Method），或简称芬兰法，是用最新的科学民俗学的方法，来研究歌谣的传布与转变。这个学派的创始人是去世不久的Julins Krohn，他的儿子Kaarle Krohn教授继续他的工作，使其说得行于世。Krohn教授有《民俗学方法论》（Die Folklonistische Arbeitsmethode 1926）一书，叙述甚详，此法可用来研究故事、神话、传说、谚语、歌戏（Songs，Games）、谜语、礼俗等。

这个方法是用在同一母题的材料上的。Jameson 先生述其程序大略如下：

一　同一母题的种种变形，凡世界各地所有，都应尽量搜集拢来。搜集之后，应将内容一一加以分析，使其纲目相属。

二　分析既毕，即将所有变形，加以比较。

变形常由于详略、增减、复沓、转换。以故事论，这种改变又常在首尾而不在中间。

比较研究的结果，我们以完缺的程度为标准，常可以在许多变形中找出一个原形来。有了这个原形，我们就可以决定那些变形是最流行的，那些是较古的。有时我们还可以相当的决定种种变形是各自造成的，还是同出一源的。

这样仍然不够，还得从地理上看。我们若将邻近的地域的材料放在一块儿，便可发见许多事实。我们有时可以清清楚楚，看出它们详略、增减、复沓、转换的经过。从地理比较所得的证据，也许帮助第一次比较（历史的比较）的结论，也许推翻它；并可建立新说。（以上译Jameson先生文大意。）

这是最新的、科学的、民俗学的方法。用了这个方法，民俗学才不复是"好事者的谈助，论理家的绝路"了。这个方法是最近才介绍给我们的，但我们十年来的研究却与此有暗合的，关于故事的暂可不论，关于歌谣的，在下面将稍加引用。我特别举出董作宾先生《看见她》这一本小书；这书所用的方法，与Jameson所述的芬兰法实极相近，只是材料太少，所以偏于地理一面罢了。

有人研究四十五首《看见她》的结果，他说："原来歌谣的行踪，是紧跟着水陆交通的孔道，尤其是水便于陆。在北可以说黄河流域为一系，也就是北方官话的领土，在南可以说长江流域为一系，也就是南方官话的领土，并且我们看了歌谣的传布，也可以得到政治区划和语言交通的关系。北方如秦晋、直鲁豫，南方如湘鄂（两湖），苏皖赣，各因语言交通的关系而成自然的形势。"（《看见她》六页）

顾颉刚先生《广州儿歌甲集序》里也说："从上面这些证据看来，我们可以知道歌谣是会走路的；它会从江苏浮南海而至广东，也会从广东超东海而至江苏。究竟哪一首是从哪里出发的呢？这未经详细的研究，我们不敢随便武断。我们只能说这两个地方的民间文化确有互相流转的事实。其实，岂独江苏呢，广东的民间文化同任何地方都有互相流传的事实……"顾先生在《闽歌甲集序》里，又说起闽南歌谣与苏州的、广州的相似。我想将来材料多了，我们可以就一类或一首歌谣，制成传布的地图，如方音地图一般。

前引Kidson民歌的界说里，曾说民歌"如一切的传说一样，易于传讹或改变"。Kidson又说，民歌的改变有两种，一是无意的，一是有意的。无意的改变只是记不全的结果。有意的改变或是由于唱的人觉得难唱、或是由于辞意的优劣（《英国民歌论》十四页）。似是歌谣在传布时，因各地民俗及方音的不同而起的改变，也是一种有意的改变，在我看是最重要的。此外还有因合乐而起的改变，因脱漏联缀等而起的改变，一是有意的，一是无意的。

关于《看见她》的研究，供给我们很好的例子。他将四十五首《看见她》大别为南北二系，现在就两系中各抄一首：

一 陕西三原的

你骑驴儿我骑马，看谁先到丈人家。丈人丈母没在家，吃一袋烟儿就走价，大嫂子留，二嫂子拉，拉拉扯扯到她家；隔着竹帘望见她：白白儿手 长指甲，樱桃小口糯米牙。回去说与我妈妈，卖田卖地要娶她。

二 江苏淮阴的

小红船，拉红土，一拉拉到清江浦。买茶叶，送丈母，丈母没在家，掀开门帘看见她：穿红的，小姨子，穿绿的，就是她。梳油头，戴翠花，两个小脚丁丫丫，卖房子卖地要娶她。

有人假定这首歌谣的发源，是在陕西的中部（《看见她》九页）。他说："歌谣虽寥寥短章……北方的悲壮醇朴，南方的靡丽浮华，也和一般文学有同样的趋势。明明一首歌谣，到过一处，经一处民俗文学的洗礼，便另换一种风趣。到水国就撑红船，在陆地便骑白马，因物起兴，与下文都有协和烘托之妙。"（同书三三页）

所举的这一类因于民俗的改变，细目很多，这只是大纲罢了。至于因于方音的改变，顾颉刚先生曾举出一个好例子。他在《闽歌甲集序》里，指出闽歌里一首《月光光》，和《广州儿歌甲集》里一首《月光光》："明明白白是一首歌而分传在两地的。我们……不但要注意它们的同，而且要注意它们的异。例如闽南的说：

> 指姜辣，买羊胆。

何以广州的却说：

> 子姜辣，买蒲突（苦瓜）？

这当然是因方音的关系：'胆'字与'辣'字不协韵了，不得不换作'突'字；或是'突'字与'辣'字不协韵了，不得不换作'胆'字。但是这首歌传到苏州之后，又要改字了，因为'胆'与'突'都不能和'辣'字协韵。所以《吴歌甲集》里的一首便说：

> 姜末辣，买只鸭。"

方音又可限制歌谣传布的力量和范围。《广州儿歌甲集》序云："我又要下一个假设：这歌（《看见她》）在广州民间是不十分流行的……因为第三身代名词称他（或她）的区域，想到未婚妻，说到看见'她'便觉得很亲切，很感受愉快。因此，这歌的韵脚的中心是'她'，从'她'化开来才有'鸦'、'碴'、'花'、'家'、'扯'、'拉'、'茶'、'巴'、'牙'、'家"诸韵。（看原书二二、二三页）若对于这个韵脚中心，并不感到亲切有味，则对于此歌本身便形隔膜而减少了流传的能力。例如江苏，这首歌可以传到南京，传到如皋，而传不到苏州，只因为苏州人不称'她'而称'娌'了。广州既称'佢'，则其对于此歌之不亲切，正与苏州相同，恐怕这歌是偶然流来的，或者限于有某种特殊情形的儿童歌唱着。"

徒歌合乐，成为小曲，也有相当的改变，这是加上了许多衬字。此地所谓合乐，当以"自歌合乐"论。顾颉刚先生在《写歌杂记》五里，说《跳槽》是从乐歌变成的徒歌。又在《杂记》九里，转录钱肇基先生的信。信中依据一种唱本做底子，将那首歌的正字和衬字分别了出来；他的意思或者是说，去了衬字，便是徒歌。今抄此歌于下：

> 自从（呀）一别到（呀到）今朝，今日（里）相逢改变了，（郎呀！）另有（了）贵相好，［过门］（唅呀，唅唅唷，郎呀！）另有（了）贵相好。
> 此山（呀）不比那（呀那）山高，脱下蓝衫换红袍，（郎呀！）容颜比奴俏，［过门］（唅呀，唅唅唷，郎呀！）金莲比奴小。

跳槽（呀）跳槽又（呀又）跳槽，跳槽（的）冤家又来了，（郎呀!）问你跳不跳？［过门］（唵呀，唵唵唷，郎呀!）问你好不好？

打发（呀）外人来（呀来）请你，请你（的）冤家请（呀请）弗到，（郎呀!）拨勒别人笑，［过门］（唵呀，唵唵唷，郎呀!）拨勒别人笑。

你有（呀）银钱有（呀有）处嫖，小妹（妹）终身有人要，（郎呀!）不必费心了！［过门］（唵呀，唵唵唷，郎呀!）不必费心了！

你走（呀）你的阳（呀阳）关路，奴走奴的独木桥，（郎呀!）处处（去）买香烧，［过门］（唵呀，唵唵唷，郎呀!）处处（去）买香烧。

但我比照词曲的例，衬字总是后加进去的，所以我以为这是徒歌变成乐歌，与顾先生相反。但无论如何，改变总是改变；不过一是加字，一是减字罢了。

还有，威海卫的一首《看见她》，"后边忽然变卦，娶回不是她了，'脚大面丑一脸疤'了，于是发誓宁打一辈子光棍也不要她了；莱阳一首更奇，他到岳家便发现了未婚妻丑陋不堪，头不是头，脚不是脚，回家告给爹妈说，'打十辈子光棍也不要她'了。……本是一个来源，翻了案，便完全不同"（《看见她》三七页）。我想这或是趣味不同之故，或是欲以新意取胜。——以上都可以说是有意的改变。

歌谣因时代的不同，地方的不同，或人的不同，常致传讹；Kidson 所谓无意的改变，我想传讹也是其一。《写歌杂记》十云："在《读童谣大观》（《歌谣》第十号）中，有以下一段义字：

狸狸斑斑，跳过南山；山南北斗，猎回界口；界口北面，二十弓箭！

据《古谣谚》引此歌，并《静志居诗话》中文云：'此余童稚目偕闾巷小儿联臂蹈足而歌者，不详何义，亦未有验。'又《古今风谣》载元至正中燕京童谣云：

脚驴斑斑，脚踏南山；南山北斗，养活家狗；家狗磨面，三十弓箭。

可知此歌自北面南，由元至清，尚在流行。但形式逐渐不同了。绍兴现在的确有这样的一首歌，不过文句大有变更，不说'狸狸斑斑'了。《儿歌之研究》（见《歌谣》三十四号《转录阑》）中说：'越中小儿列坐，一人独立作歌，轮数至末字。中者即起立代之，歌曰：

铁脚斑斑，斑过南山。南山里凿，里曲弯弯。新官上任，旧官请出。

此本抉择歌（Counting-ot rhyme），但已失其意而为寻常游戏者。凡竞争游戏，需一人为对手，即以歌抉择，以末字所中者为定，其歌词率隐晦难喻，大抵趁韵而成。本集第三十二首所载，也是这一个歌而较长的。

> 踢踢脚背，跳过南山。南山扳倒，水龙甩甩。新官上任，旧官请出。木渎汤罐，弗知烂脱落（那）里一只小弥脚节头（小姆脚趾头）！

以我所知，这歌除了抉择对手之外，还有判决恶命运的意思。例如许多小儿会集时，忽然闻到屁臭，当下问是谁撒的。撒屁的人当然不肯说，于是就有人唱着这歌而点，点到末一个'头'字的，就派为撒屁的人，大家揶揄他一阵。从元代的'脚驴斑斑'，到这'踢踢脚背'，不知经过了多少变化了。而'南山扳倒'的'扳倒'还保存着'北斗'的北音，'旧官'与'家狗'犹是同纽。"这很够说明因时代因地方的传讹了。

与传讹相似的，还有"脱漏"、"联缀"、"分裂"三种现象。如《看见她》一题可分为五段：（1）因物起兴，（2）到丈人家，（3）招待情形，（4）看见她了，（5）非娶不可。而南京一系无招待一节，"大概是传说的脱漏"（《看见她》二四页），这是第一种。

党家斌先生译述的《歌谣的特质》里说："唱歌的人又好把许多以前已有的歌里，这里摘一句，那里摘一句，凑成一个新的歌。"（钟敬文先生编《歌谣论集》三页）梁启超先生《中国美文及其历史》稿里论汉乐府，也说乐府里有许多上下不衔接的句子，明是歌者就所熟忆，信口插入；他们原以声为主，不管意思如何。他说晋乐所奏的《白头吟》，便是一例。

> 皑如山上雪，皎若云间月。闻君有两意，故来相决绝。（一解）
> 平生共城中。何尝斗酒会！今日斗酒会，明旦沟水头；蹀躞御沟上，沟水东西流。（二解）
> 郭东亦有樵，郭西亦有樵；两樵相推与，无亲为谁骄！（三解）
> 凄凄重凄凄，嫁娶亦不啼。愿得一心人，白头不相离！（四解）
> 竹竿何袅袅，鱼尾何离猭，男儿欲相知，何用钱刀为！蟹如马唉箕，川上高士嬉。今日相对乐，延年万岁期！（五解）

"郭东亦有樵"四句，"蟹如马唉箕"四句，皆与上下文无涉，而"今日相对乐"二句。尤为乐府中套语。梁先生疑心这些都是歌者插入的，与"本辞"相较，更觉显然。这与党先生所说是很相像的。

又《看见她》"有的竟附会上另外一首歌谣。像完县的两首，因为传来的是不娶便要上吊吊死（唐县），就接连上《姑娘吊孝》的另一首歌"（同书一八页）。这都是第二种。

又前引钱先生所举《跳槽》一歌，百代公司唱片上另是一首，如下：

> 日今（呀）时世大（呀大）不同，有了西来忘（下）了东，（郎呀!）情理却难容。〔过门〕（唅呀，唅唅唷，郎呀!）情理却难容。
>
> 好姊（呀）好妹吃了（什么儿的）醋，好兄好弟抢了（谁的）风，（郎呀!）大量要宽琪。〔过门〕（唅呀，唅唅唷，郎呀!）大量要宽洪。
>
> "人无（呀）千日好，花无百日红"，"做一日和尚撞一日钟"，（郎呀!）钟钟撞虚空。（过门〕（唅呀，唅唅唷，郎呀!）钟钟撞虚空。
>
> 自从（呀）一别到（呀到）今朝，今日（里）相逢改变了，（郎呀!）另有（了）贵相好。〔过门〕（唅呀，唅唅唷，郎呀!）另有（了）贵相好。

钱先生疑此二曲是"一曲分成者"。这可算第三种。——以上都可以说是无意的改变。

印刷术发明以后，口传的力量小得多；歌唱的人也渐渐比从前少。从前的诗人，必须能歌；现在的诗人，大抵都不会歌了。这样，歌谣的需要与制作，便减少了。但决不是没有；它究竟与别种文学一样，是在不断的创造中。譬如北平的电车，是十四年才兴的；就在那一年，已经有了《电车十怕》的歌谣了。电车十怕：

> 车碰车。车出辙。弓子弯。大线折。脚蹬板儿刮汽车。脚铃锤儿掉脑颏。执政府，接活佛，挂狗牌儿坐一车。不买票的丘八哥。没电退票。卖票的也没辙。（《歌谣周刊》九一号）

这种新创造是常会有的。

【歌谣所受的影响】歌谣在演进中间，接受别的相近的东西的影响，换一句话，也可说这些东西的歌谣化。古代文化简单，这种情形较少，近代却有很多的例子。现在就所知的分条说明：

一 诗的歌谣化

这种情形却在古代的歌谣里就有。《乐府·相和歌辞·瑟调曲》里，有《西门行》两首，一是"晋乐所奏"的"曲"，一是"本辞"。本辞就是徒歌。其辞如下：

出西门，步念之。今日不作乐，当待何时？逮为乐，逮为乐，当及时。何能愁怫郁，当复待来兹？酿美酒，炙肥牛，请呼心所欢，可用解忧愁。人生不满百，常怀千岁忧。昼短苦夜长，何不秉烛游？游行去去如云除，弊车羸马为自储。

《古诗十九首》里也有一首。辞云：

生年不满百，常怀千岁忧。昼短苦夜长，何不秉烛游？为乐当及时，何能待来兹？愚者爱惜费，但为后世嗤。仙人王子乔，难可与等期！

这两首的相同，决难说是偶然。那晋乐所奏一首，与此诗相同之处更多。朱彝尊《玉台新咏·跋》里曾说此诗是文选楼诸学士裁剪后者而成。他的话并无别的证据，我以为是倒果为因；我想那首本辞是从古诗化出来的，而那首晋乐所奏的曲是参照古诗与本辞而定的。这首曲是工歌合乐，不能作歌谣论；但那首本辞确是诗的歌谣化。

苏州的唱本里，有一首"唐诗唱句"（《吴歌甲集》一〇六、〇七页），其辞云：

牡丹开放在庭前，才子佳人笑并肩："姐姐呀！我今想去年牡丹开得盛，那晓得今年又茂鲜。""冤家呀！你道是牡丹色好奴容好？奴貌鲜来花色鲜？"郎听得，笑哈哈："此花比你容颜鲜！"佳人听，变容颜，二目暖暖（原注，或系睁睁之讹）看少年。

"既然花好奴容丑，从今请去伴花眠；再到奴房跪床前！"

顾先生找出所谓"唐诗"是唐寅的《妒花歌》，其文云：

昨夜海棠初着雨，数朵轻盈娇欲语。佳人晓起出兰房，折来对镜比红妆。问郎"花好奴颜好？"郎道"不如花窈窕。"佳人见语发娇嗔，"不信死花胜活人！"将花揉碎掷郎前，"请郎今夜伴花眠！"（《六如居士全集》卷一）

这种我想是先由一个通文墨的人将原诗改协民间曲调，然后借了曲调的力量流行起来的。

二　佛经的歌谣化

近来敦煌发现了唐五代的俚曲。有《太子五更转》（详后），《禅门十二时》（罗振玉《敦煌零拾》）等，皆演佛经故事。《白话文学史》上卷里说明这种东西的来源道："梵呗之法，用声音感人，先传的是梵音。后变为中国各地的呗赞，遂开佛教俗歌的风气。后来唐五代所传的《净土赞》、《太子赞》、《五更转》、《十二时》等，都属于这一类。"（二一四页）梵呗是佛教宣传的一种方法，是支昙籥（月支人）等从印度输入的（二〇五页，二一四页）。"五更调"是直到现在还盛行的曲调，但其来源甚早；据吴立模先生的考查，陈伏知道已有《从军五更转》了（《歌谣周刊》五一号）。《乐府》三十三引《乐苑》曰："'五更转'，商调曲。按伏知道已有《从军辞》，则'五更转'盖陈以前曲也。"那么，《太子五更转》自然是袭用旧调，以期易于流行了。兹将这两首并抄于下。

（一）《从军五更转》
　　一更刁斗鸣，校尉逴连城，遥闻射雕骑，悬惮将军名。
　　二更愁未央，高城寒夜长，试将弓学月，聊持剑比霜。
　　三更夜惊新，横吹独吟春，强听梅花落，误忆柳园人。
　　四更星汉低，落月与云齐，依稀北风里，胡笳杂马嘶。
　　五更催送筹，晓色映山头，城乌初起堞，更人悄下楼。

（二）《太子五更转》
　　一更初，太子欲发坐心思，□知耶娘防守□，"何时得度雪山□。"
　　二更深，五百个力士睡昏沉，遮取黄羊及车□，朱鬃白马同一心。
　　三更满，太子腾空无见人。宫里传齐悉达无，耶娘肝肠寸寸断。
　　四更长，太子苦行黄里香，一乐菩提修佛道，不借你分上公王。
　　五更晓，大地下众生行道了，忽见城头白马纵，则知太子成佛了。

　　　　　　　　　　　　（见《歌谣周刊》五一号，刘复先生《致吴立模书》）

《净土宗的歌谣化》（《民俗》十七、十八期合刊）里，说南阳念佛的老婆婆们，自己杜撰出种种经典。"这种经典用的是歌谣体式。"一般人称为"老婆经"，但"她们自己以为神秘之宝，不肯轻易传人"。兹抄两篇于下：

（一）《香炉经》
　　金香炉，腿又高，一年烧香有几遭？清早烧香一诚心，手托黄香敬灶君。晌午烧香正当午，贤德媳妇劝丈夫。黑了烧香黑古东，贤德媳妇敬公公。南无阿弥陀佛！

这是关于她们念佛的功课本身的。她们是这样地信佛，她们的全部生活几乎都佛化了，以下一首，便是这一面的例子：

(二) 《线蛋儿经》

　　线蛋儿经，线蛋儿经，说是线蛋儿真有功。拿起线蛋儿往东缠，缠的"珍珠倒卷帘"；拿起线蛋儿往西缠，缠的"吕布戏貂蝉"；拿起线蛋儿往北缠，缠的蛱蝶闹花园；拿起线蛋儿往南缠，缠的芍药对牡丹。上缠缠，下缠缠，上缠乌云遮青天；下缠八幅罗裙遮金莲。左缠缠，右缠缠，左手缠的龙吸水，右手缠的篆子莲。南无阿弥陀佛！

这一篇完全像歌谣，倘然截去了首尾。

　　四川有一种"佛偈子"，也是四五十岁以上的吃斋拜佛的老太太们唱的。刘达九先生说她们"每到做斋醮的时候，便到庙里去拜佛。功课完毕了……就相聚着唱佛偈子。这种佛偈子虽关于劝善的最多，然而情感方面的，社会家庭方面的也复不少。"（《歌谣纪念增刊》）三二页）

(一)

　　香要烧来灯要点，点起明灯过金桥；金桥过了八万里，龙华会上好逍遥。——佛唉那唉阿弥陀。

这是宣传佛教的理想的。

(二)

　　三根竹子品排生，隔山隔岭来开亲。开亲之时娘欢喜，开亲之后娘痛心。——佛唉那唉阿弥陀！

这是母亲对于"娶了媳妇忘了娘"的儿子的教训。刘先生采得的佛偈子共有三百多首。只就他文中所录而论，除了宣传佛教的，便都是这一类的，老太太们对于她们儿子、媳妇、女儿的教训了。但是也有好事仿作了这种佛偈子来嘲笑她们，下面是广元的一首，系一位赵永余先生告我的：

　　半岩山上一苗葱，一头掐了两头空。心想唱个佛偈子，牙齿落了不关风。——佛唉那唉阿弥陀！

赵先生说，末两句便是讥笑那些佛婆的。这种佛偈子，结尾皆用"佛唉那唉阿弥陀！"是它们的特色。

顾颉刚先生说："歌词中以'西方路上'起兴者甚多，当是受佛曲之影响。"（《吴歌甲集》五五页）又说："凡佛婆所作歌，大都以'西方路上'开头。"（同书一三一页）我以为"佛曲之影响"应改为佛"教"之影响。《吴歌甲集》第五二、九五、九六、九七那四首，都以"西方路上"发端，大抵警世之作；而九七《西方路上一只船》，意味最厚：

西方路上一只船，歇船歇拉金銮殿，牵来牵去佛身边。老人家下船微微笑；后生家下船苦黄连：第一掉弗落好公婆，第二掉弗落好丈夫，第三掉弗落三岁孩童吼娘叫，第四掉弗落四季衣衫件件新，第五掉弗落清水庙前一万鱼（原注，疑当作"湾"鱼），第六掉弗落六六里个财神进我门，第七掉弗落七埭高楼八埭厅，第八掉弗落八色八样弗求人，第九掉弗落九子九孙多富贵，第十掉弗落十代八代好乡邻。

这后三种似乎都是佛婆的制作，是她们人很多，能自成一社会，她们之有这种佛化的歌谣，可以说与农人之有秧歌是差不多的。

三　童蒙书的歌谣化

歌谣化童蒙书指《三字经》、《百家姓》、《神童诗》、"四书"等。这种歌谣多是儿歌，以摘引书句为主。或系趁韵而成，或系嘲笑塾师，大抵是联贯的，也有不大联贯的。至于作者，或是儿童自己，他们不解所读的书之意义，便任意割裂，信口成歌，或嘲笑先生，借资娱乐，但也许是好事者所为。如：

（一）

"人之初，"鼻涕拖；拖得长，吃得多。（何中孚先生《民谣集》二九页）

（二）

"赵钱孙李"，隔壁打米。"周吴郑王"，偷米换糖。"冯陈褚卫"，大家一块。"蒋沈韩杨"，吃子勒响。（《吴歌》四三页）

（三）

"大学之道"，先生掼倒，"在明明德"，先生出脱；"在新民"，先生扛出门；"在止于至善"，先生埋泥潭。（"民谣集》三〇页）

（四）

"梁惠王"，两只膀，荡来荡，荡到山塘上；吃了一碗绿豆汤。（《吴歌》四二页）

一是《三字经》，二是《百家姓》，三是《大学》，四是《孟子》。可注意的是，所引的都是开篇的句子；——五所引是开篇句子里的名字——这大约因为这些开篇的句子，印象最深，大家念得最熟之故吧。但也有不是开篇的句子的，如：

> "人之初，性本善"，越打老的越不念。"君不君"——"君不君"，程咬金。"臣不臣"——沉不沉，大火轮。"父不父"——浮不浮，大豆腐。"子不子"，——紫不紫，大茄子。（见《歌谣论集》，傅振伦先生《歌谣的起源》）

此歌全是趁韵，与前引二同。除"人之初"外，"君不君"四语均见《论语》；虽非开篇的句子，却也引用得极熟了的。此外，俞平伯先生曾记过一段《论语》的译文，说是流行于北方的：

> "点儿点儿你干啥？""我在这里弹琵琶。""磞"的一声来站起，我可不与你三比。——比不比，各人说的各人理。
>
> 三月里三月三，各人穿件蓝布衫，也有大，也有小，跳在河里洗个澡。洗洗澡，乘乘凉，回头唱个《山坡羊》。先生听了哈哈喜，"满屋子，学生不如你。"

赵永余先生告我，陕西汉中也唱这一段，是用三弦和着的。《论语》原文如下：

> "点，尔何如？"鼓瑟希，铿尔，舍瑟而作。对曰："异乎三子者之撰。"子曰，"何伤乎？亦各言其志也。"曰，"暮春者，春服既成，冠者五六人，童子六七人，浴乎沂，风乎舞雩，咏而归。"夫子喟然叹曰，"吾与点也。"（《先进》篇）

这一段译文的神气，与原文丝毫不爽，大约是文人所为，流传到民间去的。还有，钟敬文先生举出海丰的一首歌谣道：

> 公冶长，公冶长，南山有个虎咬羊。你食肉，我食肠。（《歌谣周刊》七七号）

四川威远也有此歌谣，下面多一句同下文所谓古歌。北方也有此歌，见Head-laud《中国儿歌》（Chinese Mothe Goosed Rhymes）：

> 老鸦落在一棵树，张开口来就招呼："老王，老王，山后有个大绵羊。你把它宰了，你吃肉，我吃肠。"（四一页）

公冶长变成"老王"了，但"王"与"长"还在同韵。钟先生说那首歌谣是从下一首古歌里出来的：

> 公冶长，公冶长，南山有个虎驮羊。
> 你食肉，我食肠，亟当取之勿彷徨！

他未说这首古歌的出处。他说这是诗，但又疑心是"当时或后代的民歌"。这个故事始见于梁皇侃《论语义疏》，他又是引《论释》的话；可见这是一个很古的传说。据这个传说，公冶长解鸟语，因此被人误会，系"在缧绁之中"；所以孔子说"非其罪"（《论语·公冶长》篇）。鸟语云何，本无明文；明田艺蘅《留青日札》才有记载，其辞与钟先生所举古歌近似，但"驮"作"扡"，无末句（以上据吴承仕先生《纮斋笔记》"鸟兽能言"条）。吴承仕先生说田说是"因皇疏而涂附之"。但以钟先生所举海丰歌谣证之，田说或亦系流行民歌，未必出自杜撰。因公冶长既早已成了传说的人物，则关于他的歌谣的流行，实在是很自然的事。钟先生所举古歌，我以为是歌谣而不是诗。钟先生还举出一首关于公冶长的古歌，也未说出处；我看那也很像歌谣，只说的事不同罢了。假如我的话不错，那么，关于公冶长的歌谣，且不止一种了。又公冶长的故事发生虽早，但那首歌谣究竟起于何时，却难断定，而《论语》在明朝已是童蒙书，那首歌谣发生的时候若与著录的时候相差不远，我们还是可列入本条的。所以现在附录在此。

四 曲的歌谣化

冯式权先生在《北方的小曲》（《东方杂志》）二十一卷六号）里说："诗变而为词，词变而为曲……曲变成了什么呢？我大胆的断定：'曲'后来变成了'小曲'——小曲中的'杂曲'。"又说："南北曲由结构上分成两支：一支是'杂剧'及'传奇'，一支是'小令'及'散套'。杂剧及传奇的歌法，由'弦索的北词'及'南戏'而'海盐腔'，而'弋阳腔'，而'昆山的水磨调'，经了许多变迁；然而南北曲的格式却是始终没有什么变化，并且自元以后也没有新创作的曲子。至于'小令'同'散套'则因为不合时俗的歌法，就把他们的格式改变了，以后又有许多新的创作品，于是他们就同南北曲分家了。杂曲同南北曲之分离，大约在明初的时候；不过现在我们很难——或者不能——找到明初的小曲子供我们比较。但是可确定的，他们在明朝中叶已经完全脱离关系。在明朝创作的杂曲却已经很有不少的了。"他还引沈德符的《野获编》为证："元人小令行于燕、赵，后浸淫日盛。自宣（宣德）正（正统）至化（成化）治（宏治）后，中原又行《琐南枝》、《傍妆台》、《山坡羊》之属……今所传《泥捏人》及《鞋打卦》、《熬鬏髻》三阕……故不虚也。自兹以后，又有《耍孩儿》、《驻云飞》、《醉太平》诸曲，然不如三曲之盛。嘉（嘉靖）隆（隆庆）间乃兴《闹五更》、《寄生草》、《罗江怨》、《哭皇天》、《干荷叶》、《粉红莲》、《桐城歌》、《银绞丝》之属，自两淮以至江南；渐与词曲相远。……比年以来（万历间）又有《打枣干》、《桂枝儿》二曲，其腔调约略相似；则不问南北，不问男女，不问老幼、良贱，人人习之，亦人人喜听之，以至刊布成帙，举世传诵，沁人心腑。其谱不知从何来，真可骇叹！又有《山坡羊》者……今南北词俱有此名；但北方惟盛爱数落《山坡羊》，其曲自宣（宣府）大（大同）辽东三镇传来；今京师妓女惯以此充'弦索北调'。……"这种"杂曲"的"格式"——曲调——有同南北曲一样，有的是改变了——改变的程度不一，但总不能全然脱离南北曲的影响。还有许多用南北曲的原文的。小曲是歌谣的一大支；冯先生的题目虽是"北方的小曲"，但他的话有些地方似乎是泛论的。又《白雪遗音》里所录，也是这一类小曲。《白雪遗音选》附有《马头调谱》，看那每字下面很长的工尺谱，似乎是和声情多而辞情少的南曲相像的。

但小曲的来源，有些是很古的，如前引五更调，便是一例。

五 历史的歌谣化

歌谣里有"古人名"一种，大抵是不联贯的。这是历史的一种通俗化；其来源我疑心是故事或历史小说，而非正经的历史。《白雪遗音》收有此种（据郑振铎先生《白雪遗音选》序），但未见。张若谷先生《江南民歌的分类》文中叙事歌项下（《艺术三家言》二九八，二九九页）列有《岳传山歌》一名，当系唱本，也是历史的歌谣化。又钟敬文先生《客音情歌集》附录中有一歌云：

> 姜公八十初行运，年少家贫心莫焦；曹王英雄今何在？蒙正当初处瓦窑。

这是联贯的一首，姜太公早已故事化，不用说。吕蒙正（宋人）的故事也很多。曹王则借了《三国志演义》的力量，也已成了通俗的英雄。又江苏宜兴有儿歌云：

亮月亮，蜀国出了个诸葛亮。平生打过许多仗，吴魏见他真慌忙。可怜诸葛亮，平生壮志不能畅。后来蜀汉亡，免不得在地下泪汪汪。（黄诏年先生《孩子们的歌声》一○六页）

这简直是一本《三国志演义》的缩本了。这都是歌谣化了的历史。

六 传说的歌谣化

安徽合肥三河镇有儿歌云：

风婆婆，送风来！打麻线，扎口袋；扎不紧，刮倒井；扎不住，刮倒树；扎不牢，刮倒桥。（《歌谣》十二）

又吴歌云：

一个小娘三寸长，茄科树（原注即茄茎）底下乘风凉。拨拉（被）长脚蚂蚁扛子去，笑杀子亲夫哭杀子娘。（《甲集》二十页）

这两首歌似乎都从传说出来；后一首很流行。那些传说或已亡佚，或还存在偏僻的地方。传说里往往有歌谣，这是歌谣另一面的发展。如范寅《越谚》里的《曝曝》云：

曝曝曝，倍乃娘个田螺壳。榛榛榛，倍乃娘个田螺精。

这是螺女传说里的歌谣。螺女传说，《搜神后记》中已有，但与民间流行者稍异。据我所知，这传说大概是这样的：“一个单身的乡下人，出去种田。种完了田回家做饭。有一天回家时，饭菜已都好了，他自然大可怪。第二天也是这样。第三天他可忍不住了，不去种田，却躲在一旁偷看。他见一个美女从水缸里出来，给他做饭。他仍装做种田回来，吃完了饭，到水缸边察看。他看见缸里有一只大田螺在着，心里明白。明天，仍躲在一旁。等那美女出来了，他便轻轻将缸里田螺壳取出藏起，走到屋里，求她做妻子。她忙到缸边，不见了那壳，无处藏身，便答应他了。后来生了孩子。孩子大了，别的孩子嘲笑他是异类，就唱出那首歌谣。（文字稍异）她听见生了气，要丈夫将螺壳取出来看看，取出来时，她便夺过投入水缸中，自己也随着跳入，从此永远不再出现。”（参看《中国文学研究》中西谛先生《螺壳中之女郎》）

刘策奇先生《故事中的歌谣》一文即记此种歌谣。（《歌谣周刊》五四）兹录《懒妇的答词》一则，是对唱的，情节简单极了。刘先生所引，都是家庭故事，没有一点神话的意味。一个家婆（据原注广西象县媳妇称姑之母曰家婆）训她的媳妇道：

> 早起三朝当一工，懒人睡到日头红。莫谓她家爱起早，免得年下落雪风。

媳妇答道：

> 早起三朝当一工，墙根壁下有蜈蚣。若被蜈蚣咬一口，一朝误坏九朝工。

这是"附带"在故事内的歌谣，与前所引不同。

七　戏剧的歌谣化

《白雪遗音》中有"戏名"一种，（据郑序）与"古人名"的格式相同，只是内容换了戏剧罢了。又袁复礼先生所采的甘肃的"活儿"，有一首云：

> 焦赞孟梁火胡芦，活化了穆哥寨了；错是我两个人都错了，不是再不要怪了。

袁先生说这是受了小说、戏剧的影响；我想这只是《辕门斩子》、《穆柯寨》、《烧山》一类戏的影响，小说影响当是间接的——那些戏是从小说出来的。

但有一个相反的现象，我们也得注意，这便是歌谣的戏剧化。歌谣本有独唱、对唱两种。据论理说，我们可以说独唱在先；但事实恐未必然。前引各传说，可为一证。对唱即对山歌，有定形、不定形之别：定形的如《吴歌甲集》九八、九九、一〇〇诸首，但具歌辞，不涉歌者；不定形的，则由男女随口问答，或用旧歌，或由新创，如客民竞歌的风俗及刘三妹传说里所表见的。这两种对山歌都有戏剧化的倾向。但真正戏剧化了的，却是小曲。小曲夹入了说白，分出了脚色，便具了戏剧的规模，加上登台扮演，便完全是小戏剧了。冯式权先生曾举出明朝《银绞丝》的曲调，说到清朝不十分流行，却"跑到旧剧里边去"，辗转组成了《探亲相骂》一出戏。徐蔚南先生《民间文学》里，说山歌有"对唱并有说白"的一式。他只说依据山歌集，不知是何种何地山歌集。他引了《看相》一首，兹转录如下：

> （旦唱）肩背一把伞，招牌挂在伞上，写四个字，看相看得清，你信么？咦儿吓，无儿吓，看相看得清，你信么？我是凤阳人，出门二三春，丈夫在家望，望我转回程，可怜吓！我本江湖女，来在大村坊，村坊高声

叫，叫声看相人，有人么？咦儿吓，无儿吓，有人么？

（丑唱）听说叫看相，忙步到来临。

（旦白）看相么？

（丑唱）抬头打一望，见一女婆娘，是人么？咦儿吓，无儿吓，见一女婆娘，是人么？

（旦白）啐！

（丑唱）近前见一礼。

（旦唱）一礼还一礼。

（丑唱）家住那里人？为何到此地？大嫂吓！咦儿吓，无儿吓，为何到此地？大嫂吓！

（旦唱）看相就看相，何必问家乡？大爷吓！咦儿吓，无儿吓，何必问家乡？大爷吓？我本凤阳人，看相到此地，大爷吓！咦儿吓，无儿吓，看相到此地，大爷吓！

（丑唱）听说凤阳人，看相到来临，将我看一相，要钱多少文？咦儿吓，无儿吓，要钱多少文？你说吓！

（旦唱）大爷吓，听原因，我说你且听，铜钱要八文，银子要一分，不多吓！咦儿吓，无儿吓，银子要一分，不多吓！

（丑唱）原来铜钱八百银子要一斤。

（旦白）大爷听错了，铜钱八文银子一分。

（丑白）本当回家看，老婆又要骂，本当书房看，先生又要骂。这便怎处？唔有了！大嫂路上可看得。

（旦白）家有家相，路有路相。……（五四—六一页）

这一段中屡说"凤阳人"，《凤阳花鼓》是很有名的，这不知是不是花鼓一类。但由词句看来，似乎也是从小曲化出来的。徐先生说是不登台表演的。他又说"申曲"才是登台表演的山歌。其组织"是一男一女，有时外加一个敲小锣的人。如果没有敲小锣的人的时候，敲锣的职务便由那演唱的男子担任。他们在台上，一方面用着浦东调唱山歌，一方面做出姿势来表现歌曲里的情景。有时男的还要化装，脸上涂粉抹胭脂。"（五四页）徐先生说上海富有之家，逢到婚姻喜庆之时，便去请一班"申曲"去演唱。后来为适应公共娱乐场所的需要，才毅然登台演唱的。（五四，六一页）

【追记的依托的构造的改作的摹拟的歌谣】 广义地说，这些都可以说是摹拟的歌谣。小部分曾行于民间，大部分没有——其中有些，本不为行于民间而作。

一 追记的

追记是对于口传的古代歌谣而言。这有两种意义：一是照原样开始著录下来，如前述白启明先生之论《弹歌》，一是用当世语言著录下来，仿佛太史公之译《尚书》，郭绍虞先生之论《蜡辞》，便以为如此。普通用后一义，我现在也用这一义。若依前一义，那便是真正的歌谣了。我以为《弹歌》的文字，究竟还平易，或者也是第二种的追记。

二 依托的

"依托大都附会古人"（《古谣谚·凡例》），我所知只有《康衢谣》一例：《列子·仲尼》篇云："尧治天下，五十年，不知天下治欤，不治欤？不知天下之愿戴已欤，不愿戴已欤？顾问左右，左右不知，问外朝，外朝不知；问在野，在野不知。尧乃微服游于康衢，闻儿童谣曰：

> 立我蒸民，莫匪尔极，不识不知，顺帝之则。

尧喜，问曰：'谁教尔为此言？'童儿曰：'我闻诸大夫。'问大夫；大夫曰：'古诗也。'"郭绍虞先生说："此节文中很可以看出是因于孔子赞尧'荡荡乎民无能名焉'（《泰伯》篇）一语而后推衍出来的。所谓'左右不知''不识不知'云云，都所以为'民无能名'的形容。而且此《康衢谣》的前二句见《诗·周颂·思文》篇，后二句见《诗·大雅·皇矣》篇。固然《诗经》中亦多袭用成句之处……但是我们不能据于晚出的伪书以信《思文》、《皇矣》二篇之袭用《康衢谣》成语，我们只能谓后出的《列子》掇拾《诗经》的成语以托为上古的歌谣。"（《中国文学史纲要稿》）这种联缀成语的依托是很巧妙的。还有一种"补亡"，也可在此附论。郭先生说："邃古传说或者谓在某时代有某种作品，但是至于后世，往往归于散佚，于是仅存其目而不能举其辞。如夏侯玄《辨乐论》谓'伏羲氏因民兴利，教民田渔，天下归之，时则有网罟之歌；神农继之，教民食谷，时则有丰年之咏。'《隋书·乐志》所言与之相同，不过其歌词如何，早已散佚莫考。唐元结补乐歌十篇有《网罟歌》见《唐文粹》，其辞曰：

> 吾人苦兮水深深，网罟设兮水不深；
> 吾人苦兮水幽幽，网罟设兮水不幽。

元结又补《丰年咏》云：

> 猗大帝兮其智如神；分华实兮济我生人。
> 猗大帝兮其功如天；均四时兮成我丰年。

此等出于后人依托,在当时作者既已明言,即在于今日亦犹可考知其主名,所以其本不是邃古文学很为明显;而且,即伏羲、神农之号,《网罟歌》《丰年咏》之目,已恐是出于后人的想象,则于其本身本已不能十分确信了。"

三 构造的

这又有三种:一是托为童谣,实系自作,并未传播。如《南史·卞彬传》云:"齐高帝辅政,袁粲、刘彦节、王蕴等皆不同,而沈攸之又称兵反。粲、蕴虽败,攸之尚存。彬意犹以高帝事无所成,乃谓帝曰:'比闻谣云:

> 可怜可念尸着服,孝子不在日代哭;列管暂鸣死灭族。

公颇闻不?'蕴居父忧,与粲同死,故云'尸著服'也。'服'者,'衣'也;'孝子不在日代哭'者,'褚'字也。彬谓沈攸之得志,褚彦回当败,故言'哭'也。'列管',谓'箫'也。高帝不悦。及彬退,曰,'彬自作此。'"这一段中一则曰"彬意",再则曰"彬谓",坐实了卞彬自作;但《南齐书》所叙稍含混。(据《古谣谚》八十七)

又《新唐书·董昌传》云:"累拜检校太尉,同中书门下平章事,爵陇西郡王。昌得郡王,咤曰:'朝廷负我;何惜越王不我与?时至,我当应天顺人。'其属吴繇、秦昌裕、卢勤、朱瓒、董庠、李畅、薛辽与妖人应智王、温巫、韩媪,皆赞之。昌益兵城四县自防。山阴老人伪献谣曰:

> 欲识圣人姓,千里草青青,《古谣谚》原注:原本无,今据《广记》卷二百九十引《会稽录》,及《全唐诗》十二函补。欲知天子名,日从日上生。

昌喜,赐百缣。乾宁二年,即伪位,国号大越。"(据《古谣谚》八十七)又如《汉书·王莽传》云:"风俗使者八人还……诈为郡国造歌谣,颂功德,凡三万言。"这自然也是未经传播的。

二是为了某种政治目的,构造歌谣,使儿童歌之,传于闾巷。有的是陷害人的,如北齐祖珽穆提婆与斛律光积怨。时周将军韦孝宽忌光英勇,乃令参军曲岩作谣言云:

> 百升飞上天,明月照长安。

又曰:

> 高山不推自崩,槲树不扶自竖。

斑因续之曰：

> 盲眼老公背上下大斧，饶舌老母不得语。

令小儿歌之于路。提婆闻之，以告其母女侍中陆令萱。萱以"饶舌"斥己也，"盲老公"谓斑也。遂相与协谋，以谣言启帝。光竟以此诛。谣中"百升"谓"斛"，"明月"乃"光"字，"高山"则指齐也。（据《古谣谚》八十七引《北齐书·周书》）

这几首谣辞说斛律光有野心，陷害之意甚明。更有用旁敲侧击法的，如《旧唐书》载裴度自兴元请入朝时，李逢吉党张权舆作谣词云：

> 非衣小儿坦其腹，天上有口被驱逐。

"天上有口"言度尝平吴元济也。这谣词乍看似乎是颂裴度的功德的，但张权舆的疏里说："度名应图谶……不召自来，其心可见。"所谓"图谶"，便是这首谣词了。这一来，谣词里说得越好，裴度便越危险了。可是这一回张权舆却未成功。（据《古谣谚》八十七）

有的是煽惑人的，如《朝野金载》逸文，《古谣谚》原注，据《广记》卷二百八十八。载唐裴炎为中书令。时徐敬业欲反，令骆宾王画计，取裴炎同起事。宾王乃为谣曰：

> 一片火，两片火，绯衣小儿当殿坐。

教炎庄上小儿诵之，并都下童子皆唱。这样裴炎便入了他们的圈套了——但《通鉴考异》说这件事是谣言（据《古谣谚》九十三）。又《明季北略》但载李岩为李自成造谣词云：

> 穿他娘，吃他娘，开了大门迎闯王，闯王来时不纳粮！（据《古谣谚》八十七）

这也是煽惑人的；但上一首是煽惑个人，这一首是煽惑民众。

有的是怨谤人的，如《续汉书·五行志》载献帝初京师童谣云：

> 千里草，何青青。十日卜，不得生！（《古谣谚》六）

"千里草"隐"董"字，"十日卜"隐"卓"字。这种歌词虽说是童谣，但如此精巧，显然是构造的。我疑心这是咒诅之辞，与"时日害丧"相同；其后来的应验，则是偶然。真正占验的童谣是没有的。

关于为政治的目的而作的歌谣，我们还可举一个笼统的例子。《全唐文》唐僖宗《南郊赦文》有云："近日奸险之徒，多造无名文状，或张悬文榜，或撰造童谣。此为弊源，合处极法。"歌谣与政治的关系，这里是看得很重的。又前所举"并未传播"的、假托的童谣，也是关于政治的。

三是为骗钱而作的歌谣。如《酉阳杂俎》载，时人为仆射马燧造谣，传于军中。谣云：

> 斋钟动也，和尚不上堂。

这人后来去见马燧，说此谣正说的他："斋钟动"，时至也；"和尚"，是他的名字；"不上堂"，不自取也。那时马燧功高自矜；此人投其所好，恭维他将做皇帝。但此人又说照相看来，还小有未通处，须有值数千万的宝物才行。马燧信以为真，给了许多宝物；此人于是一去不知所之。（据《古谣谚》九十七）这虽也像煽惑，而本旨实在骗钱，但仍是与政治有关的。

至于《坚瓠集》所载一条，却又不同："武进翟海槎（永龄）赴南京，患无赀。买枣数十勌。每至市墟，呼群儿至，每儿与枣一掬，教之曰：

> 不要轻，不要轻，今年解元翟永龄。

一路童谣载道。闻者多觅其旅邸访之，大获赆利。"（《古谣谚》九十七）这与政治无关，只是利用相传的以童谣占验的社会心理来骗取一些盘费罢了。——以上二、三两种虽出构造，后来却成为真正的歌谣，与别的真正的歌谣一样。第一种则不能以歌谣论。

四　改作的

这也有两种：一是为教育的目的而改作的，如明朝吕坤的《演小儿语》。《谈龙集》引《小儿语》（《演小儿语》是《小儿语》的末卷）的《书后》，是吕坤做的，他说："小儿皆有语，语皆成章，然无谓。先君谓无谓也，更之，又谓所更之未备也，命余续之；既成刻矣，余又借小儿原语而演之。"末一语即指《演小儿语》那一卷。《谈龙集》又说，据这一卷的小引，卷中所录，"系采取直隶、河南、山西、陕西的童谣加以修改，为训蒙之用者。"

风来了，雨来了，老和尚背着鼓来了。

一首也在里面，只是下半改作过了。（二八五——二九〇页）

二是为文艺的目的而改作的，如黄遵宪的《山歌》九首，实系由客家山歌改成的诗。他自序云："土俗好为歌，男女赠答，颇有《子夜》、《读曲》遗意。采其能笔于书者，得数首。"文人好为狡狯，明明是改作，却偏要隐约其词。兹举其一首为例：

买梨莫买蜂咬梨，心中有病没人知。因为分梨更亲切，谁知亲切转伤离？（以上据《五十年来中国之文学》）

黄氏所改的原歌，现在都已无从查考。但闽谣里有一首云：

买梨莫买虫咬梨，心中有苦那得知！因为分梨更亲切，那知亲切转伤梨？

这见于前引王礼锡先生文中，与黄氏诗只差数字。据王先生说，此谣也只流行于福建客籍中间；不知黄氏所据的原歌，与此是否一样。若是的，黄氏所改似也很少。

五 摹拟的

说到摹拟的歌谣，我们首先想到的自然是拟作的乐府。这种作品极多，是一个重要的文学趋势。《汉书·礼乐志》说武帝时"立乐府，采诗，夜诵，有赵代秦楚之讴。以李延年为协律都尉"。《白话文学史》说，"'乐府'即是后世所谓'教坊'"（三〇页），是"一个俗乐的机关，民歌的保存所"。（三一页）又说："民间的乐歌收在乐府的，叫做'乐府'；而文人模仿民歌作的乐歌，也叫做'乐府'；而后来文人模仿古乐府作的不能入乐的诗歌，也叫做'乐府'或'新乐府'。"（三三页）这种模仿的乐府始于何时呢？又说："大概西汉只有民歌；那时的文人也许有受了民间文学的影响而作诗歌的，但风气未开，这种作品只是'俗文学'。到了东汉中叶以后，民间文学的影响已深入了，已普遍了，方才有上流人出来公然仿效乐府歌辞，造作歌诗。文学史上遂开一个新局面。"（五六页）

黄侃先生区乐府为四种："一、乐府所用本曲，若汉相和歌辞《江南》、《东光》之类是也。二、依乐府本曲以制辞，而其声亦被弦管者；若魏武依《苦寒行》以制《北上》，魏文依《燕歌行》以制《秋风》是也。三、依乐府题以制辞，而其声不被弦管者；若子建、士衡所作是也。四、不依乐府旧题，自创新题以制辞，其声亦不被弦管者；若杜子美《悲陈陶》诸篇，白乐天新乐府是也。从诗歌分途之说，则惟前二者得称乐府，后二者虽名乐府，与雅俗之诗无殊。从诗乐同类之说，则前二者为有辞有声之乐府，后二者为有辞无声之乐府。如此复与雅俗之诗无殊。"（范文澜《文心雕龙·讲疏乐府》篇引）一是合乐的歌谣，二、三、四都是摹拟的歌谣，虽然性质程度各异。这种摹拟的风气，至唐朝已渐衰，宋更甚；但元朝却又渐渐走转来，到明朝竟是"寸步不移，唯恐失之"——那种字句的摹拟是古所未有的。清朝则似乎又恢复唐朝的样子。以上第二种便是曹植《鼙舞诗序》里所谓"依前曲，作新声"（《白话文学史》五九页）；乐府在汉末，还是可歌的。（看同书五八、五九页）这种"依谱填词"的办法，仍以原来的曲调为主，但文字的体裁上，可是摹拟的。第三、四及以下，则竟是按照不同的程度，将乐府当作诗之一种体裁而摹拟了。

作家的诗以"歌""行"名的（用乐府古题者除外）至少体裁上是摹拟乐府的。兹举李白《元丹丘歌》、杜甫《最能行》为例：

> 元丹丘，爱神仙，朝饮颍川之清流，暮还嵩岑之紫烟，三十六峰长周旋。长周旋，蹑星虹，身骑飞龙耳生风，横河跨海与天通。——我知尔游心无穷！

> 峡中丈夫绝轻死，少在公门多在水。寓豪有钱驾大舸，贫穷取给行艓子。小儿学问止论语，大儿结束随商旅。欹帆侧舵入波涛，撇漩捎濆无险阻。朝发白帝暮江陵，顷来目击信有征。瞿塘漫天虎须怒，归州长年行最能。此乡之人器量窄，误竞南风疏北客。若道士无英俊才，何得山有屈原宅。

这两首体裁、意境，都像乐府。而诗之称"行"者，更多是摹拟乐府之作。至诗以"谣"名的，《穆天子传》有《白云谣》《穆天子谣》等。这些我想至多也只是追记的；似乎是摹拟《诗》三百篇的作品。后来陈后主有《独酌谣》四首，孔仲智有《羁谣》（《乐府》八十七），体裁上像是模拟乐府；但意境全然是个人的——《白云谣》等亦如此。以上《乐府》都列入《杂歌谣辞》。唐李白有《庐山谣》，中有句云：

> 好为《庐山谣》，兴为庐山发。

这种意境当然也是个人的。又温庭筠《乐府倚曲》里有《夜宴谣》、《莲浦谣》、《遏水谣》、《晓仙谣》、《水仙谣》，见《乐府·新乐府辞》。这些谣的体裁意境便都像乐府了。举《水仙谣》为例：

> 水客夜骑红鲤鱼，赤鸾双鹤蓬瀛书。轻尘不起雨新霁，万里孤光含碧虚。露魄冠轻见云发，寒丝七柱香泉咽。夜深天碧乱山姿，光碎玉（一作平）波满船月。

以上都是模拟古歌谣的；而且除黄先生所举第二种外，都是将歌谣当作诗之一体去摹拟的——这样，便不注重声的一方面了。至于近世歌谣，一向为人鄙视，没有摹拟的人。直到前几年，才有俞平伯、刘复两先生乐意来尝试。俞先生有《吴声恋歌十解》，载在《我们的七月》（一九二四年）上；刘先生有《瓦釜集》，十五年由北新出版，那是模拟江阴民歌的。他们是将歌谣当作歌谣去摹拟，不但注意体裁，而且注意曲调，和汉末的"依前曲，制新声"是相仿的。兹各举一例：

> 恩爱夫妻到白头；花要飘来水要流！郎心赛过一片东流水，小奴奴身体像花浮。（《吴声恋歌十解》之九）
> 一只雄鹅飞上天，我肚里四句头山歌无万千。你里若要我把山歌来唱，先借个煤头火来吃筒烟。
> 一只雄鹅飞过江，江南江北远茫茫。我山歌江南唱仔还要唱到江北去，家来买把笤帚，送把东村王大郎。（《瓦釜集·开场的歌》）

《朱自清全集》第6册
江苏教育出版社，1990

诗的歌与诵（两篇）

俞平伯

一

近来说《诗》者以顾颉刚先生为最好，《论〈诗经〉所录全为乐歌》一文既出，一时景从，几成定论。章节复沓与徒歌、乐歌的区分虽颇不易确指，而三百篇本全部可被弦管，及它们以乐歌而得保存，这总是不容易推翻的事实。

在此只提出一问题，《诗经》（姑名之曰经，依其本义只是一册大书，章太炎说。）所录虽全是乐歌，但这些乐歌除掉入乐以外有别的读法没有？我的看法好像是"有"，颉刚似乎不说"有"。

诗虽是乐，不限于乐，他已言之。（《古史辨》三，页三二二，以下仅举页数。）诗虽可歌，不限于歌，他却不信。载记上屡见讽诵弦歌之文，颉刚却把"歌"、"诵"两名视为互文见义，这不一定妥当。（页六四九）《史记·孔子世家》："三百五篇，孔子皆弦歌之。"只可证明三百篇在孔子时尚悉被弦管，不能以此推论弦歌以外无其他的应用——讽诵。如现在把《花间》全书翻为五线谱式，以梵娥铃、披亚娜奏之，却不能说《花间》只可以如此唱，《花间》可念可哼，以今推古，古何必不然？

诗的用法由内而外，由简而复，详言之，计有五种，讽、诵、歌、弦、舞是也。《小戴记·乐记》："故歌之为言也，长言之也；说之故言之，言之不足，故长言之；长言之不足，故嗟叹之；嗟叹之不足，故不知手之舞之，足之蹈之也。"《诗序》："情动于中而形于言，言之不足故嗟叹之；嗟叹之不足，故永歌之；永歌之不足，不知手之舞之，足之蹈之也。"这是同一的说法，而互有详略，依其程序得下式：

言——长言——嗟叹——舞蹈（《乐记》）
言——嗟叹——永歌——舞蹈（《诗序》）

如将两式互补，有如下假拟之式，以讽诵等对照之。

言——长言——嗟叹——永歌——舞蹈
讽——诵——歌——弦——舞

这或者有人以为"一厢情愿"，强古人以从我，兹略说明之。《序》缺"长言"盖不成问题，《记》上说得最明白："故歌之为言也，长言之也。"是举言以包长言也。《记》缺"永歌"，举嗟叹以包永歌也。何以明之？《乐记》说："一唱而三叹，有余音者矣。"可见唱叹即歌，其他载记上以叹为歌者亦多。况言与长言，歌与永歌，《序》以永歌承嗟叹，《记》以长言承言，其词例初不少异，明嗟叹即歌也。若以嗟叹为徒歌，永歌为乐歌，举一以明二更无不可，但这是我的臆说耳。

《虞书》上说："诗言志，歌咏言，声依咏，律和声。""咏"即永，"永"即长。《正义》："定本经作'永'字，明训永为长也。"故《尚书》"歌咏言"与上引《乐记》之文同义，长言之歌实即诵耳。若以长言之歌释为声歌，则下文"声依咏，律和声"之文为赘语矣。且作下式：

言——长言——嗟叹——永歌——舞（《记序》）
言——永言——声——律——（下言百兽率舞）（《书》）
讽——诵——歌——弦——舞

诗的制作及应用的历程，盖约略相同耳。

然言语有通言专斥之殊，此今古所同。就以讽诵为例，《说文》："讽，诵也。"这似乎讽诵无别，较歌诵无别之证据更为明确，再看段注：

> 大司乐以乐语教国子，与道讽诵言语。注：倍文曰讽，以声节之曰诵，"倍"同"背"，谓不开读也。诵则非直背文，又为吟咏以声节之。《周礼》经注析言之，讽、诵是二，许统言之，讽、诵是一也。

这说得最明白。以今言释之，讽是干念，背书；诵是打起调子来念。若云讽、诵是一非二，则言、语亦是一非二。然《论语·乡党》上说："食不语，寝不言。"固已显然有别。事最通晓，不待烦词。

即使"讽"、"诵"的关系可推之于"歌"、"诵"，也不能就此说歌、诵无别，何况还推不过去。是否可以"歌，诵也；诵，歌也"那样子训释的，却是疑问。颉刚所引的例证极薄弱：

> 但歌、诵原是互文。先就动词方面看……"公使歌之遂诵之"……"使工为之诵"……使"工为之歌",可见是同义的。再就名词方面看,《小雅·节南山》说:"家父作诵。"《四月》说:"君子作歌。"《大雅·崧高》和《烝民》说:"吉甫作诵。"《桑柔》说:"既作尔歌。"可见是同义的。

其动词用法之三例,下文将悉有论列。其名词用法,似不足证明互文之说。古诗既可诵而又可歌,那末做诗说作诵可,说作歌亦可,这与歌、诵互文并无关,虽然古人有时说诵,有时说歌,十分随便。

现在又扯到"赋"字上去,"赋"是什么?是很麻烦的问题。颉刚把"赋诗"释为"点戏",赋与歌、诵并没有什么区别。今既释歌、诵为二,那末赋义与诵近,还是与歌近?我宁取前者,虽然古书有些地方赋实是歌。赋、诵相同或系本义,赋与歌混乃系引申假借而得。《汉书·艺文志》有这么一段话:

> 《传》曰:不歌而诵谓之赋,登高能赋可以为大夫。……古者卿士大夫交接邻国以微言相感,盖揖让之时,必称《诗》以论其志,盖以别贤不肖而观盛衰焉。故孔子曰:"不学《诗》,无以言。"春秋之后周道浸坏,聘问歌咏不行于列国,学《诗》之士逸在布衣,而贤人失志之赋作矣。

固然带着诸子出于王官的调子,其叙述颇为明确。颉刚除却首句不赞成以外,大概他也是承认的。参以古之载记大致相合。孔子说:

> 诵《诗》三百,授之以政,不达,使于四方不能专对,虽多,亦奚以为?(《论语·子路》)

这就是《汉·志》的蓝本,孔子之言特简约耳,赋《诗》既与言语应对相连,不歌而诵实最近情理。但后来卿大夫的架子十足,往往把自己赋《诗》,一变而为使工歌所欲赋的《诗》,那才是颉刚所谓"点戏"。此二者皆谓之赋。从此歌与赋相淆混矣。赋即是歌,以《文四年传》赋《湛露》、《彤弓》,而下云:"肄业。"此例为最明白。

但此种淆混以古乐之衰歇,而自然销灭。先秦以来,赋又与歌分家。首出的是孙卿,他的《赋篇》显然只是诵的,有谁假定它曾被之弦管?颉刚所引《战国策》引《诗》两段(页三五五),也是一类的家伙。后乃与《骚》并合而为汉赋,不歌而诵,至今不改。

诵与赋完全无别,下列的一例却不好解说。《周语》"瞍赋矇诵",翻成今语，是无眼瞎子念诗，有眼瞎子也念诗，这未免不词。看韦注："赋，赋公卿列士所献诗。……《周礼》矇主弦歌风诵。诵，谓箴谏之语也。"这好像很奇，其实大致不离。从上下文看，在此所注重的不是诗的唱念，而是它讽谏的内涵。另条韦注（见《晋语》）："工，矇瞍也，诵读前世箴谏之语。"此赋、诵虽通言无别，有时亦各有专斥也。《周礼》郑注："赋之言铺，直铺陈今之政教善恶。"韦义殆本此乎？

说了半天赋与歌、诵，始终不涉本题，你何以见得歌、诵同义之说的不妥当？让我再引明白一点的例子。班固、韦昭之说，顾刚均以为汉人妄生分别的曲解。但是否冤枉他们呢？——韦说见《晋语》"舆人诵之"下，注："不歌曰诵。"这并不错，看当时舆人诵的确不是歌——《墨子·公孟》"诵诗三百，弦诗三百，歌诗三百，舞诗三百。"而顾刚引此文却把诵诗三百之文省略（页六〇八）。夫"诗三百"古之恒言，墨子所谓诵、弦、歌、舞，正是此三百的"一气化三清"，决不是三百以外另有三百，再有三百，而又有三百。在古代可舞的可弦，可弦的可歌，可歌的可诵，三百篇备此四用，而四用非一，较然易明，岂得谓妄生分别？若歌、诵同义，则《墨子》之文为不词矣。汉人之说明出故训，非臆造审矣。更有一个好玩的例，也被他讲错，把好玩的意味失掉勒。

> 卫献公戒孙文子、宁惠子食，皆服而朝，日旰不召，而射鸿于囿，二子从之，不释皮冠而与之言，二子怒。孙文子如戚。孙蒯入使，公饮之酒，使大师歌《巧言》之卒章，大师辞，师曹请为之。初，公有嬖妾，使师曹诲之琴，师曹鞭之，公怒，鞭师曹三百，故师曹欲歌之以怒孙子，以报公。公使歌之，遂诵之。

从上边看下来，就知道卫献公是个妙人，他使太师歌《小雅·巧言》，却专点这末一章，是唯恐孙蒯不懂的原故。太师明白点事理，惟恐他懂。其诗曰："彼何人斯，居河之麋，无拳无勇，职为乱阶。"这是骂他的老太爷要到黄河边上造反，而又未必中用——秀才造反。这就难怪太师的不肯干。师曹挨过三百皮鞭的，那自然肯干，而且要狠狠的干。当时也不知道唱了没有，总之清清楚楚打起调门读了一遍，故杜预说："恐孙蒯不解故。"这注得很妙，孙蒯专听一章之诗何至于不解，惟报仇心切的惟恐歌声宛转，酒意朦胧，万一滑过耳。若依顾说："公使歌之遂歌之。"证据且不提，有何趣味呢？

诵是打起调子来念，他的用途大半在箴规。古诗的歌声虽不见得十分曲折，总不如朗诵的痛快。《楚语》："临事有瞽史之导，宴居有师工之诵，史不失书，矇不失诵，以训御之。"注释师工为"乐师瞽矇"。然言诵不言歌不言赋者，以旨在于自箴也。《春秋》内外传所记舆人之诵，其意均直切，其体近于后来的赋，其音节当然是直念。试节引《晋语》之诵惠公与骚赋颇为近似：

> ……猗兮违兮，心之哀兮。岁之二七其靡有征兮。若狄公子吾是之依兮。镇抚国家，为王妃兮。

汉以来辞人之赋丽以淫，而又要说什么劝百讽一，我觉得不大可解；现在明白了，"劝百"是新添的杂耍，"讽一"乃古代赋诵之遗痕而已。

《左传》有一条虽无诵之明文，却的确是诵谏的实例，即州来之狩，子革对灵王念："祈招之愔愔"是也（昭十二年）。这决不是使工歌赋，是由他自己来念的。以外还有庆封的故事，亦见《左传》：

> 叔孙与庆封食，不敬，为赋《相鼠》亦不知也。（襄二十七年）
> 叔孙穆子食庆封，庆封氾祭，穆子不说，使工为之诵《茅鸱》亦不知。（襄二十八年）

庆封大约吃相很不好，上年来聘，已被叔孙指桑骂槐的骂了一通，这儿的"赋"，大概是使工歌的意思，未必叔孙自赋，看下文"使工为诵"知之。到次年来奔，又在吃饭的规矩上得罪了叔孙老爷，因为上年赋诗他既不懂，只好进一步使乐工老老实实诵起来，况且庆封已失国政，叔孙也不必再客气了。《相鼠》上已说："一个人没有礼，还不快点死吗？"《茅鸱》更不会有什么好话，从它的名目也可以揣想得出的——下文怎样呢？他始终不懂，叔孙大夫之计乃穷。左氏在此有意描摹庆封的痴顽不学，这原是一个笑话。但这笑话如不把歌、诵分开，则非但不觉好笑，二十八年传文且成为第二张蛋皮，毫无味道。颉刚说左氏惯于装点，这话不错；古人顶幽默，顶爱讲笑话了，有时高兴起来，把历史一脚踢开，专讲笑话。古史之所以有别于后世史料长编式之官书，至少这是一点。此固古人之疏略，亦正其不可及处。因为读者总有常识的，笑话误不了什么事，若以听笑话而就误事，则不听笑话的不误事也就有限得很了。

话虽如此，《左传》在这地方却并未违反事实，只是说得这么幽默相。赋《诗》可代笑骂原无问题，而颉刚曰："但我虽是说出这句话，心中却很疑惑，不敢决定它的有无。"（页三三五）似乎十分不敢自信的样子。他以为世上缺少如庆封的糊涂人，其实也未必。且孔子说过："不学《诗》，无以言。"嬉笑怒骂无非言语，又何疑之有？

颉刚又把这个"使工为之诵"与襄二十九年"使工为之歌"连引，以成其歌诵不异之说，也是不对的。二十九年是吴季札来聘，请观于周乐，遍歌《风》、《雅》、《颂》，乃是大规模的合乐，与上年工诵《茅鸱》大不相同，事例悬殊，此疑失之。

综上所述，古诗有讽、诵、歌、弦、舞五种程序（范文澜先生疑赋自有一种声调与歌、诵不同，说亦可商，但载记上似少明证。范说见《文心雕龙注》中册。）揆之情理，参以事证，似少疑惑。有一点须约略说明的，即五者之界有时漫衍莫辨。先言讽、诵，讽乃干念，以别于诵，而仅有念得字字清朗发音弘亮的，如今党人之读"遗嘱"，此讽实近于诵也。打起调子来念，偏偏念不好，私塾顽童每有此状，诵而近于讽矣。把书当作山歌唱，此亦昔日学堂之一般情形，是以诵为徒歌也。出口腔，随心令，简单之歌，与诵邻类而通言勿别。（书上所记徒歌及诵，有时看不出什么分别来的，参看其六二五—六二八。）弦字颇难独用，徒歌、乐歌，均谓之歌，犹今人清唱谓之唱，彩唱亦谓之唱也。舞蹈，比较上界限易判，而细察之亦正未必，如"不知手之舞之，足之蹈之"一语，以移赠书呆子读书读到最得意的时候，实在再切当没有了。我们说话，特别是演讲，都非意识的带着"舞蹈"。夫言语且如此，讽诵且如此，何况歌唱。其界限彼此牵引，通言亦或不分，谓为不精密则可，谓即错误不可也。再复一遍，谓此五者界限难辨则可，谓其根本无别大不可也。如昼夜无划然之线，其间正有非昼非夜，亦昼亦夜之若干境界，然因此即谓昼夜一也，可乎不可乎？故就《诗》三百言，可歌者，均可诵；可诵者，均可歌：斯歌；诵相兼。就三百篇以外言，有歌而诵之佚诗，亦有不歌而诵之赋矣；就歌诵言，则二者音节自别，即使差别得不多，（其实差别多不多，无从知道。）也决不能说歌即诵，诵即歌也。

考证最使人多闷。像《诗经》这般整齐协调的句度，说当时除掉乐歌以外就没有别的唱法了，证据且丢开，以常识观，我也不信。无论什么东西，都可以有多方面的性质和用途的，我们想古诗也不必是例外。

（原载《东方杂志》第三十卷第一期）

二

据《虞书》"声依永"与《乐记》"音生人心"之说，以心之感动而成声，声成文谓之言，比音而为乐，备乐始有舞容，其由内而外，本之自然，是古代诗、乐同源，歌、诵一贯，《诗》三百之所以可诵、可弦、可歌、可舞也。至于《孺子》、《沧浪》之歌，"琼瑰"、"盈怀"之句，矢口成章而谢弦管，非不可被弦管也，不暇悉被弦管耳。若后世则有不尽然者。

诗、乐之忽离忽合，造成二千年之诗史，叙其错综变化之迹，乃文史专篇之事，非此所能详。要言之，后世在诗以外另立乐府一名（乐府原只是一衙门耳），即为诗、乐曾几度分携之证。夫三百篇，诗也，而乐之。孔子说："吾自卫反鲁，然后乐正，雅、颂各得其所。"雅、颂独非诗乎？诗、乐合则歌、诵相兼，诗、乐离则歌、诵异趣。无乐之诗，古已有之，不歌而诵。非诗之乐，肇自近世，歌不必诵。夫喉舌宛转，诵为利便；音律繁会，歌实专门。诗不必歌，乐不必诵，理也。计其实事，虽有绝不可歌之诗，尚少绝不可诵之乐。何则？诵之为用大也。论其大齐，辄兼被诗、乐，而为论中国诗主要观点之一。

欲明歌、诵之实情，必先说诗、乐之关系。以我的看法，中国诗体有时是被音乐拉着变的──有时连拉都拉不动。所以得先说音乐之变。惭愧我一点不懂得这些玩意，为敷衍场面，不得不来几句反串，悲夫！

兹篇范围止于中唐，以汉、魏、六朝为一期，隋、唐为一期，依下列三项目论之。（一）乐的变迁；（二）诗、乐的追逐，诗的落后；（三）诵的惰性之一现。

历代所谓雅乐，往往是冒牌，只保着相当的传统性。老牌的雅乐──《诗》三百，那不要说秦、汉，也无论魏、晋，战国时候已不流行了。是以后世本无雅乐，或者有一点雅乐的影响，而这名字却衣钵似的传递下去，如清商三调虽导源古代，实系江南里巷之音，而隋人则谓之正声。汉、魏人所谓雅的是《诗经》，六朝人所谓雅的是汉、魏，隋、唐人所谓雅的是六朝……今人且有谓昆曲为雅者矣。雅乐之名其无定如此。

俗乐之来源不外两种：里巷与胡戎。汉、魏、六朝之新声大半是里巷之音，隋、唐则重胡戎之乐；质言之，前者是国货，后者是来路货。这并不精密，只大概不差，且后世所谓"里巷"，事实上每即"胡戎"，虽也未必定是；因为胡化之来，每先被闾阎而后登廊庙，此二者遂混而难分。用夷变夏，其变迁之剧烈，自当什佰于雅郑之殊。涉想所及，举其二端。

（一）不但声变，并乐器也都换了。《隋书·音乐志》西凉条下"今曲项琵琶、竖头箜篌之徒，并出自西域，非华夏旧器。《杨泽新声》、《神白马》之类，生于胡戎。胡戎歌非汉、魏遗曲，故其乐器声调，悉与书史不同。"（《旧唐书·音乐志》则谓西凉乐有旧乐成分，即有，也不会多罢。）皮之不存，毛将安傅？黄先生尝说，中国古乐器现在只有琴了。音乐之胡化至近世而已备，以后只是用夷变夷的问题，犹瓜皮之与铜盆，皆无涉于冠裳也。

（二）变古代诗、乐之一元性为多元。自华、夷杂用，歌、诵分歧日远。中世乐律初繁，已有放声为辞者，如魏之三调是，而急转殆始六朝，其蕃变良不可究。盖歌、诵既各为外力所摄，而此外力固非单一，亦非单纯者耳。以转读佛经而解别宫商、识清浊矣，于是诵之地位日高而性质亦固定，遂变六代为三唐，兀然为诗坛之镇，历风雨不摇，至悠悠千载，音歌之剧变，喻为风雨，洵不虚耳。虽曰歌、诵有别，古今不异，而不异之中，大异存焉，即变一致为多元，易和谐为冲突也。歌、诵且各有其势力之凭依音乐与言文。音乐占优势，则引诗与乐合，而诗体旁出；言文的特质占优势，则离去音乐而诗体直下。唐以来千数百年诗体之演变，此一语足明其大凡矣。此意既明，下作分论。

新声之导源民间旧矣。孔子所谓郑声，殆指声言，与风诗无涉。《汉书·礼乐志》："桑间、濮上，郑、卫、宋、赵之声并出。"是一处有一处的新腔。《乐记》说："郑、卫之音，乱世之音也……桑间、濮上之音，亡国之音也。"审其语气之抑扬，感慨溢于词表。汉叔孙通因秦乐人制宗庙乐，而房中之乐则为楚声，史文具在，是汉初用秦、楚之乐，周之遗音微矣。《文心雕龙·乐府》"虽摹《韶》《夏》，而颇袭秦旧，中和之响，闻其不还。""暨后汉郊庙，惟杂雅章，辞虽典文，而律非夔、旷。"后世宗庙郊祀之乐章，大抵皆如此耳。

汉武立乐府，采诗夜诵。（师古曰："夜诵者其言辞或秘不可宣露，故于夜中歌诵也。"此亦汉代歌、诵接近之证，夜诵则犹近世所收谣歌有违碍的字样，或秘之耳。）代、赵、秦、楚兼容并包，皆里巷之音，世俗之乐，《汉书·艺文志》所录歌诗是也。据《礼乐志》，则郊祀歌之制作大抵本此。汉伐北狄，通西域，遂有鼓吹、横吹之乐，所谓铙歌，即国乐胡化之第一步。考汉人所谓郑声，只是新腔，计有两种：里巷与胡戎；特比较起来，里巷的成分甚多。与中世以来音乐之胡化，情形虽似而程度迥别也。观汉之三大乐歌（《房中》，《郊祀》，《铙歌》），里巷占二，而胡戎得一，可明上说。（参看朱遏先先生《汉三大乐歌声调辨》，《清华学报》四卷二期。）朱先生说："《郊祀歌》十八章为楚声（里巷），其《日出入》一章为新声（胡戎）。"十八章中何以独杂此一章，事属奇怪。然即依朱说，国乐成分仍占了三分之二，特与古代雅乐皆不相干耳。此后郑声流行，上下风同，名倡有富显者矣。哀帝好古，始罢乐府官，而豪富吏民湛沔自若，迄于西汉之亡。在最近古的一代中，雅乐已完全失败了。

然而后世每以汉乐为雅，而思追复之，且有欲追复而不可得者，是新旧之声迭为雅郑也。如魏杜夔曾为汉雅乐郎，为魏制造雅乐，以所得四古曲《鹿鸣》、《驺虞》为根据，所复者殆两汉之旧耳，今其乐章不传。同时有左延年妙善郑声，改易音辞，子建且称美之，唯杜存古，止存《鹿鸣》一曲，其不敌左明甚。晋荀勖本古器造新律，法密于夔，而同时阮咸妙识宫商，诋之为"亡国之音"，此重公案至今不能决。迨永嘉之乱，则此雅乐之类似品亦并没于戎狄，南渡以后又力求规复魏、晋。好在音律微茫，合与不合，知之者稀，其有合于先代与否，更无人能言之。一个皇帝都要有他的一代之乐，其实一代之乐那有这么许多。

返观里巷之音则盛极一时，汉、魏、六朝歌曲存于今者什之九是民歌，其著名者什之十是民歌。如相和旧曲，名为九代之遗音，其实则汉代之民歌耳。《宋书·乐志》"凡乐章古词，今之存者，并汉世街陌谣讴，《江南可采莲》、《乌生》、《十五》、《白头吟》之属是也。吴歌杂曲，并出江东，晋、宋以来，稍有增广。"若西曲，如《襄阳乐》之流且本之西、伧、羌、胡诸杂舞（亦见《宋书·乐志》）。是在当时，胡戎之音更侵江表矣。观王僧虔昇明二年上表：

> 又今之《清商》，实犹铜雀，魏氏三祖，风流可怀，京、洛相高，江左弥重。谅以金县干戚，事绝于斯，而情变听改，稍复零落，十数年间，亡者将半。自顷家竞新哇，人尚谣俗，务在噍危，不顾律纪，流宕无涯，未知所极，排斥典正，崇长烦淫。……故喧丑之制，日盛于尘里；风味之韵，独尽于衣冠。

何限冷暖盛衰之感！至齐、梁以降，新词艳曲，上下同风，齐有《伴侣》之曲，陈有《后庭》之咏，哇淫靡曼，迄于沦亡。

虽然，江左风流犹承汉、魏，用夷变夏，实始北朝。兹列隋、唐之乐，七部、九部、十部之表（次序不依原书）：

隋七部　清商　文康　国伎（此名承北朝之旧）　高丽　天竺　安国　龟兹

隋九部　清乐　礼毕（隋乐最后奏之出晋庾亮家）　西凉　高丽　天竺　安国　龟兹　疏勒　康国

唐十部　清商　西凉　高丽　天竺　安国　龟兹　疏勒　康国　高昌　讌乐

《隋·志》，开皇初定七部，而大业中已为九部，其中只有两种是中国的，而"礼毕"之性质尚不分明。文帝得清商于南朝，有"华夏正声"之叹，而竟不能止臣下之好尚。炀帝新收入的皆胡乐，他就老实不客气的好起胡乐来，并且自己制造，造成以后，还特别表示得意。史称其"不解音律，略不关怀"，真是妙语，他岂不懂音律，只是不去理会这"华夏正声"罢了。

唐代清乐愈衰，后遂全灭。《旧唐·志》"隋室已来，日益沦缺，武后时犹有六十三曲，今其辞存者……为四十四曲存焉。""自长安（武后年号）已后，朝廷不重古曲，工伎转阙，能合于管弦者，唯《明君》……等八曲。旧乐章多或数百言，武后时《明君》尚能六十言，今所传二十六言。"这是可惊的消灭！篇目中六十三而四十四，由四十四而八！内容由数百言而六十，而二十六！

至于胡乐，周、隋已来将数百曲。唐承隋旧，变九部为十部，加高昌而去礼毕，又自造讌乐（亦非雅乐），是以"部"而论，国乐成分由七分之二，而九分之二，而十分之一。事实上，因内容多寡不同，故尚不及十分之一远甚。且唐之十部并非确数，"今著令者唯此十部，虽不著令，声节存者，乐府犹隶之。"是尚有一些零星不重要的外国玩意。据说又有百济、扶南、骠国及北狄之鲜卑、吐谷浑、部落稽之乐。——自然于后代有重大影响的还在"西"、"南"。

唐开、天以后，音乐胡化呈急转直下之势。《旧唐·志》"自开元以来，歌者杂用胡夷里巷之曲。"玄宗自己即是倡导制作新乐的宗师。《羯鼓录》上说：

> 诸曲调如《太簇曲》、《色俱腾》、《乞婆娑》、《曜日光》等九十二曲名，玄宗所制。上洞晓音律，由之天纵，凡是丝管，必造其妙，若制作诸曲，随意即成，不立章度，取适短长，应指散声，皆中点拍。……虽古之夔、旷不能过也。尤爱羯鼓，玉笛，尝云八音之领袖，诸乐不可为比。

羯鼓、玉笛都是外国乐器，看本书之末附载各曲，什九是外国名字，虽有些佳名如《春光好》、《秋风高》，实皆胡乐。诸佛曲调下又有御制曲。同书更有一条，明示玄宗用夷变夏的态度：

> 上性俊迈，酷不好琴，曾听弹琴；正弄未及毕，叱琴者出曰："待诏出去。"谓内官曰："速召花奴将羯鼓来为我解秽！"

琴是中国乐器的仅存者，而明皇这样给它下不去，他的外国迷真是利害。正史也说他曾制曲作谱。他所喜欢的法曲，似很典雅，其实词多郑、卫，故《旧唐·志》屏而不录，惟此乐传自隋代，较纯粹之胡乐较澹雅耳。据《新唐书·礼乐志》千古绝传之《霓裳羽衣》即系河西节度使杨敬忠所献之《婆罗门曲》，而比附之于神仙。到开元二十四年升胡部于堂上。天宝时所作乐曲多以边地名，如《凉州》、《伊州》、《甘州》之类。至所谓"梨园"，皇帝弟子即有三百人，而供奉内廷乐工总至数万人，可谓骇人听闻。若没有渔阳鼙鼓，则大规模的新乐运动必不会中止，必有更大的影响到后世。

古代帝王有两种相反的心理，好雅乐而又喜郑声，好雅乐者，想追踪先代以成正统之局也。郑声又谁人不喜。所以历来音乐的俗化，胡化，皇帝老是睁眼闭眼的不大肯管。隋炀帝、唐明皇更是聪明人，所以索性把制礼作乐的套话丢开，而积极倡导他们所爱的东西。

来了半天的反串，三魂渺渺，七魄悠悠，正传已不知何往。自汉到隋有八百年，从隋到中唐有二百年，此千年之内，里巷胡戎之乐迭代而兴，音乐早已变得认都不认识了，而我们的可怜伙伴，不知走了多少路？他不过从四言而五言，从五言而七言；他不过从古诗变到律诗。就他自己说，变得原也不算少，拿音乐来比着，变得未必够多。依中国的老例，他俩该一起跑的，在前半段路程上跑得还差不多；到了后半段，他的伙计耍着洋腔，跑得又快又乱，一眨眼就拉下这么一大节。跟不上，没法跟，去你的罢！……还是慢慢地走的好。懒才是他的癖。

所以就大体上不妨分为甲乙两段说明。甲段里巷之音，乙段胡戎之乐。街陌谣讴出于天籁，诗、乐虽同源，到被之金石弦管，则不免有相当的距离，所谓"声"、"辞"的分别，就依这个而立的，但其距离却并不很大。《汉书·艺文志》有《河南周歌诗》、《周谣歌诗》，下面各有其"声曲折"，这是曲文和工谱的对照，可惜已不存在了。《文心雕龙·乐府》：

> 凡乐辞曰诗，咏声曰歌，声来被辞，辞繁难节，故陈思称"左延年闲于增损古辞，多者则宜减之"，明贵约也。观高祖之咏《大风》，孝武之叹"来迟"，歌童被声，莫敢不协；子建、士衡咸有佳篇，并无诏伶人，故事谢丝管，俗称乖调，盖未思也。

他以为古诗大概皆可歌，却是有给伶工，有不给伶工的。给了他们，"莫敢不协"，不给他们，"事谢丝管"。若以为不入乐就是不能入乐（乖调），那是没有想得通。当时随意吟成皆有入乐之可能，则诗、乐未远，可为明验。但是诗既是随便做的，那以诗合乐必须有增损。我们拿《宋书·乐志》与原诗来对一下。

却没有仔细的对照，字栉句比也恐辞太繁了。大约有四种：（一）全同的，如曹植的《箜篌引》，《志》作《野田黄雀行》。（二）相同，乐章添复奏的，如曹操《苦寒行》。（三）与原诗不同，分为数解，增添句子而不倒其原来的次序的，如曹植的《七哀》，《志》作《明月》，一首十六句，改为七解二十八句。（四）与原诗不同，有颠倒，有复叠，分解而增添句子的，如《十九首》之"生年不满百"，《志》作《西门》，与原诗相异甚多。（一）与（二）在做的时候即为入乐准备，《宋书·乐志》之言可证；（三）（四）却当时是随便吟成，后来硬拿它们来入乐，所以变动处较前者为多。

《文心》之言对是对的，似乎不全对。他说"明贵约也"，但我们今日只见其增，不见其减，此或是文献不足之故。他说得很明白"多者宜减"，反言之，则少者宜增。我们只见一偏，所以觉得不大符合。他在当时既说得这么不含糊，盖必有所依据。

况且增或减对于我的论点是差不多的情形。看《宋书·乐志》，只是整章整句的增，详别之有三：（一）打破原来的句调的地方不多。《西门》比较上变化得顶多，而改变原来句法的也只有"为乐"两句，"仙人"两句。（二）所增的句子如原来是五言，大概也是五言，如《明月》第四解"北风行萧萧"全系新增，但与原诗的做法相同。（三）即使所增为杂言，而仍协调，如《西门》："夫为乐，为乐当及时，何能坐愁怫忧，当复待来兹。"易整为散，而语气故顺。《乐府诗集》又录一词，较后出而为晋乐所奏，改"何能"六字句为"何能愁怫忧"，则更顺调矣。

此外诗、乐分别之迹可见者，即不可句读之品是也。在《宋书》、《齐书》皆有所录，如《汉鼓吹铙歌》十八篇，《宋鼓吹铙歌》四篇，《圣人制礼乐》一篇，《公莫巾舞歌》一篇，并声辞相杂不可句读，不可理解。此所谓"声"，即《古今乐录》所谓"若羊吾夷伊那阿之类也"。是以诗入乐，在当时已有不尽密合之处，盖已有外国音乐之成分故耳。否则何以不可句读之品，多半属铙歌耶？

若专制之正式乐章，自汉代以来情形相仿，即以三言四言为基本，而间用杂言，如《安世房中歌》十七章，四言者十三，三言者三，而杂言得一；《郊祀歌》十九章，四言得八，三言七，而杂言得三。《宋书·乐志》：

> 张华表曰："按魏上寿食举诗及汉氏所施用，其文句长短不齐，未皆合古，盖以依咏弦节，本有因循，而识乐知音，足以制声，度曲法用，率非凡近所能改。二代三京，袭而不变，虽诗章词异，兴废随时，至其韵逗曲折，皆系于旧，有由然也。是以一皆因就，不敢有所改易。"荀勖则曰："魏氏歌诗，或二言，或三言，或四言，或五言，与古诗不类。"以问司律中郎将陈顽，顽曰："被之金石，未必皆当。"故勖造晋歌，皆为四言，唯王公上寿酒一篇为三言五言，此则华、勖所明异旨也。

二人所说的情形虽不甚同，而所谓雅乐率以齐言为主，杂言为从，固无问题。即用杂言语必调协，亦与后世之杂言，名同实异，若谬引古昔以为词曲之源，甚无谓也。

《宋书·乐志》"凡此诸曲（指吴歌杂曲）始皆徒歌，既而被之弦管；又有因弦管金石造歌以被之，魏世三调歌词之类是也。"《诗序正义》"初作乐者准诗而为声，声既成形，须依声而作乐。"此诗、乐迭为先后，互相角逐，以乐就诗者有之，以诗就乐者有之。以诗就乐则较密合，密合唯专家能之；以乐就诗则不密合，不密合人人能为之。是以论其大凡，诗、乐中间仍不免有相当之距离。

如此说来，在甲段的路程上，它们的追逐从头就不大景气。照乐句来做诗，要碰专家的高兴。平常做诗只是随意吟来，你们爱唱不唱。爱唱，你们改去；不唱，算。这还是平民诗人，好好先生。至于皇帝贵人更糟，自己乱做一气先不必说，一声令下要唱，那"莫敢不协"。这"莫敢不协"四字，画得出伶工的苦恼。如何协法，无非又是改，碰着句子多少不合，则整章整句的增减，若句法也不合，只好杂以虚声，或者添改数字，这些工作当然该办的人为之，老爷不问也。有时较难的工作且非高手莫办。《古今乐录》曰：

> 《估客乐》者齐武帝之所制也。帝布衣时尝游樊、邓，登祚以后，追忆往事而作歌，使乐府令刘瑶管弦被之，教习卒遂无成。有人启释宝月善解音律，帝使奏之，旬日之间，便就谐和。（据《汉魏遗书》本）

一跛一拐的竞走，度过了近八百年，隋、唐以后，乐已急剧变化，诗体虽亦进展，而还是差得太多，诗、乐的应合不知加增了多少困难。所以大有宣布停止竞走之势。

似乎诗已在自己走自己的路，不再想去角逐了。在另一方，虽与乐律仍有种种的交涉。古诗向有杂言，六朝晚年如鲍照《夜坐吟》、梁武帝《江南弄》，其体更多变化。但到了唐代，就大体言，却把诗形变化得更加方块了（不是正方）。拿这样的方块诗和异国嘈杂的音乐结合而成乐府，这是顶古怪的配偶。——唐人虽多杂言的古诗，但其入乐者大抵均律诗。

我们且看《苕溪渔隐丛话》：

> 蔡宽夫《诗话》云："乐天《听歌诗》云：'长爱《夫怜》第二句，请君重唱夕阳开。'注谓：'王右丞辞"秦川一半夕阳开"，此句尤佳。'今《摩诘集》载此诗，所谓'汉主离宫接露台'者是也。然题乃是《和太常韦主簿温阳寓日》，不知何以指为《想夫怜》之辞。大抵唐人歌曲，本不随声为长短句，多是五言或七言诗，歌者取其辞与和声相叠成音耳。予家有古《凉州》、《伊州》辞，与今遍数悉同，而皆绝句诗也。"（前集卷二十一）唐初歌辞，多是五言诗，或七言诗，初无长短句。自中叶以后，至五代，渐变成长短句。及本朝，则尽为此体。（后集卷三九）

日本铃木虎雄《词源》一文（译文见《语丝》五卷十六、十七期）也有同样的话，说得更为详尽，节引如左：

> 凡乐曲长的分许多部分，各部都以绝句组合拢来。这状态现在可以看到的，有载于《乐府诗集》（卷七十九）的《水调歌》、《凉州歌》、《大和》、《伊州歌》、《陆州歌》等。这些都是顺序地排列五言或七言的绝句的。……有的是绝句以外底诗形的诗，这也是截取其中四句，如绝句地在用的。……《凉州歌》底第三歌，五绝，用"开箧泪沾襦……"这是高适作五言古诗《哭单父梁九少府》起头底四句。……《陆州歌》底第一歌，五绝，用"分野中峰变……"，这是著名的王维底《终南山》五言律诗底

后半。……又有某乐曲名，一看他所用的歌辞如何，却是著名绝句。如《盖罗缝》这曲，它所用的歌辞是王昌龄底七绝《从军行》；《昆仑子》曲，它底歌辞是王维底五言律诗《从岐王过杨氏别业》底前半；《戎浑曲》，它底歌辞是王维底五言律诗《观猎》底前半。由这些来看，如这里有着某曲，合上去的歌辞并不管曲底长短，是把绝句合上去而歌唱的。

凡有某某曲，看它的歌辞，总是五七言绝句，这都是把绝句合诸曲而歌唱的；并不是那绝句表示这曲底音节的。

唐诗不表示唐乐的音节，这儿说得极切实。近人王易《词曲史》上，对于唐乐府皆为五七言诗，也有很详细的列举。（参看王书三七—四〇页。）

从以上的引语，事实已够明白，做诗的只管写他的好诗，作乐的只管翻他的好腔，诗、乐各走各的路，却显出一代诗歌与音乐的异样隆盛来。离之双美，合之不伤，唐人之谓也。

在理论上而且很讲得通。传统的诗、乐一元性早被中世胡化所冲断，以后的诗、乐一致不但是困难，而且是不必要。你有什么理由，说中国诗有表示外国调的音节的义务？唐诗入乐只是借这么一小段来唱唱而已，不曾符合，不想符合的。

律、绝唐人通谓之律，看乐府所取都是短均或节本，巨大的乐章所配合的诗反小以为贵（最短的五绝也常用），这正是诗、乐不合之证。本来不合式的，篇幅短了，音乐中间夹这么一段，可增兴会，又无妨碍，若长章大篇的引入乐中，那就没处安插了。唐代歌行每不入乐，其故在此；律诗入乐而被裁剪，其故在此；绝句之流行，其故在此；词体之先令后慢，其故亦在此欤？

古诗是乐的生命，唐诗是乐的穿插，生命非有不可，穿插可有可无，虽然唐诗在文学史上是非常重要。大概唐代许多曲子是有声无词的。如《教坊记》所载唐代曲名甚多，其中或有虚谱无辞的，特今不可考耳。《羯鼓录》诸曲是成套的打鼓调，其不会有文辞，更显而易见。所谓《春光好》等等乃就音声的情调而言，本书说得明白，并非咏赞春光的歌词。著名的《霓裳羽衣》最初是舞曲，亦系无词。且看白乐天的《霓裳羽衣歌和微之》（《白氏长庆集》卷五一）：

> 案前舞者颜如玉，不著人家俗衣服。……娉婷似不任罗绮，顾听乐悬行复止。磬箫筝笛递相揽，击擫弹吹声迤逦。散序六奏未动衣，阳台宿云慵不飞，中序擘騞初入拍，秋竹竿裂春冰坼。飘然转旋回雪轻，嫣然纵送游龙惊。……繁音急节十二遍，跳珠撼玉何铿铮。翔鸾舞了却收翅，唳鹤曲终长引声。……移领钱塘第二年，始有心情问丝竹，玲珑箜篌谢好筝，陈宠觱篥沈平笙，清弦脆管纤纤手，教得《霓裳》一曲成。

此写得极详尽，但都是乐声舞态，说到唱歌，只"嗾鹤曲终长引声"一句，《新唐·志》"凡曲终必遽，唯《霓裳羽衣曲》；将毕引声益缓"。所唱的是什么，却不可考。看下文说到微之。

> ……唯寄长歌与我来，题作《霓裳羽衣谱》。四幅花笺碧间红，《霓裳》实录在其中，千姿万状分明见，恰与昭阳舞者同。……由来能事皆有主，杨氏创声君造谱。

这好像元氏做的是曲谱，（夏剑丞先生《词调溯源》以君指玄宗，大误。）而其实是一首描写本曲的长歌。如是舞谱，则乐天岂得和之？如是声谱，则与"杨氏创声"一语重复。既非声非舞，则辞而已。乐天所谓"长歌"是也。从"杨氏创声君造谱"一句看来，明开元旧曲殆虚谱无辞，即使有唱，亦必借用别的诗句为之，无本曲之歌辞也。若本有，何烦微之造耶？（《乐府诗集》载《婆罗门曲》只是李益之一绝句。）

《乐府诗集》卷五十六"舞曲歌辞"下，有王建《霓裳辞》十首，只是咏《霓裳》之诗耳，曲十二遍，而诗只有十首，恐从头就是"事谢丝管"的。所谓"听风听水作《霓裳》"是《霓裳》曲调有风水之音，与上述《羯鼓录》参看，唐代音乐之造就极高，大有脱离诗歌而独立的样子。至于《霓裳》是否月中所传，事涉神怪，王灼辩之甚详，见《碧鸡漫志》三，今置勿论。

《苕溪渔隐丛话》卷二十四：

> 唐有两《霓裳曲》，开成初，尉迟璋尝仿古作《霓裳羽衣曲》以献，诏以曲名赐贡院为题，此自一曲也。……则亦祖述开元遗声耳。此曲世无谱，好事者每惜之。《江表志》载周后独能按谱求之。徐常侍铉有《听霓裳送以诗》云："此是开元太平曲，莫教偏作别离声。"则江南时犹在也。

《新唐·志》称太常卿冯定采开元雅乐制《霓裳羽衣舞》曲，想与此是一同事情，璋作以献，定定之耳。但李后主所得，开元《霓裳》，还是开成《霓裳》呢？胡氏所记似欠明白。总之是开元遗音也，观引徐铉诗可证。《碧鸡漫志》引李后主《昭惠后诔》："《霓裳羽衣曲》，经兹丧乱，世罕闻者，获其旧谱，残缺颇甚。"此灼所引诔后注文。陆游《南唐书》"故唐盛时，《霓裳羽衣》最为大曲，乱离之后绝不复传，后得残谱以琵琶奏之，于是开元、天宝之遗音复传于世，内史舍人徐铉闻之于国工曹生，铉亦知音，问曰：'法曲终则缓，此声乃反急，何也？'曹生曰：'旧谱实缓，宫中有人易之，非吉徵也。'以这些材料参考，李、周所得确系旧谱，既只付之弦索，其为虚谱甚明，（《琵琶行》"初为《霓裳》后《六幺》"，《霓裳》原系琵琶曲也。）是以后主《玉楼春》虽有"重按《霓裳》歌偏彻"之句，而当时盖并不曾为此曲按谱填词，此殆由音声繁复，不但非五七言律所能写，即令近亦有所谢短乎？至《蜀梼杌》称王衍自执板唱《霓裳羽衣》，其词如何，良不可考。

以《霓裳》之曲折为词，实始于南宋之姜白石。其词集卷四："……又于乐工故书中得商调《霓裳曲》十八阕，皆虚谱无辞。按沈氏《乐律》，'《霓裳》道调'，此乃商调；乐天诗云：'散序六阕。'此特两阕。未知孰是？然音节闲雅，不类今曲。予不暇尽作，作中序一阕传于世。"是白石所得是否故唐法曲，他自己也有些疑惑。遍数先不合，《霓裳》旧说十二遍，今则有十八。散序少了四遍，而拍序多得更多。即假定十二遍不数拍序，也已经多出四段，此白石所以不暇尽作也。但看《碧鸡漫志》：

> 又唐史称：客有以按乐图示王维者，无题识，维徐曰："此《霓裳》第三叠最初拍也。"客未然，引工按曲乃信。予尝笑之。《霓裳》第一至第六叠无拍着皆散序故也，类音家所行大品，安得有拍。乐图必作舞女，而《霓裳》散序六叠以无拍，故不舞。

此与白石所得正合，散序两篇即入拍序，有了舞态，便可图绘。岂唐代《霓裳》本有他种格式乎？今不能考也。至于宫调，旧曲属商。乐天"嵩阳观夜奏《霓裳》"，"开元遗曲自凄凉，近况秋天调是商"。又《乐府诗集》卷八十，引《乐苑》定《婆罗门》为商调曲，又据《唐会要》说《婆罗门曲》为《霓裳》之前身。既同属商调，似无问题。但王灼既定旧曲为黄钟商，而说白石词者又以［中序第一］夷则商，其宫调舛误固难定，即旧说合否亦属难定，缺疑可耳。若只观其大凡：白石所得与旧曲同属商调，且白石在宫调上只说与沈氏说异，而不说与乐天诗异，一也；散序两阕，与记载固不合，然亦有合者，二也；白石知音之士，自言其音节闲雅，不类今曲，三也；则其所得即非开元之曲子本来面目，亦总是唐代遗音，或即李、周所改订者欤？

考了半天的《霓裳羽衣》，对于本题似乎抛荒了。唐代诗、乐相去之远有不易想像者，得此可以明白。夫以如此驰名之大曲，传流奕世，而不曾填上词句，即使偶然有了，也是驴唇不对马嘴的东西。以南唐后主之知音识乐，绝代词流，辅以璇闺之秀，而只存音节，不写文章。到了白石手中依旧是十八阕的虚谱。及拿白石所填的一看（我们相信他所填的必系密合的），原来这么一首细密拗涩的慢词，这就难怪古人的不填词了。所以我说，慢词起于北宋，就文词言之耳，若以音律言，则慢词其孕育于唐代乎？唐代在音律上已备令慢，而词兴起也如此其迟，其故盖可想矣。

诗、乐之远，不易追逐，势也。然语不云乎"英雄造时势"，无法之中盖有法焉。何以明之？由词曲以明之也。若终于无法，是终于无词曲矣。今既有了词曲，故曰有法也。——然而古人的脾气，觉得暂时带着不合头寸的帽儿，或者干脆光了头，也就算了。于是有怪怪奇奇的乐，有方方正正的诗。你虽学会了拉手亲嘴的洋腔，其奈老僧之不闻不见何？如此别别扭扭，有二百多年。

好比一个人，他不是很能跑，也不是竟不能跑，只是懒。为什么要懒呢？那总有他的原故，天生的。唐代诗乐之别扭只是此基本惰性的偶一表现。若说他因讨厌他的新来的外国伙计才不肯跑，那是不然的。这方才是真正的懒，而非懒与不快之混杂。我们看白居易的议论，觉得与上引王僧虔的大不相同了。（《白集·策林》第六十四）

> 伏睹时议者（废今复古），臣窃以为不然。何者？夫器者所以发声，声之邪正，不系于器之今古也；曲者，所以名乐，乐之哀乐，不系于曲之今古也。……是故和平之代，虽闻桑间、濮上之音，人情不淫也，不伤也；乱亡之代，虽闻《咸護》、《韶武》之音，人情不和也，不乐也。

何等明通之话！唐人久已全盘承受胡乐，而不复对于古乐为骸骨之迷恋，事实甚明。然则诗之不逐乐已难释为不愿跑，而当释作跑得不大方便才对。我以为这个不大方便，根深柢厚，藏在言文的性质里面，被克服是例外，要恢复是当然。譬之于弓，张须用力，要它还原你一放手就得啦。

对于语言文字更是十足的外行，几乎没处去拉扯。最通俗的看法，"方块"的形，"单节"的音，其自然而然所演变的文体当然会与其他民族的不同。周岂明先生于论八股文中说："至于红可以对绿，而不可以对黄，则非黄帝子孙恐怕难以懂得了。"（《中国新文学的源流》）

文归于骈，诗归于律，是否文妖是在那边作怪，抑系此外别有隐情，这问题太大，暂且搁下。较后起的小说，说一回有一目，原系单句，后来齐一变而为参差的对句，鲁一变而为整齐的对句矣。标语可以不必再对了罢，然而上联是"肃清污吏"，下联"打倒贪官"，上联是"三民主义"，下联是"五权宪法"。夫小说家，民众也，至少是民众的同情者也，党人，革命家也，岂其中亦有文妖之余孽乎？民九之新诗其形枝桠，而民十九的呢，依然豆腐干式了，新诗人系打倒文妖之原经手者，岂亦将一变而为妖精之伙伴乎？予读易卜生之《群鬼》，深感无鬼之说矣。

整齐的句度，协调的音绝，以中国言文之特质为背景而自然地发展的，此种情形实诗文所同具。今姑舍文而言诗。（一）最古之诗虽不可见，大约是杂言，如今之歌谣然，而三百篇中已显示四言之凝成。骚、赋、乐章、杂言间出，而汉、魏、六朝之诗一之以五言。唐诗则除一小部分之歌行外，五七言之局遂定，历宋、元、明、清而不改。今之视昔，能变者风裁，不能变者体式。词曲之兴乃其附庸耳，今以词曲绳诗，乃属宾主舛谬，非知言也，当于下篇详之。（二）诵声虽以梵呗而变，（参看陈寅恪先生《四声三问》，但其音质固纯乎为中国，故沈约曰："灵均以来，此秘未睹。"若为梵音，则灵均未睹宁待言耶。前修未密，来者转精，休文之意自明。诗由古而《选》而唐，虽中有转读之影响，而仍为一脉之通连，其格局至有唐而定。后之谈龙巨子，莫不乞余晖以自烛，负绝技丽同夸，犹之十万八千里之筋斗云，始终不出荷叶般的掌心，岂非命欤？岂非天欤？

唯"可诵"才能把这两种特色表现得圆全，所以它就代表了本国的言语文字而关起诗坛的大门。在古代歌诵一致的时候，自然显不出它的力量的，到中世歌诵分家，其顽强抵抗之迹，遂历历可睹。诵虽变了，但并不和歌唱变得一样。在这篇中明示它在音乐转变的狂澜里，作中流砥柱者垂三百年。自西汉迄于中唐，诗体非但不受音乐胡化的牵制而旁出，反循这自然演变的轨道而直下。别的原因也有，"诵"却是串这戏的主角。

所以依我的谬见，可诵是中国诗之所以为诗的条件，使大家公认它为诗而不至于认错的条件。——其实竟许因此认错，我并不保险的。凡墓碑整齐与协适的最可诵，缺一不大方便，缺二大不方便。其整齐协适虽亦完全而自成一种的，仍常以缺陷论，有如今之新诗。整齐只限于那么一种的整齐，谐适只限于那么一种的谐适，究竟是那么一种呢？为中国言文所容的那一种。

我们诗国的传统政策只是闭关。最可诵的得据正统，较可诵的得列旁支，不可诵的只好请它坐红椅子，而文词之好歹不与焉。是以终宵历录不少歪诗，一气呵成翻成杰作，你觉得你自己的诗不错吗？也许真是不错的，但是——这有什么关系呢？

可诵为记，不误主顾。大家看货都要认这老招牌，这有什么办法，即使我的意见也有点和上边所说的仿佛，但上边的话却并不曾代表我的意见，只是简单的叙述而已。你要说中国的诗全都走了魔道，都是要不得的，这也由你，所谓"一脚踢翻宋，三拳打退唐"，正不愧革命者的风度哩。如其不然的，恐怕你，你也得些微迟疑一下了。

原载《清华学报》第九卷第三期
此据俞平伯《论诗词曲杂著》，上海古籍出版社，1983

中国诗何以走上"律"的路（上）：赋对于诗的影响

朱光潜

一　自然进化的轨迹

中国诗的体裁中最特别的是律体诗。它是外国诗体中所没有的，在中国也在魏晋以后才起来。起来以后，它的影响就非常广大。在许多诗集中律诗要占一大部分。各朝"试帖诗"都以律诗为正体。唐以后的词曲实在都是律诗的化身。律诗的影响并且波及到散文方面，四六文是很明显的例证。

无论近人怎样唾骂律诗，它的兴起是中国诗的演化史上的一件重大事变，这是不能否认的。律诗极盛于唐朝，但是创始者是晋宋齐梁时代的诗人。唐朝诗人许多都是六朝诗人的私淑弟子。唐初四杰固不用说，杜甫很坦白地承认：

> 熟知二谢将能事，颇学阴何苦用心。

不过唐朝从陈子昂起，也有一种排斥六朝的运动。陈子昂《与东方公书》说：

> 仆尝暇时观齐梁间诗，彩丽竞繁，而兴寄都绝，每以永叹。

李白的"佳句"，虽"往往似阴铿"，也"数典忘祖"，用"自从建安来，绮丽不足珍"一句话把六朝诗人不分皂白地骂尽。后来一般论诗者往往尾随陈子昂、李白，以"绮丽"二字看成六朝人的大罪状，一味推尊盛唐。他们好像以为唐诗是平地一声雷似地起来的。历史家分诗的时期，也往往把六朝归入一个段落，唐朝又归入另一段落，好像以为两段落中间有一个很清楚的分水线。这种卑六朝而尊唐的传统的看法不但是对于六朝不公平，而且也没有认清历史的连续性。平心而论，如果我们把六朝诗和唐诗摆在一个平面上去横看，六朝自较唐稍逊。六朝诗人才打新方向走，还在努力于新风格的尝试，自然不免有许多缺点。但是如果把六朝诗和唐诗摆在一条历史线上去纵看，唐人却是六朝人的承继者，六朝人创业，唐人只是守成。说者常谓诗的格调自唐而始备，其实唐诗的格调都是从六朝诗的格调演化出来的。

文学史本来不可强分时期，如果一定要分，中国诗的转变只有两个大关键。第一个是乐府五言的兴盛，从十九首起到陶潜止。它的最大的特征是把《诗经》的变化多端的章法、句法和韵法变成整齐一律，把《诗经》的低徊往复一唱三叹的音节变成直率平坦。我们试来比较两首诗，一是《秦风·蒹葭》：

> 蒹葭苍苍，白露为霜。所谓伊人，在水一方。溯洄从之，道阻且长；溯游从之，宛在水中央。
>
> 蒹葭凄凄，白露未晞。所谓伊人，在水之湄。溯洄从之，道阻且跻；溯游从之，宛在水中坻。
>
> 蒹葭采采，白露未已。所谓伊人，在水之涘。溯洄从之，道阻且右。溯游从之，宛在水中沚。

一是《古诗十九首》的《涉江采芙蓉》：

> 涉江采芙蓉，兰泽多芳草。采之欲遗谁？所思在远道。还顾望旧乡，长路漫浩浩。同心而离居，忧伤以终老。

两诗相比较，便可领略出来这种转变的风味。两诗情感境界都略相似，而写法则完全不同。《蒹葭》要用三章来复述同一情节；而《涉江采芙蓉》只用一章写完一个意境；前者低徊往复，缠绵不尽，后者便一气到底，不再说回头话；前者章句长短有伸缩，后者则为整齐的五言。这个大转变是由于诗与乐歌的分离。《诗经》是大半伴乐可歌的；汉魏以后，诗逐渐不伴乐，不可歌。

第二个转变的大关键就是律诗的兴起，从谢灵运和"永明诗人"起，一直到明清止，词曲只是律诗的余波。它的最大特征是丢开汉魏诗的浑厚古拙而趋向精妍新巧。这种精妍新巧在两方面见出，一是字句间意义的排偶；一是字句间声音的对仗。我们试拿上面所引的《涉江采芙蓉》和薛道衡的《昔昔盐》相比较：

> 垂柳覆金堤，蘼芜叶复齐。水溢芙蓉沼，花飞桃李蹊。采桑秦氏女，织绵窦家妻。关山别荡子，风月守空闺。恒敛千金笑，长垂双玉啼。盘龙随镜隐，彩凤逐帷低。飞魂同夜鹊，倦寝忆晨鸡。暗牖悬蛛网，空梁落燕泥。前年过代北，今岁往辽西。一去无消息，那能惜马蹄。

便可知道这转变的意味。两诗都是写别后相思，汉人寥寥数语，不绕弯也不雕饰，一气直注，浑朴天然而意味无穷。薛道衡便四方八面地渲染，句句对称，句句精巧。他对于自然的观察也比汉魏人精细。他着重颜色和空气，着重常被人忽略的景致；着重景与情的调协。著名的"暗牖悬蛛网，空梁落燕泥"一联，最能见出这个新时代的精神。

这两个大转变之中，尤以律诗的兴起为最重要；它是由"自然艺术"转变到"人为艺术"；由不假雕琢到有意刻划。如果《国风》是民歌的鼎盛期；汉魏是古风的鼎盛期，或者说，民歌的模仿期；晋宋齐梁时代就可以说是"文人诗"正式成立期。由"自然艺术"到"人为艺术"；由民间诗到文人诗，由浑厚纯朴至精妍新巧，都是进化的自然趋势，不易以人力促进，也不易以人力阻止。我们嫌齐梁以后诗为声律所束缚，以至渐失古风；但试问声律纵不存在，齐梁以后诗就能恰如《国风》以及汉魏五言么？律诗有流弊，我们无庸讳言，但是不必因噎废食，任何诗的体裁落到平凡诗人的手里都可有流弊。律诗之拘于形式，充其量也不过如欧洲诗中之十四行体（sonnet）。我们能藐视彼特拉克、莎士比亚、弥尔顿、济慈诸人用十四行体所做的诗么？我们能够藐视杜甫、王维诸人用律体所做的诗么？

声律这样大的运动必定有一个进化的自然轨迹做基础，决不能象妇人缠小脚，是由少数人的幻想和癖嗜所推广成的风气。它当然也有一个存在的理由，研究诗学者应该寻出它的因果线索，不当仅如王凤洲批《纲鉴》，自居"老吏断狱"，说是说非。科学的第一要务在接收事实，其次在说明因果，演绎原理，至于维护与攻击，犹其余事。本篇就根据这个态度，讨论中国诗何以走上"律"的路。

二 律诗的特色在音义对仗

中国诗走上"律"的路，最大的影响是"赋"。赋本是诗中的一种体裁。汉以前的学者都把赋看作诗的一个别类。《诗经·毛序》以赋为诗的"六义"之一，《周官》列赋为"六诗"之一。班固在《两都赋》的"序"里说，"赋者古诗之流"。据《汉书·郊祀志》，赋与诗同隶于汉武帝所立的乐府。到齐梁时，刘勰在《文心雕龙》里仍承认"赋自诗出"。赋的鼎盛时代是从汉朝到梁朝，隋唐以后虽然代有作者，已没有从前那样蓬勃了。后人逐渐把诗和赋分开，把赋归到散文一方面去。比如姚鼐的《古文辞类纂》原是一部散文选，诗歌不在内而"词赋"却占很重要的位置。近来文学史家也往往沿袭这种误解，不把"词赋"放在"诗歌"项下来讲。胡适在《白话文学史》里把词赋完全丢去，还可以说是因为着重"白话文学"的缘故；陆侃如、冯沅君著《中国诗史》却也不留一点篇幅给词赋，似未免忽略词赋对于中国诗体发展的重要性了。

什么叫做赋呢？班固在《两都赋》序里所说的"赋者古诗之流"，和在《艺文志》里所说的"不歌而诵谓之赋"，是赋的最古的定义。刘勰在《诠赋》篇说：

> 赋者铺也。铺采摛文，体物写志也。

刘熙载在《艺概》里《赋概》篇说：

> 赋起于情事杂沓，诗不能驭，故为赋以铺陈之，斯于千态万状层见迭出者吐无不畅，畅无或竭。

赋的意义和功用已尽于这几段话了。归纳起来，它有三个特点：（1）就体裁说，赋出于诗，所以不应该离开诗来讲。（2）就作用说，赋是状物诗，宜于写杂沓多端的情态，贵铺张华丽。（3）就性质说，赋可诵不可歌。二、三两点是赋所以异于一般抒情诗的，虽可分开说，实存互相关联。赋大半描写事物，事物繁复多端，所以描写起来要铺张，才能曲尽情态。因为要铺张，所以篇幅较长，词藻较富丽，字句段落较参差不齐，所以宜于诵不宜于歌。一般抒情诗较近于音乐，赋则较近于图画，用在时间上绵延的语言表现在空间上并存的物态。诗本是"时间艺术"，赋则有几分是"空间艺术"。

赋是一种大规模的描写诗。《诗经》中已有许多雏形的赋。例如《郑风·大叔于田》铺陈打猎的排场："大叔于田，乘乘马，执辔如组，两骖如舞。叔在薮，火烈具举，檀裼暴虎，献于公所。将叔无狃，戒其伤女。"以及《小雅·无羊》描写牛羊的姿态："谁谓尔无羊？三百为群。谁谓尔无牛？九十其犉。尔羊来思，其角濈濈；尔牛来思，其耳湿湿。""或降于阿，或饮于池，或寝或讹。尔牧来思，何蓑何笠。或负其餱，三十维物，尔牲则具。"如果出于汉魏以后人的手笔，这种题材就可以写成长篇的赋了。《大叔于田》可以参较司马相如的《上林赋》和扬雄的《羽猎赋》；《无羊》可以参较祢衡的《鹦鹉赋》和颜延之的《赭白马赋》。诗所以必流于赋者，由于人类对于自然的观察，渐由粗要以至于精微；对于文字的驾驭，渐由敛肃以至于放肆。在《诗经》中可以几句话写完的，到后来就非长篇大幅不办了。

诗既流为赋，纡徐往复的音节遂变为流畅直率。中国诗转变的第一大关键是由《诗经》到汉魏乐府五言，我们已经说过。这个转变之中有一个媒介，就是《楚辞》。《楚辞》是词赋的鼻祖，它还带有几分《国风》的流风余韵，但是它的音节已不象波纹线而象直线，它的技巧已渐离简朴而事铺张了。乐府五言大胆地丢开《诗经》的形式，是因为《楚辞》替它开了路。所以词赋对于诗的影响还不仅在律诗，古风也是由它脱胎出来的。

赋是介于诗和散文之间的。它有诗的绵密而无诗的含蓄，有散文的流畅而无散文的直截。赋的题材并非绝对需要韵文的形式。《荀子》的文章大半都很富丽，《赋篇》《成相》虽用赋体，实在还和他的其他论文差不多。周秦诸子里有许多散文是可以用赋体写的，例如《庄子·齐物论》：

> 夫大块噫气，其名为风。是唯无作，作则万窍怒嚎。而独不闻之翏翏乎？山林之畏佳，大木百围之窍穴，似鼻、似口、似耳、似枅、似圈、似臼、似洼者、似污者，激者、谪者、叱者、吸者、叫者、谯者、宎者、咬者、前者唱于而随者唱喁。冷风则小和，飘风则大和，厉风济则众窍为虚，而独不见之调调之刀刀乎？

这段散文在宋玉的手里就可以写成《风赋》，在欧阳修的手里就可以写成《秋声赋》了。赋是韵文演化为散文的过渡期的一种联锁线。所以历来选家对于"词赋"一类颇费踌躇。它本出于诗，它的影响却同时流灌到诗和散文两方面。诗和散文的骈俪化都起源于赋，要懂得中国散文的变迁趋势，赋也是不可忽略的。

何以说诗和散文的骈俪化都起源于赋呢？赋侧重横断面的描写，要把空间中纷陈对峙的事物情态都和盘托出，所以最容易走上排偶的路。比如上文所引的《无羊》诗就已有排偶的痕迹。诗人固不必有意于排偶，但是既同时写牛又写羊，自然会拿它们来两两对较。文字排偶不过是翻译自然事物的排偶。我们如果把班固的《两都赋》、张衡的《两京赋》和左思的《三都赋》的写法略加分析，便可明白这个道理。它们都从东西南北、上下左右、四面八方地铺张，又竭力渲染每一方的珍奇富庶（如其东有什么什么，其西又有什么什么之类）。这样"双管齐下"，排偶是当然的结果。

本来各种艺术都注重对称。几上的花瓶，门前的石兽，喜筵上的红蜡烛，以至于墓道旁的松柏都是成双成对，如果是奇零的，观者就不免觉得有些欠缺。图画、雕刻、建筑都是以对称为原则。音乐本来有纵而无横，但抑扬顿挫也往往寓排偶对仗的道理。美学家以为这种排偶对仗的要求像节奏一样，起于生理作用。人体各器官以及筋肉的构造都是左右对称。外物如果左右对称，则与身体左右两方面所费的力量也恰相平衡，所以易起快感。文字的排偶与这种生理的自然倾向也有关系。

我们在第二章已经说过，赋源于隐，隐是一种谐，含有若干文字游戏的成分。在作赋猜谜时，人类已多少意识到文字本身的美妙，于是拿它来玩把戏。

排偶对仗是自然的要求。他们发觉它的美妙，于是尽量地用它。如果艺术是精力富裕的流露，赋可以说是文字富裕的流露。律诗和骈体文也是如此。

西方诗人，就常例说，都比较中国诗人欢喜铺张。他们的许多中篇诗其实都只是"赋"，葛雷（Gray）的《墓园吟》、弥尔顿的《快乐者》和《沉思者》、雪莱的《西风歌》、济慈的《夜莺歌》以及雨果的《高山所闻》和《拿破仑赎罪吟》诸作，都是好例。西方艺术也素重对称，何以他们的诗没有走上排偶的路呢？这是由于文字的性质不同。

第一，中文字尽单音，词句易于整齐划一。"我去君来"，"桃红柳绿"，稍有比较，即成排偶，西文单音字与复音字相错杂，意象尽管对称而词句却参差不齐，不易对称。例如雪莱的：

Music，When soft voices die,
Vibrates in the memory；
Odours， when sweet violets sicken,
Live within the sense they quicken,

和丹尼生的：

The long light shakes across the lakes,
And the wild cataract leaps in glory.

都是排偶，但是不能产生中国律诗的影响，就因为意象虽成双成对而声音却不能两两对称。比如"光"和"瀑"两字在中文里音和义都相对称，而在英文里light和cataract意虽相对而音则多寡不同，不能成对，犹如"司马相如"不能对"班固"，虽然它们都是专名。

第二，西文的文法严密，不如中文字句构造可自由伸缩颠倒，使两句对得很工整。比如"红豆啄余鹦鹉粒，碧梧栖老凤凰枝"两句诗，若依原文构造直译为英文或法文，即漫无意义，而在中文里却不失其为精炼，就由于中文文法构造比较疏简有弹性。再如"疏影横斜水清浅，暗香浮动月黄昏"两句诗没有一个虚字。每个字都实指一种景象，若译为西文，就要加上许多虚字，如冠词、前置词之类。中文不但冠词和前置词可以不用，即主词动词亦可略去。在好诗里这种省略是常事，而且也很少发生意义的暧昧。单就文法论，中文比西文较宜于诗，因为它比较容易做得工整简炼。

文字的构造和习惯往往能影响思想。用排偶文既久，心中就于无形中养成一种求排偶的习惯，以至观察事物都处处求对称，说道"青山"便不由你不想到"绿水",说到"才子"便不由你不想到"佳人"。中国诗文的骈偶起初是自然现象和文字特性所酿成的,到后来加上文人求排偶的心理习惯,于是就"变本加厉"了。

艺术上的技巧都是由自然变成人为的。古人诗文本来就质朴自然,后人则连质朴自然都还要出力去学,其他可想而知。骈俪的演化也是如此。《诗经》里已偶有对句,例如"参差荇菜,左右流之;窈窕淑女,寤寐求之"。"觏闵既多,受侮不少";"手如柔荑,肤如凝脂";"昔我往矣,杨柳依依;今我来思,雨雪霏霏"之类。在这些实例中诗人意到笔随,固无心求排偶。到《楚辞》就逐渐有意于排偶了。例如《九歌》中的《湘君》:

> 采薜荔兮水中,搴芙蓉兮木末。心不同兮媒劳,恩不甚兮轻绝。石濑兮浅浅,飞龙兮翩翩。交不忠兮怨长,期不信兮告予以不闲。

接连几句排偶,决非出之无心,不过虽排偶尚不失质朴。汉人虽重词赋,而作者如司马相如、枚乘、扬雄诸人都只在整齐而流畅的韵文中偶作骈语,亦不求其精巧,例如枚乘的《七发》:

> 龙门之桐,高百尺而无枝。中郁结之轮菌,根扶疏以分离。上有千仞之峰,下临百尺之溪。湍流溯波,又澹淡之。

这一段虽然也见出作者有意于排偶,但整齐之中仍寓疏落荡漾之致,富丽而不伤芜靡,排比而不伤板滞。后来班固、左思、张衡诸人乃逐渐向堆砌雕凿的路上走,但仍不失汉人浑朴古拙的风味。魏晋以后,风气变更,就一天快似一天了。例如鲍照的《芜城赋》:

> 若夫藻扃黼帐,歌堂舞阁之基;璇渊碧树,弋林钓渚之馆。吴蔡齐秦之声,鱼龙爵马之玩,皆薰歇烬灭,光沉影绝。东都妙姬,南国丽人,蕙心纨质,玉貌绛唇,莫不埋魂幽石,委骨穷尘,岂忆同舆之愉乐,离宫之苦辛哉!

就有几点与汉赋不同。第一,它很显然地在炼字琢句,尤其是比喻格用得多,例如"璇渊碧树"、"玉貌绛唇"、"埋魂"之类。第二,它着重声色臭味的渲染,如"藻"、"黼"、"碧"、"绛"、"薰"、"烬"、"光"、"影"、"歌"、"声"之类,词赋的富丽就是由这种渲染起来的。第三,句法逐渐趋向四六的类型,这就是说,句的字数四六相间,上下相排偶。第四,声音方面也渐有对仗的趋势，尤其是句末的字，例如"基"与"馆"、"声"与"玩"之类。这几点都是"律赋"的特色。齐梁时律诗仍不多见，而律赋则连篇皆是。梁元帝、江淹、庾信、徐陵诸人的作品不但意精词妍，声音也象沈约所说的"前有浮声则后有切响"了。

总观词赋演化的痕迹可以分为三个阶段：

（一）放大简短整齐的描写诗为长篇大幅的流畅富丽的韵文。就形式说，赋打破诗和散文的界限，或则说，它是诗演变为美术散文的关键。在这个阶段里，赋虽偶作骈语而不求精巧。在音调方面，它还没有有意求对称的痕迹。它的风格还保持古代文艺的浑厚质朴。例如汉赋。

（二）技巧渐精到，意象渐尖新，词藻渐富丽，作者不但求意义的排偶，也逐渐求声音的对称和谐。例如魏晋的赋。

（三）技巧成熟，汉魏古拙朴直的风味完全失去，但是词句极清丽，声音极响亮，声色臭味的渲染极浓厚，四六骈俪的典型成立，运用典故及比喻格的风气也日盛。在这个阶段里，古赋已变为律赋。例如宋齐梁陈诸代的作品。

这个演化次第中有一点最值得注意，就是讲求意义的排偶在讲求声音的对仗之前。意义的排偶在《楚辞》、汉赋里已常见，声音的对仗则到魏晋以后才逐渐成为原则。从这件事实看，我们可以推测声音的对仗实以意义的排偶为模范。词赋家先在意义排偶中见出前后对称的原则，然后才把它推行到声音方面去。意义所含的迹象大半关于视觉，声音则全关听觉。人类的听觉本较视觉为迟钝，所以在诗方而，声虽先于义，而关于技巧的讲求，则意义反在声音之前。

三　赋对于诗的三点影响

赋的演化大概如上所述，现在我们回头来说它对于诗的影响。关于这层，有三点最值得注意：

（一）意义的排偶，赋先于诗。诗在很古时代就有对句，我们前已说过，但是它们不是从有意刻划得来的。如果我们顺时代次第，拿赋和诗比较，就可以见出赋有意地求排偶，比诗较早。汉人作赋，接连数十句用骈语，已是常事。枚乘《七发》、班固《两都赋》、左思《三都赋》之类的作品，都是骈句多于散句。至于汉人的诗则骈句仅为例外。《上山采蘼芜》和《陌上桑》诸诗是不可多见的连用排比的诗，但是它们都是出于自然，而且也不是严格的骈语。《上山采蘼芜》拿新人和旧人对比，双管齐下，对称本是意中事。如果同样的材料落到赋家手里，一定没有那样质朴。本来是易落骈偶的材料，而诗人却没有落到骈偶，只此一端，可见汉人做诗还没有很受赋的影响。《陌上桑》的"青丝为笼系"一段虽已近于赋的铺张，但历数事物，本易重叠，如果拿它来比和它同时代的历数事物的赋（如左思《蜀都赋》"孔雀群翔，犀象竞驰"以下一段），工拙之分便显然易见了。魏晋间的赋去汉已远，而诗却仍有若干汉人的风骨。曹植的《洛神赋》和《七启》是何等纤丽的文字，而他的诗却仍有几分汉诗的浑厚古朴，虽然这种浑厚古朴已经是人为的，由模仿揣摩得来的。不过他究竟是以赋家而兼诗人，他的诗已是新时代的预兆。例如《情诗》里"始出严霜结，今来白露晞"已俨然是律句，《公宴诗》里连用四联对句，已开谢、鲍的端倪，"朱华冒绿池"一句每字都有雕琢痕迹。区区一字往往可以见出时代的精神，例如陆机的"凉风绕曲房"的"绕"字，张协的"凝霜辣高木"的"辣"字，谢灵运的"白云抱幽石，绿篠媚清泉"的"抱"字和"媚"字，鲍照的"木落江渡寒，雁还风送秋"的"渡"字和"送"字之类，都有意力求尖新，在汉诗中决找不出。《木兰词》的时代已不可考，但就"朔气传金柝，寒光照铁衣"、"当窗理云鬓，对镜贴花黄"诸句看，似非魏晋以前的作品。从谢灵运和鲍照起，诗用赋的写法日渐其盛。律诗第一步只求意义的对仗，鲍、谢是这个运动的两大先驱（当时虽无"律"的名称，"律"的事实却在那里）。在汉朝赋已重排偶而诗仍不重排偶，魏晋以后诗也向排偶路上走，而且集排偶大成的两位大诗人——谢灵运和鲍照——都同时是词赋家。从这个事实看，我们推测到诗的排偶起于赋的排偶，并非穿凿附会了。

（二）声音的对仗，赋也先于诗。曹丕在《典论》里已辨明声音的清浊，陆机在《文赋》里已倡"声音迭代"之说，都远在沈约的"前有浮声则后有切响"之说之前。魏晋以后人所谓"文"，与"笔"相对。"笔"就是散文，"文"则专指韵文，包括词赋诗歌在内。但是在陆机的时代实行"声音迭代"的理论者只有词赋，而诗歌则除韵脚以外，不拘于平仄的对称。陆机的《文赋》、鲍照的《芜城赋》之类都是大体已用平仄对称的声调，至于诗则谢灵运和鲍照诸人虽已用全篇排偶的写法，而对于声音则只计较句尾一字平仄，句内尚无有意求平仄对称的痕迹。"永明"诗人虽然讲究句内各字的声律，究竟不过是一种理论，沈约自己做诗，犯八病规则的就很多。句内的声音对仗由"永明"诗人开其端倪，到隋唐时才成为律诗的通例。

词赋讲究音和义的对称都先于诗，也有一个道理。词赋意在体物敷词，本以嘹亮妍丽为贵。诗的大旨在抒情，质朴古茂，自汉人已成为风气。词赋比一般诗歌离民间艺术较远，文人化的程度较深。它的作者大半是以词章为职业的文人，汉魏的赋就已有几分文人卖弄笔墨的意味。扬雄已有"雕虫小技"的讥诮。音律排偶便是这种"雕虫小技"的一端。但是虽说是"小技"，趣味却是十足。他们越做越进步，越做越高兴，到后来随处都要卖弄它，好比小儿初学会一句话或是得到一个新玩具，就不肯让它离口离手一样。他们在词赋方面见到音义对称的美妙，便要把它推用到各种体裁上去。艺术本来都有几分游戏性和谐趣。于难能处见精巧，往往也是游戏性和谐趣的流露。词赋诗歌的音义排偶便有于难能处见精巧的意味。要完全领会六朝人的作品，这一点也不可忽视。晋宋时代已有做"巧联"、"打诨"的玩艺，像"四海习鉴齿，弥天释道安"、"日下荀云鹤，云间陆士龙"之类的联语在当时都传为佳话。晋宋文人的趣味不难由此推知，而音律排偶的研究也自然是意中事了。

（三）在律诗方面和在赋方面一样，意义的排偶也先于声音的对仗。"律诗"的名称到唐初才出现，一般诗史家以为它是宋之问和沈佺期两人所提倡起来的。但是律诗在晋宋时已成为事实。如果单说意义的排偶，我们在上文已经说过，《诗经》、《楚辞》里就有很多的例，汉魏诗更不必说。不过汉魏以前，排句在一首诗里仅偶占一小部分，对仗亦不求工整，它们大半出于自然，作者并不必有意于排偶，尤其没有把排偶悬为定格。全篇对仗工整的诗在谢灵运集里才常见。我们如果统计他的五言诗，便可以发现排句多于不排句。例如他的《登池上楼》：

> 潜虬媚幽姿，飞鸿响远音。薄霄愧云浮，栖川怍渊沉。进德智所拙，退耕力不任。徇禄反穷海，卧疴对空林。衾枕昧节候，褰开暂窥临。倾耳聆波澜，举目眺岖嵚。初景革绪风，新阳改故阴。池塘生春草，园柳变鸣禽。祁祁伤豳歌，萋萋感楚吟。索居易永久，离群难处心。持操岂独古，无闷征在今。

就俨然近似排律，所以还未走到严格的排律者，就因为意义虽排偶而声音却不平仄对仗，平常对平，仄常对仄。这种体格从谢灵运发端之后，在当时极流行。我们试翻阅鲍照、谢朓、王融诸人诗集，就可以见排偶的风气之盛。不过这种排偶都只限于意义。全篇意义排偶又加上声音对仗，俨然成为律诗的作品到梁时才出现。这个新运动的元勋——说来很奇怪——不是提倡四声八病的沈约而是与他同时的何逊。何逊的集中才开始有很工整的五律，例如：

> 秋风木叶落，萧瑟管弦清。望陵歌对酒，向帐舞空城。寂寂檐宇旷，飘飘帷幔清。曲终相顾起，日暮松柏声。　　　　　　——《铜雀伎》
>
> 夕鸟已西渡，残霞亦半消。风声动密竹，水影漾长桥。旅人多忧思，寒江复寂寥。尔情深巩洛，予念返渔樵。何因宿归愿，分路一扬镳。
>
> 　　　　　　——《夕望江桥》

像这样音义都对称的诗在沈约的集中反不易寻出。何逊以后，五律的健将要推阴铿，虽然范云、王融、梁元帝诸人也常做五言律诗。梁代的五律与唐代的五律有一点不同，就是韵脚不一定押平声。谢灵运、鲍照（意义的排偶）和何逊、阴铿（声音的对仗）是律诗的四大功臣。唐人讲究律诗，受他们的影响最大，所以杜甫有"熟知二谢将能事，颇学阴何苦用心"之句。七律起来较晚，北周庾信的《乌夜啼》是最早的例子。到唐朝宋之问、沈佺期诸人的手里，它才成立一格。唐人所谓"律诗"包括绝句在内，因为它虽不必讲意义的排比，却常讲声音的对仗（有人说，"绝"意指"截"，绝句截取律诗的首联与第二联或末联）。陈隋时代已有很好的五绝，例如：

> 山中何所有？岭上多白云。只可自怡悦，不堪持赠君。
>
> ——陶宏景《答诏》
>
> 入春才七日，离家已二年。人归落雁后，思发在花前。
>
> ——薛道衡《人日思归》

都颇佳妙。像这一类作品摆在唐人集中已不易辨出了。

四 律诗的排偶对散文发展的影响

说来很奇怪，中国散文讲音义对仗，反在诗之前。《孟子》、《荀子》、《老子》诸书中常有连篇的排句。这大概是因为作者的思想丰富，同时顾到多方面的头绪，所以造语自然排偶，与词赋状物，易趋于排偶，同一道理。汉人著作，除史书外，大半仍骈多于散。这一方面是承继周秦诸子的遗风余韵，一方面也多少受词赋的影响。左丘明的《春秋传》和司马迁的《史记》之类史书是中国散文离开排偶而趋向直率的一个最大的原动力。这般作者在秦汉时代是反时代潮流的。史书所以最早有直率流畅的散文，也有一个道理，因为史专叙事，叙事的文章贵轻快，最忌板滞，而排偶最易流于板滞。清朝古文运动中的作者最推尊左国班马，就是因为这些"古典"所给的是最纯粹的散文。

文章的排偶在汉赋中规模大具。魏晋以后，它对于散文本来已具雏形的排偶又加以推波助澜。六朝散文受词赋的影响是很显然的。魏晋人在书牍里就已作很工整的骈语，例如曹丕《与朝歌令吴质书》：

> 高谈娱心，哀筝顺耳；驰骋北场，旅食南馆；浮甘瓜于清泉，沉朱李于寒水。

曹植《与杨德祖书》：

> 昔仲宣独步于汉南，孔璋鹰扬于河朔，伟长擅名于青土，公干振藻于海

隅，德琏发迹于北魏，足下高视于上京。当此之时，人人自谓握灵蛇之珠，家家自谓抱荆山之玉。

我们试想想：前一例散文和《上山采薇》、《西北有浮云》诸诗同一作者；后一段散文与《箜篌引》、《名都篇》、《赠白马王彪》诸诗同一作者；诗和散文的风味相差几远！这种在散文中讲骈偶对仗的风气到梁时代更甚。从诏令疏表之类的应用文以至《文心雕龙》之类的著述文，都是以骈俪为常轨。我们只略翻阅当时的文集或选本，就可以知道散文的骈俪化——或则说"词赋化"——到了什么程度。

说魏晋以后的散文受词赋的影响而讲音义排偶，多数人也许承认；说魏晋以后的诗受词赋的影响而讲音义排偶，听者也许怀疑。但是事实在那里，用不着雄辩。意义的排偶和声音的对仗都发源于词赋，后来分向诗和散文两方面流灌。散文方面排偶对仗的支流到唐朝为古文运动所挡塞住，而诗方面排偶对仗的支流则到唐朝因律诗运动（或则说"试帖诗"运动，试帖诗以律诗为常轨，自唐已然）而大兴波澜，几夺原来词赋正流的浩荡声势。这种演变的轨迹非常明显，细心追索，渊源来委便一目了然了。

中国诗何以走上"律"的路（下）：声律的研究何以特盛于齐梁以后？

朱光潜

一　律诗的音韵受到梵音反切的影响

律诗有两大特色，一是意义的排偶，一是声音的对仗。我们在上文里所得的结论是：一、意义的排偶与声音的对仗都起于描写杂多事物的赋。二、在赋的演化中，意义的排偶较早起，声音的对仗是从它推演出来的，这就是说，对称原则由意义方面推广到声音方面。三、诗的意义排偶和声音对仗都是受赋的影响。"律赋"早于"律诗"，在律诗方面，声音的对仗也较意义的排偶稍后起。

从历史看，韵的考究似乎先于声的考究。中国自有诗即有韵，至于声的考究起于何时，向来没有定论，一般人以为它起于齐永明时代（第五世纪末）。《南史·陆厥传》说：

> （永明）时，盛为文章。吴兴沈约、陈郡谢朓、琅邪王融，以气类相推
> 毂。汝南周颙善识声韵。约等文皆用宫商，将平上去入四声，以此制韵，有
> 平头、上尾、蜂腰、鹤膝。五字之中，音韵悉异；两句之内，角徵不同，不
> 可增减。世呼为"永明体"。

周颙曾著《四声切韵》，沈约曾著《四声谱》，两书为声韵书始祖，可惜都不传。一般人以声律起于永明，大半根据这段史实。其实声的分别是中国语言所固有的，中国自有诗即有韵，亦即有声。我们现在所讨论的，不是韵是否先于声？而是韵的考究是否先于声的考究？声的考究可分两种：一种是考究韵脚的声，一种是考究句内每字的声。考究韵的声和考究韵一样古。打开《诗经》和汉魏人的作品看，平韵大半押平韵，仄韵大半押仄韵。例如《国风》第一篇诗《关雎》首二章，一律用平声韵，第三章一律用入声韵，第四章一律用上声韵，第五章一律用去声韵。这就是古人早已在韵脚字论声的证据。考究句内各字的

声音则似从齐梁时起。齐梁时才有论声律的专著，齐梁诗人才在作品里讲声音的对仗。

声律的研究何以特盛于齐梁时代呢？上篇所讲的赋的影响是主因之一。赋到齐梁时代达到它的精妍的阶段，于意义排偶之外又讲究声音对仗。诗赋同源，声律的推敲由赋传染到诗，自是意料中事。这种演变是逐渐形成的，虽然到齐梁时才达到它的顶点，而萌芽则早伏于汉魏时代。在这长时期的演变中，诗赋又同时受一个很大的外来的影响，就是佛教经典的翻译和梵音研究的输入。佛教何时传入中国，世无定论；但是佛经的翻译从东汉时起，有《魏书·释老志》以及《隋书·经籍志》可据。明帝派遣蔡愔和秦景使印度，求得《四十二章经》，又带了几位印度和尚摄摩腾笠法兰回到洛阳，立白马寺，译佛经。以后印度和尚川流不息地赍经到中国来，作译经和传道工作。到了隋朝，佛经已译出二千三百九十部之多。这种大规模的印度文化的输入，在中国文化史上是第一件大事迹。它对于哲学、文学、艺术以及政治风俗的影响都还待历史家详细探讨，以往的书籍对于这一方面大半太疏略。我们现在只谈字音的研究。梵音的输入是促进中国学者研究字音的最大原动力。中国人从知道梵文起，才第一次与拼音文字见面，才意识到一个字音原来是由声母（子音）和韵母（母音）拼合成的。本来两字音读快时合成一音，在中文里是常见的现象。《尔雅》已有"不律谓之笔"之语。不过汉儒注书训音，只用"譬况假借"，如某字读若某音之类，并不曾根据合两音为一音的现象为反切。据《颜氏家训·音辞》篇和陆德明的《经典释文序录》，反切起于魏朝孙炎。据章太炎说，应邵注《汉书·地理志》，已有"垫音徒浃反"、"潼音长答反"之例，反切起于东汉。无论如何，反切在汉魏之交才起始，在当时仍是一件新发明的东西，所以"高贵乡公不解反语，以为怪异"。（《颜氏家训·音辞》）反切是应用拼音的方法于本非拼音的文字。如果不受拼音文字的启示，中国学者决难在本非拼音的中国文字中发现拼音的道理。所以反切是无疑地承受梵音的影响。反切起于汉魏之交，恰在印度和尚来中国和译佛经的风气大行之后，也可以证明造反切者是应用梵音的拼音于中文。郑樵《通志》说切韵之学起于西域，本是不错的话。陈澧《切韵考》以为反切起于汉而三十六字母起于唐，便断定《通志》错误，实在没有明白反切虽因三十六字母而有系统条理，却不必和字母同时起来。他没有明白反切就是拼音；而中国人知道拼音的道理是从梵音输入起始的。

反切是梵音影响中国字音研究的最早实例，不过梵音对于中国字音研究的影响还不仅限于反切。梵音的研究给中国研究字音学者一个重大的刺激和一个有系统的方法。从梵音输入起，中国学者才意识到子母复合的原则，才大规模地研究声音上种种问题。从东汉到隋唐的时期，字音研究的情形极类似我们现在的情形。清朝许多小学家虽极注意音韵，但是他们费了许多功夫的结果反不如现代学者略加涉猎所得的精密准确，就因为他们没有、而我们有西方语音学做榜样。对于字音之研究，六朝人比汉人进一层，也就因为汉人没有、而汉以后人有梵音做比较的资料。齐梁时代的研究音韵的专书都多少是受梵音研究刺激而成的。比如说四声分别，它决不是沈约的发明而是反切研究的当然的结果。反切之下一字有两重功用，一是指示同韵（同母音收音），一是指示同调质（同为平声或其他声）。例如"公，古红反"，"古"与"公"同用一个子音；"红"与"公"不仅以同样母音收声，而且这个母音必同属平声。四声的分别是中国字音所本有的；意识到这种分别而且加以条分缕析，大概起于反切；应用这种分别于诗的技巧则始于晋宋而极盛于齐永明时代。当时因梵音输入的影响，研究音韵的风气盛行，永明诗人的音律运动就是在这种风气之下酝酿成的。

二 齐梁时代诗求在文词本身见出音乐

赋的影响和梵音的影响之外，中国诗在齐梁时代走上"律"的路，还另有一个更重要的原因，就是乐府衰亡以后，诗转入有词而无调的时期，在词调并立以前，诗的音乐在调上见出；词既离调以后，诗的音乐要在词的文字本身见出。音律的目的就是要在词的文字本身见出诗的音乐。

永明声律运动起来之后，惹起许多反响。钟嵘在《诗品》里说："古曰诗颂，皆被之金竹，故非调五音无以谐会。……今既不被管弦，亦何取于声律耶？"《诗品》中本多谬论，此其一端。古诗并未尝有意地"调五音"，正因其"被之金竹"，音见于金竹即不必见于文字；今诗"取声律"，正因其"不被管弦"，音既不见于管弦即须见于文字。要明白这个道理我们须略讲各国诗歌音义离合的进化公例。就音与义的关系说，诗歌的进化史可分为四个时期：

（一）有音无义时期。这是诗的最原始时期。诗歌与音乐、舞蹈同源，共同的生命在节奏。歌声除应和乐、舞节奏之外，不必含有任何意义。原始民歌大半如此，现代儿童和野蛮民族的歌谣也可以作证。

（二）音重于义时期。在历史上诗的音都先于义，音乐的成分是原始的，语言的成分是后加的。换句话说，诗本有调而无词，后来才附词于调；附调的词本来没有意义，到后来才逐渐有意义。词的功用原来仅在应和节奏，后来文化渐进，诗歌作者逐渐见出音乐的节奏和人事物态的关联，于是以事物情态比附音乐，使歌词不惟有节奏音调而且有意义。较进化的民俗歌谣大半属于此类。在这个时期里，诗歌想融化音乐和语音。词皆可歌，在歌唱时语言弃去它的固有节奏和音调，而牵就音乐的节奏和音调。所以在诗的调与词两成分之中，调为主，词为辅。词取通俗，往往很鄙俚，虽然也偶有至性流露的佳作。

（三）音义分化时期。这就是"民间诗"演化为"艺术诗"的时期。诗歌的作者由全民众变为自成一种特殊阶级的文人。文人做诗在最初都以民间诗为蓝本，沿用流行的谱调，改造流行的歌词，力求词藻的完美。文人诗起初大半仍可歌唱，但是着重点既渐由歌调转到歌词，到后来就不免专讲究歌词而不复注意歌调，于是依调填词的时期便转入有词无调的时期。到这个时期，诗就不可歌唱了。

（四）音义合一时期。词与调既分立，诗就不复有文字以外的音乐。但是诗本出于音乐，无论变到怎样程度，总不能与音乐完全绝缘。文人诗虽不可歌，却仍须可诵。歌与诵所不同的就在歌依音乐（曲调）的节奏音调，不必依语言的节奏音调；诵则偏重语言的节奏音调，使语言的节奏音调之中仍含有若干形式化的音乐的节奏音调。音乐的节奏音调（见于歌调者）可离歌词而独立；语言的节奏音调则必于歌词的文字本身上见出。文人诗既然离开乐调，而却仍有节奏音调的需要，所以不得不在歌词的文字本身上做音乐的功夫。诗的声律研究虽不必从此时起（因为词调未分时，词已不免有牵就调的必要），却从此时才盛行。在欧洲各国，诗人有意地求在文字本身上见出音乐，起源虽然都很早，但是技巧的成熟则在十九世纪，象征派所产生的"纯诗运动"把文字的声音看得比意义更重要，是诗人在文字本身求音乐的一个极端的例子。

这四个时期是各国诗歌进化所共经的轨迹。中国诗也是这个普遍公式中的一个实例。诗的有音无义的时期除少数现行儿歌之外，已无史迹可据；因为文字所记载的诗都限于有歌词的诗。见于文字记载的诗以《诗经》为最早。《诗经》里的诗大半可歌，歌必有调，调与词虽相谐合而却可分立，正如现在歌词与乐谱的关系一样。班固《艺文志》说：

> 《书》曰："诗言志，歌永言。"故哀乐之心感而歌咏之声发。诵其言谓
> 之"诗"，咏其声谓之"歌"。

所谓"言"就是歌词，所谓"声"就是乐调。现在《诗经》只有"言"而无"声"，我们很难断定在《诗经》发生时代"言"与"声"的关系究竟如何。如果拿一般民俗歌谣与祭祀宴享诗来比拟，我们可以推测《诗经》时期还是音重于义时期。它的最大功用在伴歌音乐，离开乐调的词在起始时似无独立存在的可能。孔子删诗，已在"王迹息而诗亡"之后，所谓"诗亡"自然只能指"调亡"而不能指"词亡"。《史记》虽有"诗三百篇，孔子皆弦歌之"的传说，但就《论语》所载孔子论诗的话来看，他着重"不学诗，无以言"。诵诗须能"从政"、"专对"，诗的要旨在"思无邪"，学诗的功用在能"事父"、"事君"

以及"多识于草木鸟兽之名",他的兴趣似已偏重诗的词,带有几分文人的口味了。本来在他的时代,诗的乐调已散失,他所捉摸得着的也只有词。这就是说,《诗经》在孔子时代已由音重于义时期转到音义分化时期了。后来齐、鲁、韩三家诗学都偏重训诂解释,诗的乐调更无人过问了。

诗到汉朝流为乐府。班固在《汉书》记乐府起源如下:

> (武帝) 立乐府,采诗夜诵,于是有代赵秦楚之讴。以李延年为协律都尉,多举司马相如等数十人造为诗赋,略论律吕以合八音之调,作十九章之歌。
>
> ——《礼乐志》
>
> 是时上方兴天地诸祠,欲造乐,令司马相如等作诗颂,延年辄承意弦歌所造诗,为之新声曲。
>
> ——《李延年传》

从这两段话看,"乐府"原来是一种掌音乐诗歌的衙门。它的职务不外三种:收集各地民歌 (词与调兼收,调叫做"曲折"),制新词,谱新调。后来这个衙门所收集的和所制作的诗歌乐调便统称为"乐府"。乐府含有两大类材料:一是民间歌谣,如郭茂倩《乐府诗集》中的《鼓吹曲辞》、《横吹曲辞》、《相和歌辞》、《清商曲辞》、《新曲歌辞》之类,一是文人乐师所做的歌功颂德、告神祈福的作品,如《乐府诗集》中的《郊庙歌辞》、《燕射歌辞》之类。这两种材料相当于《诗经》中的《风》和《雅》、《颂》。假如孔子迟生几百年,所谓"代赵秦楚之讴"自然纳入《代风》、《赵风》等等中,至于《安世房中歌》、《郊祀歌》之类则入《汉颂》了。

乐府在初期还是属于"音重于义"的时期。有调的虽不尽有词,有词的却必都有调。既有衙门专司其事,歌词就不象从前专靠口头传授,都要写在书本上了。写的方法或如近代歌词旁注工尺谱。沈约在《宋书》里推原汉《铙歌》难解的原因说:"乐人以声音相传,训诂不可复解。"明杨慎在《乐曲名解》替沈约的话下注解说:"凡古乐录,皆大字是词,细字是声,声词合写,故致然耳。"这大概是不错的话。当初原以声音为最重要,所以对于词的真确不留意保存。

乐府是酝酿汉魏五七言古诗的媒介。古诗既成立,乐府便出"音重于义"时期转入"音义分化"时期。乐府递化为古诗,最大的原因是乐府 (衙门) 中乐师与文人各有专职。制调者不制词,制词者不制调,于是调与词成为两件事,彼此有分立的可能。后来人兴味偏于音乐者或取调而弃词,兴味偏于文学者或取词而弃调。乐府初成立时,乐师本是主体,文人只是附庸。李延年是协律都尉,一切都由他统辖。乐府所收,大半词调俱备。宗庙祭祀乐歌,在起始时或沿《房中乐》、《文始舞》 (这都是汉人沿用前朝乐调) 诸乐的旧例,采用已有的乐调，但是已有的歌词不适宜于新朝代，有改造的必要。司马相如一般文人的职务原来大概就在依旧调谱新词。新情感和新事实不必尽可以旧乐调传出，所以有谱新调的必要。谱新调时往往先制词而后制调。据《汉书·李延年传》所说："司马相如作诗颂，延年辄承意弦歌所造诗，为之新声曲"，可见乐师已听文人的调动，词在先而乐在后，词渐变为主体而乐调反降为附庸了。这个变动很重要，因为它是词离调而独立的先声。

乐府能否成功，全靠文人和乐师能否合作。象司马相如和李延年那样相得益彰，颇非易事。汉乐府制到哀帝时已废，文人虽无乐师合作，但仍有做诗的兴趣，于是索性不承认乐调为诗歌的必要伴侣，独立地去做不用乐调的诗歌了。汉魏间许多文人本来不隶籍乐府，也常仿乐府诗的体裁，采乐府诗的材料，甚至于用乐府诗的旧题目做诗，虽然这种诗和乐府的精神相差甚远，也还叫做"乐府"。"青青河畔草"诗本言远别相思，而题目却为《饮马长城窟》。唐元稹所以有"虽用古题，全无古义"，"如《出门行》不言离别，《将进酒》特书列女"之诮。这好比商人赁旧门面开新店，卖另一种货物，却仍打旧店主的招牌以招揽生意一样。汉魏人所以有这种把戏，是由于弃乐调而做诗的新运动还没有完全成功。一般人还以为诗必有乐调，所以在本来是独立的诗歌上冒上一个乐调的名称。汉魏以后，新运动完全成功，诗歌遂完全脱离乐调而独立了。诗离乐调而独立的时期就是文人诗正式成立的时期。总之，乐府递变为古风，经过三个阶段。第一是"由调定词"，第二是"由词定调"，第三是"有词无调"。这三个阶段后来在词和戏曲两方面也复演过。

诗既离开乐调，不复可歌唱，如果没有新方法来使诗的文字本身上见出若干音乐，那就不免失其为诗了。音乐是诗的生命从前外在的乐调的音乐既然丢去，诗人不得不在文字本身上做音乐的功夫，这是声律运动的主因之一。齐梁时代恰当离调制词运动的成功时期，所以当时声律运动最盛行。齐梁是上文所说的音义离合史上的第四时期，就是诗离开外在的音乐，而着重文字本身音乐的时期。

现在我们总结上章和本章的话，对于"中国诗何以走上律的路"这个问题作一个简赅的答复：

（一）声音的对仗起于意义的排偶，这两个特征先见于赋，律诗是受赋的影响。

（二）东汉以后，因为佛经的翻译与梵音的输入，音韵的研究极发达。这对于诗的声律运动是一种强烈的刺激剂。

（三）齐梁时代，乐府递化为文人诗到了最后的阶段。诗有词而无调，外在的音乐消失，文字本身的音乐起来代替它。永明声律运动就是这种演化的自然结果。

原载《国学季刊》第 5 卷第 4 期，1936 年

古优解

冯沅君

一　引论

（1）本文的目的

（2）优与Fou的比较

（3）西方学者关于Fou的研究

倡优是向来为人所轻视的行业，但它实是个值得学人们费番心思来研究的论题。因为在过去的三千年中，它给予政治、文学，以及民俗等等的影响是很深巨的。以前史家对于这方面的忽略，确属憾事。

以文学史家的立场来论古优的人，已有人在，如王国维先生。在《宋元戏曲史》中，他视古优为中国戏剧的远源。但是，也许因为该书不是专论倡优的著作，故语焉不详。王书而外，他家著述，也大都如是。本文的奢望是将以前学者所论列者加以补苴整理，时代则以先秦为主，间涉及西汉。

欧洲中世纪有所谓Fou。这种人与中国古优极相似。举其重要者而言，Fou与优都是以诙谐娱人，能歌舞，其诙谐的言动往往足以排难解纷。关于古优的种种，我们在下文叙述。关于Fou的，则下面三家的文字可给我们画个轮廓，备我们参证。

马禄（Jean Marot）描写路易十二（Louia XII）与佛朗苏第一（Franncois ler）的Fou杜里布来（Triboulet）时曾说：

> （他）摹仿每个人，歌唱、跳舞、演说，而且一切都做得如此可笑有趣致，使无人生气。①

加奈尔（A.Canel）论Fou的功用时曾说：

> 为了满足他自己，外交术早就得到足够的狡猾与虚伪。这种外交术并非古已有之。我们的信任粗暴气力的祖先，并没有讲交易的科学。Fou的滑稽

有时足以补偿他们在这方面的缺陷。投掷于为不信任及愤怒所弄僵的辩论中的笑乐，并不是无影响的圣药。②

斯各德（W.Scott）在他的小说中曾刻画过两个Fou：万北（Wamba）与大维（Davie）。前者见于《撒克逊劫后英雄略》（Ivanhoe），后者见于《六十年前》（Waverley）。首录前者。

《撒克逊劫后英雄略》第七章叙的是比武会（Passage of arms）。是时英国虽然很不幸，被异族统制着，但一般人对于比武会还非常感到趣味。所以这一次万北同他的主人塞特立克（Cedric）也与会。在观众中有犹太人伊萨克（Isaac）和他的女儿吕贝珈（Rebecca）。伊萨克极富，吕贝珈极美，因此约翰亲王（Prince John）让他们与撒克逊贵族坐在一处，这些贵族中有撒克逊王的后裔阿失斯丹（Athelstane），因未立时从命，触怒约翰，酿成僵局。打开这个僵局的，却是人所不齿的、以悦人为业的Fou万北。作者于此有段生动的叙述：

> 向着这个我所曾经形容过的人，那亲王用他的骄横的命令，教他让个位子给伊萨克与吕贝珈。阿失斯丹对于这个命令，惶惑异常，不愿依从，却又不晓得怎样去反抗；身子动也不动，只睁着他那大而灰的眼睛，用种惊讶的情态向亲王睨视着。但躁急的约翰却不如此。
>
> "那个萨克逊猪贩子是睡着了，还是不注意我？用你那槊刺他，德卜拉昔（Debracy）。"约翰向驰近他身边的武士说。……德卜拉昔的职分使他毫无顾忌。……他伸长了他的长槊，将要执行亲王的命令。阿失斯丹还未恢复神志，缩身退避，幸亏塞特立克迅速的，闪电一般拔出身上所佩的短刀，将槊尖与槊柄击脱。约翰见此，更加愤怒，若非他的侍从劝他耐心点，观众又对塞特立克的举动大喝采，他将发出个比第一道命令更凶的命令。他向四周瞧着，想寻个可以出气的牺牲者。……
>
> "你们这些萨克逊村夫且站起来。"那骄矜的亲王说，"因为以天为誓，我既然那样说了，那犹太人就要坐在你们中间。"
>
> "我们不配和这个土地的统治者并坐。"犹太人说。……
>
> "起来，不忠诚的狗，听我的命令。不然我剥你的皮，用你的棕色的皮，做我的马鞍。"
>
> 受着这样的督促，犹太人和他的发抖的女儿一阶一阶的向看台上走。
>
> "让我看看谁敢阻止他。"亲王说时目光注视着塞特立克，他的神气大有将犹太人推下之意。
>
> 这场灾祸被万北阻止住了。他跳到他的主人与伊萨克间，针对着亲王的

威胁的呼叱回答道:"天,这将是我。"同时在他的衣袋中拉出一片火腿(显然是他怕这次比武会继续的时间太长,他会挨饿),放在犹太人的胡须下,又把他的木刀在犹太人头上乱舞。犹太人果被这个他们全族所最厌恶的东西吓着了,立即向后倒退,一失足从台上滚了下来。对于观众,这是件可笑的事,他们都纵声大笑。亲王和他的侍从也消了气,不由的附和着。……"我们下去吧,在下面围坐上给这个犹太人找个位子。将败者放在胜者旁边是不对的。"约翰亲王如此说。他或许愿意借此收回成命。……

"把痞子放在傻子上面是不好的,把犹太人放在火腿上更不好。"万北说。

"谢谢你,好孩子!"亲王叫起来。"你能使我快乐,我应该赏你一赏。伊萨克借给我一把'百桑'。"③

次录后者。大维是《六十年前》的主脚瓦凡来(Waverly)的Fou。在本书第二十八章内,我们可以看出他是惯于歌舞的:

早上,瓦凡来思虑得疲倦而渐渐入睡,梦中听见了音乐但并非赛尔马(Selma)的声音。他梦见自己回到杜里佛兰(Tullyveo lan)去,听见大维盖拉来(Davie Gellatley)在院子里歌唱。这是他住在勃兰瓦丁(Bradwardine)男爵家首先扰乱他的声音。引起这幻觉的音调一直继续下去,而且渐渐高起来,以至于把爱德华(Edward)惊醒。这幻觉似乎还没有完全惊散。这个房间是在安南采德堡(Ian Nan Chaistel)内,可是声音确是大维盖拉来唱着下面的歌曲从窗下经过。……爱德华急于要知道甚么事使盖拉来先生走这样远的路,便急急忙忙的穿衣服。其时大维又换了几个调子在唱。……瓦凡来穿好衣服走出来,大维却和两个常在堡门口的高地人歌舞起来。舞的是苏格兰的双钱舞,以自己吹哨为节奏。他此时兼舞伎与乐师二差,后来另一人吹起箫来,他才把乐师的差卸却。于是,老老少少,许多人都来参加。……④

这三家的文字虽然性质各殊,有的是诗,有的是论著,有的是小说,但它们有个共同之点:指陈传写Fou这类人的特征。

西方人研究Fou已近二百年了。法人拉基言(Dreux du Radier)的Récréations histo-riques, critiques morales et dérudition,1767年出版于巴黎,其中便有关于Fou的文字。此后,欧洲人士研究Fou而有卓著的成绩的,有:日高白(Jacob),他的小说《二优人》(Les Deux Fous)的导言Dissertation Sur les Fous des Rois de France实是篇倡优论;有列白(Ch.leber),他的文章见于Monnaies

inconues des évêques des innocens, des Fous……Recueillies et déerites par M.M.J.
R. (Rigollot), d' Amiens; aves des notes et une introduction sur les especes de
plomb, le personnage de Fou et les rebus dans le moyen âge, par M.C.L.
(Leber); 有福来格尔 (Ch.-Fred.Floegel), 他的作品是Geschichte der hofnarren;
有雷方白 (De Reiffenberg), 他的论文Histoire des Fous en titre d'office, 见于Le
lundi, nouveaux recits de Marsilius Brunck内; 有惹尔 (A.Jal), 他的Dictionnaire
critique de biographie et d'histoire不独讨论到Fou的问题, 且有许多珍贵的史料;
加奈尔 (A.Canel), 他的Recherc hes historiques sur les four des Rois de France较
其他各书都晚, 他可说是前此诸家关于Fou的研究的综合。

观此, 可知关于Fou的种种, 在西方早有了系统的研究。Fou与优既极近
似, 我们不妨借石他山来做古优的探讨。

---

①引见加奈尔的《法国御优的史的研究》 (Recherchcs Historiques surles Four des Rois de
France), 一八七三年, 巴黎出版, 页一〇二。

②同书页三八。

③Ivanhoe, Paris(Nelson).

④Waverley, 1826, Paris(Gosselin).

二　古优的起源

(1) 用优始于何时

(2) 优是怎样演变成的

(3) 为甚么人们需要优

中国用优究竟始于何时? 要正确回答这个问题是很困难的, 至少现在如
此。依据可信的史料, 天子或诸侯在前八世纪早年已用优了。《国语·郑语》
记郑桓公与史伯的谈话道:

公曰: "周其弊乎?……" (史伯) 对曰: "殆于弊者也。……今王弃
高明昭显, 而好谗慝暗昧, 恶角犀丰盈, 而近顽童穷固, 去和而取同。……
夫虢, 石夫谗诌巧从之人也, 而立以为卿士, 与剸同也……侏儒、戚施,
实御在侧, 近顽童也。……"①

郑桓公为司徒始于周幽王八年（纪元前774年），[②]后三年幽王便被犬戎杀了，郑桓公也同时遇害。这段谈话中既有"周其弊乎"一语，可知其必在桓公初为司徒时，即纪元前773年左右。[③]至于侏儒、戚施之所以为优，在下文我们有较详尽的论述。

关于前七世纪的优人，我们有两段史料。[④]《国语·齐语》记桓公与管仲的谈话道：

> 桓公亲之郊而与之坐问焉，曰："昔吾先君襄公，筑台以为高位，田狩毕弋，不听国政。……优笑在前，贤材在后，是以国不日引，不月长。"[⑤]

桓公相管仲虽然在周庄王十二年（前685年），然当时所谈论实是襄公的事。襄公即位于周桓王二十三年（前697年），卒于周庄王十一年（前686年），所以这段史料可以供我们研究前七世纪初的优史。《国语·晋语》记晋献公时的政变道：

> 公之优曰施，通于骊姬。骊姬问焉，曰："吾欲作大事而难三公子之徒如何？"对曰："早处之，使知其极。夫人知极，鲜有慢心。虽其慢乃易残也。"骊姬曰："吾欲为难安始而可？"优施曰："必于申生。其为人也，小心精洁而大志重，又不忍人。精洁易辱，重偾可疾，不忍人必自忍也。辱之近行。"……是故先施谮于申生。……优施教骊姬夜半而泣，谓公曰："吾闻申生甚好仁而强，甚宽惠而慈于民，皆有所行之。今谓君惑于我必乱国，无乃以国故而强于君。君未终命而不殁，君其若之何？盍杀我！无以一妾乱百姓。"……骊姬告优施曰："君既许我杀太子而立奚齐矣，吾难里克奈何？"优施曰："吾来里克一日而已。予为我具特羊之飨，吾以从之饮酒。我优也，言无邮。"骊姬许诺，乃具，使优施饮里克酒。中饮，优施起舞，谓里克妻曰："主孟啖我，我教兹暇豫事君。"乃歌曰："暇豫之吾吾，不如乌乌。人皆集于苑，己独集于枯。"里克笑曰："何谓苑？何谓枯？"优施曰："其母为夫人，其子为君，可不谓苑乎？其母既死，其子又谤，可不谓枯乎？枯且有伤。"优施出，里克辟奠，不飨而寝。夜半召优施曰："曩而言戏乎？抑亦有所闻之乎？"曰："然。君既许骊姬杀太子而立奚齐，谋既成矣。"里克曰："吾秉君以杀太子吾不忍，通复故交吾不敢，中立其免乎？"优施曰："免。"……三旬难乃成。[⑥]

在这段记载里我们可以看出优人对于时政的影响。优施竟是晋国这次政变的导演人。晋献公即位于周惠王元年（前678年），骊姬谋杀太子申生乃献公十二年至二十一年间事，优施或即生于七世纪初。在中国古优中姓名可考的优人，优施应该是最早的一个罢。

优施而外有优孟，见《史记》，也是先秦的名优。他大约是前七世纪与前六世纪间人，时代较晚，便不备论了。⑦

史家供给我们的材料虽然只限于八世纪以后，但用优的风气决不始于此时，或者始于西周初年。

要知道中国何时开始用优，不妨参看其他民族如何使用Fou。在法国，关于用Fou的最早史料是1212年巴黎主教会议禁止教会中人用Fou的议决案，而姓名为人所知的最早的Fou是十四世纪法王腓力伯（Philippe Le Long）的冉福洛（Geffroy）。⑧ 然而研究法Fou的学者则将国王用Fou一事追溯到查理大帝（Charlemagne）（八世纪）之前，君主政体开始之时。⑨ 因为棋（Echees）这种玩艺儿查理大帝时已在流行，而Fou便是它的两个棋子儿，且常放在棋子儿"国王"（Roi）之旁。雷尼爱（Reynier）在他的讽刺诗中曾说："在棋中，Fou是最接近国王的。"国王用Fou历史之悠远，于此可见。

由十三世纪上溯到八世纪之前，中间至少有五百年的距离。若果中国用优的情形与此相类，换句话说，就是由现存的史料中可考见的史事上溯三、五百年，那不是西周之初吗？而且就社会制度演进方面着眼，西方用Fou既在封建制完成之前⑩，中国亦当类是，而中国封建制即成于周代中叶。因此，在中国虽无棋这一类实物来做研究古代用优的旁证，而我们也将它的开始假定在西周初，前十一世纪前后。⑪ 也许有人嫌自开始用优到见于史乘中间距离太悠远，则加奈尔的话可以解答。他说："在历史上我们虽然只证明到十一世纪中叶方有Fou，但不应该就相信在此时以前人们就不用Fou。这并不是种重要组织，足使史家相信应该为了它本身而保存着关于它的回忆。他们有权柄等待个合适的机会方略述此事，而这个机会是要等很久才遇到。"⑫

以上所叙仅就天子或诸侯所用的优人而言。平民呢？他们同贵族一样也知道以笑乐自遣，自然他们需要弄优，不过未必如贵族那样有固定的专门人材而已。从前的史家对于平民的生活状况是极端的忽视，因而平民优人的史料更形缺乏。《左传》却为我们透露点消息，前六世纪中年的史事。《左传·襄公二十八年》记齐庆封出奔道：

> 陈氏，鲍氏之圉人为优。庆氏之马善惊，士皆释甲束马而饮酒，且观优，至于鱼里。⑬

"为优"下杜注云：

> 优，俳也。

孔疏云：

> 优者戏也。……今之散乐戏可笑之语，而令人之笑是也。

是则"为优"犹言作滑稽调笑之戏。"至于鱼里"下，杜注云：

> 鱼里，里名。优在鱼里，往观之。

孔疏云：

> 杜以优在鱼里，士往观之，刘炫以为国人从旁为优。引行以至鱼里。

杜、刘的是非我们且不管，但"鱼里，里名也。优在鱼里"，"引行以至鱼里"，我们据此便可知道这场滑稽戏不是在贵族的邸第中扮演的。它显然是平民的娱乐。所可惜的是演此戏者是专门的优人呢，抑是普通人临时来串演的？则不得而知了。襄公二十八年是周灵王二十七年（前545年），正当中世纪中年。这段史料较上文引的关于贵族的三项，虽嫌微晚，但这显然是史料缺乏所致，平民弄优应该也有很古的来源。

始用优人的时代决定了，现在要讨论的是优人是怎样演变成的。加奈尔在他的书中于此曾有所阐述，可以给我们点启示。他说：

> 从很早的时候起，滑稽（Bouffonnerie）已成为一种职业。它是Jonglerie的一个重要的支派。

在好的意义上，Jongleur[14] 即是精通音乐的诗人。这些人用各种不同的乐器来歌唱他们自己作的或他人作的诗篇。他们常用可以娱乐观众的手足的姿态和巧妙的回旋来伴歌。……不过Jongleur的职务并不限于此，仿佛人们将一切以娱乐群众为业者皆归到这个阶级，而且他们的团体也包罗着一切以娱乐为业的人，这是从人们曾应用到他们的形容语上可以看出来的。例如当他们被视为滑稽人（Bouffon）或坏牧师（Goliard）[15] 时，难道人们就不能在那些巧妙的回旋及手舞足蹈之外，于他们的文学的玩艺上加上滑稽戏与谐谑吗？

如我们所已言者，Jongleur是从另一种擅长音乐诗人Barde下来的。在高卢人，这种诗人的使命是颂祝国家英雄，是批评与当时有势力的社会教条相背驰的私人行为。在我们的历史上，直到五世纪，Barde还为人提及。自客楼维（Clovis）⑯时代始，他们方不以旧名为人所知，人们称之为弹竖琴者（Githaradi）。在第二种族之下他们被称为Jongleur，且继续为人所欣赏，主教、男女修道院院长皆接近他们。但从多神教转到基督教，他们好像忘记了他们的职务在古时的重要。在路易第一（Louis Le Débonnaire）的宫廷中，人们可以看到他们是用以使观众发笑的，且因其行为的关系，他们自己不使人尊重。因之，当十三世纪至十五世纪间，法令与主教会议都给Jongleur与其听众以严重的申斥。

时间降低了Jongleur的地位：腓力伯奥举斯特（Philippe-Auguste）在一一八一年，竟至将他们驱逐出宫廷。自然他们还保有个地盘，但逐渐消灭于卑贱里。……

当Jongleur（尤其是那些专以使人发笑为事者）的行为开始使他们自己驱逐出宫禁和邸第的时候，他们的职业中引人发笑的工作，便由Fou承继下来，而且后者的进展与前者的衰落是并行的。⑰

加奈尔的话大体上是可以接受的。因为随着社会的进展各种职业也日渐精细的分化，这原是人所共知而且共同承认的；在原始时代，滑稽诙谐并非某种人的专业，而是某种人的许多娱人技艺之一，也不是不近情理的。而且我们必须了解这一点，然后能知道为甚么西方的Fou于滑稽外，又要记得些"圣曲、祷文、诗歌、谜语、快乐的小说"，中国的古优也不独擅长谐谑，而且通习"竞技"，甚至于在正式的戏剧成立之后，每次演剧还常有"百戏"助兴。它们原来是不分家的。⑱

在中国历史上固然没有和Jongleur相当的名词，如优之与Fou，但与Jongleur相类似的人应该有。古籍中所常见的"师"、"瞽"、"医"、"史"等，应即此类人。就加奈尔所指出者言，Jonglour的主要职务，也可以说是技能，乃是歌唱诗篇而以乐器伴之，"师"、"瞽"所事，不正与此同？"史"呢，这是常与"瞽"并称的人物。⑲Jongleur一字本有江湖走方郎中的涵义，则古医人也可以隶属这一群。如果我们这个假定是不错的，则中国古优便是从"师"、"瞽"、"医"、"史"等人的集团分化出来的。

不过加奈尔的提示并不能使我们完全满意。他只指出Fou出自Jongleur，Jougleur出自Barde，而不曾告诉我们Barde是如何产生的。我们于此愿做进一步的探讨：如果真如上文所推论的师、瞽、医、史之流与西方的Jongleur极近，为古优所自出，那末古优的远祖，导师、瞽、医、史的先路者不是别种人，就是巫。在迷信的氛围极度浓厚的原始社会里，巫觋是有最大威权的，群巫之长往往就是王。^⑳ 这类人所以能总揽一族大权的原因是因为他们自认为（有时别人也认为）神的化身，为神所凭依^㉑或神人间的媒介^㉒；他们有神秘超人的法术、技能，以此法术、技能来满足一族人的为生存而发生的欲求^㉓。因此远古巫者，大都用卜筮的方法（甚或不用）预测未来的祸福休咎^㉔，能为人疗治疾病^㉕，能观察天象^㉖，通习音乐，能歌舞娱神^㉗。随着社会的演进，巫者技艺渐分化为各种专业，而由师、瞽、医、史一类人来分别担任^㉘，倡优则承继它们的娱神的部分而变之娱人的^㉙。复次古代巫觋虽有不少精明强干的人借神权来建树他的政权^㉚，但秦汉古籍曾代我们证实古巫常是身体或精神有缺陷的人^㉛。又古人祀神或驱鬼，不独有歌舞，且有扮演。这两点更是不必通过医史者流的媒介，而对于倡优有直接关系的史事了。^㉜

最后来研究人们为甚么需要倡优？要解答这个问题应该从多方面观察，因为其中原因有历史的，有社会的，有心理的。在远古时，人群中并没有显明的阶级存在，只有鬼神高人一等。大家的生命都操持在这些神秘的权威者的手中，他们可以随其喜怒给予人以幸福或灾难。因此，我们的祖先常竭其所有所能，以货宝声色等来敬事他们，希望可以远祸得福；即对于那些能与鬼神交往者也备极尊重。后来，因为生产的方法，部门日益繁复，社会机构日益进展，人们的智力日益增长，自然界的威胁日益轻减，于是人群中便有治人者与治人者的区别。这个时候，群众逐渐将他们对于鬼神的敬畏移植于政治的、经济的领袖，而这类握有实权的地上的活神，也将从前人们供献于鬼神的货宝声色等取来自己享用。这正如在封建时代贵旅们所特殊享受的种种，到了资本主义时代大都由有资产者继承着。就在这样情形下，巫觋的技能乃分散于环绕于政治、经济领袖四周的人们（《周礼》春官宗伯及其所属即此类人，虽然《周礼》未必是部真正的史书），倡优呢，他们承继巫觋的歌舞，扮演种种可以娱人的部门或有所损益。若果就心理方面着眼，我们可以说人们需要倡优是甚于寻求笑乐的本能。这种本能虽不似饮食男女那些本能的重要、强烈，但也不容忽视。人们的精神状态那能永张不弛呢？优人能歌舞，工杂技，每以异常的言语、动作使人发笑。^㉝ 他们既能满足人们的欲求，自然人们需要他们了。

---

① 《国语集解》，中华书局本，《郑语》，页八至十。

② 同书，《郑语》，页十四。

③《史记》，世界书局影印本，卷四十二，《郑世家》，页三〇一："郑桓公友者，周厉王少子，而宣王庶弟也。……幽王以为司徒。……为司徒一年，幽王以褒后故，王室治多邪，诸侯或畔之，于是桓公问太史伯。……"

④《贾子新书》，扫叶山房《子书四十八种》本，卷六，页四，《春秋》："卫懿公喜鹤……贵优而轻大臣。……及翟伐卫，寇挟城堞矣，卫君垂泣而拜其臣民曰：'寇迫矣，士民其勉之。'士民曰：'君亦使君之贵优，将君之爱鹤以为君战矣。'"翟灭卫在周惠王十六年（公元前661年），是亦七世纪优史材料。惟《贾子新书》不尽出贾谊手，语多浅驳，故不采用。

⑤《国语集解·齐语》，页四。

⑥ 同书，《晋语》一，页十，至《晋语》二，页三。

⑦ 优孟是楚庄王时人。庄王即位于周顷王六年（前613年），卒于周定王六年（前591年），故优孟的时代也应在前七世纪与前六世纪间。

⑧ 加奈尔《法国御优的史的研究》，页四十一至四十二。

⑨ 拉基言（Dreux du Radiet）语，引见《法国御优的史的研究》，页十。

⑩ 法国的建时代约始于九世纪，故Fou的使用，在封建制完成之前。又希腊、罗马、古波斯都有与Fou相类似的人（参看Plutarch, Lacon, Apopht），则用Fou的风气由来更古了。

⑪《列女传》，《国学基本丛书》本，卷七，页一二五说："桀既弃礼义，……牧倡优侏儒狎徒能为奇伟戏者。"《说苑》，《汉魏丛书》本，卷二十，《反质》，页三说："纣为鹿台、糟丘、妇女、倡优、钟鼓、管弦……"这种传说式的记载是不宜轻信的。

⑫《法国御优的史的研究》，页十七。

⑬《左传》，脉望仙馆《十三经注疏》本，卷三十八，页十七。

⑭ 此字或译为"沿路弹唱之音乐师"，或译为"抛弄物戏法者"，或译为"行吟诗人"……皆不甚切当，故不译，用原字。此外如Fou、如Barde等，均以无恰当译文而用原字。

⑮ 十三世纪时，Goliard率指坏牧师而言。这种人是滑稽的Jongleur的对手。

⑯ 客楼维（Clovis）乃古法王，其时代约当五世纪与六世纪间。

⑰《法国御优的史的研究》，页十九至二十一。

⑱ 参看下文《古优的技艺》与《古优的影响》。

⑲ 例如《国语集解·周语上》，页九："瞽史教诲"，《楚语上》，页十六："临事有瞽史之导，史不失书，矇不失诵，以训御之。"

⑳ 关于这一点，弗拉则（Frazer）于《金枝简编》（Le Rameau D'or）内曾专章论述。这一章（法译本，1924年，巴黎出版，第六章）的标题是"巫觋犹王"（Les Magieiens comme Rois）。作者于此列举了好多例证，如非洲的王布威（Wambugwes）、瓦答都虑（Wataturus）、瓦歌各（Wagocos）各族，并得了个结论：在许多国家内，国王是从古巫医一线下来的。他认为巫觋之所以成为一族领袖的最大原因是人们极需要雨，而巫这种人却有致雨的法术。在中国史籍中这类证据也不是绝对没有，如卜辞中常言王卜、王贞、王祝、卜祝，并巫觋所有事（详后），而汤以大旱故身祷告于桑林，尤可与弗拉则的话相印证。

㉑ 参看《金枝简编》第七章，页八十七至八十八。中国人从前以风调雨顺、人寿年丰为

帝王功德所致，这固然是种谀辞，但同时也未尝不是远古习俗的遗留。《国语·楚语》说：
"古者民神不杂。民之精爽不携贰者，而又能齐肃衷正，其智能上下比义，其圣能光远宣朗，
其明能光照之，其聪能听彻之，如是则明神降之，在男曰觋，在女曰巫。"尤可为证。

㉒古祭祀大都有尸，祝。尸代表被祭者，祝代表祭者。这两种脚色，尤其是后者，并以
巫为之。《说文》："巫，祝也"，可知巫祝是同类人物。《玉篇》训灵为神灵，《广韵》训
灵为巫，可知巫之与神几乎是一体。古巫于乐神外，复兼象神。故巫觋是介在人神间的。

㉓如求雨，却灾等。《周礼·春官·宗伯》："司巫掌群巫之政令。若国大旱则帅巫而舞
雩。国有大灾则帅巫而造巫恒。""凡以神仕者……以冬至日致天神人鬼，以夏至日致地魈，
以禬国之凶荒，民之礼丧。"雩是旱祭，所以"祈甘雨"；禬除也。却除人民的饥荒死亡等
灾祸。原始人殆将生活的一切都交给巫者。

㉔《说文》竹部，筮下云："筮，易卦用蓍也。从竹、𥐫。𥐫古巫字。"段注："从竹
者，蓍如算也，算以竹为之。从𥐫者，事近于巫也。九筮之名，巫更、巫咸、巫式、巫目、
巫易、巫比、巫祠、巫参、巫环，字皆作巫。"《周礼·春官·宗伯》：龟人。郑注引《世本》
曰："巫咸作卜筮。"《古史考》称：庖牺氏作，始有筮，其后殷时巫咸善筮。《荀子·王
制》："相阴阳……钻龟陈卦，主攘择五卜，知其吉凶妖祥，伛巫跛击之事也。"凡此诸证都
可以说明巫是通卜筮的。又如：《列子·黄帝》："有神巫自齐来处于郑，命曰季咸，知人死
生、存亡、祸福、寿夭，期以岁月旬日如神。"则更不假卜筮而可知将来的休咎了。

㉕《广雅·释诂》："灵子，医、筮、觋，巫也。"王念孙《疏证》："医亦巫者，《周
官》巫马之职云：'掌养病马而乘治之，相医而药攻马疾。'《海内西经》：'开明东有巫
彭、巫振、巫阳、巫履、巫凡、巫相，夹窫窳之尸，皆操不死之药以距之。'郭璞注：'皆
神医也。引《世本》云巫彭作医。'《楚辞·天问》：'化为黄能，巫何活焉。'王逸注：'言
鲧死后化为黄熊入于羽渊，岂巫医能复活。'是医即巫也。巫与医皆所以除疾，故医字或从
医作毉。《管子·权修篇》：'好用筮巫。'《太元·元数篇》云：'为医，为巫祝。'"按巫通
医术，除王疏所胪陈者外，我们还可增益一二。《淮南子·说山》："医之用药石，巫之用
糈。"高注："医师在男曰觋，在女曰巫。"《说文》酉部："医，治病工也。从殹，从酉。
殹恶姿也，医之性然，得酒而使，故从酉。王育说。"考《说文》殳部："殹，击中声。"此
与王说"恶态也"殆可相发明。巫殹击疫鬼时，著魁头，形状确是很丑恶的（如方相氏）。
巫治疾病与殹击疫鬼本一事，所以医字从殹。在西方则希腊古哲学家昂柏道凯来（Empedo-
cle），就通习巫术，能呼风唤雨，疗治疾病，使死者复生。（详见《金枝简编》第七章）

㉖《荀子·王制》："相阴阳，古禨兆……知其吉凶妖祥，伛、巫、跛击之事也。"《左
传》昭公十五年，杜注："禨，妖氛也。"《周礼·春官宗伯》，眡禨，贾疏："禨，阴阳气
相侵，赤云为阳，黑云为阴。"此即巫通天象之证。又《周礼·春官宗伯》："保章氏掌天星，
以志星辰日月之变动，以观天下之迁，辨其凶吉。"保章氏实是个精习天象而又在官的巫者。
眡禨亦此类。

㉗古籍中关于巫觋通习歌舞的例证，实不胜枚举。如《墨子·非乐》上："汤之官刑有
之曰：'其有恒舞于官是谓巫风。'"《楚辞·九歌·少司命》："绖瑟兮交鼓，箫钟兮瑶簴，
鸣箎兮吹竽，思灵保兮贤姱。翾飞兮翠翯，展诗兮会舞，应律兮合节。"《礼魂》："盛礼兮

会鼓，传芭兮代舞。"宋朱熹释后者曰："会鼓，急疾击鼓也。芭与葩同，巫所持之香草也。代，更也。持以舞讫复传与人更用之也。"清陈本礼释前者，谓"翾飞翠翿四字，写巫舞入妙。"《说文》巫部，"巫，祝也，女能事无形，以舞降神者也。象人两褒无形。"郑玄《诗谱·陈谱》："大姬无子，好巫觋、祷祈、歌舞之事。"这不过是略举一两个较著的而已。因为古人祭神，无论所祭者为雨神，为星辰，为人鬼……皆不能无歌舞。（详刘师培先生《舞法起于祀神考》）

㉘ 医与巫的关系已详注㉕，在这里我们只阐述师、瞽及史。先论师、瞽。我们知道古代演奏音乐的主旨不重娱人而重娱神。《诗经·小雅·甫田》："以我齐明，与我牺羊，以社以方。我田既藏，农夫之庆。瑟瑟击鼓，以御田祖，以祈甘雨，以介我稷黍，以谷我士女。"《周颂·执竞》："钟鼓喤喤，磬筦将将，降福穰穰。"观此可知古代祀田祖，祀宗庙，都是非乐不办。《周礼·春官宗伯》，叙述乐官领袖大司乐，大师的职务特重其事神的部分，于前者则曰："乃分乐而序之，以祭、以享、以祀。"于后者则曰："大祭祀，师瞽登歌，令奏击拊。"其原因想亦如是。师瞽的主职既重在以乐事神，如何能否认他们与巫觋的关系呢？史与巫的关系似乎不如其与师、医的明显，然二者间也不无线索可寻。约言之，可得二端：（一）巫通卜筮，史亦然。《周礼·春官宗伯》，占人下："凡卜筮，君占体，大夫占色，史占墨，卜人占坼。"太史下："太史卜日"。《左传》昭公七年记卫立灵公事道："卫襄公夫人姜氏无子，嬖人婤姶生孟絷。……晋宣子为聘聘于诸侯之岁，婤姶生子，命之曰元。孟絷之足不良于行。孔成子以周易筮之，曰：'元尚享卫国主其社稷？'遇屯䷂。又曰：'余尚立絷，尚克嘉子？'遇屯䷂之比䷇，以示史朝。史朝曰：'元亨又何疑焉！'成子曰：'非长之谓乎？'对曰：'康叔之名可谓长矣。孟非人也，将不列于宗，不可谓长；且其繇曰：利建侯。嗣立何建，建非嗣也。二卦皆云，子其建之。'……这更是人所共知的史事。在这段记载内我们可以看出史朝对卜筮是如何娴习。在古代社会里，凡不能决定的疑难事件，人们都决之于卜筮，故令著命龟之辞往往是一国、一族的重要史料，因之史官与卜人成了一家眷属。（二）巫通天象，史亦然。如《周礼·春官宗伯》太史下："大师抱天时与大师同车。"《郑注》："大出师则大史主抱式以知天时，处吉凶，史官主知天道。"《左传》哀公六年记楚昭王事更给我们个实例："是岁也，有云如众赤鸟，夹日以飞，三日楚子便问诸周太史。周太史对曰：'其当王身乎？若禜之，可移于令尹司马。'"所以《国语·周语》记单襄公对鲁成公道："吾非瞽史，焉知天道。"这种现象在汉代还因仍不改，至少犹有遗迹在。司马迁父子，与张衡便可为证。司马谈为汉史官，而司马迁《自序》称他"学于天官唐都。"唐都的出身也值得注意，据《汉书·律历志》，他是个方士，与巫觋极近似的人。司马迁习天文否虽史无明文，但王国维先生作《太史公行年考》则言："太初改历之议发于公，而始终总其事者亦公也。"张衡于天文作有浑天仪，但他做过太史令，并与刘珍、刘騊騟等撰修《汉记》。二端之外，我们还可以举三两个例子来证明古史实参与鬼神之事：（1）《国语·楚语》以巫史并称："夫人作享，家为巫史。"（2）《国语·周语》称惠王十五年有神降于莘，王问故于内史过。（3）《左传》襄公二十七年有云："其祝史陈言于鬼神无愧辞。"（4）昭公十八年有云："使祝史徒王祐于周庙。"司马迁《报任安书》自叙其家世曾言："文史

星历近乎卜祝之间。"这是史家最明确的自白。

㉙古巫歌舞降神，也是当时民众娱乐之一种，故《楚辞·九歌·少司命》称："羌声色兮娱人，观者儋兮忘归。"倡优虽不似巫觋之以娱神为主职，然亦参与赛神。《楚辞·九歌·礼魂》："姱女倡兮容与。"朱熹注："姱，好也。女倡，女子为倡优也。"朱熹这种解释也许不能得多数人的同意，但成于西汉的《盐铁论·散不足》所记则可为证。它叙当时的风俗道："今富者祈名岳，望山川，椎牛击鼓，戏倡儛像。"金元时演戏的勾阑内有神楼（参看《太平乐府》卷九，杜善夫《庄家不识勾栏》散套），自然也是这种习俗的流风余韵。由此可见巫优的职分即在近代还不能绝对的划分开。我们以娱神娱人定巫优的职分不过就大体而言。

㉚《国语·楚语》，详注㉑。

㉛我们说古巫中常是身体有缺陷的人是依据下列的论证。《左传》僖公二十一年："夏，大旱，公欲焚巫尪。"《礼记·檀弓下》："岁旱，穆公召县子而问然，曰：'天久不雨，吾欲暴尪而奚若？'曰：'天久不雨，而暴人之疾，子虐，毋乃不可与？''然则吾欲暴巫而奚若？'"《春秋繁露·求雨》："春旱求雨……暴巫聚尪"，"秋暴巫尪至九日。"在这三书中都是以巫尪并称的。尪字应如何解释呢？《说文》尢部："尢，尥也，曲胫人也。从大象偏曲之形。……尪，篆文从㞷。"段注："尪者，寒也。尢本曲胫之称，引伸之为曲脊之称，故人部偻下曰尪也。""尪见《左传·檀弓》，《郑注》释为面向天，或云短小也。"如果我们再进一步研究，则知巫与尪尢之人并称决不是偶然的。《帝王世纪》："故世传禹病偏枯，足不相过，至今巫称禹步是也。"《尸子》卷下："古者龙门未辟，吕梁未凿……名曰洪水。禹于是疏河决江……胫不生毛，生偏枯之疾，步不相过，人曰禹步。"《法言·重黎》："昔者姒氏治水土而巫步多禹。"《西京赋》："东海黄公，赤刀粤祝。"薛综注："东海有能赤刀禹步，以越人祝法厌虎者曰黄公。"据此四例，可知禹的腿脚是因治水得疾，不良于行，而后世巫觋则效仿他这病态的步法。巫觋们为什么要如此？我们推想有两种可能：（1）古代帝王多是群巫之长，禹应该也如此（故关于禹治水有许多神奇的传说），巫觋禹步，实是摹仿他们的老前辈。（2）古巫者多是身体上有毛病的（禹之不良于行，也许不是由于治水），后世巫者为传习惯所拘束，就是健步如飞也学跛子模样。后者的可能性似乎比较大些。我们若再看《荀子·正论》："譬之犹伛巫破匡，大自以为有知也。"杨倞注："匡读为尪。废疾之人，《王霸篇》曰'贱之如尪，与此匡同。……言世俗此说犹巫尪大自以为神异也。'"《王制》："相阴阳，占祲兆，主攘择卜，知其吉凶妖祥，伛巫跛击之事也。"杨倞注："击读为觋，男巫也。古者以废疾之人主卜筮巫祝之事，故曰伛巫跛击。"更可相信巫不独有跛者，还有伛者（若据《檀弓》郑注，又似有不能俯者）。这些残废的人不独别人以卜筮等神秘的职务交付他们，他们自己也自认为神异出众。纪元前五世纪，小亚细亚的希腊人，当一个城市遇着瘟疫饥馑，或其他公共灾难时，便选个丑陋或畸形的人来担负大众的不幸，然后将他烧死，投灰海中（《金枝简编》五十七章）。这个被焚死的牺牲者固然不是巫觋，然必用丑怪或畸形的人，这也是值得注意的。至谓古巫，精神上有缺陷，我们的证据虽不如身体方面的充分，但也不是毫无依傍。《东京赋》记大傩道："尔乃卒岁大傩，殴除群厉，方相秉钺，巫觋操茢，侲子万童，丹首玄制。……"《续汉书·礼仪志》："先腊一日。大傩……其仪选黄门子弟十岁以上十二以下，百二十人为侲子，皆赤帻皂制，执大鼗。……"

倡子的意义，据《东京赋》薛综注是："童男童女也。"此说疑非。倡训为童，此童字恐非儿童的童字，而是童蒙的童字。僮（童、僮并通），"痴也"（《广雅》）；"无知也"（《国语》韦昭注）；"反慧为童"（《贾子道术》）。所以倡子也可以解作痴人。否则十岁至十二岁的幼小者即是童男童女，何必说是为童子呢？复次，《周礼·夏官司马》称："方相氏，狂夫四人"，又言："方相氏掌蒙熊皮，黄金四目，玄衣朱裳，执戈扬盾，帅百隶而时傩，以索室殴疫。"是则《东京赋》、《续汉书》所言实本先秦旧风，而倡子或许即是狂夫之流。驱鬼本是巫觋的事，而今使狂人痴子来担任，不是令人推想巫觋与狂人痴子是类似的人吗？（大约远古驱鬼者全属巫觋，后来社会进步，巫觋的数目日少，故令幼小者来充数，而仍称之曰倡子。）因此，我们推想古巫多是神经失常的人，至少在降神时如此。（这是一般情形言，志在愚人取利者，又当别论。）这只是看在降神的时候，往往用许多人为的方法使人神经失常（参看《金枝简编》，第七章，页八十九）即可"思过半矣"。

㉜ 事鬼神有扮演不独中国为然。我们先举两个外国例子。弗拉则《金枝简编》五十三章，于研究古酒神地奥尼梭（Dionysos）时曾说："同其他植物神一样，人们相信地奥尼梭是横死的，但死后复活；而且在祭礼中，他的苦痛、死亡、复活都被编排成戏剧。"又说："如果放下神话而转论祭典，我们发现苦勒人（Cretois）每年举行两次地奥尼梭节日。当是时，人们将地奥尼梭的苦难，详尽的表演出来，面对着他的崇拜者，人们表演他在临死时所做的事，所受的苦。"许地山先生的《印度文学》于论印度戏剧时说："在公元前二三世纪，印度底普通社会常有一种演神事底赛会（Yatras），多半是演编入天垂迹于人间所行底恋爱故事。编入天或那罗延天底垂迹黑天，为印度最受崇拜底神灵，……相传在幼年时代，因为避难底原故。他底父亲把他寄在一个牧者底家庭里。黑天自少便是一个牧童……他与许多牧女发生恋爱，因此创了一种歌舞，名为园舞。……这种牧歌后来屡在他底节日表演出来。"次就中国方面论证，约有四项：（一）西周初年有个著名的乐舞，大武。相传它是周公作来祀武王的。它所表演的是武王伐纣的故事。《礼记·乐记》论它的内容道："夫乐者象成者也。揔干而山立，武王之事也，发扬蹈厉，太公之志也；武乱皆坐，周召之治也。""且夫武始而北出，再成而灭商，三成而南，四成而南国是疆，五成而分周公左，召公右，六成复缀以崇。"这个例子与前举地奥尼梭和编入天的祭礼颇近似，都是在祭某神时即表演此神的事迹。《东京梦华录》称：北宋末，汴京勾栏中人于中元前数日即演《目连救母》杂剧，至中元乃止。这也应是古习俗的遗留。（二）《佚周书·世俘篇》谓武王克殷谒祀，篱人奏崇禹生开三终。是则祭神时若不扮演被祭者的故事，也可以扮演其他古英雄的故事。（三）古祭祀既常扮演故事，则扮演者自必化装。《左传》襄公十年："宋公享诸侯于楚邱，请以桑林。……舞师题以旌夏，晋侯怕而退入于房。去旌，卒享而还。"注者谓：旌夏即大旌，题以旌夏即是以羽蒙首。舞师何以羽蒙首？因为桑林这个乐舞本是用以祭神的，舞师以羽蒙首或许目的在象雨神桑林。（桑林本古人名，《淮南子》言，桑林生臂手，殁后变为兴云作雨之神。汤以大旱祷之求雨，为舞以象其形。）祭神的乐舞后来改用于宴享，而舞师的化装，还仍旧贯，所以晋侯望而生畏。祭神的扮演如此，驱除恶鬼的扮演亦然。《周礼·夏官司马》："方祖氏掌蒙熊皮，黄金四目，玄衣朱裳，执戈扬盾，帅百隶而时傩，以索室驱疫。……及墓入圹，以戈击四隅，驱方良。"郑注："蒙，冒也。冒熊皮者以惊驱疫疠之

鬼，如今魌头也。""方良，罔两也。……《国语》曰：'木石之怪夔罔两。'"方相氏何以要戴魌头？这样的官吏何以称为方相氏？郑注认为前者的目的在惊鬼，后者的原因为他的样子可怕。这种解释疑不尽当，方相与方良类，疑亦鬼物。《本草纲目》（五十一下）："方相有四目，若二目者为魌，皆鬼物也，古人设人以象之。"这便是个明证。也许在古传说中方相这个鬼物，可以制服方良、耕父、女魃、夔魅，野仲诸鬼，故大傩时扮演它的故事，因成了个鬼斗的"场京"（参阅《东京赋》）。桑林的𦱑夏，大傩的魌头，即后来演剧者"行头"的起源。（四）如注㉒所已说过的，古祭祀大都有尸（又称神保，或灵保，见《诗经》，《楚辞》）、祝。尸代表神或鬼，受祭。祝代表主人，向被祭者致诉祭者的希望与虔诚（参阅《周礼·春官宗伯》，太祝；《说文》示部，祝字）。有时也代表鬼神向主人祝福（如《诗经·小雅·楚茨》），《诗经》中如《小雅·天保》、《大雅·既醉》诸篇都有这一类描写。这种祭仪虽未扮演甚么故事，但戏剧的气分也相当的重。以上四项中，尸、祝、大傩，无疑的都由巫觋主演（参阅注㉓、注㉛所引《东京赋》，至于大武，崇禹生开，桑林三者，在最初时舞的人想也是巫觋，因为以歌舞事神实是他们的职务的一种。

　　㉝参阅下文《古优的技艺》。

三　古优的技艺

（1）滑稽娱人
（2）歌舞娱人
（3）竞技娱人
（4）音乐娱人
　　在引论内，我们已略论优人的技艺，现在作较详的叙述。约有四端：
　　（1）滑稽娱人
　　滑稽调笑是优人的本行，除上文已引的《齐语》外，优字的古训也可为证。史游《急就篇》说：

　　倡优俳笑。①

《左传》襄公六年："宋华弱与乐辔少相狎，长相优。"杜注云：

　　优，调戏也。②

皆其例。所以定公十年，颊谷之会，齐人使"优施舞于鲁君之幕下"的目的是要"嗤笑鲁君"，孔子也斥之曰："笑君者罪当死"；③《史记·滑稽列传》于优旃特别称许他"善为言笑"。时至今日"戏子"还为演剧者的通称，这当然是古风俗的遗迹了。

不过，优人虽以娱人为本职，但其中也不乏有智慧、有见识的人物，为了保全他的主人的名誉、地位，或大众的利益，他们会将忠言藏在滑稽戏笑中，使听者不觉得逆耳而乐于接受。因此司马迁曾论这些滑稽之雄道：

> 天道恢恢，岂不大哉！谈言微中，亦可以解纷。④

又于《优孟传》中一再记其以谈笑讽谏的事迹：

> 优孟者，故楚之优人也。……楚庄王之时，有所爱马，衣以文绣，置之华屋之下，席以露床，啖以枣脯。马病肥死，使群臣丧之，欲以棺椁大夫礼葬之。左右争之，以为不可。王下令曰："有敢以马谏者罪至死。"优孟闻之，入殿门，仰天大哭。王惊而问其故。优孟曰："马者王之所爱也。以楚国堂堂之大，何求不得，而以大夫礼葬之，薄，请以人君礼葬之。"王曰："何如？"曰："臣请以雕玉为棺，文梓为椁，楩、枫、豫章为题凑。发甲卒为穿圹，老弱负土，齐赵陪位于侧，韩卫翼卫于后，庙食太牢，奉以万户之邑。诸侯闻之，皆知大王之贱人而贵马也。"王曰："寡人之过，一至此乎？为之奈何？"优孟曰："请为大王六畜葬之，以垅灶为椁，铜历为棺，赍以姜枣，荐以木兰，祭以粳稻，衣以火光，葬之于人腹肠。"于是王乃使以马属太官，无令天下久闻也。⑤

寓讽谏于谈笑，不独中国优人为然，西方的Fou亦如是。加奈尔曾说：

> 一颗疯狂的种子常比致富的天才还要重要。……在人们都闭口无言的时候，有人独能不受惩戒的，对强有力者说出他的傻事的真象，这不是很有意义的吗？在个Fou的外衣下，群众的申诉居然一再到达御前，谁能说给予压迫者的难堪的教训不引起些许大众的同情吗？⑥

他在论Fou拉白雷（Rablelais）的时候，又说：

> 拉白雷这个卓绝的Fou，他曾令那样多的智者说出非理的话；这个大哲

学家，在疯狂的面纱的掩护之下，教人了解那样多崇高的真理……⑦

拉白雷不仅以笔端滑稽调笑。当他随伯累（Bellay）主教使罗马时，对教皇及其他教会中贵人，他并未节省他的良言与大胆的狂语。这些言语，无疑的在法国引起谤议与笑乐的回响。⑧

优，Fou这种谲谏的行为是有史的意义的。如上文所叙Fou乃Jongleur的重要支派，Jongleur则又出于Barde，Barde的职务是于"颂祝国家的英雄"外，还要"批评与当时有势力的社会教条相背驰的私人行为"，那末Fou之兼擅讽谏，原是有所本的。在中国方面呢，如我们所曾假定者，师瞽者流相当于西方的Jongleur，优人则是从这种人的集团分化出来的，而师瞽者流时常讽谏君上，原是史有明文。⑨洪迈说：

> 俳优侏儒，周伎之最下且贱者，然亦因能戏语，而箴讽时政，有合于古曚诵工谏之义。⑩

洪迈虽为宋人，此语却可为我们所假定者张目。

史的意义外，似乎还有种社会的意义。日高白于谈论Fou在社会上的地位时，曾说：

> 在Fou的化装下，无疑的常有颗愤怒所摧残的丈夫心，有只能持剑的手拘挛在优杖（Marotte）柄上，而且常有Fou向国王发泄其羞辱。⑪

"向国王发泄其羞辱"，当是指摘国王的错误言行。从这一点上，我们可推想Fou之所以乐于、而且敢于讽刺强有力者的错误的原因，于恃宠或爱主外，愤世的情绪应也有分。西方的Fou既如此，中国的优应也不是例外。

（2）歌舞娱人

倡人能歌舞，也可于优字的古训上得点消息。《说文》优字的解释是：

> 优，饶也。……一曰倡也。⑫

倡与唱通。《礼记·乐记》："壹倡而三叹。"注云："倡，发歌句也，三叹，三人从之叹耳。"可证。⑬优既训倡（唱），优人自必能歌。歌舞原是相关连的，中西学者于此久有透辟的论述，优既善歌，当也通舞。⑭

就故籍所记的史事论，齐优施因舞于鲁君幕下而被孔子处死刑，晋优施以歌讽诱里克，上文都引过。《盐铁论》记西汉的风俗道：

> 今俗因人之丧，以求酒肉，幸与小坐，而责办歌舞俳优，连笑伎戏。[15]

说尤明显。又考《史记·滑稽列传》所载诸人的口语多是协韵的。前引"优孟爱马之对"即是一例，其中"棺"和"兰"协，"光"和"肠"协。又如淳于髡说齐王道：

> 国中有大鸟，止于王庭，三年不蜚又不鸣。王知此何鸟也？[16]

在此"隐语"内，"庭"、"鸣"相协。先秦文体固然时于散文中糅杂韵语，然罕有如此普遍者。因此，我们很猜疑优人于正式歌咏外，日常与人谈话，也多采歌唱式。[17]

古优通习歌舞，是有悠久的来源的。他的远祖巫觋就以此擅场。不过巫以之娱神，优以之娱人而已。

(3) 竞技娱人

优人兼习竞技的史料，当以《国语》所记者为最早。《晋语》记胥臣与文公论八疾道：

> 侏儒扶卢。[18]

这段谈话的确年分已不可考，但晋文公即位于周襄王十六年（前636年），卒于周襄王二十四年（前628年），它至迟必在此八年内。这是前七世纪末年事，优人始习扶卢应远在若干年前。关于扶卢的解释，韦昭的话可供参证。他说：

> 扶，缘也。卢，矛戟之秘。缘之以为戏。[19]

据此，则扶卢为竞技之一种。汉角觝戏中的"寻橦"[20]，唐百戏中的"缘竿"[21]，皆自此始。

扶卢而外，古优又习"戏鱼虾狮子"，扮演故事。《汉书·礼乐志》说：

> 朝贺置酒陈前殿房中。……常从倡三十人，常从象人四人，诏随常从倡十六人，秦倡员二十九人，秦倡象人员三人，诏随秦倡一人……[22]

"常从象人四人"句注："孟康曰：'若今戏鱼虾狮子也。'韦昭曰：'著假面也。'师古曰：'孟说是也。'"是则秦汉优人并兼象人，"戏鱼虾狮子"，且"著假面"。[23]《南齐书·音乐志》载有汉《俳歌辞》（一曰《侏儒导》）：

> 俳不言不语，呼俳喻所。俳适一起，狼率不止。生拔牛角，摩断肤耳。马无悬蹄，牛无上齿，骆驼无角，奋迅两耳。[24]

这段文字虽嫌费解，但其内容为倡优奏技的描写则毫无疑义，可为孟康说的注脚。又张衡《西京赋》描绘西汉平乐观的角觚道：

> 总会仙倡，戏豹舞黑，白虎鼓瑟，苍龙吹篪。女娲坐而长歌，声清畅而委蛇；洪涯立而指挥，被毛羽之襳褷。[25]

参与这皇家角觚的虽多是来自外国的"善眩人"[26]，但据"总会仙倡"一语，我们敢相信有"俳优在其间"[27]。"戏豹舞黑、白虎吹笙、苍龙吹篪"，即可与《汉书》注、《俳歌辞》相参证，女娲、洪涯则均属扮演故事。西汉典制、风俗多因周秦之旧。[28]我们据此来推想汉前优人奏技的情形或不至十分荒谬。戏兽、扶卢、扮演故事之外，《西京赋》所叙还有扛鼎、走索、跳丸剑等。这些部门优人是否有分参与，则不敢妄断了。

　　Fou的技艺也有与扶卢相类者。日高白于论Fou所以邀宠的方法时，曾说：

> 这种竞争，不只是显现出最可怕的面貌和最奇怪的鬼脸。一个有职位的优人，跳跃攀援如猕猴，玩弄风笛、号筒、三弦琴，期与夜莺的音乐同工……这一切都为的要显出他的地位高于卧在主人枕边的忠实猎犬，高于贵妇人使令飞翔的鹰，高于秀美的小姐在打猎时所骑乘的小牝马。[29]

"跳跃攀援如猕猴"，不是与扶卢相似吗？

　　优，Fou兼习竞技也是有史的意义的。Atltenee第十四卷曾说，希腊人为娱悦宾客每召集些滑稽人，玩"把戏"的，以手舞蹈的[30]，还有懂事的猴子。在古中国也有与此近似的情形。《礼记·乐记》说：

> 今夫今乐，进俯退俯，奸声以滥，溺而不止，及优侏儒獶杂子女。[31]

"獶，猕猴也"㉜。子夏这段话的意思显然是说"作乐之时"，有俳优、侏儒、猕猴，而且男女乱杂无别，旧注于"獶"解为"言舞者如猕猴戏也"㉝，以嫌牵强。滑稽人既与这些玩把戏的、猕猴等隶属同一集团，薰陶渐染，偶然来个兼差或反串，猕猴似的"扶"起"卢"来，又有何不可呢？复次Fou的先驱Jongleur一字的动词Jongler的意义，本是掷弄什物（将几件东西掷于空中，再用手接着），而跳丸跳剑实为古竞技之一㉞，是则Fou之兼习竞技，原是很自然的。中国的Jongleur（师医者流）是否也与这些游艺有关，史无明文，但著假面，扮演故事似应出自古巫。方相氏黄金四目即是假面的滥觞，大武取材于武王克商，也开扮演故事的先河。㉟

（4）音乐娱人

斯各德于描摹大维时，曾说他兼乐工与舞师。日高白论Fou时也说他们"玩弄风笛、号筒、三弦提琴"㊱，可见西方的Fou对于音乐并非外行。在中国古史中，优人旁通音乐的记载不多见。《史记·滑稽列传》仅于优孟下说："优孟者，故楚之乐人也。"此证颇太孤。若就间接的材料推论，则有下列四说：

第一，在上文，我们曾假定优与师、瞽、医、史诸人同祖古巫。这几种人因为同出一源，虽然各有专业，而每于专业外旁通他技。如瞽本乐官而亦知天道，与史官同；史官能卜，而卜筮自有专人㊲，故古优的旁通音乐是很自然的。

第二，在前引的《西京赋》内有："白虎鼓瑟，苍龙吹箎"二语。所谓"白虎""苍龙"者，显然是优人扮的，如果优人对音乐一窍不通，何从而"鼓瑟""吹箎"？

第三，伶本为人之称。《诗》郑笺于《简兮》小序下云："伶官，乐官也。"㊳《国语》韦注于"伶人告和"下云："伶人，乐人也。"㊴《左传》杜注于"泠州鸠"下云："伶乐官，州鸠其名也。"㊵然"伶"又训为"弄"，伶人同于弄臣㊶，言其为王所戏弄，意与优绝近。所以许慎著《说文》以"优"、"倡"、"乐"三字转相训释㊷；而倡优、优伶二语向为人所习用，尤可说明乐人与优人的关系，实和歌者与优人的关系同。

第四，唐张徽、黄幡绰都是当时名优㊸，却都精通音乐。《明皇杂录》记张徽事道：

> 明皇幸蜀，初入斜谷，霖雨涉旬，栈道闻铃耳与山雨相应，因采其声为《雨霖铃》曲。梨园弟子善吹觱篥者，张野狐为第一，时从至蜀，上因以曲授之。㊹

唐诗人张祐《雨淋铃》亦说：

> 《雨淋铃》夜却归秦，犹是张徽一曲新。④

至于黄幡绰则是拍板专家。《乐府杂录》说：

> 拍板本无谱。明皇遣幡绰造谱，乃于纸上画两耳以进。上问其故，对曰："但能聪听则无失其节奏。"⑯

张黄事固嫌时代太晚，但由沙上波痕也未尝不可想象水涨时的情况，我们姑且以此为优史上的沙上波痕罢。

依据上述诸点，我们相信古优与西方的 Fou 同，也以音乐娱人，虽然他们未必是这方面的专家。

优训调戏，以娱人为主职。娱人的技术原非一端，所以优人的技艺也不限于一方面，右举四者特就其较重要者，说说而已。

优人能通晓这样多的技艺，自然不全是得之于天，大部分还是受之于人，所以他们是要受训练的。中国古代到底怎样训练优人，在古籍中几乎是无迹可寻。在西方 Fou 所受的训练，还有史料可稽，日高白曾有扼要的说明：

> 有职位的 Fou（Fou D'office）的各种天才，不是自然的作品，如他的古怪的身体一般。……一个大人家的 Fou 是同训练有知识的驴一样，对他要留神，要打麻烦，要花钱。同狗监的猎犬室似的，Fou 也应有管理人，如同孔雀之在卖鸟处，在桌子上他享受肥美的肉块，他却要研究音调，跳舞，应对如流，歌唱乐曲宛如笼中鹦鹉或小鸟。他忍受鞭打的惩罚，在厨房内对着仆人忏悔。⑰

凭借这段简单的叙述，我们可以想象我们的祖先如何训练优人，大约也是"同训练畜生一样"罢。

---

①引见焦循《剧说》，《曲苑》本，卷一，页一。又《说文解字注》，光绪石印《皇清经解》本，卷九十，页六十三："俳，戏也。"段注云："以其戏言之，谓之俳；以其音乐言之，谓之倡，亦谓之优，实一物也。"亦可供参证。

②《左传》卷三十，页三十二。

③《谷梁传》，脉望仙馆《十三经注疏》本，卷十九，页十九。

④《史记》，世界书局影印殿版，卷一百二十六，页五百三十八。

⑤同书，同卷，页五百三十九。

⑥《法国御优的史的研究》，页二十七。

⑦同书，页一百三十五。

⑧同书，页一百三十六。

⑨《国语·周语上》，页八："故天子听政，使公卿至于列士献诗，瞽献曲，史献书，瞍赋矇诵，百工谏……"《楚语上》，页十六："临事有瞽史之导，宴居有师工之诵。"《左传》襄公十四年，卷三十三，页十一："史为书，瞽为诗，工诵箴谏。"

⑩《夷坚志》丁集。

⑪《二优人》，导言。

⑫《说文解字注》卷九十，页六十二。

⑬《礼记》，脉望仙馆《十三经注疏》本，卷三十七，页二。

⑭就斯各德《六十年前》第九章所描写的看来，Fou的一举一功，似乎都取跳舞的姿势。他写大维的举动道："他有时把手握紧放在头顶，像个印度Jogue忏悔的姿态。有时他摇摆两手，像两个钟摆。他两手在胸前挥舞，好象马车夫在停车时所习惯做的样子。他的步法也与他的手的动作一样古怪。因为有时他用右脚跳，继而换用左脚，最后两脚合并着跳。"这段描写也许不尽和Fou的实在情形符合，但也不能说作者一无所本，"信口开河"。

⑮《盐铁论·散不足》。

⑯《史记》卷一百二十六，页五百三十八。

⑰斯各德《六十年前》第九章的一段，似可为此假定的旁证："瓦凡来开始绝望，以为不能进到这寂静而似乎施过魔术的府邸的。其时忽有人自园中小径走来。爱德华以为这定是个园丁或府中仆人，便走向那人去。但当那人走近时，爱德华还未能看清他的面貌，已深惊他的形状举止的奇特。……他很热心的，有韵致的歌唱一首苏格兰古典的断句。……他一向低着眼，瞧自己的脚，此时他忽然抬起头来，看见了瓦凡来，于是立刻脱帽，做出许多表示惊奇、恭敬和礼貌的古怪动作。爱德华虽然知道无法和他问答，但终于问他勃兰瓦丁先生是否在家，并问哪里可找到府中的仆役，哪知那被问的人却象太来巴（Thalaba）女巫似的，以歌曲来回答。"瓦凡来所遇见的，这个怪人，不是别个，是大维，一个Fou。

⑱《国语·晋语四》，页三十五。

⑲同上。

⑳《文选》卷二，张衡《西京赋》："临迥望之广场，程角觚之妙戏。乌获扛鼎，都卢寻橦。"《艺文类聚》六十一引傅玄《正都赋》："乃有材童妙妓，都卢迅足，缘修竿而上下，形既változ而影属。忽跟挂以倒绝，若将堕而复续。蚪萦龙蜒，委随迂曲；抄竿首而腹旋，承严节之烦促。"程大昌《演繁露·都卢缘条》：唐人以缘橦者为都卢缘。按：《国语》胥臣对晋文公曰：'侏儒扶卢'，韦氏谓：扶，缘也，卢柔戟之秘，缘之以为戏。"据傅程二家说，可知《国语》之扶卢与《西京赋》之寻橦实为一事。

㉑《旧唐书》，开明书店《二十五史》本，卷二十九，页一百二十二，《音乐志》："今有缘竿，又有猕猴缘竿。"

㉒《汉书》，开明书店《二十五史》本，卷二十二，页一百八十四。

㉓周寿昌《汉书注校补》，《国学基本丛书》本，卷十五，页二百三十六："寿昌案：象人即孟子所云'为其象人而用之'也，但彼以木俑，此以人象耳，如楚优孟者著令尹衣冠为孙叔敖之类。"说与孟异。录之，以备一说。

㉔《南齐书》卷十一。又《古今乐录》所载与此微异，末二句，尤可注意。这两句是："半折荐簿，四角恭跢。"说者谓此乃后代的双陆棋。

㉕《文选》，《世界书局》影印本，卷二，页二十九。

㉖《史记·大宛传》称：安息王黎轩善眩人献于汉。是时武帝方数巡狩海上，"乃悉从外国客，""大觳抵，出奇戏诸怪物。"又《西京赋》记西汉角觝云："都卢寻橦，"而《汉书·西域传赞》注则谓"都卢国名也。"日人藤田丰八的《前汉西南海上交通之纪录》，更谓都卢乃Dhara的译音，其地在今伊拉瓦底河上流。

㉗《旧唐书》卷二九，页一百二十二，《音乐志》："散乐者，历代有之，非部伍之声，俳优歌舞杂奏。汉天子临轩设乐，舍利兽从西方来，戏于殿前。……如是杂变，总名百戏。"说虽较晚，亦可供参证。

㉘《史记》卷二十三，页一百八十八，《礼书》："秦有天下，悉内六国礼仪，采其善者，虽不合圣制，其尊君抑臣，朝廷济济，至于高祖光有四海，叔孙通颇有所增益减损，大抵皆袭秦故。"

㉙《二优人》导言。

㉚《旧唐书》，卷二九，页一百二十二，《音乐志》："晋成帝七年，散骑侍郎顾臻表曰：'末世之乐，设外方之观，逆行连倒，四海朝覲帝庭，而足以蹈天，头以履地，反天地之顺，伤彝伦之大。'"希腊的以手舞蹈者或与此类。

㉛《礼记》，卷三十九，页十一。

㉜同书，同卷，同页郑注。

㉝同上。

㉞《文选》卷二，《两京赋》："跳丸剑之挥霍。"中央研究院历史语言研究所所藏之汉书书画石拓片中亦有以跳丸剑为题材的。赵邦彦先生《汉书所见游戏考》（中央研究院《庆祝蔡元培先生六十五岁论文集》上册）有详细的叙述。又《后汉书·西南夷列传》（世界书局本，卷一百十六，页五百十四）："永宁元年，掸国王雍由调遣使者诣阙朝贺，献乐及幻，能变化吐火，自支解，易牛马头；又善跳丸，数乃至千。自言我海西人，海西即大秦也。掸国西南通大秦。"同书《西域传注》引鱼豢《魏略》卷一百十八，页五百二十五），"大秦国俗多奇幻，口中出火，自缚自解，跳十二九，巧妙异常。"据此，则二世纪时罗马也有跳丸之戏，因疑中国史书中所谓"善眩人"或"幻人"，即西方Jongleur或其支派。

㉟女娲的传说为中国古代神话之一。《楚辞》、《山海经》、《淮南子》、《说文》、《风俗通》、《帝王世纪》都曾讲到她。据王文考《鲁灵光殿赋》，她还见于汉代壁画中。相传她位古女帝，曾炼石补天，抟土为人，蛇首人身，一日七十变。女娲既有如此卓异的神通，很可能的，她也是古中国人所崇奉的神灵之一，而汉平乐观倡优所表演的，或即古巫表演于她的祭礼中者。

㊱《六十年前》，《二优人》导言。

㊲ 《国语·周语》单襄公对鲁成公道："吾非瞽史，焉知天道。"《周礼·春官·宗伯》有太卜、卜师、占人等。

㊳ 《诗经》，脉望仙馆《十三经注疏》本，诗二之三，页三十四。

㊴ 《国语·周语下》，页二十五。

㊵ 《左传》卷五十，页二十三。

㊶ 《说文解字注》卷九十，页六十一。

㊷ 同书，同卷，页六十二，六十三。

㊸ 《乐府杂录·俳优条》。

㊹ 引见《渊鉴类函》卷一百九十一，页十一。

㊺ 《全唐诗》，光绪同文书局本，卷十九，页四十六。

㊻ 《乐府杂录·俳优条》。

㊼ 《二优人·导言》。

四　古优的特征

（1）古优的形体
（2）古优的智力
（3）古优的服装
（4）古优的社会地位
（5）古优的生活

讲到古优的时候，有五端是值得指陈的。

（1）古优的形体

所谓形体上的特征指的是丑陋与身体上的某种畸形。引起我们注意到这一点的是西方的Fou和Nain。日高白于刻画一个Fou Domestique时曾说：

> 丑陋畸形对于一个Fou，如猴子的智慧，孔雀的羽毛美丽，鹦鹉的言语一样需要讲究。[①]

路易十二（Louis XⅡ）与佛朗苏第一（Francois Ier）的Fou杜里布来更是奇丑无比。他的同时人马禄，曾在一首诗中用讽刺的笔调描写他的丑态：

> 杜里布来是个Fou，头上有角，他在三十岁时同他初生时一样的聪明，小额、大眼、大鼻子……肚子长而平，背甚高……[②]

惹尔则依据马禄的诗，发表他自己对于杜里布来的意见：

这幅图画使人认识这个天生的怪人，他好像一个猴子，丑恶，驼背，两只大眼中间有个高鼻子，鼻上有个窄而平的额……③

杜里布来是法国御Fou中知名之士，所以引他为例，此外丑恶的玩物还有的是呢。

欧洲中世纪的贵族于Fou外，又豢养Nain。豢养的目的也是为的娱乐。这种风气开始得并不晚，而且是很普遍。十六世纪前期意大利宫廷中有个最小的Nain，大约翰（Grand Jean）；除去那个可以装在笼中抬着的米朗人（Milanais），及七八岁时只一尺八寸高的诺耳曼（Mormandie）女孩外，他是最小的。又据费日内耳（Blaise de Vigenere）说，1566年，在罗马故红衣主教费得理（Vitelli）的宴席上服役的，共有三十四个，身材短小，而且大多数是畸形的Nain。法国宫廷中，Nain也很多。法王亨利第二（Henri II）既有Nain麦尔维耳（Merville），他的皇后加德立奈（Catherine de Medicis）又有白送（Bezon）诸人。Fou既有女性的Folle（详后），Nain也有女性的Naine，例如达而西尔，（Marie Darcille）便是法后开楼德（Claude de France）的Naine。④

中国古优似乎是Fou与Nain的混合（自然有不少的例外）。在古籍中，我们常看见侏儒与俳优并称，侏儒有时竟是优人的别名，例如春秋时齐鲁颊谷之会，孔子所诛的《谷梁传》说是"优"，而《孔子家语》与何休《公羊解诂》都说是"侏儒"，《国语·齐语》，桓公指摘襄公的弊政曰："优笑在前，贤材在后"，《管子·小匡》则作"倡优侏儒在前，而贤士大夫在后。"⑤《史记·滑稽列传》更说：

优旃者，秦倡侏儒也。⑥

侏儒（亦作朱儒）的义训是短⑦，矮小的人曰侏儒⑧，梁上短柱亦称侏儒。⑨所以优旃自言："我虽短也幸休居。"⑩汉东方朔更说："侏儒长三尺余"，"臣朔长九尺余"⑪。那末侏儒只有长人的三分之一高了。

中国古优不独多短人，而且多丑人。⑫《国语·郑语》记史伯对郑恒公的谈话道：

侏儒，戚施实御在侧，近顽童也。⑬

韦昭注云："侏儒戚施皆优笑之人。"⑭《晋语》记胥臣对晋文公的谈话于侏儒戚施之外，又益以蘧篨、焦侥。他说：

　　[胥臣] 对曰：“是在欢也。籧篨不可使俛，戚施不可使仰，僬侥不可使举，侏儒不可使援也。”⑮

依前引韦注推想，这四种人应该都是供笑乐的，都是优。僬侥、侏儒并为短人。⑯ 籧篨与戚施呢？这是丑人。⑰

　　先论籧篨。《诗经·邶风·新台》“籧篨不鲜”句，毛传云：“籧篨，不能俯者。”⑱ 韦昭注“籧篨不可使俛”句云：“籧篨，直者为疾。”⑲《方言》：“簟，宋魏之间谓之笙，或谓之籧篨……其粗者谓之籧篨。”⑳ 毛韦扬三家的训释实可分两类：前者以籧篨是人，是有“不能俯”的毛病的人；后者以籧篨是物，“粗竹席”。㉑ 实际上这两种不同的解释是可以相通的。段玉裁《说文解字注》于籧字下说：

　　方言曰：“簟，宋魏之间谓之笙……其粗者谓之籧篨……”按此云粗者，与上筳、簟别言之，筳、簟其精者也。《晋语》、《毛诗》皆云：“籧篨不可使俯”，此谓卷籧篨而竖之，其物不可俯，故诗风以言丑恶。㉒

至于《尔雅·释训》所谓：“籧篨，口柔也”㉓，显然是再度引伸之义㉔。

　　次论戚施。《诗经·邶风·新台》“得此戚施”句，《毛传》云：“戚施不能仰者”。㉕ 韦昭注“戚施不可仰”句云：“戚施疴者。”㉖《太平御览》引《韩诗》章句曰：“戚施、蟾蜍、蚁蛸，喻丑恶也。”㉗ 陈乔枞《韩诗遗说》则发挥道：

　　乔枞谨案：蟾蜍即蟾蟽。《淮南子·原道训》：“蟾蟽捕蚤”，高诱注：“蟾蟽，蜍也。”蜍即戚施。《说文》黽部先黿云：“先黿，詹诸也。其鸣詹诸，其皮黿黿，其行先先，从黽从先，先变声。”重文鼀云：“黿或从酋”，鼅云“鼀鼅，詹诸也。诗曰得此鼀鼅，言其行鼅鼅，从黽尔声。”许所引与鲁韩（毛文）并异，盖据齐诗，而其训释则与韩诗合，曰：“其皮鼅鼅”，又曰：“其皮黿黿，皆喻其丑恶之貌。”㉘

段玉裁《说文解字注》于“其皮黿黿”下云：“黿黿，犹慼慼也。其身大背黑，多痱磥，此言所以名蟏黿，先黿也。蜮之义盖取于拳局。”“其行先先”下云：“先先举足不能前之儿。”“言其行鼅鼅”下云：“鼅鼅，犹施施也。《王风毛传》：“施施难进之貌”，此言所以名黿鼅也。”㉙如果我们将这四家的话融会贯通起来，则我们可以说：戚施大约是种皮肤黝黑多痱磊的痀者，痀者的身体既臃肿，自然走起路来很艰难，不免罢罢然。《尔雅》释之为"面柔"⑳，自然不是它的本义。

我们的祖先为什么需要这些矮丑残疾的人在身边服役？加奈尔对于这个问题有种解释：

> ……丑陋与身体的畸形也有它们的用处。这是由于（在另一种的情况中）美丽俊俏的小姐在与丑人对照下更显得光采洋溢；这是由于大人物们常有种理由于眼睛的快乐及精神的将息二者中宁取前者。打开那些骑士式的小说看看，处处是矮子吹角，驼子诵诗，黑人服役于魔术般的宫殿。㉛

这种解释也只能备一说而已。我觉得这些矮丑残疾的人的被使用大约是由于人们的好奇，有时甚且流于残酷的心理，在他人的异常的、甚或不幸的形态或行动上得到快乐。㉜此外还有一件事是我们不应忽视的，就是古巫中也有些短小的，不能俯的，不能仰的，不良于行的。若果真如我们所假定的巫为优的远祖，那末这优中多矮子，或身体畸形者是有史的意义的。

(2) 古优的智力

在古优内不独有许多身体方面畸形的人，还应该有不少精神方面畸形的人，就是说疯人与傻子。所可惜的是，现在还未找到多少与这方面有关系的明确的记载。《国语·郑语》史伯曾称侏儒、戚施这类"优笑之人"为"顽童"。㉝许慎释为"榅头"。㉞张揖则解为"愚也"。㉟段玉裁《说文解字注》发挥许说道：

> 木部曰："榅，梡木未析也。""梡，榅木薪也。"凡物浑沦未破者皆得称榅。凡物之头浑全者曰榅头。榅顽双声。析者锐，榅者钝，故以为愚鲁之称。㊱

"童"字的意义也与"顽"字差不远。《贾子·道术篇》谓反慧为童。所以韦昭注《国语》"顽童穷固"道："童顽固陋谓皆暗昧穷陋，不识德义。"㊲如果史伯所谓"顽童"确有愚鲁之意㊳，则我们所假定者尚不至过谬，虽然目前尚无他证。

在欧洲关于这方面的材料很多，略述一二，以供参验。先就 Fou 这个字的来源上看罢。加奈尔说：

> 但……到后来，Fou Domestique 通常是天生的白痴或职业的滑稽人。人

们以为从中世纪用以指示Fou这种人的字Follus可以看出从希腊文εαûλos来的，希腊此字的意义是尖头，因为头颅构造窄狭，或作圆锥体形，乃是脑子缺乏的标志。或可说它是从拉丁文Follis来的，拉丁此字的意义是风箱，因为Fou的头脑中，充满了风与滑稽的妄想。Follus一字与希腊文及拉丁文并可通。㊴

他在另一处又说：

> 不，一切的Fou不全是可怕的丑怪，身体的畸形对于某几个人的声价自然有所增益，但人们更愿意向他们要求幼稚的痴呆或应对如流……㊵

再就Fou的本身看罢。在法王的Fou中，杜里布来便是个身体精神都不健全的人。在上文我们已指出他身体方面的畸形，此时还可说说他精神方面的畸形。还是借用惹尔的话：

> 这幅图画使人认识这个天生的怪人……同时又给我们个概念；这个人的头脑中不能有正经的、合理的意见；这是个常识不完备的人；但他是快乐的，喜欢讥讽、嘲笑……就表面上看，他是个不幸的、不能管理自己、不能自己谋生、对粗蛮人与顽童们的攻击不能自卫的孩子。他的精神固不细密，他的快乐也不精致，在他的目光中也许还有某种正义，尤其是使他的言辞成为可笑的、狂妄的、同他的身体一样畸形的冒昧的兴致。㊶

杜里布来而外，加耶特（Caillotte）也是个无记忆力、缺乏感情的痴人，仅以其简单而可笑的言动来娱人。㊷法国贵族的Fou也有不少是白痴。如白黎公爵（Le duc Berry）的Fou约翰奈（Jehannet）即其一例。㊸所以在莎士比亚的《十二夜》中，大家都管"弄臣"费斯蒂叫傻子，他自己有时也以此自称。㊹这些痴人自然多是先天的，但似乎也有因后天的不幸而失其智慧的。斯各德在《撒克逊劫后英雄略》中，曾供给我们这类材料：

> "我明白了，"停了片刻，万北说道，"痴子必须仍旧是痴子，痴子方把他的颈项放到聪明人缩身的危险中。你必须知道，我的亲爱的老表和同胞，在我著彩衣之前，我曾著过土布衣，我生下来，就做僧人，直到我忽然得了脑炎后，只留下些足够做Fou的智慧。"㊺

一切事物的演进大都是由天然的到人工的。优与Fou当也是如是。大约在原始时，优Fou多是天然的白痴（无论是先天的或后天的），所谓Fous-idiots者是。因为古人之玩弄优Fou正如今人之调笑街头巷尾的痴子疯人（人们爱说傻女婿故事亦此类）。久而久之，觉得只弄天然痴子不够味，因而加上人工的，由聪明人来装扮的，那便是Fou—sages了。中国古籍所记的优人，大都是与时政有关的，这类人十九是Fou—sages，不是真傻子，我们不容易得到Fou—idiots的史料应即为此。

如果我们进一步的推测，古优之所以多愚蠢疯狂的人，正如其多残疾者，是有史的意义的，他的远祖古巫也有此种现象。

（3）古优的服装

对于古优的服装，我们差不多也是茫然。但我们愿意试探。宋王得臣《麈史》说：

> 衣冠之制，上下混一。尝闻杜祁公欲令人吏技术等官少为差别。后韩康公又议改制，如人吏公袍加襈，俗所谓黄义襴者是也。幞头合带牛耳者。今之优人多为此服。㊻

这段记载虽然时代太晚了些，却很值得玩味。据此，是北宋优人多服黄衣，戴牛耳幞头，而这种颜色与样子实和西方Fou所穿戴者近。又考自春秋西汉以来，绿巾向为贱者之标志㊼，元至元五年准中书省札，遂令娼妓人家家长并亲属男子裹绿头巾㊽。元明人因以教坊优伶所作剧本为绿巾词。㊾绿巾既然自春秋以来为贱者的标志，古优很有也戴绿巾的可能。以绿色表示卑贱，这又于Fou的服色有相类处。

先就帽子的形式说。十五世纪有首小诗《众人的希望》（Les Souhais du Monde），于陈述Fou的希望时，它说：

第一，一枝好优杖和顶上装饰有大耳朵的帽子。㊿

列白也说：尖的、饰有长耳与铃铛的僧帽使贵家的Fou别于一般的Fou。(51)这种类似似乎不是偶然的。列白认为Fou佩挂吹涨的、装有干豆的猪膀胱是象征“一个疯狂的头脑以及人们所能希望于这个头脑的一切”(52)，那末帽上加长耳（不管牛耳抑驴耳）或许也是象征此类的无知识，不齿于人类，与牲畜一样罢。

次就服装的颜色说。Fou的衣服的颜色虽有红黄灰黑之不同(53)，但这些只能说是“空想的衣服”（Habits de Fautaisie）。Fou的服装的正经颜色，乃是黄与绿。加奈尔说：

至于全套衣服的颜色与式样具见于与发尔多（Le Jau de Vcrtau）顾问的冒险行为有关系的供词中。发尔多说："一个别墅的头目说将有人来寻觅我们，他还说管理人通知我们他接到奈发尔公爵（Duc Nevers）的命令教我们穿起他指给我们的衣服。这衣服是用一半绿一半黄的绒布做成的；有黄带的地方饰有绿缘，而绿带上面则有黄绦点缀；在这些带与绦间又缝有绿黄二色的轻纱。与上身衣服连缀在一起的裤子，裤脚一个是绿绒，一个是黄绒。帽子上的耳朵也是半黄半绿的……"㊾

列白更有详细的叙述：

这里牵涉到一六一五年发生的变故。当此时Fou的古代的光荣已开始衰落；人们可以假定他们的衣服（从前与他们的幸运有关系），也从其古代的绚烂中衰落下来。人们错了，把Fou错认了。古今的Fou是差不多的。除去几个例外的Fou，可以读我的书听我的话者（他们的衣服颜色或许是不大悦目），从法国最古的Fou起，他们都曾穿绿黄二色的制服，例如最可爱的香槟省（La Province de Champagne）财政长。希望人们参考参考十四五世纪时法王的手迹，希望人们翻翻以华美著称的佛鲁撒尔德（Froissard）的全集，或者圣·奥举斯丹（St.Augustin）的《神之城》（Cite de Dieu），同样的可珍贵的手稿，如果想知道的更正确点，则有《死者的舞蹈》（Danss des Morts）一书，其中的图画上溯到路易十一时代，人们于此到处看到绿色、黄色，或代表黄色的金子，在Fou或Folle的身上用得绝对过度。短衫裤子上部，驴耳帽等皆出现于此类制服内。

为什么中国的优与西方的Fou都用绿黄二色？这也是个值得注意的问题。列白解释颇详尽，可采用。他说：

现在人们都想知道滑稽人与Fou对于黄绿二色的长久的偏爱果自何处来。为了这类人的荣誉，我是很抱歉的，但史家的公正不许我隐藏黄绿二色在当时——制服可代表人，每种颜色都有些故事的时代——的轻贱。

郁金草内含有以太性的丰盛而细微的物质；这种物质对于神经有强烈的影响，能使长久呼吸这种香烟的人发笑、快乐，甚至引起疯狂。这种古今医生所共同承认的刁钻的特性实得之于谚语中："只有郁金草可作成Fou"，而"曾吃郁金草"一语，就是说随时随地都笑，乐不可支。这种郁金草与疯狂的关系似乎将Fou的服色问题解决了一半；Fou的服色无非是他的快乐的反映，而快乐对于人并非不荣誉的。即使滑稽人为自卫而在此，我相信他们也无何更好的话可说；不过，在良心上，我怕不能使他们轻易的心悦诚服。为了一个歧意的谚语——他们为了他们的利益而曲解其含义的谚语，会发生许多堪抱憾的揣测，因而反对他们的袍子，并使他们的镀金失去光泽。⑤⑥

除了几个例外，在中世纪，黄色永远是叛逆、不名誉、卑贱、轻蔑的标志。在大逆不道者的房屋上，刽子手盖上污辱的、黄而粗劣的印记。⑤⑦黄色乃是奴仆，特别是用以执行尊严法令的仆人的颜色，人们用之为卑贱及其辅助者的象征⑤⑧；它甚且是对于一种民族变为卑贱与奴役的印章。贪欲使犹太人节俭，成见则加此类人以侮辱。一二五四年举行的主教会议曾经出令教犹太人于胸前佩带个圆形符号以别于基督教徒，而圣路易（Saint Louis）则主张这个符号用黄布来做。这一点便可说明为什么十四五世纪的画内的犹太人不独身上有个黄片子，而且全部衣服都用此色。这黄色衣服自犹太而耶教徒，自耶教徒而卖艺者，自卖艺者而Fou，而且由后者到配偶不忠实的丈夫。如果要从这种颜色得到个尊贵的头衔，必须如奥西爱（Hosier）般巧妙；如谱牒家一样善扯谎，我并不以此自任。我还有个相当的困难的工作要完成；这便是绿色的解释；它并非永远是花神（Flore）的希望与情人的唯一语言。

这种颜色也曾被视为毁灭、不名誉等等的象征。用黑纱缭绕着的绿十字架通常是出现于宗教的火刑的行列中；这个十字架是用为跟在它后面，由黑白二色交错的外衣覆盖着的王子或有身分地位者的旗帜。在民法中，绿色使人回想到人们以妆饰枷示于市场内的破产商人的帽子颜色；再度犯罪的徒刑犯或欲私逃者的小帽也是如此。这在当时是种侮辱的标志，在这一点上，绿黄二色结合于Fou的装饰中绿色并未降低。⑤⑨

观此，可知优，Fou的服色所以与绿黄二色有缘者，实和他们的行业（以娱人为目的的行业）及社会地位（为人轻视的社会地位）有深密的关系。

（4）古优的社会地位

优人的地位是很奇特的。他们为当时君王贵人所亲近，为正直的人士所厌恶，为一切人所轻视。

在古籍中我们曾看到优人居官的记载，如汉武帝的郭舍人⑥⑩，尤其习见的是在君王面前，他们常说出别人所不敢说的话，而这些高贵甚或横暴的听者，也觉得他们的话较别人的"顺耳"些。上文我们已引过优孟谏楚王以大夫礼葬马的故事，现在再引优旃谏秦二世漆城为例：

二世又欲漆城。优旃曰："善。主上虽无令，臣固将请之。漆城虽于百姓愁费，然佳哉。漆城荡荡，寇来不能上。即欲就之，易为漆耳，顾难为荫室。"二世笑之，以其故止。⑥

"我优也，言无邮"，优施这句话不独可证实优人们不为人所重视，说话可以不负责任；同时也证实在贵人面前他们可以信口开河。

在与Fou有关系的书籍中，我们看到这类人时常随侍国王进膳，还不时无忌惮的讥讽或攻击国王的侍从或贵族⑥；其中最得宠爱的更可得块封土传给子嗣⑥，死后国王令名作家为作墓志⑥。中国的君王是否也这样亲昵他们的优？我们没有充分的史料，想来与此相差不甚远罢。

古君王既和优人们极接近，优人们又善以恢谐的方式使他们的主人言听计从，所以这些看去是无足轻重的人物，却能给时政以意想不到的影响，又因为他们多是半疯半傻的，或者险诈狡狯，他们的言语大都是害多益少，因而在古史中不少正人君子反对他们的君上接近优人，认为这是政治腐败的一个原因。关于这一点，前面所引的史伯与郑桓公，齐桓公与管仲的谈话，皆可为证。加奈尔说：

一切Fou也不全是坏东西，我们会看见些于其身后留着光荣的回忆的人。⑥

这些话的反面便是：在一般人的心目中，Fou是常做坏事的。东方的优，西方的Fou的处境原是一样的哟。

优人的职务既以娱人为主，因而别人也不把他们看作人，看他们是玩物。"这种职业"是"无情的与轻蔑连系着"。日高白论Fou时说道：

这些调皮的同席者常是猎犬、猎鸟、家畜，甚至于贵妇人白手所饲养的狮子的对手。⑥

果然，路易十二的Fou杜里布来是和这位国王的猎犬拉雷（Ralay）、色丽（Chailly），及爱鹰米格（Muguet）受同样的待遇。⑥Fou的身分既然与犬马等，那也无怪乎他们的主人常常把他们象礼物般送人或象货物般出卖。⑥中国古优地位也并不比Fou好多少。直接的史料最缺乏，间接的史料可以透露给我们一点消息。汉史家司马迁在陈述他甘就宫刑的苦衷时，说道：

仆之先人非有剖符丹书之功，文史星历，近乎卜祝之间，固主上所戏弄，倡优所畜，流俗之所轻也。假令仆伏法受诛，若九牛亡一毛，与蝼蚁何以异？而世又不与能死节者，特以为智穷罪极不能自免，卒就死耳。何也？素所树立使然也。⑥

他所谓"素所树立"是指他的出身言，他的家世言，也就是指他的先人的职业言。他的先人并非倡优，只是个准倡优，便为"流俗所轻"，连累自己遭冤枉也不为"世"所谅解。则倡优之为"流俗所轻"，更是不言而喻了。

从优人地位的卑贱，产生两种现象：（一）优人的出身大都低微；（二）地位本不低微的人因为犯罪而被罚作优人。

要想研究古优人的出身是很困难的。对于这些"流俗所轻"的人物，史家向不肯多费笔墨。我们所以敢于如此假定，是受《史记》与西方学者关于 Fou, 的论述所启示。《史记·滑稽列传》是由三个人物的传记合成的：淳于髡、优孟、及优旃。这三个人的出身，司马迁都曾说到。

> 淳于髡者，齐之赘婿也。
> 优孟者，故楚之乐人也。
> 优旃者，秦倡侏儒也。⑦

乐人与侏儒的卑贱是不烦证明的。赘婿呢，地位也不高。《史记索隐》于《淳于髡传》"齐之赘婿也"下注云：

> 赘婿，女之夫也。比于子，如人疣赘，是余剩之物也。⑦

《史记集解》于《始皇本记》"三十三年发诸尝逋亡人、赘婿、贾人略取陆梁地"下注云：

> 瓒曰："赘，谓居穷有子，使就其妇家为赘婿。"⑦

《汉书·食货志》"发闾左之戍"⑦ 下注云：

> 应劭曰："秦时以谪发之名曰谪戍。先发吏有过及赘婿、贾人……"

两个正牌优人、一个准优人的出身都如此卑贱，这似乎不是偶然的罢。当论到一个傻子的时候，布色（Boushet）在他的 Serees 中说：

　　这个奴才出自一个家庭与一个种族。这个家庭、种族的人全是傻子而快乐的。凡生在这个奴才家中的人，即使与他并非同一系统，也是生为Fou，终身为Fou。一些大封建主们都从这一家得到他们的Fou，并且因此这一家便成了他的主人的一笔大收入。这种奇异的流派，十六世纪末还很流行。[74]

布色的说法，西方研究Fou的学者多曾采用，虽然认为有值得修正的地方。我们再看法王的Fou如杜里布来，如布津斯格（Brusquet），出身也不高贵，前者是厨夫的孩子，后者是个流氓[75]。这本是不足为异的，身家贵显的人纵然生得丑陋、痴呆，或赋性诙谐，也无人敢调弄他们。水原是向低处流呵。

　　以罪人充倡优这个假定也是Fou的启示。俄皇彼得大帝曾有个古怪的念头：把他所贬级的人员任命做Fou。[76]法国中世纪，常常令罪犯于受判决时穿上Fou的衣服。[77]他们这样办的理由很简单：令罪犯于肉体的痛苦外，再受点精神侮辱。因为在当时"制服是可以代表人的"。中国古籍中以罪犯为优的故事还不太少[78]，只是它们的时代都嫌晚点。兹录其时代较早者备参证。说见《乐府杂录》：

　　　参军始后汉馆陶令石耽。耽有赃犯，和帝惜其才，免罪。每宴乐即令衣白袷衫，命俳优弄辱之，经年乃放，后为参军，误也。[79]

这段史料即使确属汉事，去周秦也嫌太远了。不过我们要知道周秦原有以罪人为奴隶的风气[80]，而倡优实奴隶一类人[81]，说不定汉唐这种办法，并非花样翻新，而是由来已久呢。

（5）古优的生活

　　古优的物质生活如何？这是我们极思阐述，而苦于不能如愿的题目，史料太缺乏。在西汉人的口中我们约略知道点此时优人的生活状况。汉文帝时，贾谊上疏陈政事，曾说：

　　　今民卖僮者，为之绣衣丝履，偏诸缘，内之闲中，是古天子后服所以庙而不宴者也。……自毂之表，薄纨之里，緁以偏诸，美者黼绣，是古天子之服。……今庶人屋壁得为帝服，倡优下贱得为后饰，然而天下不屈者殆未有也。[82]

据此可知西汉初年优人的衣着是相当的讲究。但东方朔却说：

> 朱儒长三尺余，奉一囊粟，钱二百四十。臣朔长九尺余，亦一囊粟，钱
> 二百四十。朱儒饱欲死，臣朔饥欲死。㊓

由"侏儒饱欲死"，"臣朔饥欲死"二语看起来，西汉时倡优的生活也不太苦，
但也说不到阔绰。不过东方朔所讲到的朱儒似皆平凡，不得宠幸的人物，"幸
倡"如郭舍人者流当与此异，也许可以食稻衣锦，乘坚策肥，同西方的Fou差
不多。

关于Fou的物质生活，史料则颇丰富。从这些史家的笔下，我们知道这类
"光荣而又不光荣"的人，确是"利益多于荣誉"。他们穿的多是以呢、绒、
绸、缎制成的，有时还要蹙金结绣，"吊"上羔皮或栗鼠皮㊔，有仆人侍候㊕；
吃饭与主人同席；出门时有马骑㊖，有车乘；甚且在主人为俘虏时，犹如此㊗。
他们的主人给他们薪金㊘。主人的亲友更常赏赐他们金钱、衣服、珍宝等㊙。自
身而外，他们的家人，父母兄弟也不时得到补助㊚，直是"一人成佛，九祖升
天"了。但不知中国古优是否也有这种福气。

Fou的物质生活虽然这样优裕，但在精神方面，却是不自由的，如果不是
疯子或傻子，会感到痛苦的。日高白说：

> 这些人，他们没有思想和感情，他们在灵魂深处含着眼泪的时候，还得
> 大笑……㊛

可谓一语道破。又因为Fou多是精神失常的人，如狗之必有"狗监"，他们常受
管理人（Gouverneur）的统制。法王的Fou杜里布来㊜、道尼（Thony）㊝都如此。

中国古优的精神生活，向来无人，至少很少人，曾注意到。但优与Fou既
同属骷髅媚主的人，他们如何独能有自由意志？这类人无论在东方抑在西方都
是不许有灵魂的，他们"生死于其讥笑声中"。至管理人，古优也有，见《汉
书》。《东方朔传》记郭舍人与东方朔射覆，郭舍人失败被"榜"道：

> 上令倡监榜郭舍人，舍人不胜痛，呼謈。㊞

汉有"狗监"，"主天子田猎犬"㊟，则"倡监"自是主倡优的，那末这种人无
疑的等于Fou的Gouverneur了。

①《二优人》，导言。

②引见《法国御优的史的研究》，页一百零四。

③《传记历史字典》（Dictionnaire Critique de Biographit et Dhistoire）。

④参看《法国御优的史的研究》，页一百二十九至一百三十四。又近东古国埃及的富人也有养Nain的风气，见中埃及Heptanomide的墓画。

⑤《家语》："鲁定公与齐侯会于颊谷，孔子摄相事，奏宫中之乐，俳优侏儒戏于前。孔子趋进前，历阶而上，不尽一等，曰：'匹夫荧惑诸侯者应诛。'于是斩侏儒，首足异处，齐侯有惧色。"《公羊传》定公十年："夏，公会齐侯于颊谷。"何休注云："颊谷之会，齐侯作侏儒之乐，欲以执定公。孔子曰：'匹夫而荧惑于诸侯者诛。'于是诛侏儒，首足异处，齐侯大惧。"《管子》，扫叶山房《子书四十八种》本，卷八，页三。

⑥《史记》，卷一百二十六，页五百三十九。

⑦《广雅》，《皇清经解》王念孙《广雅疏证》本，卷九十三，页十二："侏儒，竦殚……短也。"

⑧《国语集解·晋语四》，页三十二，韦昭注："侏儒短者不可使抗援。"《左传》，卷三十，页三十，襄公四年，杜注："臧纥短小故曰侏儒。"

⑨《国语集解·晋语四》，页三十三，徐元诰注："侏儒短人也。故梁上短柱亦谓之侏儒。《淮南主术篇》曰：'修者以为榈榱，短者以为侏儒'，枅栌是也。"

⑩《史记》，卷一百二十六，页五百三十九。

⑪《汉书》，卷六十五，页四百六十五。

⑫实则短人也多是丑人。蔡邕《短人赋》（《古文苑》，卷七）曾极力形容这类人的丑态："其余尪么劣厥偻窭，啧啧怒语，与人相拒。……是以陈赋，引譬比偶，皆得形象，诚如所语。辞曰：雄荆鸡兮鹜鸑鹈，鹘鸠雏兮鹑鷃雌，冠戴胜兮啄木儿，观短人兮形若斯。热地蝗兮芦即且，茧中蛹兮蚕蠕须，视短人兮形若斯。木门阃兮梁上柱，弊凿头兮断柯斧，鞞鞨鼓兮补履朴，脱柄椎兮梼薤杵，视短人兮形如许。"

⑬《国语集解·郑语》，页十。

⑭同上。

⑮《国语集解·晋语四》，页三十二。

⑯《国语集解·晋语四》，页三十二，韦昭注："僬侥长三尺，不能举动。"徐元诰注："僬侥，南方国名。人长三尺，短之极也。"是僬侥、侏儒并为短人，特前者来自外国而已。

⑰《淮南子》、《子书四十八种》本，卷十九，页二十三，《修务训》："啳睽哆吻，

蘧蒢、戚施，虽粉白黛黑弗能为美者。"高注："蘧蒢，戚施皆丑貌。"

⑱《诗经》二之三，页三十七。

⑲《国语集解·晋语四》，页三十二。

⑳《方言》，四川卢氏刊《汉魏丛书》本，卷五，页五。

㉑参看《说文解字注》，卷九十，页三十二。

㉒同上。

㉓《尔雅》，脉望仙馆《十三经注疏》本，卷四，页十七。

㉔《尔雅》，同卷，同页，郭注："蘧蒢之疾不能俯，口柔之视人颜色常亦不伏，因以名云。"

㉕《诗经》，二之三，页三十七。

㉖《国语集解·晋语四》，页三十四。

㉗《太平御览·羽族部》，卷九百四十九。

㉘陈乔枞，《韩诗遗说考》，石印《皇清经解续编》本，卷一百五十九，页六。

㉙《说文解字注》，卷九十，页一百十二。

㉚《尔雅》卷四，页十七，郭注："戚施之疾不能仰，面柔之人常俯之，亦以名云。"

㉛《法国御优的史的研究》，页二十三。

㉜后世剧场中滑稽调笑的脚色，特傅粉墨，如净（详后），或者也是想将他装扮丑怪可笑点。

㉝《国语集解·郑语》，页十："侏儒、戚施，实御在侧，近顽童也。"

㉞《说文解字注》，卷九十，页六十九。

㉟《广雅》，卷九十三，页五，《释诂》："顽、嚚惆……愚也。"

㊱《说文解字注》，卷九十，页六十九。

㊲《国语·郑语》，页八〇。

㊳《左传》，卷十五，页二十八，僖公二十四年："心不则德义之经为顽。"这与蘧蒢、戚施之训为"口柔""面柔"，同为引伸之义。

㊴《法国御优的史的研究》，页一九。又按：中国古优的头颅的形状，现已难于稽考，但看《国语·郑语》史伯对郑桓公的话，以"角犀丰盈"与"顽童穷固"对比，韦注又以前者为"贤明之相"，后者为"不识德义者"，可知中国古代也以头形硕大宽广者为智力充实之征。此说可以与西方Fou的古训相参证。

㊵同上书，页二十六。

㊶《传记历史字典》。

㊷ 参看伯黎爱（Bonayenture des Periers）的《短篇小说》（Contes et Nouv）卷一，页十。

㊸《法国御优的史的研究》，页七十四。

㊹ 参看莎士比亚，《十二夜》梁译本，页十三。

㊺《撒克逊劫后英雄略》，二十五章，页二百三十八。

㊻ 引见《剧说》，卷一，页五。

㊼ 郎英《七修类稿》："《唐史》李封为延陵令，史人有罪，不加杖罚，但令裹碧绿以辱之，后人遂以著此服为耻。今吴中谓人妻有淫行为绿头巾。但当时李封何以必用绿巾？及见春秋时有贷妻女求食者，绿巾裹头以别贵贱，乃知其来已远。李封亦因是以辱之耳。"《汉书·东方朔传》："初帝姑馆陶公主号窦太主。……主寡居，年五十余，近幸董偃……董君绿帻传韝，随主前伏殿下。"颜师古注曰："绿帻贱者之服也。"

㊽《元典章·礼部服色》。

㊾《太和正音谱》：古书流通处影印本，卷上，页二十六，作者于著录元赵明镜、张酷贫、红字李二、花李郎的剧本时题云："娼夫不入群英，四人共十一本。子昂赵先生曰：'娼夫之词，名曰绿头巾词。……'"

㊿ 引见《法国御优的史的研究》，页二百八十四。

[51] 附见黎高罗（Rigollot）的《古钱考》（Monnais Inconnues de Eveques des Innocens des Fous）。

[52] 同上。

[53] 鲁昂德尔（Louandre）的阿白维来史（Hist.D'abbeville）称：法王路易十二，第三次结婚时（1514年），凡仪仗经过的阿白维来的街道，都搭有台子，Fou杜里布来则身穿红黄二色的战袍（Sayon）立在一个台子上。斯各德于《撒克逊劫后英雄略》中写Fou万北的服装道："他们的短衫染着鲜明的紫色，又画着各种颜色的奇异的花纹。短衫上加了件斗篷，勉强垂到大腿的下部。这是红布做成的，里子却是黄色。……他的腿上没有他的伴侣那样的裹腿，而有双一黄一红的鞋罩。"杜里布来与万北的衣服皆红黄二色。后者多件紫短衫。《六十年前》内的Fou大维的服色，则于红色外加了灰色。作者写道："他的衣服也是又古董又奇怪。一件短衣是灰色的，红袖，红里；别的衣服也用此色；还有红袜、红帽，帽顶饰有吐绶鸡毛。"日高白在其著作中说："在雕刻中，这个Fou（按即加耶特）的衣服仿佛是西班牙式的，黑色而有白纹路。"加奈尔依据孟得一（Monteil）的话，说Fou昂赛兰·高各（Hancelin Coq）的衣服全部是红色。更有穿得同红衣主教一样，如葛鲁斯雷（Grosley）所说的，红衣主教福列黎（Fleury）的Fou。

54 《法国御优的史的研究》，页二百八十七。

55 详注50。《法国御优的史的研究》，页二百八十九注 [1] 说：在《死者的舞蹈》内，Foll 的衣服是半黄半绿的。佛鲁撒尔德集内的两个 Fou，一著黄，一著蓝（绿的基本色）。《神之城》的 Fou 衣绿、金二色。

56 详注50。又考在西方不独 Fou 的服色尚绿，他们的仆人的制服似也如此。倒如昂赛兰·高各的仆人苦卢洼（Perrin du Croix），就有件绿色的外套。《故书汇报》（1860 年），页一七。载尼格斯（A.Nicaise）的信札道："我们知道，绿色是对于 Fou 所乐用的诸色之一。这种颜色也许是 Fou 的仆人的一个明显的标色。"

57 参看《巴黎古物》（Antipuites de Paris），二卷七期，页二百零九。

58 《赵书》（《太平御览》引）称馆陶令周延得罪后，每大会石勒使著介帻黄绢单衣，杂优人中，意实近此。

59 详注50。

60 舍人的解释本有两种：一是官名，秦置；一是门客之称，如李斯为吕不韦舍人。郭舍人的"舍人"似应属前者。因为：一、汉代官制是有舍人的（据《汉书·百官公卿表》）；二、汉诸帝的幸臣如郑通、韩嫣皆官上夫，则郭舍人之官舍人亦极可能；三、《汉书·东方朔传》记东方朔嘲笑郭舍人，"舍人恚曰：'朔擅诋欺天子从官，当弃市。'"如果"舍人"不是官名，郭舍人如何能有此语？

61 《史记》，卷一百二十六，页五百三十九。

62 例如路易十四的 Fou 昂日理（Angely）便是他的同席者（Commensal）之一。这个 Fou 常和保土虑伯爵（comte de Bantru）拌嘴，当时的作家麦那日（Mcnage）在陪国王吃饭时，也怕同他接谈，因为他的词锋太利害。

63 英王约翰（Jean Sans Terre）的 Fou 毕高尔夫（Guilaume Picolfe）便得到三块土地 Fontaine-Osan-ne、Champeaux 及 Oiscllerie。

64 查理十四令龙沙尔（Ronsard）为他的 Fou 道尼（Thoni）作墓志。

65 《法国御优的史的研究》，页二十三。

66 《二优人》，导言。

67 当时的米格歌（De Muguet, L′oiscau du Roy Louys XII）说道："路易十二有三个完美的消遣品：杜里布来，色丽（Chailly），我则为第三个；杜里布来娱乐于室内，色丽娱乐于田野，我则翱翔空中捕获野味为乐。"

68 据一五七二年，法国皇家的开支，我们知道德王曾赠给法王三个侏儒（Nain）。至于买卖 Fou 的证据则见于《法国御优的史的研究》的绪论中，引见下文。高尔基（Maxim Gorky）

《我的幼年》中有段故事："在我的主妇伯爵夫人泰震娜·勒司伊弗娜的家中有了一个军人——玛尔谋脱·伊立慈。……但他能够射击。……他安置痴人伊那亚斯加离开他四十步左右之远，在他的皮带上缚着一个樽，这樽挂着在他的两膝中间。……玛尔谋脱，伊立慈拿起了他的手枪，砰，那樽便被击碎了，仅是不幸地，伊那亚斯加……跳动了一下，于是这弹丸便走进他的膝关节里面去，正正打中他的膝盖骨，医生被请到，而他的脚被切开来了……于是他的脚便被埋葬着。"（据林曼青译本）就上下文看来，这个可怜的"痴人"应是伯爵夫人家的Fou。若然Fou不独被赠贴，买卖，而且被人随意损害。德、法、俄的Fou是同样的不值钱。

⑥⑨《汉书》，卷六十二，页四百四十八，《司马迁传》。

⑦⓪《史记》，卷一百二十六，页五百三十八、三十九。

⑦①《史记》，卷一百二十六，页五百三十八。

⑦②《史记》，卷六，页四十四。

⑦③《汉书》，卷二十四，页一百九十四。

⑦④《法国御优的史的研究》，页二十五、六。

⑦⑤同书，页一百四十二。

⑦⑥据拉鲁氏《二十世纪辞典》（Lareusse du XXe Siecle）。

⑦⑦一五三〇年五月四日，法国一个助理主教因为杀死个牧师，被判处死刑，在受判决时先穿上Fou的衣服。一五三三年，十二月十日，赛兹（Seez）教区的牧师因为奉信异教而受刑，也曾穿过这样的衣服。

⑦⑧以罪人为优的故事我们得到三条史料：《赵书》周延的故事（引见注⑤⑧），《乐府杂录》石耽的故事及《江行杂录》阿布思妻的故事。研究戏剧史的人，对于周、石两条史料，自王国维先生而下大都以为是一个故事。但我觉得这很可能是两个相类的故事：第一，据《宋书·百官志》，参军乃后汉官，孙坚尝为车骑将军参军，我们不能以后汉无此官而怀疑这个故事的存在。第二，和帝与石勒这种办法自有当时的风俗习惯做背景，汉晋两代轻视优人的习俗并无何差异，自然有产生同样的故事的可能。阿布思妻的故事虽然时代较晚，但也不是不值得一顾的，节录于此："政和公主，肃宗第三女也，降柳浑。肃宗宴于宫中，女优有弄假官戏……其绿衣秉简者谓之参军椿。天宝末，蕃将阿布思伏法，其妻配掖庭，因使隶乐工，是日遂为假官之长，所谓椿，及侍宴皆笑乐，公主独俛首颦眉不视。"又考历代帝王常将罪人的妻女降隶教坊，如明成祖对待靖难之役反抗诸臣的家属。这种狠毒的办法想也是从以罪人为优的古法变化来的。

⑦⑨《乐府杂录》，《俳优条》。

⑧《周礼》,《十三经注疏》本,卷三十六,页十四:"司厉掌盗贼之任器货贿……其奴,男子入于罪隶,女子入于春稾,凡有爵者,与七十者与未龀者皆不为奴。"郑司农云:"谓坐为盗贼而为奴者输于罪奴,春人,稾人之官也。由是观之,今之为奴婢,古之罪人也。故书曰'予则奴戮汝',《论语》曰'箕子为之奴',罪隶之奴也。"《左传》,卷三十五,页二十五,襄公二十三年:"初裴豹隶也,著于丹书。栾乐之力臣曰督戎,国人怕之。裴豹曰:'苟焚丹书,我杀督戎。'宣子喜曰:'而杀之,所不请于君焚丹书有如日。'""著于丹书"句下,杜注云:"盖犯罪没为官奴,以丹书其罪。"孔疏云:"……近世魏律缘坐配没为工乐杂户者皆用赤纸为籍,其卷以铅为轴,此亦古人丹书之遗法也。"

⑧《撒克逊劫后英雄略》第一章,在描写歌斯(Gurch)的时候,有这样几句:"这是一种黄铜环,象狗的项圈一般,但是没有开口处,……在这个特殊的护喉甲上用撒克逊字刻着主旨如下的铭文:"哥斯,鲍屋尔夫(Beowul-ph)的儿子,罗责尔屋特(Rotherwood)的塞特立克的'家生'奴。"而在描写Fou万北时也说:"……颈上有个细银项圈刻着铭文:'万北,威特来斯(Witless)的儿子,是罗责屋特的塞特立克的奴隶。'"又考《论语》,卷十八,页十三,微子说:"微子去之,箕子为之奴,比干谏而死。"何注云:"箕子佯狂为奴。"佯狂即是装疯,这本是乱世全身之一道,但为奴应该如何解释呢?这种狂奴又有什么用处?我猜想也许是箕子装疯之后,纣即以之为优。若果这种猜想是对的,则优亦奴之一种了。

⑧《汉书》卷四十八,页三百七十一,《贾谊传》。

⑧《汉书》卷六十五,页四百六十五,《东方朔传》。

⑧约翰(Jehan)、枯劳宋(Guillaume Grosson)、布吕斯格(Brusquet)三Fou可以为例。据法王的开支单,约翰有白羔皮袍,枯劳宋有黑绒绣花外衣,布吕格有饰有金流苏的黑绒连脚裤。

⑧例如昂赛兰高各有仆人名卢洼,高其奈(Coquinet)有仆人名叫加斯敌易(Colin Castill)。

⑧约翰与杜里布来可以为证。前者畜马见当时皇家的开支单,后者乘马则约翰马禄之言可证。

⑧当法王约翰(Jean)身为俘虏,离开故居住伦敦时一行人众有车五辆,而Fou约翰就占有一辆。

⑧例如布吕斯格每年有二百四十"里佛"(Livre)的薪金。

⑧法王查理第七曾以绒外衣给不列达尼(Bretague)公爵的Fou;西班牙贝乃方(Benevent)伯爵以嵌饰宝石的金杯给布吕斯格。

㉚ 杜里布来的兄弟尼古拉（Nicolass）曾从法王处得到两次钱，约百二十"里佛"；查理第八的皇后曾给她的Folle的母亲十七里佛，十"骚尔"（Sols）。

㉛《二优人》，导言。

冯沅君《冯沅君古典文学论文集》，

山东人民出版社，1980

学艺史的叙解方法

罗根泽

中国的各种学术史及艺术史，都很迫切的需要我们研究，因为这是我们的遗产，当然要我们清理，不能"叩其数于邻人"。自然某种学术或艺术，有某种学术或艺术的特点，所以研究某种学术或艺术者，须有某种学术或艺术的修养。但叙述和解释的方法，则大致相同。现在姑以文学批评史为例，分为上下两篇，说明于下。

上篇谈叙述的方法，最重要的有两种：

一、述要——述要不只是胪举大端，且需探寻要领，黄宗羲《明儒学案·凡例》云："大凡学有宗旨，是其人之得力处，亦是学者之入门处。天下之义理无穷，苟非定以一、二字，如何约之，使其在我？故讲学而无宗旨，即有嘉言，是无头绪之乱丝也；学者而不能得其人之宗旨，即读其书，亦犹张骞初至大夏，不能得月氏要领也。是继分别宗旨，如灯取影。杜牧之曰：'丸之走盘、横斜圆直，不可尽知，其必可知者，是知丸不能出于盘也。'夫宗旨亦若是而已矣。"他所谓宗旨，就是现在所谓根本观念。哲学家的一切见解，以他的根本观念为出发点；批评家的一切批评，也以他的根本观念为出发点。譬如白居易对于诗的根本观念是"上以补察时政，下以泄导人情"，由是不满意晋、宋、梁、陈的诗人。说："晋、宋已远，得者盖寡。以康乐之奥博，多溺于山水；以渊明之高大，偏放于田园；江、鲍之流，又狭于此；如梁鸿《五噫》之例者，百无一、二焉。于时六义浸微矣！陵夷至于梁、陈间，率不过嘲风雪、弄花草而已……于时六义尽去矣。"（详拙编《中国文学批评史》第四篇第四章第三节）苏轼对于诗的根本观念是"超然""自得"的风格，由是称赞魏、晋作风。说："苏、李之天成，曹、刘之自得，陶、谢之超然，盖亦至矣！而李太白、杜子美以英玮绝世之资，凌跨百代，古今诗人尽废。然魏晋以来高风绝尘，亦少衰矣！"（同上第六篇第六章第四节）由此知根本观念是因，对于作家作品的批评是果。由因可以知果，由果可以证因。故根本观念必需阐述，对作家作品的批评，则取足证明根本观念而止，不必一一胪列，因为那是可以推知的。曾国藩《覆陈铭书论作文之法》云："一篇之内，端绪不宜繁多。譬如万山磅薄，必之主峰；龙衮九章，但挈一领。否则首尾衡决，陈义芜杂。"

（《曾文正公全集·书札》卷三十二）作文如此，修史亦复如此。这就是述要，也就是黄宗羲所谓："分别宗旨，如灯取影。"否则不"分别宗旨"，而只一一胪列批评，不惟如黄宗羲所谓："学者而不能得其人之宗旨，即读其书，亦犹张骞初至大夏，不能得月氏要领。"曾国藩所谓："首尾衡决，陈义无杂。"而且既一一胪列批评，又必一一加以解释，这部书的繁冗庞大，真要不可想象，恐怕天地虽宽，也无法容留这样的"巨著"！

不过学者虽都有自己的宗旨——就是根本观念，却不一定自己说出。孔子说："吾道一以贯之。"就没有说出贯之之一是什么。编著各种学艺史的目的之一，就是探寻这种没有自己说出的宗旨，使读者能以得其要领。就以南朝的两位大批评家作例吧。刘勰于《文心雕龙·序志篇》云："盖文心之作也，本乎道。"知他对于文学的根本观念是"道"。钟嵘《诗品》批评了一百二十位诗人，必有他的批评标准，也就是他对于诗的根本观念，但就没有像刘勰般的自己说出，依据我的探寻结果，他的根本观念似是"自然"。知者，固然因为他有"自然英旨，罕值其人"之叹；又由他驳斥用事用典、宫商声病、繁密巧似，也可以反证"自然"是他的诗学宗旨（同上第三篇第九章第二节）。所以我们固然可以由根本观念，推知批评；但有时却要归纳批评，以探寻根本观念。

一个学者有一个学者的根本观念，一个时代也有一个时代的根本观念，就是所谓"时代意识"。因此我们的述要，不只要提举各位批评家的要领，还要提举各个时代的要领。概括的说，对于伟大的批评家，要探寻他自己的根本观念；对于一般的批评家，则只探寻时代的根本观念。因为独特的根本观念，只有伟大的批评家才能以创造；一般的批评家，只是以时代的根本观念，为自己的根本观念而已。

二、述创——一种学说产生之后，必有承用，这是无需举例的。如需要举例，在古代，我举《虞书》以来，人人都会说"诗言志"；在现代，我举"五四"以来，人人都会说"文学是感情的产物"。创造"诗言志"和"文学是感情的产物"者，应当大书而特书；承用"诗言志"和"文学是感情的产物"者，则势须从略。否则，又要成为大至无法容留的"巨著"。所以我们只述创造，不述因袭。不过创造离不开因袭。"千古文章一大抄"，确有部份的真理。顾炎武《日知录》云："子书自孟、荀以外，如老、庄、管、商、申、韩，皆自成一家言；至《吕氏春秋》、《淮南子》，则不能自成，故取诸子言，汇而为书。此子书之一变也。今人书集，一一尽出其手，必不能多，大抵如《吕览》、《淮南》之类耳。其必古人之所未及就，后世之所不可无，而后为之，庶乎其传也与！"（卷十九"著书之难"条）但《吕览》、《淮南》，以至"如《吕览》、《淮南》之类"的书集，竟流传不废，这是因为"取诸子之言"，固是因袭；"汇而为书"，则是创造。所以创造有四种：

（1）纯粹的创造——就是顾炎武所谓："古人之所不及就，后世之所不可无"者，实则也是比较纯粹，天地间那有绝无因袭的创造？假使有的话，则书家不必临帖，画家不必看谱，文学家也不必读文学作品了。

（2）综合的创造——顾炎武诋毁《吕览》、《淮南》的"取诸子之言，汇而为书"。是的，这有很多的因袭成份。但或则诸人之言，零碎散乱，隐蠹不彰，汇而总述，形成学说；或则诸人之言，各照一隅，罕观通衢，左右采获，蔚为宏识；或则诸人之言，互有短长，取长弃短，别构体系。第一种的例证，《日知录》中就俯拾即是。如卷十九的"文人求古之病"一条，就是汇集的柳虬、《唐书》、陆游、陶宗仪、何孟春的言论；卷二十一的"次韵"一条，就是汇集的严羽、元稹、欧阳修、朱子的言论。但求古之病与次韵之病，即由此显豁。第二种的例证，如刘勰以批评者的立场，往往蔽于贵古贱今，崇己抑人，信伪迷真，证明"音实难知，知实难逢"。贵古贱今，崇己抑人，和信伪迷真，都是刘勰以前的旧说，不是刘勰的创造；而"音实难知，知实难逢"，则是刘勰据旧说归纳的新义（详拙编《中国文学批评史》第三篇第七章第七节）。第三种的例证，就是《吕览》、《淮南》的"取诸子之言，汇而为书"。近代的研究哲学者，有的推为系统哲学家，因为虽无发明，却能"兼儒墨，合名法"，构一新体系，也便是"以述为创"了。

（3）演绎的创造——古人创造了一种学说，但没有应用到某一方面，或虽已应用，还没有发挥尽致，后人据以移用或据以阐发，便是演绎的创造。如发明唯物史观法则者是马克思，但他没有广泛的应用到各种学艺；广泛的应用到各种学艺，是后人的陆续移植。《诗》毛传云："涟，风行水成文也。"苏洵据以创造自然文说，苏轼又据苏洵的自然文说，创造"行于所当行，止于所不可不止"（同上第六篇第三章第四节）的作文方法。《庄子·天下篇》论到各家道术的产生，一律说是"古之道术有在于是者"，某某"闻其风而说之"，由是如何如何以造成一家之言。从"古之道术有在于是者"而言，是因袭；从如何如何以造成一家之言而言，是创造。所以不能因为有因袭的成份，遂抹杀其演绎的创造价值。

（4）因革的创造——"旧瓶装新酒"是有人反对的，但只要还容得下，总有人在那里装，特别是中国，自儒术定于一尊以后，各种新酒，都要装在儒家的旧瓶。因此望瓶却步者，要说几千年来没有进步；饮酒知味者，才可以发现随时有改革。譬如《虞书》云："诗言志。"荀子谓："圣人也者，道之管也……诗言其志也。"（《荀子·儒效篇》）是以"道"释"志"。后来的袁枚，又以情释志（详《随园诗话》及《小沧山房文集》）。就《虞书》而言，释为"道"或"情"，都是曲解；就荀子、袁枚而言，则曲解正是他们的因革的创造，假使注释《虞书》，二说都应废弃，但编著文学批评史，则必需提叙。

总之，有创造意味者则予以提叙，只是因袭承用者则概皆从略。这样，则一方面不致遗漏有价值的学说，一方面也不会成为大而无当的"巨著"。

下篇说解释的方法。最重要的有三种：

一、释义——就是学艺史科的含义解释。含义解释的要点又有三种：

（1）明训——训者，顺也，谓顺释其义。不过作史与注书不同，注书不妨逐字逐句的详细注释，作史则只能解释学艺词语。譬如韩愈主"文以载道"，而作《原道》云，"仁与义为定名，道与德为虚位"，"道有君子有小人"。那么文章应载的道是什么道，必需加以解释。考《原道》又云，"博爱之谓仁，行而宜之之谓义，由是而之焉之谓道，是乎已无待于外之谓德"。又云，"凡吾所谓道德云者，合仁与义言之也。"又云："斯道也，何道也？曰斯吾所谓道也，非向所谓老与佛之道也。尧以是传之舜，舜以是传之禹，禹以是传之汤，汤以传之文武周公，文武周公传之孔子，孔子传之孟轲，轲之死不得其传焉。"持此可以解释他所谓道，就意义言是义仁之道，就派别言是儒家之道。

（2）析疑——如上篇所言，哲学家的一切见解以他的根本观念为出发点，批评家的一切批评也是他的根本观念为出发点。但从表面看来，他们的言论，有时与他们的根本观念不很融洽。如锺嵘提倡自然文学，以自然为他的根本观念，但反对自然主义的黄老，强调地说："永嘉时，贵黄、老，稍尚虚谈，于时篇什，理过其辞，淡乎寡味。爰及江表，微波尚传。孙绰、许询、桓、庾诸公，诗皆平典似《道德论》，建安风力尽矣。"这我们不能不替他加以解释，就是锺嵘的自然主义是文学的，黄、老的自然主义是哲学的，根本不能混为一谈。锺嵘所反对的不是黄、老的自然哲学，而是"理过其辞，淡乎寡味"的文学。

（3）辨似——凡是有价值的学说，必有独创的与众不同的异点，但创造离不开因袭，所以也有与众不殊的同点。不幸研究学艺者，往往狃同忽异，不是说某家与某家从同，就是说某人与某人相似。大抵"五四"以前，好说后世的学说上同往古，"五四"以后好说中国的学说远同欧美。实则后世的学说如真是全同于往古，则后世的学说应当取缔；中国的学说如真是全同于欧美，则中国的学说应当废除。所以我们不应当混合同异，应当辨别同异。辨别同异就是辨似。譬如讲文气说的很多，孟子说"我善养吾浩然之气"，是说的修养身心，不过对文学有相当影响。曹丕说"气之清浊有体，不可力强而致"，是说的先天的体气。苏辙说"文不可学而能，气可以养而致"，是说后天的气势。其他上自刘桢、刘勰，下至姚鼐、曾国藩，都有文气说，都有与众不同的异点，都待我们替他析辨，指出与他家的异同。学术没有国界，所以不惟取本国的学说互相比较，且可与他国的学说互相比较。不过要比较，不要糅合，更不要以他国学术作判官，以中国学术作囚犯。糅合势必流于附会，只足以混乱学术，不足以清理学术。以他国学术作判官，以中国学术作囚犯，则不只是自夷于奴婢，而且是奉已死的列祖列妣的洁白高贵之身，使其亦作人奴婢。皇皇华胄，奕奕青年，不会作这种勾当吧！

无论是明训析疑或辨似，都要用直解法，不必胪举许多后人的曲解附会。因为释义与述创不同，述创必述因革的创造，释义必弃因革的创造，彼是"以传还传"，此须"以经解经"，荀子的以"道"释"志"和袁枚的以"情"释"志"，都不能用来解释《虞书》。同样孔子所理"行有余力则以学文"（《论语·学而篇》）之文，我们也只能根据孔子说"敏而好学，不耻下问，是以谓之文"（《公冶长篇》）和"博学于文，约之以礼"（《雍也篇》），推解文为应知之学问；不能根据阮元的文言说，谓"为文章者，不务协音以成韵，修辞以达远，使人易诵易记，而惟以单行之语，纵横恣肆，动辄千言万字，不知此乃古人所谓直言之言，论难之语，非言之有文者也，非孔子之所谓文也"。韩愈《赠玉川子诗》云："春秋三传束高阁，独抱遗经穷终始。"研究经书者不可"以传解经"，同样，研究文学批评者，也不应以后人的曲解，上误古人，下误读者。

二、释因——释义是解释学艺的是什么，释因是解释学艺的为什么。为什么某时某人有某种学说，当然有多方面的原因。我在《中国文学批评研究导言》（《经世季刊》第一卷第一期）一文里说文学批评与（1）时代意识，（2）文学批评家，（3）文学体类，都有关系。时代意识的形成，基于各时代的社会，经济，政治，学艺，及其所背负的历史，可以归纳于一个"物"字。文学批评家当然是"人"，文学体类则是"学艺对象"，可以用一"学"字代表。但这是就批评而言，若就创作而言，则文学批评家改为文学作家，文学体类一种失其作用，所以我们可以列一简单的公式：

a.学艺创造基于"物"＋"人"
b.学艺批评基于"物"＋"人"＋"学"

（1）物——古代的学者谓一切的学艺创造，纯基于人的理想之感觉的表现，固然错误；近人谓纯基于经济的契机也一样不正确。唯物史观的文学论的作者伊科绯兹（Mare Ickowicz）说得好："经济的因素，只是最后为决定的，且具作用，常为间接的，由其他各种因素以表现。故若即以此为唯一的因素，那是曲解唯物史观，显然是荒唐的，不足置信。"又引恩格斯晚年的话说："物质生活之生产及其再生产，在最后是历史的决定的契机。马克思与我的主张只此而止。故若把这意义曲解为经济的契机是唯一的决定的事物，那末这意义必将转变为无意义的，抽象的，荒唐不足信的文句。"（樊仲云译本，页六四）因此，不能机械的说是一切源于经济的契机。因此，我认为时代意识的形成，不只是经济的关系，社会、政治、学艺及其历史，都有关系。就以汉、魏间的文学及文学批评的大转变作例吧。沈约《宋书·谢灵运传论》云："至于建安，曹氏基命，二祖陈王，咸蓄盛藻，甫乃以情纬文，以文被质。"这是的确的。建安以前的文学，内容偏于记事（如《左》、《国》、《史》、《汉》）载言（如经、子），不是"以情纬文"；形式偏于崇实尚质，不是"以文被质"。这个大转变，就由于当时的社会经济、政治、学艺及其历史。我在《中国文学批评史》上指出：第一，社会经济的因素。一由于两汉是治世，魏晋六朝是乱世。治世有光明的前途，理智容易发展；有常轨的政教，感情遭受限制。乱世则与此相反，理智碰壁，感情怒发。理智的表现是记事载言，感情的需要是唯美缘情。二由于都市及庄园的发展，使文学变为"怜风月，狎池馆"。同时又因为都市繁荣，不只是货物，还有娼妓，园林的点缀，不只是花木，还有奴婢，反映的文学及文学批评，自然偏于"以情纬文，以文被质"。第二，政治的因素。由于曹魏父子，萧梁父子，以及其他君臣的奖掖提倡。第三，学艺的因素。一由于经学衰微，使士夫文人，不复有传道立言的观念。二由于佛学东渐，使士夫文人，一方面得到思想的解脱，一方面自"转读"、"梵音"得到文学韵律，自"唱导"、"说法"得到文学藻蔚。而社会经济、政治、学艺的"穷则变"的自然辩证法则，也当然是重要因素。汉魏的转变如此，其他时代的转变亦非偶然。都应当探求原因，详细解释。至自然地理的关系，更当然重要，但那是社会经济、政治及学艺的舞台，所以除了用以解释各洲各国各地的异同以外，无需时时请其解答。还有编学艺史，不是编社会史，经济史，或政治史，不能喧宾夺主，编某种学艺史，也不能使其他学艺占据很多的篇幅，否则不是某种学艺史了。

（2）人——由社会经济、政治、学艺及其历史所形成的时代意识，有的人顺受，有的人反攻；顺受有程度的差别，反攻也有方略的异同；这当然是基于"人"的关系。人也是自然产物，假使说社会经济、政治及学艺是自然舞台的戏剧，则人便是自然舞台的演员，所以无论何人，都受所依存的时代的社会经济、政治及学艺的影响。但：

一则各个时代的社会经济、政治及学艺，虽各有时代的特色，但不一定能烛然各个角落。所以资本主义社会里，仍有残存的封建领域，胎育着残存的封建意识。所以时代是人的大环境，但大环境外，还有各人的小环境，就是所依存的家庭，所接触的师友，所诵习的学艺，以及所隶属的社会类层，所活动的社会范围与业务。譬如南朝的文人，大半是当时的"甲族"，做起官来大半

"处于清位"（《颜氏家训·涉务篇》)，所以所作的文学与文学批评，也便有甲族与"清位"的气味，而王、谢风流，又与徐、庾淫靡不同。韩愈尝从游于独孤及、梁肃之徒，所以才锐意钻仰，"多为古学"。张籍两次劝他"嗣孟轲、扬雄之作，辨扬、墨、老、释之说"，所以才辟佛闲圣，以道统自负（详拙编《中国文学批评史》第四篇第七章第一节）。李商隐"两为秘书省房中官，恣展古集，往往咽噱于任、范、徐、庾之间"，所以才放弃古文，别创四六文（同上第五篇第一章第二节)。可见一个人的见解，不只受时代的大环境的影响，还受个人的小环境的影响。

二则人究竟不是植物矿物，也不是其他动物，有高度的知能意欲，同时这种高度的知能意欲，又不相同，有的可以归之遗传，有的只能说是气质不同。雷布利阿拉（Antonio Labniela）的《唯物史观论》云："我们在气质中，还具有特殊的诸条件，固然广义上的教育及社会的调节，在某限界内，能够予以变更，但要想废止，却决不可能。"（引见樊译《唯物史观的文学论》页六六—六七）譬如王充的批评，纯粹是反时代的，就是基于他有反抗的气质。《论衡·自纪》云："充既疾俗情，作讥俗之书；又闵人君之政，徒欲治人，不得其宜，不晓其务，愁精苦思，不睹所趋，故作《政务》之书。又伤伪书俗文，多不实诚，故为《论衡》之书。"与世俗挑战，与政教挑战，与著述界的权威者挑战，假使不是有反抗的气质，当然不会有这种斗争。而他的这种气质，就大半由遗传而来。据《论衡·自纪篇》，他的远祖"从军有功"，他的世祖，"勇任气，卒咸不揆于人，岁凶，横道伤杀，怨仇众多。会世扰乱，恐为怨仇所擒，祖父汎举家担载，就安会稽，留钱唐县，以贾贩为事。生子二人，长曰蒙，少曰诵。诵即充父。祖世任气，至蒙、诵兹甚，故蒙、诵在钱唐，勇势凌人，末复与豪家丁伯等结怨，举家移处上虞"。王充秉了这种遗传，受了这种家庭熏陶，而以弃商业儒，遂表现为反抗时代的批评大业。不过父子异趣，也不乏例证，所以不能一律归之遗传，只能说是天生的气质。此外若资性的锐钝，学习的勤惰，也可以左右造诣，发生量的差异，由量可以变质，所以趋向亦便不同了。

（3）学——蜜尔多耶拉（Maltayala）的文学史方法，谓作家的自然环境有两部份，一为社会环境；一为文学环境（朱星之译本，《中国文学史外论》页三八）；我们都归入人的小环境。这里所谓学，不是指的胎育作家的学艺环境，而是指的引诱评研的学艺部门。所以创作没有学的因素，学的因素只作用于批评。例如独孤及的《检校尚书吏部员外郎赵郡李公中集序》云：

> 志非言不形，言非文不彰，是三者相为用，亦犹涉川者假舟楫而后济。自《典》、《谟》缺，《雅》、《颂》寝，世道陵夷，文亦下衰。故作者往往

先文字，后比兴。其风流荡而不返，乃至有饰其词而遗其意者，则润色愈工，其实愈丧。及其大坏也，俪偶章句，使枝对叶比，以八病四声为梏拲，拳拳守之，如奉法令，闻皋繇史克之作，则呷然笑之。天下雷同，风驱云趋，文不足言，言不足志。亦犹木兰为舟，翠羽为楫，玩之于陆，而无涉川之用。痛乎，流俗之惑人也旧矣！

李公名华，是唐代的古文家。独孤及的批评，虽也说到《雅》、《颂》，说到史克之作，但当然以文章为主。对文章反对俪偶章句，枝对叶比，八病四声；对诗则赞成六律五色，缘情绮靡，故于《唐左补阙安定皇甫公集序》云：

五言诗之源，生于《国风》，广于《离骚》，著于李、苏，盛于曹、刘，其所自远矣。当汉、魏之间，虽以朴散为器，作者犹质有余而文不足，以今揆昔，则有朱弦疏越、大羹遗味之叹。历千余岁至沈詹事（佺期），宋考功（之问），始裁成六律，彰施五色，使言之而中伦，欧之而成声，缘情绮靡之功，至是乃备。

这并不是独孤及的自相矛盾，乃是因为诗文的体用不同。颜之推提倡"施用多途"的文章，而谓"陶冶性灵"的诗歌，必"行有余力，则可习之。"（《颜氏家训·文章篇》）肩负道统文统的欧阳修，可以有"笑问双鸳鸯字怎生书"（《南歌子》）的艳词，必从文学体类的异趣上理解，始能得到满意的答复。

三、释果——学艺的结果，本身以外，就是影响。影响千条万绪，但可约分为三种：

（1）作家影响——就是对于创造这种学艺者的自己影响。例如创造理学的，大率偏于谨厚，创造文学的，大率偏于浪漫。《颜氏家训·文章篇》谓"自古文人，多陷轻薄"，又说轻薄的原因，由于"所积文章之体，标举兴会。发引性灵，使人矜伐，故忽于持操，果于进取"。相反的理学所标举的是理欲之辨、激发天理，遏抑人欲，当然便谨于持操，怯于进取了。其他各种学艺都对作者本人有影响，所以五行八作，各有自己的是非与风度，不过不像文学理学之迥然异趣罢了。

（2）社会影响——社会胎育学艺，学艺亦影响社会。眼前的例证如有了马克思的共产学说，才产生了苏联的共产社会。自然各种学艺的社会影响，要以社会学、经济学及政治学为比较巨大而明显，但其他学艺也不是就没有影响。盖尔多耶拉分文艺作品的社会影响为民族的与国际的两种，但对民族的影响则详细剖论，对国际的影响则粗述意趣（朱译本页四十五—五十二）。大概因为民族的影响大于国际的影响。如依韩愈的观察，自佛法东渐，使中国于士农工商四民以外，增添佛民一种，便是印度文、哲学的国际影响。至民族影响的例证，更不胜缕举。如魏徵谓："（梁）太宗聪睿过人，神采秀发，多闻博述，富赡词藻；然文艳用寡，华而不实，体穷淫丽，义罕疏通，哀思之音，遂移风俗。"（引见《梁书·敬帝记》）姚思廉谓："自魏正始、晋中朝以来，贵臣虽有识治者，皆以文学相处，罕关庶务，朝章大典，方参议焉，文案簿领，咸委小史，浸以成俗。迄至于陈后主，因循未遑改革，故施文庆、沈客卿之徒，专掌军国要务，奸黠左道，以哀刻为功，自取身荣，不存国计，是以朝经堕废，祸生邻国。"（《陈书·后主纪》）这是整个文学潮流对整个社会的影响，他若某派文学，某派批评，对某时、某地、某种社会、某种人物的影响，都可以分别探讨，详细阐论。

（3）学艺影响——以影响的空间区分，可以为民族影响与国际影响；以影响的时间区分，可以分为当时影响与后世影响；以影响的部门区分，可以分为本类影响与他类影响。例如《楚辞》转为汉赋，是民族影响；六朝文人由佛经得到韵律与藻蔚，是国际影响；苏东坡的文学领导四学士六君子，是当时影响；袁宗道于唐宗白居易，于宋宗苏轼，名其斋曰"白苏"，是后世影响。这些都是文学影响文学，所以都是本类影响。刘知几《史通·叙事篇》云："今之作者……其立言也或虚加练饰，轻事雕彩，或体兼赋颂，词类俳优，文非文，史非史。"文学影响史学，是他类影响。

不过以前的学艺影响，就是后来的学艺产因，如写单篇论文，自然要上求产因，下探影响；若编学艺通史，则须避免复重；不能一事再赘。通常的习惯，大概详于释因，略于释果。惟有的学艺，特别是上古部份，往往就本身看无甚价值，其价值就在影响后世学艺，势必详细释果，始足显示它的地位。如孟子谓"我善养吾浩然之气"，本不是就文学而发，在文学批评史上的取得地位，就是基于苏辙据以建立文气说。《易·说卦》谓："立天之道曰阴与阳，立地之道曰柔与刚，立人之道曰仁与义。"更不是就文学而发，但在文学批评史也有重要地位，就是因为姚鼐、曾国藩的据以建立阴阳刚柔的文说。如不详释影响，则其叙在文学批评史上，似若骈拇枝指了。

原载《读书通讯》1940年第12期、1942年第36期

文学的历史动向

闻一多

人类在进化的途程中蹒跚了多少万年，忽然这对近世文明影响最大最深的四个古老民族——中国，印度，以色列，希腊——都在差不多同时猛抬头，迈开了大步。约当纪元前一千年左右，在这四个国度里，人们都歌唱起来，并将他们的歌记录在文字里，给流传到后代，在中国，《三百篇》里最古部分——《周颂》和《大雅》，印度的《黎俱吠陀》（Rig—veda），《旧约》里最早的《希伯来诗篇》，希腊的《伊利亚特》（Iliad）和《奥德赛》（Odyssey）——都约略同时产生。再过几百年，在四处思想都醒觉了，跟着是比较可靠的历史记载的出现。从此，四个文化，在悠久的年代里，起先是沿着各自的路线，分途发展，不相闻问，然后，慢慢的随着文化势力的扩张，一个个的胳臂碰上了胳臂，于是吃惊，点头，招手，交谈，日子久了，也就交换了观念思想与习惯。最后，四个文化慢慢的都起着变化，互相吸收，融合，以至总有那么一天，四个的个别性渐渐消失，于是文化只有一个世界的文化。这是人类历史发展的必然路线，谁都不能改变，也不必改变。

上文说过，四个文化猛进的开端都表现在文学上，四个国度里同时迸出歌声。但那歌的性质并非一致的。印度，希腊，是在歌中讲着故事，他们那歌是比较近乎小说戏剧性质的，而且篇幅都很长，而中国，以色列则都唱着以人生与宗教为主题的较短的抒情诗。中国与以色列许是偶同，印度与希腊都是雅利安种人，说着同一系统的语言，他们唱着性质比较类似的歌，倒也不足怪。

中国，和其余那三个民族一样，在他开宗第一声歌里，便预告了他以后数千年间文学发展的路线。《三百篇》的时代，确乎是一个伟大的时代，我们的文化大体上是从这一刚开端的时期就定型了。文化定型了，文学也定型了，从此以后二千年间，诗——抒情诗，始终是我国文学的正统的类型，甚至除散文外，它是唯一的类型。赋，词，曲，是诗的支流，一部分散文，如赠序，碑志等，是诗的副产品，而小说和戏剧又往往以各自不同的方式夹杂些诗。诗，不但支配了整个文学领域，还影响了造型艺术，它同化了绘画，又装饰了建筑（如楹联，春帖等）和许多工艺美术品。

诗似乎也没有在第二个国度里，像它在这里发挥过的那样大的社会功能。

在我们这里，一出世，它就是宗教，是政治，是教育，是社交，它是全面的生活。维系封建精神的是礼乐，阐发礼乐意义的是诗，所以诗支持了那整个封建时代的文化。此后，在不变的主流中，文化随着时代的进行，在细节上曾多少发生过一些不同的花样。诗，它一面对主流尽着传统的呵护的职责，一方面仍给那些新花样忠心的服务。最显著的例是唐朝。那是一个诗最发达的时期，也是诗与生活拉拢得最紧的一个时期。

从西周到春秋中叶，从建安到盛唐，这中国文学史上两个最光荣的时期，都是诗的时期。两个时期各各拖着一条姿势稍异，但同样灿烂的尾巴，前者的是《楚辞》，《汉赋》，后者的是五代宋词。而这辞赋与词还是诗的支流。然则从西周到宋，我们这大半部文学史，实质上只是一部诗史。但是诗的发展到北宋实际也就完了。南宋的词已经是强弩之末。就诗本身说，连尤、杨、范、陆和稍后的元遗山似乎都是多余的，重复的，以后的更不必提了。我们只觉得明清两代关于诗的那许多运动和争论，都是无味的挣扎。每一度挣扎的失败，无非重新证实一遍那挣扎的徒劳无益而已。本来从西周唱到北宋，足足两千年的工夫也够长的了，可能的调子都已唱完了。到此，中国文学史可能不必再写，假如不是两种外来的文艺形式——小说与戏剧，早在旁边静候着，准备届时上前来"接力"。是的，中国文学史的路线南宋起便转向了，从此以后是小说戏剧的时代。

故事与雏形的歌舞剧，以前在中国本土不是没有，但从未发展成为文学的部门。对于讲故事，听故事，我们似乎一向就不大热心。不是教诲的寓言，就是纪实的历史，我们从未养成单纯的为故事而讲故事，听故事的兴趣。我们至少可说，是那充满故事兴味的佛典之翻译与宣讲，唤醒了本土的故事兴趣的萌芽，使它与那较进步的外来形式相结合，而产生了我们的小说与戏剧。故事本是民间的产物，不用讳言，它的本质是低级的。（便在小说戏剧里，过多的故事成分不也当悬为戒条吗？）正如从故事发展出来的小说戏剧，其本质是平民的，诗的本质是贵族的。要晓得它们之间距离很大，而距离是会孕育恨的。所以我们的文学传统既是诗，就不但是非小说戏剧的，而且推到极端，可能还是反小说戏剧的。若非宗教势力带进来那点新鲜刺激，而且自己的歌实在也唱到无可再唱的了，我们可能还继续产生些《韩非·说储》，或《燕丹子》一类的故事，和《九歌》一类的雏形歌舞剧，但是，元剧和章回小说决不会有。然而本土形式的花开到极盛，必归于衰谢，那是一切生命的规律，而两个文化波轮由扩大而接触而交织，以致新的异国形式必然要闯进来，也是早经历史命运注定了的。异国形式也许早就来到了，早到起码是汉朝佛教初输入的时候，你可以在几百年中不注意它，等到注意了之后，还可以延宕，踌躇个又一度几百年，直到最后，万不得已的，这才死心塌地，接受了吧！但那只是迟早问题。反正自己的花无法再开，那命数你得承认。新的种子从外面来到，给你一个再生的机会，那是你的福分。你有勇气接受它，是你的聪明，肯细心培植它，是有出息，结果居然开出很不寒伧的花朵来，更足以使你自豪!

第一度外来影响刚刚扎根，现在又来了第二度的。第一度佛教带来的印度影响是小说戏剧，第二度基督教带来的欧洲影响又是小说戏剧（小说戏剧是欧洲文学的主干，至少是特色），你说这是碰巧吗?

不然。欧洲文化正如它的鼻祖希腊文化一样，和印度文化，往大处看，还不是一家? 这样说来，在这两度异乡文化东渐的阵容中，印度不过是欧洲的头，欧洲是印度的尾而已。就文化接触的全盘局势来看，头已进来，尾的迟早必需来到，应该也是早已料到的事。第一度外来影响，已经由扎根而开花了，但还不算开到最茂盛的地步，而本土的旧形式，自从枯萎后，还不见再荣的迹象，也实在没有再荣的理由。现在第二度外来影响，又与第一度同一种类，毫无问题，未来的中国文学还要继续那些伟大的元、明、清人的方向，在小说戏剧的园地上发展。待写的一页文学史，必然又是一段小说戏剧史，而且较向前的一段，更为热闹，更为充实。

但在这新时代的文学动向中，最值得揣摩的，是新诗的前途。你说，旧诗的生命诚然早已结束。但新诗——这几乎是完全重新再做起的新诗，也没有生命吗? 对了，除非它真能放弃传统意识，完全洗心革面，重新做起。但那差不多等于说，要把诗做得不像诗。也对。说得更确点，不像诗，而像小说戏剧，至少上它多像点小说戏剧，少像点诗。太多"诗"的诗，和所谓"纯诗"者，将来恐怕只能以一种类似解嘲与抱歉的姿态，为极少数人存在着。在一个小说戏剧的时代，诗得尽量采取小说戏剧的态度，利用小说戏剧的技巧，才能获得广大的读众。这样做法并不是不可能的。在历史上多少人已经做过，只是不大彻底罢了。新诗所用的语言更是向小说戏剧跨近了一大步，这是新诗之所以为"新"的第一个也是最主要的理由。其它在态度上，在技巧上的种种进一步的试验，也正在进行着。请放心，历史上常常有人把诗写得不像诗，如阮籍、陈子昂，孟郊，如华茨渥斯（Wordsworth），惠特曼（Whillmen），而转瞬间便是最真实的诗了。诗这东西的长处就在它有无限度的弹性，变得出无穷的花样。装得进无限的内容。只有固执与狭隘才是诗的致命伤，纵没有时代的威胁，它也难立足。

每一时代有一时代的主潮，小的波澜总得跟着主潮的方向推进，跟不上的只好留在港汉里干死完事。战国、秦、汉时代的主潮是散文，一部分诗服从了时代的意志，散文化了，便成就了"楚辞"和初期的"汉赋"，成就了《铙歌》，这些都是那时代的光荣。另一部分诗，如《郊祀歌》，《安世房中歌》，韦孟《讽谏诗》之类，跟不上潮流，便成了港汉中的泥淖。

明代的主潮是小说，《先妣事略》，《寒花葬志》和《项脊轩记》的作者归有光，采取了小说的以寻常人物的日常生活为描写对象的态度，和刻画景物的技巧，总算是粘上了点时代潮流的边儿（他自己以为是读《史记》读来了的，那是自欺欺人的话），所以是散文家中欧公以来唯一顶天立地的人物。其他同时代的散文家，依照各人小说化的程度的比例，也多多少少有些成就，至于那般诗人们只忙于复古，没有理会时代，无疑那将被未来的时代忘掉。以上两个历史的教训，是值得我们的新诗人书绅的。

四个文化同时出发，三个文化都转了手，有的转给近亲，有的转给外人，主人自己却都没落了，那许是因为他们都只勇于"予"而怯于"受"。中国是勇于"予"而不太怯于"受"的，所以还是自己的文化的主人，然而也只仅免于没落的劫运而已。为文化的主人自己打算，"取"不比"予"还重要吗？所以仅仅不怯于"受"是不够的，要真正勇于"受"。让我们的文学更彻底的向小说戏剧发展，等于说要我们死心塌地走人家的路。这是一个"受"的勇气的测验，也是我们能否继续自己文化的主人的测验。

过去记录里有未来的风色。历史已给我们指示了方向——"受"的方向，如今要的只是勇气。更多的勇气啊！

原载《当代评论》第1卷第1期，1943年12月。

此据《闻一多全集》第1卷，

开明书店1948年。

《古诗纪》补正叙例

逯钦立

先唐各家文集，《隋志》著录者八百八十余部，至宋初《崇文总目》，仅载一十五家，而南宋陈振孙《直斋书录解题》，确定为旧籍者止十三部，若残缺者不计，其数且不及十家，旧籍之存，不及百一矣。明冯惟讷纂《古诗纪》一书，上至穹古，下迄陈、隋，披索阙遗，采摭弘富，故王渔洋服其苦心，杨守敬赞其广博；后之如臧懋循《古诗所》，梅鼎祚《八代诗乘》，皆依据冯本，增益盖寡。然冯氏所据各集，亦仅嵇康、陆云、陶潜、鲍照、谢朓、庾信六家为旧集，冯氏引用书目，此外尚有蔡中郎、陈思王、陆士衡（《二俊集》），支道林、谢灵运、昭明太子、庾肩吾、阴铿等集，皆后人辑本。知宋、明以降，旧集存者愈少。然则明代纂辑总集之用心，原在保存先贤篇章于不坠，而冯氏尤诗苑之功人矣。

冯书前集十卷，正集百三十卷，外集四卷，别集十二卷，都为百五十六卷。其前集载先汉铭、赞、箴、诔、歌、繇、逸诗，正集载汉至隋诗谣乐府，外集鬼仙杂诗，别集则为诗评之转录。卷首则甄敬、张四维两序之后，先列凡例，其次引用书目，其次各代人名总纲，而子目，则分别列入各编之中，如汉、魏一编，两晋一编，宋、齐一编，梁一编，陈一编，隋一编是也。观其纂录大凡，即知其造端之巨。然如抉疵摘瑕，冯书谬误，亦为不少：前集一编，各类混收，如杂入铭、颂、箴、诔各类之文，冯班《钝吟杂录》曾讥之。真伪杂糅，如琴操诸歌，多后人伪托。不加分辨，一也。按前集本冯氏《风雅广逸》一书（十卷）乃踵《风雅逸篇》辑成者，本应别行。各集先以类分，各类又以体分，此法颠乱旧集原次，《嵇康集》附秀才答诗四首，原次前三首五言，后一首四言，按四言一首，本为两诗混合所成，诗云：饬车驻驷，驾言出游，南厉伊渚，北登邙丘，青林华茂，春鸟群嬉，感寤长怀，能不永思……，周树人校《嵇康集》，于华茂字下注云：秀才诗止此，已下当是中散诗也。原本盖每页二十二行，行二十字，而阙第四页，钞者不察，写为一首，后来众刻，遂并承其误，《诗纪》移以为第一首，尤谬。破坏乐府条贯，《宋书·乐志》、《乐府诗集》，其编次各调，皆有定则，如首相和，次吟叹曲，次清商三调，次楚调等是也。每调之中，杂有各体，并不定以四言者居首，杂言者居末。《诗纪》依体编列，遂乖此条贯。既使同题各章，割分数处，如梁简文帝《从军行》二首，冯氏将其杂言一首摘出，编之卷末，又《陇西行》三首，亦摘其杂言一首另列之，此例甚多。又强以句数之多寡，以定次序之前后，如梁简文帝《咏舞》三首皆为五言体，冯氏以第一首仅四句，较其他二首句数为少，因将此首移作最末一首，此例甚多。割裂窜乱，贻误后人，二也。各家诗篇大率自类书辑来，冯氏概不注其出处，一若所据悉是本集也者，又于各诗显明为残阙者，以小字注之曰阙，实则其无注者，亦颇多不完之篇，_{详见凡例}。详略失宜，三也；至如滥选误收，杜撰题目，以及涉及时代，关于撰人等问题，皆错误层出，不可枚举，宜乎其招冯舒之"匡谬"，周婴之"解冯"也。然冯氏广蒐博采，既有功创始，后之辗转沿讹，亦总出冯书，则承学之士，若欲就古诗补其遗漏，正其谬误，固又舍冯书莫属也。

清杨守敬患冯书之不注出处而多漏误也，因成《古诗存目》百四十四卷，既逐篇为之索引，又补其所未见之什，厥功勤矣。惜仅成存目，未竟全业，然董理古诗者，固当据之以校冯书，冀夫汇集两长，用成美备。近日丁福保据冯书裁为《汉魏晋南北朝诗》；仅削其前集外集，省其别集之诗评，而增入《文馆词林》所载之各诗，他则一仍其旧，既未从杨目，添其出处，又全无校勘，以正讹谬，质之冯书，盖未见其可。至其没入众说，淆混旧真者，则为弊尤多，例如凡诗见《玉台新咏》者，丁氏悉取纪容舒《玉台新咏考异》之文以易之，而不注明其所根据，掠纪氏之美，乱冯氏之旧，一也。纪氏《考异》，间取吴氏冯氏两注本之说，故尝曰：吴氏注本云云，冯氏注本云云，丁书径取用之，不注其出于纪氏《考异》，一若《古诗纪》曾有吴注及冯注也者，取用率尔，二也。凡应取校之书，丁氏悉略，独漫取李善本《文选》，校其一、二，凡《诗纪》作某而于李善本不同者，辄奋笔注云：《文选》作某，不知《诗纪》作某与李善本异者，或正与五臣本同，宁得谓五臣本非《文选》乎？三也。《诗纪》吴均《古意》七首，其中五首原出于《玉台新咏》、《和萧洗马子显古意》六首，_{纪容舒《考异》，所据宋刻本有此六首，明刻本无之。}《诗纪》未能根据《玉台》，而杂列各诗，因有可议，然丁氏削此七首，而竟以《玉台》六首代之，遂使吴集多出一首，又脱去两首。又梁武答萧琛一首，《诗纪匡谬》强谓非诗，其说实谬，丁氏亦竟从而删之。凡此疏误，均非辑家所应有，四也。诸如此类，更仆难数，然即此四端，已足见丁氏纂辑之失当，在在可以误人，虽称新裁，实不如冯书之旧，此今日研读八代诗章者，所宜深切注意也。

古诗之凋丧既如彼，古诗总集之乖谬又如此，倘欲使先唐诗篇，复见于世，片玉残珠，晖光再显，则详蒐精校之功，讵其可少。惜此诸集，唐、宋以降，未有存者，而后贤撰集，如《古诗选》、《古诗源》等，遂多困于选例，穷于取材，求全责备，尤不可能，故知完备之古诗总集，尤为不可缺少，不然，则较佳之选集亦无由而得也。

此编据冯氏原书，《诗纪》传世者有两本，一嘉靖中太原甄敬刻本，一吴琯重刻本，甄本一依冯书原次，_{《四库总目》云：初太原甄敬为刊本于陕西，一依惟讷原次。}较吴本为善，_{《诗纪匡谬》云：《后园作回文诗》，《艺文》序王融后，无的姓名，简文虽有和湘东王《后园回文诗》，然毕竟以阙疑为得。冯君注云：今列于此，以俟再考，亦非决定之辞。吴琯并去此注，遂令观者不解。又云：}

岑之敬《乌栖曲》，明月二八照花新，《当垆》十五晚留宾二句，本之敬《乌栖曲》，载在《乐府》，今截此二句，添回眸百万横自陈一句，别题为《当垆曲》，杨慎之妄，不待言矣。《诗纪》每至杨君妄作之诗，俱注明出处，意亦疑信参半。吴瑄再刻此书，则弃冯《纪》所注，遂为楚人妄谈之柄，云云。凡此均见吴刻之恶。）今即以为校勘之底本。取其正集外集，其中汉至隋部分，以杨氏《古诗存目》为参考，博取群籍，悉心校补，历时三载，幸得竣事，略改《诗纪》旧编，重订成帙，自汉迄隋共为百三十五卷，先唐十一代古诗，网罗散佚，庶几备于此矣。谨就校辑所得，述其莞见，次于下方。

一　略论校勘材料

古人读书，率重大义，遇有可疑，辄以臆改，误字滋多，本真尽失，此不知校勘之过也。而近今言校勘者，或拘执善本，以非为是，或尽信他书，轻改本籍，甚且误用异文，发为凿论，斯又不善利用材料之过。夫众籍传刻既久，讹误在所不免，使不能以文义为主，异文为宾，参合众书，以求一是，而仅据此正彼，或据彼正此，则校改愈繁，迷误愈多，不如不校之为愈也。

自各类书言之，旧集零落，赖此存其一、二，校文辑佚，均有资乎是。然此种类书，每有以下诸误：迁就门类，以致杜撰题目，如郦炎《灵芝生河溯诗》，见《后汉书》本传，原无题目，《艺文类聚》八十一草部兰下引作《兰诗》。魏文帝《于黎阳作》西北有浮云一首。（《文选》作《杂诗》，此从李善注引本集），《艺文类聚》一天部云下引作《浮云诗》。吴均《雪诗》，雪逐春风来一首，见《文苑英华》雪部，其云部重出，又引《云诗》，篇中雪字皆改作云字。此例甚多。改动文字，如王粲《赠士孙文始诗》，《御览》六十三水部沨下引悠悠澹沨一句，又百六十八州郡部沨，又引作悠悠澹沨。此例亦甚多。一也；所引出处，常有讹谬，如汉武帝《秋风辞》，《御览》两引皆曰《汉书》曰云云。二也；传刻既久，真伪易混，如谢朓《休沐重还道中作》诗云：还日歌赋似，休汝车骑非二句，《文选》及《古香斋》本《初学记》同，宋本及安国本《初学记》则印作惭，汝作言。三也；不解古音，轻改韵字，如陆机《从军行》，苦哉远征人，飘飘穷四遐，南涉五岭巅，北戍长城阿，从《文选》录也。《艺文》引此，四遐作西河，改遐作河，乃迁就唐韵也。四也。其他窜乱割裂之事，亦不一而足，率尔据信，鲜有不受其弊者。

自各总集言之，《昭明文选》为最早而又最可据之一书，然如考其编次，则陆机乐府诗，李善本与六臣本伦第互异；论其题序，则江淹《杂诗》，六臣本有序，李善本无之，《文选集注》，则又言此序为陆善经本所独有；检其文字，五臣本与李善本既互有脱夺、互有异同矣、而鲍照《出自蓟北门行》，严秋筋竿劲一句，李善与五臣本同，《文选》音决，竿实作簳，见《文选集注》，知唐时李善本五言本外，又有他本之差异。又鲍照《代苦热行》，生躯蹈死地一句，今李善与五臣本同，据《文选集注》，李善本蹈原作陷，明唐时李善本与今传者亦异。唐时既有各家之不同，宋代且有四种李本之相殊，见《癸巳存稿》，文选李善注条。传本既多，歧异滋生，此既校勘者所当审慎从事者矣。抑昭明裁选，自始即有失当之处，如：陆机《赴太子洗马》及《东宫》二诗，不应混为《赴洛》一题，张载四愁四章，不宜只摘其一，按一诗数首者可以摘取，一首分数章者不可摘取。《文选补遗序》，讥其选《九歌》，不当止存《少司命》、《山鬼》；《九章》，不当止存《涉江》，与此例同。盖一文而数章，不可强为割取也。题《为顾彦先赠妇》二首，其中实有妇答之文，陆士衡诗李善注曾指其误。《秋怀》应属灵运，而误为惠连之作，谢惠连《秋怀》诗，当是谢灵运之作。有三证：一、诗发端云：平生无志意，少小婴忧患。少小婴忧患者，指亲丧大故，按《宋书·谢方明传》及子《惠连传》，方明元嘉三年卒，年四十七，惠连元嘉十年卒，年三十七，则方明卒时，惠连年已三十，不得言少小婴忧患也。二、据《晋书·谢玄传》、《宋书·谢灵运传》，晋太元十三年，祖玄卒，灵运年始四岁，灵运父奂又早玄卒，是灵运孩提时，即丧其父祖，与此少小婴忧患合。三、诗中如云：夷险难预谋，倚伏昧前算，颇悦郑生偃，无取白衣宦，与灵运身世合；盖灵运曾于宋元嘉五年有上表陈疾赐假东归之事，带官家居，故曰白衣宦也。又虽好相如达，不同长卿慢，合乎灵运性情，高台骤登践，清浅时陵乱，合乎灵运诗格，而皆与惠连诗不侔，知昭明作惠连者必误，惟钟嵘《诗品》亦言惠连《秋怀》、《捣衣》之作，知讹乱亦已久矣。种种杜撰题目、截割篇章之弊，皆吾后学所宜知者焉。又《玉台新咏》，传本原希，以宋陈玉父刻《玉台跋》观之，知宋时已多骈驳，又迭经窜改，益失其真，若据纪容舒所订各条，《玉台新咏考异》归纳其窜乱之例，则梁武帝歌词二首，《东飞伯劳》及《河中之水》两歌，各本作古词者，皆后人所窜乱，一也。卷七武陵王纪诗，卷九沈约古诗题六首，即《八咏》中之六首。原注后人附入，宋刻本如此。又卷一陈琳《饮马长城窟》，卷六徐悱妻诗，卷八徐孝穆诗，卷十刘孝威《拟应教》，亦后人所增窜，二也。陆士衡《为顾彦先赠妇》，湘东王绎《和刘上黄》，传钞既久，题有脱文，三也。徐干《室思》六章，明本以前五章为《杂诗》，杨方《合欢诗》五首，明本以后三首为《杂诗》，明本所载者，皆后人之所分割，四也。梁简文帝《又三韵》一题，次《春闺情》诗后，纪氏以为此乃《伤美人诗》，以集中在《伤美人》诗后，故仅题曰又三韵，徐氏盖据原题编入，则《玉台》原编即甚粗疏，五也。即此五事，已见其不可尽据矣，而况徐氏为此编时，即或已截取各章，如沈约《八咏》只取其二首。或节录原篇，如《皑如山上雪》一首，纪容舒《玉台考异》云：此篇晋乐所奏，"相决绝"下，增入"平生共城中"二句，"东西流"下，增入"郭东亦有樵"四句，"不相离"下，增入"弦如马瞰其"五句，《宋书》有明文矣。其实竹竿何嫋嫋四句，已是入乐所加，其文迥不相属，说者曲为之解，究牵强不可通。今按纪氏以竹竿何嫋嫋四句，为入乐所加是也。四句既入乐所加，而《玉台》有之，则孝穆编此诗，必选自乐歌无疑，其所以较《宋书》少十数句者，孝穆删节使然也。德隶《乐府诗集》，以《玉台》此篇定为本辞，殊谬。或硎去文句，如繁钦《定情诗》，李善注《洛神赋》，引繁钦此诗曰：何以消滞忧，足下双远游，为《玉台》此首所无；又如李延年《歌》，宁不知倾城与倾国，《玉台》去宁不知三字，以就五言诗之例，或不辨作者，如《于清河见挽船士与新婚妻别诗》，原为徐干之作，（见凡例）《玉台》作魏文帝诗与文帝《于清河作》等题目并列，知原编已误矣。滋多可议乎？

复次，如《古文苑》所载齐、梁诗四十五首，《广弘明集》所载江总以下诸诗，则殆皆自《王融文集》及《江总文集》所截取而以原次编入者，是以他人和作，集中例附姓名者，此亦有之，本人诗章，集中例无姓名者，此亦阙之，以故二书中王融、江总之诗，多与所附他人之诗相混淆而莫可究诘，虽其截取之迹，依稀具在，俾得有所分判，然二书误人，固已千百年矣。韩元吉九卷本《古文苑》，（《岱南阁丛书本》）卷四，有齐、梁诗四十五首；其次序为《侍游西方山应诏》（不署作者此为第一首）。《游仙》（不署作者）。《奉和南海殿下秋胡妻》（不署作者）。《栖玄寺听讲毕游郊园》（不署作者）。《别萧谘议》（任殿中昉王延、宗记室史，萧谘议衍 [衍答诗也]）。萧记室琛《前夜以醉乖例今昼醒敬应教》。《别萧谘议》又一首（不署作者）。《和王友古意》二首（不署名，原注：沈右率等并和数十人，文多不载）。《饯谢文学离夜》沈右率约、虞驾部炎、范通直云、谢文学朓（谢答诗也），王中书融、萧记室琛、刘中书绘。《寒晚敬和何征君点》（不署作者）。《别王丞僧孺》（不署作者）。《学古赠王中书》（范通直云），《杂体报范通直》（不署作者），《赋物为咏》（《得幔》谢文学，《琵琶》王中书，《簁》沈右率）、《奉和月下》（不署作者）。《奉和秋夜长》（不署作者）。《四色咏》（不署作者）。《奉和纤纤》（不署作者）。《并代徐》（不署作者）。《咏梧桐》（不署作者）。《和王中书》（刘中书绘）。《阻雪连句》、《遥赠和》（谢文学江革）。按以上二十四题四十五首乃自王融集截取而来，是以其中凡不署名者，皆为王融所作也。韩氏九卷本，尚系佛龛原本旧样，（韩氏有跋云：讹舛谬缺者，不敢是正而补之，盖以传疑也。）故截取文集之迹犹存，至章樵为注，不察其故，辄依他书添入姓氏，遂致发生大误。《四库提要》称其误将王融二诗，题为谢朓，然不知章氏之误，固在此不在彼也。《广弘明集》三十卷江总以下诸诗为截自《江总文集》，具四证如下：（一）此卷自陈以后，首列江总《入摄山栖霞寺》一诗，署陈江总三字，此后各题皆以江为主，而附他人之作。而此各题如至德二年……云云，即不再署江总之名，其为截取《江氏文集》痕迹灼见。（二）所有之和诗，如陈主同江仆射《游摄山栖霞寺》，下署"御制"二字，既云陈主，不应并书御制，是以明本遂改御制为陈后主，是道宣编诗时添入陈主二字，而未暇削御制二字。又《静卧栖霞寺房望徐祭酒》，而其后即附徐祭酒（孝克）《仰和令君》云云，仍具文集之唱和格式。（三）陈江令《往虎窟山寺》，《艺文类聚》作梁简文帝，且列于简文其他诸诗之间，可知《类聚》不误，而此书有误。考此诗前有江总《庚寅二年二月十二日往虎邱山精舍诗》，后附王冏、陆罩、孔奂、王台卿、鲍至等五诗，皆应诏奉和之作，（如冏云：高明留眷赏，奂云：圣情想区外，台卿云：我王宗圣道，而鲍至则题云：从驾，皆其证）。检诸人游赏在一地，又且为一时同游，（江总题云：二十二日，鲍诗云：年还节已仲，可证。）知简文有诗而六臣共和也。盖江集之撰，先列总作，而以简文及他人附之，原次如此，道宣截取时，依次编入，传写既久，逸简文名，后人遂以其在江总诗后，误添陈江令三字也。（四）江总《庚寅二年二月十二日往虎邱山精舍诗》，下附江令公集云云，共三百余字，亦可为道宣采自江集之铁证也。严可均辑陈文，以祯明二年云云一题，在徐祭酒孝克《仰合令君》一诗之后，而无名氏，遂编归徐集，与《诗纪》之入江集者异，以上论断之，知严氏为误而冯不误也。至如德粲《乐府》，征引浩博，援据精审，保存旧文，斯为巨典，然亦有诗题恩列乐府，梅鼎祚《古乐苑》语。甲诗误为乙作，如谢灵运《折杨柳行》第一首，原为魏文帝之诗，见凡例。并强具本词奏曲，例如右一曲本词，右一曲晋乐所奏之别，《四库提要》论《乐府诗集》云：其古词多前列本词，后列入乐所改，得以考其孰为则，孰为趋，孰为艳，孰为增字、减字……诚《乐府》中第一善本。按艳趋之注，《乐志》已具，何得推功郭氏，本词奏曲，亦是强为区分，《提要》之言盖误。则其臆断疏误之处，在在皆是，此亦不可轻易据信者也。

二 校勘举例

文字之校正，是非之考证，既已见之于本文，似无待于举例矣。然文字所以窜误者，其故匪一，吾人所以正其讹谬者，亦事有数端，则就此略举什一，以补凡例之所未及，亦当无不可也。

（甲）作者姓名似异实同例

《文馆词林》百五十二，载潘岳《赠王胄诗》，共五章。按《艺文类聚》二十九，引潘岳《北芒送别王世胄诗》八句，即此第五章之文，则王胄即王世胄也。考《世说新语·赏誉篇》云：

> 谢胡儿作著作郎，尝作王堪传，不谙堪是何似人，咨谢公。谢公答曰：世胄亦被遇。堪，列之子，阮千里姨兄弟，潘安仁中外。安仁诗所谓：子亲伊姑，我父惟舅。是许允婿。

刘孝标注，引《晋诸公赞》曰：

> 堪，字世胄，东平寿张人，又引《岳集》曰：堪为成都王军司马，岳送至北邙别作诗，曰：微微发肤，受之父母，峨峨王侯，中外之首，子亲伊姑，我父惟舅。

寻谢安、刘孝标所引诗句，皆见此诗，知王胄即王世胄，作王胄者，避唐讳去世字耳。

《诗纪》隋诗有虞茂一人，编在虞世基后，冯注云：按隋史无虞茂，虞世基字茂世，此或世基诗也。诸集多以二名互见。今按虞茂既虞茂世之削文也。王世胄止作王胄，已见上文，又虞世南《左武侯将军庞某碑序》一首，《文馆词林》作虞南，皆避唐讳削去世字之例。又虞世基在《南接北使》及《江都应诏》二诗，《艺文类聚》皆作虞世基，而《初学记》作虞茂，亦可为虞茂即虞茂世之证。今并入世基集中。《诗纪》隋诗，有李那《和适重阳阁诗》，《八代诗乘》同，梅氏并注日：徐陵《与李那书》曰：获陪驾终南，入重阳阁诗云云，庾信，字文昶，并有《陪驾终南诗》，李那当与同时。按周婴《卮林》，据《周书》及《北史》，以为李那，李昶小名，赐姓宇文氏，故亦曰宇文昶，实系一人。此说是也。冯氏编入隋诗误。（周说见《卮林》七）

（乙）题目窜乱例

本为一序割为一题一序者。

《诗纪》，《陆云集》，《从事中郎张彦明为中护军》，一首六章。无序，次为

《赠汲郡太守》，一首八章有序，其序云：

> 奚世都为汲郡太守客，将之官，大将军崇贤之德既远，而厚下之恩又隆，非此离析，有感圣皇，既蒙引见，又宴于后园，感《鹿鸣》之宴乐，咏《鱼藻》之凯歌，而作是诗。

《古诗所》、《百三家集》，所载与此悉同。明陆元大翻宋本《陆士龙集》，即《二俊集》，《四部丛刊》有影印本，卷第二，则此序属上篇"从事中郎"一题，而不属《赠汲郡太守》诗，陆心源《群书校补》所据宋本亦同。寻宋本陆集，题云张彦明，序称奚世都，"张冠李戴"，显有讹误，而《赠汲郡》一题，又适赠奚生者，以篇中有抑抑奚生之句。似冯氏所编不误矣。然持此序文以较"从事中郎"一题，彼此乖悖并不密合，如原属"赠汲郡"者，则本集无由窜乱，此其一。序中"奚世都为汲郡太守客将之官"十二字，甚为费解；客字属上，则奚为汲郡太守客，而非太守，与《赠汲郡太守诗》"抑抑奚生"之文不合，客字属下，读成"客将之官"，客将二字，则又不辞，此其二。又序文六十一字，虽及奚生之为汲郡事，而通篇实赞扬大将军之辞，似非所以专别奚生者，此其三。然则置此序于《赠汲郡太守》一题之下，实亦不合也。故余以为此序文六十一字，应上接"从事中郎张彦明为中护军"十一字，共为一序，以序为题，盖作：

> 从事中郎张彦明为中护军，奚世都为汲郡太守，各将之官，大将军崇贤之德既远，而厚下之恩又隆，悲（原作"非"者误）此离析，有感圣皇，既蒙引见，又宴于后园，感《鹿鸣》之宴乐，咏《鱼藻》之凯歌，而作是诗。

此以长篇叙事作为诗题者。盖旧集以前十一字标目，后人遂将卷中奚世都以下六十一字，误为诗序，因分割之，并于军字下添"并序"二字，遂至此误也。兹举四事以证明之：（一）序文六十一字虽曾述及奚生而实为叹美大将军之辞，故一则曰崇贤，再则曰厚下，而终之曰感《鹿鸣》之宴乐，咏《鱼藻》之凯歌，此与诗中专美大将军崇贤，如云，王曰钦哉，全嘉乃勋，徽音孔硕，惠尔风云。厚下，如云，亹亹我王，丰恩允臧，我客戾止，饮酒公堂。饯宴，如云，公王有酒，薄言享之。及伤别，如云，悲矣永言，指途逝将。而初无一句别奚、张之语者，彼此正合。序与诗合，可证此序之必属此诗，仅"从事中郎"等十一字，不能为此诗之完全题目。（二）诗中有云："肇彼桃虫，翻飞假翼，出抚邦家，入翔紫微，"寻"出抚邦家"，即《赠汲郡太守诗》，"出宰邦家"之意，指奚生也；而"入翔紫微"一句，又适与张之为中护军者相应，知大将军所饯别者，为张、奚二人，而非其中之一人，此足证"从事中郎张彦明"以下十一字，与"奚世都"以下六十一字，共为一题，而不可分割也。 (三) 陆集诗题如"太尉王公以九锡命大将军让公将还京邑祖饯赠以此诗"一题，及"大安二年夏四月大将军出祖王、羊二公于城南堂皇被命作此诗"一题，皆以长序作题者，则此诗有此长序，在集中亦非孤例。此足证"从事中郎"以下十一字与"奚世都"以下六十一字可为一题也。 (四) 序中客将之官之"客"字，属上属下，均不妥。寻客乃"各"字之讹，本为各将之官，上承张、奚之文，各讹作客，后人又将"奚世都"以下六十一字，误为序文，遂使此序全部失其意义。则有此一字之订正，亦可证"从事中郎"以下十一字，与"奚世都"以下六十一字之必为一题也。

由诗题证知为某人之诗者。

谢惠连《泛南湖至石帆》见《艺文类聚》卷九。按《太平寰宇记》九十九温州石帆条，引《永嘉记》云：永嘉南岸有石帆，乃尧时神人以破石为帆，将入恶溪，道次置之溪侧，遥望若张帆，今俗号为张帆溪，与天台相接。又引《永嘉郡国志》曰：东海信郎神，被石为帆，今东海有信郎祠是。《太平御览》五十二，引此二条略同。又《艺文类聚》卷八，引谢灵运《游名山志》曰：破石溪南二百余里，又有石帆，修广与破石等，度质色亦同，传云：古人有以破石之半为石帆，故名彼为石帆，此为破石。据上引三文，则石帆在永嘉恶溪。谢惠连未曾至永嘉，不得有《泛南湖至石帆》之作，检灵运、惠连之名，《艺文》常有互讹，而此云惠连者，盖灵运之误也。

昭明太子《春日宴晋熙王》，冯氏于题下注云：此诗见《艺文类聚》，考《南史》梁时无晋熙王，疑《艺文》误也。今按《梁书》及《南史》，梁武时实无晋熙王，又诗中有云：国难悲如毁，亲离叹数穷。昭明卒予侯景乱前，时方承平，亦不得有此离乱之语。考侯景盗国，梁元帝称制江陵，封简文子大圜为晋熙王，事见《周书》四十二《萧大圜传》，则《春日宴晋熙王》乃元帝诗也。是时元帝值国难家艰，诸王争位不息，故诗中云云，《艺文类聚》多有窜乱，此又一例。

(丙) 章法可以互校例

各乐府诗其各章体制相近有可资校勘者。

魏武帝《步出夏门行》，见《宋书·乐志》及《乐府诗集》卷三十七，计正歌四解，尚有艳词数句。第一解以"东临碣石，以观沧海"起，以"歌以言志观沧海"起，以"歌以言志观沧海"煞，第二解以"孟冬十月，北风徘回"起，"歌以咏志冬十月"煞，第三解以"乡土不同，河朔隆寒"起，以"歌以咏志河朔寒"煞，第四解以"神龟虽寿，犹有竟时"起，以"歌以言志龟虽寿"煞，此煞句"观沧海"、"冬十月"、"河朔寒"、"龟虽寿"等，皆为正文。

然《南齐书·乐志》载晋《拂舞歌》，东临碣石一章，则以"歌以言志"煞，无"观沧海"三字，注云：右魏武帝辞，晋以为《碣石舞歌诗》四章，此是中一章云云，岂晋代作为舞曲时，已删此三字乎？检《晋书·乐志》及《乐府诗集》五十四，晋《拂舞歌诗·碣石篇》四章，悉以"歌以咏志"煞，又并以"观沧海"等三字，置各章后，作为分题，知此"观沧海"等三字，在《拂舞歌》中，已皆不为正文矣。然《诗纪》载魏武此诗，不据《宋书》原文，而依《晋书·乐志》晋舞《碣石篇》编入之，惟又依《宋书》添一解、二解等小注，其意或在兼容，结果竟致两失，盖两调体裁本不同，所用之歌辞亦互有增减，合之实不可也。兹举二证，以明其误：（一）《步出夏门行》有艳词，而《碣石舞》无之，此已见其彼此有别矣。（二）凡含有"歌以言志"之歌，其体制大致相同，此种体制有二特点：首句末句相同，如魏武《秋胡行》以"晨上散关山"句起，亦用以为煞，或以起首二句，裁成一句以殿之，如嵇康《秋胡行》，其第一章起句云："富贵尊荣，忧患谅独多"煞句则云："富贵忧患多"者是也，其一。末句之上，必有"歌以言（或咏）志"一句，承上启下，以为首尾应和之关键，其二。此二皆《夏门》、《秋胡》二行所同具，而不可缺者，则其与晋舞曲之不同，固甚显然。冯氏似未能深究此例，遂以意增改也。今仍从《宋志》订正之。

诗之体制章法，已有惯格，因可明其正误者。

王胡之《赠庾翼诗》，见《文馆词林》百五十七。其第一章云："仪凤厉天，腾龙凌云，昂昂猗人，逸足绝群，温风既畅，玉润兰芬，如彼春零，流津烟煴。"其第二章云："邓林伊何，蔚蔚其映，流芳伊何，鉴犹水镜。……"按晋人四言诗，凡次章有两某某伊何之句，每承上章之用词而申述之，质之今存各什，无不皆然，今姑举三篇，以见此种行文之三式：

(一) 枣嵩《赠杜方叔》云：

……孤根挺茂，艳此丰干。晞曜朝阳，接润辰汉。如彼芬松，繁华冬粲。其一。
厥艳伊何，重英累茂，厥粲伊何，既苗而秀。……其二。

(二) 郭璞《赠温峤》云：

……擢翘秋阳，凌波暴鳞。其一。
擢翘伊何，妙灵奇挺。暴鳞伊何，披采迈景……其二。

(三) 谢安《与王胡之》云：

> ……外不奇傲，内润琼瑶。如彼潜鸿，拂羽云霄。其一。
> 内润伊何，亹亹仁通。拂羽伊何，高栖梧桐。……其二。

观之皆可晓然。而王胡之他诗如《答谢安》，亦云：

> ……凌霄矫翰，希风清往。其一。
> 矫翰伊河，羽仪鲜洁。清往伊何，自然挺彻。……其二。

则此诗"邓林伊何"之"邓林"，"流芳伊何"之"流芳"，必上章已出其语，而此承言之也。第一章既无"邓林"、"流芳"之语，则两伊何之句，皆失其着落，疑第一章下或是脱去一章也。唯第一章中有"如彼春零，流津烟煴"二句，以较"流芳伊阿"等二句，彼此同一流字，则"春零"之与"邓林"，"流津"之与"流芳"，亦或原有相同之辞，经传写而讹，遂致"春零"与"邓林"不同，"流津"与"流芳"互异乎？王融《赠族叔卫军诗》，《文馆词林》百五十二载全篇，共十五章，其十二章末云："公虽庆止，威德惟馨"，其十三章之首即云："德馨伊何，如兰之宣"，此"德馨伊何"，即承上章"威德惟馨"，更而申述也。《艺文类聚》所引删其第十二章，而录"德馨伊何"等句，遂致前后不相照应，若不以《文馆词林》勘之，后人见《艺文》所载者，必以为完篇，而不知此"德馨伊何"之句尚无着落也。

（丁）依韵校勘例

字讹失韵，因文义推知当为某字者。

谢安《与王胡之诗》，见《文馆词林》百五十七。其四章云：

> 余与仁友，不涂不筍。此据董康影印本，《黎氏古逸丛书》及丁福保《全晋诗》皆作筍。默匪岩穴，语无滞事。栎不辞社，周不骇吏。纷动嚣爵，领之在识。会感者圆，妙得者意。我鉴其同，物睹其异。

今按事、吏、识、意、异皆在"之"部，惟筍字不叶，近人作《汉魏六朝韵谱》，遂阙筍字不录。今按筍者，筍字之讹，"不涂不筍"，用《庄子》义，《庄子·秋水篇》云：

> 庄子钓于濮水，楚王使大夫二人往先焉，曰：愿以境内累矣。庄子持竿不顾，曰：吾闻楚有神龟，死已三千岁矣。王以巾筍而藏之庙堂之上。此龟者，宁其死为留骨而贵乎？宁其生而曳尾于涂中乎？

此诗正用其巾筍而藏曳尾涂中之义，而反说之，上言"不涂不筍"，故下言"默匪岩穴，语无滞事，栎不辞社，周不骇吏"，而"箬"与"事"、"吏"等字皆叶也。

陆陲《释奠应令诗》，见《文馆词林》百六十。其五章云：

> 巍巍储后，实等生灵。克歧克嶷，夙智早成。无论时岳，岂匹泉淳。桂宫愿誉，兰殿惭声。

案：淳与灵等韵不协，乃淳之讹，《意林》引傅子澄之则淳而清，《御览》三百六十淳作淳，是其比，又泉淳与岳时常为对文，石崇《楚妃叹》云：渊峙岳峙，又潘岳《许由颂》，川停岳峙，皆其例。

字讹失韵，由辞例推知当为某字者。

《孤儿行》篇中有云：

> 兄嫂令我行贾，南到九江，东到齐与鲁。腊月来归，不敢自言苦。头多虮虱，面目多尘。大兄言办饭，大嫂言视马。

按大兄之大为土之讹，土唐人多写作云形近易讹。本属上句，作面目多尘土，土与贾、鲁、苦、马叶，若断尘为句，则失其韵矣。尘下有土字，则鲁苦土三句皆上四下五，句法亦同。下文原作兄言办饭，嫂言视马，四言偶句也，篇中此例亦多，如冬无复襦，夏无单衣，三月蚕桑，六月收瓜，皆是。称兄称嫂，全篇辞例一致，如兄嫂令我行贾，兄与嫂严，及兄嫂难与久居皆是，土讹作大，连下读为大兄，后人遂于嫂字上，亦添大字，求其比称，失其韵，并乱其辞矣。

因避讳改字失韵，由文义推知应为某字者。

郭璞《与王使君诗》，见《文馆词林》百五十七第一章，云：

> 道有盈亏，运亦凌替。茫茫百六，孰知其弊。蠢蠢中华，遘此虐戾。遗黎其咨，天未忘惠。云谁之眷，在我命代。

按代当为世字，因避唐讳而改，命代既不为辞，而代与替、弊、戾、惠亦不叶。

(戊) 句法校勘例

由偶句词义定其是非者。

张华《杂诗》"逍遥游春空，容与绿池阿，"《玉台新咏》宋刊本，空作宫，唐写本同之，又绿作缘，按：作宫作缘皆是也。游与缘为对文，春宫与池阿为俪辞，逍遥游春宫，容与缘池阿，以咏春游乐趣，正见属文之意，若作游春空，为不辞矣。此诗以逍遥形容游，以容与形容缘，若改缘为绿，亦与行文之法不合，今据唐写本改正之。

陶渊明《和郭主簿》：芳菊开林耀，青松冠岩列。按开林耀乃耀林开之讹。耀林开与冠岩列为对文。上言耀林而开，故下言冠岩而列也。又花曰耀林。与左思《招隐诗》"丹葩耀阳林"，潘岳《河阳诗》"时菊耀秋华"，句法相仿，而江淹诗"时菊耀岩阿，云霞冠秋岭"。亦耀冠字相对，尤足为其坚证。

由上下句文义定其正误者。

王融《杂体报范通直》见《古文苑》，其末句云："椒君兰蕙草，何用以书绅，"章樵注曰：椒未详音义，融集作徵，徵证也。今按，椒乃微之讹字，唐写微每作椒，易误为椒。"微君"与"何用"，上下呼应，乃用诗微君胡为之句法也。融集作徵，亦微之讹。张华《杂诗》，"来哉彼君子，无愁徒自隔"。纪容舒《玉台考异》，于此句下注云："愁字未详，疑有舛误。"按：唐写本《玉台新咏》，无愁作无然，言无如此以自隔也，与此例同。

(己) 拟作原作可以互校例

汉《相和曲·鸡鸣》一篇，有云：

> 上有双樽酒，作使邯郸倡。刘玉碧青甓，后出郭门王。

《宋书·乐志》同，《乐府诗集》玉作王。按刘玉以下二句，窜乱特甚，后来注释者不得其解。今寻刘玉以下二句，乃承作使邯郸倡一句而发，上句言倡者刘碧玉，下句言魏妃郭女王耳。原文当作"名倡刘碧玉，甓后郭门王"。名倡二字，涉上文倡字钞脱，甓后讹为甓后，又衍青字出字也。沈约《宋书》北宋时已多散佚（见《四库总目提要》）。文多舛失（《崇文总目》语），此二句之讹误，自不必怪。举证如下：

《乐府诗集》卷二十八于此篇之后，列拟作数首，其中梁简文帝《鸡鸣高树巅》一篇，最足参校，今摘鸡鸣各句，并列简文全篇，以比其异同。

《鸡鸣》	《鸡鸣高树巅》
作使邯郸倡，刘玉碧青甓。	碧玉好名倡，夫婿侍中郎。
兄弟四五人，皆为侍中郎。	
黄金为君门，璧玉为轩堂。	桃花覆井上，金门半掩堂。
桃生露井上，	
池中双鸳鸯。	时欣一来往，复比双鸳鸯。
五日一来归，观者满路旁，	
鸡鸣高树巅。	鸡鸣天尚早，东乌定未光。

足见简文属辞用事，皆取自此篇，则刘玉碧三字，其为刘碧玉之误无疑矣。检《北堂书钞》百二十乐部倡优，引《乐府歌》云："名倡刘碧玉"，当即此篇原句，为简文"碧玉好名倡"一句之本。又按魏文帝郭后字曰女王，见《三国志·魏志》五《文德郭皇后传》。此曰郭门王，盖即指之。寻刘碧玉以倡家见宠于汝南，庾信《结客少年场行》：定知刘碧玉，偷嫁汝南王。郭氏以贱人而为魏帝嬖后，详见《郭皇后传》栈潜上疏。其彼此身分正同。郭氏生地广宗，又适近邯郸，故可与以倡优著称之刘碧玉，作成两句，上承"作使邯郸倡"之语，以言作伎之佳也。《通典》云："碧玉歌者，汝南王亮妾，宠好故作歌之。"足证此诗杂晋人之作，已非汉辞之旧。《宋书》谓相和汉旧曲者，仅以其防自汉耳。

（庚）以用事校勘例

由一代制度校其真伪者。

《太平御览》九百四十七引应璩《百一诗》曰：

> 大魏承衰弊，复欲密其罗。蚍蜉犹见得，何云鳝与鰕。狴犴既已备，欻复置黄沙。

按《晋书·武帝纪》，太康五年，始置黄沙狱，黄沙起自此也。应璩卒于魏嘉平四年，其诗不得有黄沙之语，寻《晋书·李寿载纪》云：

> 李演自越巂上书，劝寿归政反本，释帝称王，寿怒杀之，以威龚壮思明等。壮作诗七篇，托言应璩以讽寿。寿报曰：省诗知意，若今人之作，贤哲之话言也，古人所作，死鬼之常辞耳。

托言应璩，自必假称大魏，亦必以"百一"名篇。又《隋志》晋蜀郡太守李彪《百一诗》二卷，两《唐志》作李夔《百一诗》二卷，当是一集。知魏、晋间固有拟《百一诗》者，然则此必非休琏诗，特为人误归之耳。

由用典校其正误者。

谢朓《秋夜解讲诗》云：

> 四缘去谁肇，六识习未央。沉沉倒营魄，苦荫蹙心肠。……

按：四缘去谁肇之"去"，当是"法"之残文，四缘心法，为佛经恒义，此诗以四缘法，与六识习为对文，若作去，即失其义。又沉沉倒营魄，沉沉一作渊渊，按沉沉渊渊皆非也。应作沉渊，用《诗》如临深渊义，与苦荫对文，此言沉渊，故下文有孰云济沉溺，假愿托津梁之句也。

梁简文帝《赋得当垆诗》云：

> 迎来挟瑟易，送别唱歌难。

《乐府诗集》瑟作琴，《玉台新咏》宋本唱作但，按《乐府》非《玉台》是也。《宋书·乐志》载徐邈上书曰：

> 是故双剑之节崇，而飞白之俗成，挟瑟之容饬，而赴曲之和作。

又《宋书·乐志》云：

> 但歌四曲，出自汉世。……

是"挟瑟"、"但歌"，皆用当时乐中习语，若作挟琴唱歌，即为不典。纪容舒《玉台考异》，竟以但字为误，而从《乐府诗集》改作唱，是舍是就非也。

(辛)就用辞习义校订例

有似误而实不误者。

谢灵运《赠从弟弘元时为中军功曹住京》一诗，见《文馆词林》百五十二。诗中有云："金云尔谐，俾藩是纪逝，将去我，言戾北鄙，"知弘元为中军功曹，乃从外藩赴北鄙，而此"住京"云云，似有脱误。检灵运先有此诗而后又有《赠从弟弘元》一首，叙云：

> 从弟弘元为骠骑记室参军，义熙十一年十月十日，从镇江陵，赠以此诗。

按二题曰中军，曰骠骑，俱指刘道怜一人，此检《宋书·武帝纪》及《长沙王道怜传》，可知。然道怜义熙八年为兖青州刺史，镇京口，十年进号中将军，十一年以骠骑将军为荆州刺史，其与二题所言官职年代既合。知此"京"者，即京口也。按：此题不曰京口而曰京者，实就当时习惯用语出之，并非文有脱误，《宋书》五十一《长沙景王道怜传》云：

> 元兴元年，解尚书令位司空出镇京口……永初三年……道怜入朝，留司马陆仲元居守，刁逵子弥为亡命，率数十人入京城，仲元击斩之。

责任编辑：孙大伟

ISBN 7-80606-541-5

ISBN 7-80606-541-5/G·127

定价：15.80元

吉林摄影出版社

理

地

04-5-11, 16:55

又《宋书》九十九《二凶传·始兴王濬传》云：

> 及出镇京口，听将扬州文武二千人自随……在外经年，又失南兖，于是复愿还朝……乃因员外散骑侍郎求镇江陵……上以上流之重，宜有至亲，故以授濬，时濬入朝遣还京为行留处分，至京数日，而巫蛊事发，时二十九年七月也。……濬还京本暂去，上怒，不听归。

皆证京者即当时京口之习惯称呼，与京师有不同也。

有似不误而实误者。

郭璞《赠温峤诗》云：

> 人亦有言，松竹有林。乃尔臭味，异苔同岑。

周婴《卮林》卷五"解冯"门云：

> 异苔同岑，依《艺文类聚》录也。《太平御览》作异本同岑。《诗归》谭元春曰：异苔同岑，新而有彩。锺惺云：异苔字如何入想。按异本义已难通，苔字尤谬。余以为应作异谷，转写讹耳。陆士衡《赠冯文罴诗》，出自幽谷，及尔同林。景纯盖用其语。

今按《文馆词林》载此诗全篇，苔原作苕，是也。苕与条通，景纯《答王门子》云："苕不雕翠，柯不易蒨。"又《游仙诗》云："潜颖怨青阳，陵苕哀素秋。"皆其此例。此言"异苕同岑"，与陆机《赠贾谧诗》"同林异条"之义略同，苕讹作苔，苔岑二字，遂误为后世论交之习语。《古逸丛书》本《文馆词林》，及丁福保《全晋诗》均作苔字，皆为习语所误。周氏疑之甚是。然谓应作异谷，则非。俞樾《茶香室四抄》卷十一有此说，谓苔为条字之误。然不知原作苕字也。又鲍照有《歧阳守风》一诗，按歧阳乃阳歧之倒误，《太平寰宇记》百四十六荆州石首县条下云：阳歧山在县西一百步，鲍明远《阳歧守风诗》云："洲回风正悲，江寒雾未歇。"即此也。后人以熟知岐阳，而不知更有阳歧一地，遂颠而倒之，注家因失其解。

以上甲乙丙丁戊己庚辛八事，仅就其应言者言之，虽引列已繁，实未足尽其什一。至其可以因例发凡者，置凡例中，其专就本篇为论或足籍材料以订正讹误者，则分见当篇之下，兹并从略。

三 辑逸举隅

旧集残佚，先贤篇什，已至百不存一，则除就《诗纪》著录之诗，考其真伪，辨其谬误，正其窜乱之外，非蒐辑遗逸，补苴漏脱，犹为未竟全功。今博稽众籍，详为攟摭，凡增《诗纪》未收之诗人共若干名，凡增《诗纪》未录之完诗共若干篇，至于只字片韵之增入者，则为数之多，不可枚举。夫增广先贤诗篇，藉以考鉴各代诗学本原，及诗人遣辞造句之特格，其为重要，自不必论。今只就一鳞片羽，其所以裨补广益，亦有未可忽视者论之。

(甲) 博见闻以免臆断

《诗归》载谢灵运《登庐山诗》云：案《诗归》此诗采自《诗纪》。

> 积峡忽复启，平涂俄已闭。峦陇有合沓，往来无踪辙。昼夜蔽日月，冬夏共霜雪。

锺惺云：六句质奥，是一短记。谭元春云：他人数十句写来，未必如此朴妙，如此大题目，肯作三韵，立想不善，是皆以灵运此六句为全篇也。周婴《卮林》于此诠之曰：

> 江淹杂诗注，引谢《登庐山诗》云："山行非前期，弥远不能辍，但欲淹昏旦，遂复经盈缺。"疑即是篇发端也。不经昭明所选，代久篇残，何知霜雪后更无数十句乎？耳目难遍，胸臆易生，亦论古之大病也。……

今按《北堂书抄》百五十八，引谢《登庐山绝顶诗》曰：

> 扪壁窥龙池，攀崖瞰乳穴，积峡忽复起，平涂俄已闭。

寻积峡二句，为《诗归》所载，扪壁二句为《诗归》所阙，则《诗归》所载者，残篇耳。而锺、谭反称赏其结构之善，岂非大误乎？

(乙) 古人之用典得以征实

《诗品》总序云："'清晨登陇首'，羌无故实。"向来笺注《诗品》者，视为疑窦，或曰未详，如古直《锺记室诗品笺》之类是也。今案《北堂书抄》百五十七引张华诗曰：

> 清晨登陇首，坎壈行山难。岭阪峻阻曲，羊肠独盘桓。

知《诗品》所引，乃茂先诗也。笺注者皆失考。

(丙) 古诗之本事可资推定

潘岳《金谷集》作五言一首，见《文选》二十，《文选》二十九李善注《齐故安陆昭王碑》，引潘氏《金谷会诗》四言两句，又卷三十，注《南楼中望所迟客诗》，引杜育《金谷诗》二句，亦四言。据此知石季伦金谷集诗，与王右军兰亭集诗，其一人兼有四言五言者，彼此同也。《诗纪匡谬》云："据柳公权书本云，四言诗王羲之为序，序行于代，故不录。其诗文多，不可全载，今各裁其佳句而题之，亦古人断章之义也。则知今世所传俱非全文，皆诚悬删本也。其五言诗序，亦删兴公之作，序下小字注曰：文多不备载，其略如此，其诗亦裁而缀之，如四言焉。明是右军为四言序，兴公为五言序也。"寻此两次之文士大会，皆有序序游，皆各作四言五言，又皆以酒罚其不能为诗者，则知右军兰亭之集，乃遥追季伦金谷之游。而有此金谷四言诗之残存，始益足以证明焉。《世说新语·企羡篇》云：

> 王右军得人以兰亭集序方金谷诗序，又以己敌石崇，甚有欣色。

据此可知兰亭文会之义矣。

辑逸之事，兹仅举此三例，至如所增诗篇，或足考镜源流，或足明辨诗体，及其余有文史切及诗人者，兹不一一详之矣。

慨自唐、宋以降，古集亡佚，而总集有作，然事由草创，窜误弥多，虽自后历经改编，亦罕能有所是正。承学之士，受其蔽焉。余学识浅薄，不虞岁月之劳，为文订疑补阙，大之一集一诗，小之一辞一字，莫不详为披寻，以图正其次序，辨其真伪，理其乖谬，复于每篇之后，附以校录及考论，以求见其出处，存其异同。且以察知各书之引用数量与夫标准。至于前人所论如有所长，亦复择举，用收集思广益之效，较之铁桥全文，或能取其所长袪其所短乎？惟先贤篇什，百不存一，今之所见未必悉为佳作，而又十九割截，无以订正，则欲据之以考镜此十一朝之诗歌，又须择取善用，不执一端，此作者于凡例中，所以详为论列，不惮辞费者也，览者倘取其心焉。

钦立从事斯业，前后凡三年，其间以缺乏书籍辍业者几一载，盖能专力校辑为时仅两易寒暑耳。凡汉、隋十一代诗，卷帙纷繁，讹误屡见，若加董理，则才识功力，势须兼备。钦立庸于材质，囿于见闻，而二年之中，竟得卒业者，皆吾师罗膺中先生杨今甫先生谆谆教诲之所赐也。罗师于钦立始业之初，并为纂工作提要一篇，以为纲领，今之校辑，咸依其大端。又荣城张政烺先生，于版本目录方面，惠我者亦复良多。今当竣事之际，发检稿草，不胜欣感之情，故并于此谨志谢忱。其他师友之教我者，皆于当篇见之，此不及焉。

一九四二年六月十九日序于南溪板栗坳

凡例（三十六则）

一、是编取《古诗纪》汉至隋十一朝诗，补其遗漏，正其谬误，名之曰《〈古诗纪〉补正》。

二、《诗纪》前集上古迄秦一部，本名《风雅广逸》，自成一书。其中杂收铭、诔、赞、诵等文，与正集汉至隋部分外集《鬼仙杂诗》体例不合。又其中逸诗琴曲等，牵涉古籍真伪，经学家数等问题，未可遽于汉、隋古诗同编，今删。

三、外集鬼仙杂诗，今仍附之编末，其中有传为汉以前作者，多出伪托，今著录于所见书之下。

四、各代次序，略以《隋志》分为汉诗、魏诗、晋诗、宋诗、齐诗、梁诗、陈诗、后魏诗、北齐诗、北周诗、隋诗。蜀本季汉，仍列汉编；吴为偏霸，用附魏后，赵、秦虽据中原，实为异族，并附晋人之后，此又不同《隋志》者也。

五、每代次序，先帝王，次后妃诸王，次诸家，次列女，次释道，而以郊庙乐章及谣谚殿之。

六、魏武、晋宣，始造魏、晋，然终其身仍为前代之相臣，今正名定分，以魏武诗列汉什之最末，晋宣诗为魏诗之卒章，亦班氏传王莽例也。至于徐、陈、应、刘，并卒于建安，故仍系于汉世。其身历数代者，则兼以史传入何代官爵终其朝者，定其伦第，如江淹入梁，庾信入周，江总入隋是也。至于渊明入晋，则以晋、宋二书作传之例，从其志也。

七、晋、宋后，郊庙乐舞，皆具撰人，似应分别编入各集，然此等诗编，皆体沿旧制，作者所长，不具于此。且同堂之歌，宫商有序，一郊之乐，撰者匪一，若加分割，易至两失。今仍从《乐府诗集》，划归各代，而分别注明其撰人姓名。

八、《鼓吹曲辞》、《杂舞曲辞》，凡奏之公朝，列在乐官者，亦如前例，编于《郊庙》、《燕射》之后。其各家拟作不入乐府者，则仍入本集。此从《诗纪》凡例。

九、《横吹》、《清商》二部，不著撰人姓氏，今编《横吹曲》入梁，从《古今乐录》也。至《清商》一部既历经各代，迭有增删，《诗纪》统入晋代，实所未妥。《诗纪》，晋诗《清商》曲辞，（吴声歌曲及西曲歌二类）皆自《乐府诗集》采入，冯氏注曰："按《清商》曲，古辞杂出各代……有世代可考者，各从其世，无可考证，如《黄生》、《黄鹄》等曲，并附于晋，从其始也。"钦立按：冯氏编入晋代各曲，实不全为晋诗。其中有明标晋、宋、齐辞者，（如《子夜歌》、《子夜四时歌》。又《子夜歌》之末二首，且为梁武帝作。）有唐人歌辞，（如《黄竹子》及《江陵女歌》，唐李康成曰：《黄竹子歌》《江陵女歌》，皆今时吴歌也。）此吴声歌曲不尽晋诗之证。有梁朝用曲，（如《三洲歌》，《乐府诗集》引《古今乐录》云云可证，又《采桑渡》，《唐书》曰：《采桑渡》梁时作，又《江陵乐》、《青骢白马共戏乐》、《安东平》、《那呵滩》、《孟珠》、《翳乐》等，《古今乐录》皆有明文可证。）有南齐用曲，（如《来罗》曲中，有说及齐朝年号者。）有陈朝用曲，(如《夜黄》、《夜度娘》、《长松标》、《双行缠》、《黄督平西乐》、《攀杨技》、《寻阳乐》、《拔蒲》、《作蚕丝》等曲，《古今乐录》皆云："倚歌"。然于此诸曲，独不标其朝代，盖智匠陈人，因其皆当时乐曲，故不必标其时代也。)此西曲歌不尽晋曲之证。凡乐歌沿用数代，不特迭有增删，亦递次加入新辞，宣编入其最末使用之一代，《诗纪》悉入晋诗，失之。今则详为分析，列入其宜属之世，其唐世之歌，则删之。

十、谣歌谚语，可为诗之附庸，故凡为韵语者，录之，其仅系口语与诗无关者，删之。以较杜文澜《古谣谚》，或杨升庵《古今谚》，此或增其所无，间亦略其所有。

十一、诗人凡有旧集者，即照其原次列入，其无者则略依《诗纪》，分乐府及诗两类，以次列之，惟两类之中，不更准诗体，别其先后，故凡一题之各章，虽有五言及七言等之不同，亦一依他书之原引次序，所以除《诗纪》割裂之弊也。

十二、各旧集如嵇康、谢朓等集，并附载他人之诗，可以见当时并作及赓答之迹，今于诸家集可考见者，亦仿此例附之，然止及其明白有据者。他如题虽偶同，不明其为和某人则不附，有和诗无倡者不附，止于题下互笺之而已。凡附他人之诗，低本诗一字。凡附载之诗，如其人有爵里可考，则亦为其人别为一类，无者止于附诗题下，笺见其名。以上略从《诗纪》凡例。又如《谢宣城集》，凡倡和等诗，并注各人当时之官阶，足以考鉴诗人本事，亦从集本列入之。

十三、集本散亡，赖类书补其逸佚，然类书所引，率为节录，《诗纪》于显为残阙者，篇后注一阙之，以分别之。按：冯氏以为阙者，尽人皆知其为阙，冯氏不注而以为完篇者，又实多不完。如曹植《公宴诗》，冯氏辑自《艺文类聚》，不注阙字，以为完篇也，不知《太平御览》所引者，尚多四韵八句。又宋文帝《北伐诗》，冯氏亦自《艺文类聚》辑录，不注阙字，以为全篇也，不知《宋书·索虏传》载有全篇，较此尚多五韵十句。他如冯氏辑自《艺文》诸诗，而《文馆词林》有之者此例尤多。则有此注，反滋迷误，今统删去；诗之为完为阙，读者参稽本书校记，自知之也。

十四、各家小传，略依《诗纪》及严氏全文，著其爵里、卒年、寿数、赠谥、著述等，如其人为二书所未详者，亦间自史传补辑其事略，其所不知盖阙如也。

十五、每一诗后，附以校记，其法：先列引用材料之出处，署名及标题，次书其引诗终始及文字异同。其署名标题及引诗终始，凡与《诗纪》同者悉不书，其文字与《诗纪》全同者，则以同字识之。校记以后，即附论证，集录旧说，参以己意，以辨其是非正误。又引用材料，凡杨目 杨守敬《古诗存目》未及蒐集者今悉附入，而以"△"号别之。又所得佚诗，凡杨目未及见者，亦用"△"号明其为新增。此所以寓杨目之崖略于编中，亦所以志杨氏之劳勤也。

十六、各类书总集别集等，其本身亦复鲁鱼亥豕，讹误屡见，今每参合各本，反复核校。此则兼取众本之长，以免好奇务异之弊。凡所用之本，校记中仅以甲乙别之，甲乙之究为何本，则于引用书目一篇中明之。

十七、缥缃既纷，作者易混，往往一诗，彼此歧出，其故盖有下列各事：**各书传刻之讹误**，如《玉台新咏》卷六，宋本起首吴均诗二十首，次王僧孺《春怨诗》等十七首，共三十七首，明本则《春怨诗》题下无撰人，通以吴均领之，共三十三首，其异一也。宋本三十七首中，王僧孺有《为人述梦》一首，明本无之，明本前端有《梅花落》一首，宋本无之，其异二也。宋本起首吴均《和萧洗马子显古意》六首，明本缺，而有《古意》中之"匈奴"一首，及《采桑》"贱妾"一首，《梅花落》"终冬"一首，其异三也。三异之外，标题次序悉同，吾人于此可以参见其讹误之故：一、宋本《和萧子显古意》六首，明本盖已佚其前四首，并佚其题，后人遂据《艺文类聚》于"匈奴"一首，补题"古意"二字，于"贱"妾一首，补题"采桑"二字，又据《文苑英华》添入《梅花落》一诗也。二、《为人述梦》一篇，明本业已烂脱，故仅宋本有之。三、由于佚去王僧孺名字，吴、王之诗遂至彼此歧出也。又《玉台新咏》十七，《代庆之美人为咏》、《梦见故人》及《有期不至》三诗，宋本署姚翻，明本佚撰人姓名，而以诗在刘令娴诸诗后，《诗纪》遂径作刘诗也。又《艺文类聚》荀勖《从武帝华林园宴诗》，以逸勖名，后人遂以为武帝诗（《诗纪注》），不知《初学记》引此正作荀勖不误也。**后人辑本之误收**，如后人所辑《陆机集》《二俊集》），卷七，有《当置酒》一篇，诗有云："日色花上绮，风光水中乱，"绝与晋人诗不类。按《乐府诗集》三十一，引作梁简文帝诗，编在宋孔欣《置酒高堂上》唐李益《置酒行》之间，可证必非晋人之作。陆集为后人所辑，故误收之。**文集合刻之混淆**，如《陆机集》卷七，有《悲哉行》"萋萋春生草"一首，《草堂诗笺》三十二，作陆机《壮哉行》，而《艺文类聚》四十一，作谢灵运诗，《乐府诗集》同。按《艺文》、《乐府》是也。陆机自有《悲哉行》"游客芳春林"一首，见本集卷六，此为谢诗无疑。据明高儒《百川书志》，曾见陆、谢诗合刻本，谢诗误为陆诗，盖职此之故乎？**作者姓名之讹变**，如谢惠连《咏冬》，宋本《艺文类聚》作谢惠连，明本作谢灵运。又如谢灵运《善哉行》，见《乐府诗集》，《艺文》则作谢惠连。谢惠连《相逢行》，见《乐府诗集》，《艺文》则引作谢灵运。其他如陆机之与陆琼，何逊之与何妥，率以名字相近致讹也。**赓答诗章之窜易**，如梁简文帝《夜夜曲》二首，其"北斗阑干去"一首，见《玉台》卷十，而《乐府诗集》则作沈约《夜夜曲》二首之二，按《玉台》卷七已有梁简文拟沈约《夜夜曲》一首，则此篇自以作沈约之诗为是，《玉台新咏》偶误耳。**拟作之误为原作**，如江淹《杂诗》"种苗在东皋"一首，误入《陶渊明集》，苏轼拟陶诗亦拟此首。又吴棫《韵补》十八药，引江淹《杂诗·拟曹子建诗》四句，曹集诠评误为子建诗，皆其例也。**兹根据实证，广为披寻，凡能确定为某人作者，则编入某集，或于题下注曰：何书作何人者误。或于篇后，附其论证，皆视其性质而定。**如徐干《为挽船士新娶妻别》一首，见《艺文类聚》二十九人部别类。《玉台新咏》卷一，作魏文帝《于清河见挽船士新婚与妻别》，两书署互异。今按此诗，《艺文》作徐干者，是也。魏文别有一篇，且系全篇，特沈埋已久，后人莫之能详耳。《乐府诗集》三十七，谢灵运《折杨柳》二首之第一，其词曰："郁郁河边树，青青野田草。舍我故乡客，将适万里道。妻妾牵衣袂，收泪沾怀抱。还拊幼童子，顾托见与嫂。辞诀未及终，严驾一何早。负笮引文舟，饥渴常不饱。谁令尔穷贱，咨叹何足道。"寻此篇即魏文《于清河见挽船士新婚与妻别》之诗也。《初学记》十八人部别类，引魏文《见挽船士兄弟辞别》诗曰："舍我故乡客，将适万里道。妻子牵衣袂，落泪盈怀抱。"《北堂书钞》百三十八笮部，引魏文帝诗曰："负笮引船行，饥渴常不食（饱之残字）。"《白帖》卷六别第十四，引魏文帝诗："将适万里道，妻子牵衣袂，"三书所引各句，皆见上篇，而《初学记》且有"《见挽船士兄弟辞别》"之标题，知上篇为魏文诗且系此题之诗也。**凡原在甲集考知为某乙之作者**，庾肩吾《经陈思王墓诗》，见《文苑英华》三百六诗中有云："旦余来锡命，兼言事结成。飘飘河朔远，雕飙飑风鸣。"按《南史》及《梁书》肩吾本传，肩吾一生未曾奉使河朔，自无由经陈思王墓。据《北史·庾信传》，信聘于东魏，文章辞令，为邺下所称，则此乃子山自梁聘邺，路经曹墓之诗也。庾氏父子，诗每互歧，如庾肩吾《寻周处士弘让》，见《艺文类聚》，而《文苑英华》则作庾信，《庾信集》亦载之。是其例也。**则编入乙集，仅于甲集中见其题目，并注明所以移入乙集之故。**

十八、乐府诗撰人姓名歧出者，亦略如上例。惟又有以下二事为一般诗篇所无者，一、以经乐人改用，因并署乐人之名，如魏明帝《櫂歌行》"王者布大化"一篇，见《宋书·乐志》，而王僧虔《技录》云："《櫂歌行》，歌明帝'王者布大化'"一篇，或云，左延年作，今不歌。按延年为当时著名乐工，盖曾于用明帝词时，有所增删，故有或云之说也。又梁武帝《子夜四时歌·秋歌》"绣带合欢苣"一首，见《玉台新咏》、《艺文类聚》、《乐府诗集》，而《乐府诗集》又于别处作王金珠《冬歌》，将起首"绣带合欢苣"一句，改为"寒闺周歠帐"，知此词本武帝所作，而王金珠改用之，故兼署二人之名。其他如《春歌》"阶上香入怀"一首，"朱日光索冰"一首，《夏歌》"玉盘着朱李"一首，皆为武帝诗，而一作王金珠与上例亦同，凡此悉应分见两集，并不得以彼正此。二、一篇之词，乃杂取各作所成，而非一人之作，如魏明帝《步出夏门行》（见下）。又如《塘上行》，《宋书·乐志》作魏武帝，《乐府诗集》从之，《玉台新咏》作《又甄皇后塘上行》，然编在魏文帝《于清和作》及《代刘勋妻王氏杂诗》间，则实作魏文诗也。（纪容舒《玉台新咏考异》有此说）吴棫《韵补》引此，亦作魏文帝，《文选》陆机《塘上行》题下，李善注曰："《歌录》曰：《塘上行》古词，或曰甄皇后造。"又引《乐府解题》曰："前志云，晋乐奏魏武帝《蒲生篇》，而诸录集皆云，其词甄后所作，"云云，盖有四说之不同。今检此篇，乃杂糅各作而成，并非一人之作。篇中"蒲生我池中"至"贱弃营与蒯"一段，与《邺都故事》所引甄后诗略同，言夫妻仳离事，此甄后之作也。"出亦复苦愁"至"延年寿千秋"一段，言行军之苦，"倍恩者苦枯"至"何时更坐复相对"一段，则又言倍恩之事。三者所言不同，文义亦各不相属，盖或为文帝词，或为武帝词，或为甄后词也。（倍恩者苦枯一段，《玉台新咏》无之，《宋书·乐志》晋奏曲有。）意者，当时奏曲为谐一调，故杂取三人之作，汇为一篇，故著录者或云甄后，或云魏武帝，或云魏文帝也。**凡此则互见各集，并附论证以明之。**

十九、一诗或一乐府诗，时称古辞时称某某人作者，亦有下列诸故：有此乐曲传为某人所作，后人拟诗亦误为某人之作者，如蔡琰《胡笳十八拍》见《乐府诗集》。宋王观国《学林》，明徐世溥《榆林诗话》，则皆以为后人咏文姬者，而非其所自撰。兹更举三事，以证成王、徐之说。一、《北堂书钞》百十二乐部葭类，引《蔡琰别传》曰："琰字文姬，后汉末，大乱，为胡骑所获。登胡殿感胡葭之音，怀凯风之思，作诗言志曰："胡笳动兮边马鸣，孤雁归兮声嘤嘤"《艺文类聚》四十四乐部笳类，及《乐府诗集》题注，引《蔡琰别传》皆略同。按二句见文姬《忧愤诗》第二首，如谓文姬有胡笳辞，则即此《忧愤诗》，而非见存之《胡笳十八拍》。二、《乐府诗集》题注，引唐刘商《胡笳曲》序曰："蔡文姬善弹琴，能为《离鸾别鹤》之操。胡虏犯中原，为胡人所掠，入番为王后，王甚重之。武帝与（蔡）邕有旧，敕大将军赎以归汉，胡人思慕文姬，乃捲芦叶为吹笳奏哀怨之音。后董生以琴写胡笳声为十八拍，今之《胡笳弄》是也。据此是十八拍一曲至董生始有，文姬并此十八拍一曲亦未曾作。后人所以《胡笳十八拍》辞归之文姬，殆以其《忧愤诗》中，有"胡笳动兮"一语，因以附会之耳。三、《太平御览》五百八十一乐部笳类，引《蔡琰别传》曰："……汉末乱，为胡骑所获，在左贤王部伍中，春月登胡殿感笳之音，作十八拍。"是宋时所见《蔡琰别传》，始有蔡作十八拍之说，然亦未引《胡笳十八拍》辞。据以上三端，可见唐代始有十八拍之曲名，宋时始将十八拍曲归之蔡琰。然皆由蔡琰《忧愤诗》"胡笳"一语附会而成者，则今存之十八拍辞，其非蔡琰所作者，明矣。然自《乐府诗集》收此诗而署曰蔡琰，铸成大错，几至无由明其真伪。《白头吟》一篇《玉台新咏》作《古乐府·皑如山上雪》。《宋书·乐志》作《占词白头吟》,《乐府诗集》从之。而以《玉台》所载者,编为本辞,对《宋书》所载晋乐奏曲而言也。又引王僧虔《技录》曰:《白头吟》歌古《皑如山上雪》,是刘宋以前人,皆以是诗为古辞也。自黄鹤注杜诗始以为卓文君所作, (黄节《汉魏乐府风笺》,引陈太初曰:"自《西京杂记》始附会文君,然亦不著其辞,未尝以此诗当之,及黄鹤注杜诗,混合为一,后人相沿遂为妒妇之辞,全乖风雅之旨)。《诗纪》、《诗乘》,皆沿其误。有歌录等书以古有此曲,遂名古辞而不问其为何人之作者,如《文选》班婕妤《怨歌行》、魏武帝《苦寒行》、魏文帝《善哉行》,《歌录》皆作古辞,《文选》则据别集作某人。李善于《文选》《怨歌行》及《燕歌行》下所辨者非是。有后人省曰古辞或古诗,不著某人姓名者,如张衡《四愁诗》,《御览》或引作《古诗》,魏文帝《临高台》,《文选·注》引作《古临高台》,此例甚多。有疑莫能明,因泛称古诗或古辞者,如《枚乘诗》、蔡邕《饮马长城窟》、魏明帝《伤歌行》,《玉台》皆著撰人,《文选》则或曰古诗,或曰古辞。有乐府取用他人之诗而不著其名,则易传为古辞者,如左思《招隐》诗"白雪停阴冈,丹葩耀阳林,非必丝与竹,山水有清音,"此四句为晋、宋、齐《子夜四时歌》所收,作为《冬歌》之一首,如不校以《文选》,则并此以为古辞矣。凡此如有实事可证,灼知其孰为正误者,或删或移,务求其是,否则存而不论。

二十、《诗纪》所列世次不当者,改之。如应亨《赠四王冠诗》应自汉改晋,张君祖诗应自陈改晋,范广泉《饯王少傅诗》,应自晋改宋,《碧玉歌》应自宋改晋等,此例甚多。《诗纪》陈、隋人诗如已见《全唐诗》者,删之。

二十一、《诗纪》滥收之文,如蔡邕《樊会渠颂》,陶弘景《华阳颂》,皆颂体也。谢灵运《王子晋赞》、《岩下见一老翁四五少年赞》、《维摩经十譬赞》,江淹《云山赞》,皆赞体也。又王吉《射乌》,本为祝辞,桓温《八阵图》原属铭文,高彪《清诫》,东方朔《诫子》等,并是诫文。误入之诗,如孔融"归家酒债多"四句,为李白《赠刘都》诗句,曹植《赠王粲》四言本陈思王《仲宣诔》,庞德公《于忽操》,乃宋王逢源之作 (见《宋文鉴》百二十),"两头纤纤青玉珙",为唐王建《七古》,梁简文帝《夜夜曲》"秋夜入独伤"一首,为唐王偃诗,陈后主《小窗》诗,为唐人方域诗等。今皆删之。

二十二、箴、颂、铭、赞、诔、赋,皆各具体制,与诗不同,今皆不录。惟辞赋中所附之诗歌,如张衡《思玄赋》诗,梁简文帝《莲花赋》歌,江总《南越木槿赋》歌,以上丁福保《全晋诗》删之,班固《东都明堂诗》,赵壹《疾邪赋》诗,阮籍《大人先生传》诗,以上丁福保《全晋诗》未删今悉录存。又汉武《秋风》,《文选》虽独标一类,检其辞格,实若高祖《大风》,与汉赋不侔也。今仍从《诗纪》列入,至息夫《绝命》,亦援例甄录焉。

二十三、晋夏侯湛《秋可哀》,李颙《悲四时》,隋肖慤《听钟鸣》等篇,皆当时三字题杂歌,其体盖与鲍照《行路难》略同,凡此者今悉甄录。

二十四、古人诗篇,或无题目,如曹植《杂诗》等,或有序而无题,如陆云《从事中郎张彦明为中护军》二诗,江总《祯明二年仲冬摄山栖霞寺……还涂有此作》一诗,例甚多。固无定也。后人或妄为标目,如傅玄《苦热诗》,见《艺文类聚》热部,原无题目,《诗纪》以其见于热部，遂题作《苦热诗》不知《北堂书抄》本作杂诗也。总集及类书中，此例其多。或依诗添序，如《玉台新咏》班婕妤《怨诗》小序，李延年歌小序，皆后人所加。或因序为题，如曹植《赠白马王彪》诗，依李注本集元作《于圈城作》，昭明因其序文，改为此题。古诗面目，颇以失真，今详证订，以复其旧。

二十五、杜撰题目，昉自《文选》，幸李《注》典实，颇存旧目。《昭明文选》杜撰题目，可分以下三例：一、测节本集原目，因以致误。例如曹植《赠丁仪》，李注：集云，《与都亭侯丁翼》，今云仪误也。又《赠丁仪王粲》，李注：集云，《答丁敬礼王仲宣》，翼字敬礼，今云仪误也。陆士衡《为顾彦先赠妇》二首，李注：集云，为令彦先作（据六臣本），今云顾彦先误也。且此上篇赠妇，下篇妇答，而俱云赠妇，亦误也。（今按《玉台新咏》及《陆士龙集》，士龙有《为顾彦先赠妇往返》四首，以次叙夫赠妇答之辞，此诗题与之同，亦应有往返二字，特昭明删去之，遂致此误。惟顾彦先吴人，为"二俊"友辈，未闻有令彦先其人，士龙此题固应作顾不作令也。寻陆士龙集有答大将军顾令文之诗。又《与张光禄书》云：顾令文彦先，每宣隆眷云云，知令文即彦先也，盖本集此诗作令文，昭明改作彦先，李善因疑而注曰：集云，《为令文赠妇》，迨传刻讹误，并增为令彦先耳。）二、变乱旧题，因以致误。例如魏文帝《杂诗》二首，李注：集云，《枹中作》，下篇云，《于黎阳作》，则昭明改作杂诗二首，实误之甚。（何义门《读书记》云：李注：集云，《枹中作》下篇云《于黎阳作》，按子桓不从西征，云《枹中作》者，亦后人妄加也。今按何说非是，枹中地名，未必西征在军之意也）。又陆士衡《赴洛》二首，李注：集云，此篇《赴太子洗马时作》，下篇云，《东宫作》，而此同云《赴洛》误也。今按二诗实非一时之作，第一首言亲友赠迈，挥泪分手，正赴洛时之诗。第二首言托身承华，寒暑忽革，则在洛时作于东宫也。昭明不依旧目，混为一题，实误。三、删节旧题，失其详正。例如陆机《赠冯文黑迁斥丘令》，李注：集云，《黑为太子洗马迁斥丘令赠以此诗》，昭明将"太子洗马"一事略去，又《于承明作与弟士龙》，李注：集云，《于士龙子承明亭作》，昭明去一亭字，题意亦异。又卢谌《赠崔温》，李注：集云，《与温太真崔道儒》，昭明仅取二人之姓，实易生误。沈约《酬谢宣城朓》，李注：集云，《谢宣城朓卧疾》，此又略去"卧疾"一事，凡此皆不若原题之详正也。今备录之，以俟订正。又本为诗题而《乐府诗集》编为乐府歌者，如王粲《从军》，梁元帝《同王僧辩从军》，江淹《拟李都尉从军》，庾信《同卢记室从军》，《乐府》俱作《从军行》，又庾信《和乐仪同苦热》，作《苦热行》，《和江中贾客》，作《贾客行》，及《画屏风》诗"侠客共周游"一首，作《侠客行》等，皆是此类。（梅鼎祚《古乐苑》有详说）亦悉加重订，以还其旧。

二十六、一诗之题，而各书所引有繁简不同者，则从其具不从其略，如《文馆词林》潘岳《赠王胄诗》，《艺文类聚》引作《北芒送别王世胄》，《世说新语·注》引本集作《堪为成都王军司马送至北邙别诗》，今即从《世说新语·注》标题。又江总《姬人怨》及《姬人怨服散篇》二首，见《文苑英华》三百四十六卷，篇后注曰：此卷《英华》二百五十六与此卷皆重出，前已削去，其与江总《姬人怨》二诗，本集及《艺文类聚》共是一篇，今题既有增减，当以《英华》为正，分为二首，今按此注非是。此二首应从《艺文》为一首，并题作为《姬人怨服散诗》，《英华》分为二首误也。其证如下：《艺文》引诗有节录同题各首而汇为一篇者，然绝无并数篇而为一诗者，此则本为一篇，不应从《文苑英华》分为两首，此其一。《艺文》此诗后半篇，文苑英华载之，作《姬人怨服散篇》，彼此题目略同。则《艺文》此诗前半篇，《英华》载之，亦应与《艺文》同，而不得止标"姬人怨"三字，此其二也。又如谢朓《鼓吹曲》十首，《文选》载其《入朝曲》一首，李注：集云，《奉隋王教作古入朝曲》，《乐府诗集》作《齐隋王鼓吹曲》注曰，齐宋明八年，谢朓奉镇西随王教于荆州道中作，知谢集元题当于文繁者相近，今本谢集已非唐本之旧矣。并采引各书，兼参而合并之，如齐竟陵王子良《登山望雷居士精舍同沈右卫过刘先生墓下作》，一作《同隋王经刘先生墓下作》，据序应合并为《同隋王登山望雷居士精舍同沈右卫过刘先生墓下作》，盖上同字表共游之义，下同字示和诗之义也。又如何逊《临行与故游夜别》诗，《艺文类聚》《文苑英华》俱作《从镇江州与故游别》，应合并为《从镇江州与故游夜别》。**或更于题下补散逸之序**，如张衡《怨》篇，《太平御览》八百八十三并载其序，《诗纪》无之。《文馆词林》百五十七谢灵运《赠安成》一首无序。按《文选》谢瞻《于安城答灵运诗》，李注引谢灵运《赠宣远诗》序曰："从兄宣远，义熙十一年正月作守安城，其年夏赠以此诗，到其冬有报。"寻此序即《赠安成》一首之序也。其证如下：诗云，"始云同宗，终焉友生，棠棣隆亲，颎并鉴情。"瞻答诗云，"华萼相光节，嘤鸣悦同响，亲亲子敦余，贤贤吾尔赏。"诗又云，"仰惭蓼萧，俯惕惟尘。"瞻答则云，"肇允虽同规，翻飞各异概。"凡瞻之答诗，皆就灵运此诗，逐一作覆，知李注所引诗序，即此《赠安成》一首之序矣。**凡此皆取其略具记事之长，稍存旧目之真。然于各书别题，亦备录之，庶可兼容并包，无所偏失。**

二十七、《乐府》诗凡兼有篇名及调名者，如曹植《名都篇》、《美女篇》、《白马篇》，《歌录》皆作《齐瑟行》。"名都"等题，皆系以诗中首句名篇者。或兼有诗题及调名者，如孔融《临终诗》见《古文苑》，而《北堂书抄》引作《折杨柳行》。魏文帝《善哉行》"朝日乐相乐"一首，见《宋书·乐志》，而《初学记》飨宴部，引作《于讲堂作》。又《善哉行》"朝游高台观"一首，见《宋志》及《乐府诗集》，而《艺文类聚》游览部及杜公瞻《编珠》皆作《铜雀园诗》，《文选》李注又引作《东门行》。盖此凡以调名为题者，从《歌录》也。以诗名者，从本集也。今略仿《宋书·乐志》，悉以篇名或诗题标目，而以调名注于题下；其仅有调名者，即以调名为题，不再仿首句名篇之例，重为出一新目。前者所以重诗人之原作，后者所以遵不作武断之古训也。篇名多以首句为之，如《陌上桑》"日出东南隅"一首，亦作《日出东南隅》篇是也。又《宋书·乐志》《雁门太守行》一篇，亦作《洛阳行》，按《洛阳行》之行字当为篇字之误。此篇首句即为"洛阳令王君，本自广汉蜀民"，若作《洛阳篇》正合首句名篇之例。《古今乐录》引王僧虔《技录》云：《雁门太守行》歌《古洛阳令》一篇，可为明证。

二十八、《乐府诗》之分本辞分奏曲，此法始自《乐府诗集》，若较其名实，郭说犹有未妥。《乐府诗集》一诗而兼有本辞及奏曲者，计有魏武帝《短歌行》、《苦寒行》，曹植《野田黄雀行》，以上凡郭氏言晋乐所奏者，与《宋书·乐志》荀勗所撰旧词同。凡言本辞者，与《文选》同。又魏文帝《燕歌行》（第二首），魏武帝《塘上行》，古辞《白头吟》，曹植《怨歌行》，以上凡郭氏言晋乐所奏者，与《宋书·乐志》荀勗所撰旧辞同。凡言本辞者，与《玉台新咏》同。又古辞《东门行》、《西门行》，凡言晋乐所奏，亦与《宋志》同，其本辞者，则尚不知根据何书。总之，凡郭氏作晋乐所奏者，据《宋书·乐志》也，作本辞者，则本之《文选》及《玉台》等集也。然《玉台新咏》所载《塘上行》及《皑如山上雪》二篇，乃孝穆删节乐曲而成，并非原来之辞，故上下文义，不相联贯，纪容舒已辨之矣（《玉台新咏考异》）。又《文选》所载魏武《苦寒行》与《宋志》亦无大异，仅去其叠辞而已。此其亦非本辞可知。郭氏以《文选》、《玉台》与《宋志》载者繁简稍异，遂有本辞及奏曲之分，殊为未考。然自经郭氏有本辞之说，后来注解家（如刘履注《塘上行》），遂多曲解（见《玉台考异》），盖无知其不当者。**然行之既久，今亦沿用不改，姑以本辞为主，以奏曲附之，唯魏明帝《步出夏门行》，原止奏曲，《诗纪》竟据《选诗外编》所载者，补其本辞，实谬之甚，今删之，**明帝此篇，见《宋书·乐志》为荀勗撰旧辞施用者，其中杂有他人之诗，如"丹霞蔽日"等八句，采自文帝《丹霞蔽日行》，"蹙迫日暮"等句，采自文帝《艳歌何尝行》，"乌鹊南飞"二句，采自魏武帝《短歌行》是也。凡采自他人之辞，《选诗外编》皆有之，固知其必非本辞也。冯氏不察，竟以本辞编之。又《玉台新咏》《双白鹄》一篇，与《宋志》载者繁简亦异，今始仿郭氏补为本辞。

二十九、凡诗逸而题序或存者，亦为编入。

三十、一诗常有数章，一歌每分数解，积章成篇，合解成曲。是以凡一作而具有各章或各解者，皆不得离析，盖解断即不成曲，章断即不成篇也。如颜延年《秋胡行》，《文选》一首，《玉台》九章，王融《秋胡诗》，本集七章，《古文苑》一首，举数虽异，然皆不误，因一首可有数章也。惟《诗纪》于上举二篇改九章为九首，改七章为七首，《诗删》因之，遂摘取颜氏三章，以为三首，此甚不可也。又如刘桢《赠五宫中郎将》之必为四首，而不得以四章目之，《文选》作四首其第二首云："自夏涉玄冬，弥旷十余旬"，孙志祖《文选考异》云："《说文系传》，疒部痁字下，引作：自夏及徂秋，旷十余旬，按若自夏涉冬，则不止十余旬矣。且诗第三章明云，秋日多悲怀，是秋而非冬也。"今按《说文系传》引者是，然孙说非也。寻四首并非一时之作，昭明盖混合选入之耳。如第一首言冬季，此首言徂秋（从《说文系传》），第三章又言秋日，第四首又历述初冬之天气，所言各异，实非作于一时，孙氏概以为秋作误也。此为四首，不得目为四章之例。嵇康《秋胡行》之必分七章而不可以七首名之，《诗纪》作七首，按实七章也。魏武《秋胡行》二首，一为四解，一为五解，各解之章法相同，盖重沓体歌调也。嵇氏此篇（颜延年、玉融作同），即效魏武为之，故各章之章法亦同，此作章而彼作解，章解名异实同。（《古今乐录》引王僧虔《启》云，古曰章，今曰解。）七解七章，俱不得作为七首也。凡此皆须详慎为之，或沿用古法，或订正旧误，务使归于允当。

三十一、旧集既多残阙，各书所引，率为断章。或一篇而沦于数处，如梁武帝《籍田诗》，《艺文类聚》引乌禾杪少四韵，《初学记》引乌缥晓悄窕欀兆禾杪少十一韵联为一篇是也。《诗纪匡谬》，于此有说甚谬。或数章而杂为一首，如鲍照《代白纻舞曲》四首，沈约《游钟山代西阳王教》五章，《艺文》皆节录各篇汇为一首。害辞害义，莫斯为甚，今于分割之两文，凡能确定其为一首者，则订而合之，以为一篇，如古辞《步出夏门行》与《陇西行》原为一篇。《步出夏门行》曰："邪径过空庐，好人常独居。卒得神仙道，上与天相扶。过谒王父母，乃在太山隅。离天四五尺，道逢赤松俱。揽辔为我御，将我上天游。天上何所有，历历种白榆。桂树夹道生，青龙对伏跌。"《陇西行》曰："天上何所有，历历种白榆。桂树夹道生，青龙对道隅。凤凰鸣啾啾，一母将九雏。顾问世间人，为乐甚独殊。好妇出迎客，颜色正敷愉。仲腰再拜跪，问客平安不。……"今按二篇实为一首，其证有四：一、《宋书·乐志》、《乐府诗集》皆云：《陇西行》一曰《步出夏门行》，可见具此二调之古辞，原为一篇。二、"凤凰鸣啾啾，一母将九雏"二句，今为古辞《陇西行》中语，然《文选》注引《歌录》此二句正作《步出夏门行》古辞，是此《陇西行》即此《步出夏门行》之证。三、《陇西行》"天上何所有"起首四句，即《步出夏门行》末尾四句，检"天上何所有"一句，必承"将我天上游"一句而申述之，文义方为完足，盖先言天上游，继言天上所有，继言下视世间，而以世间妇人迎客之故事为终结。四、一辞具有二调，故或称《陇西行》或称《步出夏门行》，其实一篇也。以"天上何所有"为起首，而题作《陇西行》者，始自《玉台新咏》。寻《玉台》所载，《皑如山上雪》、《双白鹄》、《塘上行》诸篇，皆有删节（已见前），则此篇亦当如是也。又如《四皓紫芝歌》与《采芝操》，亦应合为一首，兹不论。凡一首而确杂数章者，则考而析之，不使淆溷。如应璩《百一诗》，"年命在桑榆"一篇，共有期辞兹阳墙光康七韵，按《艺文》引诗，率汇各章以为一篇，以韵断之，阳墙等四韵为一首，期辞等三韵为一首也。

又陆机《招隐》"明发心不夷"一首，全篇见《文选》，《艺文类聚》三十六人部隐逸引陆之《招隐诗》，共八韵十六句，其首三韵即《文选》此首中语，次六句押寒韵，末六句押歌韵，知《艺文》乃节录三篇，以成一首者也。《诗纪》即将此起首三韵删去，又将其余析为二首，甚是。今存《陆机集》（《二俊集》），乃将此八韵一十六句共为一首，此后人辑本之陋也。

三十二、诗之散见于史、子、杂家、记载、志乘、金石、汉简者，概行蒐辑，惟小说短书有涉伪托者，概不滥收。如曹植《死牛诗》，见《太平广记》，文字鄙俗，乃后世不学者所妄造。又如隋炀诗之出《迷楼记》者，亦系伪托。

三十三、释、道两藏并加蒐辑，有名氏者，以时代分编；无名氏及有名氏而不知时代者，则与鬼仙杂诗等总为一卷，附之编末。

三十四、凡各家旧集之有序、跋等文者，概分别系录，其卷帙版本，今所第述，并亦附焉。

三十五、汉至陈、隋各史、子、杂书，凡所载佚诗本事，及评诗论文之语，略为编纂，分别附之传略之下，以代《诗纪》别集之诗话及《百三家集》之题辞，然唐、宋以降之诗话，其辞繁多，概从略焉。

三十六、汉《铙歌》十八曲，声辞杂写，本难训解。然自明、清各家，迭为揣释，亦复各有所见，渐可诵读。今略取众说，参以己意，重为厘订。又《巾舞》"公莫"《铎舞》"昔皇"之类，亦皆声辞淆乱，文义久晦，今凡于确知为声之字，别出以小字旁注之，并略论其误，好古君子，倘有取焉。如《巾舞》有"城上羊下食草"之句，按鲍照《赠故人马子乔》诗，"踯躅城上羊，攀隅食玄草，"与此同义，则知下食草之下食，应作食玄，玄下形近易讹，食玄又误倒耳。

1943 年

此据逯钦立《汉魏六朝文学论文集》，
陕西人民出版社，1984 年

中国艺术意境之诞生

宗白华

引　言

世界是无穷尽的，生命是无穷尽的，艺术的境界也是无穷尽的。"适我无非新"（王羲之诗句），是艺术家对世界的感受。"光景常新"，是一切伟大作品的烙印。"温故而知新"，却是艺术创造与艺术批评应有的态度。历史上向前一步的进展，往往是伴着向后一步的探本穷源。李、杜的天才，不忘转益多师。十六世纪的文艺复兴追摹着希腊，十九世纪的浪漫主义憧憬着中古。二十世纪的新派且溯源到原始艺术的浑朴天真。

现代的中国站在历史的转折点。新的局面必将展开。然而我们对旧文化的检讨，以同情的了解给予新的评价，也更形重要。就中国艺术方面——这中国文化史上最中心最有世界贡献的一方面——研寻其意境的特构，以窥探中国心灵的幽情壮采，也是民族文化的自省工作。希腊哲人对人生指示说："认识你自己！"近代哲人对我们说："改造这世界！"为了改造世界，我们先得认识。

一　意境的意义

龚定庵在北京，对戴醇士说："西山有时渺然隔云汉外，有时苍然堕几席前，不关风雨晴晦也！"西山的忽远忽近，不是物理学上的远近，乃是心中意境的远近。

方士庶在《天慵庵随笔》里说："山川草木，造化自然，此实境也。因心造境，以手运心，此虚境也。虚而为实，是在笔墨有无间，——故古人笔墨具此山苍树秀，水活石润，于天地之外，别构一种灵奇。或率意挥洒，亦皆炼金成液，弃滓存精，曲尽蹈虚揖影之妙。"中国绘画的整个精粹在这几句话里。

本文的千言万语，也只是阐明此语。

恽南田《题洁庵图》说："谛视斯境，一草一树，一丘一壑，皆洁庵（指唐洁庵）灵想之所独辟，总非人间所有。其意象在六合之表，荣落在四时之外。将以尻轮神马，御泠风以游无穷。真所谓藐姑射之山，汾水之阳，尘垢粃糠，绰约冰雪。时俗龌龊，又何能知洁庵游心之所在哉！"

画家诗人"游心之所在"，就是他独辟的灵境，创造的意象，作为他艺术创作的中心之中心。

什么是意境？人与世界接触，因关系的层次不同，可有五种境界：（1）为满足生理的物质的需要，而有功利境界；（2）因人群共存互爱的关系，而有伦理境界；（3）因人群组合互制的关系，而有政治境界；（4）因穷研物理，追求智慧，而有学术境界；（5）因欲返本归真，冥合天人，而有宗教境界。功利境界主于利，伦理境界主于爱，政治境界主于权，学术境界主于真，宗教境界主于神。但介乎后二者的中间，以宇宙人生的具体为对象，赏玩它的色相、秩序、节奏、和谐，借以窥见自我的最深心灵的反映；化实景而为虚境，创形象以为象征，使人类最高的心灵具体化、肉身化，这就是"艺术境界"。艺术境界主于美。

所以一切美的光是来自心灵的源泉：没有心灵的映射，是无所谓美的。瑞士思想家阿米尔（Amiel）说：

"一片自然风景是一个心灵的境界。"

中国大画家石涛也说：

"山川使予代山川而言也。……山川与予神遇而迹化也。"

艺术家以心灵映射万象，代山川而立言，他所表现的是主观的生命情调与客观的自然景象交融互渗，成就一个鸢飞鱼跃，活泼玲珑，渊然而深的灵境；这灵境就是构成艺术之所以为艺术的"意境"。（但在音乐和建筑，这时间中纯形式与空间中纯形式的艺术，却以非模仿自然的境相来表现人心中最深的不可名的意境，而舞蹈则又为综合时空的纯形式艺术，所以能为一切艺术的根本型态，这事后面再说到。）

意境是"情"与"景"（意象）的结晶品。王安石有一首诗：

杨柳鸣蜩绿暗，荷花落日红酣。三十六陂春水，白头相见江南。

前三句全是写景，江南的艳丽的阳春，但着了末一句，全部景象遂笼罩上，啊，渗透进，一层无边的惆怅，回忆的愁思，和重逢的欣慰，情景交织，成了一首绝美的"诗"。

元人马东篱有一首《天净沙》小令：

枯藤老树昏鸦，小桥流水人家，古道西风瘦马，夕阳西下——断肠人在天涯！

也是前四句完全写景，着了末一句写情，全篇点化成一片哀愁寂寞，宇宙荒寒，怅触无边的诗境。

艺术的意境，因人因地因情因景的不同，现出种种色相，如摩尼珠，幻出多样的美。同是一个星天月夜的景，影映出几层不同的诗境：

元人杨载《景阳宫望月》云：

大地山河微有影，九天风露浩无声。

明画家沈周《写怀寄僧》云：

明河有影微云外，清露无声万木中。

清人盛青嵝咏《白莲》云：

半江残月欲无影，一岸冷云何处香。

杨诗写函盖乾坤的封建的帝居气概，沈诗写迥绝世尘的幽人境界，盛诗写风流蕴藉，流连光景的诗人胸怀。一主气象，一主幽思（禅境），一主情致。至于唐人陆龟蒙咏白莲的名句："无情有恨何人见，月晓风清欲堕时。"却系为花传神，偏于赋体，诗境虽美，主于咏物。

在一个艺术表现里情和景交融互渗，因而发掘出最深的情，一层比一层更深的情，同时也透入了最深的景，一层比一层更晶莹的景；景中全是情，情具象而为景，因而涌现了一个独特的宇宙，崭新的意象，为人类增加了丰富的想象，替世界开辟了新境，正如恽南田所说"皆灵想之所独辟，总非人间所有！"这是我的所谓"意境"。"外师造化，中得心源"。唐代画家张璪这两句训示，是这意境创现的基本条件。

二 意境与山水

元人汤采真说："山水之为物，禀造化之秀，阴阳晦冥，晴雨寒暑，朝昏昼夜，随形改步，有无穷之趣，自非胸中丘壑，汪汪洋洋，如万顷波，未易摹写。"

艺术意境的创构，是使客观景物作我主观情思的象征。我人心中情思起伏，波澜变化，仪态万千，不是一个固定的物象轮廓能够如量表出，只有大自然的全幅生动的山川草木，云烟明晦，才足以表象我们胸襟里蓬勃无尽的灵感气韵。恽南田题画说："写此云山绵邈，代致相思，笔端丝纷，皆清泪也。"山水成了诗人画家抒写情思的媒介，所以中国画和诗，都爱以山水境界做表现和咏味的中心。和西洋自希腊以来拿人体做主要对象的艺术途径迥然不同。董其昌说得好："诗以山川为境，山川亦以诗为境。"艺术家禀赋的诗心，映射着天地的诗心。（诗纬云："诗者天地之心。"）山川大地是宇宙诗心的影现；画家诗人的心灵活跃，本身就是宇宙的创化，它的卷舒取舍，好似太虚片云，寒塘雁迹，空灵而自然！

三　意境创造与人格涵养

这种微妙境界的实现，端赖艺术家平素的精神涵养，天机的培植，在活泼泼的心灵飞跃而又凝神寂照的体验中突然地成就。元代大画家黄子久说："终日只在荒山乱石，丛木深筱中坐，意态忽忽，人不测其为何。又往泖中通海处看急流轰浪，虽风雨骤至，水怪悲诧而不顾。"宋画家米友仁说："画之老境，于世海中一毛发事泊然无着染。每静室僧跏，忘怀万虑，与碧虚寥廓同其流。"黄子久以狄阿理索斯（Dionysius）的热情深入宇宙的动象，米友仁却以阿波罗（Apollo）式的宁静涵映世界的广大精微，代表着艺术生活上两种最高精神形式。

在这种心境中完成的艺术境界自然能空灵动荡而又深沉幽渺。南唐董源说："写江南山，用笔甚草草，近视之几不类物象，远视之则景物灿然，幽情远思，如睹异境。"艺术家凭借他深静的心襟，发现宇宙间深沉的境地；他们在大自然里"偶遇枯槎顽石，勺水疏林，都能以深情冷眼，求其幽意所在"。黄子久每教人作深潭，以杂树溈之，其造境可想。

所以艺术境界的显现，绝不是纯客观地机械地描摹自然，而以"心匠自得为高"（米芾语）。尤其是山川景物，烟云变灭，不可临摹，须凭胸臆的创构，才能把握全景。宋画家宋迪论作山水画说：

　　先当求一败墙，张绢素讫，朝夕视之。既久，隔素见败墙之上，高下曲折，皆成山水之象，心存目想：高者为山，下者为水，坎者为谷，缺者为涧，显者为近，晦者为远。神领意造，恍然见人禽草木飞动往来之象，了然在目，则随意命笔，默以神会，自然景皆天就，不类人为，是谓活笔。

他这段话很可以说明中国画家所常说的"丘壑成于胸中，既霭发之于笔墨"，这和西洋印象派画家莫奈（monet）早、午、晚三时临绘同一风景至于十余次，刻意写实的态度，迥不相同。

四　禅境的表现

中国艺术家何以不满于纯客观的机械式的模写？因为艺术意境不是一个单层的平面的自然的再现，而是一个境界层深的创构。从直观感相的模写，活跃生命的传达，到最高灵境的启示，可以有三层次。蔡小石在《拜石山房词》序里形容词里面的这三境层极为精妙：

> 夫意以曲而善托，调以杳而弥深。始读之则万萼春深，百色妖露，积雪缟地，余霞绮天，一境也。（这是直观感相的渲染）再读之则烟涛澒洞，霜飙飞摇，骏马下坡，泳鳞出水，又一境也，（这是活跃生命的传达）卒读之而皎皎明月，仙仙白云，鸿雁高翔，坠叶如雨，不知其何以冲然而澹，倏然而远也。（这是最高灵境的启示）"江顺贻评之曰："始境，情胜也。又境，气胜也。终境，格胜也。

"情"是心灵对于印象的直接反映，"气"是"生气远出"的生命，"格"是映射着人格的高尚格调。西洋艺术里面的印象主义、写实主义，是相等于第一境层。浪漫主义倾向于生命音乐性的奔放表现，古典主义倾向于生命雕象式的清明启示，都相当于第二境层。至于象征主义、表现主义、后期印象派，它们的旨趣在于第三境层。

而中国自六朝以来，艺术的理想境界却是"澄怀观道"（晋宋画家宗炳语），在拈花微笑里领悟色相中微妙至深的禅境。如冠九在《都转心庵词序》说得好：

> "明月几时有"词而仙者也。"吹皱一池春水"词而禅者也。仙不易学而禅可学。学矣而非栖神幽遐，涵趣寥旷，通拈花之妙悟，穷非树之奇想，则动而为沾滞之音矣。其何以澄观一心而腾踔万象。是故词之为境也，空潭印月，上下一澈，屏知识也。清馨出尘，妙香远闻，参净因也。鸟鸣珠箔，群花自落，超圆觉也。"

澄观一心而腾踔万象，是意境创造的始基，鸟鸣珠箔，群花自落，是意境表现的圆成。

绘画里面也能见到这意境的层深。明画家李日华在《紫桃轩杂缀》里说：

> 凡画有三次。一曰身之所容；凡置身处非邃密，即旷朗水边林下、多景所凑处是也。（按此为身边近景）二曰目之所瞩；或奇胜，或渺迷，泉落云生，帆移鸟去是也。（按此为眺瞩之景）三曰意之所游；目力虽穷而情脉不断处是也。（按此为无尽空间之远景）然又有意有所忽处，如写一树一石，必有草草点染取态处。（按此为有限中见取无限，传神写生之境）写长景必有意到笔不到，为神气所吞处，是非有心于忽，盖不得不忽也。（按此为借有限以表现无限，造化与心源合一，一切形象都形成了象征境界）其于佛法相宗所云极迥色极略色之谓也。

于是绘画由丰满的色相达到最高心灵境界，所谓禅境的表现，种种境层，以此为归宿。戴醇士曾说："恽南田以'落叶聚还散，寒鸦栖复惊'（李白诗句）、品一峰（黄子久）笔，是所谓孤蓬自振，惊沙坐飞，画也而几乎禅矣！"禅是动中的极静，也是静中的极动，寂而常照，照而常寂，动静不二，直探生命的本原。禅是中国人接触佛教大乘义后体认到自己心灵的深处而灿烂地发挥到哲学境界与艺术境界。静穆的观照和飞跃的生命构成艺术的两元，也是构成"禅"的心灵状态。《雪堂和尚拾遗录》里说："舒州太平灯禅师颇习经论，傍教说禅。白云演和尚以偈寄之曰：'白云山头月，太平松下影，良夜无狂风，都成一片境。'灯得偈颂之，未久，于宗门方彻渊奥。"禅境借诗境表达出来。

所以中国艺术意境的创成，既须得屈原的缠绵悱恻，又须得庄子的超旷空灵。缠绵悱恻，才能一往情深，深入万物的核心，所谓"得其环中"。超旷空灵，才能如镜中花，水中月，羚羊挂角，无迹可寻，所谓"超以象外"。色即是空，空即是色，色不异空，空不异色，这不但是盛唐人的诗境，也是宋元人的画境。

五　道、舞、空白：中国艺术意境结构的特点

庄子是具有艺术天才的哲学家，对于艺术境界的阐发最为精妙。在他是"道"，这形而上原理，和"艺"，能够体合无间。"道"的生命进乎技，"技"的表现启示着"道"。在《养生主》里他有一段精彩的描写：

> 庖丁为文惠君解牛，手之所触，肩之所倚，足之所履，膝之所踦，砉然响然，奏刀騞然，若不中音。合于桑林之舞，乃中经首（尧乐章）之会

（节也）。文惠君曰："嘻，善哉！技盖至此乎？"庖丁释刀对曰："臣之所好者道也，进乎技矣。始臣之解牛之时，所见无非牛者。三年之后，未尝见全牛也。方今之时，臣以神遇而不以目视，官知止而神欲行，依乎天理，批大郤，道大窾，因其固然，技经肯綮之未尝，而况大軱乎！良庖岁更刀，割也。族庖月更刀，折也。今臣之刀十九年矣，所解数千牛矣，而刀刃若新发于硎。彼节者有间，而刀刃者无厚，以无厚入有间，恢恢乎其于游刃，必有余地矣。是以十九年而刀刃若新发于硎。虽然，每至于族（交错聚结处）吾见其难为，怵然为戒，视为止，行为迟，动刀甚微，謋然已解，如土委地！提刀而立，为之四顾，为之踌躇满志。善刀而藏之。"文惠君曰："善哉，吾闻庖丁之言，得养生焉。"

"道"的生命和"艺"的生命，游刃于虚，莫不中音，合于桑林之舞，乃中经首之会。音乐的节奏是它们的本体。所以儒家哲学也说："大乐与天地同和，大礼与天地同节。"《易》云："天地絪缊，万物化醇。"这生生的节奏是中国艺术境界的最后源泉。石涛题画云："天地氤氲秀结，四时朝暮垂垂，透过鸿蒙之理，堪留百代之奇。"艺术家要在作品里把握到天地境界！德国诗人诺瓦理斯（no valis）说："混沌的眼，透过秩序的网幕，闪闪地发光。"石涛也说："在于墨海中立定精神，笔锋下决出生活，尺幅上换去毛骨，混沌里放出光明。"艺术要刊落一切表皮，呈显物的晶莹真境。

艺术家经过"写实"、"传神"到"妙悟"境内，由于妙悟，他们"透过鸿蒙之理，堪留百代之奇"。这个使命是够伟大的！

那么艺术意境之表现于作品，就是要透过秩序的网幕，使鸿蒙之理闪闪发光。这秩序的网幕是由各个艺术家的意匠组织线、点、光、色、形体、声音或文字成为有机谐和的艺术形式，以表出意境。

因为这意境是艺术家的独创，是从他最深的"心源"和"造化"接触时突然的领悟和震动中诞生的，它不是一味客观的描绘，像一照像机的摄影。所以艺术家要能拿特创的"秩序的网幕"来把住那真理的闪光。音乐和建筑的秩序结构，尤能直接地启示宇宙真体的内部和谐与节奏，所以一切艺术趋向音乐的状态、建筑的意匠。

然而，尤其是"舞"，这最高度的韵律、节奏、秩序、理性，同时是最高度的生命、旋动、力、热情，它不仅是一切艺术表现的究竟状态，且是宇宙创化过程的象征。艺术家在这时失落自己于造化的核心，沉冥入神，"穷元妙于意表，合神变乎天机"（唐代大批评家张彦远论画语）。"是有真宰，与之浮沉"（司空图《诗品》语），从深不可测的玄冥的体验中升化而出，行神如空，行气如虹。在这时只有"舞"，这最紧密的律法和最热烈的旋动，能使这深不可测的玄冥的境界具象化、肉身化。

在这舞中，严谨如建筑的秩序流动而为音乐，浩荡奔驰的生命收敛而为韵律。艺术表演着宇宙的创化。所以唐代大书家张旭见公孙大娘剑器舞而悟笔法，大画家吴道子请裴将军舞剑以助壮气说："庶因猛厉以通幽冥！"郭若虚的《图画见闻志》上说：

> 唐开元中，将军裴旻居丧，诣吴道子，请于东都天宫寺画神鬼数壁，以资冥助。道子答曰："吾画笔久废，若将军有意，为吾缠结，舞剑一曲，庶因猛厉，以通幽冥！"旻于是脱去缞服，若常时装束，走马如飞，左旋右转，掷剑入云，高数十丈，若电光下射。旻引手执鞘承之，剑透室而入。观者数千人，无不惊栗。道子于是援毫图壁，飒然风起，为天下之壮观。道子平生绘事，得意无出于此。

诗人杜甫形容诗的最高境界说："精微穿溟涬，飞动摧霹雳。"（夜听许十一诵诗爱而有作）前句是写沉冥中的探索，透进造化的精微的机缄，后句是指着大气盘旋的创造，具象而成飞舞。深沉的静照是飞动的活力的源泉。反过来说，也只有活跃的具体的生命舞姿、音乐的韵律、艺术的形象，才能使静照中的"道"具象化、肉身化。德国诗人侯德林（Hoerdelin）有两句诗含义极深：

> 谁沉冥到
> 那无边际的"深"，
> 将热爱着
> 这最生动的"生"。

他这话使我们突然省悟中国哲学境界和艺术境界的特点。中国哲学是就"生命本身"体悟"道"的节奏。"道"具象于生活、礼乐制度。道尤表象于"艺"。灿烂的"艺"赋予"道"以形象和生命，"道"给予"艺"以深度和灵魂。庄子《天地》篇有一段寓言说明只有艺"象罔"才能获得道真"玄珠"：

> 黄帝游乎赤水之北，登乎昆仑之丘而南望，还归，遗其玄珠。（司马彪云：玄珠，道真也。）使知（理智）索之而不得。使离朱（色也，视觉也）索之而不得。使喫诟（言辩也。）索之而不得也。乃使象罔，象罔得之。黄帝曰："异哉！象罔乃可以得之乎？"

吕惠卿注释得好："象则非无，罔则非有，不皦不昧，玄珠之所以得也。"非无非有，不皦不昧，这正是艺术形相的象征作用。"象"是境相，"罔"是虚幻，艺术家创造虚幻的境相以象征宇宙人生的真际。真理闪耀于艺术形相里，玄珠的镳于象罔里。歌德曾说："真理和神性一样，是永不肯让我们直接识知的。我们只能在反光、譬喻、象征里面观照它。"又说："在璀灿的反光里面我们把握到生命。"生命在他就是宇宙真际。他在《浮士德》里面的诗句："一切消逝者，只是一象征"，更说明"道"、"真的生命"是寓在一切变灭的形相里。英国诗人勃莱克的一首诗说得好：

> 一花一世界，
> 一沙一天国，
> 君掌盛无边，
> 刹那含永劫。

这诗和中国宋僧道灿的重阳诗句（田汉译）："天地一东篱，万古一重九"，都能喻无尽于有限，一切生灭者象征着永恒。

人类这种最高的精神活动，艺术境界与哲理境界，是诞生于一个最自由最充沛的深心的自我。这充沛的自我，真力弥满，万象在旁，掉臂游行，超脱自在，需要空间，供他活动。（参见拙作《中西画法所表现的空间意识》）于是"舞"是它最直接、最具体的自然流露。"舞"是中国一切艺术境界的典型。中国的书法、画法都趋向飞舞。庄严的建筑也有飞檐表现着舞姿。杜甫《观公孙大娘弟子舞剑器行》首段云：

> 昔有佳人公孙氏，一舞剑器动四方，观者如山色沮丧，天地为之久低昂……

天地是舞，是诗（诗者天地之心），是音乐（大乐与天地同和）。中国绘画境界的特点建筑在这上面。画家解衣盘礴，面对着一张空白的纸（表象着舞的空间），用飞舞的草情篆意谱出宇宙万形里的音乐和诗境。照像机所摄万物形体的底层在纸上是构成一片黑影。物体轮廓线内的纹理形象模糊不清。山上草树崖石不能生动地表出他们的脉络姿态。只在大雪之后，崖石轮廓林木枝干才能显出它们各自的弈弈精神性格，恍如铺垫了一层空白纸，使万物以嵯峨突兀的线纹呈露它们的绘画状态。所以中国画家爱写雪景（王维），这里是天开图画。

中国画家面对这幅空白，不肯让物的底层黑影填实了物体的"面"，取消了空白，像西洋油画；所以直接地在这一片虚白上挥毫运墨，用各式皱文表出物的生命节奏。（石涛说："笔之于皱也，开生面也。"）同时借取书法中的草情篆意或隶体表达自己心中的韵律，所绘出的是心灵所直接领悟的物态天趣，造化和心灵的凝合。自由潇洒的笔墨，凭线纹的节奏，色彩的韵律，开径自

行，养空而游，蹈光揖影，抟虚成实。（参看本文首段引方士庶语）

庄子说："虚室生白。"又说："唯道集虚。"中国诗词文章里都着重这空中点染，抟虚成实的表现方法，使诗境、词境里面有空间，有荡漾，和中国画面具同样的意境结构。

中国特有的艺术——书法，尤能传达这空灵动荡的意境。唐张怀瓘在他的《书议》里形容王羲之的用笔说："一点一画，意态纵横，偃亚中间，绰有余裕。然字峻秀，类于生动，幽若深远，焕若神明，以不测为量者，书之妙也。"在这里，我们见到书法的妙境通于绘画，虚空中传出动荡，神明里透出幽深，超以象外，得其环中，是中国艺术的一切造境。

王船山在《诗绎》里说："论画者曰，咫尺有万里之势，一势字宜着眼。若不论势，则缩万里于咫尺，直是《广舆记》前一天下图耳。五言绝句以此为落想时第一义。唯盛唐人能得其妙。如'君家住何处，妾住在横塘，停船暂借问，或恐是同乡'，墨气所射，四表无穷，无字处皆其意也！"高日甫论画歌曰："即其笔墨所未到，亦有灵气空中行。"笪重光说："虚实相生，无画处皆成妙境。"三人的话都是注意到艺术境界里的虚空要素。中国的诗词、绘画、书法里，表现着同样的意境结构，代表着中国人的宇宙意识。盛唐王、孟派的诗固多空花水月的禅境；北宋人词空中荡漾，绵渺无际；就是南宋词人姜白石的"二十四桥仍在，波心荡冷月无声"，周草窗的"看画船尽入西泠，闲却半湖春色"，也能以空虚衬托实景，墨气所射，四表无穷。但就它渲染的境象说，还是不及唐人绝句能"无字处皆其意"，更为高绝。中国人对"道"的体验，是"于空寂处见流行，于流行处见空寂"，唯道集虚，体用不二，这构成中国人的生命情调和艺术意境的实相。

王船山又说："工部（杜甫）之工在即物深致，无细不章。右丞（王维）之妙，在广摄四旁，圜中自显。"又说："右丞妙手能使在远者近，抟虚成实，则心自旁灵，形自当位。"这话极有意思。"心自旁灵"表现于"墨气所射，四表无穷"，"形自当位"，是"咫尺有万里之势"。"广摄四旁，圜中自显"，"使在远者近，抟虚成实"，这正是大画家大诗人王维创造意境的手法，代表着中国人于空虚中创现生命的流行，绹缊的气韵。

王船山论到诗中意境的创造，还有一段精深微妙的话，使我们领悟"中国艺术意境之诞生"的终极根据。他说："唯此宦宦摇摇之中，有一切真情在内，可兴可观，可群可怨，是以有取于诗。然因此而诗则又往往缘景缘事，缘以往缘未来，经年苦吟，而不能自道。以追光蹑影之笔，写通天尽人之怀，是诗家正法眼藏。""以追光蹑影之笔，写通天尽人之怀"，这两句话表出中国艺术的最后理想和最高的成就。唐、宋人诗词是这样，宋、元人的绘画也是这样。

尤其是在宋、元人的山水花鸟画里，我们具体地欣赏到这"追光蹑影之笔，写通天尽人之怀"。画家所写的自然生命，集中在一片无边的虚白上。空中荡漾着"视之不见、听之不闻、搏之不得"的"道"，老子名之为"夷"、"希"、"微"。在这一片虚白上幻现的一花一鸟、一树一石、一山一水，都负荷着无限的深意、无边的深情。（画家、诗人对万物一视同仁，往往很远的微小的一草一石，都用工笔画出，或在逸笔撤脱中表出微茫惨淡的意趣。）万物浸在光被四表的神的爱中，宁静而深沉。深，像在一和平的梦中，给予观者的感受是一澈透灵魂的安慰和惺惺的微妙的领悟。

中国画的用笔，从空中直落，墨花飞舞，和画上虚白，溶成一片，画境恍如"一片云，因日成彩，光不在内，亦不在外，既无轮廓，亦无丝理，可以生无穷之情，而情了无寄"（借王船山评王俭《春诗》绝句语）。中国画的光是动荡着全幅画面的一种形而上的、非写实的宇宙灵气的流行，贯彻中边，往复上下。古绢的黯然而光尤能传达这种神秘的意味。西洋传统的油画填没画底，不留空白，画面上动荡的光和气氛仍是物理的目睹的实质，而中国画上画家用心所在，正在无笔墨处，无笔墨处却是飘渺天倪，化工的境界。（即其笔墨所未到，亦有灵气空中行。）这种画面的构造是植根于中国心灵里葱茏绌缊，蓬勃生发的宇宙意识。王船山说得好："两间之固有者，自然之华，因流动生变而成绮丽，心目之所及，文情赴之，貌其本荣，如所存而显之，即以华奕照耀，动人无际矣！"这不是唐诗宋画给予我们的印象吗？

中国人爱在山水中设置空亭一所。戴醇士说："群山郁苍，群木荟蔚，空亭翼然，吐纳云气。"一座空亭竟成为山川灵气动荡吐纳的交点和山川精神聚积的处所。倪云林每画山水，多置空亭，他有："亭下不逢人，夕阳澹秋影"的名句。张宣题倪画《溪亭山色图》诗云："石滑岩前雨，泉香树杪风，江山无限景，都聚一亭中。"苏东坡《涵虚亭》诗云："惟有此亭无一物，坐观万景得天全。"唯道集虚，中国建筑也表现着中国人的宇宙意识。

空寂中生气流行，鸢飞鱼跃，是中国人艺术心灵与宇宙意象"两镜相入"互摄互映的华严境界。倪云林诗云：

兰生幽谷中，倒影还自照。无人作妍媛，春风发微笑。

希腊神话里水仙之神（Narciss）临水自鉴，眷恋着自己的仙姿，无限相思，憔悴以死。中国的兰生幽谷，倒影自照，孤芳自赏，虽感空寂，却有春风微笑相伴，一呼一吸，宇宙息息相关，悦怿风神，悠然自足。（中西精神的差别相）

艺术的境界，既使心灵和宇宙净化，又使心灵和宇宙深化，使人在超脱的胸襟里体味到宇宙的深境。

唐朝诗人常建的《江上琴兴》一诗最能写出艺术（琴声）这净化深化的作用：

江上调玉琴，一弦清一心。泠泠七弦遍，万木澄幽阴。

能使江月白，又令江水深。始知梧桐枝，可以徽黄金。

中国文艺里意境高超莹洁而具有壮阔幽深的宇宙意识生命情调的作品也不可多见。我们可以举出宋人张于湖的一首词来，他的念奴娇《过洞庭湖》词云：

"洞庭青草近中秋，更无一点风色。玉界琼田三万顷，着我片舟一叶。素月分晖，明河共影，表里俱澄澈。悠悠心会，妙处难与君说。"

"应念岭表经年，孤光自照，肝胆皆冰雪。短发萧疏襟袖冷，稳泛沧溟空阔。吸尽西江，细斟北斗，万象为宾客。（对空间之超脱）叩舷独啸，不知今夕何夕！（对时间之超脱）"

这真是"雪涤凡响，棣通太音，万尘息吹，一真孤露。"笔者自己也曾写过一首小诗，希望能传达中国心灵的宇宙情调，不揣陋劣，附在这里，借供参证：

飙风天际来，绿压群峰暝。云罅漏夕晖，光写一川冷。
悠悠白鹭飞，淡淡孤霞迥。系缆月华生，万象浴清影。

（柏溪夏晚归棹）

艺术的意境有它的深度、高度、阔度。杜甫诗的高、大、深，俱不可及。"吐弃到人所不能吐弃为高，含茹到人所不能含茹为大，曲折到人所不能曲折为深。"（刘熙载评杜甫诗语）叶梦得《石林诗话》里也说："禅家有三种语，老杜诗亦然。如波漂菰米沉云黑，露冷莲房坠粉红，为函盖乾坤语。落花游丝白日静，鸣鸠乳燕青春深，为随波逐浪语。百年地僻柴门迥，五月江深草阁寒，为截断众流语。"函盖乾坤是大，随波逐浪是深，截断众流是高。李太白的诗也具有这高、深、大。但太白的情调较偏向于宇宙境象的大和高。太白登华山落雁峰，说："此山最高，呼吸之气，想通帝座，恨不携谢朓惊人句来，搔首问青天耳！"（唐语林）杜甫则"直取性情真"（杜甫诗句），他更能以深情掘发人性的深度，他具有但丁的沉着的热情和歌德的具体表现力。

李、杜境界的高、深、大，王维的静远空灵，都植根于一个活跃的、至动而有韵律的心灵。承继这心灵，是我们深衷的喜悦。

原载《时与潮文艺》1943年3月创刊号

此据宗白华《美学散步》，上海人民出版社，1981年。

中国诗与中国画

钱钟书

一

这不是一篇文艺批评，而是文艺批评史上一个问题的澄清。它并不对中国旧诗和旧画试作任何估价，而只阐明中国传统批评对于诗和画的比较估价。

当然，文艺批评史很可能成为一门自给自足的学问，学者们要集中心力，保卫专题研究的纯粹性，把批评史上涉及的文艺作品，也作为干扰物而排除，不去理会，也不能鉴别。不过，批评史的研究，归根到底，还是为了批评。我们要了解和评判一个作者，也该知道他那时代对于他那一类作品的意见，这些意见就是后世文艺批评史的材料，也是当时一种文艺风气的表示。一个艺术家总在某些社会条件下创作，也总在某种文艺风气里创作。这个风气影响到他对题材、体裁、风格的去取，给予他以机会，同时也限制了他的范围。就是抗拒或背弃这个风气的人也受到它负面的支配，因为他不得不另出手眼来逃避或矫正他所厌恶的风气。正像列许登堡所说，模仿有正有负，"反其道以行也是一种模仿"（Grade das Gegentheil tun ist auch eine Nachahmung）；圣佩韦也说，尽管一个人要推开自己所处的时代，仍然和它接触，而且接触得很着实（On touche encore à son temps, et très fort, même quand on le repousse）[①]。所以，风气是创作里的潜势力，是作品的背景，而从作品本身不一定看得清楚。我们阅读当时人所信奉的理论，看他们对具体作品的褒贬好恶，树立什么标准，提出什么要求，就容易了解作者周遭的风气究竟是怎么一回事，好比从飞沙、麦浪、波纹里看出了风的姿态。

一时期的风气经过长时期而能持续，没有根本的变动，那就是传统。传统有惰性，不肯变，而事物的演化又迫使它以变应变，于是产生了一个相反相成的现象。传统不肯变，因此惰性形成习惯，习惯升为规律，把常然作为当然和必然。传统不得不变，因此规律、习惯不断地相机破例，实际上作出种种妥协，来迁就演变的事物。批评史上这类权宜应变的现象，有人曾嘲笑为"文艺里的两面派假正经"（ipocrisia letteraria）[②]，表示传统并不呆板，而具有相当灵活的机会主义。它一方面把规律定得严，抑遏新风气的发生；而另一方面把规律解释得宽，可以收容新风气，免于因对抗而地位摇动。它也颇有外交老手的"富于弹性的坚定"（elastic or flexible rigidity）那种味道。传统愈悠久，妥协愈多，愈不肯变，变的需要愈迫切；于是不再能委屈求全，旧传统和新风气破裂而被它破坏。新风气的代兴也常有一个相反相成的表现。它一方面强调自己是崭新的东西，和不相容的原有传统立异；而另一方面更要表示自己大有来头，非同小可，向古代也找一个传统作为渊源所自。例如西方十七、八世纪批评家要把新兴的长篇散文小说遥承古希腊、罗马的史诗③；圣佩韦认为当时法国的浪漫诗派蜕变于法国十六世纪的诗歌。中国也常有相类的努力。明、清批评家把《水浒》、《儒林外史》等白话小说和《史记》挂钩；我们自己学生时代就看到提倡"中国文学改良"的学者煞费心机写了上溯古代的《中国白话文学史》，又看到白话散文家在讲《新文学源流》时，远追明代"公安"、"竟陵"两派。这种事后追认先驱（préfiguration rétroactive）的事例④，仿佛野孩子认父母，暴发户造家谱，或封建皇朝的大官僚诰赠三代祖宗，在文学史上数见不鲜。它会影响创作，使新作品从自发的天真转而为自觉的有教养、有师法；它也改造传统，使旧作品产生新意义，沾上新气息，增添新价值。

　　一个传统破坏了，新风气成为新传统。新传统里的批评家对于旧传统里的作品能有比较全面的认识，作比较客观的估计；因为他具有局外人的冷静和超脱，所谓"当局称迷，傍观见审"（元行冲《释疑》），而旧传统里的批评家就像"不识庐山真面目，只缘身在此山中"（苏轼《题西林壁》）。除旧布新也促进了人类的集体健忘，一种健康的健忘，千头万绪简化为二三大事，留存在记忆里，节省了不少心力。旧传统里若干复杂问题，新的批评家也许并非不屑注意，而是根本没想到它们一度存在过。他的眼界空旷，没有枝节零乱的障碍物来扰乱视线；比起他这样高瞻远瞩，旧的批评家未免见树不见林了。不过，无独必有偶，另一个偏差是见林而不见树。局外人也就是门外汉，他的意见，仿佛"清官判断家务事"，有条有理，而对于委曲私情，终不能体贴入微。一个社会、一个时代各有语言天地，各行各业以至一家一户也都有它的语言天地，所谓"此中人语"。譬如乡亲叙旧、老友谈往、两口子讲体己、同业公议、专家讨论等等，圈外人或外行人听来，往往不甚了了。缘故是：在这种谈话里，不仅有术语、私房话以至"黑话"，而且由于同伙们相知深切，还隐伏着许多中世纪经院哲学所谓彼此不言而喻的"假定"（suppositio）⑤，旁人难于意会。释袾宏《竹窗随笔》论禅宗问答："譬之二同邑人，千里久别，忽然邂逅，相对作乡语隐语，旁人听之，无义无味。"这其实是生活中的平常情况，只是"听之无义无味"的程度随人随事不同。批评家对旧传统或风气不很认识，就可能"说外行话"，曲解附会。举一个文评史上的惯例罢。

　　我们常听说中国古代文评里有对立的两派，一派要"载道"，一派要"言志"。事实上，在中国旧传统里，"文以载道"和"诗以言志"主要是规定各别文体的职能，并非概括"文学"的界说。"文"常指散文或"古文"而言，以区别于"诗"、"词"。这两句话看来针锋相对，实则水米无干，好比说"他去北京"、"她回上海"，或者羽翼相辅，好比说"早点是稀饭"、"午餐是面"。因此，同一个作家可以"文载道"，以"诗言志"，以"诗余"的词来"言"诗里说不出口的"志"。这些文体就像梯级或台阶，是平行而不平等的，"文"的等次最高。西方文艺理论常识输入以后，我们很容易把"文"一律理解为广义的"文学"，把"诗"认为文学创作精华的同义词。于是那两句老话仿佛"顿顿都喝稀饭"和"一日三餐全吃面"，或"两口儿都上北京"和"双双同去上海"，变成相互排除的命题了。传统文评里有它的矛盾，但是这两句不能算是矛盾的口号。对传统不够理解，就发生了这个矛盾的错觉。当然，相反地，也会发生统一的错觉，譬如我们常听说中国诗和中国画是融合一致的。

<h2 style="text-align:center">二</h2>

　　诗和画号称姊妹艺术。有人进一步认为它们不但是姊妹，而且是孪生姊妹。唐人只说："书画异名而同体。"（张彦远《历代名画记》卷一《叙画之源流》）自宋以后，大家都把诗和画说成仿佛是异体而同貌。郭熙《林泉高致》第二篇《画意》："更如前人言：'诗是无形画，画是有形诗。'哲人多谈此言，吾人所师。"冯应榴《苏诗合注》卷五〇《韩干马》："少陵翰墨无形画，韩干丹青不语诗。"孔武仲《宗伯集》卷一《东坡居士画怪石赋》："文者无形之画，画者有形之文，二者异迹而同趣。"张舜民《画墁集》卷一《跋百之诗画》："诗是无形画，画是有形诗。"释德洪觉范《石门文字禅》巷八：《宋迪作八景绝妙，人谓之"无声句"。演上人戏余曰："道人能作'有声画'乎？"因为之各赋一首》。岳珂《宝真斋法书赞》卷一三《薛道祖白石潭诗帖》："'画'以'有声'著，'诗'以'无声'名。'有声'者，道祖之所已知；'无声'者，道祖之所欲为而未能者也。"《宋诗纪事》卷五九钱鍪《次袁尚书巫山诗》"终朝诵公有声画，却来看此无声诗"；《全宋词》三四五三页陈德武《望海潮》"对无声诗，哦有声画，仪形已见端倪"：这两处的"有声画"指诗，而"无声诗"指景物，由画引申，指入画的真山真水。两者只举一端，像黄庭坚《次韵子瞻、子由题憩寂图》"李侯有句不肯吐，淡墨写作无声诗"、米友仁《自题山水》"古人作语咏不得，我寓无声缣楮间"、周孚《题所画梅竹》"东坡戏作有声画，叹息何人为赏音"，例子更多。舒岳祥《阆风集》卷六《和正仲送达善归钱塘》"好诗甚似无声画，昏眼羞同没字碑"，求对仗的

平仄匀称，换"有"字为"无"字，出了毛病。"碑"照例有"字"，"没字碑"是自身矛盾语，恰好用作比喻，去嘲笑目不识丁；"画"压根儿"无声"，说"好诗似画"，词意具足。所添"无声"两字就不免修词学所谓"赘余的形容"（redundant epithet）了⑥。南宋孙绍远搜罗唐以来的题画诗，编为《声画集》；宋末名画家杨公远自编诗集《野趣有声画》，诗人吴龙翰作序，说："画难画之景，以诗凑成；吟难吟之诗，以画补足。"（曹庭栋《宋百家诗存》卷一九）从那两部书名，可以推想这个概念的流行。

　　"无声诗"即"有形诗"和"有声画"即"无形画"的对比，和西洋传统的诗画对比，用意差不多。古希腊诗人（Simonides of Ceos）早说："画为不语诗，诗是能言画。"⑦ 嫁名于西塞罗的一部修词学里，论"互换句法"（commutatio）的第四例就是："正如诗是说话的画，画该是静默的诗"（Item poema loquens pictura, pictura tacitum poema debet esse）⑧。达文齐干脆说画是"嘴巴哑的诗"（una poesia muta），而诗是"眼睛瞎的画"（una pittura cieca）⑨。莱辛在他反对"诗画一律"的名著里，引了"那个希腊伏尔太的使人眼花缭乱的对照"（die blendende Antithese des griechischen Voltaire），也正是那句希腊古诗，顺手又把他所敌视的伏尔太扫上一笔⑩。"不语诗"、"能言画"和中国的"无声诗"、"有声画"是同一回事，因为"声"在这里不指音响，而指说话，就像旧小说、旧戏曲里"不则（作）声"、"禁（噤）声"的那个"声"字。古罗马诗人霍拉斯的名句："诗亦犹画"（ut pictura poesis erit），经后人断章取义，理解作"诗原通画"⑪，仿佛苏轼《书鄢陵王主簿折枝》所谓："诗画本一律。"诗、画作为孪生姊妹是西方古代文艺理论的一块奠基石，也就是莱辛所要扫除的一块绊脚石，因为由他看来，诗、画各有各的面貌衣饰，是"绝不争风吃醋的姊妹"（keine eifersüchtige Schwester）⑫。

　　诗和画既然同是艺术，应该有共同性；它们并非同一门艺术，又应该各具特殊性。它们的性能和领域的异同，是美学上重要理论问题。我想探讨的，只是历史上具体的文艺鉴赏和评判。我们常听人有声有势地说：中国旧诗和中国旧画有同样的风格，体现同样的艺术境界。那句话究竟是什么意思？这个意思能不能在文艺批评史里证实？

三

　　那句在国画展览会上、国画史等著作里说惯、听惯、看惯的话，和"诗原通画"、"诗画一律"，意义大不相同。"诗原通画"、"诗画一律"是树立一条原理，而那句话只是叙述一个事实。前者认为：诗和画的根本性质是一致的；后者认为：在中国传统里，最标准的诗风和最标准的画风是一致的。假使前者成立，也许可以解释后者这个事实；假使后者成立，却还不够证明前者那条原理。对于前者，要求它言之成理，免于牵强理论；对于后者，要求它言之有物，免于歪曲历史。说破了，那句套话的意思就是：中国旧诗和中国旧画同属于所谓"南宗"，正好比西洋文艺史家说，莎士比亚的戏剧和鲁本斯(Rubens)、雷姆勃朗德(Rembrandt)的绘画同属于"奇崛派"(Barock)⑬。

中国画史上最有代表性、最主要的流派是"南宗"。董其昌《容台别集》卷四有一节讲得极清楚："禅家有南北二宗，唐时始分。画之南北二宗，亦唐时分也，但其人非南北耳。北宗则李思训父子着色山水，流传而为宋之赵幹、赵伯驹、伯骕以至马、夏辈。南宗则王摩诘始用渲淡，一变钩斫之法，其传为张璪、荆、关、董巨、郭忠恕、米家父子以至元之四大家；亦如六祖之后，有马驹、云门、临济儿孙之盛，而北宗微矣。要之摩诘所谓'云峰石迹，迥出天机，笔意纵横，参乎造化'者。东坡赞吴道子、王维画壁亦云：'吾于维也无间然。'知言哉！"（参看同卷《文人画自王维始》一条，叙述更详）董氏同乡书画家莫是龙《画说》一五条里有一条，字句全同；董氏同乡好友陈继儒《偃曝余谈》卷下有论旨相类的一条，坦白地把李思训、王维分别比为"禅家"北宗的神秀和南宗的惠能。南、北画家的区别，也可甩陈氏推尊的王世贞的话来概括，《弇州四部稿》卷一五四《艺苑卮言·附录》卷三："吴、李以前画家，实而近俗；荆、关以后画家，雅而太虚。今雅道尚存，实德则病。"这是明人鉴赏的常谈，清人承袭了，例如厉鹗说："尝以词譬之画，画家以南宗胜北宗。稼轩、后村诸人，词之北宗；清真、白石诸人，词之南宗也。"（《樊榭山房文集》卷四《张今涪红螺词序》）清人论书法，把南、北宗的概念来判别流派，而且应用到董其昌本人身上："太仆〔归有光〕文章宗伯〔董〕字，正如得髓自南宗"（姚鼐《惜抱轩诗集》卷八《论书绝句》三）；"尝与钱梅溪〔泳〕论书，画派分南、北宗，书家亦分南、北。如颜、柳一派，类推至于吾家文敏〔张照〕，是为北宗；褚、虞一派，类推至于香光，是为南宗"（张祥河《关陇舆中偶忆编》）。近年来有人反对董其昌的分类，夏敬观先生《忍古楼画说》就批评说："余考宋、元以前论画书，未见有'南、北宗'之说。夫南、北画派诚有别，然必剿袭禅宗之名以名之，而'南'、'北'字均无所取义，盖非通人所为。李思训父子为唐宗室，王维太原祁人，均北人也。只张璪唐人，余皆宋人，安见唐时已分南北乎？"

画派分南北和画家是南人、北人的疑问，不难回答。某一地域的专称引申而为某一属性的通称，是语言里的惯常现象。譬如汉、魏的"齐气"、六朝的"楚子"、宋的"胡言"、明的"苏意"；"齐气"、"楚子"不限于"齐"人、"楚"人，苏州以外的人也常有"苏意"，汉族并非不许或不会"胡说"、"胡闹"。杨万里说"诗'江西'也，非人皆江西也"（《诚斋集》卷七九《江西宗派诗序》）；家铉翁说"奋乎齐鲁汴洛之间者，固中州人物也。亦有生于四方，奋于遐外，而道学文章为世所宗工，德业被于海内，虽谓之中州人物可也"（《元文类》卷三八家铉翁《题中州诗集后》；四库辑本《则堂集》漏收）：更是文学流派名称的好例子。拘泥着地图、郡县志，太死心眼儿了。画派在"唐时"虽然未"分南北"，但唐人诗文评早借用了"南北宗"的概念。遍照金刚《文镜秘府论》南卷《论文意》："荀、孟传于司马迁，司马迁传于贾谊。乃知司马迁为北宗，贾生为南宗，从此分焉。"这位日本和尚居然讲司马迁而连《史记》都没看，不知道有《屈原贾生列传》，但他也显然道听涂说，拣得了唐人的一些谈屑。伪托贾岛撰的《二南密旨》，据《四库全书总目》卷一九七的提要："以《召南》'林有朴樕，野有死鹿'句，及鲍照'申黜褒女进，班去赵姬升'句，钱起'竹怜新雨后，山爱夕阳时'句，为南宗。以《卫风》'我心匪石，不可转也'句，左思'吾爱段干木，偃息藩魏君'句，卢纶诗'谁知樵子径，得到葛洪家'句，为北宗。"论画"剿袭禅宗之名"，或许"无所取义"，也还可以说有所借鉴。不过，真是"无所取义"么？

把"南"、"北"两个地域和两种思想方法或学风联系，早已见于六朝，唐代禅宗区别南、北，恰恰符合或沿承了六朝古说⑭。事实上，《礼记·中庸》说"南方之强"省事宁人，"不报无道"，不同于"北方之强"好勇斗狠，"死而不厌"，也就是把退敛和肆纵分别为"南"和"北"的特征。《世说·文学》第四记褚季野云："北人学问，渊综广博。"孙安国答："南人学问，清通简要。"支道林曰："圣贤固所忘言。自中人以还，北人看书如显处视月。南人看书如牖中窥日。"历来引用的人只知道"牖中窥日"仿佛"管中窥豹"，误解支道林为褒北贬南；而刘峻在这一节的注释里又褒南贬北，说什么北人"学广则难周，难周则识暗"，南人"学寡则易核，易核则知明"。支道林是仲裁者讲公道话。孙、褚分举南、北"学问"各有长处，支承认这些长处，而指出它们也各有流弊，长处就此成为缺点（lé defaut de la qualité）。我国有关"性格类型"（personality types）的最早专著、三国时刘劭《人物志·八观》里第七观是："观其所短，以知其所长。"支道林可以说是"观其所长，以知其所短"。"中人以还"的"中"不是《论语·雍也》"中人以下，中人以上"的"中"，而是《中庸》"中庸其至矣乎"的"中"，不指平常凑货、不出众，而指恰如其分、无偏差，就是《人物志·体性》所说："中庸之德……抗者过之而拘者不逮，抗拘违中。""中人"以下追求广博，则流为浅泛；追求精简，则流为寡陋。浮光掠影和一孔片面都是毛病，尽管病情不同，但都是《人物志·材能》所称"偏材之人"。《隋书·儒林传》叙述经学，说"大抵南人约简，得其英华；北学深芜，穷其枝叶"，这就像刘峻的注解，也简直是唐后对南、北禅宗的惯评了。看来，南、北"学问"的分歧，和宋、明儒家有关"博观"

与"约取"、"多闻"与"一贯"、"道问学"与"尊德性"的争论,属于同一典型。巴斯楷尔区分两类有才知的人 (deux sortes d'esprit):一类"坚强而狭隘",一类"广阔而软弱" (l'esprit pouvant être fort et étroit,et pouvant être ample et faible) ⑮。康德曾分析"理性"里有两种基本倾向:一种按照万殊的原则,喜欢繁多 (das Interesse der Mannigfaltigkeit, nach dem Princip der Specification);另一种按照合并的原则,喜欢单一 (das Interesseder Einheit, nach dem Princip der Aggregation) ⑯。禅宗判别南北,可以说是两类才智或两种理性倾向在佛教思想里的一个表现。

南宗禅把"念经"、"功课"全鄙弃为无事忙,要把"学问"简至无可再简、约至不能更约,说什么"微妙法门,不立文字,教外别传","经涌三千部,曹溪一句亡","广学知解,被知解境风之所漂溺"(《五灯会元》卷一释迦牟尼章次、卷二法达章次、卷三怀海章次)。李昌符《赠供奉僧玄观》"自得曹溪法,诸经更不看",张乔《宿齐山僧舍》"若言不得南宗要,长在禅床事更多",都是说南宗禅省"事",不看经卷,不坐禅床。南宗画的原则也是"简约",以经济的笔墨获取丰富的艺术效果,以减削迹象来增加意境 (less is-more—Robert Browring:"Andrea del Sarto")。张彦远讲"疏体画"用笔不同于"密体画",早说出这个理想:"笔才一二,像已应焉。离披点画,时见缺落,此虽笔不周而意周也。"(《历代名画记》卷二《论顾陆张吴用笔》)"周"是"周密"、"周到"、"周备"的"周"。他在本节里强调"书画用笔同",我们不妨挪借另一个唐人论书法的话作为注解:"'损'谓有余。……谓趣长笔短,常使意势有余,点画若不足。"(《全唐文》卷三三七颜真卿《张长史十二意笔法记》)"损"就是"见缺落","若不足"就是"不周"。当代卓著的美术史家论"印象派" (Imqressionism) 含蓄不露 (suggestion) 的手法,说:观画者不是无所用心,而是"更有事可做" (the artist gives the beholder increasingly "more to do"),参与了作画者的创造 (making, creation),在心目中幻出 ("conjured up" in our minds) 那些未落迹象的景色 (the inarticulate and unexpressed) ⑰。也不外乎这个原则。休谟可能是首先拈示这种心理活动的哲学家,虽然他泛论人生经验,并未联系到文艺。他认为情感受"想象"的支配,"把对象的一部分隐藏不露,最能强烈地激发情感" (Nothing more powerfully excites any affection than to conceal some part of its object);对象蔽亏不明 (by throwing it into a kind of shade),欠缺不全,就留下余地,"让想象有事可做" (leaves some work for the imagination),而"想象为了完足那个观念所作的努力又能增添情感的强度" (the effort which the fancy makes to compleat the idea gives an additional force to the passion) ⑱。把休谟的大理论和我们的小题目拍合,对象"蔽亏"正是"笔不周",在想象里"完足"正是"意周","compleat"可算是"周"

字的贴切英译。和石溪并称"二溪"的程正揆反复申明这一点。他的《青溪遗稿》似乎三百年来无人过问，不妨多引一些。卷一五《山庄题画》六首之三："铁干银钩老笔翻，力能从简意能繁。临风自许同倪瓒，入骨谁评到董源。"卷二二《题卧游图后》："论文字者谓增一分见不如增一分识，识愈高则文愈淡。予谓画亦然。多一笔不如少一笔，意高则笔减。何也？意在笔先，不到处皆笔['不'字直贯全句，等于'非到处皆笔']。繁皴浓染，刻划形似，生气漓矣。"卷二四《龚半千画册》："画有繁减，乃论笔墨，非论境界也。北宋人千丘万壑，无一笔不减；元人枯枝瘦石，无一笔不繁。予曾有诗云云［即'铁干银钩'那一首］。"同卷《题石公画卷》："予告石溪曰：'画不难为繁，难于用减，减之力更大于繁。非以境减，减以笔。'所谓'弄一车兵器，不若寸铁杀人'者也。"卷二六《杂著》一："画贵减不贵繁，乃论笔墨，非论境界也。宋人千丘万壑，无一笔不减；倪元镇疏林瘦石，无一笔不繁。"翁方纲《复初斋诗集》卷一二《程青溪〈江山卧游图〉》："枯木瘦石乃繁重，千岩万壑翻轻灵"，就地取材，正用程氏自己的话来题他的画。吴雯《莲洋集》卷六《题云林〈秋山图〉》"岂但秋华谢桃李，空林黄叶亦无多"，也是赞叹倪瓒的"力能从简"。值得注意的是，程氏借禅宗的"话头"来比喻画法。"弄一车兵器，不是杀人手段。我有寸铁，便可杀人"，那是宋代禅师宗杲的名言，儒家的道学先生都欣赏它的。例如朱熹《朱子语类》卷八就引用了，卷一一五教训门徒，又"因举禅语云：'寸铁可杀人；无杀人手段，则载一车枪刀，逐件弄过，毕竟无益。'"南宗禅提倡"单刀直入"（《五灯会元》九灵祐又卷一一守廓章次等），不屑拈枪弄棒，所谓："只要单刀直入，不要广参"（《宗镜录》卷四一），嘲笑"博览古今"的"百会"为"一尚不会"（《五灯会元》卷七洛京南院和尚章次）。那和"南人学问"的"清通简要"、"约简得英华"，只是程度上的差异。体现在造形艺术里，这个趋向就是绘画的笔墨"从简"、"用减"、"笔不周"。"南宗画"的定名超出了画家的籍贯，揭出了画风的特色，难道完全"无所取义"么？

那末，能不能说南宗画的作风也就相当于中国旧诗里正统的作风呢？

四

西洋文评家谈论中国诗时，往往仿佛是在鉴赏中国画。例如有人说，中国古诗"空灵"（intangible）、"轻淡"（light）、"含蓄"（suggestive），在西洋诗里，最接近韦尔兰（Verlaine）[19]。另一人说，中国古诗简约隽永，韦尔兰的《诗法》算得中国文学里传统原则的定义（taken as the definition of the principle of Chinese literary tradition）[20]。还有人说，中国古诗抒情，从不明说，全凭暗

示 (lyrical emotion is nowhere expressed but only suggested)，不激动，不狂热，很少词藻、形容词和比喻 (no excitement, no ecstasy, little or no rhetoric, few adjectives and very few metaphors or similes)，歌德、海涅、哈代等的小诗偶有中国诗的风味[21]。这些意见出于本世纪前期，然而到现在还似乎代表一般人的看法。透过翻译而能那样认识中国诗，很不容易。一方面也许证明中国诗的艺术高、活力强，它像人体有"自动免疫性"似的，也具备顽强的免译性或抗译性，经受得起好好歹歹的翻译；一方面更表示这些批评家有艺术感觉和本土文学素养。一个绘画史家也指出，歌德的《峰颠群动息》(Ueber allen Gipfeln ist Ruh) 和海涅的《孤杉孑然立》(Ein Fichienbaum steht einsam) 两首小诗和中国画的情调融合 (enisprechenjener lyrischen Stimmung)[22]。把中国旧诗和韦尔兰联系，最耐人寻味。韦尔兰宣称：最好是"灰黯的诗歌"，不着彩色，只分深淡 (Rien de plus cher que la chanson grise, Pas de couleur, rien que la nuance)[23]。那简直就是南宗画风了："画欲暗，不欲明；明者如舴艋棱钩角是也，暗者如云横雾塞是也。"（董其昌《画眼》）

一句话，在那些西洋批评家眼里，词气豪放的李白、思力深刻的杜甫、议论畅快的白居易、比喻络绎的苏轼——且不提韩愈、李商隐等人——都给"神韵"淡远的王维、韦应物同化了。西方有句谚语："黑夜里，各色的猫一般灰色。"（La nuit tous les chats sont gris）据动物学家的研究，猫是色盲的，在白天看一切东西都是灰色 (tbe daylight world is gray to the cat)[24]。正像人黑夜里看猫，猫白天看世界，西洋批评家看五光十色的中国旧诗都成为韦尔兰所向往的"灰黯的诗歌"(la Chanson grise)。这种现象并不稀罕。习惯于一种文艺传统或风气的人看另一种传统或风气里的作品，常常笼统概括，有如中国古代隽语所谓"用个带草（怀素）看法，一览而尽"（见董说《西游补》）。譬如在法国文评家眼里，德国文学作品都是浪漫主义的，它的"古典作义"也是浪漫的、非对典的 (unclassical)；而在德国文评家眼里，法国的文学作品都只能算古典主义的，它的"浪漫主义"至多是打了对折的浪漫 (onlyhalf romantic)[25]。德、法比邻，又同属于西欧文化大家庭，尚且如此，中国和西洋更不用说了。

和西洋诗相形之下，中国旧诗大体上显得情感不奔放，说话不唠叨，嗓门儿不提得那么高，力气不使得那么狠，颜色不着得那么浓。在中国诗里算是"浪漫"的，和西洋诗相形之下，仍然是"古典"的；在中国诗里算是痛快的，比起西洋诗，仍然不失为含蓄的。我们以为词华够鲜艳了，看惯纷红骇绿的他们还欣赏它的素淡；我们以为"直恁响喉咙"了，听惯大声高唱的他们只觉得是低言软语。同样，束缚在中国旧诗传统里的读者看来，西洋诗里空灵的终嫌着痕迹、费力气，淡远的终嫌有烟火气、荤腥味，简洁的终嫌不够惜墨如金。这仿佛国际货币有兑换率，甲国的两毛零钱折合乙国的一块大洋。西洋人评论不很中肯，那可以理解。他们不是个中人，只从外面看个大概，见林而不见树，领略大同而忽视小异。我们中国批评家不会那样，我们知道中国旧诗不单纯是"灰黯诗歌"，不能由"神韵派"来代表。但是，我们也往往不注意一个事实：神韵派在旧诗传统里公认的地位不同于南宗在旧画传统里公认的地位，传统文评否认神韵派是标准的诗风，而传统画评承认南宗是标准的画风。在"正宗"、"正统"这一点上，中国旧"诗、画"不是"一律"的。

五

恰巧南宗画的创始人王维也是神韵诗派的宗师，而且是南宗禅最早的一个信奉者。《王右丞集》卷二五《能禅师碑》就是颂扬南宗禅始祖惠能的，里面说"弟子曰神会……谓余知道，以颂见托"；《神会和尚遗集·语录第一残卷》记载"侍御史王维在临湍驿中问和上若为修道"的对话。在他身上，禅、诗、画三者可以算是一脉相贯，"诗画是孪生姊妹"那句话用得惬当了。苏轼《东坡题跋》卷五《书摩诘〈蓝田烟雨图〉》说："味摩诘之诗，诗中有画；观摩诘之画，画中有诗。"《凤翔八观·王维、吴道子画》说得更清楚："摩诘本诗老，佩芷袭芳荪。今观此壁画，亦若其诗清且敦。"纪昀评点苏诗说："'敦'字义非不通，而终有嵌押之痕。"指摘得很对。"敦"字大约是深厚之"义"，可参看张彦远《历代名画记》卷一《论画山水树石》所谓"又若王右丞之重深"，但和"清"连用（collocation），就很牵强，凑韵的窘态毕露了。

沈括《梦溪笔谈》卷一七："书画之妙，当以神会，难可以形器求也。如彦远画评言：'王维画物，多不问四时；如画花往往以桃杏芙蓉莲花同画一景。'余家所藏摩诘《卧雪图》有雪中芭蕉，此难与俗人言也。"现存《历代名画记》里没有关于王维这一节，画花"不问四时"却是画里一个传统；《卧雪图》也早遗失，但"雪中芭蕉"一事广布久传，为文评和画评提供了一个论证。㉖都穆《寓意编》："王维画伏生像，不两膝着地用竹简，乃箕股而坐，凭几伸卷。盖不拘形似，亦雪中芭蕉之类也。"这幅画后来为孙承泽收藏。《庚子销夏记》卷一《唐王维伏生图》："一老生伏几而坐，手持一卷。……都元敬尝在贵人之家见此图，惊欢不置。"从此"雪中芭蕉"不是孤零零的事件，"难以形器求"的画风又添了佐证，评鉴家更容易施展"挽回"（recnperation）的手段，不理会"俗人"们"拘形似"的惊疑和嘲笑。神韵诗派大师王士祯就在这一点上把王维的诗和画贯通。《池北偶谈》卷一八："世谓王右丞画雪里芭蕉，其诗亦然。如'九江枫树几回青，一片扬州五湖白'，下连用'兰陵镇'、'富春郭'、'石头城'诸地名，皆辽远不相属。大抵古人诗画只取兴会神到。"名诗人兼画家金农更在这一点上把王维的画和禅贯通。《冬心集拾遗·

杂画题记》：“王右丞雪中芭蕉为画苑奇构。芭蕉乃商飚速朽之物，岂能凌冬不凋乎？右丞深于禅理，故有是画，比喻沙门不坏之身，四时保其坚固也。余之所作，正同此意，观者切莫认作真个耳。”金农对“禅理”似乎不熟。禅宗有一类形容“不可思议”的“话头”，“‘雨下阶头湿，晴干水不流；鸟巢沧海底，鱼跃石山头。’前头两句是平实语，后头两句是格外谈”（《五灯会元》卷一八祖琦章次）；“格外谈”颇类似西方古修辞学所谓“不可能事物喻”（ady-nata, impossibilia）㉗。例如“山上有鲤鱼，海底有蓬尘”，“腊月莲花”，“昼入祇陀之苑，皓月当天。夜登灵鹫之峰，太阳溢目。乌鸦似雪，孤雁成群”（《五灯会元》卷二道钦、卷三道膺、卷一四道楷章次）㉘。鸠摩罗什译《维摩诘所说经·佛道品第八》“火中生莲华，是可谓希有”，或昙无谶译《大般涅槃经·如来性品第四之二》“水中生于莲华，非为希有，火中生者，是乃希有”，正是这一类比喻，很早被道士一眼瞧中，偷入《老子化胡经·玄歌章第一〇》“我昔化胡时”那一首里：“火中生莲华，尔乃是至真。”（《鸣沙石室佚书续编》）假如雪里芭蕉含蕴什么“禅理”，那无非像海底尘、腊月或火中莲等等，暗示“希有”或“不可思议”。明季画家李流芳似乎领悟这个意思，《檀园集》卷一《和朱修能雪蕉诗》“雪中蕉正绿，火里莲亦长”，就是把两种“不可能事物”结成配偶，使它们相得益彰了。

试举一首传诵的王维小诗，说明他的手法。《杂诗》第二首：“君自故乡来，应知故乡事。来日绮窗前，寒梅著花未？”赵殿成《王右丞集笺注》：“按陶渊明诗云：‘尔从山中来，早晚发天目。我居南窗下，今生几丛菊？’与右丞此章同一机杼，然下文缀语稍多，趣意便觉不远。右丞只为短句，有悠扬不尽之致。”批评不错，只是考订欠些。那首“陶渊明诗”是后人伪托的，上半首正以王维此篇为蓝本；下半首是：“蔷薇叶已抽，秋兰气当馥。归去来山中，山中酒应熟”，结句又脱胎于李白《紫极宫感秋》：“陶令归去来，田家酒应熟。”㉙王维这二十个字的最好对照是初唐王绩《在京思故园见乡人问》：“旅泊多年岁，老去不知回。忽逢门前客，道发故乡来。敛眉俱握手，破涕共衔杯。殷勤访朋旧，屈曲问童孩。衰宗多弟侄，若个赏池台？旧园今在否？新树也应栽。柳行疏密布？茅斋宽窄裁。经移何处竹？别种几株梅？渠当无绝水，石计总成苔。院果谁先熟，林花那后开？羁心只欲问，为报不须猜。行当驱下泽，去剪故园莱。”这首诗很好，和王维的《杂诗》在一起，鲜明地衬托出同一题材的不同处理。王绩相当于画里的工笔，而王维相当于画里的“大写”。王绩问得周详地道，可以说是“每事问”（《论语·八佾》）；王维要言不烦，大有“‘伤人乎？’不问马”的派头（《论语·乡党》）。王维仿佛把王绩的调查表上问题痛加剪削，删多成一，像程正揆论画所说“用减”而不“为繁”。张彦远说：“笔才一二，像已应焉。离披点画，时见缺落。”程正揆说：“意高则笔减，繁皴浓染，刻划形似，生气漓矣。"这种议论可以和王士禛的诗评对照。《香祖笔记》卷六："余尝观荆浩论山水而悟诗家三昧，曰：'远人无目，远水无波，远山无皴。'"⑩同书卷十："'《新唐书》如今日许道宁辈论山水，是真画也。《史记》如郭忠恕画天外数峰，略具笔墨，然而使人心服者，在笔墨之外也。'右王楙《野客丛书》中语，得诗文三昧；司空表圣所谓'不着一字，尽得风流'者也。"《蚕尾集》卷七《芝廛集序》大讲"南宗画"的"理"，然后说："虽然，非独画也，古今风骚流别之道，固不外此。"南宗画和神韵诗就是同一艺术原理在两门不同艺术里的体现了。

既然"诗家三昧"是"略具笔墨"、"不着一字"，那么，写景工密的诗、叙事流畅的诗、说理痛快的诗都算不得"风骚流别"里的上乘了。例如谢灵运和柳宗元的风景诗都是刻划细致的，所以元好问《论诗绝句》说："谢客风容映古今，发源谁似柳州深！"自注："柳子厚，宋之谢灵运。"宋长白恰好把谢灵运的诗比于北宗画："纪行诗前有康乐，后有宣城。譬之于画，康乐则堆金积粉，北宗一派也；宣城则平远闲旷，南宗之流也。"（《柳亭诗话》卷二八）若把元好问的话引申，柳宗元也就是"北宗一派"。无怪王士禛《戏仿元遗山论诗绝句》对柳宗元有贬词："风怀澄淡推韦、柳，佳处多从五字求。解识无声弦指妙，柳州那得并苏州！""无声弦指妙"就是"不着一字，尽得风流"的另一说法。韦应物正是神韵派的远祖司空图推尊和王维并列的："王右丞、韦苏州澄淡精致，格在其中，岂妨于遒举哉？"（《与李生论诗书》）"右丞、苏州，趣味澄敻。"（《与王驾评诗书》）白居易的诗既能叙事井井，又会说理娓娓，和神韵派更是话不投机。司空图就说："元、白力劲而气孱，乃都市豪估耳。"（《与王驾评诗书》）翁方纲《石洲诗话》卷一来了个补笔："一自司空表圣造二十四《品》，抉尽秘妙，直以元、白为屠沽之辈。渔洋先生魃之，每戒后贤勿轻看《长庆集》。盖渔洋教人，以妙悟为主，故其言如此。"使神韵派左右为难的，当然是号称"诗圣"的杜甫。

神韵派在旧诗史上算不得正统，不像南宗在旧画史上曾占有统治地位。唐代司空图和宋代严羽似乎都没有显著的影响；明末清初，陆时雍评选《诗镜》来宣传，王士禛用理论兼实践来提倡，勉强造成了风气。这风气又短促得可怜。王士禛当时早有赵执信作《谈龙录》，大唱反调；乾、嘉直到同、光，大多数作者和评论者认为它只是旁门小名家的诗风。这已是文学史常识。王维无疑是大诗人，他的诗和他的画又说得上"异迹而同趣"，而且他在旧画传统里坐着第一把交椅。然而旧诗传统里排起坐位来，首席轮不到王维的。中唐以后，众望所归的最大诗人一直是杜甫。借用克罗齐的名词，王维和杜甫相比，只能算"小的大诗人"（un piccolo-grande poeta），而他的并肩者韦应物可以说是"大的小诗人"（un grande-piccolo poeta）⑪。托名冯贽所作《云仙杂记》是部伪书，卷一捏造《文览》记仙童教杜甫在"豆垅"下掘得"一石，金字曰'诗王本在陈芳国'"，更是鬼话编造出来的神话。然而作为唐宋舆论的测验，天赐"诗王"的封号和"子美集开诗世界"的歌颂（王禹偁《小畜集》卷九《日长简仲咸》），可以有同等价值。元稹《唐故检校工部员外郎杜君墓系铭》早称杜甫超过李白，能"兼综古今之长"；宋祁虽然作诗深受"西昆体"的影响，而他的《新唐书·杜甫传赞》和元稹的《杜君墓铭》一致，并不像西昆体领袖杨大年那样"不喜杜工部诗，谓为'村夫子'"（刘攽《中山诗话》）㉜。《皇朝文鉴》卷七二孙何《文箴》"还雅归颂，杜统其众"，"统"正是"兼综"。杜甫《偶题》自说："文章千古事，得失寸心知。……法自儒家有，心从弱岁疲。"（参看辛弃疾《念奴娇·答傅先之提举》："君诗好处，似邹鲁儒家，还有奇节"）后世评论家顺水推船，秦观《淮海集》卷一一《韩愈论》索性比杜甫于"集大成"的儒宗孔子。晁说之《嵩山文集》卷一四《和陶引辩》说："曹、刘、鲍、谢、李、杜之诗，《五经》也，天下之大中正也；彭泽之诗，老氏也。"吴可《藏海诗话》："看诗且以数家为率，以杜为正经，余为兼经也。"朱熹《语类》卷一三九称李、杜诗为学诗者的"本经"。陈善《扪虱新语》卷七："老杜诗当是诗中《六经》，他人诗乃诸子之流也。"吴乔《围炉诗话》卷二有"杜《六经》"的名称。蒋士铨《忠雅堂文集》卷一《杜诗详注集成序》："杜诗者，诗中之《四子书》也。"潘德舆《养一斋集》卷一八《作诗本经序》："三代而下，诗足绍《三百篇》者，莫李、杜若也。……朱子曰：'作诗先看李、杜，如士人治本经。'虽未以李、杜之诗为《经》，而已以李、杜之诗为作诗之《经》矣。窃不自量，辑李、杜诗千余篇与《三百篇》风旨无二者，题曰《作诗本经》。"潘氏另一书《李杜诗话》卷二曾颂赞杜甫"集大成"，所以"李、杜"齐称也好比儒家并推"孔、孟"，一个"至圣"，一个"亚圣"，还是杜甫居上的。

这样看来，中国传统文艺批评对诗和画有不同的标准：论画时重视王世贞所谓"虚"以及相联系的风格，而论诗时却重视所谓"实"以及相联系的风格。因此，旧诗的"正宗"、"正统"以杜甫为代表。神韵派当然有异议，但不敢公开抗议，而且还口不应心地附议。陆时雍比较坦白，他在《唐诗镜·绪论》里对李、杜、韩、白等大家个个责难，只推尊王、韦两家，甚至直言不讳："摩诘不宜在李、杜下。"王士禛就很世故了。李重华《贞一斋诗说》记载："近见阮亭批抹杜集。乃知今人去古，分量大是悬绝，有多少矮人观场处，乃正昌黎所谓'不自量'也。"（指韩愈《调张籍》："李杜文章在，光焰万丈长。不知群儿愚，那用故谤伤。蚍蜉撼大树，可笑不自量！"）可见王士禛私下曾"批抹"杜诗，大加"谤伤"；他和门弟子的谈话——记录在《然灯纪闻》里——却称赞杜甫律诗是"究竟归宿处"。赵执信《谈龙录》透露了底细，说王士禛不便自己出面，只借嘴骂人："阮翁酷不喜少陵诗，特不敢显攻之，每举杨大年'村夫子'之目以语客。"李日华看到的"批抹"本，就是王士禛"酷不喜少陵诗"的物证。袁枚《随园诗话》卷三也说："李、杜、韩、白俱非阮亭所喜，因其名太高，未便诋毁。"翁方纲《七言诗三昧举隅》作了解释："渔洋先生于唐贤，独推右丞、少伯以下诸家得'三昧'之旨；盖专以冲和淡远为主，不欲以雄鸷奥博为宗。先生又不喜多作刻划体物语，其于昌黎《青龙寺》前半，因微近色相而不取。""刻划体物"和"近色相"那种说法，竟可以移评北宗画。王士禛《池北偶谈》有一条把王维、韩愈、王安石三家咏桃花源的诗比较一下，结论是："读摩诘诗多少自在！二公便如努力挽强，不免面赤耳热。"这和翁方纲的话是互相发明的。

王士禛《蚕尾集》卷一〇《跋〈论画绝句〉》，很耐寻味。《论画绝句》的作者就是他标榜为齐名同调的宋荦，所谓："当日朱颜两年少，王扬州与宋黄州。"（参看《四库总目》卷一七三《西陂类稿》提要）《跋》说："近世画家专尚南宗，而置华原、营丘、洪谷、河阳诸大家。是特乐其秀润，惮其雄奇，余未敢以为定论也。不思史中迁、固，文中韩、柳，诗中甫、愈（自注：子美河南巩县人），近日之空同、大复，不皆北宗乎？牧仲中丞论画，最推北宋数大家，真得祭川先河之义。"一眼粗看，好像他一反常态或尽除成见，居然推尊杜甫诗和北宗画了；仔细再瞧，原来他别有用心，以致寥寥不上百字的文章脱枝失节，前言不对后语。既然"画家专尚南宗"，那末不讲旁人，至少"洪谷子"荆浩"有笔有墨"的实践对南宗画派的成立大有贡献，他的《山水诀》或《画说》、《画法记》等又是南宗画理论的奠基石，他正被"尚"，那能说被"置"呢？既有"文中韩、柳"，就该接"诗中甫、白"，才顺理成章，为什么对韩愈那样偏爱，金榜两次题名，硬生生挤掉了李白呢？既反问"不皆北宗乎"，就该接"牧仲最推北宗"，才合逻辑，为什么悄悄换了一个"宋"字呢？"北宋"画和"北宗"画涵义不同，董其昌所举"南宗儿孙之盛"里，就有巨然、郭忠恕、米芾三位"北宋"大家。《蚕尾集》同卷《跋元人杂画》里也把宋画概括为南宗："宋、元人画专取气韵，此如宋儒传义，废注疏而专言义理是也。"王士禛用的是画评术语"南宗"、"北宗"，讲的是画家、文人的籍贯南方、北方，不是他们的风格。所以他特意注明杜甫是河南人；所以蜀人李白在"北宗"里无地可容，而另一河南人韩愈必须一身二任。李梦阳（"空同"）寄籍扶沟，何景明（"大复"）本籍信阳，又是两个河南人。三个非河南人——马、班、柳——是拉来凑热闹的，仿佛被迫为河南的临时"荣誉公民"。揭穿了这些花样，无非说河南商丘籍的宋荦是货真价实的"北［方大］宗［师］"。发了一通论画意见，请出历代诗文名家，无非旁敲侧击、转弯抹角地恭维那个"牧仲中丞"是大诗人，因此更要指出杜甫和他有同乡之谊，彼此沾光。貌似文艺评论，实质是挂了文艺幌子的社交辞令。在研究古代——是否竟可以说"古今"或"历代"？——文评时，正像在社会生活里，我们得学会孟子所谓"知言"，把古人的一时兴到语和他的成熟考虑过的议论区别开来，尤其把他的由衷认真的品评和他的官样套语、应酬八股区别开来。

六

诗、画传统里标准分歧，有一个很好的例证。上文引过苏轼《王维、吴道子画》，那首诗还有一段话，就是董其昌论南宗画时引为权威性的结论的："吾观画品中，莫如二子尊。吴生虽妙绝，犹以画工论；摩诘得之于象外，有如仙翮谢笼樊。吾观二子皆神俊，又于维也敛衽无间言。"就是说，以"画品"论，吴道子没有王维高。但是，比较起画风和诗风来，评论家把"画工"吴道子和"诗王"杜甫归在一类。换句话说，画品居次的吴道子的画风相当于最高的诗风，而诗品居首的杜甫的诗风相当于次高的画风。苏轼自己在《书吴道子画后》里就以杜甫诗、韩愈文、颜真卿书、吴道子画相提并称。杨慎《升庵全集》卷六四又《外集》卷九四《画品》说："吴道玄则杜甫。"方薰《山静居画论》卷上讲得更清楚："读老杜入峡诸诗，苍凉幽迥，便是吴生、王宰蜀中山水图。自来题画诗，亦惟此老使笔如画。昔人谓摩诘'画中有诗，诗中有画'，方之杜陵，未免一丘一壑。"苏轼《书吴道子画后》、《王定国诗叙》、《书唐氏六家书后》反复推杜甫为"古今诗人之首"，那是平常的正统见解。他的《书黄子思诗集后》却流露出异端情绪："予尝论书，以谓锺、王之迹，萧散简远，妙在笔墨之外。至唐颜、柳始集古今笔法而尽发之，极书之变……而锺、王之法益微。至于诗亦然。……李太白、杜子美以英玮绝世之姿，凌跨百代……然魏、晋以来，高风绝尘，亦少衰矣。……诗人继作，虽间有远韵，而才不逮意。……司空图……诗文高妙，……自列其诗之有得文字之表者二十四韵，恨当时不识其妙。"苏轼论诗似乎到头来也倾向神韵派，和他论画很早就倾向南宗，标准渐渐合拢了，"萧散简远，妙在笔墨之外"，"有远韵"，"有得文字之表"，和"维也得之于象外"，词意一致。全祖望看出苏轼对李、杜的不满，在《鲒埼亭集》外编卷二六《春凫集序》里唤起大家注意，还补充说："自唐以还，昌黎、东野、玉川、浪仙、昌谷，以暨宋之东坡、山谷、诚斋、东夫、放翁，其造诣深浅、成家大小不一，要皆李、杜之别子也。"董其昌称南宗画"儿孙之盛"那句话，这里恰用得上，而神韵派诗相形之下，只能像他说北宗画所谓"微"了。

对一个和自己的风格绝然不同或相反的作家，爱好而不漠视，仰企而不扬弃，像苏轼对司空图的企慕，文学史上不乏这类特殊的事。例如白居易向往李商隐（参看《苕溪渔隐丛话》前集卷一六引《蔡宽夫诗话》），陆游向往梅尧臣，或歌德向往斯宾诺沙，波德莱亚向往雨果、巴尔扎克；给我印象更深的是，象征诗派祖师马拉美倾倒于自然主义小说祖师左拉的"空前的生活感"（son sens inoui de la vie）和他表达群众动态、人体美等的才能㉝。古希腊人说："狐狸多才多艺，刺猬只会一件看家本领。"㉞当代一位思想史家把天才分为两个类型，莎士比亚、歌德、巴尔扎克等属于狐狸型，但丁、易卜生、陀思妥也夫斯基等属于刺猬型，而托尔斯太是天生的狐狸，却一心要作刺猬（Tolstoy was by nature a fox，but believed in being a hedgehog）㉟。我们也不妨说，苏轼之于司空图，仿佛狐狸忻羡刺猬，而波德莱亚之于雨果，则颇似刺猬忻羡狐狸。歌德和柯勒立治都曾讲到这种现象，叶芝也亲切地描述了对"相反的自我"（the most unlike，being my anti-self）的追求㊱；美学家还特地制定一条规律，叫什么"嗜好矛盾律"（Law of the Antinomy of Taste）㊲。这规律的名称是够庄严响亮的，但代替不了解释。在莫里哀的有名笑剧里，有人问为什么鸦片使人睡眠，医生郑重地回答："因为它有一种催眠促睡力"（une vertu dormitive）。说白居易"极喜"李商隐诗文，是由于"嗜好矛盾律"，仿佛说鸦片使人睡眠，是由于"催眠促睡力"。实际上都是偷懒省事，不作出真正的解释，而只赠送了一顶帽子，给与了一个封号甚至绰号。

总结起来，在中国文艺批评的传统里，相当于南宗画风的诗不是诗中高品或正宗，而相当于神韵派诗风的画却是画中高品或正宗。旧诗或旧画的标准分歧是批评史里的事实。我们首先得承认这个事实，然后寻找解释、鞭辟入里的解释，而不是举行授与空洞头衔的仪式。

注

① 列许登堡（G.C.Lichtenberg）《隽语·散文·书信》（Aphorismen，Essays，Briefe），巴德（K.Batt）编本70页。圣佩韦（Sainte-Beuve）《我的毒素》（Mes Poisons），季洛（V.Giraud）编本197页；他这几句话也在《月曜日文谈》开卷第一篇里早说过（Causeries du Lundi，t.I，"M.Saint-Mar Girardin"，pp.15—16），《我的毒素》的那一节也见《文谈》第11册495页《小记与随感》（Notes et Pensées）136条。

② 克罗齐（Croce）《美学》（Estetica），第10版495页。

③ 梅（G.May）《小说在十八世纪的困境》（Le Dilemme duroman au 18°siècle）18—19页，33页。

④ 这是柏格森论古典主义文学是否含有浪漫主义成分所用名词，见《思想与流动》（La Pensée et le mouvant，1934）23—24页。参看尼采论后起的艺术大师不由自主地（unwillkürlich) 改变了前人艺术作品的评价和意义 (Menschliches, Allzumenschliches, II.i.§147, Werke,hrsg.K.Schlechta,BdI,S.793) ，又论认识历史需要"事后追起作用的效能"（Rückwirkender Kräfte–Die Fröhliche Wissenschaft,I,§34, Bd.II.S.62）。艾略脱论新起作品能改换（alter）传统作品的位置（T.S.Eliot:"Tradition and Individual Talent ".Selected Prose, ed.J.Hayward, "Penguin", P.23），艾略脱那节话是一般人引用惯的，但不如柏格森讲得透澈。博尔赫斯论卡夫卡的先驱者时，说："事实上，每个作家都创造他的先驱者"（El hecho es que cada escritor crea a sus precursores—J.L.Borges: "Kafka y sus precursores", OtrasInquisiciones, Alianza Emecee, 1979, p.109），正是柏格森的用意。博尔赫斯列举卡夫卡的"先驱者"，第二名是作《获麟解》的韩愈；这和卡奈谛（Elias Canetti）《另一审判》（Der andere Prozess）里赞美卡夫卡是唯一具有中国真精神的近代西方作家，都未必是咱们乐意听的好消息，然而必将成为研究者捕风捉影的好题目。参看《管锥编》568页。

⑤艾尔德曼（K：O.Erdmann）《文字的意义》（Die Bedeutung des Wortes）第3版66—69页（ein Kapitel Scholastik）。

⑥参看昆体良（Quntilian）《修词原理》（Institutio oratoria）第8卷6章40节，《罗勃（Loeb）古典丛书》本第3册324页。

⑦艾德门茨（J.M.Edmonds）《希腊抒情诗》（Lyra Graeca），罗勃本第2册258页。参看哈格斯特勒姆（J.H.Hagstrum）《姐妹艺术》（The Sister Arts）（1958）10又58页。

⑧西塞罗《修词学》（Rhetorica ad Herennium）第4卷28章，罗勃本326页。

⑨达文齐《画论》（Trattato della pittura）16章，米拉奈西（G.Milanesi）编本12页。近代一个意大利作家对这句话承而又转："这些画家的绘画不但是无言语的诗歌，而且是无声响的音乐"（Lalor pittura non ê soltanto una poesia muta,ma è anche una musica muta.—D'Annunzio,Il Fuoco, ed.Fratelli Treves, p.107）。这也透露，浪漫主义运动以来，音乐在艺术里的地位高升在诗画之上了。参看纪德（A.Gide）1926年5月说批评家（l'abbé Brémond）把"诗如画"（ut pictura poesis）的标准变为"诗如乐"（utmusica poesis），《日记、回忆》(Journal, Souvenirs)，《七星（LaPléiade）丛书》本1004页。

⑩莱辛《拉奥孔》（Laokoon）《前言》（Vorrede），李拉（P.Rilla）编《莱辛集》第5册10页。

⑪霍拉斯《论诗代简》（Ars poetica）361行，参看《姊妹艺术》26，87，59–61，175页。

⑫《拉奥孔》第8章，82页。

⑬沃尔则尔（O.Walzel）《各门艺术的相互阐发》（Wechselseitige Erhellung der Künste）95页。

⑭据文廷式《纯常子枝语》卷九、卷二七所引道士著作，宋后道家也分"南北宗"。原

则是否和禅宗的分派相近，我没有去考究。

⑮巴斯楷尔（Pascal）《思辩录》（Pensées）第1篇2节，季洛（V.Giraud）编本50页。

⑯《纯理性批判》（Kritik der reinen Vernunft），艾尔德曼（B.Erdmann）校本，格鲁依德（W.de Gruyter）版500页，参看495页。当代心理学有关"性格型"的基本分类："外向"（extrovert）和"内注"（introvert）、"发散"（diverger）和"收聚"（converger），也相发明。

⑰贡布里支（E.H.Gombrich）《艺术与错觉》（Art and Illusion）5版（1977）169页。

⑱休谟《情感论》（Dissertation On the Passions）第6节6条，见《道德、政治、文学论文集》（Essays Moral, Political, and Literary），格林（T.H.Green）与格罗士（T.H.Grose）编本第2册186页。休谟的话很像后来莱辛《拉奥孔》第3章讲绘画该挑选富有生发余地的景象，"好让想象力自由游戏"（was der Einbildungskraft freies Spiel lässt）（前注10所引同书28页）。"工作"和"游戏"通常是对立的概念，但休谟说"留些工作（work）给想象去干"和莱辛说"让想象力游戏自如"，二者完全一致。中国古人所谓"得意忘言"、"貌异心同"、"莫死在句下"等，也许我们读外国书时还不妨记住。

⑲斯屈来欠（Lytton Strachey）《一部诗选》（An Anthology），见《人物与评论》（Characters and Commenyaries）153页。

⑳麦卡锡（Desmond MacCarthy）《中国的理想》（The Chinese Ideal），见《经验》（Experience）73页。

㉑屈力韦林（R.C.Trevelyan）《意外收获》（windfallt）115—119页。

㉒敏斯德保（O Münsterberg），《中国艺术史》（Chinesische Kunstgeschichte）第1册222页。

㉓韦尔兰（Verlaine）《诗法》（Art poétique），《全集》梅赛因（A.Messein）版第8册295页。

㉔盖茨（G.S.Gates）《近代的猫》（The Modern Cat）116页。

㉕摩尔克尔（Gottfried F Merkel）编《浪漫主义与翻译艺术论文集》（On Romanticism and the Art of Translation）68页；参看负尔（Henri Peyre）《法国古典主义》（Le Classicisme francais）183页引圣佩韦和尼采，又吉尔曼（Margaret Gilman）《法国人论诗》（The Idea of Poetry in France）163页。

㉖参看《管锥编》1304—1305页、《管锥编增订》99—100页。宋代笔记像《冷斋夜话》、《猗觉寮杂记》、《懒真子》等，都讲到王维画"雪中芭蕉"；诗篇像惠洪《与客论东坡》七律、陈与义《题清白堂》七绝之三、楼钥《慧画寒林七贤》五古、杨万里《寄题张商弼蓉堂》七绝之一等，都用了这个典故。晁冲之《三月雪》"从此断疑摩诘画，雪中自合有芭蕉"（《风月堂诲活》卷下引），是《具茨集》的逸诗。汤显祖《玉茗堂集·尺牍》卷四

《答凌初成》说起一个笑话："昔有人嫌摩诘之冬景芭蕉，割蕉加梅。冬则冬矣，然非王摩诘冬景也！"叶德辉《观画百咏》卷二因李唐《深山避暑图》里画了"丹枫"，赞为"'妙笔补天'得辋川不问四时之意"正是利用"雪蕉"为借口。

㉗参看普来明格（A.Preminger）主编《诗歌与诗学百科全书》（Encyclopedia of Poetry and Poetics,1965），5页。

㉘参看《管锥编》600—606页。

㉙洪迈明知那首陶诗可疑，反说王维、李白分别运"用"过它。《容斋五笔》卷一《问故居》："此诗诸集中皆不载，惟晁文元家本有之。盖'天目'疑非陶居处，然李白云云，乃用此尔。王摩诘诗云云。"参看《竹庄诗话》卷四《问来使》引《西清诗话》。

㉚参看《管锥编》720—723页。

㉛克罗齐《帕斯科里（Giovanni Pascoli）论》，见所作《评意大利文学》（La Lelteratura Italiana），桑松内（Mario Sansone）辑本第4册231页。

㉜《新唐书》讲到文艺，比《旧唐书》态度认真，说话也在行。如果依据《旧唐书》为信史，那末，唐代最大的诗人原来是——吴筠！《隐逸传》说他"词理弘通，文彩焕发，每制一篇，人皆传诵。虽李白之放荡、杜甫之壮丽，能兼之者，其唯筠乎！"在整部书二百卷里，不论立专传还是入《文苑传》的诗人，谁都没有赢得那样赞叹备至的评语，尽管那几句话全是从权德舆《吴尊师传》（《全唐文》卷五〇八）里搬来的。

㉝许德利希（F.Strich）《艺术与生活》（Kunst und Leben）90又93页，参看238页论华尔夫林（H.Wölfflin）；比工（G.Picon）《阅读的效用》（L'Usage de la lecture）188—189页；马拉美（Mallarme）《答问》（Réponses à des enquetes sur l'evolution litteraire），《全集》《七星丛书》本871页。

㉞参看《管锥编》564—565页。

㉟柏林（I.Berlin）《俄罗斯思想家》（Russian Thinkers）22—24页。

㊱辛尼奥（G.F.Senior）与卜克（C.V.Bock）编注《批评家歌德》（Goethe the Critic）8页；阿许（T.Ashe）编《柯勒立治语录及其它》（Table-Talk and Omniana）236页；叶芝（W.B.Yeats）《在月亮的友善的静寂中经过》（Per Amica Silentia Lunae），见《散文集》（Essays），麦克密伦（Macmilan,1924）版484页，参看493页（the other self,the anti-self or the antithetical self）。

㊲凯恩茨（F.Kainz）《美学这门科学》（Aesthetics the Science），许惠勒（H.M. Schueller）英译本203—204页。"嗜好矛盾"固然常有，但还不够构成规"律"去颁布。白居易和李商隐的嗜好正是凑手的事例。自遵守那条"律"，他"晚极喜李义山诗文，尝谓'我死得为尔子足矣'"；而李似乎无视那条"律"，对白的诗文没有相称的反应。《樊南文

集》卷八洋洋千余言的《白公墓志铭》里半句不提白诗，甚至只说"姓名过海流入鸡林、日南有文字国"，而不肯换个字说"诗名"。当然，要辩解也很容易，譬如说：墓碑该讲功业品节等大事，顾不到词章末技，或说：李多活二三十年，准会"晚极喜"白的诗文。还可以找出其它理由；理由是凑趣的东西，最肯与人方便，一找就到。

《七缀集》（修订本）
上海古籍出版社，1985

通　感

钱钟书

中国诗文有一种描写手法，古代批评家和修辞学家似乎都没有理解或认识。

宋祁《玉楼春》有句名句："红杏枝头春意闹。"李渔《笠翁余集》卷八《窥词管见》第七则别抒己见，加以嘲笑："此语殊难著解。争斗有声之谓'闹'；桃李'争春'则有之，红杏'闹春'，余实未之见也。'闹'字可用，则'炒'（同'吵'）字、'斗'字、'打'字皆可用矣!"同时人方中通《续陪》卷四《与张维四》那封信全是驳斥李渔的，虽然没有提名道姓；引了"红杏'闹春'实未之见"等话，接着说："试举'寺多红叶烧人眼，地足青苔染马蹄'之句，谓'烧'字粗俗，红叶非火，不能烧人，可也。然而句中有眼，非一'烧'字，不能形容其红之多，犹之非一'闹'字，不能形容其杏之红耳。诗词中有理外之理，岂同时文之理、讲书之理乎?"也没有把那个"理外之理"讲明白。苏轼少作《夜行观星》有一句"小星闹若沸"，纪昀《评点苏诗》卷二在句傍抹一道墨杠子，加批："似流星!"这表示他并未懂那句的意义，误以为它就像司空图所写："亦犹小星将坠，则芒焰骤作，且有声曳其后。"（《司空表圣文集》卷四《绝麟集述》）宋人常把"闹"字来形容无"声"的景色，不必少见多怪。附带一提，方氏引句出于王建《江陵即事》。

晏几道《临江仙》："风吹梅蕊闹，雨细杏花香。"毛滂《浣溪纱》："水北烟寒雪似梅，水南梅闹雪千堆。"马子严《阮郎归》："翻腾妆束闹苏堤，留春春怎知!"黄庭坚《次韵公秉、子由十六夜忆清虚》"车驰马骤灯方闹，地静人闲月自妍"；又《奉和王世弼寄上七兄先生》："寒窗穿碧疏，润础闹苍藓。"陈与义《简斋诗集》卷二二《[舟抵华容县]夜赋》："三更萤火闹，万里天河横。"陆游《剑南诗稿》卷七五《开岁屡作雨不成，正月二十六日夜乃得雨，明日游家圃有赋》："百草吹香蝴蝶闹，一溪涨绿鹭鸶闲。"范成大《石湖诗集》卷二〇《立秋后二日泛舟越来溪》之一："行人闹荷无水面，红莲沉醉白莲酣。"陈耆卿《筼窗集》卷一〇《与二三友游天庆观》"月翻杨柳尽头影，风擢芙蓉闹处香"；又《挽陈知县》："日边消息花争闹，露下光阴柳变疏。"赵孟坚《彝斋文编》卷二《康（节之）不领此（墨梅）诗，有许梅谷者仍求，又赋长律》："闹处相挨如有意，静中背立见无聊。"《佩文斋书画谱》卷一四释仲仁《梅谱·口诀》："闹处莫闹，闲处莫闲。老嫩依法，新旧分年。"从这些例子来看，方中通说"闹"字"形容其杏之红"，还不够确切；应当说："形容其花之盛 (繁)。""闹"字是把事物无声的姿态说成好像有声音的波动，仿佛在视觉里获得了听觉的感受。马子严那句词可以和另一南宋人陈造也写西湖春游的一句诗对照："付与笙歌三万指，平分彩舫聒湖山。"（《江湖长翁文集》卷一八《都下春日》）"聒"是说"笙歌"，指嘈嘈切切、耳朵应接不暇的声响；"闹"是说"妆束"，相当于"闹妆"的"闹"，指花花绿绿、眼睛应接不暇的景象。"聒"和"闹"虽然是同义字，但在马词和陈诗里分别描写两种不同的官能感觉。宋祁、黄庭坚等诗词里"闹"字的用法，也见于后世的通俗语言，例如《儿女英雄传》三八回写一个"小媳妇子"左手举着"闹轰轰一大把子通草花儿、花蝴蝶儿"。形容"大把子花"的那"闹"字被"轰轰"两字申说得再清楚不过了，这也足证明近代"白话"往往是理解古代"文言"最好的帮助。西方语言用"大声叫吵的"、"呼然作响的" (loud, criard, chiassoso, chillon, knall) 指称太鲜明或强烈的颜色[①]，而称暗淡的颜色为"聋聩" (la teinte sourde)，不也有助于理解古汉语诗词里的"闹"字么？用心理学或语言学的术语来说，这是"通感" (synaesthesia) 或"感觉挪移"的例子。

在日常经验里，视觉、听觉、触觉、嗅觉、味觉往往可以彼此打通或交通，眼、耳、舌、鼻、身各个官能的领域可以不分界限。颜色似乎会有温度，声音似乎会有形象，冷暖似乎会有重量，气味似乎会有体质。诸如此类，在普通语言里经常出现。譬如我们说"光亮"，也说"响亮"，把形容光辉的"亮"字转移到声响上去，正像拉丁语以及近代西语常说"黑暗的嗓音" (vox fusca)、"皎白的嗓音" (voce bianca)，就仿佛视觉和听觉在这一点上有"通财之谊" (Sinnesgütergemeinschaft)。又譬如"热闹"和"冷静"那两个成语也表示"热"和"闹"、"冷"和"静"在感觉上有通同一气之处，结成配偶，因此范成大可以离间说："已觉笙歌无暖热。"（《石湖诗集》卷二九《亲邻招集，强往即归》）[②]李义山《杂纂·意想》早指出："冬日着碧衣似寒，夏月见红似热。"（《说郛》卷五）我们也说红颜色"温暖"而绿颜色"寒冷"，"暖红"、"寒碧"已沦为诗词套语。虽然笛卡儿以为我们假如没有听觉，就不可能单凭看见的颜色 (par la seule vue des couleurs) 去认识声音 (la connaissance des sons)，但是他也不否认颜色和声音有类似或联系 (d'analogie ou de apport entre les couleurs et les sons) [③]。培根的想象力比较丰富，他说：音乐的声调摇曳 (the quavering upon a stop in music) 和光芒在水面荡漾 (the playing of light upon water) 完全相同，"那不仅是比方 (similitudes)，而是大自然在不同事物上所印下的相同的脚迹" (the same foutsteps of nature, treading or printing upon several subjects or matters)④。这算得哲学家对通感的巧妙解释。

各种通感现象里，最早引起注意的也许是视觉和触觉向听觉的挪移。亚理士多德的心理学著作里已说：声音有"尖锐"(sharp)和"钝重"(heavy)之分；那比拟着触觉而来(used by analogy from the sense of touch)，因为听、触两觉有类似处⑤。我们的《礼记·乐记》有一节美妙的文章，把听觉和视觉通连。"故歌者，上如抗，下如队，止如槁木，倨中矩，句中钩，累累乎端如贯珠。"孔颖达《礼记正义》对这节的主旨作了扼要的说明："声音感动于人，令人心想其形状如此。"《诗·关雎·序》："声成文，谓之音。"孔颖达《毛诗正义》："使五声为曲，似五色成文。"《左传》襄公二九年季札论乐，"为之歌《大雅》曰：'曲而有直体。'"杜预《注》："论其声。"这些都真是"以耳为目"了！马融《长笛赋》既有《乐记》里那种比喻，又有比《正义》更简明的解释："尔乃听声类形，状似流水，又像飞鸿。泛滥溥漠，浩浩洋洋；长矕远引，旋复回皇。""泛滥"云云申说"流水"之"状"，"长矕"云云申说"飞鸿"之"象"；《文选》卷一八李善注："矕，视也。"马融自己点明以听通视。《文心雕龙·比兴》历举"以声比心"、"以响比辩"、"以容比物"等等，还向《长笛赋》里去找例证，偏偏当面错过了"听声类形"，这也流露刘勰看诗文时的盲点。《乐记》里"想"声音的"形状"那一节体贴入微，为后世诗文开辟了途径。

自居易《琵琶行》有传诵的一节："大弦嘈嘈如急雨，小弦切切如私语。嘈嘈切切错杂弹，大珠小珠落玉盘。间关莺语花底滑，幽咽泉流冰下难。"它比较单纯，不如《乐记》那样描写的曲折。白居易只是把各种事物发出的声息——雨声、私语声、珠落玉盘声、鸟声、泉声——来比方"嘈嘈"、"切切"的琵琶声，并非说琵琶大、小弦声"令人心想"这种和那种事物的"形状"。一句话，他只是把听觉联系听觉，并未把听觉沟通视觉。《乐记》的"歌者端如贯珠"，等于李商隐《拟意》的"珠串咽歌喉"，是说歌声仿佛具有珠子的形状，又圆满又光润，构成了视觉兼触觉里的印象。近代西洋钢琴教科书就常说弹出"珠子般的音调"(1a note perlée, perlend spielen)，作家还创造了一个新词"珠子化"，来形容嗓子(une voix qui s'eperle)⑥，或者这样描摹鸟声："一群云雀儿明快流利地咭咭呱呱，在天空里撒开了一颗颗珠子。"(Le allodole sgranavano nel cielo le perle del loro limpido gorgheggio)⑦"大珠小珠落玉盘"是说珠玉相触那种清而软的声音，不是说"明珠走盘"那种圆转滑溜的"形状"，因为紧接着就说这些大大小小的声音并非全是利落"滑"顺，也有艰"难"涩滞的——"冰泉冷涩弦疑绝"。白居易另一首诗《和令狐仆射小饮听阮咸》"落盘珠历历"，或韦应物《五弦行》"古刀幽磬初相触，千珠贯断落寒玉"，还是从听觉联系到听觉，把声音比方声音。白居易《小童薛阳陶吹觱篥歌》"有时婉软无筋骨，有时顿挫生棱节。急声圆转促不断，栗栗鳞鳞如珠贯。缓声展引长有条，有条直直如笔描。下声乍坠石沉重，高声忽举云飘萧"，这才是"心想形状"，《乐记》的"上如抗，下如队，端如贯珠"都有了。元稹《元氏长庆集》卷二七《善歌如贯珠赋》详细阐发《乐记》那一句："美绵绵而不绝，状累累以相成。……吟断章而离离若间，引妙啭而一一皆圆。小大虽伦，离朱视之而不见；唱和相续，师乙美之而谓连。……仿佛成象，玲珑构虚。……清而且圆，直而不散，方同累丸之重叠，岂比沉泉之撩乱。……似是而非，赋《湛露》则方惊缀冕；有声无实，歌《芳树》而空想垂珠。"元稹从"累累贯珠"联想到《诗·小雅》的"湛湛露斯"，思路就像李贺《恼公》的"歌声春草露，门掩杏花丛"。歌如珠，露如珠 (例如唐太宗《圣教序》"仙露明珠，讵能方其朗润"；白居易《暮江吟》："可怜九月初三夜，露似真珠月似弓")，两者都是套语陈言，李贺化腐为奇，来一下推移 (transference)："歌如珠，露如珠，所以歌如露。"逻辑思维所避忌的推移法，恰是形象思维惯用的手段⑧。李颀《听董大弹胡笳》"空山百鸟散还合，万里浮云阴且晴"，也是"心想形状如此"；"鸟散还合"正像马融《长笛赋》所谓"鸿引复回"。《乐记》"上如抗，下如队"，就是韩愈《听颖师弹琴》："浮云柳絮无根蒂，天地阔远随飞扬。……跻攀分寸不可上，失势一落千丈强。""抗、队"的最好描写是《老残游记》第二回王小玉说鼓书那一段："渐渐的越唱越高，忽然拔了一个尖儿，像一线钢丝似的，抛入天际。……那知他于那极高的地方，尚能回环曲折。……恍如由傲来峰西面，攀登太山的景象……及至翻傲来峰顶，才见扇子崖更在傲来峰上，及至翻到扇子崖，又见南天门更在扇子崖上，愈翻愈险。……唱到极高的三四叠后，陡然一落……如一条飞蛇在黄山三十六峰半中腰里盘旋穿插。……愈唱愈低，愈低愈细。……仿佛有一点声音从地底下发出……忽又扬起，像放那东洋烟火，一个弹子上天，随化作千百道五色火光，纵横散乱……"⑨这样笔歌墨舞也不外"听声类形"四字的原理罢了。

好些描写通感的词句都直接采用了日常生活里表达这种经验的习惯语言。像白居易《和皇甫郎中秋晓同登天宫阁》"清脆秋丝管" (参看《霓裳羽衣歌》："清丝脆管纤纤手")，贾岛《客思》"促织声尖尖似针"，或丁谓《公舍春日》"莺声圆滑堪清耳"，"脆"、"尖"、"圆"三字形容声音，就根据日常语言而来。《儿女英雄传》第四回："唱得好的叫小良人儿，那个嗓子真是掉在地下摔三截儿！"正是穷形极致地刻划声音的"脆"。王维《过青溪水作》"色静深松里"，或刘长卿《秋日登吴公台上寺远眺》"寒磬满空林"和杜牧《阿房宫赋》"歌台暖响"，把听觉上的"静"字来描写深净的水色，温度感觉上的"寒"、"暖"字来描写清远的磬声和喧繁的乐声，也和通常语言接近，"暖响"不过是"热闹"的文言。诗人对事物往往突破了一般经验的感受，有深细的体会，因此推敲出新奇的词句。再补充一些例子。

　　陆机《拟西北有高楼》："佳人抚琴瑟，纤手清且闲；芳气随风结，哀响馥若兰。"庾肩吾《八关斋夜赋四城门第一赋韵》："已同白驹去，复类红花热。"韦应物《游开元精舍》："绿阴生昼静，孤花表春余。"孟郊《秋怀》之一二："商气洗声瘦，晚阴驱景劳。"李贺《胡蝶飞》"杨花扑帐春云热，龟甲屏风醉眼缬"；《天上谣》："天河夜转漂回星，银浦流云学水声。"刘驾《秋夕》："促织灯下吟，灯光冷于水。"司空图《寄永嘉崔道融》："戍鼓和潮暗，船灯照岛幽。"唐庚《眉山文集》卷二一《书斋即事》："竹色笑语绿，松风意思凉。"杨万里《诚斋集》卷三《又和二绝句》"剪剪轻风未是轻，犹吹花片作红声"；卷一七《过单竹洋径》："乔木与修竹，相招为茂林，无风生翠寒，未夕起素阴。"王灼《虞美人》："枝头便觉层层好，信是花相恼。舣船一醉百分空，挤了如今醉倒闹香中。"（《全宋词》一〇三四页；参看《全金诗》卷二七庞铸《花下》："若为常作庄周梦，飞向幽芳闹处栖"）吴潜《满江红》："数本菊，香能劲；数朵桂，香尤胜。"（《全宋词》二七二六页）方岳《烛影摇红·立春日东高内翰》："笑语谁家帘幕，镂冰丝红纷绿闹。"（《全宋词》二八四八页）《永乐大典》卷三五七九《村》字引《冯太师集·黄沙村》"残照背人山影黑，乾风随马竹声焦"；卷五三四五《潮》字引林东美《西湖亭》："避人幽鸟声如剪，隔岸奇花色欲燃。"（参看庾信《奉和赵王〈隐士〉》："野鸟繁弦啭，山花焰火然"，又前引方中通所举"红叶烧人限"；《全宋词》二四铖页卢祖皋《清平乐》："柳边深院，燕语明如剪"）阮大铖《咏怀堂诗》外集《辛巳诗》卷上《张兆苏移酌根遂宅》之一："香声喧橘柚，星气满蒿莱。"⑩李世熊《寒支初集》卷一《剑浦陆发次林守一》："月凉梦破鸡声白，枫霁烟醒鸟话红。"严遂成《海珊诗钞》卷五《满城道中》："风随柳转声皆绿，麦受尘欺色易黄。"黄景仁《两当轩全集》卷一九《醉花阴·夏夜》："隔竹卷珠帘，几个明星切切如私语。"（参看吴清鹏《笏庵诗》卷四《秋夜》第三首："明河亘若流，众星聚如语"）黎简《五百四峰草堂诗钞》卷一八《春游寄正夫》："鸟抛软语丸丸落，雨翼新风泛泛凉。"（参看前引元稹："同累丸之重叠"）

　　按逻辑思维，五官各有所司，不兼差也不越职，像《荀子·君道篇》所谓："人之百官，如耳、目、鼻、口之不可以相借官也。"《公孙龙子·坚白论》说得更具体："视不得其所坚，而得其所白者，无坚也。拊不得其所白，而得其所坚者，无白也。……目不能坚，手不能白。"一句话，触觉和视觉是河水不犯井水的。陆机《演连珠》第三七则明明宣称："臣闻目无尝音之察，耳无照景之神。"《文选》卷五五刘峻注："施之异务。"然而他自己却写"哀响馥若兰"，又俨然表示："鼻有尝音之察，耳有嗅息之神。""异务"可成"借官"，同时也表示一个人作诗和说理不妨自相矛盾，"诗词中有理外之理"。声音不但会有气味——"哀响馥"、"鸟声香",而且会有颜色、光亮——"红声"、"笑语绿"、"鸡声白"、"鸟话红"、"声皆绿"、"鼓〔声〕暗"。"香"不但能"闹",而且能"劲"。流云"学声",绿阴"生静"。花色和竹声都可以有温度:"热"、"欲燃"、"焦"。鸟语有时快利如"剪",有时圆润如"丸"。五官感觉真算得有无相通、彼此相生了。只要把"镂冰丝红纷绿闹"对照"裁红晕碧,巧助春情"(欧阳詹《欧阳先生文集》卷一《春盘赋》题下注韵脚),或把"小星闹如沸"、"明星切切如私语"对照"星如撒沙出,争头事光大"(卢仝《月蚀诗》),立刻看出尽管事物的景象是相类的,而描写的方法很有差别。一个不"施之异务",只写视觉本范围里的印象;一个"相借官",写视觉不安本分,超越了自己的范围而领略到听觉里的印象。现代读者可能把孟郊的"商气洗声瘦"当作"郑寒岛瘦"特殊风格的例子,而古人一般熟悉经、子,会看出这句里戛戛独造的是"洗"字,不是"瘦"字。声音有肥有瘦,是儒家音乐理论的传统区别。《礼记·乐记》:"肉好顺成和动之音作。"郑玄注:"'肉',肥也。"又:"曲直繁瘠,廉肉节奏。"孔颖达疏:"'瘠'谓省约。……'肉'谓肥满。"《荀子·乐论篇》里有大同小异的话。《乐记》另一处"广则容奸,狭则思欲",郑玄注:"'广'谓声缓,'狭'谓声急。""广"、"狭"和"肥"、"瘠"都是"听声类形"的古例。

通感很早在西洋诗文里出现。奇怪的是,亚理士多德的《心灵论》里虽提到通感,而他的《修词学》里却只字不谈。古希腊诗人和戏剧家的这类词句不算少[①],例如荷马那句使一切翻译者搔首搁笔的诗:"像知了坐在森林中一棵树上,倾泻下百合花也似的声音。"(Like unto cicalas that in a forest sit upon a tree and pour forth their lily-like voice)[②] 十六、七世纪欧洲的"奇崛(Baroque)诗派"爱用"五官感觉交换的杂拌比喻"(certi impasti di metafore nello scambio dei cinque sensi)[③]。十九世纪前期浪漫主义诗人也经常采用这种手法,而十九世纪末叶象征主义诗人大用特用,滥用乱用,几乎使通感成为象征派诗歌的风格标志(der Stilzug den wir Synaesthese nennen, und der typisch ist fur den Symbolismus)[④]。英美现代派的一个开创者庞特鉴于流弊,警戒写诗的人别偷懒,用字得力求精确(find the exact word),切忌把感觉搅成混乱一团,用一个官能来表达另一个官能(Don't mess up the perception of one sese by trying to define it in terms of another);然而他也声明,这并非一笔抹煞(To this clause there are possibly exceptions)[⑤]。像约翰·唐恩的诗"一阵响亮的香味迎着你父亲的鼻子叫唤"(A loud perfume...cryed/even at thy father's nose)[⑥],就仿佛我们诗人的"闹香"、"香声喧"、"幽芳闹";称浓烈的香味为"响亮",和现代英语称缺乏味道、气息的酒为"静默"(silent),配得上对。帕斯科里的名句"碧空里一簇星星喷喷喳喳像小鸡儿似的走动"(La Chioccetta per l'aia azzurra/

va col suo pigoliò di stelle）⑰，和我们诗人的"小星闹如沸"、"几个明星切切如私语"也差不多了。

十八世纪的神秘主义者圣马丁（Saint-Martin）说自己曾"听见发声的花朵，看见发光的音调"（I heard flowers that sounded and saw notes that shone）⑱。象征主义为通感手法提供深奥的理论根据，也宣扬神秘经验里嗅觉能听、触觉能看等等（l'odorat entend, le toucher voit）⑲。把各种感觉打成一片、混作一团的神秘经验，我们的道家和佛家常讲⑳。道家像《庄子·人间世》"夫徇[同'洵'] 耳目内通，而外于心知"；《列子·黄帝篇》"眼如耳，耳如鼻，鼻如口，无不同也，心凝形释"，又《仲尼篇》："老聃之弟子有亢仓子者，得聃之道，能以耳视而以目听。"佛书《成唯识论》卷四：如诸佛等，于境自在，诸根无用。"诸佛"能"诸根互用"，等于"老聃"能"耳视目听"。从文人中最流行的佛经和禅宗语录各举一例。《大佛顶首楞严经》卷四之五："由是六根，互相为用。阿难，汝岂不知，今此会中，阿那律陀无目而见，跋难陀龙无耳而听，殑伽神女非鼻闻香，骄梵钵提异舌知味，舜若多神无身觉触。"释晓莹《罗湖野录》卷一《空空道人死心禅师赞》："耳中见色，眼里闻声。"唐初释玄奘早驳"观世音菩萨"是个"讹误"译名（《大唐西域记》卷三"石窣堵波西渡大河"条小注），可是后世沿用不改，和尚以及文人们还曲解"讹误"，望文生义，用通感来弥缝。释惠洪《石门文字禅》卷一八《泗州院楠檀白衣观音赞》："龙无耳闻以神，蛇亦无耳闻以眼，牛无耳故闻以鼻，蝼蚁无耳闻以身，六根互用乃如此！"尤侗《西堂外集·艮斋续说》卷一〇："予有赞云：'音从闻入，而作观观；耳目互治，以度众难。'"许善长《碧声吟馆谈麈》卷二："'音'亦可'观'，方信聪明无二用。"和尚做诗，当然信手拈来本店祖传的货色。例如今释澹归《遍行堂集》卷一三《南韶杂诗》之二三："两地发鼓钟，子夜挟一我。眼声才欲合，耳色忽已破。"又如释苍雪《南来堂诗集》卷四《杂树林百八首》之五八："月下听寒钟，钟边望明月，是月和钟声，是钟和月色?"明、清诗人也往往拾取释、道的余绪，作出"诸根互用"的词句。张羽《静居集》卷一《听香亭》"人皆待三嗅，余独爱以耳"；李慈铭《白华绛跗阁诗》卷巳《叔云为余画湖南山桃花小景》"山气花香无著处，今朝来向画中听"；郭麐《灵芬馆杂著》续编卷三有一篇《听香图记》：这些就是"非鼻闻香"。钟惺《隐秀轩诗》黄集二《夜》"戏拈生灭后，静阅寂喧音"，这就是"耳视"，"音亦可观"，只因平仄声关系，改"观"字为"阅"字。阮大铖《咏怀堂诗集》卷三《秋夕平等庵》"视听一归月，幽喧莫辨心"，王贞仪《德风亭初集》卷三有一篇《听月亭记》，这又是"耳目内通"，"目听"了。

庞特对混乱感觉的词句深有戒心，但他看到日文（就是汉文）"闻"字从"耳"，就自作主张，混鼻子于耳朵，把"闻香"解为"听香"（1istening to incense)，而大加赞赏。近来一位学者驳斥了他的穿凿附会，指出"闻香"的"闻"字正是鼻子的嗅觉[21]。清代文字学家阮元《揅经室一集》卷一《释磬》早说："古人鼻之所得、耳之所得，皆可借声闻以概之。"[22] 我们不能责望庞特懂得中国的"小学"，但是他大可不必付出了误解日语 (也就是汉语) 的代价，到远东来钩新摘异，香如有声、鼻可代耳等等在西洋语言文学里自有现成传统。不过，他那个误解也不失为所谓"好运气的错误" (a happy mistake)，因为"听香"这个词儿碰巧在中国诗文里少说也有六百多年来历，而现代口语常把嗅觉不灵敏称为鼻子是"聋"的。英国诗人布莱克 (William BIake) 曾把"眼瞎的手" (blind hand) 来形容木钝的触觉，这和"耳聋"的鼻子真是天生巧对了[23]。

---

① 参看布松纽 (C.Bousono) 《诗歌语言的理论》 (Teoria de la expresion Poetica) 第6版 (1976) 第1册240~242页关于"叫吵的颜色"那个词语的阐释 ("Colores chillones" es concreta- mente una sinestesia etc.)。

② 参看《管锥编》1075~1076页。

③ 笛卡儿 (Descartes) 《答第二难》 (Réponses aux secondes objections)，《著作与书信》 (Oeuvres et lettres)，《七星丛书》本372页。

④ 培根 (Bacon) 《学术的进展》 (Advancement of Learning) 第2卷5章，《人人丛书》 (Everyman′s Lib.) 本87页。

⑤《心灵论》 (De Anima) 第2卷3章，《罗勃 (Loeb) 古典丛书》本115页。

⑥ 布吕诺 (C. Bruneau) 《法语小史》 (Petite histoire de la′langue francaise) 第2册198页引。

⑦ 贝利 (F. Perri) 语，普罗文札尔 (D. Provenzal) 《形象词典》 (Dizionario delle immagi- ni) 23页引；参看同书138页 (D'Annunzio)、746页 (Gentucca)、944页 (Mazzoni，Paolieri) 相类的引语

⑧《吕氏春秋·察传》早说："故狗似玃，玃似母猴，母猴似人，人之与狗则远矣!"参看《墨子·小取》论"推"，刘昼《刘子·审名》；又罗斯达尼 (A.Rostagni) 《亚理士多德〈诗学〉：导言·本文·诠释》 (Poeica introduzione testo e commento) 2版《导言》78~79页论"科学的三段论" (sillogismo scientirico) 和文学的"想象和感性简化二段论" (entimema immagina- tivo e sensitivo)。

⑨《老残游记》第二回还提到一个"湖南口音"的"少年人"赞叹王小玉说书，"旁边

人"听了说道："梦湘先生论得透辟极了！"那个湖南人是武陵王以慜，他的《槃坞诗存》卷七《济城篇》就叙述王小玉鼓书的事，但并无"听声类形"的描摹。

⑩参看《管维编》1071~1073页。

⑪详见斯丹福特（W.B.Stanford）《希腊比喻》（Greek Metaplior）47~62页。

⑫《伊里亚特》第3卷152行，《罗勃（Loeb）古典丛书》本第1册129页。参看古希腊《哲学家列传》称赞柏拉图谈话"声音甜美"（asweet-voiced speaker），像"知了倾泻出的百合花般娇嫩的音调"（as the cicala who pours forth a strain as delicate as a lily–Diogenes Laertes,Lives of Philosophers,Ⅲ.vii,Loeb,vol.I,p.273）古希腊人对"蝉吟"、"蝉噪"似乎别有赏心，拉丁诗人却正如加尔杜齐（G.Carducci）所说，憎厌辱骂知了（i poti di razza latinz odiino e oltraggino tanto le cicale）。

⑬费莱罗（G.G.Ferrero）选注《马利诺及其同派诗选》（Marino ei Marinisti）《导言》12页引弗洛拉（F.Flora）语。

⑭凯塞（W.Kayser）《欧洲的象征主义》，见《旅行讲学集》（Die Vortragsreise）301页。

⑮庞特（Ezra Pound）《回顾》（Retrospect），见《舞曲与分门》（Pavannes and Divisions），诺普夫（A.Knopf，1918）版101页。

⑯约翰·唐恩（John Donne）《香味》（The Perfume），《诗集》牛津版76页。

⑰帕斯科里（G.Pascoli）《夜里的素馨花》（11 Gelosomino notturno），《全集》蒙达多利（Mondadori）版1058页。意大利诗文里常用"闹哄哄"一类字眼（rumore ronzio），形容繁星，参看《形象词典》875页（Greppi）、876页（Moscardelli）、879页（Ceccardi）。

⑱恩德希尔（E. Underhill）《神秘主义》（Mysticism）12版7页引。

⑲参看谢里斯（R.B. Chérix）《波德莱亚〈恶之花〉诠释》（Commentaire des "Fleurs du mal"）3l~36页，又注1所引布松组书第1册361页起对神秘宗大诗人（San Juan de la Cruz）的语言的分析。

⑳参看《管锥编》482~484页、《增订》39页。

㉑迈纳（E.Miner）《英美文学里的日本传统》（The Japanese Tradition in British and American Literature）134页。

㉒参看《管锥编》1071~1072页。

㉓参看莎士比亚悲剧里盲人说："假如我能用触觉瞧见你"（see thee in my touch—King Lear, IV.i）；胡安·伊奈士修女（Sor Juan In6s de la Cruz）诗里说她"把两眼安置在双手里"（tengo en entrambas manos ambos lojos—"Verde embeleso de la vida humana", F.J.Warnke, European Metaphysical Poetry, 1961, p.274）；歌德诗里说情人用"能瞧见的手抚摸"，蜗牛具有"触摸的视觉"（fühle mit sehender Hand—Römische Elegien, v; mit ihrem tastenden Gesicht——Faust I, "Walpurgisnacht", Werke,Hamburger Ausgabe, Bd I, S.160, B dIII, S.127）；里尔

克 (R.M. Rilke) 诗里的盲女自说"用手去触摸白玫瑰的气息" (und fühlte：nah bei meinem Handen ging/der Atem einer grossen weissen Rose—"Die Blinde"，Werke，InselVerlag，1957，Bd.I，S.152)。法国成语"手指尖上生着眼睛" (avoir des yeux au bout des doigts)，也就是形容触觉敏锐。

此据钱钟书《七缀集》（修订本），
上海古籍出版社，1985年。

三十年来中国文学新资料发现记

郑振铎

一

人类的"历史"是一个最"变动不居"的东西；不仅现代史的写作是要和人类的存在同其绵远无了期的，就是古代史，中世史的编纂，到今日也还不曾达到其完整或圆满之境。新材料的不断发现，考古学上的种种的获得，古城、古址、古墓的发掘的结果等等，都使我们对于古代史、中世史的研究几有了日新月异的可惊的进步。剑桥大学所出版的几巨册的《古代史》，其中有数百页以上的新材料是五十年前所著的《希腊史》所不曾知道，或相信其为神话而不敢采用的。同样的，剑桥的《中世史》，也是就若干年来欧洲各国对于古世纪的古址、古墓以及其他文献的被发现的总结果而写出的。

但这仅仅表示最近五六十年来欧、美考古学者，古物学者们的辛劳的一面。我们当然不能说，对于古代史的研究便将以剑桥大学的那庞然数大册为已足，为已告结束。惊人的更进一步的发现，也许会继之而来。

十余年来，中国古代史、中世史的研究，也同样的有了崭新的与前不同的收获。安阳殷墟的甲骨文字的发见，奠定了殷商民族文化与历史的研究的基础。最近寿阳的楚国古器物的发现，也便是"信而有征"的楚国文化的最好的研究的资料。日本人在朝鲜汉城的大规模的发掘汉墓；山东及其他地方的汉画石，汉墓的被曝露于世，也都是足以令我们对于汉代文化有重新估价的必要的。

今日的中国历史家，如果还是守定了那几本古代的破书旧档，视为唯一的资料，其无远大的深刻的收获是必然的。"抱残守缺"是难能有前进的希望与发展的。

对于中国文学史的研究，何尝不是这样! 把诸正史的《文苑传》和各时代的文选，当作了研究的基础的，这样的一个"草创"的时代是已经远远地被抛却在后面了。今日所要走的，乃是就许多新的资料的出现而将文学史的局面重为审定的一条大道。

有许多不被昔人所注意的名著，如今是受着盛大的欢迎。有许多已久被忘却在尘土堆里的要籍，如今是开始被发现其重要。有许多不曾被文人们所接触过的野生的文艺，如今是要第一次的被搜采，被研究。有许多的辛勤苦作的伟大的文人们，有许多的天才绝顶的作家们，向来不曾被那一班修史的史臣们或正统派的士大夫们所回眸一顾的，如今也要轮到他们脱颖而出，占领着文坛的重要的一角坫地了。

在世界上的任何史书的重加修纂上，没有像中国文学史要变动得那末利害的。

我们在三十年前，几乎不能相信，我们会是有这样的一部崭新的文学史的。当光绪末，林传甲在京师大学堂第一次讲授《中国文学史》时，他所讲述的是些什么。而今日却面目为之全新！

因了新材料的不断发现，对于已有的材料的观念，也便联带的发生了不同的观点，也会得到了与前不同的新考察与价值。例如，韦庄的《秦妇吟》的被发现，是足以燃炽了一般学人们对于唐末诗坛和这混乱的时代的研究的心志的。屠隆的《修文记》传奇的在乱书堆里被搜出，也是可以使我们对于明代三教混合运动，以及向来无人注意的《林子全书》一类的东西，有了更深刻的认识与称量的。《混元教宝卷》等等的出现，也可以想得到：那些别创一教宗的野心家，如何的能够利用旧形式以输灌他们的教义，给一般平民们。

说到这些文学史上的许多新资料的被发现，也不过三十年来的新事业。

被紧紧的压伏于八股举业，正统派的桐城古文，乃至选学的探讨，古经学的解释的鸿业之下，差不多一个学者，到了头童齿豁，也还是坐井观天，看不到天地之大，见不到学问之广博。

直到清末的时候，一般人对于古学的研究已经感觉到枯窘至无路可走，而同时，一声霹雳，新学的运动，又乘此机运而产生。于是一部分的学人才开始从高头讲章，归批《史记》，姚编《古文》，抬起头来。有一部分人便摸索的起立，向前而去。有一部分更勇敢的人却向前、跑到另一个更新的园地里来。而在文学革命运动以来，这种趋势尤为明显，没有人愿意再被拘囚于"古水不波"的井栏中了。

因了人人想向新的方向跑去，于是新的种种便不断的被搜获、被掘发。那进步是够快！三十年来的努力，已经是出现了一部崭新的不同的文学史在我们之前。

关于这三十年来对于中国文学的研究的成绩，"说来话长"，这里不能讲，但仅就这三十年来的新资料的发现而略加叙述，也已足以令我们沉醉于我们所要驰骋的广场的面积是太大，所要掘发的古址是过多。有许多还是刚引其绪，刚发其端，尽有给我们蹰躇满意的在搜集、研究的余地。

假如有一座宝山，那里面是蓄着无量数的珍奇，我们进去了，难道竟会空了双手，一无所取而出么？

假如有一片无人所属的沃壤，只要我们的铲子和锄头一翻掘下去，我们便可以有了很丰富的收获，难道我们也竟会懒惰到连铲子和锄头去翻掘泥土的精力都不曾有么？

叙讲着这三十年来的中国文学的新资料的发现史，我们是具着无限的兴趣和雄心的。

我们该感谢在这三十年里活动着的许多收藏家、刻书者，和许多专门研究的学者们。在其间，有许多只是章实斋所称的"横通"。然而没有他们的努力的采访和收集，进一步的研求是不会有什么成功的。所以他们的活跃，也是不该被忽视的。

二

宋、元词集的搜集和刊布，是这时代最早的、最成功的工作之一。几乎把见存的元以前的词的片词只语，都已网罗尽了。

在明代，陋书是太多。往往只是钞袭、杂凑、剪贴，便成了一部书。从明初到崇祯初，不要说没有像宋人大规模刻《琴趣外编》的雄心，便是好好的翻刻几部重要名家的词集，也是谦让的未遑着手。吴讷的《唐宋名贤百家词》可算是这时代最大的一个词的结集，却只是钞本，未见刊行。所刊行的只是简单的把"花"（《花间集》）和"草"（《草堂诗余》）翻来覆去的变花样。连杨升庵的《词林万选》，陈耀文的《花草粹编》之流，也不是什么高明之作。其后，万历间有钱允治的《正续草堂诗余选》（附以《国朝诗余选》）出现。效颦者纷纷不绝。沈际飞刻《草堂诗余》四集，潘犹龙刻《古今诗余醉》，卓人月刻《诗余广选》，大体都不出钱氏的窠臼。陋习已深，浅尝即止。读者于这种种浅陋的选本之外，盖不复知有所谓宋、元词人的专集。迨毛晋努力于刻书，尤着意于宋、元人词集的收集、刊布，于《六十一名家词》外，复有《词苑英华》之刻，于词的研究的基础遂以奠定。

清代刻词者，若侯文灿之《名家词集》（有原刻本，后收入《粟香室丛书》），秦敦甫之《词学丛书》，号称精刻，实亦未超出毛氏的范围。清末江标、王鹏运辈皆努力于佚词小集的搜辑。所称毛氏影宋钞本的词集也渐出，多有在六十一家外者。江氏的《宋元名家词》，王氏的《四印斋所刻词》，补正毛刻六十一家词，为功至伟。盖多秘籍为朱彝尊，王昶，陶梁所未见者。吴昌绶继之而刻《双照楼景刊宋金元本词》（后版归陶湘，湘为续刻二十余种），而宋、元人词集的本来面目多赖以保存。至朱祖谋的《彊村丛书》出，而三百年来的许多词人对于宋、元人词集的搜辑的工作，始臻"集大成"的地位。

《彊村丛书》告成于民国六年，计收唐、五代、宋、金、元词总集四种，唐词别集一家，宋词别集一百十二家，金词别集五家，元词别集五十家，计共录词集一百七十二部。（其后续有增益，但不甚多。）殆为古今最大的一部词的总集。在校勘方面，也显然有了很大的进步。每种皆附有校勘记，是以治经的方法来整理所谓"小道"的词的。

民国廿年，友人赵万里先生复辑印《校辑宋金元人词》七十三卷，凡得词一千五百余首，大多数为王氏、朱氏之书所未收的。唐圭璋先生也努力于宋、元逸词的辑录（见《词学季刊》，未成书）。元以前词的结集，在最近的将来，殆将终于斯而不能更有什么大规模的增益的了。

将这许多词的总集作为研究宋、金、元词的基础，当不会是迷失了他的道路，当不会为那些有偏见的选家（像朱彝尊，张惠言之流）所耽误或诱人歧途的。

只有见其"全"，才"能见其大"。

而在那些，未经正统派所淘汰、剔除的词集里，我们所见到的却是另一种的风趣、景色和语调！宋、金、元的整个社会，在其中是可以感到其呼吸和喊叫的。

至于明、清二代词，则搜集之者也大有人在，惟俱未有成书。

三

一九〇七年五月匈牙利人斯坦因（A.Steine）在甘肃敦煌所发见的千佛洞文库，是最近代最惊人的宝库的被发掘者之一。这文库所藏的卷子及杂物，从地上高堆到十英尺左右，其容积约五百立方英尺。在这宝堆里，姑不计他种古文字的卷子及绢画、杂物的重要价值之所在，仅就汉文的写本而论之，已不知要给了我们以多少的新的资料，新的名著！

关于佛教的经典译本及著述，是占着敦煌这宝库的最大成分的。日本人编刊《大正大藏经》的时候，已取其一部分，加入其中，并引用到校勘记里来。但那材料是取之不竭，用之不尽的。

最可惜的是，分散在各国，不易有一种有系统的集中的整理。在私人手中的尤难于统计，且不容易见到。

斯坦因为不列颠博物院取走了两大批，至今还未有目录整理出来。据说有六千多卷，完整的最多。柏希和（P.Pelliot）为法国国立图书馆所运走的一批，有一千五百卷，却最早的编了目录出来，也最为我们所知。刘半农先生的《敦煌缀琐》三辑，便是从巴黎钞归的诸重要唐人手卷的结集。

藏在北平图书馆的八千多卷，却最为弩下。（陈援庵先生编有目录，名《敦煌劫馀录》，已印行。）大都为佛教经典，极少数是变文一类的东西。其中重要的罕见的资料，皆已为"识货"的官僚们囊括而去，成为他们的私产。李木斋（盛铎）家里便藏着不少的敦煌的珍贵的写本。听说，仅小说一类的东西（?）已有十几卷之多。而日本人借印的关于古宗教的几卷，已为我们所吃惊的注意到。不知更有多少新的资料在其书室里! 惜不得一见。而整理印行，却自更将有待了。

在诗、词一方面，唐人写本的唐诗（罗氏只影印其中的一小部分。伦敦藏的一卷，较他印出的多至数倍）是很重要的材料；词的《云谣集》（今有《彊村丛书》本及比较完善的《彊村遗书》本）也充分的可见出古朴的原始的词的面目。韦庄的《秦妇吟》在质上是很伟巨的一篇名著，其复现于世，当然是最值得赞叹愉快的事。被疑为叶德辉氏伪作的白行简的《大乐赋》，也饶有民俗学上及文化史上的重要的价值。（其实武进董氏曾先以柯罗版印出，叶氏仅就此影印本翻刻。）长篇的叙事歌曲，像《太子赞》、《孝子董永》、《季布歌》，都是很粗豪的东西，用白话文写的小说像《唐太宗入冥记》、《秋胡小说》之流，也足以供我们以最重要的最早的国语文学的研究资料。

但最重要的还是一种所谓"变文"的久被掩埋了的文体的发见。"变文"的重复出现于世，关系于近代文学史的研究者极大。这是五六百年来，潜伏在草野间而具有莫大的势力和影响的宝卷、弹词、鼓词一类文体的祖先。

变文以散文和韵文交杂组织起来；其结构是袭之于佛经的。讲唱变文，在唐代成为僧侣们的专业。到了宋代，还有所谓"说经"、"说参请"的，大约便是其流辈。虽已不尽是僧侣们所独擅，却始终脱离不了宗教的气味，且也还是以僧侣们为主要的人物。

变文之存在于今者，大约总在四五十卷以上。最弘伟的一部名著，便是《维摩诘经变文》；不知究竟有多少卷，但见存者已有十四卷之多，还只是其中很小的一部分：

（一）维摩诘经变文残卷凡五卷　　（巴黎藏，号数为S.4571）

（二）维摩唱文（?）纲领一卷　　（伦敦藏，号数为S.3113）

（三）维摩押座文　　（伦敦藏，S.1441）

（四）维摩诘经变文残卷五卷　　（伦敦藏，号数为P.2873）

（五）维摩诘经变文·持世菩萨第二卷　　（北平藏，号数为光字九十四号）

（六）维摩诘经变文·文殊问疾第一卷　　（见罗氏印的《敦煌零拾》）

就所见者观之，关于《持世菩萨》的一部分，已是第二卷了，还未完。《文殊问疾》的一部分，看样子，也不会是用一二卷的篇幅即可以了之的。而从巴黎钞来的"第二十卷"的一卷，只是叙的佛使弥勒菩萨、光严童子去问维摩居士疾，而他们皆曰"不任"的一小段。大约全部是不会在三四十卷以下的。像这样弘伟的大史诗，中国文学史上是空前的；而其描状又是那样的生动活泼，引人入胜，称之为中世纪文坛上最高的成就之一，殆不为过。

《降魔变文》的一卷，也写得很不坏。《敦煌零拾》里，曾载过一小段，但其全卷，前年冬天忽出现于北平。写佛家和左道斗法事，极幻化神奇，庄严伟丽之能事。（巴黎有《降魔变押座文》二卷，号数皆为P.2187）

关于释迦牟尼的故事的变文，被发现的很不少。北平图书馆所藏者有《八相成道变文》的三残卷（云字二十四号，乃字九十一号及丽字四号）、《佛本行集经变文》一卷（潜字第八十号）。著者也藏有《佛本生经》里的《身喂饿虎变文》一卷。但其文辞却都很粗率，远没有《维摩变文》和《降魔变文》那末漂亮。

关于目连救母的故事的变文，存者也很不少，描状得很有力，文辞却不足以运载其想象力之奔驰，故只是粗制品。

（一）大目犍连变文二卷　（北平藏，霜字八十九号，又丽字八十五号）

（二）大目连变文一卷　（北平藏，成字九十六号）

（三）大目犍连冥间救母变文一卷　（伦敦藏，S.2614）

（四）大目连缘起一卷　（巴黎藏，P.2193）

（五）大目乾连冥间救母变文一卷　（巴黎藏，P.1319）

在这几卷里，以伦敦所藏的一卷最为首尾完备。

其他叙述佛教故事的变文尚有：

（一）父母恩重经变文一卷　（北平藏，何字十二号）

（二）地狱变文一卷　（北平藏，依字三十三号）

（三）温室经讲唱押座文一卷　（伦敦藏，号数未详）

（四）那梨国神话（？）一卷　（巴黎藏，P.3086）

（五）阿弥陀经变文一卷　（巴黎藏，P.2955）

（六）法华经唱文一卷　（巴黎藏，P.2305）

（七）有相夫人升天曲一卷　（《敦煌零拾》本）

非佛教故事的变文，在当时也有不少出现，今所见者有：

（一）伍子胥（原作《列国志》）变文一卷　（伦敦藏，S.328）

（二）伍子胥变文一卷　（巴黎藏，P.3213）

（三）伍子胥变文一卷　（巴黎藏，P.2794）

这三卷同样的变文的异钞本，当以伦敦本为最长，但巴黎本P.3213号一卷，恰可补伦敦本之所缺。

（四）丑女缘起一卷　（巴黎藏，P.3048）

（五）舜子至孝变文一卷　（巴黎藏，P.2721）

（六）西征记一卷　（巴黎藏，P.3963）

（七）王昭君变文一卷　（巴黎藏，P.2553）

（八）丑妮新妇文一卷　　（巴黎藏，P.3564）

（九）丑妮新妇文一卷　　（巴黎藏，P.2633）

这些变文，最早刊布于世者，有《燉煌零拾》里的佛曲三种（《有相夫人升天曲》、《维摩变文》，《降魔变文》残卷）。其后东亚学会印行的《燉煌遗书》有《王昭君》一卷，迨刘半农先生的《燉煌缀琐》《上辑》出，而巴黎所藏的十余卷皆被搜罗入内。（除《维摩变文》几卷外）北平图书馆馆刊上，向觉明先生也将北平图书馆所藏的几卷变文全行公开了。只有伦敦的若干卷是不曾有人刊行过。（究竟有多少卷，因目录未公开，不能知道。）而将这许多变文卷子，作为系统的搜辑的，也还没有人从事于此。

四

"宝卷"是变文的嫡系儿孙。到底在什么时候才把变文之名易为宝卷，则文献无征，不易考知。惟宋初尝严禁诸宗教，并禁及和尚们讲唱变文，则易名改辙，当在其时。《香山宝卷》（一名《观世音菩萨本行经简集》）的序，有宋普明禅师于崇宁二年（公元1103年）八月十五日在武林、上天竺受神之感示而作此之语。这也许只是一段神话。但可知宝卷的来源决不是像一般人所想象的那末晚的。

前几年在宁夏发现了许多宋元刻的西夏文藏经，在其中，同时发现有抄本的《销释真空宝卷》一卷。这宝卷的时代很早，既同在宋元刻的藏经堆中，颇有即为元人抄本的可能。（其中称孔子为"大成至圣文宣王"，这封号始于元、大德十一年。）全文的结构，"皆用三、三、四"的句法组织成功，离变文的体裁是很近的。前年我得到一部明初的"金碧钞本"的《目连救母出离地狱升天宝卷》，其结构便变动得不少，已渐渐离开变文而自成为一种新的体裁，至少是在"唱"的一部分，已加进了当时流行的歌曲，像《金字经》、《挂金索》之类了。明初以后的宝卷，殆无一本不是如此。北平图书馆所得的一卷《销释印空实际宝卷》（嘉靖刊?），其中有《红绣鞋》、《清江引》、《黄莺儿》、《驻云飞》、《耍孩儿》、《锁南枝》等俗曲，而我所有的一本嘉靖二十二年刊的《药师本愿功德宝卷》也用到《挂金锁》（即《挂金索》）诸曲子。万历以后诸宝卷，应用俗曲之处尤多。而元抄本的《销释真空宝卷》则尚保持着素朴的本色。

这几年来，宝卷渐渐的有人在收集；以前只算是善书，除了印送之外是没有人要的，收藏家更不用说是不会着眼于此的了。我七八年前尝在上海搜求到百十种宝卷，但皆为新印本，或石印本。前年到了北平，方才发见有刊刻样式甚古的梵筴本的宝卷，大都是嘉靖到康熙初年之间（《天仙圣母泰山源留宝卷》

未有"康熙元年"字样）所刻的。万历时代的刻本，似尤多。最可注意的《混元教弘阳中华宝经》和《混元门元沌教弘阳法》二种，足资以研究明代的所谓"混元教"的组织和训条者，也是万历时之所刻。大抵刻这种"善书""宝卷"的人物，不是后妃，便是内监，他们是有余力及此的，也是最需要此种宗教上的慰安和祈福的。

宝卷也和变文一样可分为数大类。第一类是劝世文，像《药师如来本愿宝卷》，《叹世无为宝卷》，《销释金刚科仪》等等，或释解经语，和泛述因果，其中并不叙述什么故事。《销释印空实际宝卷》的开卷云：

> 夫《印空宝卷》者，能开解脱之门，妙偈功德，径入菩提之路……印空偈说二十四品，品品而奥意难穷。

只是用讲唱的通俗的浅近方法来说教而已；故往往也名之为经。（像《叹世无为宝卷》，便一名《叹世无为经》。）第二类是叙述佛教的故事，像《佛说弥勒下生三度王通宝卷》、《目连救母升天宝卷》、《香山宝卷》、《刘香女宝卷》等等；这些都是原原本本的故事歌曲。许多道教的故事宝卷，像《灶王宝卷》、《伏魔宝卷》、《药王宝卷》等等，也可附入此类。第三类是纯粹的叙事宝卷，不带有丝毫的宣教传道的色彩，像《孟姜女宝卷》、《梁山伯祝英台宝卷》等等。而《百鸟名》、《百花名宝卷》等也可附之。

关于旧刻的宝卷，年来获得不少，且列其目于下：

（一）目连救母出离地狱升天宝卷（明初抄本，残）

（二）药师如来本愿宝卷（嘉靖刻本）

（三）混元教弘阳中华宝经（一名《弘阳叹世经》，二卷）

（四）混元门、元沌教弘阳法（一名《弘阳苦功悟道经》，二卷）

（五）先天元始土地宝卷（二卷，二十四品）

（六）佛说弥勒下生三度王通宝卷（二卷，二十品）

（七）福国镇宅灵应灶王宝卷（二卷，二十四品）

（八）护国佑民伏魔宝卷（二卷，二十四品）

（九）佛说圆觉宝卷（一卷，二十四品）

（十）销释万灵护国了意至圣伽蓝宝卷（二卷）

（十一）天仙圣母泰山源留宝卷（五卷）

（十二）销释开心结果宝卷（一卷，二十四品）

（十三）巍巍不动泰山深根结果宝卷（一卷，二十四品）
　　　　　一作《巍巍不动泰山深根结果经》

（十四）叹世无为宝卷（一卷）

　　　　一作《叹世无为经》
　（十五）正信除疑无修证自在宝卷（一卷，二十五品）
　　　　一作《正信除疑无修证自在经》
　（十六）销释金刚科仪（一卷）
　（十七）普明如来无为了义宝卷（二卷）
　（十八）太阴生光普照了义宝卷（二卷，九品）
　（十九）佛说道德运世忠孝报恩宝卷（二卷）
　（廿）药王救苦忠孝宝卷（二卷，二十四品）
　（廿一）灵应泰山娘娘宝卷（二卷，二十四品）

　　宝卷里有许多是体制弘伟，情绪深挚的，虽然文辞不免粗率，其气魄却是雄健的，特别像《香山宝卷》、《刘香女宝卷》一类的充满了百折不回的坚贞的信仰与殉教的热情的，在我们文学里殊罕其匹。《目连救母宝卷》（清代所作的一本，非元抄本《升天宝卷》）和《鱼篮观音宝卷》之类，尤纯是一片利他的牺牲精神的表现。他们只是为了要救人，要度世，一点为我的作用也没有。把他们置在叹穷诉苦，丑态百出的文士们的个人主义的利己的作品之堆里，文士们之作诚不禁要矮了半截。难怪妇女们听了《香山宝卷》之类，无不是双泪涟涟，泣不可抑的。

　　而像《土地宝卷》，描写大地和天空的争斗的，也是具有极大的弘伟的声气；恐怕要算是中国第一部的叙述天和地之间的冲突的事的。所写土地老儿的疲赖不恭处，也颇滑稽可喜。

五

　　弹词也是源出于变文的。不过不带着任何宗教的臭味而已；他们是叙述人间社会的活动的。其体裁却和"变文"非常的相同。有讲说，有弹唱。弹唱的一部分，大都是以七言韵语组织成的；也间有"三、三、四"或"三、七"的句法，然加于"七字句"之上者，大抵只是助态或增重语势时"衬字"而已。

　　弹词的收集，也只是十年来的事。我在南方藏得不少，曾编有个草目（见十六年《小说月报》号外《中国文学研究》）。丁在君先生在北平，听说也致力于收购弹词，然未见其目。近二年来，我又续有所得，颇多罕见者。但只是乾隆、嘉庆、道光这百余年中所刻的，更早的却几于无有。不过弹词却也并不是什么近百年来的产物，她的历史也是很久远的。也许，变文的讲说佛经的一支流衍而成为宝卷，而其讲说史书、故事的一支却成为弹词了。

　　传为杨慎所作的《廿一史弹词》，乃是今所见的最早的一部；却只是弹唱历史大事，有类扩大的《万古愁》之流的著作，竟不大有文学的趣味。万历间臧晋叔尝刻无名氏《仙游》、《梦游》二录，其序云："若有弹词，多瞽者以小鼓拍板说唱于九衢三市，亦有妇女以被弦索，盖变之最下者也。近得无名氏《仙游》、《梦游》二录，皆取唐人传奇为之敷演，深不甚文，谐不甚俚，能使呆儿少女无不入于耳而洞于心，自是元人伎俩。或云杨廉夫避难吴中时为之。闻尚有《侠游》、《冥游录》，未可得。"（《负苞堂文选》卷三，《弹词小序》）但不久又得《侠游录》而刻之。今晋叔所刻，不可得见。假如他的话不差，则元代已有弹词之一体了。

十年间陆续所见弹词，不啻三百数十部。大抵就其所用语体文之种类分之，有吴音、官音的二大别。用吴音写者，像《三笑姻缘》、《珍珠塔》之类，柔语如珠，绵绵不绝，绘声绘影，每有极婉曲细腻的描写，而间失之秽亵。用官音写的，像《安邦定国志》、《天雨花》之类，气势都很阔大，浩浩莽莽有若大江、黄河的东流。在大体上，用官音写者都是需要正襟危坐而听之的，或国家大事，或英雄历险，或一家的兴废；辞正义严，伦理的观念极重。用吴音写的，大都是玩世不恭，滑稽谩骂之流，品无所不谈，谈无所不尽。而其题材，则以男女私情、赠答、苟合为中心。故吴音之作，都为小品，每部不过四册或八册，而官音之作，则有多至四五十册者，如有续作，则每有冗长到一二百册的。

就题材分之，则有专为妇女所作的，有非为妇女所作的。吴音之作，大都不是妇女读物。流行于闺阁、家庭间者，大都为官音之作。尤其像本来是出于妇女作家之手的《笔生花》、《凤双飞》、《再生缘》之类，最为她们所耽读。中国的家庭，受礼教的熏染最深。弹词的妇女作家，其所以作此的原因，每为娱悦其姑，或用以消遣无聊的永日。她们都是高洁而清雅的，故纠绕在一般男性作家的笔端的不洁的描写，她们是永不会有的，也永不肯去写的。

但在其间却寄托着在社会上无出路的被囚守在家庭的狭笼间的有志的妇女们的呼吁与希望。"你们要知道，假如妇女们和男人们有了同等的在社会上活动的机会，她们是决不会落后的。你们将会觉察出，她们是怎样的努力与高尚。"这便是她们的一般的呼声。所以，每一部出于妇女之手的弹词，写的总是女扮男装，考中状元，做了宰相，为国家建大勋、立大功。

可悲的是，当她们将男装脱下，露出本来面目的时候，她们的幻梦却不得不被打得粉碎。她们始终只是家庭里的一个囚徒。连左仪贞那样了不起的女英雄，那样个性极强的人物，却也不得不放下了她的事业，成为人之妻，家庭之主妇，当她的真面目不能掩藏了的时候。

这是五四运动以前的中国的有志的女性的共同的呼吁，值得我们仔细的慎重的研究之的。

弹词的故事，在近代，也尝侵入文人学士们的活动范围里去，像嘉庆间，孔广林作《女专诸杂剧》，便是取材于《天雨花》的。

弹词的本身，大杰作很不少。《天雨花》、《笔生花》之类，可以说是五四以前伟大的妇女的著作。《天雨花》尤沉痛悲郁，最富于家国的沧桑之感。其中人物，除了左维明有点不近人情，不像"活"的人之外，大体都写得很成功。情节是不断的和黑暗势力作争斗。那样的搏击和死战，每在狭巷上相逢；然而却不用什么观音、如来来排难解纷，纯是以自己的智与力来扫荡其敌人们的。最后，抵抗不了运命的结局，又不甘为亡国之人，只好全家坐在船上，凿穿船底，沉河而殉国。

《安邦志》、《定国志》和《凤凰山》的三部曲，是至今尚未有可以相匹敌的弘伟的史诗。这三种，道光间刊本，共有七十二册，加之以《北史遗文》(《在《安邦志》之前》) 钞本的四十册，《凤凰钗》（？）的八册（抄本），则共有一百二十册之多了。仅就"量"上讲，也是惊人之作。

《倭袍传》也是一部不坏的书，内容虽间有秽亵之处，描写却很深入。有"开篇"的一种，其每一"开篇"的本身便都是绝好的抒情诗。

写白蛇、许宣事的弹词，有《白蛇传》，又有陈遇乾编的《义妖传》。《义妖传》是人人知道的；那有情有义的白蛇，虽是妖，其不幸的遭遇却赚得不少人的眼泪。那末热情的人物，在我们的文学上是少有的。《白蛇传》罕见传本，写得尤好。我尝得一传钞本，上有崇祯年号，则至迟当为明末之所作。

六

鼓词或"鼓儿词"的亲祖，也是变文。她和弹词，区别之点并不多。惟鼓词流行于北方，江南罕见之。而弹词南北皆见风行；不过南人嗜之者较多；而吴音之作，尤为北地人民所不能懂得，而这一种也便成了南人所独擅之物。

鼓词的讲唱，其情形也和弹词大体相同。惟南方唱弹词的，以瞽者为多；北方唱鼓词的却似不曾见到有什么盲人在担任着。其讲的部分和唱的部分的组合方法，和弹词也是一样。

但"鼓词"的唱词，虽以七字句为主，而"三言"的"衬字"却使用得极多，几有变成了"十字句"（或三、三、四句）的模样。像说唱《孙武子雷炮兴兵传》：

自从那盘古氏分了天地	把一颗夜明珠进与朝廷
有苏秦背宝剑去寻真主	说九公十八洞反了胡人
圣天子急差牌将军挂印	请二士入桃园计论军情

又像《大明兴隆传》：

> 无奈何　傅师正顿人与马　查点伤损八九万兵
> 仰面朝天叹又气　由不得　又气又恼又伤心

《忠义水浒传》第三十五部《活阎罗水战官兵》：

> 一个是　越岭登山马背熊　一个是喷云吐雾金钱豹　一个是　喊
> 天狮子斗麒麟　林冲的力大枪沉来的勇　杨节庆性烈刚强不怕人……好
> 一个日杀日勇两员将　看不出　谁胜谁负那个匝　对面的立怔权贼高太
> 尉　眼望着　虎将开言问一声

也间有应用了五言六言句以表示错综的趣味的。这也正和唐人变文的间或使用
五言六言的句法的情形相同。

鼓儿词以叙述金戈铁马之故事为主体，故特注重于战争的描写，殆是北地
人士们的偏嗜之所在。南方的弹词，也并不是不写两军对队，却多半是草草的
写过，而以全力注重于人情、社会的描写及英雄历险的经过的叙载。所以，像
鼓词里一百多册的《大明兴隆传》，数十册的《乱柴沟》、《呼家将》、《北唐
传》、《杨家将》、《忠义水浒传》之类，所写的全是金戈铁马，两军对队之
事，在弹词里是不大有的。

小型的鼓儿词，也不是没有。像《珍珠塔》、《斩窦娥》、《蝴蝶杯》、
《巧连珠》之类，写的也只是悲欢离合之事；不过远不及《呼家将》等大锣大
鼓，大打大摔的容易引人注意。

最早的"鼓儿词"，大约在明代产生。然明刊鼓词，却极罕见。尝得《秦
王演义》（亦名《大唐秦王词话》），为明末刊本，写李世民打平天下之事：

> 唐太子急拈香低声祷告　　李世民忙下拜恭敬参神
> 吾乃是大唐国高皇次子　　父李渊，祖李昞，李虎玄孙
> 忆往岁炀帝崩九州鼎沸　　隋恭皇禅宝位让父为君
> 普天下起烟尘一十八处　　剪强梁诛贼寇放赦安民

其写法是很原始的，故其篇幅也就没有《大明兴隆传》等的那样巨量大
幅。又有小型的滑稽鼓词，像《东郭野史》（雪樵编）等，但却不多。

鼓词多半是粗制土生的东西，正和变文里的《伍子胥》相同；气魄是够伟大
的，所缺乏的是细腻深入的描状。故弹词的杰作甚多，而鼓词则几无可特举者。

北平在嘉庆、道光间又流行着类似鼓词的叙事歌曲，名为东调及西调的，但今似已绝响。大都是小型的著作，未见有长篇大册的。（亦称"子弟书"。梦幻道人云："旗籍子弟多为之，故又名'子弟书'。"）东调沉雄似弋阳腔，演忠臣孝子慷慨激昂之事；西调则靡曼如仑山曲，传佳人才子缠绵旖旎之情。但没有散文，全为韵语，这是同鼓词不同之处。韵文的句法则也或以七言为主，间以"三言"作为衬字：

> 建文帝，呆呆不语如雷震　　泪珠儿点点滴滴落满身
> 忽听得遍地哭声悲惨惨　　满城人跑乱纷纷
> 叹君王鹿绕云山惊破胆　　鸡临汤火唬飞魂
> 转身形一步一跌朝后跑　　灯光下奔进昭阳彩凤门

这一类"子弟书"今存者尚多，也有人在搜集。孔德学校尝购入车王府散出戏本不少，中央研究院也收藏有零星民间歌曲很多。其中就杂有不少此类叙事歌曲。刘半农先生曾编为《俗曲总目》一书，可以供我们作为研究的参考。

粤音的叙事歌曲，我所见的不下二百多种，都是今日可得的。有的写得很不坏，惟多半是小型的，一二册者为多，最巨大的，也不过二十多册。

> 起凭危栏纳晚凉，秋风吹送白莲香。只见一钩新月光如水，人话天孙今夜会牛郎。细想天上佳期今日还有会，人生何苦捱凄凉。得快乐时须快乐，何妨窃玉共偷香。但能两下全终始，私情密约也何妨。自古有情定遂心头愿，只要坚心宁耐等成双。山水无情能聚会，多情唔信肯相忘！但愿世间情重者，勿要半途而废就抛荒。

这是所谓第八才子《花笺记》的开场白，多么富于南国的绮靡的情调呀！又有评点第九才子书《二荷花史》的，大约是模仿《花笺记》而来的东西。金圣叹的才子书的品题和其批评的方法，竟便为粤人所获得，而取来评点粤曲了。

七

在这里似该顺便的提起这三十年来对于民间文艺作品的搜集的经过了。将无人注意，野生土长，像不知名的岩花幽草似的悄悄的自生自长于山野之间的许多大众文艺的著作，特别的指示了出来，给他们以一种新的估测和研究，这乃是五四运动以来的新事业之一。在以前，宋、元、明、清的时代，也并不是完全没有人在做这搜集的工作；然而他们却是如何的寥寞，其辛苦搜集的成

绩，却都烟消云散似的被抛弃了，或被埋藏在破书堆中，竟无人顾问及之。直到了近十余年来，因了民歌搜集的工作的发达，方才连类及之，把他们的著作，也拭拂去重厚的灰尘而给以相当的注意和敬意。

这些古代的民歌集的编纂，宋人郭茂倩（编《乐府诗集》）是该被算作开山祖的。他虽然只是从古书里搜辑古作，但其见解和努力是很可佩服的。元人杨朝英编的《太平乐府》和《阳春白雪》的二曲集，其间也有少数的民歌在着。明正德间无名氏编的《盛世新声》，嘉靖间张禄编的《词林摘艳》（即据《盛世新声》而增删的）也有一部分的民歌。而郭勋所辑的《雍熙乐府》则尤为集大成之书，所录元、明间小曲民歌，为数极多。元、明间的民歌赖之得以流传至今。陈所闻的《南北宫词纪》，也载有少数的民曲。冯梦龙、凌濛初都是很知道俗曲之价值的人，冯氏刊印《挂枝儿》和《山歌》，厥功尤伟。惟多改动文句，已不复是本来面目。又万历以来诸坊刊戏曲选，也每多附载《罗江怨》、《劈破玉》、《哭皇天》等等的小曲。浮白山人在明末所刊的"杂著"（未知其总名），其中也收载《黄莺儿》、《挂枝儿》、《夹竹桃》、《山歌》等等的小曲。清初刊本的《山中一夕话》诸刊物上，每多收集或重印那些民歌，以广其篇幅。

乾隆初所刊的《万花小集》载民歌甚多。但其中至少有一半是明代流传下来的。

乾隆六十年王廷绍所刊的《霓裳续谱》极可注意。他序云："以征歌者不尽文医，诸师皆以口相授。相沿既久，或习其调而忘其词，或习其辞而讹其字，或调与词并失传。许多名曲，因无蓝本，渐归湮没。诸部甚憾之。三和堂颜曲师者，津门人也。幼工音律，强记博闻。凡其所习，俱觅人写入本头，今年已七十余，检其箧中，共得若干本。"是这书原系从歌人口头采集下来的，故多可宝贵的材料。其中除《万寿庆典》及《西调》二百余曲外，余皆为杂曲。

嘉庆间华广生所编的《白雪遗音》（道光八年刊）八册，可喜爱的歌曲也不少。我尝从其中选得若干首，印成《白雪遗音选》一册，颇为读者所欣赏。广生此书，似也系从歌者口头录下来的。高文德序云："吾友曰：初意手录数曲，亦自作永日消遣之法。迨后各同人皆间新觅奇，简封函递，大有集腋成裘之举。且暮握管，凡一年有馀，始成大略。"是非华氏独力所采集，其中难保没有一部分文士们的拟作在内。（陆次云、李调元诸人所采集的瑶苗歌曲，似不可靠。）

从五四以后，民歌的搜集，成了一时的风尚。其初只是歌谣的采访，其态度是纯然科学的。北京大学尝刊行《歌谣周刊》若干期，其努力是很可注意的。后渐转注到文学的领域上来。顾颉刚先生的《吴歌甲集》，是这时最好的成绩之一。至李金发诸人所辑的《岭东情歌》之类，则似非纯然的最忠实的口头之纪录。

由口头的采访纪录，而推广到各地小唱本的收集者，则似尚未有人。中央研究院所刊的《俗曲总目》，仅录北平一地之所得。六年前，我在上海的时候，尝委托各地商务印书馆代为搜集此类唱本。汪馥泉先生也以其所得赠给我，此外又托书贾们在扬州搜到二百余本。总计从汕头、福州到沈阳、汉口各地之所得，总在一万本左右。刚要分出一部分工夫，为之整理编目，而沪变突起，此一万余种的小唱本遂荡为云烟，存者百不及一。好在这工作将来总会有人作的。最好是，整理编目之后，择其重要者三五十种汇印出来。这并不费力，而对于研究各地方言及民俗学者，乃至批评家等等，却都很有用。

八

"诸宫调"也是叙事歌曲的一个体裁，显然也是从"变文"衍变出来的。其和变文、宝卷等等大不同之点，在于其唱文的一部分，并不是袭用"七言"的句法，而是采用到流行于宋、金、元的各种曲调以组成之的。宋、元曲调，本分九宫十三调。宋人大曲，也多是叙事的，而仅用一个宫调里的一个曲子，反反覆覆的唱咏着。所谓"诸宫调"者，便是恣意的从九宫十三调里采取各种不同的宫调，会合于一处，用来歌咏一个长篇的故事。又，其在每一宫调之曲子组成之"套数"里，也不复是宋人大曲之仅反反覆覆的使用着同一的曲子，而是采用在同一宫调中的二个以上的不同曲子组合起来的。

故其歌唱是复杂得多了。始创此新体裁的诸宫调的，是北宋末的孔三传。后乃大流行于世。元人石君宝有《诸宫调风月紫云庭杂剧》一本（见《元刊杂剧三十种》），其写以弹唱诸宫调为生活的女子的情形很详细。

从前，我们曾听到：俄人在中亚细亚发掘到宋版《刘知远传》的消息，为之惊喜，而尚未敢遽信。前年得到其影片，乃知其为《刘知远诸宫调》。大约是金刻本。文辞古拙浑厚之至，却又描状得异常的生动活泼，决不是什么野生的粗制品。惜缺失其大半。

董解元《西厢记》也是诸宫调的一种。其刊本颇罕见。近暖红室刻出，较为易得；而明代诸刊本，也陆续的出现于世。这部诸宫调也是很漂亮的著作。明人将此书和王实甫《西厢记杂剧》对读了之后，却极口的赞许此作，以为实甫的好处，皆从此作窃去。这话虽有些过火，然董解元的描写力却实可令人惊叹。

元王伯成尝著《天宝遗事诸宫调》，原本惜不传。我尝从《雍熙乐府》、《北词广正谱》、《南北九宫大成谱》诸书里辑得此书五十余则。已戛然成一帙，颇可观览。

比起《西厢》和《刘知远》来，伯成的《天宝遗事》未免显得有些脂粉气，已失了诸宫调的浑厚沉着的魄力。但叙事的细腻，却也可称。比起《梧桐雨》剧之仅以四折匆匆了此公案的来，已是进步得多了。

今所存的诸宫调，仅此三部而已。狮子虽少，却胜群羊。对于这个遗失已久的重要的文体，我们是不能不加以重视的。诸宫调的套数的组成法，曾给元代杂剧作家们以很大的影响。故钟嗣成的《录鬼簿》首列董解元，而称其为"创始"之人。

本该对于诸宫调还有很多的话要说，但大都已见之我的《宋金元诸宫调考》一文（见《文学年报》，又收入《痀瘘集》）；又《插图本中国文学史》第三十八章（六百九十五页以下）也已论及，故不多说。

九

元、明以来戏曲文学的研究，乃是，除"词"之外，这三十年来的最有成绩者。重要之名篇巨制的出现，也独多。研究资料也增加了不少。从前，只是抱定了《录鬼簿》、《太和正音谱》寥寥数书。及王国维的《曲录》及《宋元戏曲史》出，始导入研究的正轨上。其后徐渭的《南词叙录》，徐子室、钮少雅的《南九宫正始》，贾仲名的《续录鬼簿》，姚燮的《今乐考证》等等，陆续的被我们所获得。于是研究的基础便更稳固，而且其地域也更广大。最近十年来，新资料的那么急流似的倾泄而出，万非王国维时代之所能预料得到。

先说元杂剧。臧晋叔刻《元人百种曲》，号称元人的功臣。向来研究元曲，也只是根据于这一百种。此外，则不过再加《西厢》一剧而已。近则，元人刊的《元剧三十种》，既已流行于世，而明人所刊的《古今杂剧选》（息机子），《古名家杂剧》、《新续古名家杂剧》（均玉阳仙史），《阳春奏》（黄正位），顾曲斋所刊《元曲》、《古今名剧合选》、《柳枝集》、《酹江集》（孟称舜），也皆为我们所见，除增多了若干本的新资料之外，还使我们明白：臧刻百种曲任意删改的地方是不少。有许多地方，连题目及剧中人名，也是彼此互歧的。（像息机子《杂剧选》中有《王鼎臣风雪渔樵记》，臧刻中有《朱买臣风雪渔樵记》，表面上看来似为二剧，而一对读，曲文、故事竟大体相同，只是主人翁却一作王鼎臣，一作朱买臣。）这可见元剧流传下来时，其本来面目，只是像《元刊杂剧三十种》似的，不仅说白极少，即连剧中人物也是多半不注明的。明人刻元剧时，只好自己填上，故彼此填的往往相歧异。

把《雍熙乐府》诸书及诸北曲谱里所载的元剧遗文搜辑出来，也是足资学人们的研究的。这工作，我已作毕。

前几年，丁初我氏尝在赵氏旧山楼读到也是园所藏的元曲数百种，想是不会便佚失了的。如果访到了时，元剧的研究，必是要截然一新其面目的。

但最有新的获得者，还要算宋、元及明初的戏文。董氏《读曲丛刊》的印行，给我们以极大的鼓励。其中有《南词叙录》，是奠定了戏文研究的基石的。从前，我们只知道，最早的传奇是《荆》《刘》《拜》《杀》，是《琵琶》；从前，我们总以为戏文的出现，是在杂剧之后的。但这个谬误的观念，今日是全盘的被推翻了。

《南词叙录》分"宋、元旧篇"及"国朝"戏文二部分。我们根据了这，大略的可以明白宋、元以来南戏的流行的情形。

而不久，《永乐大典》"戏"字韵的一册被发见了；其中竟载着：

（一）小孙屠没兴遭盆吊

（二）张协状元

（三）宦门子弟错立身

的三本很原始的古戏。于是，就《永乐大典》目录而更被掘发出不少的戏文名目来。一时颇炽盛了专门研究戏文的心。

但资料究竟还太少。沈璟的《南九宫谱》虽多载古传奇的遗文，其名目多和《南词叙录》及《永乐大典》目录所载相合，然总还嫌过于单薄。等到蒋孝的《南九宫旧谱》，沈自晋的《南词新谱》，吕士雄的《南词定律》，无名氏的《曲谱大成》，一一为我们所得到时，研究便较有把握起来。最后，董康在《书舶庸谭》里第一次提到了徐子室、钮少雅的《南九宫正始骷髅格》一书。但可惜这重要的曲谱，他在离开日本时，竟当作礼物，送给了内藤虎次郎。我没有一时曾忘记了这书，耿耿于心，曾数托过他向内藤借钞，总未得便有成。前三年，在苏州竟获得了此书的六卷，喜可知也！然非全帙。（全书有十卷）最近始辗转托人抄补完全。在这书里，总有一百二十种以上的古戏文的遗文可得。其重要可知。

又，在北平曾获得一部抄本《南北词广韵选》，也很可注意。赵万里先生尝得凌濛初氏的《南音三籁》；孔德学校藏的《格致丛书》里，有《群音类选》残本十六卷，这些对于古戏文的研究，都很有帮助。

至于一部两部……的古戏文重现于世的事，也不是没有。北平图书馆尝一次购得富春堂、文林阁、世德堂、继志斋各家所刻的传奇五十二种，在其间便有元人的戏文：

赵氏孤儿记（世德堂刻本）

吕蒙正破窑记（富春堂刻本）

周羽教子寻亲记（王铵重订，富春堂刻本）

等三本。而明初人之作，像《高文举珍珠记》，《刘玄德三顾草庐记》，《张子房赤松记》以及沈采的《裴度香山还带记》，邱濬的《投笔记》，《伍伦全备忠孝记》等等，尤多被保存于中。

又有《黄孝子寻亲记》、《苏武牧羊记》、《岳飞破虏东窗记》等元人戏文，也皆在近几年来被发现。而《荆钗记》、《白兔记》，《幽闺记》、《琵琶记》的诸明刻本，被发现者尤多，足资比勘的研究。

最有趣的是，李日华《南西厢记》，久成聚讼之端。此李日华非彼万历间之李日华（字君实），亦已为人所知。然明人又说，日华此作是窃之崔时佩者。《雍熙乐府》载有《南西厢记》，其文辞与日华又不同。《南词叙录》则于宋元旧篇里载《崔莺莺西厢记》一本，于国朝下又有同名的一本，下注李景云编。究竟《南西厢》有多少本呢？（后有陆采本，不计入）崔时佩和李日华的关系又是如何的呢？《百川书志》著录：

> 李日华《南西厢记》二卷　海盐崔时佩编集，吴门李日华新增，凡三十八折。

今忽发见富春堂刊本《南西厢记》，正和《百川书志》所言相同。凡系李日华增入者，下皆注"新增"二字。则日华原是极小心的忠厚人，竭力欲保全崔本面目，本不想攘窃他。至于几个古本，异同如何？李景云是否即李日华？则今日尚不能决定。

至明中叶以后的杂剧、戏文，则所得尤伙，研究的面目几全易旧观。《盛明杂剧》本非易得之书；但自经董氏复刻出来，今日已为人人之所有，《盛明杂剧二集》尤为罕见。十余年前，来青阁主人杨君尝从杭州得到二集的残本数册，携以见示，其首册插图数十幅，俨然俱在。杨君欣然的说到："为董氏搜访此书已数载，今始得之，大约可以凑全了吧。"过五六年，二集遂又由董氏刊布于世。又邹式金的《杂剧三编》中载之剧，多珍秘者。十年前，在中国书店见其首册，插图序目俱全，而所存剧文仅有吴梅村、尤西堂作的二种，不足贵，遂置之。后亦为董氏所得。今在北平图书馆睹及此书，如见故人（盖已由他让给图书馆了）。益以从朱逖先先生处购得之若干种，共有十四种。马隅卿先生也藏有十余种，以补北平图书馆之所缺，则又增九种。邹书原有三十四种，是所缺仅十一种耳。难保没有完全发现的时候。黄方胤所作的《陌花轩杂剧》全部，久已佚去，我们也不复作复见之想。不意，北平图书馆乃和《杂剧三编》的数残本同时获得之。（版式完全相同，似亦为邹氏所刻。）

清代杂剧，《曲录》著录者仅八十余剧，然余所得，已过二百本。近来，续有所见，当在三百本以上。我印行《清人杂剧初集》时，再三致慨叹于洪昇《四婵娟》的亡佚，而今却亦得读到。《清人杂剧二集》的四十种，殆多半为从来所想望而未之见之作。

在明嘉靖、万历时代以来的传奇的区域里，十年来珍本秘册的纷纷出现，几有应接不暇之势。一时也计数不尽，列举不完。其他比较易得之作，像《浣纱》、《还魂》、《绣襦》之流，也迭见古本旧刻。盖我们今日的研究范围，已完全脱出毛氏《六十种曲》的范围。所谓富春堂、继志斋、世德堂、唐振吾、文林阁诸书贾之所刻；李卓吾、陈眉公、玉茗堂诸家之所评，已携带我们到了一个崭新的园地里去。而北平古宫旧宅里散出的许多旧钞本传奇，也足以增益了重要的贡献。且就沈璟之所作言之，我们从前仅知《六十种曲》本中有他的《义侠记》一本而已。今日则更得他的《桃符记》、《双鱼记》、《一种情》、《埋剑记》及《博笑记》的五种；其《十笑记》，在《群音类选》里也保存了十折。屠隆之作，前仅见《昙花》、《彩毫》二本，今则更得其最重要的《修文》一记。冯梦龙的《墨憨斋十种曲》向来号称难得，而今所得则多至十五种。他若许自昌的《橘浦记》，陈与郊的《论痴符》（四种），王骥德的《题红记》，周朝俊的《红梅记》，郑之文的《旗亭记》，吴世美的《惊鸿记》，王稚登的《全德记》，卢柟的《想当然》，沈孚中的《绾春园》，孟称舜的《娇红》、《鸳鸯》、《二乔》，吴炳的《石渠五种》，范荀鸭的《香令三种》，孙仁孺的《东郭》、《醉乡》二种等等，今皆已得读之矣。

高奕新《传奇品》所载李玉、朱佐朝、朱素臣、邱园、张大复等数十家之作，前几十年几于珍秘之极，而今则此类剧本，为老伶工所家传者，乃亦逐渐披露于世了。

乾隆时代，惯好演唱全本大戏。往往每部有十本，每本有十折或二十折。实是空前的浩瀚的巨作。——虽然未见得是伟大之作。前所知而可得者，仅刻本的《劝善金科》而已；《昭代箫韶》已罕见。今则全部的《升平宝筏》（四十本），《鼎峙春秋》（十本），《忠义璇图》，《剑锋春秋》，《月令承应》等等皆已出现。

此外，像蒋士铨的《西江祝嘏》，孔广林的《斗鸡忏》，李斗的《奇酸记》之类，不常见的作品，也都蜂拥而出现，实在是难于一一列举的。

"影戏词"的发现和搜集，也当附带的在此一说。"影戏"的来历甚古，影戏的话本，宋也已有之，惜一本不传。今日流行于北方的滦州影，即为其苗裔。滦州影词，被印出者已不少（多小字石印），然卷帙较多者，却仍为传钞本。这几年来，滦州影戏班，解散者时时有之。其影词多散失于市上。缀玉轩最早收购此类本子，然杂庋于昆腔皮黄本子里，不加重视也。车王府散出之大批戏本里，影词也不少。然编目者皆不能区别之。中央研究院尝于去年购得数十种。我也陆续的购进数批，凡得四十九种。今年则同时购得六十多部。合之当共可得三百余种（亦偶有重复的）。此种影词，甚类鼓儿词，多半描写国家大事，两军对垒，山大王造反，番民入寇之事，写男女私情者甚为罕见。其原因殆半因北方人氏们的偏嗜此类武事的本子，半也因影词的趣味，便在人物的夥多，动作的复杂，故缠绵的情语，与乎不能容得第三人在场的人物的相聚，便不得不归之天然淘汰之列。（关于影词，可参读著者的《一九三三年古籍的发见》。）

十

散曲也是近十余年来的新被注意的研究的对象。清末文士们，专致力于词，对于南北曲却谦让未遑。吴瞿庵先生（梅）殆是第一个着手于这个园地的人。很快的便造成一种研究的风气。

清人之于散曲，最不注意。初期，仅朱彝尊，中叶，仅厉鹗，道光间仅赵庆熹、许光治等数人，比较得可称得是散曲作家耳。其于前人之作，留意者更少。左右脱离不了元人张小山、乔梦符二家之影响，所翻刻者，亦仅乔、张二家散曲（此外，仅刻白朴之作）。所见不广，所成就乃很有限。清末以来，因收集词集的连带关系，乃亦开始收集南北曲。吴瞿庵、董绶经二氏最为努力。董氏刻《江东白苎》及《萧爽斋乐府》，明曲乃为人所知。徐积余先生复刻黄荛圃藏杨朝英的《阳春白雪》，世人乃知元曲于乔、张、白外，更有如许好文章。同时因了元、明二代戏曲之为人注意，南北散曲，也便"附骥尾而名益彰"（《曲录》所载，并及散曲）。后来，《四部丛刊》收入杨氏的《太平乐府》，又，正德本的《盛世新声》，嘉靖本的《词林摘艳》和《雍熙乐府》，也相继地为人所知，较易得之。陈所闻《南北宫词记》流传更广。而无名氏之《乐府新声》、《乐府群玉）、《乐府群珠》，沈璟之《南词韵选》，王稚登之《吴骚集》，张琦之《吴骚二集》，三集（三集未见）及合编，三径草室之《新编南九宫词》，张栩之《彩笔情词》，乃至周之标之《吴歈萃雅》，圻山山人之《三径闲题》，许宇之《词林逸响》，冲和居士之《缠头百练初集》、二集皆相继出现，南北曲研究之门庭始大。专集之出现也极为可观。杨慎之作，于《陶情乐府》外，乃别有《玲珑唱和》一卷；王九思之作，原来仅知有崇祯本，而今则嘉靖本也为我们所见。汤舜民、康海、陈大声、常伦、施绍莘、冯惟敏、顾仲谊、王磐、张炼、黄周星、赵尚星、王屋等人所作，也皆为学人们所读到。这些岂是十年前所能梦想得到的盛况么？友人任讷氏曾编《散曲丛刊》（中华书局），用力至勤，然所载尚多习见之品。若在今日而言曲刊，则其珍秘可惊之程度，必远胜之。

十一

小说，在这三十年来之所得，和戏曲是同样的令人可惊诧。近十年来，所见异本珍籍尤多。有人说，十九世纪以来，人类的进步，十余年便可抵得上从前几个世纪。我以为，文学上新资料的发现。近数年来的成绩，也可以抵得过从前的中国几十百年。只要看，从亚东图书馆标点的《红楼》、《水浒》印行以来，离现在还不过十五、六年，而我们的眼界竟扩大了多少，我们之所见、所得，竟比前增加了多少倍。鲁迅先生的《中国小说史略》是极精粹的一部著作，有许多见解，有许多史料，都是不能搬动一步的。但当他论叙宋人话本的时候，所见的只是《醒世恒言》，《西湖二集》等等，而今日，在这范围之内是增加了多少的新资料进去。

鲁迅先生所未能见到的"三言"里的"二言"：《警世通言》和《古今小说》，如今是见到了；而此外，清平山堂所刊话本，竟在日本、在中国都发现了。日本内阁文库藏的《清平山堂话本》（十五种），北平古今小品书籍刊行会已为之印行；最近在宁波发现的《清平山堂话本》（《雨窗集》，《欹枕集》）凡十二种，几无一种和日本藏本相同的。其中，像《花灯轿莲女成佛记》，《曹伯明错勘赃记》，《董永遇仙传》，《老冯唐直谏汉文帝》，《汉李广世号飞将军》，《夔关姚卞吊诸葛》，《雪雪川萧琛贬霸王》等都是不见于"三言"的崭新发现物。

其已见于"三言"的，像《错认尸》（即《警世通言》之《乔彦杰一妾破家》），《戒指儿记》（即《古今小说》之《闲云庵阮三偿冤债》），《羊角哀死战荆轲》（《古今小说》之《羊角哀舍命全交》），《死生交范张鸡黍》（《古今小说》）及《李元吴江救朱蛇》（《古今小说》之《李公子救蛇获称心》）等五篇，也都足以作比勘的研究。

有一点最足重视。我们从前，总以为"三言"里的许多叙述古代故事的话本，当出于明末人手笔。今见《羊角哀》、《萧琛》、《范张鸡黍》、《诸葛亮》、《李广》、《冯唐》诸作，在嘉靖时已经出现（嘉靖藏本，仅有《柳耆卿》、《张子房》等数本）。则采用了古代的历史与传说以组成话本者，乃是嘉靖以前的事。因此，产生了两个可能的解释，第一是，宋元及明初的说话人，其话本的题材，也是时感枯窘的，故不得不乞灵于历史上的故事。第二，这类话本，本不完全是"说话人的底本"。元、明以来（或者宋代便已开始了这风气），文人们便已拟之，作为案头的读本，而不复是"讲述"的大纲或"底本"了。因为像《冯唐》、《李广》一类的故事，离开民众的趣味已远，当不会是"书场"上的直接的产物。

《元刊全相平话五种》的发现，断定了元代通俗的讲史的本来面目。因此《五代史平话》一类的书的性质也更可以明了些。而罗贯中的《三国志演义》之为改良的讲史，而非真正说话人之所作的事实，也使我们可以下个判语。由是，宋、元以来讲史的进展的路线便可以确定。

从前《三国志演义》，我们只知道有毛评本；《水浒传》，我们只知道有金评的七十回本；《西游记》，我们只知道有悟一子的《西游真诠》；《隋唐传》，我们只知道有褚人获的《隋唐演义》；《金瓶梅》，我们只知道有张竹坡的《第一奇书》；《平妖传》，我们只知道有四十回的冯氏改本；《列国志》，我们只知道有蔡元放的《评东周列国志》……但现在，这些陋见，已完全的被扫除了。我们已发现了不止七八种的明刊《三国演义》，还发现了一种元刊的《三国志平话》。不仅罗贯中原本（嘉靖刊的）的面目为我们所知，且也明白了他所根据的底本。我们也发现了许多种的明刊《水浒传》，一百回的，一百十五回的，一百二十回的，使我们证实了金圣叹七十回本之为腰斩古作。我们发见了《永乐大典》中的所载《西游记》的一节，万历刊本的《西游记》，隆庆间刘莲台刊的《西游释厄传》，还有好些明末的刊本。这些，都使我们更明白：吴承恩的书是怎样写成的，又是怎样被书贾们所删节改削的。我发见了好几本的《隋唐志传》（最早的是嘉靖本），发现了明末的《隋史遗文》和《隋炀艳史》。这也使我们明白褚氏的演义是怎样的东抄西袭以成之的。关于《金瓶梅》我们不仅发现了较张竹坡评本更古的崇祯本，且还发见了万历末所刻的《金瓶梅词话》。这也使我们知道，这部明代伟大的小说的性质，是由何因素而决定的。而《东周列国志》的为书，如今只是见其陋，因为我们不仅发现了其祖本冯氏梦龙作的《新列国志》，且也发现了不止一种刻本的冯氏的祖本《列国志传》。

这些"古本"的发见，对于中国小说的研究是极关重要的。文人学士们往往喜凭其臆见，改正旧本，特别是小说，他们认为小道，是不妨随意笔削的。以此原本的好处、真处，往往为三家村学究们所斫丧以尽。今得古本证之，至少可以使我们知道在某一个时代，某一种社会，其所产生的小说，原来是这样的，是恰足以代表那一个时代的社会状况与生活的。

其他明、清二代的小说，不经见的，不知在这若干年间出现了多少。说起来便要像开列目录。且止于此，不再多说了。

十二

最后，还该说一说诗文集及其他要籍的发现。

唐、宋人的专集，几无什么重要的增加。元人的专集，偶有几种为前人所未见者，却也不甚重要。明刻的六朝人集，唐宋人集，足资文辞上的比勘者却为数甚多。黄荛圃所藏的唐人诗集若干种，今藏于松江韩氏；有出售之说，不知已否售去。北平图书馆得明朱警编的《唐百家诗》一百八十四卷（明抄本），在勘正《全唐诗》的谬误的一点上，是甚为重要的资料。宋、陈思编的《两宋名贤小集》传钞本存者甚多，如取来和《四库全书》本及顾氏刊本对勘，也是很有意义的工作。

明人专集，散逸者至多。一来不为世人所留意，二则也因经过清代的几次的查禁烧毁。久闻编《明诗纪事》的陈田氏，家藏明集至多，颇心焉向往之。后知其全归蒋孟苹氏。又闻蒋氏并获有从天一阁窃出之明人集若干种。蒋氏书归涵芬楼后，其中却无此种明人集。前年陈乃乾先生从蒋家购得这一批明集。我们极力怂恿他，让归北平图书馆。其间几为书贾们所得，一被获得，则必散佚各地。幸让售图书馆之举，终于告成。于是这六百余种的明人专集，中多人间孤本者，皆得为人人之所快睹！这可以说是近十年来最重要，最快人意的事。

清人集，易得而难全聚。盖为数过多，收不胜收，而比较难见的，却又绝不多觏。近来专收清集者，颇有人在。颇盼其能够各就所藏，编为目录。将来也是黄氏《千顷堂书目》的一流，足为清代文学留下一个总的账本。

佛教文学书的发现，这几年来也是热闹。最重要的是在山西赵城县广胜寺发现的五千多卷的宋或金版的佛经。其中很有不少中土所未有的孤本佚籍。惜全部目录尚未清理出来。究竟有多少宝藏，一时尚未之全悉。（参读著者的《一九三三年古籍的发现》）

据郑振铎《中国文学研究》（下），
人民文学出版社，2000年。

对于编写中国文学史的几点意见

游国恩

一九五四年，高等教育部为了适应教学改革的需要，积极进行教材建设工作，曾指定几个高等学校中国语言文学系和文学研究所，分段草拟中国文学史教学大纲。一九五五年，中国文学史古典部份各段负责起草学校先后邀请部分高等学校及其他方面的专家进行讨论，取得初步一致的意见。今年七月和十一月里，在原有大纲草案的基础上，高等教育部又先后召开过两次会议，讨论中国文学史大纲，为编写中国文学史教科书做好准备。经过两次热烈的讨论和细致的修改，现在这份大纲全部已经最后通过，草案变成定稿，即将付印，作为编写教科书的依据和各综合大学中文系文学史这一课程教学的参考。至此，文学史教材建设工作，初步告一段落。

在历次讨论会中，我是始终参加的，大家虽然意见纷歧，最后仍然取得协议。多数同志一面坚持自己的看法，同时也虚心考虑别人的意见；既有争执，又有协调；既坚持真理，也放弃成见，充分表现了百家争鸣、实事求是的精神。这种精神的发扬，是和党的英明领导分不开的，也和知识份子接受思想改造，努力自我教育分不开的。

对于这个大纲，我虽然也有一些保留的意见，但基本上是同意的。现在我愿意把我对于编写中国文学史的一些意见提出来，供同志们参考，并希望得到专家的指教。

一　中国文学史的内容问题

中国文学史的内容究竟是些什么？这是一个关于文学取材的范围问题，也是必须首先明确的问题。过去有两种距离很远的看法：一种把文学的范围大到极为广泛，几乎无所不包；另一种则又缩小得异常窄狭，而多所遗漏。前者如清末光绪三十年（1904）林传甲所编的《中国文学史》（京师大学堂国文讲义），全书十六篇，凡文字形体、古今音韵、名义训诂、群经、诸子以及二十四史都包括在内。甚至《素问》、《灵枢》、《九章算术》、作文修辞法、虚字用法等等，无所不讲。真是广大无边，包罗万象。一直到谢无量先生的《中国大文学史》，还是把佛教、反切和经学及其今古文学派都列入文学范围，一并讲述。后者如五四以来许多文学史只讲诗、文、词曲和小说，先秦诸子、《左传》、《战国策》、《史记》、《汉书》都不讲。其甚者如刘经庵的《中国纯文学史纲》就只讲诗歌、词、戏曲、小说四类，连散文和汉以后的辞赋都在排斥之列，就是最突出的例子。这种处理文学材料的态度，显然是受了外国资产阶级文学史家的影响。这种影响的残余，直到今天，在某些文学史著作中仍然或多或少地存在着。

诗歌、辞赋、词曲、戏剧、小说应该算文学，应该在文学史上叙述，这是大家公认的，没有问题。但所要讨论的是先秦时代的诸子散文和历史散文要不要讲呢？我的答覆是肯定的。一般说来，先秦诸子的著作都是有关哲学、政治的理论文，应该归入哲学范围。但那些理论文特别是庄子、孟子、荀子、韩非子诸家的散文都是各自有其特点的。他们的著作中，有很大一部份都不是干巴巴的只有概念式的推理或说教的哲学论文和政治论文，而是极为生动、富有形象性的优秀的散文。它们有民主性的进步思想，有比较严密的逻辑办法，同时也有恰当的表现形式：一般都是条理清楚，结构紧严，语言明白流畅，通俗朴素，说服力很强，特别是运用寓言故事和譬喻等表现方法，生动具体，形象鲜明，读者不但不觉得枯燥无味，不但不觉得抽象化、概念化，反而有极大的吸引力，使人感到愉快，感到一种"怡然理顺，涣然冰释"的愉快。我们不能因为先秦诸子的散文其目的在于说理，就抹杀它们的艺术性，就不承认它们有文学价值。何况在先秦时代这些哲理论文也和历史散文一样，都是我国散文的源头，如果不讲它们，则后来的所谓"古文"便没有根，韩、柳以后的古文都不应该讲。如果不讲先秦散文，而讲唐、宋古文，固然说不过去；如果由于不讲先秦散文因而索性连后来一切作家的散文都不讲，那就更说不过去。

其次，像《左传》这样的历史散文也是不能不讲的。理由也还是一样。它不仅仅是历史事实的记录，而且是丰富多彩的文学作品，因为它的作者不但记载事实，还要描写事实，在我国历史上开始出现了给历史叙述涂上了浓厚的文学的色彩。它往往把历史的记录变成了极为生动的故事，甚至其中人物的形象也描绘得非常生动。所以《左传》不只是一种历史著作，同时也是一部优秀的文学作品。文学史不讲它，也是不应该的。近来有一种中国文学史第一卷就把《左传》抹掉了。大概因为《左传》是历史著作的缘故。可是这部文学史却又用了很多的篇幅讲司马迁和《史记》。——《史记》是必须要讲的，但无论作为一个伟大的历史家或文学家，无疑的他是继承并发扬了《左传》、《战国策》这些历史著作的优良传统，为什么讲《史记》不讲《左传》呢？这也是说不过去的。布罗次基主编的《俄国文学史》叙述俄国十一世纪的文学，对于那时代的《俄罗斯斯编年序史》大书而特书，它的性质和内容和我们古代的历史《左传》异常相似，然而《俄国文学史》把它作为文学作品提出来讲，我认为是对的。

其次就是骈体文要不要讲的问题。由于我国文字的特点，使我国的文学形式便于走向整齐和对偶的道路。所以骈体文的形成，中国文字本身的条件是它的决定因素。刘彦和说："造化赋形，支体必双；神理为用，事不孤立。夫心生文辞，运裁百虑；高下相须，自然成对。"（《文心雕龙·丽辞》）他只觉得我们的文章很容易"自然成对"，不知道这种现象原来是由我们的语言文字的特点所规定的。骈文这种体裁萌芽很早，从东汉起，逐渐形成；齐梁以来，发展达到了最高峰。整齐对仗之外，更讲求词藻、声律。所谓"五色相宣，八音协畅"，"宫羽相变，低昂互节"，不仅成为这一时期文学的主要形式，而且成为我国所独有的、具有特殊风格的一种文学体裁。到了唐代，更进一步发展为对偶更工整，声调更和谐的"四六文"。骈体文的发展规律和发展过程同律诗一样，它们在文学史上始终是并驾齐驱、双轨平行地向前迈进，追求形式，追求对仗工整，声调和谐。

骈体文在我国文学史上应该如何评价，这是另一问题，现在姑且不谈。可是五四以来，研究古典文学的人好像不约而同地置之不理，讲文学史的人就根本把它从文学史上抹掉，以致在六朝时期造成一大段空白。从此以后，骈体文的发展情况、它的特点和缺点是什么，在我国文学史上占个什么位置，有过什么影响，都不知道。久而久之，大家习而不察，视为当然。我想作为一个文学史的编者来说，这种对待过去的文学历史的态度是不对的。文学史叙述过去的文学发展的历史，可以有轻重详略之不同；对待文学作品本身，也可以作正确和谨严的批判，但不应该抹杀文学的历史，而且我们也无权抹杀它。骈体文有它的政治基础和社会基础，它的发展变化有着几百年的历史，这是我国文学史上一段重要的事实，也是一种主要的文学现象，如何可以凭着我们的好恶就轻轻地把它从历史上抹掉呢?我们历史上出现过许多值得歌颂值得赞美的人物和事件，也出现过不少令人憎恨令人诅咒的东西，如果单讲好的，或者单讲坏的，都是不应该。这不仅是叙述本身的全面不全面的问题，根本上乃是一个不尊重客观事实的问题。何况单讲好的，不讲坏的，只写正面现象，不写反面现象，对反面现象不作正确分析，不研究它的社会根源，就看不出事物的矛盾和斗争，因为既无比较，怎么能够更清楚地辨别哪些是好的哪是坏的呢? 如果不讲所谓"八代之衰"的骈体文，那末，唐、宋两代的古文运动是怎样起来的就无法说明；历代古文家同骈文作斗争的事实也无法理解。我实在不懂：骈文和律诗就其艺术的表现形式和表现手法来说，并无什么根本上的差别，为什么许多文学史家并不抹杀律诗，而独对于魏、晋、六朝的骈体文和唐、宋以来的

"四六文"就毫无理由抹杀它？这是对待历史的一种粗暴的态度，应该及时纠正。

二 中国文学史的体例问题

从清代末年起，直到现在为止，五十年来，所有中国文学史的著作估计不下一百部。据我所知并且能够举出编者的姓名、出版的书店（包括印刷和代售处）和出版年月的，大约有五十来部。就这些文学史的体例看来，大致可分为五类：（一）以书名、作者、朝代、文体标目相错间出的，例如林传甲的《中国文学史》。（二）基本上以作家为主，但仍杂以书名、朝代、学术流派、文学种类、文学体裁、文学派别等标目的，例如谢无量的《中国大文学史》。（三）完全以文学的种类和体裁分编标目的，如谭正璧的《中国文学进化史》及刘经庵的《新编分类纯文学史纲》都是这样（刘著分为四编：诗歌、词、戏曲、小说，每编"竖切"到底，是名副其实的"分体合编"）。（四）把文学分成"传统文学"和"民众文学"两大部份，每个部分各以时代为纲，以各种文学种类、文体、作家、派别为目，而分叙在每一个或两个朝代之内，例如胡行之的《中国文学史讲话》就是这样。（五）不拘成格，作家与作品、体裁与流派，都按照实际情况来标目的，如刘大杰先生的《中国文学发展史》就是这样。上述这些不同的体例，第一类是文学史的草创时期，那时文学的概念还不明确，体例显得十分混乱。这种情况在第二类中还存在着一些残余，但体例上已有显著的进步。第三、第四两类的体例固然不妥当，但在某些观点和认识上也有所提高，这显然是受了外国文学理论的影响。到了第五类，在编写体例上才有了一定的创造性和独立性，比较符合于我国文学发展的客观情况，因为它没有按照什么外国的蓝本硬套。从以上各种各样的文学史的编写体例来看，这也是一个历史的发展。它是逐渐发展而达到了比较完善的地步。

文学史的体例虽然是多种多样，但归纳起来，大体不外两种：一种是以作家为主的编写法，一种是以文体为主的编写法。这两种编写法究竟哪一种更好呢？我认为各有短长，各有利弊，不能一概而论。如果以作家为主，按照时代的先后来叙述，这样的好处是能够比较完整地了解每个作家的文学全貌，对于每个作家所反映的社会本质和某一时代的精神面貌也能够获得比较更全面的认识，乃至每一作家，特别是重要作家与当时社会的关系及其在文学发展中的作用也能够更好地加以详细说明。但它的缺点就是片片切断，过于细碎，往往不能更好地说明文学潮流和发展趋势以及某种文体的源流变迁。例如两汉的辞赋，东晋以后到初唐以前的诗文，叙述起来就会发生这样的困难。如果以文体为主，其得失利病恰恰与此相反。文学发展中的大潮流大趋势是能够比较明显地看得出来了，文体发展或衰退的现象也显得特别清楚，但往往只见四肢，不见全体，只见一丘一壑，一溪一涧，看不见五岳千仞，层峦叠嶂，长江万里，汪洋浩瀚的伟大图景。例如中唐和北宋时代的一些大作家，如果分体叙述，如同破竹析薪，条条劈开，必有此种缺憾。我想，这是为客观事实所决定的，是无法避免的。正如从前历史家的撰述一样，编年体不能满足记载的需要，于是又创为纪传体；纪传体仍不能完全适用，于是又创为纪事本末体。单就某一种史体来看，究竟哪一种好，却很难说。它们各有优劣，既没有绝对的好，也没有绝对的坏。如果可以比拟的话，那么，以作家为主的文学史的体例，有点像纪传体，照作家的年代先后叙述，诚然有如刘知几所说"显隐必该，洪纤靡失"的优点（《史通·二体》）。然而也有像皇甫湜所指出的像编年史那样的缺点，即"束于次第，牵於混并"（《编年纪传论》）。以文体为主的文学史的体例，有点像纪事本末体。源流可考，首尾具备，然而同属一人，分在数章，因果相同，前后重出。所以文学史的体例没有绝对的利弊，正如从前历史著作的体例没有绝对的利弊一样，必须根据具体情况，斟酌损益，作家、文体、派别、潮流，错见互出，灵活运用，才可以体现我们文学史上错综复杂的现象。

　　近来讨论到文学史的体例问题，有不少同志强调反对"分体合编"的写法，主张必须以作家为主来叙述，才是唯一正当的办法，否则就是形式主义。这种主张，我是一半赞成，一半不赞成。一九五六年七月里，在高等教育部召开的中国文学史教学大纲讨论会上，我也和多数同志的意见一样：原则上赞成以"横切"为主，必要时还须参用"竖切"的办法，不能把"横切"绝对化。因为不这样，事实上就会发生困难，譬如周代的诗三百篇，汉代的乐府歌辞，唐代民间的曲子词、变文，宋元的话本等等，既不能指出作家的主名，也很难确定它们时代的先后，当然不能按照年代来"横切"。即如像唐人的传奇，虽然可以按照作者时代的先后来叙述，但这样做，章节就很多，就必然会过于细碎，反不如以"传奇"一体来标目单独立一章叙在适当的时代还要妥当些。又如韩柳的古文运动是中唐时代一个文学改革运动，参加的还有韩门诸子一批人如李翱、皇甫湜、沈亚之、孙樵等，而且还在韩柳以前这个运动早就酝酿了。如果把这些作家一个个地叙述，韩柳各自分开，则古文运动的全貌和它的趋势就不很显著。因为顾到作家的整体，就顾不到运动的全面，顾到"横"的，就顾不到"竖"的，这也是为客观事实所限制，势必不能两全兼顾的。所以在这种情况下，与其把韩柳各自分章，连诗文一并在各人章节之内叙述，不如抽出古文运动单章标目叙述，来龙去脉就显得异常清楚，这样，韩柳的散文与诗歌就不能不分为两章或两节来讲，而一个作家就不可避免地前后出现两次了。由此看来，按照时代先后以作家为主的"横切"法之不应该绝对化及绝对"横切"法之行不通，不是很显然的吗？

文学史虽然是一种专史，它的主要目的无非是说明文学的发展规律，说明文学在各个历史阶段中的发展情况，它的具体任务无非是评论作家的成就，分析作品的思想和艺术。如果能够更好地达到上述的目的和要求，任何比较完善的体例和编写方法我们都欢迎，都乐于采用。可是目前除了"横切"和"竖切"两种写法之外还想不出更好的写法来，所以只能在两者之中，斟酌变通，一方面以作家为主，依时代先后叙述，必要时允许照顾到各种文学种类、文学体裁的发展，以及各个文学潮流的趋势，因而不妨采取以体裁、派别等为辅的办法来补救。

三 中国文学史分期问题

关于中国文学史的分期问题，至今尚未能解决。其所以未能解决之故，还不仅仅是由于我国历史的分期问题尚未解决，同时也由于我国文学本身的发展极为错综复杂，千头万绪，猝难骤理。我们认为，文学艺术的发展和社会发展有其辩证关系：一方面，文学艺术的发展不能离开社会历史的发展；而另一方面，文学艺术的发展又并不能与社会历史的发展完全相适应。因此，即使我国历史的分期已经确定，文学史的分期问题也并不是一下子就能够连带解决的。其次，由于我国古典文学几乎全部产生于封建时代，而二千多年来封建社会的基础还相当稳定，没有什么根本的变化，所以文学的发展变化也看不出十分显著的标志。如果我们企图比较圆满的解决这个问题，就必须既要考虑历史的分期问题，还要考虑我国文学本身发展的规律问题，这样，就未免难上加难了。

最近看到一些人对于文学史分期的意见，我觉得都有道理，但我仔细考虑的结果，也有一些不同的看法。现在把我的意见写出来，供大家讨论。

我打算把中国古典文学发展的历史分为这样的六个时期：

第一期　上古到春秋末（公元前十八世纪—公元前四世纪）

第二期　战国到东汉（公元前三世纪—公元二世纪）

第三期　建安到盛唐（三世纪—八世纪）

第四期　中唐到北宋末（九世纪—十二世纪初）

第五期　南宋到鸦片战争（十二世纪初期—十九世纪中叶）

第六期　鸦片战争到五四运动（十九世纪中叶——一九一九年）

第一期的文学是从口头创作走向书面创作的时期。大概西周以前，文学还处于萌芽状态，神话故事、歌谣等都是口头创作，在人们口耳之间流传。后来有了文字，某些口头创作被记录下来，《诗经》三百篇其中一大部分都是属于这一类的作品。西周初期有不少属于贵族作者的诗歌也在《诗经》中出现，这时他们已向民间文学学习，而且有一定的成就。散文从卜辞、铜器铭文到《尚书》中的周诰和《春秋》的策书，也逐渐由萌芽而成长，它们的作者已经能运用文字表达一定的思想感情。然而无论如何，那时的诗歌和散文都还没有脱离幼年时代。从社会发展的阶段来看，春秋战国之交显然是一个分水岭。在此以前，生产力还不十分发达，社会没有剧烈的变化，作为上层建筑之一的文学也是慢慢向前进展的。所以从上古起，到春秋末年止，文学是从语言走向文字、从口头走向书面、从社会走向宫廷的时期，也是文学从无阶级性走向有阶级性的时期。

第二期的文学是诗歌、散文蓬勃发展的时期。春秋战国之交，由于社会起了根本的变化，震荡了人们的意识形态，出现了各种不同的学术流派，形成了自由论辩、百家争鸣的世界，因而促进了散文的飞跃的发展。伟大的楚国作家屈原在其原有的土壤上接受了中原文化和时代思潮的影响，在民间文学的基础上进一步发展而为惊心动魄、丰富多彩的《楚辞》。于是我国文学史上开始出现了专门作家的诗人。

先秦诸子和历史散文，屈原和宋玉的诗歌，使文学的面貌为之一新。它们的影响一直到东汉末年。两汉文学在文人作品中以辞赋、散文为主，而辞赋虽然是继承屈、宋的《楚辞》和荀卿的《赋篇》而加以发展的，它的发展过程也是极为清楚的。秦汉散文，其篇幅阔大，议论飚发，在风格气派上显然与战国诸子和纵横家相接近，李斯、贾谊、邹阳、主父偃、徐乐、庄安等人的文章铺张扬厉，又辞赋意味（邹阳以下，《汉书·艺文志》均列入纵横家）。汉赋是押韵的散文，章学诚说："赋家者流，纵横之派别，而兼诸子之余风。"（《文史通义·诗教下》）所以枚乘、司马相如、扬雄等人总结辞赋，淮南子总结诸子，司马迁、班固总结史传，虞初总结小说，这些都是继承战国文学而更加发展的明证。到了东汉才稍稍转变，然而基本上还是一脉相承的。另外还有一种文学，就是乐府歌辞中的民歌和文人的五言诗，它们以异军突起的姿态出现在这一阶段的后半期。对于诗歌来说，这是一股承上起下的新生力量。所以从公元前三世纪到公元二世纪这五百余年间的文学是一个高度发展的时期。

第三期的文学是我国文学新生变化的时期。这一时期文学蜕变的最显著的迹象，就是四言诗和骚体诗到了文人手里逐渐僵化，而从乐府所采集的民间新体诗——五言诗（包括部分七言诗）颇受文人欢迎。于是从建安时代起作家竞相模仿，诗歌开始获得了新生。五言诗成长以后，自身又经过许多变化，大抵由朴素自然走向华靡雕琢，对仗工整，声律和谐。同它配合发展的是散文的骈偶化。李白说："自从建安来，绮丽不足珍。"绮丽再加上铿锵，就是这一时期文学的基本特点。从历史方面看，自三世纪到六世纪，是一个长期分裂的时代。由于北方长期混战，南方成为经济政治的重心，交通发达，商业繁荣，贵族统治阶级生活奢侈豪华，荒淫腐朽，在文学上的反映便是词藻绮丽的宫体诗。加以东汉以来，佛教盛行，梵呗赞唱，使文章声律化的技巧更推进一步，到了沈、宋，终于完成了律体诗。在这样的历史条件下，六百年中的文学特点和趋势，就成为我国文学史上一个追求技巧、追求形式美的时期，也就是新体诗的表现方法由变化达到成熟的时期。

第四期的文学是我国文学史上再一次的转变时期。开元天宝之际，诗歌经过一番改革之后，风气为之一变，由绮丽而清真，由萎靡而壮健。就在这个文学和历史的转折点上出现了诗歌的最高峰，而李白和杜甫在两座高峰的顶上。从此以后，文学的浪头开始向另一个方向冲击：在散文方面出现了古文运动；诗歌方面涌现了各种派别不同的作风，涌现了元稹、白居易、孟郊、王建、张籍、刘叉等关心人民疾苦的诗人，还出现了长短句的新体诗，即后来所谓的"词"。小说方面出现了有情节、有人物性格的新型作品——"传奇"，还出现了寺院的"俗讲"和民间的曲子词。这一切都是文学上又一次的新发展。通过五代的纷乱到了北宋，文学随着中国的统一与政局的安定而逐渐繁荣，各派诗歌、词及古文基本上都是继承了唐代的遗绪而发展的，而词的变化尤为显著。这一个时期三百二十年间的文学是我国古典文学的第二次的转变时期。

第五期的文学进入了一个大变化时期，那就是所谓"正统"文学逐渐走下坡路，市民文学逐渐抬头，特别是戏剧、小说的发展时期。这一时期的转折点是在南、北宋之交，诸宫调、话本、南戏都是在这时候起来的。以后便是戏曲、小说直线上升的时代。无论"正统"文学如何起伏变化，都不过是洪流中的泡沫。"日月出矣，而爝火不息"，仅仅是一种回光返照的挣扎现象而已。北宋灭亡以后，中国历史基本上就是少数民族统治的历史，一方面由于专制极权政治、种族压迫以及长期的科举制度的腐蚀作用，构成了古典文学没落的一个因素，一方面由于人民痛苦的加深，促使反映社会生活、讽刺社会丑恶的戏剧、小说飞跃地发展。所以这一时期的文学是"正统"文学的衰微，市民文学勃兴的时期。

第六期，从鸦片战争起，由于帝国主义的侵略，我国社会性质发生极大的变化，由完全的封建社会逐渐变为半封建半殖民地社会。随着时代的推移，文学也就发生了巨大的变化。这个时期文学的主流仍然是小说，而不是传统的诗和词曲，特别是讽刺小说风起云涌，充分反映了当时政治社会的丑恶面貌和人民的民主要求，鼓动人民反帝反清的情绪，对旧民主主义革命起着一定的作用。并且随着历史的前进，把文学引向新的道路。这一期八十年间，结束了古典文学，为"五四"运动以后的革命新文学作好了准备。

我国文学史从此就走上了崭新的、革命的现代文学的康庄大道。

以上只是就我国文学史上几个大段落简单地说明一下，至于大段中的小段，由于篇幅限制，不能详述。文学的发展不是突然的，前有前奏，后有尾声，我们只取其主体所在，其余就不能过于拘泥了。

1956年12月28日

（原载《文学遗产》周刊138期，1957年1月6日）

此据游国恩《游国恩学术论文集》，中华书局，1989年。

文学史讨论中的几个问题

何其芳

一九五九年六月十七日在中国作家协会和中国科学院
文学研究所召开的文学史问题讨论会上的发言

一 关于中国文学史的规律

对这次会上讨论的问题，我的发言权是很少的。我没有系统地研究过我国的文学史。作为讨论的参考的三部文学史著作，北大中文系五五级同学编的《中国文学史》、北师大中文系三四年级同学和古典文学教研组教师合编的《中国文学讲稿》第三分册和北师大中文系五五级同学编的《中国民间文学史》，我到现在为止才读完了北大编的那一部。

我们会上讨论了三个问题。前两个问题，中国文学史是否贯穿着现实主义和反现实主义的斗争，民间文学是否是中国文学的主流，是和中国文学史的规律有关的问题。后一个问题，编写中国文学史应该用什么样的政治标准和艺术标准，是和评价过去的作家和作品有关的问题。我想我们对于文学史著作的内容可以提出许多要求，但这几点总是应该努力去作的：（一）准确地叙述文学历史的事实；（二）总结出文学发展的经验和规律；（三）对作家和作品的评价恰当。我们这次讨论的问题显然是很重要的。

去年高等学校的同学和教师编的中国文学史著作，大概都是企图找出中国文学发展的规律的，所以才提出了现实主义和反现实主义的斗争、民间文学是主流这样一些问题。北大编的《中国文学史》的《结束语》把这种意图表达得很明显。马克思主义者研究事物是要寻求它们的规律的。事物的运动和发展是有规律的；这种规律是可以认识的；认识了事物的规律才可以说是认识了它们的本质；而且这种对于规律的认识又可以反过来指导我们的工作，指导我们的行动，使我们的工作和行动能达到成功——这就是我们的观点。我们研究清楚了中国文学发展的规律，文学史上的许多问题可以得到解决，许多现象可以得到说明，而且可以作为指导今天的文学运动的参考。

过去的文学史著作我读得很少。有些最早的中国文学史好像只作到了现象的叙述和罗列。建安七子，大历十子，明代的前七子，后七子，等等，有些像流水账一样。还有些中国文学史是这样的写法：作家小传加代表作品加评语。总之，看不出文学发展的规律。后来胡适才提出"一部中国文学史只是一部文字形式 (工具) 新陈代谢的历史"、"白话文学史就是中国文学史的中心"这样的说法，好像是想找一个贯串的东西。然而他也没有说过他是在找规律，事实上那也绝不是什么规律。如列宁在《黑格尔〈逻辑学〉一书摘要》中所说的，"规律和本质是表示人对现象、对世界等等的认识深化的同一类的 (同一序列的) 概念，或者说得更确切些，是同等程度的概念。"不能揭露事物的本质的伪造的公式不是我们所说的规律。

去年编的中国文学史著作，大概都是企图找规律，而且企图根据马克思主义的理论来找规律的。北大编的文学史强调现实主义和反现实主义的斗争，是根据列宁的每一种民族文化中都有两种民族文化的理论，是根据文学是上层建筑的根本原理。它主张民间文学是主流，是根据高尔基的《个性的毁灭》中的这样的话："人民不但是创造一切物质财富的力量，同时也是创造精神财富的唯一无穷的泉源……"它所根据的这些理论都是正确的。但是，为什么许多同志都怀疑或不赞成它根据这些理论所引申出的结论呢？

从正确的理论是可以引申出不正确的结论的，如果引申得不恰当。夸大真理就可以达到谬误，何况是不恰当的引申？文学是上层建筑之一，这是无可怀疑的。然而文学这种上层建筑有它的复杂性。它反映阶级的利益、观点和要求常常是错综复杂的，而且有时是很曲折的。如有些同志所说的，不能简单地把文学史劈为两半。列宁的两种文化的理论也是无可怀疑的。然而从列宁在《关于民族问题的批评意见》 (《列宁全集》第20卷) 中所提出的这种理论，只能引申出每个现代民族中都有两种文学，有民主主义的和社会主义的文学，也有资产阶级的文学。应用到我国封建社会的文学史上，只能引申为有民主性的文学，也有封建地主阶级的文学。不能在民主性的文学和现实主义的文学之间划上等号。民主性的文学不止是现实主义的文学。高尔基的《个性的毁灭》中的那段话，也如有的同志所说的，它不过说文化和文学起源于人民，不能引申为在整个文学史上只有民间文学是主流。

引申不当，这是一个原因。还有一个更深刻的原因。事物的规律是可以认识的；然而那些还不曾为人们所认识的复杂的事物的规律，又常常要经过一个摸索和研究的过程才能认识。马克思列宁主义的理论对于我们探讨事物的发展规律是可靠的指导。马克思列宁主义关于意识形态的理论，关于文学艺术的理论，更就是文学艺术的根本的规律的说明。但是我们要探讨中国文学史的规律，我想不应该仅仅是马克思列宁主义的这些理论的简单的重复，也不应该仅仅是这些根本原理的正确性的又一次证明，而是还要找出一些中国文学的具体的规律来。它们既是符合马克思列宁主义的根本原理的，又是对于这些根本原理有所丰富有所发展的。中国文学的历史是这样长久，内容是这样丰富，它和欧洲文学的历史有很多差异。按道理它是应该有一些具体的特殊的规律的。这样在我们面前就有一些新的问题，就有一些还不曾为我们所认识而且要有一个摸索和研究的过程才能为我们所认识的东西。恩格斯在《论卡尔·马克思著政治经济学批判》一书中说："唯物主义的观点即使只是在一个单独的历史实例上的发展，也是一种需要多年静心研究的科学工作，因为这很明显，在这里仅仅用一些词句是无济于事的，只有大量经过批判的选择和完全掌握的历史材料才能使人完成这一任务。"何况在我们面前的是整个中国文学的历史！在这样一个很复杂的科学工作中创造性地应用马克思主义的观点，必须大量占有材料，从实际出发；必须有实事求是的态度和正确的方法；必须有较长时间的钻研。

北大的文学史和其他高等学校的同类的文学史是在很短的时间内突击写成的。这些著作表现了年轻同志们的很可宝贵的革命精神，革命干劲。任何个人，任何少数几个人，都是不可能在这样短促的时间内写出一部文学史来的。然而这些同志却用集体的力量把它们突击写成了。在十分短促的时间内，他们占有了许多文学史的材料，参考了许多前人的意见，特别是吸收了解放以来古典文学研究中的许多好的意见。而且它里面有鲜明的阶级观点，革命观点，它里面贯穿着批判资产阶级学术思想的精神。这部文学史还有一些别的优点。比如它虽然是由许多人分头执笔编成的，整部书却相当统一完整，基本上是一部自成系统的著作。它的语言文字也是相当统一，而且流畅可读。总之，我们对北大和其他高等学校的同学们的努力及其结果都应该充分肯定。但是他们编写的时间究竟过于短促了。他们主观上企图找出中国文学史的规律，然而他们的某些结论却还不能为大家所承认，这是很可以理解的。我们不应该要求他们经过一次时间这样短促的摸索和研究就能够把中国文学史的规律弄清楚。

有的同志的发言中好像有这样的意思：现实主义和反现实主义的斗争虽然并不一定贯穿整个文学史，但我们找不到别的更好的公式来代替它，就不如还是用这个公式。我的看法不同。与其要一个不合乎事实的不正确的公式，我觉得还不如暂时不要公式。有一位没有参加这个会议的同志对我说：公式和结论是要的，科学研究的目的是在找规律和公式，至少高级的研究应当如此；但不要急于得到公式和结论，这样将来才可能得到正确的公式和结论。他说，中国的文学史艺术史的规律，我们还没有找到，还需要作长时期的努力。立刻定一个公式，容易把历史歪曲。应当不急于求公式，提倡先掌握材料，研究材料。未找到正确的规律以前，可以作各种探索。他又说，坚持现实主义和反现实主义的公式的人也可以保留他们的意见。

我很赞成这位同志的意见。我们的四次讨论会并没有定出什么新的公式来代替北大和师大的文学史著作中的公式。我们这次讨论也没有什么结论。这次会议散了以后，还可以继续讨论，探索。除了会上讨论的问题而外，还可以研究一些别的问题。比如，中国封建社会的文学为什么那样繁荣，为什么成就那样高；不同时期的繁荣或比较衰落的原因是什么；其他上层建筑和文学的关系是怎样的；中国文学史到底应该怎样分期；我国古典文学的民族特点到底表现在哪些地方；等等。多研究一些别的重要问题，我们的眼光就不至于局限在很少几个问题上，对于探索我国文学史的规律或许更有帮助一些。

二　关于现实主义和反现实主义的斗争

主张维持现实主义和反现实主义的斗争这个公式的同志们，除了以列宁的两种文化的理论为根据而外，还有这样一个理由：

> 作家的任务是通过形象反映现实生活，任何作家都不能回避现实的阶级斗争。不是真实、深刻地揭示生活的本质，就是粉饰、歪曲生活，两者必居其一。

> ——伍冷《简评复旦〈中国文学史〉（上册)》，1959年3月28日《文汇报》

说是以列宁的两种文化的理论为根据，其实很容易看出是引申不当。从文学和现实的关系来着眼，说从古至今的文学都有这样两种，不是真实地反映现实就是歪曲地反映现实，这倒好像更有道理一些。然而这里仍然存在着概念上的混乱。真实地反映现实的并不只是现实主义的文学，还有积极的浪漫主义的文学。真实地反映现实并不是现实主义的同义语。

像是回答这种非难一样，有的作者主张把积极浪漫主义列入现实主义的范畴：

> 既然它与现实主义不对立，且有相通之处，那末我们在概括文学现象时，又何尝不可以把它列为现实主义文学这一范畴？

> ——唐耀《一根贯穿整个文学史的红线》，1959年4月19日《解放日报》

复旦大学编的《中国文学史》在《导言》中正是这样主张的。它说，积极的浪漫主义"基本上属于现实主义的范畴，而且往往和现实主义的创作方法相结合"。

说积极的浪漫主义和现实主义并不对立，而且有相通之处，这是对的。说在有些杰出的作家的创作中，积极的浪漫主义和现实主义常常相结合，这也是对的。然而，因此就把它划入现实主义的范畴，那就错了。作为创作方法来说，它们到底是两个范畴。列入一个范畴，就混淆了这两种创作方法的差别。

说到这里，我们非来讨论一下这两种创作方法的差别不可了，虽然这是一个比较困难的问题，是一个大家的看法并不一致的问题。

什么是现实主义，什么是浪漫主义，好像我们本来是有一个看法的，但近年来却并不怎样清楚了。本来有一个看法会变成不怎样清楚，这说明我们对这些问题还需要作深入的研究。但我想也不妨按照我们原来的理解来讨论一下。就我来说，对于现实主义和浪漫主义的理解主要是从高尔基来的。高尔基在《我怎样学习写作》中说，有一个工人的十五岁的女儿和他通信。她说："我今年十五岁，但在这样年轻的年纪，我身上已经出现了作家的才能，而令人苦恼的贫乏的生活就是它的原因。"高尔基说，这个女孩子如果写作，大概一定会写出浪漫主义的东西来，尽力想用美丽的虚构来丰富"令人苦恼的贫乏的生活"，一定会把人写得比实际中的还好。又有一个十七岁的工人也和高尔基通信。他说："我有这么多的印象，使得我不能不写。"高尔基说，这个年轻工人的写作的渴望就不能用生活的"贫乏"来解释，而是由于生活的丰富、印象的过多和想把它们写出来的内在的冲动了；从这样的人们当中大概会出现一些现实主义的作者。这种对于现实主义和浪漫主义的产生的看法或许并不完全，但直到现在，我仍然觉得是有道理的。

现实主义是按照生活的实际存在的样子反映生活，这样一个解释好像许多人都不否认。生活的实际存在的样子，并不只是生活的外貌，同时还包含有它的内在意义。这样，现实主义就不仅要求细节的真实，而且还要求本质的真实。文学艺术的典型性就是从后一要求来的。浪漫主义和现实主义的差别或许就在这里：浪漫主义并不完全按照生活的实际存在的样子反映生活。它总是现实和幻想的结合。现实主义也是有虚构的，虚构就不能离开幻想。然而现实主义所据以进行虚构的幻想仍然和生活的实际存在的样子很相似，它不一定实际存在，但却可能存在。浪漫主义所据以进行虚构的幻想却更为大胆，更为奇特，它不仅是可能存在的，而且还可以是不可能存在的。当然，浪漫主义也并非全部都是不可能存在的事物的表现。一个作品如果全部都是由不可能存在的离奇的幻想构成，其中完全没有实际存在的事物和可能存在的事物，它就很难理解，很难发生艺术的效果了。只有资本主义没落时期的种种形式主义流派中，才出现了那种很难理解、很难发生艺术的效果的极端离奇的文学艺术。浪漫主义却是现实和幻想的结合，却常常是实际存在的事物、可能存在的事物和不可能存在的事物的结合。一般地说，浪漫主义作品还是和那种极端离奇、根本违反文学艺术的规律的形式主义作品并不相同的。

文学艺术的产生总是由于人对生活有所感受，由于人企图用一些媒介物把生活及其感受再现出来。因此，最早的文学艺术就自然地有这样两种倾向，这样两种创作方法：按照生活的实际存在的样子去反映生活、描写生活；或者是虽然也以一定的现实生活为基础，却按照人的幻想和愿望把它作了较大或很大的改变。我国古代神话中的后羿射日、精卫填海等故事，就表现了后一倾向。这就是说，现实主义和浪漫主义的倾向是随着文学艺术的产生而产生的。虽然在最早的文学艺术中，它们是比较简单的，朴素的，并非自觉的，它们的提高、成熟和成为自觉的创作方法还要经过长时期的历史的发展，我们却不能否认那时就有这样两种创作方法存在。

当然，浪漫主义必须区别为积极的浪漫主义和消极的浪漫主义。鲁迅在《漫谈"漫画"》中说："'燕山雪花大如席'是夸张，但燕山究竟有雪花，就含着一点诚实，使我们立刻知道燕山原来有这么冷。如果说'广州雪花大如席'，那可就变成笑话了。"这个关于夸张的例子是可以借来说明积极的浪漫主义和消极的浪漫主义的区别的。"燕山雪花大如席"，事实不可能存在。然而不但如鲁迅所说，燕山究竟有雪花，这种浪漫主义的夸张就仍然有它的真实性，而且李白这首《北风行》开头是要描写北方的严寒，为了表现得更真切，更强烈，他非采取夸张的写法不可。在这里，"燕山雪花大如席"就比"燕山雪花如鹅毛"更真实。积极的浪漫主义就是这样：尽管在它的虚构中有不可能存在的事物，它在本质上却是真实的。消极的浪漫主义也是现实和幻想的结合，也常常是实际存在的事物、可能存在的事物和不可能存在的事物的结合，在这一点上和积极的浪漫主义一样，然而它在本质上却是不真实的。《西游记》是一部有名的积极的浪漫主义的作品。它里面有很多很多不可能存在的事物。它的主要情节，孙猴子大闹天宫，后来又帮助唐僧到西天去取经，在路上降服了许多妖魔，事实上是不可能存在的。它的一些较为细小的情节，如孙猴子有七十二般变化，一个筋斗云就十万八千里等等，事实上也是不可能存在的。然而吴承恩不但以现实生活为基础，把这些虚构的情节写得近情近理，能够造成真实感，而且它们本身含有高度的真实性。我们曾经解释过，大闹天宫是曲折地反映了中国封建社会的人民的反抗，取经故事主要含有人要完成一种重大的事业一定会遇到许多困难而且必须战胜这些困难的思想。至于七十二般变化，那是表现人对于自己的能力的大为加强的愿望。到现在为止，虽然人的形体仍然不能变化，人的能力却不知加强了多少倍了。一个斤斗云十万八千里，那是表现人对于远距离的快速飞行的愿望。到现在为止，虽然人的身体仍然不能飞行，人却已经制造出来了多种快速飞行的工具了。从本质上说，这些幻想和虚构都是含有高度的真实性，深刻的思想内容的。夏多布里盎的《阿拉达》是一部有名的消极的浪漫主义的作品。这部作品在当时很受读者欢迎，对法国后来的文学也发生过影响。它写得文字华丽，它的描写能够造成一种气氛。它的情节也是紧凑而又似乎动人的。这说明它在细节描写上还是有某些真实的成分，还是有一定的艺术性。然而它的根本内容却是虚伪的。它的虚伪还并不在于其中关于美洲的风景的描写很多出自想象，并不是都有亲身经历的基础。这种背景和细节的虚构有时是文学作品所容许的，不一定成为问题。它的虚伪首先在于夏多布里盎的写作目的是"试于残废基址上重新建立宗教"，要"使人热爱宗教并证明宗教有益处"，因而这部作品露骨地宣传基督教的传教士使原始民族的风俗"渐渐变得良善"，基督教的教义"战胜野蛮生活"，并且战胜人对于爱情的强烈要求和对于死亡的恐惧。这些对于宗教和殖民地的传教士的描写，都是十分歪曲现实，十分反动的。还有，如拉法格在《浪漫主义的根源》中所说，《阿拉达》的爱情悲剧也是虚伪的。一个原始民族的年轻的女子，不可能如小说所写的那样，仅仅因为曾经发过一个宗教的誓言，按照她母亲的意愿同意把自己献给圣母玛利亚，终身不嫁，就真的拒绝和她的爱人结合，以至自杀。

清楚了积极的浪漫主义和消极的浪漫主义的区别，我们就容易理解为什么积极的浪漫主义和现实主义并不对立而且有相通之处了。它们在本质上都要求真实地反映现实。它们都要求有典型性。《西游记》里面的孙猴子、猪八戒，和其他作品里面的诸葛亮、曹操、张飞、李逵、贾宝玉、林黛玉等同样是中国人民中广泛流传的典型人物。正因为有相通或相同之处，在许多杰出的作家的创作中它们才可能常常结合在一起。屈原和李白主要是积极的浪漫主义的诗人，然而他们并不是完全没有现实主义色彩较多的诗篇。关汉卿主要是现实主义的剧作家，然而他的《窦娥冤》却是现实主义和积极的浪漫主义相结合的作品。《三国志演义》、《水浒传》和《红楼梦》主要是现实主义的小说，然而它们里面并不是完全没有浪漫主义的成分。这是因为这两种创作方法结合起来，更便利于作者真实地反映现实，更便利于典型的概括和典型的创造。然而尽管如此，我们仍然不能否认，作为创作方法来说，按照生活的实际存在的样子来反映生活和按照人的幻想、愿望把它作了较大或很大的改变这样来反映生活，只能描写实际存在的事物、可能存在的事物和也可以描写事实上不可能存在的事物，这两者之间是差别很大的，不能够划为一个范畴。

这样看来，什么是现实主义，什么是浪漫主义，好像我们原来的看法还是对的，为什么近年来又不怎样清楚了呢？这是因为近年来有些作者把恩格斯给哈克纳斯的信中的一句话当作了关于现实主义的定义，认为必须写出典型环境中的典型性格的作品才是现实主义的，认为中国文学史上的现实主义在唐以后、宋元以后或甚至"五四"以后才形成或成熟，这样现实主义的概念就不清楚了。后来有些作者又把现实主义和自然主义的界限弄得模糊起来，认为不但有和浪漫主义结合的现实主义，而且还有自然主义的现实主义，这样现实主义的概念就更不清楚了。现实主义的概念的不清楚必然会影响到我们对于和它相对待的浪漫主义的理解。何况对于浪漫主义的解释向来就更为分歧。其实恩格斯的那句话是针对哈克纳斯的小说《城市姑娘》说的。很显然，它只适用于小说、戏剧和其他以写人物为主的文学形式。至于抒情诗和抒情的散文，无论是古代的还是今天的，都不可能也不应该要求它们写出典型性格。如果要把这句话的精神应用到整个的文学现象，只能说现实主义除了细节的真实而外，还必须有典型性。现实主义和浪漫主义是文学艺术的基本的方法。人要用文学艺术来再现生活，大概总是从描摹实际存在的事物开始。描摹实际存在的事物还不足以表达其思想、感情和愿望，然后大胆的幻想和奇异和虚构随之而生。现在人们都承认在古代的神话和屈原的作品中就已经有了浪漫主义，如果现实主义反而在唐以后或宋元以后或甚至"五四"以后才形成，岂不成了不可理解的现象?至于现实主义和自然主义，虽然在有些具体作家的创作中，的确可能两种因素都存在，但从理论的概括说来，它们是有严格的区别的。现实主义除了细节的真实而外，还必须有典型性。自然主义的特点是它虽然有真实的细节描写，却缺乏典型性。我们所说的现实主义、浪漫主义和自然主义，都是一种马克思主义的文艺理论的概括，都是用来概括古今中外一些共同的文学艺术方法，和过去欧洲的某些文学史家用这些名称的概念并不完全相当。有些作者把我们的理论的概括和过去的用法不加区别，这也造成了一些概念上的混乱。

我们按照我们原来的理解说明了不能把积极的浪漫主义列入现实主义的范畴，也就是说明了现实主义和反现实主义的斗争这个公式的狭隘性，它并不能包括浪漫主义这一文学上的重要现象。那么，我们是否可以考虑把这一公式修改为现实主义、积极浪漫主义和反现实主义的斗争呢?这好像理论上比较圆满一些，但实际上仍然有问题。判断这个公式的正确与否还必须从我国文学历史的事实来考察。

北大的《中国文学史》叙述了一些我国文学历史上的现实主义和反现实主义的斗争的事实。应该承认，我国文学历史上是存在着这种斗争的，北大的《中国文学史》的有些叙述是符合实际的。然而书中举的例子并不很多，并不能贯穿整个文学史，而且有些例子还可以讨论。

它举了这样一些例于:

(一)从《诗经》起，就说这部最早的诗歌总集里面有两种不同的作品，即现实主义和反现实主义的作品。这种区分基本上是对的。然而我们今天已无法知道这两种创作倾向在当时的斗争情况了。

（二）对于汉代文学，说汉赋是反现实主义的，两汉民歌和《史记》是现实主义的。但司马迁既写《史记》又写赋。汉赋虽然好作品不多，但恐怕也不能说全部都是反现实主义的。在汉代，两种创作倾向之间的斗争的情况，我们也没有历史记载可以查考。

（三）说唐代文学尤其是唐诗的发展中，很明显地表现着现实主义和反现实主义两种对立倾向的斗争。但就所举的具体例子来看，情况却是并不一样的。比如说陈子昂反对齐梁的形式主义文学，主张"兴寄"，提倡"汉魏风骨"，就是恢复诗歌现实主义的优良传统。虽然"兴寄"和"汉魏风骨"并不就是现实主义，但陈子昂反对齐梁的诗歌是可以看作含有现实主义和形式主义的斗争的内容的。至于把以王维、孟浩然为代表的山水隐逸诗派划为反现实主义的流派，并且说唐代诗歌的积极浪漫主义精神是在反对各种各样反现实主义流派中形成起来的，我们却并没有听说过李白和杜甫或其他重要的积极浪漫主义诗人和现实主义诗人曾经和他们同时的王维、孟浩然等有过什么文艺思想上的斗争。

（四）又比如说李贺、李商隐、杜牧和白居易、元稹提倡的新乐府相对立。书中引了杜牧《李戡墓志铭》中一段攻击元白诗的话。但这是转述李戡的话，并不是杜牧本人说的。而且李戡攻击元白诗，是不赞成它们的"纤艳不逞"，"淫言媟语"，很像是卫道者的口吻，并非反对元白诗中的现实主义倾向。

（五）书上叙述了北宋初期的西昆体和反西昆体的斗争。这里面包含有现实主义和反现实主义的斗争的内容，但也并非仅仅是创作方法不同的文学流派的斗争。这是从北大的文学史的叙述中就可以看出来的。

（六）书上还说宋代词人里面也有现实主义和反现实主义的斗争。但叙述的具体内容却近似过去所说的豪放派和婉约派的差异。认为只有苏轼、辛弃疾派的词是现实主义的，把晏殊、欧阳修、周邦彦、李清照、姜夔等人的词都划入反现实主义的范围，这也是还可以讨论的。

（七）说归有光和公安派反复古主义的斗争是反形式主义的，但他们自己并未摆脱形式主义。这又好像并不是现实主义和反现实主义的斗争，而是形式主义和形式主义的斗争了。这种反复古主义的斗争，是有利于现实主义的，但本身还不一定就是现实主义和反现实主义的斗争。

北大同学举出来作为现实主义和反现实主义斗争的例子，我记得的大致就是这样一些。还有，北大同学是把各个时期的作家和作品都划分为现实主义和反现实主义这样两个对立面的，这种划分有许多地方都还可以讨论；而且就是作了这样的划分，仍然不能在各时期内都把它们间的斗争叙述出来。从这可以看出，这种斗争并不是贯穿整个中国文学史的。如列宁在《黑格尔〈逻辑学〉一书摘要》中所说，"现象比规律丰富"，我们不应该要求任何规律能够包括全部的文学史现象；然而如果只能举出这样少的例子，而且其中有些例子又还是并不切合的，我们就很难承认这个公式是整个文学发展史的规律了。可见这个公式的问题还不仅仅在不能用现实主义来包括积极的浪漫主义，就是把它修改为现实主义、积极的浪漫主义和反现实主义的斗争，仍然是不行的。这样的斗争并没有贯穿在整个文学史中。

我没有系统地研究过中国文学史。我还不清楚中国文学史上到底有多少种性质不同的斗争，什么是主要的和贯穿全史的斗争。但我想，斗争是比较复杂的。在现实主义和反现实主义的斗争之外，还有许多别的斗争。比如中国文学史上作家所受到的政治压迫及其反抗，就是长期地大量地存在的。过去的作家被杀掉的很多。应该把文学史上的各种斗争都加以研究，区别其性质，然后可以看出到底有哪几种斗争，到底哪种斗争是主要的，贯穿全史的。

北大的《中国文学史》把很多作家和作品都划分为现实主义和反现实主义的。谢朓、王维、孟浩然、韩愈、李贺、李商隐、杜牧等都被划为反现实主义的作家；唐五代的词，欧阳修、秦观、周邦彦、李清照、姜夔的词，马致远《汉宫秋》以外的杂剧等都被划为反现实主义的作品。这些作家都写出了一些为人所喜爱的作品。这些作品不应该一古脑儿否定。把这些作家和作品全部否定，中国文学传统的丰富性就为之减弱了。这种过多的否定虽然不能完全由这个公式负责，但从这种流弊也可以看出它有问题。要把现实主义和反现实主义的斗争描写为贯穿整个文学史的规律，就自然要在每个时代都去找出一些对立面来，并且加以否定。

这个公式是否可以用人民的和进步作家的文学同剥削阶级的反动的文学的斗争来代替呢？理论上就好像是没有问题的。在阶级社会里，总是有这样两种文学，而且这两种文学总是对立的。但用这个新的公式来写文学史，也可能有危险性。应用得不适当，也可能把过多的作家和作品划到剥削阶级的反动的文学里面去，也可能达到过多的否定。文学史应该揭示历史的真实面貌，应该叙述两种文学的对立；但我想恐怕也不宜于对称地平衡地去讲这样两种文学。还是应该多讲杰出的和优秀的作家、作品。

列宁的关于两种文化的理论也不可机械运用。在人民的和进步作家的文学同剥削阶级的反动的文学之间，还有一些带有中间性的作品，还有一些可以肯定的东西和应该批判的东西错综在一起的作品。它们的思想体系或思想倾向基本上属于剥削阶级的范畴，然而它们在内容和艺术上却有可取之处。对它们的正确态度是具体的分析，是应该批判它们的消极内容和消极作用，而不是作一个简单的划分就加以全部肯定或全部否定。在李煜词、《琵琶记》和其他古典文学作品的讨论中，都可以看出这样一个事实：我国文学史上有许多作品都是复杂的，都是不可以简单地肯定，也不可以简单地否定的。

三 关于中国文学的主流

说只有民间文学是中国文学的主流，这在理论上和事实上都是说不通的。

文学艺术起源于劳动人民，这是真理。还是原始共产主义社会的时候，文学艺术就产生了，那时还没有剥削者和被剥削者的差别。等到人类进入了阶级社会以后，文学艺术也就有了阶级的划分。在被剥削被压迫的人民中间，文学主要是依靠口头流传和保存。这种保存方法是不如文字记载更能够传之久远的。因此比较早的人民口头创作很多都失传了。当然，在被文字记录下来的一部分古代人民口头创作中，就有很重要很可珍贵的作品，如《诗经》中的民歌，汉魏六朝的民歌，等等。它们对于后来的文人的诗歌发生了很大的影响。还保存在今天的人民中间的口头创作，也有很多光彩夺目的珠宝，还需要进行广泛的深入的发掘。但我们的文学史是不能只把这一部分算作主流的。我们无论如何不能忽视文学史上的长期的大量的文人文学的存在。在阶级社会里，文学也有阶级的划分。但人民的文学之外的文人文学，虽然它的作者们绝大多数都是出身于剥削阶级（在我国的封建社会更几乎是全部），它却不是一模一样的。还必须再加以划分。在文人作家之中，有坚决地站在剥削阶级的立场上的；有思想体系或思想倾向基本上属于剥削阶级的范畴，但他们的作品在内容上和艺术上却有可取之处的；有虽然也还没有摆脱剥削阶级的思想体系，但他们的作品却反映了人民的观点和要求的；有和自己出身的阶级决裂，站在人民的革命的立场上从事写作的。情况就是这样复杂。在我国的文学史上，屈原、司马迁、李白、杜甫、白居易、关汉卿、王实甫、罗贯中、吴敬梓和曹雪芹等大体上都属于第三类。鲁迅属于第四类。施耐庵的生平我们还不大清楚，但从他的作品《水浒传》看来，或许也应该列入第四类。他们都是代表我国过去的文学的成就的高峰，在文学史上都是必须用专章来写的。怎么可以把他们的作品不算在主流之内呢？不算主流，难道只能算支流吗？北大的文学史并未这样说。但在报纸上我们是读到过这样的意见的：

> 一种意见认为：在阶级社会里，民间文学是源头，是主流；进步作家的文学是支流；反动作家的文学是逆流，是统治阶级的帮凶。

> ——1959年5月11日《新华日报》关于南京师范学院
> 中文系二年级举行学术问题讨论会的报导

列宁关于两种文化的理论常常是我们立论的根据。但是对于他说的两种文化的具体内容有些人却似乎注意不够。他说的两种文化是民主主义和社会主义的文化成分同资产阶级的文化，是以车尔尼雪夫斯基和普列汉诺夫为代表的俄罗斯的民主派和社会民主派的文化同俄罗斯的神甫和资产阶级的文化。他说到了前者的社会基础是劳动群众和被剥削群众，但并不把它概括为人民的文化或劳动人民的文化，而概括为民主主义和社会主义的文化成分，这又是为什么呢? 我想这是为了更科学。民主主义和社会主义的文化成分的社会基础是劳动群众和被剥削群众，但却不一定都直接从他们手里产生。不但车尔尼雪夫斯基和普列汉诺夫并不是劳动人民出身，就是工人阶级的学说的创立者马克思和恩格斯也并非产生于工人阶级。对于过去的文学，怎么可以单纯从作者的成分来划分它是不是主流呢?

北大的《中国文学史》对于主流问题的说法是并不完全一致的。在个别地方也曾说"民间文学、通俗文学以及进步的作家文学"都是"文学的主流和正宗"（下册第238页)，或者说现实主义文学"始终是我国文学发展的主流"(下册第693页)。但民间文学主流说却是这部书的主导思想。因此，每一编总是把民间文学放在文人文学的前面，而且在某些部分，有些不符合事实地把民间文学和劳动人民的文学的范围划得过大，把某些民间文学的价值和作用估计得过高。

《诗经》中的《伯兮》，明明说"伯也执殳，为王前驱"，"岂无膏沐，谁适为容"，哪里像当时的劳动人民的作品呢? 书上却说从这首诗可以看出劳动妇女的爱情。我觉得《诗经》里面，即使是《国风》里面，劳动人民的作品也并不很多的。虽然我还没有作过统计，而且哪些是劳动人民的作品哪些不是又不容易判断，但从它们的内容大致还是可以看得出来。唐代的变文和俗赋显然不是劳动人民作的; 书上却说它们是劳动人民的创作。清朝的有些弹词的女作者是地主阶级的妇女; 书上却说她们是人民群众。李伯元是文人作家; 书上却把他的《庚子国变弹词》列在民间文学里面。这就是一些把民间文学和劳动人民的文学的范围划得过大的例子。

唐代的变文，一般说来，艺术上都不怎么高，不怎样成熟; 书上却说它们的想象力"比一般的文人文学高超得惊人"，并且把有的变文和但丁的《神曲》相比。有些民谣，严格说来，不能算文学作品，比如"癸水绕东城，永不见刀兵"，"天水归汴，复见太平"，"杀了䅉蒿割了菜，吃了羔儿荷叶在"（这一首如果不注明是指童贯、蔡京、高俅、何执中，谁知道是说的什么呢)，等等; 书上却把它们称为现实主义的作品，值得珍视的文学遗产。《玉谷调簧》里有一首民歌，露骨地写男女偷情，如果是文人作品，北大的同学们很可能要说它

"色情"，但因为是民歌，书上却称赞它"使人觉得如看了一场精彩的短剧，不禁拍案叫绝！"（下册第256页）我并不是主张以道学家的眼光对待这类作品。我只是觉得对民间文学和文人文学有两种不同的待遇，而且对这类作品赞扬过分，都不怎样适当而已。这就是把某些民间文学的价值估计得过高的例子。

书上说，实质上正是唐代劳动人民的创作影响和推动了整个唐代文学的发展，唐代民间文学哺育了李白、杜甫、白居易，这些论断没有可靠的材料和事实作根据。书上说，唐代的变文给文人文学以强烈的影响，也有些夸大。第六编最末一章讲戚继光和俞大猷的时候，引了他们的一些诗句，那其实都是旧诗中常见的词句和写法，书上却说是学习民歌的结果。这就是一些夸大民间文学的作用的例子。

文学史应该按照历史事实的先后叙述。把每个朝代的民间文学放在文人文学之前，讲了唐代的变文、民间歌赋和敦煌民间词才来讲隋代文学和初唐文学，讲了宋元民间歌谣、话本和戏曲才来讲北宋文人文学，这是不自然的。文学史应该实事求是地叙述和评价各种文学现象。为了想证实民间文学是主流这一论断就扩大它的范围，夸大它的价值和作用，这是不科学的。

在我们会上发言的同志中，好像已经没有主张只有民间文学是主流的人了。多数同志倾向于这样一个说法：优秀的民间文学和进步作家的文学都是主流和正宗。我的看法也是这样。我认为这是符合文学历史的事实的。

但从有些报刊上的报导和文章看来，坚持这个说法的人还是有的。就我读到的说来，论点大致是这样一些：民间文学的优点多于作家文学；民间文学比任何文学流派都先进；民间文学在我国文学发展中的作用非作家文学所能比拟；在深入群众的程度上，李白和杜甫的作品也不能和一首简单的民歌相比。

在民间文学和作家文学的比较上是有争论的。就是在我们的会上，虽然多数发言倾向于承认优秀的民间文学和进步作家的文学都是主流，但仍然有这样的分歧：有的比较强调民间文学的优点，有的比较强调作家文学的优点。

这个问题还可以继续研究和讨论。我的看法是：总的说来，民间文学的确有一些为过去的文人文学所不可及的优越之处；但就两者的精华部分说来，却又恐怕是各有所长。鲁迅曾经说过："不识字的作家虽然不及文人的细腻，但他却刚健、清新。"（《门外文谈》）或许这还并不是这两种文学的不同的优点的全部概括，但它包含的各有所长的意思却是很对的，像民间文学的精华部分那样直接表现了人民的思想感情，而且表现得那样淳朴，那样真挚，那样泼辣，在过去的一般的文人文学中固然罕见；但像《红楼梦》那样规模宏伟而又在小说艺术上那样细致，那样成熟，在一般的民间文学中间也难于产生。强调民间文学的优点，强调作家应该向民间文学学习，都是对的。但如果强调到这样的程度，认为一切作家文学都不能和民间文学相比并，作家只能够向民间文学学习，别的文学都不必学习，那就错了。文学的历史告诉我们，作家文学的精华部分是可以和民间文学的精华部分相比并的。文学的历史还告诉我们，那些杰出的作家之所以杰出，并不仅仅由于他们从民间文学吸取了营养，而且由于他们继承了以前的作家文学的优良传统，包括他们本国和外国的作家文学的优良传统，而且更重要的，还由于他们自己有很大的创造。认为作家文学命定地比不上民间文学，不但不符合文学历史事实，对我们今天的文学运动也是不利的。我们今天不只是需要大量的优秀的群众创作，而且还需要能够集中地代表我们这个时代的杰出的作家。

民间文学比任何文学流派都先进，难道整个文学史上都是如此吗？难道以鲁迅为代表的"五四"早期的革命民主主义文学和后来十年内战中的左翼文学，都比当时的民间文学落后吗？民间文学在我国文学发展的作用非作家文学所能比拟，难道真的在整个文学的发展中起决定作用的并不是社会存在，而是民间文学吗？难道历史唯物主义的根本原理，社会存在决定社会意识，到了文学史上，却可以改变为社会意识决定社会意识吗？我看民间文学和作家文学在文学发展中的作用也恐怕是各有所长的。在文学的起源上，当然是先有人民群众的文学，而不是先有或同时有作家的文学。在提供新的文学营养和文学形式上，民间文学的作用也很大。但在提高艺术修养和艺术水平上，却或许作家文学的贡献更多，最后，在深入群众的程度上，李白和杜甫的诗也不能和一首简单的民歌相比，难道我们评价文学艺术就没有别的应该考虑的方面，只有群众接受的程度是唯一的标准吗？现在我们有不少的小说，其中包括水平高的和水平不很高的，都比鲁迅的小说更容易为广大读者所接受，难道我们根据这点就可以断定鲁迅的小说就不能和这些小说相比吗？李白和杜甫的诗歌的确并不能包括民歌的独特的长处。民间文学不是作家文学所能代替。但像李白和杜甫那样集中地代表了一个时代，一个人写了那样多的杰出的作品，在思想和艺术上都有很大的独创性，从过去的民间文学中也很难出现这样的诗人。作家文学也不是民间文学所能代替。从有些报刊上的报导和文章看来，民间文学是不是主流这个问题还引起了到底什么是民间文学的争论。有的作者认为民间文学不完全是劳动人民的创作。他说：

> 例如《柳耆卿诗酒玩江楼》《冯玉梅团圆》，按其实质来说，是反动的作品。至于因果报应、色情庸俗和贞操观念、忠孝节义等糟粕也是在一些作品中不同程度地存在的。

——程俊英、郭豫适《应该把作家文学视为"庶出"吗》
1959 年 3 月 19 日《解放日报》

有的作者认为"民间文学是劳动人民向统治阶级进行斗争的工具";市民阶层中有贫苦的劳动人民,也包括富商大贾等剥削阶级,市民的作品并不都是民间文学。他说:

> 因此像《柳耆卿诗酒玩江楼》《冯玉梅团圆》等反动作品,以及一些宣扬因果报应、色情庸俗、成仙出世、歧视妇女、贞操观念、忠孝节义等消极作品,绝不能算作民间文学,而是流传在民间的封建统治阶级的文学。
>
> ——沈鸿鑫、马明泉《民间文学是中国文学的主流》
> 1959年3月21日《解放日报》

在复旦大学中文系古典文学教研组召开的座谈会的讨论中,对市民的作品算不算民间文学这一问题据说有三种意见:(一)不能算,因为市民和劳动人民的相同点只是暂时的,不同点则是永久的,本质的;(二)应该算,因为它是在民间流传;(三)可以算也可以不算,因为广义地讲,糟粕也可以算作民间文学,狭义地讲,糟粕不能算作民间文学(详见1959年4月12日《文学遗产》)。

民间文学是不是等于劳动人民的文学,市民的作品算不算民间文学,这是一个争论。此外,还有"抢夺"某些著名作品之争:

> 有人认为……《水浒传》《三国演义》《西游记》是在民间文学基础上改写的,应该算民间文学,而另一部分同志认为……《水浒传》《三国演义》《西游记》等有作家创造性的劳动,比民间文学有很大提高,应算是作家作品……
>
> ——顾易生《春暖花开、百家争鸣》,《复旦》第四期

民间文学的概念和范围是一个很需要研究的问题。民间文学恐怕并无广义狭义之分,它和劳动人民的口头创作不是一个同义语,产生和流传在我国封建社会的市民中间的作品我想一般是可以列入它的范围之内的。

顾名思义,民间文学是产生和流传在人民中间的文学。毛泽东同志曾经说过:"人民这个概念在不同的国家和各个国家的不同的历史时期,有着不同的内容。"在奴隶社会、封建社会和资本主义社会,人民都是指统治阶级以外的被剥削被压迫的阶级和阶层。劳动人民是人民的主要部分。但在我国的封建社会里,一般的市民是应该算作人民的。人民和劳动人民是两个范围大小不同的

概念，民间文学也就不等于劳动人民的文学。只能说劳动人民的口头创作是民间文学的主要部分。产生和流传在我国封建社会的市民中间的作品，其中有一些民主性很鲜明，另外有一些却夹杂着封建思想和市民本身的消极落后的思想，那是十分自然的。我们不能把后一部分排除在民间文学之外。它们和封建统治阶级的文学还是显然不同的。民间文学也是有糟粕的，不必否认这些糟粕是民间文学。

我们说的产生和流传在我国封建社会的市民中间的作品，是指宋元说话人的"话本"、元明清的某些民间戏曲和民间歌谣等显然有市民色彩的作品。《柳耆卿诗酒玩江楼》和《冯玉梅团圆》是属于这个范围之内的。至于《水浒传》、《三国志演义》和《西游记》却和这些作品不同。它们虽然是以人民的口头传说和说话人的"话本"为基础，但成为伟大的作品，却是由于施耐庵、罗贯中和吴承恩的创造，它们是以民间文学为基础的作家文学。吴承恩是一个文人作家；施耐庵和罗贯中更接近民间一些，但从作品看来，他们的修养也和当时一般的市民和说话人不同。应该说他们仍然是文人作家，不过是比较接近下层的文人作家。《水浒传》是不是施耐庵作的，还有分歧的说法。但我认为它不是罗贯中作的，因为它和《三国志演义》的风格太不相同了。无论如何，成为文学价值很高的《水浒传》，总是经过了一个文人作家的巨大的劳动的，不可能单纯是由于说书人的口头讲述的累积。

人民的概念既然有历史变化，民间文学的概念就不能不受到这种变化的影响。全国解放以后，人民成为统治阶级，民间文学和进步作家的文学都是人民的文学。过去的民间文学所包括的一个基本概念，被统治阶级的文学的概念，已经消失了。随着全国人民当中的文盲的扫除，民间文学主要是依靠口头流传和保存的特点也在开始消失或削弱。只有不是专业的作家的作品而是业余的群众的作品这一特点，还将长期地存在。今后产生的民间文学，或许叫它们作群众创作更为科学一些。民间文学和进步作家的文学既已经合而为统一的人民文学，那么说只有民间文学是主流，就不但不符合过去的文学历史事实，而且从现在和今后的文学情况看来，更是扞格难通了。

四　关于评价过去的作家和作品的标准

编写文学史应该怎样评价过去的作家和作品，应该有什么样的标准，这是一个很重要的问题。可惜这次会上没有充分讨论。

毛泽东同志说："任何阶级社会中的任何阶级，总是以政治标准放在第一位，以艺术标准放在第二位的。"这是客观的历史事实的叙述。对待文学艺术，不同的阶级也首先是从它们的利益出发的。但毛泽东同志又说："我们的要求则是政治和艺术的统一，内容和形式的统一，革命的政治内容和尽可能完美的艺术形式的统一。缺乏艺术性的艺术品，无论政治上怎样进步，也是没有力量的。"这是对我们的文学艺术提出的努力的目标和必要的要求。政治标准第一，艺术标准第二，这并不能作为创作家放松艰苦的艺术创造的借口，也不能作为批评家忽视艺术分析或没有能力进行艺术分析的辩解。

有些文学批评的缺点正是这样：它们似乎把政治标准第一误解为政治标准就是一切，缺乏必要的艺术要求，自然也就没有细致的艺术分析。而且有些时候它们的政治标准也是未必恰当的。把政治标准理解得机械、狭隘和表面，这也是有些文学批评的缺点。

用我们对今天的社会主义文学的要求来衡量过去的作家和作品，不符合这些要求就简单否定，这也是不恰当的。马克思主义者认为对待历史上的现象应有历史主义的观点。但这个问题在有些人中是并未解决的。比如对于陶渊明，有人因他没有参加当时的农民起义就否定他，说他是反现实主义的诗人。这好像忘记了封建社会的农民起义并不是一般文人作家都能参加的。当时的农民也未必全都参加，何况地主阶级的知识分子?我国封建社会的伟大的作家，从屈原到曹雪芹，除了施耐庵传说曾参加过张士诚的起义军而外，还有谁参加过农民起义?难道因此就得把他们都否定吗?又如有些人否定苏轼，理由也很简单，因为他不赞成王安石变法，就把他划入反现实主义的作家之列。对苏轼不赞成王安石的新法，也是应该采取历史主义的观点的。我们不应该要求古代的作家和今天研究历史的人一样能够清楚地认识王安石的新法的进步意义。而且即使在这个问题上苏轼的看法比较保守，也不能因此就否定他整个的文学成就。因为这究竟不过是他的思想的一个部分，就是在他的政治思想中也不过是一个部分。中国和外国的古代的作家中都不乏这样的人，他们的思想或政治思想的一部分是保守的，落后的，然而他们的整个思想仍有比较进步的方面，因而他们还是写出了一些思想性和艺术性都较高或很高的作品。把一些不合理的要求加于古人，偶有不合就断定是反现实主义，这样也就使人不知道到底什么是现实主义了。

北大的《中国文学史》，在纷纷否定陶渊明和苏轼的时候，却对这两个作家基本上肯定，并且作了一些具体分析，这在当时是给了我一个很好的印象的。但这次通读全书，才发现否定的作家还是过多，而且有些地方，也有对古人要求过苛或夸大古人的消极方面等缺点。

有些事情是古代的作家无法做到的。比如书上说辛弃疾"毕竟不能直接和人民打成一片，不能认识到人民是巨大的社会力量，从而吸取不断鼓舞前进的动力"。和人民群众打成一片，这是毛泽东同志在延安文艺座谈会上才向革命的文学家艺术家提出来的，怎么能够用来要求宋朝的词人呢?书上说马致远的《半夜雷轰荐福碑》虽然"写出了文人失意的愤懑情绪"，但他没有"指出什么路"，因此这个作品也是消极的。我们知道，恩格斯在给明娜·考茨基的信中曾经说过，一部具有社会主义倾向的小说，如果它能忠实地描写现实的关系，引起对于现存秩序的永久性的怀疑，那么，纵然作者没有提供任何明确的解决，这部小说也是完成了自己的使命的。在恩格斯的时代，还不必要求具有社会主义倾向的小说提供明确的解决，怎么能够要求元朝的戏曲家指出出路呢?书上说罗贯中"还留恋和尊崇正统，不打算根本推翻那个皇朝和改变那个制度，只希望出现'圣君贤相'的治世罢了"。在鸦片战争以前的文人作家中，有根本推翻封建统治和改变封建制度的思想的人恐怕很难找到吧。《水浒传》的作者歌颂了伟大的叛乱，然而他也并没有提出这样彻底的革命思想。当然，北大的《中国文学史》的这一类的批评，很多是作为说明古代的作家的局限性来写的，并非都是要求他们作到。但这种古人根本无法做到的事情提得过多，而且有些提法又过高，仍然是会给人一种对古人要求过苛的印象的。古代作家和作品的局限性是应该说明的，应该批判的，但怎样说明怎样批判才能够表现出我们的历史主义的观点，这是一个值得考虑的问题。

这些事情即使不能说古代的作家根本无法做到，但事实上是难于做到的。比如书上批评《古诗十九首》的有些作者"实在最没出息，因为他们不会起来反抗"；责备李白"当自己的理想和现实发生矛盾时，并没有完全去接近人民，吸取力量，加强斗志，相反，仍然过着侈华的上层生活"；不满意苏轼"只是从'清官'的立场来观察人民生活"，"没有真正与人民站在一起"；等等。这也是一些过苛的要求。"起来反抗"，在古代的一般作家已经是难于做到的事情了；至于"完全去接近人民"，"真正与人民站在一起"，更是谈何容易?岂但李白和苏轼两人没有做到，就是杜甫，他也不过接近人民比较多一些，有许多时候与人民站在一起而已。至于白居易，这样的批评更可以一字不改地加在他的头上。用这些古代的作家难于做到的事情来责备他们，也给人一种对古人要求过苛的印象。

古代的不少作家都是有消极的一面的，应该指出和批评。北大的《中国文学史》对我国古代许多作家的消极思想和许多作品的消极作用都作了尖锐的批评，这也是表现了北大的同学们的很可宝贵的革命精神的。对待古代的作家和作品，我们应该采取批判的态度。但把消极的一面加以夸大，并且抹杀了这些作家和作品的可以肯定的一面，那就成为缺点了。书上对王维、孟浩然等人的批评就是一个例子。概括性的批评共有三点：一是说他们的诗中表现出的不平和悲哀是由于个人不得志引起的，从他们的诗一点也看不到当时社会的本质的东西，因此就断定他们"算不上什么真正的艺术家"；二是说他们的山水诗的基调是低沉的，引导人逃避现实、走向消极颓废的隐逸道路；三是说他们的田园诗基本上是歪曲现实、粉饰现实的，农村在他们的笔下变得和平安乐，充满了升平气象。根据这三点，最后就说他们是"彻头彻尾的反现实主义诗派"。这些批评不能说没有根据，没有道理，然而最后的判断，却是夸大了王维、孟浩然等人的消极的一面，抹杀了他们的可以肯定的一面。古代的作家由于个人不得志而对当时的现实不满，这是很普遍的现象。从这种不满正可以曲折地或多或少地看到当时的社会的某些本质的东西。王维、孟浩然的诗歌所反映的生活是比较狭窄的，孟浩然更狭窄。在他们的诗歌里的确不大容易看到对于当时的社会的本质的反映。但这只能说他们不是伟大的诗人，仍然不能否认他们是"真正的艺术家"。过去有许多较为次要的文学家和艺术家都是这样的，他们反映的生活比较狭窄，然而他们却创作出了一些优美的作品，在艺术上有独到之处，因而为大家所喜爱。王维和孟浩然正是这样的。王维的贡献更多一些，所以他无论如何还是我国古代的一个重要的诗人。他们的山水诗是表现了他们的时代和阶级的限制的，的确常常是从隐逸的角度去描写和欣赏自然之美。然而也不能否认，他们还是描写出了某些自然美，并从而创造了某种艺术美。书上引了王维的《辋川集》中的《竹里馆》：

> 独坐幽篁里，弹琴复长啸。深林人不知，明月来相照。

说他要引导人们走进一个超脱现实的自然世界。倾向于孤独的人是可以从这首诗得到精神上的支持的。这首诗的情调当然也和我们今天的生活有根本的距离。然而我们也不妨设想我们墙上挂这样一幅古画，上面画着深深的竹林，一个古装的人坐在里面弹琴、长啸，静寂的天空中只有明月照着他。我们知道它画的是古人的生活，我们也并不要求去过那样的生活，然而仍然不能不承认它还是描绘出来了一种幽静的境界。难道我们在看这幅画的时候欣赏了一下它所描绘出来的幽静的境界，就真会使我们脱离现实吗?书上还引了孟浩然的《秋登兰山寄张五》：

> 北山白云里，隐者自怡悦。相望试登高，心随雁飞灭。愁因薄暮起，兴是清秋发。时见归村人，沙行渡头歇。天边树若荠，江畔洲如月。何当载酒来，共醉重阳节。

说这种自然景色的描写是要引导人羡慕和喜爱隐士生活，逃避现实生活和斗争。这里面的确写到了隐者的生活，而且把这种生活写得可爱。然而这首诗的内容和作用也并非只是这样。它还写出了朋友之间的亲切的怀念，写出了古人的一些细致的而又容易引起共鸣的感受，写出了自然界的美的景色。"愁因薄暮起，兴是清秋发"，虽然我们今天的生活和古人很不相同，我们也不会对着薄暮就有什么忧愁浮起，但我们仍然可以体会到这种诗句表现了古人的某些真实的生活感。"天边树若荠，江畔洲如月"，虽然我们今天很少坐木船了，但旅行到长江中下游的时候，望到远远的显得很矮小的树木，仍然会想起这样的诗句，觉得它们美好。这首诗不但有这样一些好的内容和好的句子，而且整个写得和谐，完美，有余味，能够给读者以一种艺术的愉快。这样的作品是不能因为它带有隐逸的气味就全部否定的。对山水诗和描写隐逸生活的诗也应该加以分析。其中可能有一些是很消极的，完全应该否定的。但其中也可能有一些既有消极的方面，又有可取之处的作品。对于王维和孟浩然的田园诗恐怕也不可全部否定。在他们的田园诗里，自然看不到封建社会的农村里的阶级的对立。不接触农村的矛盾，喜欢描写和平安静的生活，这自然是由于他们的阶级的限制。但我们也并不能要求古代从地主阶级出身的诗人都能够正视和反映农村的矛盾。至于这些隐逸诗人，他们过着而且欣赏着这种和平安静的生活，更是很自然的。缺乏比较重大的思想内容，这是他们不能成为伟大的诗人的原因。但我们如果不以这种比较重大的思想内容来要求他们的诗歌，只从它们所表现的局部生活来考察，我们就不能说王维、孟浩然是"彻头彻尾的反现实主义诗派"，还得承认他们的那些好的作品仍然是反映了一定的生活的，也可以说仍然是有或多或少的现实主义的成分的。

夸大古代作家的消极方面，抹杀他们的可以肯定的方面，在北大的文学史上可以找到许多例子，对于王维和孟浩然不过是其中之一二个而已。比如对李贺、李商隐、杜牧、李煜、李清照、姜夔、马致远等人的评价都是这样。在我国古代的文学史上，李清照可以说是女诗人中最为杰出的一个。长期的封建社会埋没了无数有才能的妇女，她们要在封建主义的压迫下有所表现，有所成就，是十分不容易的。因此我们应该重视李清照这样的作家。她的杰出的成就是我国封建社会的妇女的才能不可磨灭的标志。在古代的词人当中，李煜无疑是一个重要的作者。以李煜和李清照比较，李煜后期的词气象开阔一些，但在清新可喜的程度上，李清照的词却或许有过之而无不及。李清照的身世是更令人同情的。这就是说，李清照不但是一个最为杰出的古代的女诗人（我们认为词是古典诗歌之一种），就是在所有的古代词人中，她也是很重要的作者之一。然而北大的文学史对她的词的内容却是全部否定的。书上说她写夫妇生活的词是"贵妇人生活的写照"，是"卖弄风骚、故作娇态的不堪画面"；说她写别离的词是"完全堕入不能自拔的颓废情绪的深渊"；说她写国破家亡之后的生活的词是"贵妇人的哀鸣"，"词中所唯一表现的就是那种完全绝望、对生活丧失最后一点信心的悲观情调"。这些批评都是过分的。好像只因她出身于当时的统治阶级，无论是快乐或悲哀，无论是为了什么而快乐或悲哀，就都应当受责备了。李清照虽然出身于当时的统治阶级，但和她那个阶级的一般妇女不同，她并没有仅仅以剥削和享受来度过她的一生，而是在文学上有了贡献的。她的词表现了一定的生活，而又表现得艺术上很优美，有特色。她的词所反映的生活是比较狭窄的，这首先是由于她那个时代和她那个阶级的妇女的经历的限制。她的写别离和国破家亡后的生活的词是表现了一些愁苦和悲哀的情绪的，但恐怕还不能说是颓废情绪。她流传到今天的一些优美的作品中，更多的是写得清新和亲切，使人感到生活的愉快和她对于人生的执著。内容比较狭窄而且表现了一些愁苦的悲哀的情绪，都同她的时代和阶级很有关系；然而她如果不是从当时的统治阶级出身，又怎样能够有那样的艺术修养和其他条件，使她的才华得以表现呢？

毛泽东同志说："无产阶级对于过去时代的文学艺术作品，也必须首先检查它们对待人民的态度如何，在历史上有无进步意义。而分别采取不同态度。"我想，这就是我们评价古代作品的政治标准。但在应用这个标准的时候，还有一些值得探讨的问题。在文学史上，在同情人民和反对人民之间，在明显的进步和明显的反动之间，还有大量带有中间性的作品。它们并没有表现出反对人民，但其中也找不到同情人民的内容。它们并不反动，但进步意义也不明显。像王维、孟浩然的许多山水诗和田园诗，李贺、李商隐和杜牧的许多诗，李煜、李清照和姜夔的许多词，马致远的有些杂剧，大致就是这样的作品。对它们到底应该怎样评价呢？是不是因为从它们里面看不到对人民的同情和明显的进步意义，就可以全部否定？我想，除了首先检查它们对待人民的态度和在历史上有无进步意义而外，还必须按照历史主义的观点和文学艺术科学的理论来具体地考察它们的内容。按照历史主义的观点，王维、孟浩然的山水诗和田园诗虽然有消极的一面，但比维护封建主义的作品总还是好一些。李清照的词虽然内容比较狭窄而且表现了一些愁苦和悲哀的情绪，但我们不应该要求一个封建社会的女词人像李白和杜甫那样反映广阔的生活，也不应该要求她在和她所爱的人别离以后、特别是经历了国破家亡的生活以后而不感到愁苦和悲哀。按照文学艺术科学的理论，只要他们的作品反映了一定的生活，有一定的意义，而且艺术上优美，有特色，那就应该在指出和批判它们的消极方面的同时，也适当地肯定它们的可取之处。我国古代的那些带有隐逸气味的歌颂自然的诗歌中，是有一些优美的作品的。它们的意义可以说有两个方面：它们的产生常常是由于这些诗人对当时的现实有所不满；而它们又以有魅惑力的诗歌艺术来揭露了自然界的秘密——自然界的美。我国古代的那些诉说人生的愁苦和悲哀的诗歌中，也是有一些动人的作品的。它们并不是无病呻吟，而是这些诗人的真实的遭遇的反映。我们也不能不承认它们含有一定的社会意义和美学价值。总之，对于古代带有隐逸气味或诉说愁苦和悲哀的作品，我们都需要加以具体分析；它们的消极内容和消极作用必须指出和批判，但却又不宜用我们对于今天的文学艺术的要求来把它们全部否定。

政治标准是我们评价今天和过去的作品都首先要用的。但第一，世界上没有什么抽象的绝对不变的政治标准。评价今天的作品和评价过去的作品的政治标准应该有差别。第二，政治标准第一，这是我们必须坚持的。但如果只有政治标准，没有或忽视艺术标准，那仍然是不完全的，片面的。文学艺术要求的并不仅仅是内容的正确。北大的文学史并没有忽视艺术方面的评价，这是一个优点。就我通读一遍后的印象来说，虽然在艺术分析艺术评价上有不少正确的意见，但有些地方还是有比较简单、比较一般化的缺点。这说明要进行科学的艺术分析艺术评价也是不容易的。还有，这或许和书上总是把思想和艺术分开来讲也有关系。要具体地深入地分析作品的艺术，有些时候是很难离开它们的思想内容的。离开了具体作品的内容来谈艺术性，就容易谈得比较一般化。我想，我们最好既能对重要作家的代表作进行比较具体比较深入的艺术分析，又能切实地而不是公式化地概括他们的创作总的艺术特色，艺术成就。其次，书上用的艺术标准好像不统一。对于民间文学和被划为现实主义的作家往往肯定得充分一些，有时甚至过高；对于被划为反现实主义的作家往往肯定得不够一些，有时甚至抹杀。比如对于王维、李贺、李商隐、杜牧、李煜、李清照、姜夔、马致远等艺术上有特色的作家，书上不但否定了他们的全部或大部分作品的内容，对他们在艺术方面的成就也是评价得不够的。要知道，一个作家的作品从内容到艺术都有它的独创性，而且这种独创性受到了历来不少读者的喜爱，这是不容易的。这样的作家文学史上并不很多。这样的作家不一定是大作家（虽然这种独创性是大作家必须具备的条件之一），然而却常常是比较重要的作家。忽视艺术方面的独创性是不妥当的。

文学研究所也曾有过编写中国文学史的计划。我们非常惭愧，由于计划的多次变动和其他许多工作上的缺点，至今尚未着手编写。但社会上迫切需要用新的观点写的中国文学史，我们是很知道的。因此，我们非常欢迎北京大学和其他许多高等学校编写的各种文学史的出现。由于时间很匆促，加以其他条件的限制，这些著作难免有缺点。我们这次的讨论会，除了对中国文学史上的一些重要问题进行学术性的探讨而外，还有这样的目的，就是提一些意见来供北大和北师大的同志们修改他们的著作时参考。因此我们就缺点方面谈得多一些。但这些著作的根本优点，我们会上是一致肯定的。我们相信在这样的基础上加以修改，使它们里面的知识和材料更准确（在有些报刊和小的会议上，也曾有同志从这方面给北大的文学史提了一些意见），对于作家和作品的评价也更恰当，即使在探讨我国文学发展的规律方面还有一些问题不能解决，这些著作也可以成为好的或较好的文学史，成为能够满足今天的读者的迫切需要的文学史。我们热忱地盼望和预祝这些文学史的修改工作的成功！

1959年7月23日写出
1960年2月20日略加修改

附记：北京大学中文系文学专门化一九五五级集体编著的《中国文学史》修订本，已于一九五九年九月出版。我在这篇发言中所提出的问题，在修订本中很多都已得到了比原来恰当的处理或解决。这是我应该在这里加以说明的。

1960年4月12日

此据何其芳《何其芳全集》第五卷，
河北人民出版社，2000年。

研究古典文学与批判继承遗产

——三十年来古典文学研究的回顾

胡念贻

建国三十年来，古典文学研究取得了很大的成绩，但也存在着很多的问题。问题的产生，其根本原因是对于批判继承遗产方针的一些基本理论和实践有着不同的看法和理解。其中有右的偏向，也有"左"的偏向。"左"的偏向持续的时间较长，造成的影响也较大。我们今天对三十年来的工作作一番回顾，目的是使今后的工作做得更顺利一些，避免走一些弯路。为此我们要探讨一些关于批判继承的理论和实践问题，这问题如果解决得好，我们的工作可以做得更为顺手。我的这篇东西，就是不揣固陋，想就一些问题发表一点浅见；其中错误一定不少。我诚恳地希望得到批评和指正。如果从这里引起对于一些问题的深入讨论，有益于古典文学研究的开展，这就是如愿以偿了。

一 必须正确对待遗产，古典文学研究才能前进

古典文学成为一门学科，并且得到普遍的重视，这是解放以后才开始的。解放以前，古典文学或者是隶属于所谓"国学"，或者是别于"五四"以来新文学而称为"旧文学"。那时的研究，很多是采用陈旧的封建文艺观点或西方资产阶级文艺观点；试图运用马列主义观点是凤毛麟角。研究的项目，占主要地位的是考据、校勘或字句解释之类。旧派学者当然并不认识古典文学的意义；新文艺界除少数人士外，一般说来对于古典文学的意义也是没有多大认识的，他们有的是由于受"五四"以后形式主义的影响，有的是听信了某些资产阶级学者所鼓吹的民族虚无主义。因此可以说，古典文学一般说来是居于被轻视和受排斥的地位；至于复古主义者的抱残守缺，反而给古典文学蒙上灰暗的色彩。

解放以后，广大的古典文学研究工作者学习了马列主义，学习了马列主义的文艺理论，把它运用到古典文学研究中来，促使古典文学研究改变了以前的面貌，具有了一门学科的基本理论和完整体系。这一门学科的内容，如所周知，就是用历史唯物主义的观点，研究我国古代作家和作品，研究我国古代文

学发展的历史。研究这一门学科，就是为了批判继承遗产，而批判地继承遗产的目的，是为了广大人民群众的需要，是为了繁荣创作、建设社会主义新文化的需要。文学遗产是文化遗产的一部分，它不同于其他文化遗产。它首先是文学；又是过去时代的文学。我们研究它，必须按照文学的特点来研究，从这个意义上来说，它是文艺科学的一个分支；我们研究它，必须把它放在一定历史的背景下，从这个意义上来说，它又和历史科学接近。因此古典文学研究工作是相当复杂而繁难的。建国以来古典文学研究领域所取得的成绩，主要表现在对于古代作家作品的研究有许多是力图运用马列主义的观点，结合时代背景，作了思想性的分析，有的还分析了艺术性。文学史著作也不像过去许多文学史一样只是人物事实的叙述或随心所欲的简单论断，而是侧重在对作家作品的分析评论了。这些工作大都是以前很少作过的，建国以后却是普遍地认真地作起来了。

然而，三十年来我们的研究工作还是没有得到很好的开展的，归结起来，这是由于我们对于批判与继承的根本问题从来没有解决好。这是问题的关键，是工作的出发点。这个问题不好好解决，我们的工作就无所适从。

解放以后，我们的古典文学研究遇到了两个特殊情况。

第一，人们对于古代文学，存在着一种疑虑心理。解放了，我们推翻了封建地主阶级和资产阶级的统治，正在扫清一切剥削制度的残余。古典文学是过去时代的产物。反映了过去时代的思想意识，它们对今天可能要发生坏影响。古代的作品是否还适合于今天阅读？这种疑虑不独在我国解放以后有，苏联十月革命以后也有。阿尔曼德一篇回忆列宁访问高等工艺美术学校的文章里，说"弗拉基米尔·伊里奇开始问年青人，他们知道不知道俄罗斯古典文学。事实上他们知道得很差，许多人笼统地把它看作旧制度的遗产而一概加以否定。列宁特别关心地说，应该知道和尊重俄国革命文化的优秀代表"①。正因为苏联十月革命后青年中有这种把古典文学笼统地当作"旧制度的遗产"而加以一概否定的心理，无产阶级文化派的虚无主义观点才得以乘机泛滥起来。我国在解放初期，接受了苏联批判无产阶级文化派的经验；即使有个别的人在刊物上发表文章或出版书籍，对于古典文学持简单粗暴态度，随即就受到批评和制止。然而，对于古典文学的疑虑心理并没有消除，简单粗暴之风还是不时地刮起来。

批判地继承遗产的重要意义，马列主义经典作家都作了许多论述，毛泽东同志曾经讲过批判地继承遗产，是"发展民族新文化提高民族自信心的必要条件"②，"对于指导当前的伟大的运动，是有重要的帮助的。"③但是，对于马列主义经典作家这些论述，我们的认识还极不深刻，也没有作过比较详尽的阐述。遇到简单粗暴之风刮起来时，对于这些论述，许多人似乎也不敢深信了。有许多人对于古代作品是喜爱的，但这种喜爱没有建立在马列主义的深刻认识之上，自然敌不过社会上对于古典文学的疑虑心理。政治运动一来，有的人就怀疑自己对古典文学的喜爱是资产阶级思想的表现，为了表明划清思想界线，也跟着对于古典文学简单粗暴起来。

社会上对于古典文学的产生疑虑心理，不是没有根据的。因为古典文学存在着两重性：它存在着没有成为过去，而是属于未来的一面，也存在着和我们今天的社会生活格格不入甚至对社会主义制度产生破坏作用的一面。片面强调前者，就会对遗产过分崇拜；片面强调后者，就会导致摈弃遗产。这两种片面性都是错误的。当古典文学的价值和它在今天社会主义建设中的意义还没有被广大人民群众充分认识时，更容易强调的是后者。

第二，人们对于资产阶级学术思想，如果不是忽视了对它进行批判的重要性，就是对问题的复杂性缺乏充分的了解。

解放以后的古典文学研究工作是在解放以前的基础上发展起来的。解放以前的一些古典文学研究者在新中国成立后继续从事他们的工作，而且在一段时期内是主要的研究力量。他们虽然在党的领导下，努力学习马列主义，积极改造非无产阶级世界观，但是，思想改造是长期的任务，资产阶级学术思想还是要不时地顽强地表现出来。一个时期，有的专家把旧的著作、旧的观点改头换面地搬了出来，引导青年背离马克思列宁主义去走旧的学术道路，形成一种倾向。这就需要一次批判运动，为马克思列宁主义占领阵地扫清道路。《红楼梦研究》批判运动就是因此发动起来的。这次批判运动，在古典文学领域内是一次马列主义的普及运动。这次运动以及随之而来的胡适思想批判运动，促使古典文学研究者思想上得到一次解放，研究水平有了普遍的提高。

在古典文学领域内，批判资产阶级学术思想是很重要的，不批判资产阶级学术思想，马列主义就扎不下根，不能占领阵地，我们的研究就不可能为社会主义革命和建设服务。资产阶级学术思想是五十年代以来相沿的用语，其实我们所要批判的，不止是资产阶级学术思想，封建阶级的学术思想也包括在内。不过封建阶级的学术思想近代以来多被资产阶级吸收，和资产阶级学术思想融化在一起了。我们批判资产阶级包括封建阶级的学术思想，是为了纠正过去对古典文学的一些歪曲和错误的看法，还古典文学以本来面目。

但是，批判资产阶级学术思想的工作不能简单化。首先，资产阶级（包括封建阶级）的唯心主义和形而上学的基本思想是错误的，但是他们的个别观点和个别结论还可以具体分析，其中可能有合理的因素。其次，解放以后一些同志开始企图运用马列主义研究古典文学，难免运用得不好，其中有的可能是受了旧的观点方法的束缚和影响。这是正常的现象。遇到这种情形，我们应当具体分析，肯定其作得好的部分，批判其错误，不能简单地指责为资产阶级学术思想而一棍子打死。再次，不能因为批判资产阶级学术思想而连带把古典文学也毫无分析地加以否定。

上述的两种特殊情况，三十年来没有引起注意和认真处理。应当指出，在解放后的最初几年里，工作比较小心谨慎。一九五七年以前，古典文学研究工作的进展是比较顺利的。这个时期党在文艺方面，有意识地领导人们克服民族虚无主义观点，强调继承和发扬民族艺术遗产的优良传统。抗美援朝时期，结合进行爱国主义教育，优秀的文学遗产受到重视。《红楼梦研究》批判和胡适思想批判运动中，《红楼梦》和其他一些著名的古代作品都得到高度的评价。批判了《红楼梦研究》和胡适思想之后，古典文学领域内强调研究作品的思想内容，研究文学和社会政治的关系，这是一个进步。但是，有些文章走到极端，忽视文学艺术的特性，它们分析作品，随意贴上"人民性"、"爱国主义"一类标签，谈文学现象，机械地和一个时代的经济、政治等情况相联系。它们的方法是主观主义的牵强附会。这种庸俗社会学的倾向随即受到了批评。在党的"百花齐放、百家争鸣"口号的指引下，学术的空气比较活跃。虽然不可避免地出现过一些错误的观点，但不断地引起批评和讨论。随着研究水平的提高，各种错误观点是可以一个一个地克服的。

一九五八年以后，社会主义革命向前发展，思想意识领域内产生了一些错综复杂的现象。"左"的干扰比较严重，"宁'左'勿右"的心理有普遍影响。社会上对于古典文学的疑虑心理强烈起来。一些人认为古代许多作品中所描写的生活，和大跃进中热火朝天的气氛不相协调，鼓不了什么干劲。高等学校中文系的学生写大字报批判老师的资产阶级学术思想，在社会上掀起一个运动。这次运动本身有它的一定意义；但是，它也带来了简单粗暴地否定遗产的后果。这些青年学生对遗产的过火的批判虽然不久有所纠正，但社会上对古典文学的疑虑一直存在。一九六四年以后，江青等人插手文艺界，煽起极"左"思潮。接着就是文化大革命的十年动乱。在这期间，不但解放以来古典文学研究成绩都作为资产阶级和修正主义思想全盘否定，古典文学遗产也在"彻底批判"之下遭到前所未有的浩劫了。

除了上述两个情况外，还须要谈到一九五八年以后学术界和文艺界所提出的两个理论（其中一个也是口号）。这在古典文学领域内，成为极其重要的两个问题。

（一）厚今薄古问题。一九五八年，在全国范围内有人提出了"厚今薄古"的口号。"厚今薄古"有着不确定的含义。"厚"与"薄"可以从不同的角度来理解：从工作次序的安排来说，"厚"与"薄"可以理解为先后缓急不同。从历史发展的观点来说，"厚"与"薄"可以理解为表明应当向前看而不要向后看。这两种理解应当说都是正当的。但另外还有一种理解。认为"薄古"就是要鄙薄历史遗产。当时有人根据这个口号对遗产采取轻视态度。陈伯达在提到这个口号时，危言耸听地指责我们的学术界是"言必称三代"当时简单粗暴之风就是这样煽起来的。

关于古与今的关系问题，毛泽东同志在《改造我们的学习》里早就解决了。所谓古，就是历史；所谓今，就是现状。我们的任务是将马克思列宁主义的普遍真理和中国革命的具体实践相结合，要研究现状和历史。首先是研究现状，其次是研究历史。毛泽东同志在讲到马克思列宁主义的态度时，说：

> 在这种态度下，就是应用马克思列宁主义的理论和方法，对周围环境作系统的周密的调查和研究。不是单凭热情去工作，而是如同斯大林所说的那样：把革命气概和实际精神结合起来。在这种态度下，就是不要割断历史。不单是懂得希腊就行了，还要懂得中国；不但要懂得外国革命史，还要懂得中国革命史；不但要懂得中国的今天，还要懂得中国的昨天和前天。④

研究现状和研究历史有先后之分，一个摆在前面，一个摆在后面，但二者都是重要的。不懂得中国的昨天和前天，也不可能透彻地懂得中国的今天。解放以后，我们研究历史不是太多，而是不够；如果说研究现状太少，那就要加强对现状的研究，不应当提倡少研究历史。至于古典文学研究，其工作对象本来就是古，在这个范围内提倡厚今薄古，是很荒唐的。可是，批判"厚古薄今"，在古典文学领域内竟然风靡一时。

有的人把重视历史研究与迷恋过去混为一谈，这也很错误。是的，我们要放眼未来，不应当迷恋过去。但是，放眼未来，必须要研究过去，懂得过去，才能预见将来。马克思恩格斯如果不是对过去的哲学、政治经济学、空想社会主义作过那样巨细不遗的精湛的研究，就不可能创造马克思主义，指出人类共产主义的前途。王充说："知今而不知古，谓之盲瞽。"⑤研究过去，就是为了给人长上眼睛，在前进中能辨识途径。我们必须研究古代的文学，才能发展今天的新文学。这样一个简单的道理，一些人似乎也不明白，他们似乎认为社会主义新文学不是从旧的基础上产生和发展，而是从天外飞来。在这样一类观点的蛊惑下，古典文学研究者对工作的本身就失去了信心。

（二）历史观点与革命观点问题。这是五十年代末和六十年代初提出来的。那时人们发现，有些青年，读古典文学作品入了迷，思想感情上先全接受它的影响，无形中"中了毒"。这叫做产生了副作用。因此引导青年正确地阅读古代作品，成为古典文学研究者的一项重要任务。对于古典文学作品进行批判的问题就强调了起来。那时形成了这样一种理论：对于古代作品，既要指出它在当时历史条件下的意义和作用，给以一定的历史地位，这叫做历史的观点；又要指出它在今天条件下对于人民的意义和作用，这叫做革命的观点。这在当时是一种新的理论，为大家所接受。它曾起过好的作用。它提醒人们，应当注意古典文学在今天的消极影响。然而它作为一种指导古典文学研究工作的理论和方法，是有缺陷的。

我们研究古代作家作品，要运用历史唯物主义。历史唯物主义本身就包含了革命的辩证法。我们在指出古代作品在当时历史条件下的意义和作用时，还要指出它的局限性，指出作家思想中的矛盾。恩格斯分析歌德，列宁分析托尔斯泰，给我们作出了光辉的榜样。我们懂得了古代作品在当时的意义和作用离不开当时的历史条件，就不会错误地将它在当时的意义和作用移到今天，我们懂得古代作家的思想在当时历史条件下也是包含着矛盾的，对他们更应当有全面的了解。用历史唯物主义的观点对待古代作品，就不会对它盲目崇拜，就不会因为思想上"分不清界线"而"中毒"。至于"古代作品在今天历史条件下对人民的意义和作用"，可以从两个方面来看：一个是积极方面，这就是古为今用的问题；一个是消极方面，这就是古代作品有可能使今天读者"中毒"。在五十年代末和六十年代初提出这个问题时，是和反修防修联系起来的，是专着眼在消极方面。对于古代作品，如果我们总的指出它对今天有积极方面的作用和消极方面的作用，当然是正确的；如果我们在分析具体作品时，都要在历史观点之外再来一个革命观点，对它议论一番，说些什么有"毒素"，要"谨防中毒"之类，这不独烦琐，而且千篇一律，就不免于形式主义了。

有些青年阅读古代作品"中毒"，可能有两个原因：一是由于沾染了剥削阶级残余思想的影响，精神空虚，世界观不对头，在古典文学中专喜寻找落后和低级趣味的东西。这样的青年，如果不加以挽救，即使不读古代作品，照样堕落下去。另外一个是一些青年文化水平比较低，缺乏历史唯物主义的基本知识。古典文学研究者应当努力用马列主义分析作品，向读者灌输历史唯物主义的东西，配合宣传、教育部门，作好指导青年阅读古典文学的工作。对历史唯物主义有所了解的人，阅读古典文学作品"中毒"的可能性是比较小的。

将历史观点和革命观割裂开来，强调古代作品在今天历史条件下对人民的意义和作用，有可能形成两种倾向：一是将古人现代化，把古人说得具有今人的思想；一是夸大古代作品对今天的消极作用，并从而否认其在历史上的地位，把古人说得一无是处。后者在一九六四年以后特别是林彪、"四人帮"横行时期，在古典文学领域内曾占统治地位。然而"四人帮"在鼓吹儒法斗争时，又把"法家"思想现代化。两者兼而有之。

厚今薄古，历史观点与革命观点分割，这两个理论性问题和上述的两种特殊情况是有联系的。人们有一种对古典文学的疑虑心理，鄙薄古典文学正是投合了这种心理。过分强调批判资产阶级学术思想，强调思想领域内的阶级斗争，古典文学作品被看作是资产阶级思想的"培养基"，于是乎用"革命观点"

来对古典文学加以审判，极力摈弃它。这些完全是违反马列主义对遗产批判继承的原理的。在这样一些简单化的思想占统治地位时，古典文学研究自然受到阻碍了。应当指出，我们并不是要忽视古典文学对今天的消极影响，并不是要忽视对资产阶级学术思想的批判，但是不能用这种形而上学的理论和办法来处理。形而上学的简单粗暴态度，不可能解决任何问题。

二　正确理解古典文学思想内容方面的批判继承问题

历史上各个阶级对于文化遗产都是批判继承的，我们的批判继承是根据马列主义所制定的方针。我们对这问题是根据马克思主义经典作家的一些论述去理解。然而马克思主义经典作家的论述散见于各篇章中，我们需要完整地、准确地去理解它。我们过去的理解常常带着片面性。我认为至少存在着这样几个问题。

第一个问题，是对于批判继承的范围理解太狭隘。

毛泽东同志在《新民主主义论》中说：

> 中国的长期封建社会中，创造了灿烂的古代文化。清理古代文化的发展过程，剔除其封建性的糟粕，吸收其民主性的精华，是发展民族新文化提高民族自信心的必要条件；但是决不能无批判地兼收并蓄，必须将古代封建统治阶级的一切腐朽的东西和古代优秀的人民文化即多少带有民主性和革命性的东西区别开来。⑥

毛泽东同志的这一段话是非常正确的。解放以后我们经常引用它，作为我们工作的指针，这是完全应当的，今天我们还应当如此。这段话教导我们对于文化遗产应该首先重视带有民主性精华的部分，抛弃封建性糟粕部分，这对于我们当前的政治生活，对于加速完成四个现代化都有很重要的意义，我们今天还有着反对封建思想残余的任务。但是我们不能由此得出结论，认为我们所能接受的，就只应该是带有民主性精华的作品，除此以外，都看作封建性糟粕。事实上，古代文学中包含民主性精华的作品是有限的。封建时代作家，就他们的阶级地位和世界观来说，基本上都是属于地主阶级。他们能写一些有民主色彩的作品，是难能可贵的了，怎么能要求封建时代大量的作品都包含那么多民主性呢？如果我们所要继承的限于这个范围，自然也要缩小我们的研究范围。如果除此之外都是封建性糟粕，那么我们值得继承的遗产就很有限。

毛泽东同志这篇著作，不是专门论述文化遗产问题的。它是一篇政治论文，是阐述我们党所领导的新民主主义革命的性质、任务，谈了一些方针、政策，其中谈到文化问题，包括如何对待文化遗产问题。在这样一篇全面地论述一个时期政治、经济、文化的根本问题的著作里，自然不可能对文化遗产这样一个具体问题作详细的阐发。民主性精华和封建性糟粕是对封建时代文化所作的根本的划分。列宁在《关于民族问题的批评意见》里提出"两种文化"的理论，即"每个民族的文化里面，都有一些哪怕是还不发达的民主主义和社会主义的文化成分"，"但是每个民族里面也都有资产阶级的文化（大多数的民族里面还有黑帮和教权派的文化），而且这还不是一些'成分'，而是占统治地位的文化"⑦。当然，我们不能把毛泽东同志的关于"民主性精华"和"封建性糟粕"的划分和列宁的"两种文化"的划分完全划等号。毛泽东同志讲的是封建社会，列宁讲的是资本主义社会。列宁讲"资产阶级文化"，也不是专指糟粕。列宁的论述并不意味着除了"民主主义和社会主义文化成分"外，都是要摈弃的。相反地，列宁多次提到"应当取得资本主义的一切宝贵东西，取得全部科学和文化"⑧，应当"吸收和改造""两千多年来人类思想和文化发展中一切有价值的东西"⑨。毛泽东同志所说的"封建性糟粕"或"一切腐朽的东西"并不等于全部封建文化。全部封建文化中，无疑有许许多多有价值的东西值得吸收和改造。我们在学习毛泽东同志这篇著作的时候，应当注意它的针对性。当时国民党反动派不遗余力地提倡封建文化，提倡尊孔读经，所以毛泽东同志强调分清民主性精华和封建性糟粕。要反对古代文化中一切腐朽的东西。这里无须详细论述整个封建文化的吸收和改造的问题。毛泽东同志在他的全部工作中，实际是对这个问题作了很好的回答。毛泽东同志对中国古代文化包括哲学、历史、文学等等的熟悉和了解，举世罕能企及。我们从毛泽东同志的著作里，可以看到他所征引的古人的著作并不限于具有民主性的作品，或其中具有民主性的部分。所举如《论语》、《左传》、《老子》、《庄子》、《孟子》、《汉书》、《后汉书》、《资治通鉴》，等等，是否都可归到带有民主性精华作品之列，这在研究者中间是具有不同看法的。毛泽东同志广泛地而不是偏守地涉览古代群籍，精通中国过去的文化和历史，正因为如此，他也更能深刻地了解中国的现状，能够使马克思列宁主义的理论和中国革命实际结合得这样好，从而领导中国人民取得中国革命的胜利。

毛泽东同志在同一篇著作中讲到吸收外国文化时，对于精华和糟粕没有加"民主性"一类的限制词：

但是一切外国的东西，如同我们对于食物一样，必须经过自己的口腔咀嚼和胃肠运动，送进唾液胃液肠液，把它分解为精华和糟粕两部分，然后排泄其糟粕，吸收其精华，才能对我们的身体有益，决不能生吞活剥地毫无批判地吸收。⑩

毛泽东同志对于批判地吸外国一切东西包括古代文化时，用了一个十分恰当的比喻，批判就是经过分析研究从遗产中分解出精华和糟粕来。这里精华和糟粕包括了内容和形式，在内容方面决不是专指民主性和封建性。

上面所举都是关于古代文化或外国文化的问题，至于古代文学，当然也是这个道理。毛泽东同志《在延安文艺座谈会上的讲话》里说：

> 无产阶级对于过去时代的文学艺术作品，也必须首先检查它们对待人民的态度如何，在历史上有无进步意义，而分别采取不同态度。①

这是按政治标准第一的原则来评价古代文学艺术作品。评价是为了批判继承。"对人民的态度如何"，当然是头等重要的。我们首先应当重视的是对人民态度好的作品，这也同在《新民主主义论》里对于我国古代文化划分出民主性精华和封建性糟粕一样，民主性精华在一切有用的东西里面居于首先重要的地位。这不意味着除此之外没有可以批判继承的东西。毛泽东同志的用语有高度的科学性，"首先"二字就留有充分余地。可是有的同志却作了狭隘的理解，误认我们所要的就限于对人民态度好的作品。有的同志为了"爱护"一些作品。就极力在一些作品中寻找"人民性"、"爱国主义"，为这作品争取合法地位。如果我们都懂得批判继承并不是这样狭隘，那就用不着担心没有"人民性"、"爱国主义"一类的作品都会笼统地抛弃，不会去牵强附会地费一番力气了。

第二个问题，对于古代作品思想内容在今天的教育意义的狭隘理解。

许多人提到古代作品的思想内容在今天的教育意义，总是只敢提它的认识作用。一般都承认古代不少作品可以帮助我们认识封建地主阶级怎样残酷剥削和压迫劳动人民，因此我们可以把它当历史来读，可以用来对今天的读者进行阶级教育。这当然是对的，马克思恩格斯论述资本主义制度发生发展的历史以及揭露资产阶级的剥削和残酷本质时，常常征引一些古典作品。恩格斯在《给哈克纳斯的信》中说巴尔扎克的《人间喜剧》"给予了我们一部法国'社会'的卓越的现实主义的历史"。古代作品对今天的认识作用是应当充分重视的，但是把它的教育意义局限于认识作用显然是不够的。许多人不敢提古人的奋斗精神和优良品德，而是对它加以抹煞。江青胡诌什么"例如地主阶级封建道德，资产阶级道德，它们天经地义的道德，是要压迫人、剥削人的，难道我们能批判地继承压迫人、剥削人的东西吗？我认为不能。"这个日夜梦想当女皇，梦想复辟封建主义资本主义的白骨精，却装模作样地声称不能批判地继承封建道德资本主义道德，她以为用封建道德资本主义道德可以抹煞过去的一切。这充分暴露了她对历史的无知。她哪里知道我们伟大的中华民族从古以来就存在着优良的传统精神，这种精神我们永远不能抛弃。毛泽东同志说："中华民族不但以刻苦耐劳著称于世，同时又是酷爱自由、富于革命传统的民族"，"在中华民族的开化史上有素称发达的农业和手工业，有许多伟大的思想家、科学家、发明家、政治家、军事家、文学家和艺术家，有丰富的文化典籍"。⑫鲁迅在《中国人失掉了自信心了吗》里说：

> 我们从古以来，就有埋头苦干的人，有拼命硬干的人，有为民请命的人，有舍身求法的人……虽是等于为帝王将相作家谱的所谓"正史"，也往往掩不住他们的光辉，这就是中国的脊梁。⑬

毛泽东同志和鲁迅的话，都说明我们几千年的历史并非漆黑一团，地主阶级人物并非都是封建道德的化身。毛泽东同志所说的许多伟大的思想家、科学家、发明家、政治家、军事家、文学家和艺术家，鲁迅所说的中国的脊梁，这都是体现了中华民族的优良的传统精神的人物。我国古代文学遗产有许多反映了这种精神和表现了这种人物。这样的作品，今天不是还有着不可磨灭的光辉吗？这种精神不值得我们继续发扬吗？这些人物对于我们不是还有着激励作用吗？

第三个问题，对于古为今用的狭隘理解。

古为今用，是人们所关心的问题。我们有那样丰富的文学遗产，希望它能在今天更多地发挥作用。但是，有的人对古为今用有一种狭隘的理解，认为古为今用就是要求文学作品能直接配合当前的运动和斗争任务。我们不否认古代不少文学作品，经过合理的解释，在一定形势下是有可能用来直接配合当前的运动和斗争任务的。例如，解放初期，为了配合宣传婚姻法，反对封建婚姻制度，我们的剧场上演了《西厢记》和《梁山伯与祝英台》等戏曲；六十年代初，为了配合反对苏联修正主义，战胜由于自然灾害所遇到的困难，我们出版了《不怕鬼的故事》，这都收到了很好的效果。但是，我们不能都要求那样直接配合。更多的情形是：古典作品在其所写的内容中所包含的生活真理能给今天的人们一定的启发；它所表现出来的奋斗精神和优良品德还能激励今天的人们。马克思主义经典作家很重视利用古典文学作品来阐明现实生活中所遇到的一些问题。列宁在《给〈真理报〉编辑部》里说："一般说、不时在《真理报》回忆、引证并解释谢德林及'旧时的'民粹民主派的其他作家的作品，是很好的。对《真理报》的25000名读者说来，这是恰当的、有意义的；而且可以从另一个方面，用另一种口吻来阐明工人民主派的许多当前问题"⑭。我们在读到列宁的这一段话时，必须注意两点：一、列宁说的"回忆、引证并解释"一些古典作品，特别是"解释"二字，表明要对这些作品必要的研究和理解；二、"从另一个方面、用另一种口吻"，这是讲借助于一些古典作品所描写的社会生活，借助于古典作品的艺术形象和艺术语言，这些是广大人民群众所希望知道，所喜爱和所乐意接受的。用这些来帮助"阐明工人民主派的许多当前问题"，这是使人民群众在获得知识和欣赏艺术的当中，潜移默化地接受一些革命的真理。这里包括配合运动，同时不完全都是配合运动。"许多当前问题"，说明包括的范围很广。

这和我们一些同志的理解不同。我们一些同志常常是这样：一个运动来了，就要把古人请出来为今天服务，认为这才是"古为今用"。把"古为今用"限制在狭小的范围内，不是如列宁所说的联系"许多当前问题"。而且一些人的所谓配合运动往往是牵强附会，生拉硬扯，把古人思想现代化，让古人穿上现代服装，说现代人的话。"四人帮"在台上为篡党夺权搞反革命复辟作准备时，牵强附会的作法达到了登峰造极的地步。"四人帮"召唤亡灵，鼓吹所谓"儒法斗争"，含沙射影，恶意攻击党政军领导同志，并且自封为所谓法家。他们对古代文学遗产肆意歪曲，肆意糟蹋。然而他们在这方面之所以得售其奸，不能不说是利用了社会上所流行的对古为今用的狭隘理解。有的人误认为"四人帮"的这一套就是所谓古为今用。

大搞影射攻击的"四人帮"，却诬蔑文化大革命前一些同志在古为今用问题上所作出的一些可贵的努力为影射攻击。如邓拓同志的《燕山夜话》等，谈古说今，往往用古人作品来阐明一些当前问题，这是符合列宁教导的，却被无中生有地栽上影射攻击的罪名。

"四人帮"还诬蔑今天提倡在读者中选读一些古典作品或上演一些传统剧目为宣扬封建主义、资本主义，这也曾迷惑了一些人。驳斥这种论调，我们还可引列宁的一段话："18世纪老无神论者所写的那些锋利的、生动的、有才华的政论，机智地公开地打击了当时盛行的僧侣主义。那些政论在唤醒人们宗教迷梦方面，往往要比充斥在我们出版物中的常常歪曲（这是不容讳言的）马克思主义的文字更适合千百倍，因为这些文字写得枯燥无味，仅仅是转述马克思主义，几乎完全没有选择适当的事实来加以说明。"⑮列宁说得很清楚，在宣传无神论问题上，出版一些仅仅是转述马克思主义的蹩脚的东西，不如采用十八世纪老无神论者的作品。宣传无神论是如此，阐明其他一些问题何尝不是如此。一九六一年毛泽东同志号召全党大兴调查研究之风，指定将《聊斋志异》的《胭脂》列为学习材料之一。一九五六年昆曲《十五贯》的演出，周恩来同志很重视这个戏里批判主观主义的思想意义。我们的一些古典作品或传统戏经过新的解释，帮助我们阐明一些当前问题，往往比我们的一些不成熟的枯燥无味的出版物和上演剧本更为有力。这不是古人比今人高明，而是因为一些成功的传世之作是经过了作者深思熟虑写出来的，而且经过了长时期的实践的检验。古典文学作品中所反映的生活真理，和今天现实生活中的某些现象有相通之处，而古典文学由于它的成功的艺术形式，能够打动人的心灵，在读者中收到良好的效果。今人有今人的伟大成就，这些成就深刻地反映了我们的时代，是我们所首先要特别重视的。尽管如此，人们还是希望了解过去，了解过去时代的生活，因此还是想要阅读古典作品和看一些传统戏。古典文学研究者的任务就是努力去发掘这些作品的思想意义。古为今用的道路是很宽广的。

三　关于艺术性

五十年代初期，研究古典文学的文章，一般不谈艺术性。一九五六年"百花齐放、百家争鸣"的方针提出以后，谈论艺术性的文章多起来了。到了五十年代末，这一类文章往往受到批判。从此以后，古典文学的研究文章，对于艺术性又过度小心，不敢多谈，要谈也是很空泛。因此可以说，解放以后，对于古典文学艺术性的分析，是工作中的一个薄弱环节。

这是不应有的现象。各门各类的文化遗产都是关于古代社会生活和思想意识的反映，但是，每一个门类都有它的特性。文学的特性是通过语言的艺术形象来反映生活和思想感情，它要求有美感，能动人。撇开文学作品的艺术形式，就不成其为文学作品。我们肯定一个作品的价值，决不能脱离它在艺术上所达到的成就来衡量。

从批判继承遗产来说，研究古代文学作品，必须十分重视研究它的艺术性。我国古代许多作家，它们毕生从事文学创作活动，在艺术上下过苦工夫，其中许多人的作品有他们的独创性，对于今天的文艺创作，都有许多值得借鉴的东西。古代作品的艺术性和作家的创作经验，很值得我们认真地探讨。这是古代文学遗产批判继承的一个特殊重要方面。

分析文学作品不注重分析艺术性，这不只是古典文学研究领域内的问题，而且是解放以后整个文艺批评界的共同问题。这和文学创作中流行的教条主义公式主义的思想倾向有关。这大概是由于解放以后，文艺界对于创作和批评的经验还不足，对于文艺特性和功能认识还不那么透彻的缘故。解放以后，我们强调文艺为工农兵服务，为广大人民服务，我们反对资产阶级的"为艺术而艺术"一类的虚伪口号，主张文艺创作要表现社会主义的思想内容，这是正当的，必要的。但是由此产生了片面的理解，以为强调了文艺创作要有正确的思想内容，艺术性就无足轻重。许多教条主义公式主义的作品就这样产生出来。人们起初以为这是合乎革命的功利主义，然而效果却是相反。缺乏优美的艺术形式的作品，不管它是如何起劲地说教，读者不肯接受，就起不到教育作用。

文艺创作批评的这种片面强调政治忽视艺术的倾向在古典文学领域内也反映出来。解放以后我们对待古代作品，都遵守政治标准第一、艺术标准第二的原则。这个原则是正确的，我们却作了片面的理解。毛泽东同志说："但是任何阶级社会中的任何阶级，总是以政治标准放在第一位，以艺术标准放在第二位的。"这个"第一位"和"第二位"是对立的统一。如果没有第二位，就无所谓第一位。第一位不能离开第二位而单独存在。所以不能只讲政治标准不讲艺术标准。标准有高低之分。任何阶级的政治标准都有它的高标准和低标准。封建统治阶级的高标准是歌颂封建王朝，极力宣扬封建伦常纲纪一类的东西。他们的低标准是不危害当时的封建统治，不破坏封建伦常。从高标准到低标准之间，限度是非常宽的，这都属于封建阶级政治标准的许可范围之内。封建统治阶级也很少有人坚持文学作品必须符合本阶级政治上的高标准才许通过，否则不许流传，——这只有蠢人才能干出的事。这实际是扼杀文学。列宁说过："无可争论，在这个事业上绝对必须保证有个人创造性和个人爱好的广阔天地，有思想和幻想、形式和内容的广阔天地"[16]，任何时候任何阶级都是如此。所以封建统治阶级能够接受并且允许流传的作品还是相当的多，而流传的是否广远，取决于其艺术性的高低。我们接受古代作品，在政治上也有我们的高标准和低标准。高标准是带有民主性和革命性，低标准是不根本反动，不腐朽堕落。在这样宽的限度之内，作品艺术性的高低对我们的取舍态度要起很重要的作用。如果思想性和艺术性都很高，当然最受欢迎。如果思想性较高，艺术性稍低，我们还是应当重视它，给它较高评价，但有的人对这类作品不一定很喜爱。如果思想性较低，艺术性很高，虽然评价应当低一些，但喜爱这类作品的人却是很多。因此尽管艺术标准属于第二位，这个第二位是极其重要的。

五十年代末以后，古典文学研究者少谈艺术性，这是因为有两个顾虑：一是怕被批评为"超阶级的形式主义"；二是怕被说成"人性论"。

"超阶级的形式主义"自然要反对的。资产阶级鼓吹为艺术而艺术，提倡形式主义，反对文艺应当具有进步的思想内容和社会意义。他们所反对的是文艺为广大人民群众服务，实际是要为一小撮胖得发愁的社会寄生虫茶余酒后消愁解闷。对于这种资产阶级文艺思想，应当批判。在古典文学研究中离开阶级观点、离开作品的思想内容来谈作品的艺术，作为一种倾向，这是不能允许的。

但是，有些问题还应当具体分析。

古代有许多作品，它的思想性不高，或者说没有较多可取的思想内容，但它在艺术上却有较高成就。这样的作品，应该从艺术上多作一些研究。把这种研究看成提倡"超阶级的形式主义"，显然不恰当。

这里必须分清一个界线：是站在"超阶级"的立场来赞美这些作品呢？还是站在无产阶级立场对它作了分析批判之后再来研究它的艺术表现形式？如果是前者，就应当反对；如果是后者，就应当赞成。

在阶级社会里，没有超阶级的艺术，这是指艺术作品而言。艺术作品是社会生活在作家头脑里的反映，它必然打上阶级的烙印。至于艺术形式、艺术技巧等，是指作家用什么手段去反映社会生活，它是不能笼统地说成有阶级性的。例如，把社会生活中某一客观事物描写逼真，这是艺术技巧问题。地主阶级、资产阶级作家所逼真地写出来的生活细节，无产阶级仍然可以认为它是很真切。至于作者受什么思想的支配，那是另一回事。任何阶级的作家，他能把客观事物写得逼真，都是由于他下功夫观察过，体验过，感受过，对它十分熟悉的结果。这里起决定作用的是他的艺术实践，而不是他所信仰的思想。一个虽然具有先进思想的作家，如果他不深入生活，不掌握艺术技巧，他也不可能把客观事物写得逼真。相反地，一个反动的却是掌握技巧的作家，对于他所熟悉的生活有可能逼真地写出来。列宁在《一本有才气的书》里提到一个"忿恨得几乎要发疯的自卫分子"阿尔卡季·阿威尔岑柯"以惊人的才华刻划了旧俄斯的代表人物——生活优裕、饱食终日的地主和工厂主的感受和情绪"，指出他对所熟悉的情况，"描写十分逼真"。列宁说："在我看来，有几篇小说值得转载，应该奖励有才气的人"①。阿尔卡季·阿威尔岑柯是反动透顶的作家，他站在反动的立场，刻划那些旧俄罗斯的代表人物的感受和情绪却是那样酷肖。革命的作家有时也需要写到那些人物，揭露和鞭挞他们，然而是否都能写得那样传神呢？列宁深刻地揭露了那些作品的反动性，却提到这个作者的"才气"；才气就是指他的那种逼真地描写某种客观事物的能力，这种能力值得奖励。

除了对客观事物的描写逼真以外，还有语言、风格、艺术结构，以及对文学形式的熟练掌握等等，都属于艺术形式、艺术技巧的问题。我国古代许多思想性不高、艺术性较高的作品，都在这些方面有其各自的独到成就。这些作品的作者不像阿尔卡季·阿威尔岑柯那样根本反动，他们的艺术才华更应当值得我们研究。我们如果是恰如其分地研究他们作品的艺术成就，而不是不顾其思想性不高的情况而任意抬高他们，这就不存在"超阶级的形式主义"问题。鲁迅在《中国小说史略》里对于俞万春的《荡寇志》这样的反动作品，也指出其"书中造事行文，有时几欲摩前传之垒，采录景象，亦颇有施罗所未试者，在纠缠旧作之同类小说中，盖差为佼佼者矣"。并不因为作品反动而对它的艺术性也一笔抹煞。像《荡寇志》这样的反动作品，是我们应当排斥的；它的艺术性，却是不妨研究的。

艺术表现能力是人类历史中长期创造和积累下来的共同财富，各个阶级都可以用它。奴隶主阶级、地主阶级、资产阶级积贮的这种能力，对于无产阶级仍然可供借鉴。当然，这只能是批判地吸收，而不能是硬搬，对于过去任何作品都是如此。我们要吸收前人的艺术成就，就不能不对它进行研究。我们可以这样说，在作品的艺术性之中，除了渗透作家思想感情的部分之外，还存在着具有相对独立价值的东西。这些东西和前者结合在一起，虽然不能机械地分割开，但是应当承认，我们对作品加以认真研究分析，还是可以得到那些东西的。

研究古典文学作品的艺术性，还有一个顾虑是害怕被当作宣扬"人性论"来批评。

我国古代许多作品写了爱情、友谊、离愁别恨、田园山水之类，这些东西有许多没有反映社会政治的重大问题，却是写得感情真挚，有艺术魅力。按照一些批评者的意见，花力气去研究这些作品的艺术性，肯定它写得感情真挚等等，就是宣扬了"人性论"。因为这些作品的作者都是地主阶级文人，他们在作品中反映出来的感情是地主阶级的感情，今天不应当能够打动无产阶级读者。如果认为今天无产阶级读者还喜爱它，这就无异承认地主阶级和无产阶级有共同的人性，这就是"人性论"。这里确是遇到了一个令人困惑的问题：这作品之所以美，很大程度上是因为它恰到好处地写出了作者的真情实感，也可以说是表现了地主阶级的人性。如果这些作品没有表现地主阶级人性，表现出来的只是伦纪纲常，满纸道学气，当然没有人去说它美。表现了地主阶级人性的东西，我们还承认它美，在问题没有弄明白以前，看起来是很难办。这里撇开"人性"的问题，光说这些作品的"恰到好处"的艺术技巧是否行呢？那也不行。因为这作品之所以打动人，其真情实感往往起了很大作用，是不能抽掉的。

我们应当怎样来对待这个问题呢？

解决这个问题，还是要认真地学习和研究毛泽东同志在《在延安文艺座谈会上的讲话》里一段关于"人性论"的论述。

毛泽东同志说：

> "人性论"。有没有人性这种东西？当然有的。但是只有具体的人性，没有抽象的人性。在阶级社会里就是只有带着阶级性的人性，而没有什么超阶级的人性。我们主张无产阶级的人性，人民大众的人性，而地主资产阶级则主张地主资产阶级的人性，不过他们口头上不这样说，却说成为唯一的人性。有些小资产阶级知识分子所鼓吹的人性，也是脱离人民大众或者反对人民大众的，他们的所谓人性实质上不过是资产阶级的个人主义，因此在他们眼中，无产阶级的人性就不合于人性。现在延安有些人们所主张的作为所谓文艺理论基础的"人性论"，就是这样讲，这是完全错误的。⑱

毛泽东同志这段话说得很明确：一、在阶级社会里只有带着阶级性的人性，没有超阶级的人性；二、地主资产阶级主张地主资产阶级人性，把它说成唯一的人性，小资产阶级知识分子鼓吹的人性实质上不过是资产阶级个人主义，他们认为无产阶级的人性不合乎人性；他们的这些主张都是完全错误的。我们反对"人性论"，这是两条基本的原则。

但是，许多年来，我们对于这两条基本原则没有作过认真的研究，只是停留在很浮浅的理解上，我们的理解实际是歪曲了这两条基本原则。其根本的原因在于我们没有真正理解"在阶级社会里就是只有带着阶级性的人性"这句话的意义。

从五十年代末以来，我们的批评界极力否认人性中有共同的东西。如果有人提到它，就会被扣上一顶"人性论"的帽子。这实在很武断。人性历史地发展的。人类社会分化为阶级社会还只有几千年，在阶级社会以前，人类经历了几十万年的漫长的岁月。那个时候人类结合为一个一个的群体，从事生产斗争，过着共同的生活。他们在不同的时期，不同的地域，有着不同的恋爱和婚姻的方式；他们辛苦地抚育后代；他们有个体间的相互来往；他们还要从事部族间的战争。在他们的种种活动中，自然要形成他们的人性。到了阶级社会，人类都是各自在一定的阶级地位中生活，各种思想和行动都离不开阶级的支配，自然只有带着阶级性的人性。但是，为什么说"只有带着阶级性的人性"，不干脆说只有"阶级性"？"带着阶级性的人性"不等于"阶级性"。"带着阶级性的人性"，有共同的人性作基础，但它打上了阶级性的印记。共同的人性是在几十万年人类原始社会中形成的，不可能在人类划分阶级以后就泯灭其历史的痕迹。

对立的阶级是互相转化的，封建社会以后转化的速度更为加快。地主可以失去土地转化为农民，农民可以获得土地转化为地主；作为地主阶级和农民阶级的某些成员可以互相影响。另外，在各个阶级中，又因为经济地位不同、利害关系不同而分成不同的阶层。基于这些，我们就不能用凝固的形而上学的观点来看各个阶级的人性，应当看到一个阶级内部的人性的对立统一。毛泽东同志说"我们主张无产阶级的人性，人民大众的人性"一语就给我们以启发。"人民大众"主要包括工人、农村中半无产阶级无产阶级的贫、雇农和小资产阶级的中农以及城市的小资产阶级和小资产阶级知识分子等。应当说，"人民大众"中带着阶级性的人性并不一致，小资产阶级和无产阶级的区别很明显。但是，小资产阶级在当时历史条件下是要革命的，爱国的，这就和无产阶级一致起来。

我国两千余年无数历史事实说明地主阶级的人性也是对立统一的。有"众皆竞进以贪婪兮，凭不厌乎求索"[19] 的楚国统治集团的人性，也有和它对立的"人生各有所乐兮，余独好修以为常"，"九死不悔"[20] 的屈原式的人性；有"鼻息干虹霓"[21] 的唐代朝廷权贵的人性，也有"一生傲岸苦不谐"[22] 的李白式的人性；有赵构和秦桧的对金贵族统治者屈膝求和的人性，也有岳飞"精忠报国"的人性；有荣国府宁国府里贾政、贾赦、贾琏、王夫人、王熙凤等人的人性，也有贾宝玉、林黛玉的人性。这些都是属于地主阶级人物，他们的人性竟然如此对立！而这些人性又不可否认都打上了地主阶级阶级性的印记。不论屈原也好，李白也好，岳飞也好，贾宝玉、林黛玉也好，都没有超出他们的阶级。超阶级的人性是没有的，一个阶级的模式化的人性也是没有的，地主阶级的人性也要一分为二。

这里使我们懂得了以下一个问题。毛泽东同志说："中华民族不但以刻苦耐劳著称于世，同时又是酷爱自由、富于革命传统的民族"㉓，这里所说的当然以被压迫剥削阶级的劳动人民为主体，但也包括剥削阶级的一部分人物。奴隶主阶级、地主阶级、资产阶级中都有这样一些人物。共同的民族性就是在多少世纪共同的生活环境中形成的，在阶级社会中，由于各个阶级的互相渗透、互相影响而巩固起来。

这里还使我们懂得了另外一个问题。毛泽东同志在一九六一年说过的：各个阶级有各个阶级之美，各个阶级也有共同的美，"口之于味，有同嗜焉"㉔。这实际是向我们显示了剥削阶级的人性也要一分为二，其中有美的东西，如果剥削阶级的人性和阶级性等同，只存在剥削、压迫、残酷、贪婪这一类东西，他们看事物不会和我们有什么共同的美。地主阶级文学家有许多也并不认为压迫、剥削、残酷，贪婪之类是美的，他们写到这些时，总是把它作为鞭挞的对象。他们要表现他们所认为的美，如悲天悯人、陶情山水，以及爱情、友谊、生离、死别等等，这些，在一定生活条件下，各个阶级可能是有某些共同的体验的。尽管过去作家写这些东西的时候，渗透了他们的思想感情，带着他们的阶级色彩。在他们的作品里，如果表现的感情是真实的，就会使人发生"口之于味，有同嗜焉"的感觉。这样的作品，有许多是"先得我口之所同"的。

由此可见，毛泽东同志说的"在阶级社会里就是只有带着阶级性的人性"一语，并不能用来作为否定古代一些表现了封建文人的真挚感情作品的根据。

必须指出，我们这些年来把反对"人性论"引到古典文学领域，这是不符合《在延安文艺座谈会上的讲话》的原意的。在古典文学领域内，没有发生把地主资产阶级人性说成唯一的人性的问题，也没有人认为无产阶级的人性不合乎人性，只是肯定了古代某些写出了真情实感而且写得好的作品今天仍然能够打动读者。这本来是应当认真研究的问题，却被当作"人性论"来加以指责。

这实际说明，我们批判了多年的"人性论"，究竟什么是"人性论"，我们应当反对什么，并不都很了了。毛泽东同志已经作了论述，我们的批判却超出了毛泽东同志所指出的范围。这也是受了"宁'左'勿右"的影响。

不按照《在延安文艺座谈会上的讲话》所指出的反对"人性论"的基本原则而滥批"人性论"，这影响了文艺创作，也影响了古典文学研究，其结果都引到忽视文学作品的艺术性。

四　清理古代文学发展过程

上面所引毛泽东同志《新民主主义论》的一段中有一句很重要的话："清

理古代文化发展过程"，我们过去对它注意很少。毛泽东同志在《中国共产党在民族战争中的地位》中还说："学习我们的历史遗产，用马克思主义的方法给以批判的总结，是我们学习的另一任务"，"从孔夫子到孙中山，我们应当给以科学的总结，承继这一份珍贵的遗产，这对于指导当前的伟大的运动，是有重要的帮助的。"③"清理古代文化发展过程"和对遗产"给以科学的总结"，我想这是一个意思。古典文学领域三十年来所作的努力，应该说属于这一工作。但是，我们过去的工作主要还只是研究了某些具体的作家和作品。我们出版了几部文学史，但是文学史主要也是按照作家作品来写的。我们忽视了应该做的另一方面的重要的工作，这就是要对古代文学的发展过程中一些重要的文学现象作一些综合性的研究。五十年代后期也偶然就某些问题作过一些讨论，但那都是由于社会上某种原因所引起。如历史学界讨论了中国封建社会的分期问题，古典文学研究领域内因而提出了中国文学史的分期问题；国外有人认为现实主义形成于近代，我们的学术界有不同意见，就讨论了我国古代文学现实主义的形成问题；在《红楼梦》研究中有人认为《红楼梦》是市民文学，因此就讨论了市民文学问题，等等。参加这些讨论的文章，大都是即兴写成，很少作系统的深入的研究。当然，这样的文章在一个时期内还是起了作用的，但是为了切实解决一些学术上的问题，我们还是需要有人埋头作独立的探讨。

我们需要探讨一些什么问题呢？

我们首先需要探讨我国古代文学和经济基础及其他上层建筑的关系问题。这些问题的一般理论，马列主义经典作家作了许多论述。但是，如何运用到我国古代文学研究上来，我们所作的工作还很少。我国古代文学有着绵延不断的几千年的历史，有那样众多的著名作家，有那样丰富的文学典籍，这在世界上是罕见的。我国古代文学历史最灿烂的时期是在封建社会，这在世界上也比较突出。将我国古代特殊的文学现象，结合历史的发展过程进行探讨，对于马克思主义理论的研究无疑可以增添新的内容，可以丰富马克思主义。我们要遇到许多新的课题。例如，我国奴隶社会的生产关系，在文学中是怎样反映的？我国两千多年封建社会的历史，生产关系的发展有不同的阶段，这些发展在文学中怎样反映出来？又如，我国古代各个封建王朝对待文学有各种不同的态度，它们所提倡和反对的有其共同的东西，也有其不同点，应当怎样分析？文学的状况和政治密切相关，它们的关系究竟怎样具体表现出来？古代各个时期作家有各种不同的政治态度，有各种不同的生活遭遇；然而他们有其共同点：除了作"隐士"之外，总得谋求官位，哪怕是一官半职。这是为了维持生计，也是家庭和社会对他们的要求。宋元以后，有了为勾栏瓦舍或者书肆编写些东西糊口的文人，然而他们社会地位低，收入也微薄，还是不如做官。古代作家的这样一些处境和经历对文学发生了什么影响？又如，古代文学和哲学、宗教等的关系，古代教育制度和文化各个方面如绘画、舞台表演艺术、印刷、出版等对文学的影响，等等。这样一些问题，都需要进行认真的研究。

我们还需要探讨文学本身的问题。这可以分思想内容和艺术形式两个方面来说。

思想内容方面，首先是主题和题材的问题。我国古代有许多常见的主题和题材，如指斥时政、忠君爱国、蔑视权贵，忠奸对立，以及写爱情、婚姻、田园、山水、边塞，等等。这些主题和题材在各个时代作品中，不断地重复出现。但是在内容上随着历史的发展而不断起变化。屈原作品的指斥楚国统治集团，不同于《诗经》中的怨刺；唐诗中的边塞和南宋诗词中的抗金爱国显得特别突出；李白的蔑视权贵，和嵇康不同。写爱情和婚姻题材的作品，经历《诗经》、汉乐府，到《孔雀东南飞》，思想内容上有一个飞跃。《孔雀东南飞》的反封建礼教的主题，在当时是很新的，以后在诗歌、戏曲、小说中继承下来，在《红楼梦》中发展成为一个高峰。类似这样一些传统的主题和题材，在我国文学历史上的出现和发展，很值得加以研究和总结。

我国古代有许多表现同样主题思想的作品，内容的深刻性却大不相同，这里有作家的生活道路问题，有作家对现实的态度问题。古代创作中公式化概念化的问题有时也非常严重。诗在宋代以后，大不如前，思想内容上的陈陈相因，有很大关系。"自从老杜得诗名，忧君忧国成儿戏"[26]。看到前人写哪一方面的东西获得成就，就争相仿效，不是出自内心的真实感受。元明清的许多小说和戏曲都表现出公式化概念化。我们应当研究古代作品的各种倾向及其一些共同性的问题。

还有文学思潮和文学流派的问题。文学思潮和流派是时代的产物。各种流派的特色首先反映在作品的思想内容上，当然也从艺术风格、艺术手法等方面表现出来。一般说来，某些文学流派的产生，常常是某种文学思潮的作用或反作用的结果。我国古代文学流派很多，它们的产生、演变的原因及其思想特征，还有待于探寻。

艺术形式方面，首先是文学的体裁问题。我国古代文学的体裁是丰富的。关于诗歌，就有四言、骚体、赋体、五古、五律、七古、七律、词、曲，等等；关于散文，有古文和骈体文；关于戏曲，有杂剧、传奇，还有各种地方戏；关于小说，有话本、章回体；这不过是举其大略。这许多文学体裁，都有它的产生和发展的过程，都有它的特点。过去虽然有人作过一些研究，但是还有许多问题没有解决。文学体裁的种类繁多，在促使我国古代文学的丰富多彩方面起了很重要的作用。这些文学体裁在艺术表现上都是各有短长。例如，四言诗"文约意广"。而五言诗却"指事造形，穷情写物，最为详切"[27]。五、七言的律、绝和词，节奏分明，富有音乐性，但为格律所限，不可能写出长篇巨制的叙事之作来。因此，有了五言后，有人还是要写四言；律诗绝句兴起后，人们还是写古诗；词兴起之后，不能代替诗。各种体裁的特点都值得研究。

我国古代文学的传统的艺术特色有多方面的表现。刘勰在《文心雕龙》里作过一些综合性的论述，他所举的有"声律"、"丽辞"、"比兴"、"夸饰"、"练字"、"隐秀"等等。《文心雕龙》是对六朝以前文学的总结。六朝以后，年代很长，名家辈出，文学有巨大的发展。新的创作经验，没有产生一部像《文心雕龙》那样体大思精的总结性的著作。但是，有许多人从不同的角度，不同的观点对于总的或不同时期的文学作了一些论述和概括，如各种诗话、词话、曲话之类。其中很多是代表了某些文学流派的艺术观点。吸收前人这些论述的成绩，用新的观点来总结我国古代传统的艺术特点，是我们一项很重要的任务。我国古代文学史上流派很多，也是造成文学园地百花争艳的一个重要原因。各个流派在艺术上有自己的独特风格，同时也都具有共同的传统的民族风格。传统的民族风格融化在它们的独特风格之中。它们的独特风格取得成功之后又都成为民族传统风格的组成部分。因此某些流派在当时和后世都能发生很大的影响，其作品拥有那样多的读者。这许多经验都值得我们的研究。

以上简单地提到一些综合性的问题。诸如此类的问题，都需要我们从科学的基础上进行分析研究。三十年来，我们还较少注意这些方面。我们的注意力更多地集中在作家作品的研究上。在一些作家作品的研究中，由于缺乏对于文学发展过程的纵的研究，也缺乏对于一个时代的文学的横的了解，这就不容易把所要研究的作家作品放到文学史上一定的地位来考察，从而忽视文学的特点。下面这种情形我们常常可以见到：研究一个作家，先看当时的社会政治背景如何，有什么社会思潮，然后从这个作家的作品中去寻找他的政治倾向，看他代表什么观点，于是乎对他作出判断。这样的研究当然也是有用的，但这还是偏于对作家的社会研究，和文学的结合不紧。这样的研究能够帮助我们了解这个作家的思想，不能使我们看出这个作家在文学史上的地位和他的真正文学面貌。这种忽视文学特点的情形是我们过去古典文学研究中一个值得注意的缺点，造成这种情形的原因不能不说是和孤立地研究个别作品有关系的。

把一些作家作品研究好，恰当地了解一些作家在文学史上的地位和他的真正文学面貌，这不算完成了任务。我们的任务是清理古代文学发展过程，认识其发展规律，认识古代文学思想内容和艺术形式的精华与糟粕，认识我国文学的民族形式和民族风格的形成及其特点：这有助于指导当前的文艺运动。今天的文艺是从过去文艺发展而来，研究过去，就是为了现在。这就是批判继承。社会主义新文化不是从零开始，凭空出现的，而是在批判旧文化的基础上建立起来的。"四人帮"继承了列宁所痛斥过的苏联拉普派的衣钵，提出所谓"彻底批判"论，他们抛弃文化遗产，当然也就根本不要建立社会主义新文化。我们要更好地建立社会主义新文化，就应当更好地研究文化遗产，要研究一些规律性的东西。

广大人民群众和古典文学工作者对于探索文学史上规律性的东西寄予了很大的希望。许多读者对于六十年代初出版的文学史纷纷提出意见，要求探讨规律性的东西。

所谓探讨文学史上的规律性的东西，也就是如上所述要对各个历史时期的文学现象以及各种文学现象的历史发展作综合性的研究。我们不仅要研究个别作家作品的社会背景，还要研究一个一个历史时期的政治经济对文学的影响；不仅要研究个别作家作品和当时某一个思想流派或某一思潮的关系，还要综合研究各个历史时期文学与哲学、宗教思想等等的关系。我们要研究从殷周以来各个时期文学作为社会现象的发展程度和文学的社会地位、社会作用的历史特点；我们要研究各种文学体裁的发生和发展；研究文学的艺术形式的发展；研究各个时期文学流派的产生和发展，等等，把许多综合性的问题研究好，古代文学发展的脉落比较清楚了，研究作家和作品有可能更深入了，对于考察和指导当前的文艺运动也可能有所帮助了。

这些问题，有的在解放以前就有一些人研究过，如关于某些文学体裁的形式和发展，民间文学和文人文学的关系等。他们的研究成果，我们今天可以利用，但是今天的工作规模是过去无法比拟的。我们在马克思列宁主义的指导之下，一定能够很快地取得好的成绩。解放以后对于古代作家作了大量的研究，给我们要从事的综合性研究有一定帮助，这是有利条件。但是我们面前还有困难，这就是我们三十年来对这些问题的研究比较少，缺乏学术的积累。研究这样一些问题，需要掌握大量的资料，要对资料作大量的排比和分析工作，要作大量的考证性工作。解放以后，不少人的心理对这样一些工作是比较轻视的，认为这是资产阶级学者的事情而不屑为。在五十年代，那个一向居心叵测后来成为"四人帮"顾问的"理论权威"在刊物上发表通信，把考据、校勘等工作贬得一文不值，在学术界发生过恶劣的影响。解放以后的古典文学领域内比较重视理论批评，但是对于理论批评工作有一些误解，认为那是讲大道理的，靠挖空心思不是靠详细占有材料，因此理论文章往往流于空疏。综合性研究也是理论批评工作，但是这项工作靠凭空发议论是什么也说不出来的，因为那些规律性的东西，要从浩如烟海的典籍中去找。如果我们不破除对于搜集材料和考据一类工作的轻视心理，第一步就迈不开。"寂寂寥寥扬子居，年年岁岁一床书"，关起门来搞一些资料的搜集和考据性工作，也许不胜寂寞之感。但是如果没有一些人踏踏实实地从事一些艰苦的劳动，我们的学术是缺乏坚实的基础的。我们还要看到，学术上的问题一环套一环，这个问题没有解决好，就会影响那一个问题的进展。研究综合性的问题，在进行当中可能遇到这样或那样的障碍，要我们加倍努力，自己动手去解决一个又一个的问题。对于这些困难，我们要有充分的思想准备。

五　坚持百花齐放、百家争鸣

解放以后古典文学研究取得的成绩，是和党的百花齐放、百家争鸣方针分不开的。三十年的经验证明，在古典文学领域内什么时候双百方针执行得好，我们的研究就获得明显的进步；什么时候执行得不好或不执行了，研究工作就进步得慢或者停顿倒退了。

从一九五四年《红楼梦研究》批判的时候起，在这以后的几年中，在古典文学领域内，曾经一度形成了一种"百家争鸣"的风气。《红楼梦研究》批判运动中，在党的领导下，中国作家协会在北京连续召集一部分对于《红楼梦》有所研究的文艺界人士开了几次关于这部小说的座谈会，提倡自由讨论。会上各抒己见，都是畅谈我们今天应该怎样来认识《红楼梦》的思想内容和它的艺术成就，这实际体现了百家争鸣精神。一九五六年，党中央正式提出百花齐放、百家争鸣的口号以后，古典文学领域内就展开了关于李煜词和关于《琵琶记》的讨论。一九五九年和一九六〇年，又展开了关于陶渊明和李清照的讨论，——当然还有其他一些讨论，这几次讨论都是规模较大，影响较深的。

在执行双百方针中，我们的研究工作得到了一些什么明显的益处呢？

一、研究工作者普遍提高了研究能力的水平。

解放以后对于古典文学研究的要求和以前大不相同。开始时期一些大学教授比较熟悉的过去的那套学问搁置起来了，现在要讲什么思想性、艺术性，而且要用马克思主义的观点和方法来讲，感到很陌生。学生从讲堂上听到的，主要是老师的比较生硬的讲义。当然，学术界都在努力学习提高，但一些人由于没有适当的机会和气氛，学习和研究的心得不易发表出来。学术界的死水微澜，是不会生机旺盛的。百花齐放、百家争鸣的方针提出来了，学术空气就顿时活跃起来了。各种意见勇于发表出来，互相得到启发和提高。今天我们回头读李煜词、《琵琶记》讨论中的文章和发言，也许会感到有意见太奇怪，很难令人相信，比如说李煜词中有人民性、爱国主义，《琵琶记》反封建，它所宣扬的封建道德有人民性等。然而这类意见当时确有代表性，一经提出来，经过讨论说清了道理，原来有这些观点的同志不一定坚持了。从这些讨论中，许许多多的人逐渐领悟到运用马克思列宁主义研究古典文学应该怎样着手，应该注意一些什么问题，从李煜词、《琵琶记》推而至于研究其他作家作品，都有了一些方法，无形中共同都有了提高。因此一九五五年以后的几年中，古典文学研究有了很大的进步。一九五八年在某种政治热情支配下，北京大学等校的学生，能够在很短的时间内写出几部文学史著作，如果没有前几年的积累，是不可能的。

五十年代末和六十年代初关于陶渊明、李清照的讨论是由于一部分青年学生对于陶渊明和李清照的简单否定而引起的，人们迫切需要对这两个诗人重新评价。这两个诗人作品的思想意义比较复杂，许多文章从各个方面进行了分析。有许多分析比起李煜词和《琵琶记》的讨论来又有所进步，一些持简单否定意见的青年，在讨论中也跟着提高认识了。

二、有助于克服唯心主义形而上学，克服资产阶级思想。

百家争鸣是马克思主义战胜非马克思主义或反马克思主义的最好的方法。非马克思主义或反马克思主义思想在古典文学研究者中间是存在的，总起来说，就是唯心主义和形而上学思想。它可能是资产阶级思想，也不一定都是资产阶级思想；无产阶级的学术工作者也可能有唯心主义和形而上学。唯心主义和形而上学在古典文学领域有各种各样的表现，我们必须和它斗争。但是，你向别人的唯心主义形而上学思想作斗争，并不能保证自己没有唯心主义形而上学，所以不能以对待敌人的办法来对待人民内部的思想问题，要处在平等的地位来互相讨论，取长补短，才能有助于问题的解决，才能收到良好的效果。我们在关于李煜词、《琵琶记》、陶渊明、李清照的讨论中证明了这种效果。那些对于李煜词、《琵琶记》、陶渊明、李清照的不适当的抬高和贬低，都是片面性，都是形而上学，大家在这些讨论中克服了形而上学。自由讨论是思想斗争的很好的形式。其所得到的益处不止在对于这几个作家的评价，而且可以引导人们学会正确的思想方法。在百花齐放、百家争鸣方针被抛弃、被践踏的地方却不是这样。特别是一九六三年或一九六四年以后，报刊上很少提百花齐放、百家争鸣，这时提出要对资产阶级思想进行批判。批判资产阶级思想，防止修正主义，是非常必要的，但这并不意味着要和百花齐放、百家争鸣方针对立起来。我们报刊上的一些批判文章，自以为抓到了别人论著中的资产阶级、修正主义思想时，就劈头劈脑地打下去，而且不许申辩。申辩的文章即使刊登，那也是准备更大的打击。申辩一次，升级一次。申辩，升级；再申辩，再升级；务必把被批判的一方打得抬不起头来，从此销声匿迹为止。这是无视学术民主！这是和百花齐放、百家争鸣方针根本违背的。这种作法是否能有效地肃清资产阶级思想呢？实践证明大谬不然。许多批判文章实际以自己的唯心主义形而上学来批别人的唯心主义形而上学；而且往往连别人的正确的东西也批了，这就是以"左"的东西来批一些符合马克思主义的东西，造成思想上的极度混乱。结果使得"四人帮"有机可乘，混水摸鱼，闹得天下大乱，资产阶级、修正主义思想大为泛滥。应当指出，当时那种情况实际是那个"理论权威"和江青等人一伙在操纵，我们的同志上了他们的当。这些经验和教训从正反两方面证明了要真正清除头脑中不恰当的思想，必须靠百花齐放、百家争鸣，而不是靠挥舞棍棒。

在古典文学领域内一些人说另一些人有资产阶级思想，主要是说他们对古代文学遗产盲目崇拜，缺乏批判。盲目崇拜，缺乏批判，这确实要不得，应当批评，应当消除这种现象。问题是在于：（一）批判这种现象，不要急于联系到阶级斗争，联系到资产阶级猖狂进攻；（二）要想一想你自己的看法是否完全对？你说别人右了，是否你自己"左"了？所以这需要平等讨论。今后我们还是要对遗产坚持批判，还是要反对拜倒在古人脚下。我们是遗产的主人，不是遗产的奴隶。只有通过批判才能更好地继承，只讲继承不讲批判，是完全错误的。批判文学遗产，这是我们长期的任务。有人要批判得严格一些，有人要多讲它好的东西，这都可以，说过了头也不要紧。让人们的意见都发表出来，这只有好处，没有坏处。错误的意见发表出来人们能够鉴别，因而有助于克服。不发表出来反而不能克服。在李煜词、《琵琶记》、陶渊明、李清照的讨论中不是发表了许多错误意见吗？这些错误不是在当时就逐渐克服了吗？

三、在讨论中能够提出一些大家所关心的带普遍性的问题，有助于推动学术的向前发展。

当人们从讨论中遇到难题的时候，为了要求对它得到比较合理的答案，迫使人们从各个方面进行思索。往往有这样的情况：一个问题不是某一个作家作品所单独具有的，而是某一类作家作品共同存在的现象。这样的问题解决一个，对于古典文学研究起推动的作用。例如在李煜词的讨论中，一些同志觉得李煜的作品，说不上人民性，又不能干脆否定，觉得很为难。于是有些同志就提出"中间作品"的说法，认为有许多这样的作家，他们的作品既没有表现同情人民，也说不上反动，但它们在艺术上有较高的成就，应当恰如其分地肯定它。用这个观点，有助于解决许多和李煜词相类似的作品的问题。在《琵琶记》的讨论中，一派意见说它反封建，一派意见说它维护封建，这就促使研究者考虑对于这样内容存在着复杂矛盾的作品应该怎样地深入细致地进行分析。又如，在关于陶渊明的讨论中，讨论了陶渊明的辞官归隐问题，讨论了他的作品——抒情诗的反映现实的程度和特点问题，等等。这样一些问题都是在一部分作家的作品中有共同性的，是大家所关心的，它解决到什么程度，也可以看出古典文学研究所达到的水平。

古典文学领域执行双百方针的情况表明，毛泽东同志在《关于正确处理人民内部矛盾的问题》中说的"百花齐放、百家争鸣的方针是促进艺术发展和科学进步的方针，是促进我国的社会主义的文化繁荣的方针"这个论断是无比英明、无比正确的。我们不应该看到在五十年代一段时期中，古典文学领域执行双百方针虽然有好的经验，但并非没有遇到阻力。六十年代阻力更大。陶渊明、李清照的讨论虽然是五十年代末六十年代初进行的，但这是《光明日报·文学遗产》副刊发起的。然而这个执行过双百方针的《文学遗产》在一九六三年夏天也终于休刊了。

在林彪、"四人帮"篡夺了党的一部分领导权时，极力反对双百方针，他们诬蔑双百方针是"自由化"，是"放毒草"，是"复辟资本主义"。古典文学领域内一度执行双百方针的经验狠狠地驳斥了他们的谰言！我们的学术工作者绝大部分是热爱党，热爱社会主义的，我们的学术讨论是在马克思列宁主义、毛泽东思想指导下进行的，尽管由于认识的差别，在讨论中会出现这样那样的错误观点，但错误往往是正确的先导，克服了错误，就换来了正确观点，就获得了学术水平的提高。"四人帮"要的是黑暗和愚昧，他们是真理和阳光的死敌！

六 坚持实事求是学风

解放以来古典文学研究工作者，在马列主义的指导下，坚持实事求是，和牵强附会的不良学风作了一定的斗争。研究成果的取得，和这一点也是分不开的。

在中国文学理论批评史上，牵强附会有着两千年的长期的传统。汉代的经学家讲《诗经》是专搞牵强附会的，如说《关雎》是"刺康王晏起"或"后妃之德"等。这种《诗经》学得到各个朝代封建统治者的尊崇和推广，为封建学者所笃信，因而也影响了文学批评。汉代的《春秋》家研究《春秋》讲"微言大义"，从字缝里寻找孔丘的深意。后来一些人论诗、论词、论小说等都采用汉代经学家所发明的牵强附会的方法。这种牵强附会的特点是割裂文学作品中的形象，把它和具体历史政治事件、历史人物生拉硬扯在一起，说它就是指某人某事。特别是遇到写爱情的作品，这种牵强附会更多。这是为封建统治服务的。封建学者这样作是为了宣扬伦纪纲常，维护"世道人心"。我们不否认过去有些爱情诗有政治寓意。但有许多正是在汉代经学家讲《诗经》的影响下写出来的。

上面所讲的封建时代的牵强附会，在"五四"时代受到了资产阶级学者的批判。但"五四"以后又产生了新的牵强附会。胡适提倡实用主义的考据方法，鼓吹历史是千依百顺的女孩子，可以任人随意打扮。在他的影响下，牵强附会的考据就流行起来。有些人在某个专题范围内，为了主观上达到某一结论，就极力寻找若干对自己"有利"的材料，舍弃对自己不利的材料，在这样的基础上写出有"新发现"的文章。这样的文章表面上看来堂而皇之，然而经不起别人对材料的查对。

"五四"以后还有一些学者采用西方资产阶级的某些学术理论来研究古典

文学。他们有时论述作品，有时考证古代社会风俗，搜集的材料很多，但是许多结论也流于牵强附会。

解放以后，一部分古典文学研究者，把过去时代的牵强附会的不良传统也继承下来了。汉代经学家讲《诗经》、《春秋》的那些办法，被利用来讲作品的思想内容。例如，有的《诗经》论文里把一首情诗解释为反映农民起义。有的研究戏曲、小说的文章讲"微言大义"。然而一般地说，一些论著比起汉代的《诗经》、《春秋》学者的说法要周密详赡一些，因为还采用了"五四"以来一些学者的论证方法。一些论著中不乏马列主义的词句，然而其精神实质，和马列主义相去十万八千里。

人们的马列主义水平是逐渐提高的。解放以后古典文学研究工作者对于马列主义由知之不多到知之渐多，要经历一个过程。出现这样一些现象是不足奇怪的，因为这有着历史的传统。许多同志都自觉地克服这种现象，有许多同志对这种现象进行了批评。凡是对主观主义、牵强附会克服得好的地方。古典文学研究就取得了成绩。

我们的痼疾，是敌人的宝贝。在林彪、"四人帮"兴风作浪的年月中，牵强附会的风气得到恶性的发展。他们炮制"批判"文章，罗织人罪，迫害一批党在学术界文艺界的领导骨干和知识分子，是用牵强附会；他们"扫荡"优秀文学遗产，任意否定一些好的古代作家作品，是用牵强附会；他们杜撰什么中国历史上儒法斗争继续了两千余年，给一些"法家"穿上现代服装，是用牵强附会；他们以"批儒评法"为名，通过什么刘禹锡、柳宗元、李商隐等古代作家的研究，含沙射影，恶毒攻击党政军一大批领导干部，是用牵强附会。在他们所控制的舆论阵地，连篇累牍，都是这类颠倒黑白、指鹿为马的文章。古典文学领域，一时也受这种风气的支配，在这种情况下，说不上什么研究了。直到"四人帮"被粉碎以后，风气才改变过来。

从那些年间林彪"四人帮"所炮制的许多荒谬文章中，牵强附会作风的丑恶面目和它的危害暴露无遗。我们应当憎恨这种作风，这种作风是极其不正派的，是和实事求是相对立的。

要克服牵强附会，就要坚持实事求是。毛泽东同志在《改造我们的学习》里，对实事求是作了科学的解释："'实事'就是客观存在的一切事物，'是'就是客观事物的内部联系，即规律性。'求'就是我们去研究。我们要从国内外、省内外、县内外、区内外的实际情况出发，从中引出固有的而不是臆造的规律性，即找出周围事变的内部联系，作为我们行动的向导。而要这样作，就须不凭主观的想象，不凭一时的热情，不凭死的书本，而凭客观存在的事实，详细地占有材料，在马克思列宁主义一般原理的指导下，从这些材料中引出正确的结论。"㉘毛泽东同志这一段话是对作实际工作的同志说的，对于科学研究，也完全适用。从这段话里，我们可以看到实事求是和牵强附会的根本区别：一、实事求是是研究事物的内部联系，即事物固有的规律性，通俗地讲，就是按照事物的本来面目和内在规律来认识事物和说明事物。牵强附会者却是不顾事物的本来面目和内在规律而信口去说，事物本来是这样，偏要说成那样。二、复杂的事物，它的本来面目和内在规律不是那样容易认识和说明的，古典文学由于年代久远，许多问题更是如此。实事求是的办法是详细占有材料，在马克思列宁主义指导下反复进行研究。牵强附会者与此相反，他们不是靠占有材料和在马列主义指导下进行研究，而是凭主观想象。实事求是的办法是要花工夫的，牵强附会的办法是图省力的。我们哪怕是说明文学史上一个小问题，也要付出大的劳力，窍门和捷径是没有的。按照牵强附会的办法，任何问题也解决不了，只能增加纷扰。

经验和教训千条万条，归结到一点就是要坚持实事求是。不反对牵强附会，随时随地要走回头路！

本文虽然是回顾三十年来的古典文学研究，但是对三十年来古典文学研究所取得的成绩没有具体论列。这里必须补叙一笔，三十年来古典文学研究虽然曾经受到各种干扰，受到林彪、"四人帮"的严重破坏，然而所取得的成绩是巨大的，报刊上发表的上万篇的论文以及各地出版的各式各样的研究著作和普及读物，都显示了古典文学研究者所付出的辛勤劳动和获得的辉煌成果。用马克思列宁主义研究古典文学，这是开创性的工作，这任务是光荣的，作起来也是不容易的，必须经历艰苦的探索过程。三十年来走过的曲折道路就是表明了我们的摸索前进。"前事不忘，后事之师"，三十年来的经验，很值得我们总结。可以总结的东西很多，本文所涉及的只是批判继承遗产问题的方面。这是一个重要方面，但还有其他的重要方面，如古代作家作品的评价问题等。我们希望三十年来所遇到的各种问题都提出来讨论一番，集思广益，加以解决。我们有如此丰富的灿烂的文学遗产；有运用马列主义研究文学遗产的三十年来的正反两方面的经验；打倒了"四人帮"，我们又有了一个能够贯彻"百花齐放、百家争鸣"方针的生动活泼的政治局面；我们的古典文学研究工作和其他科研工作一样，一定能够欣欣向荣地发展起来。

1979年1月初稿

1979年7月修改

原载《文艺百家》1979年第1期

---

① 《列宁论文学与艺术》，第976页，人民文学出版社出版。

② 《新民主主义论》。《毛泽东选集》第2卷，第701页。

③《中国共产党在民族战争中的地位》。《毛泽东选集》第2卷，第522页。

④《毛泽东选集》，第2卷，第801页。

⑤《论衡·谢短》。

⑥《毛泽东选集》，第2卷，第700~701页。

⑦《列宁全集》，第20卷，第6页。

⑧《苏维埃政权的成员和困难》。《列宁全集》第29卷，第53页，人民出版社。

⑨《论无产阶级文化》。《列宁全集》第31卷，第283页，人民出版社。

⑩《毛泽东选集》，第2卷，第700页。

⑪《毛泽东选集》，第3卷，第871页。

⑫《中国革命和中国共产党》。《毛泽东选集》第二卷，第617页。

⑬《鲁迅全集》，第6卷，第92页。

⑭《列宁全集》，第35卷，第38页，人民出版社。

⑮《论战斗的唯物主义的意义》。《列宁全集》第33卷，人民出版社。

⑯《党的组织和党的文学》，《列宁选集》第一卷，第548页，人民出版社。

⑰《列宁全集》，第33卷，第102~103页。

⑱《毛泽东选集》，第3卷，第871~872页。

⑲⑳ 屈原《离骚》。

㉑㉒ 李白，《和王十二寒夜独酌有怀》。

㉓《毛泽东选集》，第2卷，第617页。

㉔ 引自何其芳：《毛泽东之歌》，《人民文学》1977年9月号。

㉕《毛泽东选集》，第2卷，第522页。

㉖ 袁宏道：《显灵宫》。

㉗ 钟嵘：《诗品序》。

㉘《毛泽东选集》，第3卷，第801页。

敦煌变文研究

王重民遗稿

一 敦煌变文写本的说明

敦煌所出变文写本，据现在所知，已接近一百九十种。其中，有一些是复本，有一大部分是残本，比较完整的卷子不多。复本可以互相校正文字，残本可以互相补足残缺；经过整理之后，有一些不明白的字句可以明白了，有一些残缺的本子可以补全了。

一九五七年，向达、周一良、启功、王庆菽、曾毅公等和我，把可能找到的一百九十个变文写本，汇校为《敦煌变文集》①，这可以说是最后最大的一次整理。

《敦煌变文集》根据变文的形式和内容分成两大类：一类是讲唱佛经和佛家故事的，一类是讲唱我国历史故事的。第一类又可分成三种：一是按照佛经的经文，先作通俗的讲解，再用唱词重复地解释一遍；二是讲释迦牟尼太子出家成佛的故事；三是讲佛弟子和佛教的故事。后两种都是有说有唱。第二类也可分为三种，但不以故事内容分，而是按体裁分的。第一种有说有唱，第二种有说无唱，第三种是对话体。

这一分类和分类的排列次序，也正好反映了变文的发生、发展和转变为话本全部过程。现将已经知道的变文，按照这样的分类次序，一一说明如后。

（一）讲唱佛经和佛教故事的

1.讲经文 讲经文在变文里面是最先发展起来的（说详后）。但下面的目次，不是按照各篇的创作年代，而是约略依据佛经的大小和流通的多少。并存每篇之下，附有必要的说明。

（1）《长兴四年中兴殿应圣节讲经文》 后题作《仁王般若经抄》。前题是依当时历史背景标题，而后题则依内容标题。因为全篇内容只讲了《仁王护国般若波罗蜜多经》序分中的五种成就。

（2）《金刚般若波罗蜜经讲经文》。

（3）《阿弥陁经讲经文》 这一篇的编号是伯二九三一。内容充满着中原汉族人民的风俗和思想，如说："不论崔卢柳郑，莫说姓薛姓裴，僧家和合为门，到处悉皆一种。"

（4）《阿弥陁经讲经文》 这一篇的编号是斯六五五一。著者来自河西，"东游唐国"，还蒙唐天子"赏紫承恩，特加师号"。这篇讲经文是他在于阗国王所做的法会上讲唱的。

（5）《阿弥陁经讲经文》 残存不多。

（6）《妙法莲华经讲经文》。

（7）《添品妙法莲华经讲经文》。

（8）《维摩诘讲经文》 （斯四五七一）。关于《维摩诘经》的讲经文很多，大概一种是以一个人的故事为主，不一定互相衔接。这一篇是从经文的开端开始的。

（9）《维摩诘经讲经文》 （斯三八七二）。讲舍利弗的故事。

（10）《维摩诘经讲经文》 （伯二二九二）。讲光严的故事。

（11）《维摩诘经讲经文》 （"先"字九四号），（伯三〇九七）。讲持世的故事，前后题均题"持世菩萨第二"。

（12）《维摩诘经讲经文》 这就是罗振玉所藏的极其有名的《问疾品》。

（13）《观弥勒菩萨上生兜率天经讲经文》。

（14）《父母恩重经讲经文》 卷末题"诱俗第六"。

（15）《父母恩重经讲经文》。

（16）《无常经讲经文》 （伯二三〇五）。这一篇是否是讲经文，以至是否是《无常经》的讲经文，都还有待考证。巴黎藏的题为《普劝四众，依教修行》的《十二时》②，不但和这一篇有些词句相同；全篇都是三三七的句法，格式也几乎一样。

上面举出的讲经文十六篇，只是从八部佛经内演绎出来的。如演绎《阿弥陀经》的有三种，演绎《维摩诘经》的有五种；不论三种五种，虽说同演一部佛经，并不是同一作品。又如《维摩诘经讲经文》（伯二二九二）写者题称"写此第廿卷文书"，《父母恩重经讲经文》的后题称"诱俗第六"，这显然除去现存的部分还有不少的卷数已佚去，它们的原书有多少，现在已无法知道。但总的说来：一篇变文，经常只摘取佛经中的某一故事，或某一段落（其中最常见的是只讲"序分"，因为容易借题发挥），很少连续讲下去的。上述《维摩诘经》和"诱俗"都是晚期作品，这一类的变文，可能已经发展成为长篇（或章回）小说的形式。

讲经文是变文中最初的形式，它的产生时期在变文中为最早。然而现存的这十六篇没有早期作品，我疑猜都是作于第九第十两个世纪中。比较早的是演

《维摩诘经》舍利弗故事的（斯三八七二）和《添品妙法莲华经讲经文》，可能作于公元八〇〇年左右，演《弥勒上生经》的当稍后，其余都是第十世纪上半世纪的作品。

这些讲经文，除了一篇《阿弥陀经》是于阗国的僧人所作，其余好像都是中原地区的作品而流传到敦煌去的。特别在《弥勒上生经》的讲经文里面，充分反映了当时所通行的历史故事，和一般青年读书人所要求和所崇拜的对象。这时候正是科举制度盛行，佳人才子和文人韵事，都是读书人所愿听的。如形容女子的才艺是"绿窗弦上拨伊州"，如形容青年学子的愿望是"诗赋却嫌刘禹锡，令章争笑李稍云"。我们读完之后，很容易感觉出来它是代表着元和、太和时代（八〇六—八三五）两京和江淮间的风气。所以这些讲经文，虽说流行在敦煌，保存在敦煌，实足以代表我国第九第十两个世纪间的人民大众文学。

2.讲释迦和佛教故事的变文　讲释迦牟尼太子故事的，主要是讲他出家成道和破魔降魔的故事，有下列几篇：

（1）《太子成道经》　《敦煌变文集》还收了五篇《太子成道变文》，第一篇好像是押座文，其余四篇有说无唱，不像变文。

（2）《八相变》

（3）《破魔变文》

（4）《降魔变文》

（5）《难陀出家缘起》

（6）《祇园因由记》　这一篇也没有唱词，也不像是变文。

讲佛家故事的几篇如下：

（1）《大目乾连冥间救母变文并图一卷》并序

（2）《目连变文》　这一残卷开端说："上来历说序分竟，自下第二正宗者"，颇似讲经文；但里面不唱经文，所以大家都把它分入变文类。

（3）《目连缘起》

（4）《地狱变文》

（5）《频婆娑罗王后宫彩女功德意供善塔生天因缘变》

（6）《欢喜国王缘》

（7）《丑女缘起》

（8）《秋吟》

上两种，凡变文十四篇。大概是从《佛本行经》、《贤愚经》、《杂宝积经》、《百缘经》等几部记载释迦和佛教故事的佛经里面演绎出来的。它们和讲经文的区别，是以故事为主，不引经文，完全脱离了讲经文的拘束，可以自由发挥，尽情歌唱，所以在文学艺术的成就上往往比讲经文高，因而也自然受到听众更多的欢迎。其中，如《降魔》、《破魔》两变文以文词胜，《目连》、《丑女》两缘起以故事胜，都是极好的文学作品。虽说如此，但站在佛教立场上宣传佛教经典是主要任务，所以在讲完故事之后，还要把听众引到听经上去。如《目连缘起》在散场的时候说："今日为君宣此事，明朝早来听真经。"

但不论作者和听者，总是喜爱好的文学作品，也只有在作家不受佛经拘束，而能发挥自己想象力的时候，才能够产生好的作品。按变文发生和发展过程是先有讲经文，后有讲唱佛教故事的变文，正由于讲唱佛教故事的变文能够自由发挥，所以反比讲经文成熟较早。如《降魔变文》，不但是现存最好的一篇，也是现存最早的一篇。开端的庄严文里，有"伏惟我大唐汉朝圣主开元天宝圣文神武应道皇帝陛下"的文句，可以证明这的确是天宝年间（七四二——七五五）的作品。

（二）讲中国历史故事的

按变文的发展过程说，讲纯粹中国历史故事的变文，应该后于讲经文，可能与讲佛教故事的变文同时产生或稍后。我把它们分成三组叙述，因为也和它们的发生和发展的时代有关。

1.有说有唱的变文　在变文脱离了佛经以后，开始把佛家所遗留下来的历史故事，来自由地讲述，自由地歌唱的时候，同时也拿这样的形式来歌唱我们自己的历史故事，当然是最容易发生的事情，所以很快地就产生了有说有唱具有很高文学艺术成就的历史变文。其目如下：

(1)《伍子胥变文》

(2)《孟姜女变文》

(3)《汉将王陵变文》

(4)《捉季布传文》

(5)《李陵变文》

(6)《王昭君变文》

(7)《董永变文》

(8)《张义潮变文》

(9)《张淮深变文》

2.有说无唱的变文　凡八篇，是：

(1)《舜子变》

(2)《韩朋赋》

(3)《秋胡变文》

(4)《前汉刘家太子传》

(5)《庐山远公话》

(6)《韩擒虎话本》　这篇变文的结尾云："画本既终，并无抄略"，酌以拟题。

(7)《唐太宗入冥记》

(8)《叶净能诗》

上述两类，都是讲唱的中国历史故事，它们的区别仅在有说有唱和有说无唱。这一体裁上的不同，关系着变文发展年代和转变方式，是极其重要的。有说有唱的历史变文的发展，我在前面已经指出，应该后于讲经文，可能与讲佛教故事的变文同时产生或稍后。但有说无唱的变文的产生，我认为又当在有说有唱的之后，而它们是向着后来的话本过渡，如《舜子变》有诗，《秋胡变文》有赠诗，《庐山远公话》以偈代诗，《叶净能诗》直然以"诗"标题，这些变文的描写比有说有唱的细腻了，而在应该特别加重描写的地方，插入诗句，代替了七言唱词，这在体裁上是一大变革，实际上已经进入了初期话本的结构，所以也用"诗"、"话"来标题了。

3.对话体　凡七篇，如下：

(1)《孔子项讬相问书》

(2)《晏子赋》

(3)《苏武李陵执别词》

(4)《䴏子赋》

(5)《䴏子赋》　用五言韵语对话，所以也叫《开元歌》。

(6)《茶酒论》

(7)《下女夫词》

上七篇，虽说都是对话体，但对话的方式不同。前四篇在叙事里采用对话，可以由一人讲述，和上述第二类的变文还有些接近或共同之点。后三篇则是由两人对话（有时加入第三人），必须由两人或三人讲述，显系在前四篇讲述方式上又进了一步，这就转变成了我国古代小说里的"合生"。它似乎和变文不是一个来源，但和变文同时发生，同时发展，是和变文互相影响着而又有深厚的关系的。在敦煌写本中，以这一类对话体的变文复本为最多，且都是五代和北宋初年的写本，如《孔子项讬相问书》有十一个写本，《下女夫词》有七个写本，《晏子赋》、《茶酒论》各有六个写本，这可证明这些"合生体"的变文在北宋初年是极其盛行的。另一方面，也就反映了变文已趋于衰微。总之：第十世纪的上半世纪变文的发展已到末期，而小说话本正是初兴的时期；第十世纪的下半世纪和第十一世纪，变文似已停止流行，而小说话本代兴起来了。

　　上述二十篇中国历史故事变文和四篇《茶酒论》等对话体变文，它们的主人翁，都是长时期在我国人民大众中间所称颂、所崇敬的人物。唐代变文作家，把他们的思想行为，用作变文的题材，使这些人物更典型化，这是我国通俗古典文学进入写实主义的开端，同时也获得了伟大的成就。所以这些人物，继续出现并活跃在宋以后的小说和元以后的戏曲里面。

这一节内，从敦煌变文的两大类和六小类中，根据四十二篇较重要的变文，说明了它们的题材，同时也指出了变文的发生、发展和转变的过程。

另外，还应附带说一说押座文。押座文本身不是变文，而是在讲唱变文之前，先讲唱押座文，用以安静听众，导向正文的。所以押座文的体裁，大致与变文相仿佛，而短小精练，是它唯一的特点。

押座文的来源，有一些是有目的的创作，但也可以采用通行的歌赞，或把变文中的精彩部分，提出作押座文使用。现存的几篇押座文是偶尔保存下来的，不是最好的。

二 "变文"释义

自从敦煌古写本书发现以后，专研究其中有关俗文学写本的人，成了一个小小的流派。在单只为这一类俗文学作品寻找一个适当的名称上，便经过了一个相当长的时期和不少的曲折。

最初把"变文"写本搜辑印行的是罗振玉，但他还不知道"变文"这一名称，所以称为佛曲，这就是《敦煌零拾》中的《佛曲三种》（一九二四年）。他称为"佛曲"，是由于他认为这类作品就是宋人小说中"说经"一类的肇端③。当时，徐嘉瑞作论文，郑振铎编目录，都沿用了这一名称④。直到一九二九年，向达撰《论唐代佛曲》一文，才判定"敦煌发见的俗文之类而为罗先生所称为佛曲者，与唐代的佛曲，完全是两种东西。"⑤从此以后，对于"变文"的研究，在范围、内容和体裁等方面，又深入了一步。郑振铎首先采用了"变文"这一名称⑥。向达、孙楷第的科学论文⑦，虽说通称为"俗讲"，所研究的范围和对象，也正是我们现在所说的变文。

"变文"这一名词在近二十年内得到了大家的承认和广泛的使用，这是由于研究变文的人，在敦煌变文写本的本身获得了较多题记，又从唐、宋人的记载里面，搜到了当时人的丰富记载。在向达、孙楷第二家论文中，都充分反映了这样的证据。

我在前一节内，指出了变文从盛行到转变为话本，大约只有二百五十多年的时间（第八世纪到第十世纪下半世纪初）。在这一段时期之内，由讲经文演化成为讲佛教故事和讲历史故事的变文，终于由变文转变成为话本。在不同的阶段之内，曾采用过各种不同的名称；在不同的题材之内，又带来了一些旧有的名称。但在变文的全盛时期，则都用变文来概括这一类的文学作品，而作为当时的公名来使用。这就是在今天我们大家为什么又认为只有用"变文"这一名词来代表敦煌所出这一类文学作品，为比较适宜，比较正确的主要原因。

从敦煌变文写本里，给我们带来了许多原题：这些原题，往往前题和后题不同，甲卷和乙卷有异，经过比较研究，我们知道有全名，有简名，有因变文形式的命名，有因变文内容的命名，还有一些因袭着旧名，如佛教故事称"缘起"，历史故事称"传文"之类。名称这样纷歧，也反映出只有"变文"才是公名。

《长兴四年中兴殿应圣节讲经文》是因变文形式所命的全名，后题《仁王般若经抄》则是就内容所题的简名。而讲经文又是讲唱佛经一类变文的专名。

《维摩诘经》（问疾品）、《妙法莲华经》、《父母恩重经》三篇讲经文里，都在唱出经文之后，说白里有"此唱经文……"所以讲经文也可以叫作唱经文。因此，有人想调解，拟定名为"讲唱经文"⑧。我以为讲经文是由讲解和唱词两部分构成，按讲解部分说便可称为讲经文，按唱词部分说，便可称为唱经文。因为主要意义在讲经，所以"讲经文"一词，比较正式，比较通行。

从讲经文过渡到脱离佛经仅用说唱来讲唱佛教故事的变文，我疑猜在名称上也有一次过渡，即是在"变文"这一名称通行以后，讲经文也有称为某某佛经变文的（说详本节末段）。

到了变文的全盛时期，变文的名称不是统一了而是更复杂化了；但只有在这样复杂化的时期，才能产生出一个公用的名称，就是"变文"。

讲佛教故事的一般称为变文（"变"是简称），如《大目乾连冥间救母变文》、《降魔变文》、《八相变》等是，但也有从佛书上带来的，如《目连缘起》、《丑女缘起》、《欢喜国王缘》等是。可是这些"缘起"当时也称为变文，如《功德意供养塔生天缘》（原卷简题）也题作《频婆娑罗王后宫彩女功德意供养塔生天因缘变》，这就反映了"变文"是当时的公名了。

讲历史故事的一般也称为"变文"，如《舜子至孝变文》、《汉将王陵变》等是，侯也有从历史书上带来的，如《前汉刘家太子传》、《捉季布传文》、《韩朋赋》等是。可是这些"传"或"传文"当时也称为变文，如《前汉刘家太子传》的后题作《刘家太子变》，这又反映了只有变文才是当时的公名。

我既说明了变文是这一类文学作品全盛时期的公名，可以概括第八至第十世纪上半世纪二百五十年间这一类文学作品的一切不同的名称。那么，"变文"意义是什么？应该在此求得一个正确的解释。

"变文"命名的释义有两说：一谓从梵文转译，一谓为汉名所固有，并且为"变"字作了释义。

主张从梵文转译的至今还没有找出译文或对音的梵文。我个人的意见，即便找出相适应的梵文，而"变"字在汉语内应首先具有相适应的意义。如果再进一步探求"变文"（特别是讲经文）的体制，是在我国人民大众的文学创作中发展起来的，完全来自广大人民中间，那就不必从国外找根源了（即便和印度文学有某些地方相仿佛，那是比较关系，而不是来源问题）。

从汉语释义的以孙楷第的"变文之解"为最好。⑨他说：

> 变字之义，近时言敦煌学者皆未有明确解释，或者乃疑为译音。余按变
> 即神通变化之变，慧琳一切经音义卷五十三，四谛经音义执变下引白虎通
> 曰："变，非常也。"非常之事通谓之变，故变可兼善恶二义，如言殊变，异
> 变，现变，变化等皆是。其专属于妖异者则谓之怪变或变怪，如迦丁比丘说
> 当来变经(《大正藏》卷四十九) 云："尔时一切众生之类见是变怪，悉共相
> 对，举声悲哭。"《宋赞宁高僧传》卷九，《唐释灵著传》云："将终，寺中
> 极多变怪。"其专属于灵异者则谓之神变，故书中此文例甚众。⑩

孙氏又云：

> 更以图像考之，释道二家凡画壁画本绘仙佛等像及经中变异之事者谓之
> "变相"，如云地狱变相，化胡成佛变相等是。亦称曰"变"，如云弥勒变，
> 金刚变，楞伽变，维摩变，净土变，西方变，地狱变，九相变等是。(以上
> 所举见张彦远《历代名画记》、段成式《酉阳杂俎·寺塔记》及《僧传杂文》，
> 不一一举其出处。) 其以变标名立目与变文正同。盖以文字言则谓之变文，
> 省称曰变；以图相言则谓之变相，省称亦曰变，其义一也。然则变文得名，
> 当由于其文述佛诸菩萨神变及经中所载变异之事，亦犹唐人撰著小说，后人
> 因其所载者系新奇之事，而目其文曰传奇；元以后人作戏曲，因其所谱者新
> 奇之事，亦自目其文曰传奇也。

我认为孙楷第先生的释义是正确的。他使用的文字虽说简略，对于基本意义已
有足够的说明。变就是变化，所以凡是正常的转化成为不正常的 (非常)，都
可叫作变。《诗经》里的风雅是正常的，到了"王道衰，礼乐废"，就产生了
变风和变雅。古代的音乐只有五音，所以认为五音都是正常的，到发展成为七
音，觉着后起的二音不正常，所以叫作变徵、变羽。由此可以推论：人类的思
想习惯，凡原有的都觉着是正常的；凡派生的，在起初，都以为是非常的。更
以古乐府而论，从子夜歌演化出来的新歌叫子夜变歌，从长史歌演化出来的新
歌叫长史变歌，从欢闻 (属吴声十曲) 演化出来的新曲叫作欢闻变。

变化不出新旧相生，正副相对。《隋书·经籍志》子部兵类有《投壶经》
一卷、《投壶变》一卷，这里的"经"与"变"，恐怕是正副相对的意思；又
有《骑马都格》一卷、《骑马变图》一卷，都格与变图，恐怕也是正格与副图
相对的意思。当然，正副也是经常与非常相对待的意思。

"变"字在这些场合里长期使用之后，正如孙楷第先生所说，便渐渐把

"非常之事通谓之变"了。兹更就变相与变文而论，变相的产生是在变文之前的，最初所谓变相，疑是对真容而言的，如《金刚变》、《药师变》、《维摩变》、《维摩诘本行变》、《涅槃变》，都是佛教中重要人物真容的画相，但同时不可能不显示着他们的一些行为（故事），特别是《维摩诘本行变》和《涅槃变》①，一定不仅是人相而是他们的故事画。至如《西方变》、《净土变》、《地狱变》、《十轮变》、《除灾患变》、《报业差别变》，无疑的都是故事画了。这些"变"字都已由动词转化为名词，而自然带有故事的意义。如《丑女缘起》在讲完了缘起之后，再往下阐述，用"上来所说丑变"一句引起下文，这个"丑变"的"变"字，已经极显明地是一个名词，而当做"故事"解释了。

"变"字自从带有了故事的意义以后，在文法构造上，也必然作相适应的变化，即站稳名词的地位，而使相连的名词变成形容词或合成一个名词。兹举三例如下：

(1)《洛阳伽蓝记》卷五："惠生妙简良匠，以铜摹写释迦四塔变。"

(2)《开元释教录》卷十："大慈恩寺翻经堂内壁画古今翻译图变。"

(3)《广弘明集》卷三十上萨陀波崙赞题下注云："因画般若台，随变立赞等。"

这三个变字不是变相的简称，而是用为正式名词的。这在第二、第三两例内更为明显。而在这样用法通行以后，如《地狱变相》、《化胡成佛变相》、《牢度义斗圣变相》、《大降魔变相》等⑫，已和变雅、变歌的含义不同，也和《骑马变图》的含义不同，而是已经转化为名词，应释为某某故事（变）的图画（相）。

"变文"命义的转化，正和变相是一样的。如《大降魔变相》和《降魔变文》正是一样的用法和含义。

但变相和变文的用法有一点是不同的，需要加以解释。就是变相的含义在转为故事图画以后，一般的佛教故事可称为变相，佛经里的某一个故事也可以称为变相，如《历代名画记》所举的壁画，净土院有《金刚经变》和《金光明经变》，菩提寺有《本行经变》，龙兴观有《明真经变》，敬爱寺有《日藏月藏经变》，如果不举经名，便可直呼为经变⑬。但是在讲唱佛经的变文初发生的时候，只依当时习惯称为讲经文或唱经文，还没有人称它为变文。我疑猜变文名称的起源，是随着讲唱佛教故事的变文而来的，如降魔变、地狱变之类，画在墙壁上称为变相，用讲唱形式写出便称变文；而自从有了变文之称，也就把讲经文叫某某经变或某某经变文了。敦煌所出的一百九十来个变文写本，虽说没有带来一个这样的名词，但我相信这样的名词是曾经被使用过的⑭。现在研究变文的学者们，常常把没有原题的讲经文称为某某经变文⑮，我认为虽说没有根据，也不是不可以的。

我们把变文的释义搞清楚了，不但可以说明变文的发生和发展，还可以说明变文转化为话本，"话"字的含义和用法也正和"变"字一样。虽说文体变了，名称也变了，而真正意义还是一样的。

有说无唱的变文，实际上已经转化成为话本。但较早的作品仍然沿用变文，如《舜子至孝变文》是九四九年写本，若稍晚，也许改称《舜子至孝话》；《庐山远公话》是九七二年写本，若稍早，也许就题为《庐山远公变》了。为什么在名称上可以这样的转化，是因为在九七二年的时候，有说有唱的变文已经衰微，而话本的含义已转化成为讲故事的书本，由于这种新兴的文体，重说不重唱，所以话本便取变文而代之了。

孙楷第作《说话考》，已正确地指出"话"字应作故事解⑩。《庐山远公话》的开端："说这惠远，家住雁门，兄弟二人，更无外族。"正是后世小说话本用"话说"引起全部故事的形式。敦煌所出另一篇讲韩擒虎故事的结尾："画本已终，并无抄略。"在用平话说故事的时候，可以不用画本作帮助了，所以这里的"画本"疑当作"话本"。"话"与"话本"都应该作故事解，在意义上承接了"变"与"变文"的意义，在名称的使用上，也更符合于正在兴盛起来的有说无唱的文体了。

三　变文的发生、发展和转变

现在讨论变文从发生、发展，以至转变成为白话小说的全部过程。

从变文的释义，已经显示出变文的起源没有直接受到或在体裁上竟完全没有受到印度文学的影响。那末，对于变文的起源，若是从我们自己的人民大众文学创作方面得到足够的说明，从而得到解决，则更能认识出变文的特征和价值，而在我国文学史上应该给予它一个更适宜的地位。

我们研究变文的起源，首先应该从变文的本身作分析，即是它的组成部分和各个组成部分的历史源流和当时发展情况。

依据前面的分析研究，我已经一再指出：最早的变文是讲经文，而一般的变文是从讲经文派生出来的。所以首先把讲经文的各个组成部分作具体分析，并说明历史渊源，也就说明了变文的起源。

讲经文是佛教徒用大众化方式宣讲佛经的话本，在普及的意义上，比起旧日讲经来是一大进步。讲经文就是在这样的需要和要求下产生出来的。由于它的主要目的是宣讲佛经，自然要因袭下来一些旧日讲经的仪式和方法；又因为它带有进步的革新性质，主要目的是趋于大众化，所以又必须采用一些新的方法和方式，从旧日使人厌烦的讲疏义记，变成为听众所容易接受的讲解和歌赞，而这些歌赞又必须是为人民大众能歌能唱的曲调。

讲经文是由三个部分组成的：一是经文，即在开讲的时候，先把要讲的经文唱出来。二是讲经，把唱出来的经文加以解释。三是唱词，把解释的要旨，再用美丽的歌词，用歌赞加重的重述一次。第一、第二组成部分多是因袭原有的，第三组成部分是新添的，变文所以区别于旧日讲经而构成新的变文，全在新添部分，所以在这一节内，主要是阐述第三组成部分的历史源流和当时发展情况。兹分述如下。

1. 经文　在讲经之前，先把要讲的经文唱出来，叫作唱经，是由都讲担任的，在古代讲经是如此，俗讲里也是如此。如《金刚般若波罗蜜经讲经文》，有三次提到"都公案上"，这是由于都讲既担任唱经，在他的高座上摆着经文，讲完一节就叫他再唱一节。如云："当日如来亲为说，都公案上复如何？"这就是提醒他去唱下节。又如《阿弥陀经讲经文》（伯二九五五）说："都讲阇梨道德高，音律清泠能宛转，好韵宫商申雅调，高著声音唱将来。"在提醒他唱下一节的时候，还把他恭维几句。在上述同一《金刚经讲经文》里，有一次催唱说："各请敛心合掌着，能加字数唱将来。"加字唱经，恐怕是古代讲经时所不允许的，而在俗讲内可以这样做，这也是力求通俗化的方式之一。

2. 讲解　即在唱出经文以后给那一段经文所作的解释。在讲经文里经常是依据旧的注疏义记来作简明的解释，其中比较好的，还能够和当时社会风俗、读书人的思想情况联系起来，企图对听众引起文学兴趣，以灌入更多的佛教思想。但总的说来，在形式和方法上，并没有脱离旧的传统，仍然袭用了道安的科分方法。

释道安的科分方法，兹引吉藏《仁王疏》中的话作说明：

> 然诸佛说经，本无章段，始自道安法师。分经此为三段：第一序说，第二正说，第三流通说。序说者由序义，说经之由序也。正说者不偏义，一教之宗旨也。流通者，流者宣布义，通者不壅义，欲使法音远布无壅也。①

讲经文的讲解部分几乎都是按照道安科分三段的方法来进行的。三段的名称，在唐代的解经家一般标为序分、正宗、流通，所以讲经文里也都采用这样的标题。例如：

（1）《长兴四年中兴殿应圣节讲经文》说："将释此经，大科三段，第一序分，第二正宗，第三流通。"

（2）《金刚般若波罗蜜经讲经文》在卷末说："上来有三：一序分，二政（正）宗，三流通。"下面随即指出三分的起讫。

（3）《阿弥陀经讲经文》（伯二九三一）虽说是在于阗国王所做的法会上讲唱的，也是采用了道安的方法。唱出经题之后，接着就说："将释此经，且分三段：初乃序分，次则正宗，后乃流通。"

从上述三例，可知唐代讲经文大约都是科分三段来进行讲解的。《阿弥陀经讲经文》在科分了三段之后，次庄严国王，次解题经题，以后残缺。我研究这篇讲经文，重点在忏悔文里面的三归五戒，和庄严文以后的解释经题。解释经题部分实际上就是序分，借以说明全经大义。在法会上讲经做到这个地步，可说已经达到目的，因疑残缺部分不是很多的。《中兴殿讲经文》首尾完具，并没有讲完三分，在那样的会上也不可能讲完三分，所以在科分三段之后，便说明："三分之中，且讲序分；序分之中，依佛地论科为五种成就。"所以实际上只讲了"五种成就"。

由此看来，讲经文虽说宣称是按照释道安的科分法作讲解，在某些场合之下，不可能把三段都讲完，即便是一部大经，如《维摩诘经》，也必须摘取几段，一段中又摘取一个集中的故事，如舍利弗、光严、持世和问疾的故事，尽情描写，以期把里面主要人物典型化，而形成一篇独立的短篇小说。这就是讲经文能够发展的原因，也就是讲经文要走向故事变文必然道路。

3. 唱词　这是变文比旧日讲经新添的一部分，也是讲经文里最重要的一部分；有了这一部分，才把讲经变成俗讲，才把佛经的宣传大众化。所以，能够说明这一部分——唱词的起源，也就说明了变文的起源；而说明了唱词与过去和当时民间文学的关系，也就认识清楚了变文的产生是汲取了民间文学的优良传统和当时最通行的俗曲新歌和诗词所构成的。

唱词所包括的俗曲、新歌和诗词，有五言诗、六言诗（或称为词）、七言诗和三三七言的俗曲。里面五言诗很少，这由于五言诗是第八世纪以前的正体，所以在新兴文体内便很少采用，而且所采用的一部分还带有佛经的偈颂性质，也不应完全认为是五言诗。总之，五言诗在唱词内不占重要地位，所以在此不加讨论，而专提出六言、七言和三三七句体的俗曲来讨论。只要说清楚了这三种，就说明了变文的特征，也就说明了变文的组成要素。

（一）七言　七言句在唱词内占的比重最大，大约占百分之六十五，是唱词的重要组成部分，用来重复并加重讲解里的要点和要义。但唱词为什么采用七言诗，在什么情况之下采用的七言诗，是最值得我们研究和讨论的。

七言诗和五言诗都是从古代民间歌谣发展而成的，可是五言诗被认为诗的正体以后，而七言诗仍然流行在民间，文人学士们偶尔作两首，往往会遭到轻视与嘲笑[18]，因此，他们只有在嘲笑或发牢骚的时候偶一用之，如东方朔的"射复"[19]、张衡的"四愁诗"[20]都是。可是手工工人与农民则极爱使用七言来赞美自己工作和所崇拜的人物。如汉代"尚方"作镜的工人们，爱把人民中间所传说的历史故事——东王公、西王母的故事，吴王夫差、伍子胥的故事，画在镜面上，又用七言写出这些故事的意义，作为镜铭。兹选录一首如下：

尚方作竟（镜）真大好。上有仙人不知老，

渴饮玉泉饥食枣；浮流天下敖四海，

非回（徘徊）名山采之（芝）草。寿如金石为国保。

西晋末年，中原大乱了；在扰乱的社会里，越是能够和士兵人民同甘苦的领导人物，越能得到人民的怀念。前赵的陈安便是这样的一个典型人物，他死后，陇上人民作七言歌来纪念他，歌云：

陇上健儿曰陈安，躯干虽小腹中宽。

爱养将士同心肝，骁骢骏马铁锻鞍。

七尺大刀配齐镍，丈八蛇矛左右盘。

十盪十决无当前，百骑俱出如浮云。

追者千万骑悠悠，战始三交失蛇矛。

十骑俱盪九骑留，弃我骁骢攀岩幽。

天非降雨追者体，阿呵呜呼奈子何！

呜呼阿呵奈子何！

到了六朝末年，旧的五言诗走了下坡路，新的五言诗在变化的时候，才有人从民间去汲取新的源泉，这就是王梵志、寒山、拾得等，从人民大众学来了新的语言，同时也学来了七言诗。如寒山所作的六百首白话诗中，就有七十九首是七言的[21]。正在这个时候，七言诗方始为文人学士所重视起来。

到了初唐，由于风气的转变，就是有名的骈体四杰，写起文章来尽管翻江倒海，诘屈聱牙；写起诗来，也不得不使用七言，使用白话。如卢照邻的《行路难》，写长安城外渭城的风景说：

春景春风花似雪，香车玉辇恒阗咽。

若个游人不竞攀？若个娼家不来折？

写到好景不常，又感慨地说：

谁家能驻西山日？谁家能堰东流水？

汉客陵树满秦川，行来行去尽哀怜。[22]

这样的诗句，在文人学士里面，在寒山、拾得以前是很少有的。又骆宾王有

《荡子从军赋》，也是使用这种新诗体写的。在写了这位战场上的荡子之后，又写他家里的妻子说：

> 荡子别来年月久，贱妾空闺更难守。
> 凤凰楼上罢吹箫，鹦鹉林中临劝酒。
> 同道书来一雁飞，此时纤怨下鸣机。
> 裁鸳帖夜被，薰麝染春衣，
> 屏风宛转莲花帐，窗月玲珑翡翠帷。
> 个日新妆如复罢，只应含笑待君归。㉓

这篇赋里，七言、六言、五言间用，进一步发展了陇上歌的体制，也是从人民口头创作里汲取来的。这就是变文唱词最原始的基础。

到了开元、天宝时代（七一三——七五五），这一类新兴的文学，由于长久时期的酝酿，由于皇帝的爱好和提倡，并且和当时的音乐配合起来，使这一类的歌曲诗赞，获得空前的发展，变文汲取了这些资料，便很快地发展起来了。

这从敦煌里，发现了不少的资料。更直接促使讲经文发展的是唐玄宗自己注过《孝经》、《金刚经》和《道德经》，都是儒释道三教中最重要的经典。三教争着宣传自己的经典，就一方面歌颂皇帝的注解，一方面赞扬和宣传自己的教义，如《开元皇帝赞金刚经功德》便是一篇典型作品，流传也最广，现存还有四个写本。歌赞一开首便说：

> 金刚一卷重须弥，所以我皇偏受持。
> 八万法门皆了达，惠眼他心踰得知。
> 皆谈新歌是旧曲，听唱金刚般若词。
> 开元皇帝亲自注，至心顶礼莫生疑。

《新集孝经十八章》的歌赞，也有一个残本流传下来。开首几句说：

> 新歌旧曲遍州乡，未闻典籍入歌场。
> 新合孝经皇帝感，聊谈圣德奉贤良。
> 开元天宝亲自注，词中句句有龙光。
> 白鹤青鸾相间错，连珠贯玉合成章。
> 历代以来无此帝，三教内外总宜扬。
> 先注孝经教天下，又注老子及金刚。

不能不引起我们注意的是：在这两篇歌赞里都谈到了"新歌旧曲"的问题，我

想试作一个解释。比如崔令钦《教坊记》所记的三二五个曲名，都是天宝以前
（七四二）的旧曲。《皇帝感》虽说是旧曲（也在《教坊记》的曲名中），但歌
词是时行的七言。所以大家"皆谈新歌是旧曲"，而这种新歌传播的非常快，
不久便"遍州乡"了。还有，旧日歌曲不过是抒情叙事，"未闻典籍入歌场"；
现在却是"听唱金刚般若词"了。于是当时的艺人，也使用这一旧曲，编制出
种种的新歌，在歌场里歌唱。

敦煌出的另一种是《新合千文皇帝感》（伯三九一〇），一开首说：

> 言谘四海贵诸宾，黄金满屋未为珍，
> 虽然某乙无财（才）学，且听歌里说千文。

《皇帝感》的曲调，不但用以歌唱《金刚》、《孝经》、千文，还可以歌唱其他
的故事。伯三九一〇卷内还有一篇《新合孝经皇帝感》，却是歌唱张骞见西王
母的故事。

这篇《皇帝感》的前一段好像是一篇押座文，用"上说名王行孝道"开
始，"听唱张骞一曲歌"结尾，共二十句，方入正文：

> 张骞本自欲登山，汉帝仗遣上升天，
> 今朝得遇西王母，驾鹤乘龙上紫烟。

写到看见织女的情形是：

> 张骞寻河甚迟迟，正见织女在罗机，
> 五百交梭一时动，五百钻头并相随。

从汉代尚方制镜的工人们到开元、天宝间歌唱《皇帝感》的广大人民，一线相
承的不管文人学士们重视与否，一向流行着自己的诗体、自己的题材、自己的
故事内容。

从六朝末年到开元、天宝中间，由于文人学士们开始重视七言诗，写作七
言，并把七言入乐来歌唱。这也使得流行在人民大众中间的七言更普及了，更
和乐曲相结合了。这就使得七言诗，不分雅俗，都在歌调中得到了合拍。不论
文人学士，不论人民大众，在全国范围内，甚至在边疆，在用相同语言的邻
国，都能哼出《皇帝感》一类的调子。变文的七言唱词，当然是随着七言诗的
兴起而兴起，但变文的盛行，恐怕是在开元初期的二十年间（七〇〇——七二
〇），而在开元、天宝中间（七二〇——七五五）才普遍盛行起来的。

（二）六言　六言和七言、五言都是一样的来源，但六言和七言长期不被认为正体，只有在民间流行。文人学士偶一为之，也不过是借六言的浅俗语句来作嘲笑。远的不必说了，也是在开元初元前后（七〇〇——七二〇）六言和七言一样的开始时行起来，当时的曲调是《回波乐》，李景伯、沈佺期用来讽谏中宗的两首，至今传诵不绝。裴谈的一首是和皇帝打趣的，他说：

> 回波尔时栲栳，怕妇也是大好。
> 外边只有裴谈，内里无过李老。

到了开元、天宝中间（七二一——七五五），六言更普遍了，在文人学士方面，如张说的《舞马词》，韦应物的《三台》《调笑》，刘长卿的《谪仙怨》，都很有名。据说公元七五六年唐明皇幸蜀，杨贵妃在马嵬坡被缢，因而想起了张九龄，"吹笛成曲，潸然流涕"，后来把这支曲子就叫作《谪仙怨》。刘长卿拟作之后，窦弘馀和康骈都作了《广谪仙怨》，从此，更广泛地传遍了天下。兹录窦弘馀的曲词如下：

> 胡尘犯阙冲关，金辂提携玉颜；
> 云雨此时消散，君王何日归还？
> 伤心朝恨暮恨，回首千山万山，
> 独望天边初月，峨眉犹自弯弯。

在广大人民中间歌唱着的六言，到这时候不免要受些影响，起一些鼓舞作用。

在民间所唱的六言调名是《儿郎伟》。我国历史上有一个传统风俗，就是每年腊月的驱傩。驱傩本来是一种迷信，在新岁没有到来以前，想赖借群众的力量，把鬼都驱走。到后来，变成一种游戏，因而有聚会，有化装，有歌唱；所歌唱的曲调就是《儿郎伟》。在里面不仅唱出要驱鬼，往往还和当时当地的重大历史事件结合起来，使大家更加欢乐。

再依敦煌的史料而论，公元八五〇——八七五年间，张义潮率领敦煌人民起义成功，在每年驱傩的群众大会当中，时常洋溢着庆贺起义的歌句。如伯四九七六卷载某一年驱傩的《儿郎伟》云：

> 伏丞（承）大王重福，河两道泰时康。
> 万户歌谣满路，千门谷麦盈仓。
> 因兹狼烟殄灭，管内休罢刀枪。
> 三边披肝尽髓，争驰来献燉煌。

又伯三七○二卷，是这时期内一首极好的《儿郎伟》，歌颂了唐天子"再坐西京"，并派遣使臣来敦煌时说：

> 优诏宣流紫塞，兼加恩赐西庭。
> 皇帝对封偏奖，驲骑已出龙城。
> 昨闻甘州告捷，平善过送邠宁。
> 朔方安下总了，沙州差使祇迎。
> 比至正月十五日，毬场必见喜声。
> 尚书加时七百，锦彩恰似撒星；
> 大将幞头疋帛，内臣亲捧来程；
> 百姓总顶帽子，自后必合头轻。
> 大家互须努力，营农休取柴桎，
> 家国仓库盈满，誓愿饭饱无□。

我们讨论人民大众文学，应该时常注意凡是能够普遍流行在人民大众中间的，一定是有历史渊源和群众基础，不是用什么力量所能推动成功的。如上述《皇帝感》、《儿郎伟》都是。又，凡是新兴的，而能很快地普遍流行起来，势必有所因借，这如变文因借了《皇帝感》、《儿郎伟》一类的在民间有历史根源的七言和六言。变文唱词里的六言，约占百分之十五的比重，这就是变文能够迅速发展成功的另一因素。

（三）三、三、七句　这一体裁是第一句由两个三言组成（也有只是一句三言的），下面接连着是三句、五句或七句七言（五言的不在此论列）。我认为实际上就是七言诗，所以它的起源和发展，也曾和七言走着一样的道路。《汉书》卷七十九，说冯奉世的儿子冯野王和冯立先后做过西河上郡的太守，百姓们爱戴他们的治绩，作歌赞美他们说：

> 大冯君，小冯君，
> 兄弟继踵相因循。聪明贤知惠吏民，
> 政如鲁卫德化钧，周公康叔犹二君。

这一类的体裁，后来转成《五更转》、《十二时》、《十二月》、《百岁篇》（亦称《百年歌》）等，陆士衡有《百年歌》十首，每十年为一首，就是用一个三字句和几个七言组成的。兹引第二首如下：

二十时，肤体彩泽人理成。

美目淑貌灼有荣，被服冠带丽且清。

光车骏马游都城，高谈雅步何盈盈。

清酒浆炙奈乐何？清酒浆炙奈乐何？

因为这一类歌词，在民间久已流行，所以在变文兴起的时候，也就被汲取，作为唱词的组成部分之一。在唱词组成中的比重约占百分之二十。

《五更转》、《十二时》、《十二月》、《百岁篇》等，在变文极盛的时候，仍然和变文并行，其中有一些较长的，也可以起着变文的作用。如前面举过的公元八八五年作的一篇《十二时》，题为"普劝四众，依教修行"，当时各寺院多取来作讲唱读本，其最末一首说：

敬疑（拟）讲，日将西，计想门徒总大归。

念佛一时归舍去，明日依时莫交迟。

还有，里面有些句子，如：

上三皇，下四皓，潘岳美容彭祖老，

八元八俊葬丘陵，三杰三张掩荒草。

就曾经被《无常经讲经文》成段地使用进去，这更足说明三七句与变文唱词部分的组成关系。

以上述讲经文的三个组成部分，我主要想说明这三个组成部分：六言、七言和三、三、七句都是普遍流行在我国人民大众中间，有着长久的历史渊源。在讲经文发生以前，这三种诗体也已经为文人学士所重视起来，特别重要的是和音乐相结合起来，以至在全国范围内，每一个人都能哼出这些歌调。这便是变文发生的良好基础。赶到变文（讲经文）汲取了这些曲调作为自己的重要组成部分以后，便立刻能够为人民大众所领会，所接受，所欢迎。

这也说明了变文的构成，完全是我国人民大众文学创作的结晶，并没有直接受印度文学的任何影响。这样，在我国文学史上，才能给予变文以正确的位置和评价。

上面分析了讲经文的三个组成部分，特别在分析第三个组成部分——唱词构成的过程中，说明了变文的起源和发展问题，同时，也说明七言、六言诗在变文产生之前，已为文人学士所重视。变文产生之后，人民大众是欢迎的，至于文人学士持什么态度，还没有找到记载。依我推测：开元、大历间（七一三——七七九）的诗人，即便肯作七言诗，未必便肯欢迎变文。但在开始时期，也未必有什么恶感。不过到变文盛行以后，雅俗的成见（其实就是阶级成见）便会自然发生了。孟棨《本事诗》记载着这样的一个故事：

> 诗人张祜未尝识白公，白公刺苏州，祜来谒。才见白，白曰："久钦藉，尝记得君《款头诗》。"祜愕然曰："舍人何所谓？"白曰："鸳鸯钿带抛何处，孔雀罗衫付阿谁，非款头何耶？"张顿首微笑，仰而答曰："祜亦尝记得舍人《目连变》。"白曰："何也？"祜曰"上穷碧落下黄泉，两处茫茫皆不见，非《目连变》何耶？"遂与欢宴竟日。

孟棨把这故事载入"嘲戏"类。《款头诗》今不知何似，张祜闻之愕然，则不被士大夫所尊重可知；所以张祜拿《目连变》来报复。"上穷碧落下黄泉，两处茫茫皆不见"，表面是说像《目连变》里的情景，实际上是说白公学时髦，他的《长恨歌》竟坠入了变文唱词的格调。这两位大诗人既然拿这样的题材作为嘲笑资料，可见为人民大众所喜爱的文学作品，是永远不会为有阶级思想成见的文人学士所赞同。然可借此反映：为人民大众所喜爱的变文的发展，已经到了很兴盛的时期。

对于变文的起源，因为没有资料，无法考证；但对于变文的发展，现在大致可以确定：在第八世纪的初年，可能就在七〇〇——七二〇年间，变文（讲经文）已经开始盛行了。在七二一——七五五年间，时间虽说很短促，但发展的相当快，如现存的一篇《降魔变文》就是七四二——七五五年间的作品，已经非常成熟。张祜和白居易拿变文作嘲笑的资料，是八二五——六年间的事情^㉔。这时候，变文的流行不但很兴盛，而且很普及了。我认为第八世纪末年和第九世纪的整个世纪，是变文的全盛时期。文溆就是这一时期内（主要是在第九世纪上半世纪）杰出的俗讲大师，他获得听众的热烈欢迎，自然就遭到了有阶级成见的假卫道者的反对。文溆对他们的反抗也最烈，以至"前后杖背，流在边地数矣"^㉕。

敦煌所出变文，绝大多数都是第九世纪中间的作品。如《维摩诘经》、《添品妙法莲华经》、《弥勒上生经》等讲经文，《王昭君》、《王陵》、《季布》、《鹦子赋》等变文，我疑猜都是第九世纪上半世纪的作品；其他，有事迹可考者，如《张义潮》、《张淮深》等变文，则均作于第九世纪下半世纪。此外，根据写本年月和使用年月，还有许多是作于第十世纪上半世纪，但这时候，话本已经产生，对话体的合生已较盛行，变文已经进入转化时期。所以在第十世纪的上半世纪，应该研究它的转变原因和转变方向，而到了第十世纪下半世纪，变文的活动几于消亡了。

下而略论变文转化成话本的原因。

如前所述变文是由说白和唱词两部分组成的，而变文的特征更侧重在唱词部分。但变文的内容是讲唱故事，听众的要求，也是以故事的细腻生动和新奇有吸引力；由于变文在描写艺术上的限制，发展到相当时期，便不能满足听众的要求；为了满足听众的要求，就必需改进自己的结构，把说白部分拉长，增加描写的力量；把唱词部分缩短，减少不必要的重复，这就是向着小说话本去转化了。话本的特征，是着重在说白部分，而在讲到最警醒的地方，或是故事的最高峰，便写出一两首诗词，使听的人既感觉不出什么重复，还能把听众引入更高的意境，这是小说话本胜过变文的地方，也就是变文不得不向着话本转化的原因。

现存第一篇最完备的话本，应该是《庐山远公话》了。里面穿插着几首偈，其实便是五七言诗，大概是由于讲佛家故事，故不称诗而称偈。讲到惠远在庐山的精舍，是故事的重要节段之一，插有诗句云：

> 修竹萧萧四序春，交横流水净无尘，
> 缘墙薜荔枝枝绿，铺地莓苔点点新。
> 疏竹免交城市闹，清虚不共俗为邻。
> 山神此地修精舍，要请僧人转法轮。

这首诗句，已不是变文里的《皇帝感》风味，而是宋、明人诗话、词话小说里"有诗为证"的格调了。

《韩擒虎话本》不知与《庐山远公话》孰为先后，可是在讲完的时候，艺人对听众宣称："画（话）本既终，并无抄略。"拿没有"抄略"作为特点，这可证明已经转化成功的话本，在叙事方面是着重细腻生动的。

《庐山远公话》是九七二年写本，可能就是这时候的作品，反映了第十世纪下半世纪，已经是变文衰而话本兴了。

还有一问题：是《晏子赋》、《韩朋赋》一类的作品，为什么也算作变文？

前述骆宾王的《荡子从军赋》，意在说明七言诗的起源，不是着重在讲故事。但当时另有一种赋，所铺陈的故事虽也不多，而突出的形容某些人的丑恶或某一特别方面的特征，把这些地方当故事讲，便有很大的取笑力量。

敦煌里有赵洽的《丑妇赋》，还是取笑的文章，不成为变文。《初学记》卷十九节引了刘思真的《丑妇赋》、朱彦时的《黑儿赋》，可知在初唐，这一类的作品独成一格。《初学记》还引了刘谧之的《廓郎赋》，这位廓郎的突出特征是什么，因为《初学记》的作者认为"词汇不具载"，我们无从知道了；但载了开端四句：

> 坐上诸君子，各各明君耳，
>
> 听我作文章，说此河南事。

可见这篇赋确是铺陈了一个故事来向听众讲的。

和此相类似的一篇有名作品——戴良的《失父零丁》，我以为就是这个时期，这一种类型里面的作品。戴良字文让，年代不可考。自从后人把他和后汉字叔鸾的戴良混为一人，遂把"零丁"作为古代文章的一体，而认为是后汉时代的作品，可以说大错特错了。依我的意见，汉人虽说能作《孔雀东南飞》，但恐作不出七言的《失父零丁》赋。如果稍稍检查一下原文，就会明白的。

《失父零丁》的作者假说他父亲丢失了，请大家帮助寻找，所以在开题里先说"敬白诸君行路者"，而以"请为诸君说事状"引起正话。故事（笑话）便从此开始了。兹据《太平御览》卷五九八校录其原文如下：

> 我父躯体与众异，脊背伛偻卷如截。
>
> 唇吻参差不相值，此其庶形似能备！
>
> 请后重陈其面目：鸱头鹄颈獦狗啄，
>
> 眼泪鼻涕相送逐，吻中含纳无牙齿，
>
> 食不能嚼左右蹉，□似西域□骆驼。
>
> 请复重陈其形骸：为人虽长甚细材，
>
> 面目芒苍如死灰，眼眶凹陷如羹杯。

很显然，戴良并不是真有这样丑恶的父亲，他是在作小说。《晏子赋》就是在这一体制上依据古代史料而雕塑出来的。《孔子项托相问书》在取材上，应该也是同一来源。这些都是变文的支流，所以也和变文一起作比较研究。

四　讲唱变文的仪式和方法

讲唱变文的仪式、讲法和唱法等，也是我们要研究讨论的。仪式方面在讲经上相当复杂，但到了脱离经文，发展成为讲故事的内容，听众极其大众化的时候，就把旧日的仪式自然取消了。讲说变文的方法，应和讲经一样，但要借助于图画。至于歌唱唱词的方法，当然要和讲过的七言、六言、三、三、七句等歌赞诗词的吟唱方法有关，也来试作说明。兹按照这样三个问题，讨论如下：

1. 仪式　俗讲是向人民大众宣传佛经，而所用的讲经文，除了唱词是新加的部分以外，其所讲的经文和注解，基本上和旧日讲经一样，所以旧日讲经的一切仪式，也自然沿袭到俗讲上面来。

孙楷第先生写的《唐代俗讲轨范与其本之体裁》一文，详细地探求了旧日讲经的仪式，用来说明俗讲的轨范，对于这一问题是一篇极有价值的论文。现在我所要阐述的，则是利用从敦煌里所得的资料，来说明当时所采用的仪式。

敦煌里有一个文件，记载着两次俗讲的仪式单。第一个仪式单是讲《温室经》的，仪式的进行如次：

夫为俗讲，先作梵了。次念菩萨两声，说押座了。索旧《温室经》法师唱释经题了，念佛一声了，便说开经了。便说庄严了。念佛一声，便——说其经题字了，便说经本文了。便说十波罗蜜等了，便念佛赞了。便发愿了。便又念佛一会了。便迴[迵]⑳发愿取散云云。

第二是讲《维摩经》的仪式单，进行如次：

讲《维摩经》先作梵，次念观世音菩萨三两声。便说押座了，便素唱经文了；唱日法师自说经题了。便开赞了，便庄严了，便念佛一两声了。法师科三分经文了。念佛一两声，便——说其经题名字了，便入经说缘喻了。便说念佛赞了。便施主各各发愿了。便迴向发愿取散。

这两个仪式单的进行次序，大致相同。不同者是在讲经文的内容。这个地方，正是我们要注意研究的。现在再结合《阿弥陀经讲经文》作比较，则说明起来更容易。

《阿弥陀经讲经文》是在于阗国王所做的法会上开讲的。大会当然比较庄严，所以是按照仪式进行的。

仪式的开始，先是"升座，念偈，焚香，称诸佛菩萨名"，这就是前两个仪式单内所谓"作梵"和"念菩萨三两声"。再次不是说押座文，而是诵读忏悔文。在忏悔文内讲三归和五戒，这是由于于阗还有许多外道，必须加强佛教的宣传。在三归里首先指明应该归依谁？他说："不是摩尼佛，又不是波斯佛，亦不是火袄佛，乃是清净法身，圆满报身，千百亿化身释迦牟尼佛。"接着又用了很长的时间讲五戒。在大会上讲戒条，当然不是大家所愿听的，所以他一再解释"莫怪偈颂重重，切要门徒劝善"。

再次唱释经题，科分三段。然后开赞，庄严做会的施主。然后讲经。这次法会，和前两个仪式单，也大致相同。由此可以说，俗讲的仪式大致是一样的。

法会上的时间有限，仪式又相当繁杂，所以讲经文的进行往往解释了经题以后，不过挑选出佛经里的几句经文或一两个故事，讲讲便罢。如《长兴四年中兴殿应圣节讲经文》只讲了序分中的五种成就。从前面举的两个仪式单，也可知道《温室经》讲的是"十波罗蜜"，《维摩经》讲的是一些"缘喻"，由此又可以推知：在俗讲里头，很少有整本大套讲佛经的。现存的《维摩诘经讲经文》最多，也最长，然只是择取了佛令弥勒、光严、持世、文殊等往维摩问疾的故事，这又说明了讲经文虽说意在讲解佛经，但由于听众要求，必然渐渐转移到讲说故事上面去。后来便脱离佛经，而专讲佛教故事了。如降魔、目连、丑女等，当然可以完全不受俗讲仪式的拘束。到了讲伍子胥、孟姜女、王陵、李陵、季布、王昭君等历史故事时，便更无所谓仪式了。不论过年过节或在其他欢乐庆祝的日子里，在寺院的庙檐下，在集市的十字街头，以至在官僚地主的庭院里，铺个摊子，挂上画卷，就可开讲。所以到了变文全盛时期便完全没有讲经仪式了。

2. 经文和说白的讲唱方法　讲经文有唱经，有说白；变文有说白，无唱经。所以先说明了唱经与说白怎样讲唱，也就说明了变文的说白是怎样讲说了。

旧日讲经由都讲和法师共同讲唱，俗讲亦由都讲和俗讲法师（或艺人）共同讲唱。都讲只管唱经题和唱经文，并不是主要脚色。主要脚色是讲唱说白和唱词的俗讲法师（或艺人）。所以讲经文是由两人——都讲和俗讲法师共同担任，而后来的变文，由于不唱经文，则只由一人讲唱。

都讲在俗讲时唱经，也和旧日讲经时唱经一样，贵在声音高吭清爽，比较好的还能够悠扬宛转。但在俗讲里，所讲解的经文既然不多，而听众的注意力又集中在说白和唱词上，所以在俗讲的仪式单内也就没有特别表示出都讲的任务和地位。总之，他的任务就是引高声调著力唱读经文而已。

说白部分在讲经文和变文内都很重要，能否把故事说明，能否使听众听得透彻，说白部分起着主要作用。所以需要讲得清楚、细腻。一篇好的讲经文或变文，若把说白部分摘出，依次接连起来，便是一篇好的叙事小说。讲说的方法，正如今天说书里面的说白，要明白清朗、生动，有顿挫，还要有相辅而行的手势、画卷作帮助。

3. 唱词的吟唱方法　如前所述，唱词既由七言、六言和三、三、七句组成，而这些诗歌曲调，在当时均已唱遍天下，则吟唱方法，七言主要是用《皇帝感》的曲调，六言是用《儿郎伟》的曲调（《谪仙怨》行于文人学士中间），而三、三、七句应该是用《十二时》的曲调，这是可以推想的。但这三种曲调必须互相协调，尤其要和说白（在俗讲内还有经文）配合得更好。这一段所要说明的吟唱方法，主要是说明唱词的吟唱与经文，说白的讲唱互相衔接协调等问题。

为了引起俗讲法师在吟唱时的注意，敦煌所出的几卷俗讲话本，如《维摩诘经》、《佛本行集经》的唱词部分，都标识着"平"、"侧"、"诗"、"断"、"吟"、"经"、"韵"等字。孙楷第先生作过很详细的研究㉗。他说："平谓平声，侧谓侧声，经似谓催经声之词，此皆属于声律者也。"我认为十分正确。但谓"断似谓断送，吟属于篇章"，则犹待商榷。我认为这些标识，既然是为了使经文、说白相衔接，使三种曲调相协调，为了易于阐释，我把这七个符号，分成两组共六类，然后再在孙先生论文的基础上作说明。

我认为"平"、"侧"、"经"（"韵"）是指音韵；用平仄音韵来和经文说明起衔接作用；"吟"、"断"、"诗"是指声调，在唱词中标识出吟唱的调子，以协调三类的曲调，并催出下一段经文。

唱词的创作是出口成韵的，当然不如文人作诗那样严格。但有一个最大限度，就是"平"、"侧"一定不能乱。又由唱完一段唱词之后，大多数是用"唱将来"三字引起下一段经文，所以唱词的末一句既然是"唱将来"，而这一律就必须和"来"字押韵。因此，在比较长的一段唱词中，唱词的几律不论是平声，是侧声，也不论是什么韵，到末尾必定要换成平声灰咍韵。孙先生找出一个规律，凡在这样的地方都标注着一个"经"字，所以他疑猜"经似谓催经声之词"，我认为是正确的。我发现在这样的地方，如果不注"经"字，便注"韵"字，"韵"谓入了催经的"来"字韵，所以"经"和"韵"的意义应该是一样的。

我疑猜"诗"、"断"、"吟"是指的声调，不一定正确，但可能不失为思考的方向之一。"诗"是指一般七言诗的唱诵方法，"断"似是指的"断句"，即"绝句"；而"吟"则当如孙先生所谓"诵偈"，以诵偈之法，吟六言或三、三、七句。我的主观说法，吟的声调舒缓，在表示轻松快乐，或故为镇静的时候使用；"断"的声调急促，在表示果断肯定或比较急促的时候使用。故七言多标"诗"、"断"，六言或三、三、七句多标"吟"；七言标"吟"的不甚多。

上面所述，当然是一般的吟唱方法；但变文作家和俗讲法师的吟唱，还可以自由变换，使得音韵与声调更多样化，使听众更感到新鲜。

如前所举《金刚般若波罗蜜经讲经文》，向都公催经时不使用"唱将来"而使用"唱将罗"，还有时也不使用"唱将罗"，而说："当日如来亲为说，都公案上复如何?"又《添品妙法莲华经讲经文》则用"唱看看"，如云：

> 礼拜了，又虔虔，利益还添百万般。
> 佛把诸人修底行? 校量多少唱看看。

不用"唱将来"催经，而使用"罗"、"何"、"看"等韵，是为了在唱词中催经而不换韵，既灵活，又多样化。

末了，还想谈一谈使用画卷来帮助讲唱的方法。

不论讲经文或变文，讲唱说白和唱词都是由一人担任，著名的俗讲家，必须把说白和唱词配合得好。但变文的构词，简单而又重复，远不如宋代说话人所用的话本，所以在讲唱的时候，一般还要借助于画卷。

《王陵变》讲到王陵、灌婴奏明了汉王，要到楚家去斫营时，说："二将便辞王往斫营处，从此一铺，便是变初。"这表明这篇变文和另外的变图是一致的；变图的第一铺是辞王斫营，变文的起初也是辞王斫营。变文的后题"汉八年楚灭汉兴王陵变一铺"，应该是变图的后题。

《王昭君变文》也是带变图的，所以有"上卷立铺毕，此入下卷"的话。吉师老看蜀女转昭君变，正说明了蜀女一面说唱，一面请听众观看变图。他的诗说：

> 妖姬未著石榴裙，自道家连锦水渍。
> 檀口解知千载事，清词堪叹九秋文。
> 翠眉嚬处楚边月，画卷开时塞外云。
> 说尽绮罗当日恨，昭君传意向文君。

敦煌本《昭君变》正有"边云忽然闻此曲，令妾愁肠每意（忆）归"。"莫怪适下（来）频落泪，都为残云度岭西"等句，可见和蜀女使用的变文话本和变图，没有什么差别。

敦煌里面还有一卷《大目乾连冥间救母变文并图》，可惜文存而图亡。另有一卷《降魔变图》，则大致完备。这叫我们看到当时讲唱艺人所使用的真实变图，实在是变文史上的一部极重要的文献。这一变图，是一个长卷，包括六个故事，我曾给北京图书馆摄制全卷相片，向达《唐代长安与西域文明》三三六页后，载了《舍利弗变狮子故事》的一段插图。

这一卷变图的正面是故事图，在背面相对的地方抄写每一个故事的唱词。这更显示出变图是和说白互相为用（图可代白），指示着变图讲说白，使听众更容易领会。然后唱唱词，使听众在乐歌的美感中，更愉快地抓住故事的主要意义。

变文的说白、唱词和变图的在演唱方法上的统一，是这一文学艺术的最高成就。但另一方面，必须三者统一，方易成功，也正是它的缺点所在。所以到了一定的时期，变文里一个支派，专向着说白的部分发展，便成为后来的小说话本。话本兴起，讲唱变文的仪式和方法，自然随着变文的灭亡而消逝了。

五 结论

在结论里，我想初步谈一谈变文的特征。我前面已经论述了：变文的构成是人民大众文学创作的结晶，而它的故事内容，又在民间都有长久的历史渊源，里面的人物，都是通过了人民大众的思想爱憎而陶铸出来的典型。这些特征，都充分表现着变文的思想性，只有正确地了解了这些，才能真正认识变文的价值和它在我国文学史上应有的地位。

我在此前先要讨论的，就是变文的作者和讲唱艺人。由于变文的作者和讲唱艺人都是来自人民中间，他们的生活和感情，才能和人民打成一片，才能真正表达出人民的思想性。如前所分变文的两大类：佛教变文在宗教的唯心主义笼罩下，当然没有什么思想性；而讲述我国历史故事的变文，虽说写的是古代人物，但是通过了广大人民的思想感情，把他们典型化，已经是现实主义的写实文学了，所以具有极充沛的思想性。

长兴四年应圣节给皇帝讲《仁于护国般若波罗蜜多经》的和尚，大概是一个什么"大德"，专会奉承封建统治阶级而且惯于为他们服务的，虽是一篇首尾完具的讲经文，并没有什么思想性。在于阗国王法会上讲《阿弥陀经》的和尚，既被"赏紫承恩"，也就不会讲出什么宗教教条以外的话。到了能够自由宣讲佛教故事的时候，才有一些变文的内容为人民大众所喜闻乐道，而一些作家和讲唱艺人的姓名，也才为听众所不能忘，还有的保存到今天。

《功德意生天因缘变》的作者，在讲完那个生动有趣的故事以后，他想借机会劝导听众，但无意中道出了他的名字。他说：

> 佛法宽广，济度无涯，至心求道，无不获果。但保宣空门薄艺，梵宇荒才，经教不便于根源，论典罔知于底漠。辄陈短见，缀秘密之因由；不惧羞惭，缉甚深之缘喻。

《八相变文》的讲唱艺人，可能也是作者。他没有留下名字，但在散场时也有相类似的一段话：

> 况说如来八相，三秋未尽根原，略以标名，开示题目。今具日光西下，座久迎时，盈场并是英奇仁（人），阖郡皆怀云雅操。众中俊哲，艺晓千端；忽滞淹藏，后无一出。伏望府主允从，则是光扬佛日，恩矣，恩矣！

但讲唱艺人并不一定都是作者，只要把变文的话本学会，便可到处讲唱。

如《破魔变文》有两个写本，文字内容大致相同，都用下列四句作收尾。

> 定拟说，且休却，看看日落向西斜。
> 念佛座前领取偈，当来必定座莲花。

可是其中一卷（伯二一八七）还有下面的一段话，是讲唱艺人新加的：

> 但某乙祥河滴（嫡）派，象猛晚修，学无道化之能，谬处赞扬之位。身心战灼，悚惕何安？辄述荒芜，用申美德。
> 自从仆射镇一方，继统旌幢左大梁。
> 致（至）孝人（仁）慈超舜禹，文萌宣略迈殷汤。
> 分茅烈（列）土忧三面，旰食临朝念一方。
> 经上分明亲说着，观音菩萨作仁王。
> 观音世□宰官身，府主唯为镇国君。
> 玉塞南边消殄气，黄河西面静烟尘。
> 封疆再改还依旧，墙壁重修转更新。
> 君圣臣贤菩萨化，生灵尽作太平人。
> 圣德臣聪四海传，蛮夷向化静风烟，
> 隣封发使和三面，航海余深到九天。
> 大洽生灵垂雨露，广敷释教赞花遍。
> 小僧愿讲经功德，更祝仆射万万年。

这时候（九〇七——九二二），敦煌地方的统治者是曹议金。这是在他所做的法会上，由他所供养的俗讲僧人，讲唱了《破魔变文》以后，而又由他自己增加了一段颂扬的话。敦煌在当时被许多外族包围侵略，敦煌的人民和统治者同心协力地为国家保卫边疆，而这位处在"赞扬之位"的艺人，借着讲唱变文的机会，宣传爱国主义，应该把他看作是一个有思想的进步艺人。

历史故事变文的出现，标志着我国通俗古典文学作品中极可宝贵的现实主义的写实作品的产生和繁荣。

唐代传奇文也是现实主义的文学作品，我疑猜它是受了变文的影响，随着变文的发生而发生，随着变文的发展而发展㉘，它们的流行时代大概是相同的。可是变文反映的是人民大众（特别是农民）的思想生活，而传奇文反映的则是文人学士的佳人才子思想生活。

文人学士对于孔子是不敢非议的，但人民大众就敢于和圣人开玩笑，在《孔子项讬相问书》里列举了孔子和小儿项讬的问答，"下下（一一）不如项诧"，因而"有心杀项诧"。这就有力地打击了封建社会的传统思想。原来孔子有两车草，曾经寄托给项诧的父母，因为老人家年老昏迷，把一些烧了，剩下的又喂了牛羊。孔子听说便来讹诈，因而得以杀了项诧。这正反映了农民的生活和思想。又如董永卖身葬亲的故事，由于"家里贫穷无钱物"，卖身八十贯，给地主做奴隶，也正是封建社会里农民被剥削压迫的现实遭遇。但因此感动了天女下界来帮助他，这也正是农民在呻吟中的幻想。凡是民间相传有历史渊源的故事，都饱含着这样的反抗精神。同时，人民大众都是生活在封建社会之内，在长期的封建思想影响之下，当然也反映着落后的一方面。如小儿项诧是代表人民说话的，他却说出"弃却奴婢，君子使谁？""人之有妇，如车有轮"等的话。当然，总的说来，在伍子胥、王陵、董永等变文内，一定逃不出时代影响，还是以中国封建社会的家庭伦理思想为主导思想的。

伍子胥能够反抗楚平王的暴虐，所以到处有人同情于他。但这些人都把家庭伦理关系的重要，置于祖国之上，当然和我们今天的要求不合，可是把它放在中古时期的封建社会，特别是以孝道为重的封建社会，则没有什么不符合的了。所以浣纱女子和吴江渔人的帮助伍子胥，甚至为帮助伍子胥而自我牺牲，我们也就不以帮助叛国的人而责备他们，使我们只感觉出伍子胥为父报仇、反抗暴君的艰苦与伟大。这篇作品，在封建时代社会，正是经过了千百万的人民文学作家，在反抗封建暴君和保卫家庭伦理的两种主导思想下写成的。更由于在文字中间，适当地但是强烈地写出了农民的顽固和义烈牺牲，不但使听众最容易受感动，就是生在现代的人，读了也觉着奕奕有生气。楚王出勅，捉着伍子胥的赏千金，封户千邑；隐藏的先斩一身，然后诛九族。可是吴江渔人明知是伍子胥，不但不捉去邀赏，反给伍子胥送来酒饭，渡他过江，放他逃走。伍子胥临别问渔人的姓名，渔人答说："今日两贼相遇，何用称名道姓。君为芦中之事，我为船上之人，意义足亦可知。"伍子胥和渔人，萍水相逢，但有一个共同思想，共同目标，就是反抗封建暴君。渔人说他们是"两贼相遇"，不用"称名道姓"，"意义足亦可知"，表明思想意识上渔人比伍子胥更清楚，更坚定，也近于事实。作者若不是站在人民的立场，是写不出这样的话的。而且这样的思想感情，绝对不是唐代文人学士们的传奇里所能有的。这就是变文的最显著的特征。

随着封建社会的迟缓前进，像伍子胥，像吴江渔人，像董永这一类的人物永远活跃在人民大众的思想里面，鼓励着人民前进。像孔圣人在项诧面前的无知，和他对项诧的卑鄙行为，也永远活跃在人民大众的思想里面。人民大众所雕塑出来的这些人物，不论在短篇、长篇小说里，不论在戏曲、弹词、宝卷内，在变文以后的一千年间，没有间断地被人民传说着，歌颂着。项诧的故事，在所谓俗书里面，还一向保存着。如明刻《故事统宗》内有《小儿论》，一九四八年，北京打磨厂宝文堂印行的《小儿难孔子》文明小曲，文字和内容，还都没有失去敦煌本的精神和面貌㉙。

人民大众不但善于保存他们自己的文学，还不断地创作新的典型和新的文学。如韩朋的故事，本来是属于才子佳人一类的题材，可是到了敦煌本的《韩朋赋》，便着重地描写了封建统治阶级的夺人妻子，杀害贤良的凶暴行为，而且人民总是不饶恕这样的人，所以《韩朋赋》还是用韩朋死后和贞夫"变成双鸳鸯"，用一支鸳鸯毛刺杀了宋王作结尾。

虽说刺杀了宋王，人民还是感觉不够痛快，所以这个故事，在《韩朋赋》之后还继续发展。明代戏曲里的《十义记》，把宋王转化成为黄巢，韩朋的朋友韩福代韩朋死；韩朋妻生一子，韩朋的朋友郑田、李昌国做了程婴、杵臼。后来，韩朋的儿子长大"试文武皆第一"，做了函关节度使，全家（包括李昌国在内）团圆，并且讨灭了黄巢。

韩朋故事的这样转化，可能开始在五代的时候，但我还没找出较早的记载。用黄巢代替宋王，虽然是受了封建统治阶级的欺骗；可是到了清初的天地会，把韩朋、韩福、郑田、李昌国作为"四大忠贤"，仅次于五相五虎之后。天地会里有四大忠贤茶："若领第一杯替死，第二杯寄妻，第三杯托子，第四杯相帮。""相帮"是什么？"打救出关，题诗便是"：

> 韩朋因妻苦祸殃，韩福替死枉忠良，
> 郑田打救英才子，李昌食妻状元郎。㉚

这样，韩朋报仇的故事复杂化了，自然也就能够感动更多的人。

但我们必须指出：封建社会的人民是以农民为主。农民是主要生产者，也是被剥削、被压迫的对象。因而产生了他们进步的方面；另一方面是他的保守性和顽固性，因而他们往往又是封建社会的支持者。把韩朋的才子佳人故事转化成为报仇雪耻的故事，是充分表现了人民的幻想；但又诬蔑自己的起义代表人物黄巢，使韩朋等成为天地会秘密组织的四大忠贤，这又是受了顽固保守性的限制，所以在人民幻想中，又包含着反人民的思想㉛。这也是正符合于封建社会时代人民（主要是农民）的思想的。

现在可以总结变文的特征了。我认为主要表现在下列三点：

第一，变文的产生，是汲取了古代民间文学各种创造体裁的结晶，而发展成为更艺术，更美丽，更善于表达歌唱自己思想的工具。自从有了变文，人民大众得以更好地使用自己的语言，自己的思想，来表达自己的思想感情，创造自己所喜闻乐道的故事，所以变文是地道的人民文学。

第二，变文是现实主义的写实文学。它改变了六朝以来的迷信志怪小说，使文人学士受到了影响以后，创作成为写实的传奇文学。

第三，变文充分反映了封建社会时期的人民幻想，并且极其正确，极其真实地反映了当时人民（主要是农民）的进步思想，但不可避免地也包含一些落后思想。

这些，都是变文的成就在我国文学史上最突出可贵的地方。我这篇论文只是第一次试探，以后，我们应该在这些方面，作出更多更深刻的研究。

——————————

① 《敦煌变文集》凡八卷，一九五七年人民文学出版社出版。卷一至六收变文六十三篇，卷七收押座文及其他十二篇，卷八为附录，载《孝子传》与《搜神记》；在《孝子传》和《搜神记》里面保存了变文的不少原始资料。

② 这篇《十二时》，巴黎有四个写本，我曾汇校成为一个定本。任二北已载入《敦煌曲校录》一四〇——一六二页。注云"据北京图书馆钞本校"，就是我的校定本。

③ 罗振玉跋《佛曲三种》，说："皆中唐以后写本。其第二种演《维摩诘经》。他二种不知何经。考《古杭梦馀录》载说话有四家，说经谓演说佛书。《武林旧事》载诸技艺亦有说经。今观此残卷，是此风肇于唐而盛于宋两京，元、明以后始不复见矣。"

④ 徐嘉瑞的《敦煌发见佛曲俗文时代之推定》，初发表于《澎湃》第十三、十四期，后又发表在《文学周报》一九九期上（一九二五年十一月）。郑振铎的《佛曲叙录》，是包括着敦煌变文和明以后宝卷的目录。初发表在《小说月报》第十七卷号外《中国文学研究》下（一九二七），后收入《中国文学论集》六七八——七二二页。

⑤ 《论唐代佛曲》初发表于《小说月报》第二十卷第十号（一九二九年十月），现收于《唐代长安与西域文明》二七五—二九三页（一九五七年三联书店出版）。

⑥ 郑振铎在一九二九年写成《敦煌的俗文学》一文，《小说月报》二十卷三号（一九三一年三月。一九三二年又载入插图本《中国文学史》中卷），说："这种俗文虽可说是佛曲的启源，却并不是佛曲；变文之体，似更近于佛曲，所以我们应该更正确的名之曰俗文，曰变文。"再后来他编《中国俗文学史》的上册，便采用《变文》作标题。《佛曲叙录》所包括的东西，经过选择，他又出版了《变文及宝卷选》。

⑦ 向达撰《唐代俗讲考》，曾发表在《燕京学报》十六期、《国学季刊》六卷四期，后又收入《唐代长安与西域文明》二九四—三三六页。孙楷第撰《唐代俗讲轨范与其本之体裁》，见《国学季刊》六卷二期，后收入《论中国短篇白话小说》五七——一三八页。

⑧ 如孙楷第的《唐代俗讲轨范与其本之体裁》。参阅《论中国短篇白话小说》五八页。但向达疑唱经文非名词（《唐代长安与西域文明》三〇六——三〇七页），仍有可商。

⑨ 孙楷第的《读变文杂释》第一个节目是"变文之解"，载《现代佛学》第一卷第十期（一九五一年六月）。

⑩ 孙氏共举七例，意义和用法相同，故不列举。

⑪ 均见张彦远《历代名画记》卷三的《两京外州寺观画壁》条。下同。

⑫ 后两例见郭若虚《图画闻见志》卷六《大相国寺》条。

⑬ 以上四例，亦见《历代名画记》卷三《两京外州寺观画壁》条。直称经变的，如慈恩寺殿内有《杨庭光画经变》，资圣寺大三门东南壁有《姚景仙画经变》。

⑭ 《全唐文》卷三七六有任华的《西方变画赞》，说他"敬画妙法莲华变一铺，以华之情拳拳，见示经变，注对灵相"。这个"经变"的含义和用法，虽说和《历代名画记》一样，都是用在故事画上，但在这样地广泛使用之后，也就容易移用在讲经文上。

⑮ 这可以周绍良的《敦煌变文汇录》为代表，他把几篇讲经文，如《阿弥陁经》、《妙法莲华经》、《维摩诘经》都题作变文。

⑯ 孙楷第的《说话考》，初载《师大月刊》第十期（一九三三），后收入《论中国短篇白话小说》三七——四一页。

⑰ 道安解经的科分方法，在汤用彤《汉魏两晋南北朝佛教史》下册五四六——五五二页注疏条有详细的解释。吉藏《仁王疏》一条，亦从同书转引。

⑱ 如晋傅玄《拟张衡四愁诗》的序说："体小而俗，七言类也。"刘宋汤惠休作了七言诗，颜延之说是"委巷中歌谣耳"。七言诗的转变和长时期不被重视，可参看余冠英的论文《七言诗起源问题的讨论》，载《汉魏六朝诗论丛》一二七——一七三页（一九五六年上海古典文学出版社出版）。

⑲ 《汉书·东方朔传》在形容他讲滑稽故事的时候，在关于射复的一段话，说"臣以为龙又无角，谓之为蛇又有足，跂跂脉脉善缘壁，是非守宫即蜥蜴。"

⑳ 张衡的《四愁诗》四首，见《文选》卷二十九。

㉑ 寒山自述他的作诗，说"五言五百篇，七字七十九，三字二十一，都来六百首。"

㉒ 见卢照邻的《幽求子集》卷二（《四部丛刊》本）。

㉓ 见《骆宾王文集》卷一（《四部丛刊》本）。

㉔ 据万曼的《白居易传》，公元八二五年（宝历元年）三月白居易改授"使持节苏州诸军事守苏州刺史"，五月到任，次年九月离开苏州，所以张祜见白居易，应在这时期以内。

㉕ 这两句话引自赵璘《因话录》卷四。文溆子的俗讲活动，可参看向达的《唐代俗讲考》（《唐代长安与西域文明》二九六——三〇一页）。

㉖ "遁"字据向达说补，见《唐代长安与西域文明》三〇二页。

㉗ 《唐代俗讲轨范与其本之体裁》内讲"吟词"的一段（《论中国短篇白话小说》六七——一〇二页）。

㉘ 传奇文也都是开、天和开、天以后的作品。有几篇有人放在了开、天以前，但都有可疑。

㉙ 一五九五年周曰校刻的《历朝故事统宗》（原题"明李廷机考正，丘宗孔增释"）卷九载《小儿论》。还有明刻本的《东园杂字》，据说也载了这个故事，我没有看到。一九四八年，我在宝文堂同记书铺，买到了他们铅印的《小儿难孔子》，题文"文明小曲"。我把《小儿论》和《小儿难孔子》的原文，都已附入《敦煌变文集》内。

㉚ 韩朋故事在天地会内的史料，散见萧一山编的《近代秘密社会史料》（一九三五年北平研究院出版）。末一句"李昌食妻状元郎"，一本作"昌国养育状元郎"。另外还有两首

《四大忠贤传诗》，附录如下："韩朋出军在山东，韩福一家靠谁人？郑田未报冤仇日，昌国愁困泪汪汪。"又诗："韩朋四友是忠良，因此留名万载香。洪儿欲效前朝将，忠肝义胆是忠良。"

㉛ 天地会本来是封建社会时代的秘密组织活动之一。但清代天地会，始终充满着民族思想。

原载《中华文史论丛》1981年第2期

古典诗歌描写与结构中的一与多

程千帆

（一）

对立统一规律是人类在反复探索自然界和社会生活的发展规律中所逐步发现和总结出来的。可说是诸规律之中最基本的和最重要的。

我国古代哲人对于对立统一规律的发现、认识和阐述，最初见于《周易》经、传和《老子》。在这两部书中，先民们从复杂的自然现象和社会现象中抽象出阴阳这一对基本范畴，来概括地说明：整个宇宙就是在这两种对立物的运动中，孳生着，发展着，变化着，从而表达了他们对于对立统一规律的理解。①阴阳观念不仅代表着比较明确具体的自然现象如天地、男女、寒暑、水火等，而且也显示了非常复杂的人类的物质生活和精神生活的多方面。两书中提出的，由阴阳派生出来的吉凶、祸福、刚柔、静躁、损益、智愚、高下、大小、往来、难易等范畴，都反映了生活中互相依存、对立和转化的两种力量或倾向。

一与多也是在《周易》经、传及《老子》中被总结出来的对立范畴之一。《老子》第四十二章说："道生一，一生二，二生三，三生万物。万物负阴而抱阳，冲气以为和。"奚侗《〈老子〉集解》释之云："《淮南子·天文训》②：'道者，规始于一，一而不生，故分而为阴阳，阴阳合和而万物生。故曰：'一生二，二生三，三生万物。'《易·系辞》：'是故《易》有太极，是生两仪。'道与易异名同体。此云一，即太极；二，即两仪，谓天地也。天地气合而生和，二生三也。和气合而生物，三生万物也。"这位学者敏感地察觉到，在一多对立的理解上，《易》《老》相通。二、三、万，对一来说，都是多，故《老子》所论，实质上就是一与多的关系。

一与多被先民们抽象出来，成为一对哲学范畴的同时，也就被他们认识到，这也是一对美学范畴和一种艺术手段。作为对自然的虔诚的摹仿，人类所创造的文学艺术，一方面，本来就应当而且自然会去如实地反映存在于客观世界和主观世界中的一多现象，而另一方面，文艺要求有平衡、对称、整齐一律之美。汉语古典诗歌，由于其所使用的基本手段本来就具有倾向于声和偶的特色，因而也几乎是一开始就极其自然地朝着平衡、对称、整齐的方向发展。这就是为什么在古典诗歌诸样式中，五七言古今体诗，特别是今体律绝诗特别流行的根本原因。可是，只有平衡对称，整齐一律，而没有参差错落，变化多端，也必然会显得单调、呆板，反而损害甚至破坏了平衡、对称、整齐所构成的美。这是不能忽视的。

有才能的、善于向生活学习的文学艺术家们有鉴于此，就不能不在其创作中注意并追求整齐中的变化、平衡、对称与不平衡、不对称之间的矛盾统一，并努力使这种表现为数量及质量的差异并存于一个和谐的整体中，从而更真实、更完美地反映出生活的多样性和复杂性。这也就是一与多的对立（对比，并举）作为表现方式之一在古典诗歌的描写与结构中广泛存在的原因。

本文只想探索一下这种广泛存在方式的诸形态，而没有从历史发展过程的角度来讨论这个问题，因为它的发展过程是复杂的，需要另做专门研究。

（二）

先谈描写。

在古典诗歌中，一与多的对立统一通常是以人与人，物与物，以及人与物，物与人的组合方式出现的，而且一通常是主要矛盾面，由于多的陪衬，一就更其突出，从而取得较好的艺术效果。

汉乐府《陌上桑》：

> 东方千余骑，夫婿居上头。何用识夫婿？白马从骊驹，青丝系马尾，黄金络马头。

这里先以居上头之夫婿与其他千余骑士相比，又以黄金络头、青丝系尾之白马与其他马匹相比，都是一与多的关系，前者是人比人，后者是物比物。

白居易《长恨歌》：

> 后宫佳丽三千人，三千宠爱在一身。

以及陈师道据此而加以浓缩的《妾薄命》中的名句：

> 主家十二楼，一身当三千。

也是如此，不过后宫和十二楼两词中所暗含的"一身"所居之处（比如说昭阳殿）与其他"三千"所居之处（可能包括长信宫）相去悬绝之意，却不及"白马"三句之明显，使人一览可知。然而若证以王昌龄的《春宫曲》中"平阳歌舞新承宠，帘外春寒赐锦袍"和《长信秋词》中"火照西宫知夜饮，分明复道奉恩时"等语，则"一身"所居之热闹繁华，"三千"所居之凄凉冷落，也就跃然纸上了。

杜甫《丹青引》在人与人、物与物同时进行的一多对比上显示出更广阔的图景：

> 先帝天马玉花骢，画工如山貌不同。是日牵来赤墀下，迥立阊阖生长风。诏谓将军拂绢素，意匠惨澹经营中。须臾九重真龙出，一洗万古凡马空。玉花却在御榻上，榻上庭前屹相向。至尊含笑催赐金，圉人太仆皆惆怅。

这一段描写是两组多层次结构：人的方面，曹霸是一，其他众多的画工、圉人和太仆寺的官员是多；③物的方面，曹霸所画的玉花骢是一，其他画师所画的是多，玉花骢是一，其他御苑的良马是多。杜甫在这里强调了，只有曹霸笔下的玉花骢才是形神兼备的，与真的玉花骢完全一致的，画既逼真，真亦如画。而其余的人、物都被比下去了。

从上面的讨论可以看出，对立的一与多在这些例子中，虽然从逻辑范畴上看只是一种数量上的区别，但是诗人们在创作中运用这种对比的手段，与其说他们着重的是一与多的本身，毋宁说是意在表现同时蕴藏并且展示在这一对矛盾当中的另外一对或几对在生活、思想、感情上的矛盾。如前所举，就有贵贱、宠辱、优劣、欢戚等几对矛盾包含在一多这对矛盾之内。

现在我们不妨来看一下，诗人们在描写景物的时候是怎样运用这种方式的。李白《梦游天姥吟留别》云：

> 天姥连天向天横，势拔五岳掩赤城。天台四万八千丈，对此欲倒东南倾。

又杜甫《青阳峡》云：

> 昨忆逾陇坂，高秋视吴岳。东笑莲花卑，北知崆峒薄。超然侔壮观，已谓殷寥廓。突兀犹趁人，及兹叹冥漠。

这两篇诗里，都是以一连串的高山和比它们更高的另一座山来对比，从而突出了后者崇高的形象。

诗人们还注意到了色彩在自然景物描写中的对比关系。如王安石的失题断句：④

> 浓绿万枝红一点，动人春色不须多。

这一精彩的意象，后来转变为更流行的成语"万绿丛中一点红"。近代著名诗人陈三立则在其《散原精舍诗》续集卷下，《沪上偕仁先晚入哈同园》中，将其化为"绿树成围红树独"之句，而将春天的红花变成了秋天的红叶。

在有些作品中，色彩的一多对比并不像王安石这两句那样强烈，因而容易被人们忽略过去。如韦应物《滁州西涧》：

> 独怜幽草涧边行，上有黄鹂深树鸣。

幽草、深树，也就是浓绿，但黄鹂藏于深树，非同红一点之独占枝头，就需要读者用想象去弥补视觉之不及了。又如苏舜钦的《淮中晚泊犊头》：

> 春阴垂野草青青，时有幽花一树明。

在古汉语中，明主要是指光，而非指色。但由于这树幽花是和阴沉的高天、青碧的平野对衬，则此花可能是白的，也可能是具有较强光感的色如粉红之类。我们从这篇诗中获得的启示是：在诗人透过视觉从事一多对比时，不但运用了色觉，也注意同时运用光觉。

当然，就光觉而论，人们很容易想到黑白分明这个基本事实，所以在杜甫笔下，就出现了《春夜喜雨》中的这两句：

> 野径云俱黑，江船火独明。

应当注意到，云是俱黑，火是独明，黑多而白一，所以显得特别分明。

张继《枫桥夜泊》是唐绝名篇，古代诗话、当代论文，都对它进行过不少的探索，指出过它许多艺术上的特色。但似乎还可以加上一点，即诗人采用了一多对比的手法。

> 月落乌啼霜满天，江枫渔火对愁眠。

这两句以茫茫长夜与一灯渔火对比。

> 姑苏城外寒山寺，夜半钟声到客船。

这两句从万籁俱寂中的数声乌啼与一杵钟声对比。前两句是写光觉，与《春夜喜雨》中那两句正好可以互证；后两句则是写听觉。无论是目之所及，耳之所闻，这冷荧荧的渔火，慢悠悠的钟声，对于客途中的典型环境，都具有深化的作用，从而使诗人所要在作品中表达的旅愁更为突出。

诗人们在描写声音时，还有许多运用这种方法而极为成功的例子，如韩愈的《听颖师弹琴》：

> 喧啾百鸟群，忽见孤凤凰。

这里形容琴调突然拔高，而且利用人类的通感，以鸟声为喻，使人若闻琴声之高低，兼见凤凰及百鸟形状火小、品格圣凡之别。

上面的例句说明，诗人在描写景物的大小、高低、明暗、强弱时，常常利用一与多的对立统一这个规律，来展示其所突出的方面。

以上我们讨论的是人与人、物与物之间的关系。现在再简略地来看一下他们的交叉关系，即人与物、物与人的一多对立在诗中的情况。

诗人有以人为一面，物为另一面而加以对衬的写法。但如庾信《枯树赋》所云"树犹如此，人何以堪"之类，虽然人和树衬，却并不具体涉及一与多的问题。而苏轼《八月七日初入赣，过惶恐滩》所写，则是另一种情况：

> 七千里外二毛人，十八滩头一叶身。山忆喜欢劳远梦，地名惶恐泣孤臣。

这位二毛人（即一叶身，也就是作者）显然是一面，而与许多他所经过的地方如错喜欢铺、十八滩（其中包括惶恐滩）对立。人是一，物是多。反过来，如李益《从军北征》：

> 碛里征人三十万，一时回首月中看。

则以三十万征人为一面，一轮明月为另一面，人是多而物是一了。苏轼的《次韵穆父尚书侍祠郊丘，瞻望天光，退而相庆，引满醉吟》："令严钟鼓三更月，野宿貔貅万灶烟"，也和李益两句完全一样。

　　但要注意的是，这些诗中所涉及的人（征夫、迁客）和物（险境、月光），都并不属于一对矛盾的两个方面。他们之间的关系，是诗人在观察生活以后，加以主观安排的结果，这也是我们研究这个问题时所必须加以考虑的。不仅人与物之间的对立不一定存在互相依存的关系，即人与人、物与物之间也有这种情形，例如王之涣的《登鹳雀楼》：

　　　　欲穷千里目，更上一层楼。

或张炎的词〔清平乐〕：

　　　　只有一枝梧叶，不知多少秋声。

都是运用了一多对比手法的传诵千古的名句，但无论是千里目与一层楼，或一枝梧叶与多少秋声，都只有因果关系，而没有对立统一的即互相依存、互相转化的不可分割的关系。

　　由此可见，讨论到作品中所具有的一多对比手法时，无论就人与人、物与物、或人与物哪方面说，必须区分两种情况：一种是除了一与多这对矛盾外，还有与这对矛盾同时存在并通过它来显示的其他一对或数对矛盾。当一与多这种数量上的对立出现时，同时也就出现了其他质量上的对立。然而还有另外一种，即一与多这两个数量所表示的内容，双方并没有互相依存、转化因而是不可分割的矛盾，因此其一与多所表现的对立，只限于显示两种或多种事物在数量上的差异。

　　前者，如我们所指陈的，其一与多的对立由于包含了其他的矛盾，所以能够具有较为丰富的内涵；但后者也并非可以轻视的。许多诗人都用这种方法写出了不朽的名句，随便举例来说，如王湾《次北固山下》："潮平两岸阔，风正一帆悬。"李白《听蜀僧濬弹琴》："为我一挥手，如听万壑松。"韦应物《淮上喜会梁州故人》："浮云一别后，流水十年间。"就都属此类。

　　近代文学史的揭幕人龚自珍也以此见长，即以见于他的著名组诗《己亥杂诗》中者为例，如第二一一首"万绿无人喈一蝉，三层阁子俯秋烟。安排写集三千卷，料理看山五十年。"第二二九首"从今誓学六朝书，不肄山阴肄隐居。万古焦山一痕石，飞升有术此权舆。"第三一五首"吟罢江山气不灵，万千种话一灯青。忽然搁笔无言说，重礼天台七卷经。"都是有意识地以一件单数事物和若干件多数事物互相连系、形容、衬托，来展示他丰富的联想，从而发展了这一手法。

（三）

人类生活在无始无终的时间与无边无际的空间之中，不能脱离时间和空间而生存、生活着。因此，人们对于生活的观察体验也必然在某个有限的即特定的时间和空间之中进行，至于对于生活中的事物加以反映，或写景，或抒情，更不能脱离具体的人和物、时间和地点。诗人们、作家们在表现作品中的时间与地点时，也广泛地利用了对立统一这个法则，显示了它们之间相对和交叉的一多关系，从而展现多采多姿的生活画面。

以时间对于某一事物说来是凝固的、永恒的，而对于许多其他事物说来是流逝的、短暂的来对比而产生的人事无常之感，来源于古人对宇宙认识的科学局限和阶级局限。但这种感慨却震撼着、燃烧着诗人们的心灵，使他们唱出了激动人心的歌。在人所熟知的《春江花月夜》中，张若虚写下了如下的句子：

> 江天一色无纤尘，皎皎空中孤月轮。江畔何人初见月？江月何年初照人？人生代代无穷已，江月年年只相似。不知江月待何人，但见长江送流水。

闻一多先生早在40年代就对这篇杰作做过精辟的分析和高度的评价。⑤近来李泽厚先生又就闻先生的意见加以发挥。⑥闻先生认为上引的这几句诗是诗人的一种"更复绝的宇宙意识"，他所表现的是"有限与无限，有情与无情——诗人与永恒猝然相遇，一见如故"，反映了诗人对待宇宙的"不亢不卑，冲融和易"的态度。李先生更引申说，这是诗人显示"面对无穷宇宙，深切感受到的是自己青春的短促和生命的有限。它是走向成熟期的青少年时代对人生、宇宙的初醒觉的'自我意识'：对广大世界、自然美景和自身存在的深切感受和珍视，对自身存在的有限性的无可奈何的感伤、惆怅和留恋。"这都是一些微至之谈，但从我们所研究的角度来说，诗人之所以能够把自己的思想感情表现得如此地完美，正因为他以似乎是凝固的、永恒的、超时间的月和不断在时间中变化的自然界的新陈代谢、人事上的离合悲欢进行了对比；用闻先生的话来说，就是月的无限、无情、永恒与其他种种的有限、有情、短暂对比，月代表永恒，是一，其他均属短暂，是多。一始终是控制着、笼罩着多，这就使诗人不能不产生所谓无可奈何之感了。

《春江花月夜》中的月代表着凝固的时间，而李白《峨眉山月歌》中的月则代表着具体的空间。

　　峨眉山月半轮秋，影入平羌江水流，夜发清溪向三峡，思君不见下渝州。

王世贞在《艺苑卮言》卷四中说："此是太白佳境，然二十八字中有峨眉山、平羌江、清溪、三峡、渝州，使后人为之，不胜痕迹矣。益见此老炉锤之妙。"而沈德潜在《唐诗别裁》卷二十中则认为："月在清溪、三峡之间，半轮亦不复见矣。'君'字即指月。"沈德潜这个解释，乍看似乎有清代常州派说词的所谓"作者之用心未必然，而读者之用心何必不然"⑦之嫌，但我们熟玩全诗，这个"君"字如果不照沈德潜的解释，实在也没有着落，因此我们还是同意沈的见解。李白的构思是在以孤悬空中的月与自己所要随着江水东下而经过的许多地方对比，来展现自己乘流而下的轻快心情。正因为他所经过的地方有的可以看到月光，有的则看不到，或现或隐，并不单调，所以才不显痕迹。这也许是王世贞所没有察觉的另外一种"炉锤之妙"，即将一多对比中的天上地下融于一炉之妙。

　　以上我们讨论的是时间与时间、空间与空间之间的关系，而时空之间，在古典诗歌的表现方法中，也同样存在着交叉的一多对立或并举的情况。王维的《九月九日忆山东兄弟》是我们所熟悉的：

　　独在异乡为异客，每逢佳节倍思亲。遥知兄弟登高处，遍插茱萸少一人。

再如白居易的《邯郸至除夜思家》：

　　邯郸驿里逢冬至，抱膝灯前影伴身。想得家中夜深坐，还应说着远行人。

都是写在同一时间却在不同空间中的自己和他人的思想感情和行动。虽然一个是现实，一个是想象。杜甫著名的《月夜》"今夜鄜州月，闺中只独看，遥怜小儿女，未解忆长安"也是如此。白居易的"共看明月应垂泪，一夜乡心五处同"（《自河南经乱，关内阻饥，兄弟离散，各在一处。因望月有感，聊书所怀，寄上浮梁大兄、於潜七兄、乌江十五兄，兼示符离及下邽弟妹》）则是以同一时间和多数空间并举，其范围更为广阔。

　　反过来，也有以同一空间和多数不同时间并举的。如刘禹锡的《杨柳枝》：

　　春江一曲柳千条，二十年前旧板桥，曾与美人桥上别，恨无消息到今朝。

还有李益的《上汝州郡楼》：

> 黄昏鼓角似边州，三十年前上此楼。今日山川对垂泪，伤心不独为悲秋。

这两首诗都是从不同的年月来描述同一地点的，即空间是一，时间是多。但不同之点是：前者和崔护的《题都城南庄》"去年今日此门中，人面桃花相映红。人面只今何处去，桃花依旧笑春风"一样，都是写物是人非，今与昔异；而后者则是在同一空间与前后相距三十年的不同时间中，看出政治局势并无改善，一切如旧，发人哀感，所强调的是今与昔同。⑧

（四）

次谈结构。

每一篇好诗，无论大小，都是一个完整的有机体，其艺术结构是相当复杂的。一与多的对立统一关系也曾被诗人们在布局、用韵等方面加以应用。

杜甫《北征》的主题和基调是明显的，它写了国家的丧乱和家庭的艰难，自己的忠愤、忧郁、伤感和希望，整个的气氛是严肃的，沉重的。但诗中却有一小段描写了旅途中的景色和自己观赏这些景色的愉悦心情。

> 菊垂今秋花，石戴古车辙。青云动高兴，幽事亦可悦：山果多琐细，罗生杂橡栗；或红如丹砂，或黑如点漆；雨露之所濡，甘苦齐结实。

杨伦《杜诗镜铨》卷四引张溍《读书堂杜工部诗集注解》云："凡作极要紧极忙文字，偏向极不要紧极闲处传神，乃夕阳反照之法，惟老杜能之。如篇中青云幽事一段，他人于正事实事尚铺写不了，何暇及此？此仙凡之别也。"在旧注中，这个说法算得上是有见解的，但是他只注意到了极忙文字中用极闲之笔传神这一点，还没有体会到杜甫的这种写法乃是我国古典美学中一张一弛原则的应用。《礼记·杂记下》说："弛而不张，文、武弗为也；张而不弛，文、武弗能也；一张一弛，文、武之道也。"张与弛事实上也属于对立统一的范畴。杜甫正是由于生活上、精神上所承受的压迫，使他透不过气来，才在旅途中强自排遣，从而感到幽事之可悦的。在紧张的神经松弛了一阵之后，诗人不可避免地仍然要回到严酷的现实中来，而"缅思桃源内，益叹身世拙"二句则是弛而复张的过脉。中间这一轻松愉快的场面和前后许多严肃痛苦的场面对比，不但显示了诗篇在艺术上的节奏，更重要的还在于表现了诗人感情上的起伏及其自我调节作用。

　　具有对衬平衡之美，是古典诗歌重要的艺术特征，今体律绝诗尤其突出。但是有才能的诗人在经过长期的实践使之达到对称、平衡之后，又企图突破它们而达到新的对立统一。这也正如当律绝诗的声律已经严密地完成以后，却又有人喜欢写拗体一样，其美学上的依据已如前述。在律绝诗中，人与我、情与景、时与地等等，对等地或者交替地来写，是常见的，因而双方所占有的篇幅悬殊不会太大。但是，如杜甫的《天末怀李白》：

　　　　凉风起天末，君子意如何。鸿雁几时到，江湖秋水多。文章憎命达，魑魅喜人过。应共冤魂语，投诗赠汨罗。

以及他的《秦州杂诗》二十首之四：

　　　　鼓角缘边郡，川原欲夜时。秋听殷地发，风散入云悲。抱叶寒蝉静，归山独鸟迟。万方声一概，吾道欲何之！

前者，首句属自己，后七句属李白；后者，末句属诗人之思想，前七句属诗人之环境。虽然这两首诗都严格遵守了律体的规律，但在内容的分配上却突破了律诗结构的一般程式。

　　绝句中也有这种情形。李白《越中览古》云：

　　　　越王勾践破吴归，战士还家尽锦衣。宫女如花满春殿，只今惟有鹧鸪飞。

又郑文宝阙题云：

　　　　亭亭画舸系寒潭，直到行人酒半酣。不管烟波与风雨，载将离恨过江南。

石遗老人（陈衍）《宋诗精华录》卷一选有郑诗，评云："按此诗首句一顿，下三句连作一气说，体格独别。唐人中惟太白'越王勾践破吴归'一首，前三句一气连说，末句一扫而空之。⑨ 此诗异曲同工，善于变化。"

　　照我们看来，李白的一首是前三句写过去之盛，后一句写今日之衰；郑文宝的一首则是前一句写现在离别的场面，后三句预示离别的情怀，其中第二句是眼下的必然，第三、四句则是随着这个必然而出现的或然。这两首诗的特色正在于利用篇幅分合的一多悬殊使古代和当代越王台之盛衰以及现在和将来离愁之浅深做出了强烈的对比。

也许还有一种结构应当附带在这里谈一下，就是诗人在自己的创作中，引用了古人或今人（包括自己）的少数成句，使之成为自己这篇作品中的有机组成部分，因而也出现了一多并举。引彼诗入此诗，最早的而且为人所共知的例子是曹操的《短歌行》。在这篇诗中，他用了《诗经·郑风·子衿》中的两句"青青子衿，悠悠我心"，又用了《小雅·鹿鸣》中的四句"呦呦鹿鸣，食野之苹。我有嘉宾，鼓瑟吹笙"，使这些古句加入了自己创作的行列。但这不过是兴之所至，信手拈来的。很显然，它们在全诗当中并不占有主要的位置，也不具有核心的意义。但这种方式到了后人手里却有用自己的或他人的成句作为主意或重点写进一篇诗里的，这就和曹操的运用成语并不一样了。

欧阳修"余昔留守南都，得与杜祁公唱和，诗有答公见赠二十韵之卒章云：'报国如乖愿，归耕宁买田。期无辱知己，肯逐利名迁？'逮今二十有二年，祁公捐馆，亦十有五年矣。而余始蒙恩，得遂退休之请。追怀平昔，不胜感涕，辄为短句，真公祠堂"：

> 掩涕发陈编，追思二十年。门生今白首，墓木已苍烟。"报国如乖愿，归耕宁买田。"此言今知践，如不愧黄泉。

这是以己作旧句一联纳入新作之例。又元好问《淮右》：

> 淮右城池几处存，宋州新事不堪论。辅车谩欲通吴会，突骑谁当捣蓟门。"细水浮花归别涧，断云含雨入孤村。"空余韩偓伤时语，留与累臣一断魂。

施国祁《元遗山诗集笺注》卷八引顾氏云："五、六全用韩致光语，即以结联标出，自成一体。遗山诗用前人成语极多，陶、杜句尤甚，又未可以此例概之也。"这是以古人成句一联纳入己作之例。又王士禛《渔洋诗话》卷上云："余在广陵，偶见成都费密（字此度）诗，极击节。赋诗云：

> 成都跛道士，万里下峨岷。虎口身曾拔，蚕丛句有神。"大江流汉水，孤艇接残春。"（二句即密诗）十字须千古，胡为失此人？

"密遂来定交，如平生欢。"这是以今人成句一联纳入己作之例。⑩

从上面三个例子可以看出：第一，无论是将自己的旧句移植到新作里，或者是将他人的成句移植到自己的诗里，其所移植的都已成为本诗的有机组成部分，与本诗不可分割；而第二，其所表现的正是本诗所需要突出的内容，如果离开了这引用的一联，则其他三联就都失去了存在的意义。显然，这也是诗人使用一多并举的手法之一，虽然它们并不常见。

我国古典诗歌的格律，是由声和偶构成的。在声方面，既注意每一个句子以及句子与句子之间的平仄谐调，也注意句尾的押韵。句句押韵，隔句押韵，数句转韵而平仄交替，是尾韵通常使用的几种方式。历代诗人，通过长期创作的实践，取得了以语言的音响传达生活的音响的成功经验。他们利用节奏上的一与多的对立和变化，来显示思想感情上和描写进程上的起伏、疾徐、动定，从而更好地表达了作品的内容。杜甫在用韵方面的创造是值得注意的。著名的《同谷七歌》的韵式如下（汉语拼音字母代表平韵或仄韵诸不同韵部在组诗中出现的先后，○代表不押韵的句子）：

一、上A上A（平）○上A（入），○上A——平A平A
二、去A去A去A去A（平）○去A——去B去B
三、平B平B（去）○平B平B平B——入A入A
四、平C平C（去）○平C（上）○平C——去C去C
五、入B入B（平）○入B（入）○入B——平D平D
六、平E平E（入）○平E（入）○平E——平F平F
七、上B上B（平）○上B（入）○上B——入C入C

这组诗每首八句，都是前六句一韵，后二句转另一韵。其中一、三、四、五四首是前六仄则后二平，前六平则后二仄。第二首通篇去声韵，第六首通篇平声韵，但前六后二并不在一部。第七首通篇仄声，但前六上声，后二入声。这种有意识的安排，显然是为了操纵自己的心潮思绪的，在主题的一个侧面描绘完成之后，停顿一下，咏叹一番，然后再从事另一个侧面，这在文字上表现为"呜呼□歌兮……"而在音节上则表现为平仄声及韵部的改变。苏轼的《於潜僧绿筠轩》对于转韵方式，也作了与《同谷七歌》相同的处理，虽然两诗在其他方面绝不相同。

> 可使食无肉，不可使居无竹。无肉令人瘦，无竹令人俗。人瘦尚可肥，俗士不可医。旁人笑此言，似高还似痴。若对此君仍大嚼，世间那有扬州鹤！

这末二句的一转，非常成功地表达了诗人"嬉笑怒骂皆成文章"的创作特色以及他写此诗时神采飞扬的精神状态。

《同谷七歌》前六句即三联为一韵，后两句一联为一韵，体现了情绪的顿挫转折，而《曲江三章章五句》如下的韵式则体现了情绪的间歇：

一、平A平A平A（去）○平A
二、上上上（平）○上
三、平B平B平B（上）○平B

杜甫这一独创的诗体，题目取法《诗经》，句式则来自七言古绝句而加以变化，他在句句押韵的古绝句的第三句与第四句之间，或第三句不押韵的古绝句第二句与第三句之间，增加了不押韵而且末字平仄与其余的韵脚正相反的一句，这就使前面句句押韵的三句所给予人的迫促之感缓和了下来，然后又用同一韵脚的第五句来保持其音节上的连续性。在湖北东部蕲春一带的山歌基本上是这样的七言五句，第一、二、三、五句押韵，第四句不押韵的形式。1958年夏天，我在蕲春城关镇住医院时，隔壁病房里住着一位农村猎手，他不时地唱起了这样的山歌。他那种或慷慨或悲凉的情绪，往往由于这在音节上具有间歇性的第四句而摇曳生姿，使得整曲歌声更为出色。可惜当时我因为心绪不好，没有把那些纯朴、粗犷而又深沉的词曲记录下来，但却从此对于杜甫所创造的这三篇诗的音节之美，有了更多的体会。这些声情相应的作品，其中也含有一多对比的原则，值得我们注意。

（五）

古典诗歌的篇幅多数是不大的。但组诗这种形式却使得篇幅短小的缺陷得到适当的弥补。诗人们精心构思的组诗，少则三五篇，多到百篇以上，事实上都是一个有机体。一多对立这个艺术原则，在组诗的结构中也曾被诗人们所成功地运用过。这可以从题材、手法和声律三个方面来考察。

师法《诗经》和《楚辞·九辩》而形成的一题数首的组诗，在建安时代即已出现，刘桢的《赠五官中郎将》四首和《赠从弟》三首即是。到了太康时代，左思的《咏史》八首才把组诗提高到一个更成熟的阶段，八首诗杂引历史上的著名人物，通过他们的贵贱、穷通、仕隐、祸福，来反复表达自己在门阀制度压制之下的委屈情绪和自我慰安，把历史人物的形象和诗人自己的形象巧妙地交织在一起，错落有致，摇曳生姿，而且全诗又有首有尾，构成了一个严密的整体。但在他所举的历史人物中，第六首对荆轲的赞美，乍看起来，却是令人难以理解的。

> 荆轲饮燕市，酒酣气益振。哀歌和渐离，谓若旁无人。虽无壮士节，与世亦殊伦。高眄邈四海，豪右何足陈。贵者虽自贵，视之若埃尘。贱者虽自贱，重之若千钧。

大家知道，荆轲是一个以"士为知己者死"为生活信条的侠客，他平生最大的事业就是那次对秦王政的不成功的行刺。这既非诗人所仰慕的、所鉴戒的，也不是他认为与自己境界相似或可能相似而用来自比的。这个历史人物的出现显然和组诗主题有些游离。这只是诗人在寂寞当中的一种奇想：即使去当刺客，也比默默无闻的庸人要强些。（这使我联想起茅盾笔下的一个人物。在《追求》第六章中，章秋柳因为找不到正确的人生道路，决心要过享乐刺激的生活，竟然想去当淌白。）这种奇想充满了浪漫主义的色彩，和诗中对于其他历史人物的咏叹和譬况全不一样，但也正是荆轲这一形象的独特性才使诗人愤激的情感达到高潮。这一首诗的最后四句说明了这一点。[①] 以对荆轲的赞美与对许多其他历史人物的评价对立，体现了这一现实主义组诗中的浪漫主义因素，而这是通过一与多对比的手法来完成的。

杜甫早期组诗的名篇《陪郑广文游何将军山林》十首也曾运用一多对比的手法而获得成功，旧日有些注家已经注意到了这一点。这一组诗九首都是咏山林景物，独第三首专咏异花。

> 万里戎王子，何年别月支。异花开绝域[⑫]，滋蔓匝清池。汉使徒空到，神农竟不知。露翻兼雨打，开拆日离披。

王嗣奭《杜臆》卷二云："止赋一花，便是变调。"浦起龙《读杜心解》卷三之一云："此以其名奇种远，故专咏之。"杨伦《杜诗镜铨》云："十首全写山林，便觉呆板，忽咏一物，忽忆旧游[⑬]，自是连章错落法。"三家所论均是，而《镜铨》之说尤为明白。苏轼的《中隐堂诗》五首，其中一、二、三、五四首都是写王绅在长安的居第园亭，而第四首却专咏翠石。

> 翠石如鹦鹉，何年别海壖？贡随南使远，载压渭舟偏。已伴乔松老，那知故国迁。金人解辞汉，汝独不潸然？

纪昀在其所批《苏文忠公诗集》卷四中一针见血地指出"分明是'万里戎王子'一首"。可见杜、苏于写园林景物的组诗中特别用一篇来对其中某物加以特写，使咏物写景一多对衬，以见错落之致，具有同心。

王建的《宫词》一百首是古典诗歌中反映宫廷生活比较突出的作品。今本已有残缺，后人曾以他人诗补入⑭，但在北宋时代，王安石所见应当还是全本。郭辑本《陈辅之诗话》第四条《王建宫词》云："王建《宫词》，荆公独爱其'树头树底觅残红，一片西飞一片东。自是桃花贪结子，错教人恨五更风'。谓其意味深婉而悠长也。"我们都知道，王安石对于诗歌往往有独特而精辟的见解，他为什么在一百首诗中单独看中了这第九十一首？陈辅之说是因为它"意味深婉而悠长"，这符合王安石的原意吗？如果符合，这个所谓"深婉而悠长"，又何所指？经过反复通读，我才发现被王安石看中的这一首诗和其余的现存九十多首写法完全不同：即那许多诗都是描写宫廷生活，直叙其事，是赋体；而这一首却是以桃花的命运比喻那些深宫怨女的命运，而非直接描写，是比兴之体。这首诗通过对于残花的凭吊，来显示诗人对于那些贪图富贵却误入贾元春所说的"那不得见人的去处"（《红楼梦》第十八回）的广大宫女们的同情。这些零落的桃花事实上也就是白居易的《新乐府·上阳白发人》中那位女尚书或曹禺的剧本《王昭君》中的孙美人。所以陈辅之的意见是符合王安石的原意的。所谓"深婉而悠长"，是指比兴之体所达到的艺术效果而言，而有了这样一首，就打破了其余几十首都是赋体的统一局面，耳目一新，显示了"万绿丛中一点红"之美和手法上一多对立之妙。

　　诗人们也注意到了在组诗的声律方面运用这一方式来显示其在统一中的变化。例如杜甫的《将赴成都草堂，途中有作，先寄严郑公》五首，前四首都是律诗正格，而第五首却是拗体。

　　　　锦官城西生事微，乌皮儿在还思归。昔去为忧乱兵入，今来已恐邻人非。侧身天地更怀古，回首风尘甘息机。共说总戎云鸟阵，不妨游子荇荷衣。

刘禹锡的《金陵五题》前四首用的是律化绝句的正格，而第五首《江令宅》则是仄韵的古绝句。

　　　　南朝词臣北朝客，归来唯见秦淮碧。池台竹树三亩余，至今人道江家宅。

这都是显而易见，并为人们所熟悉的例子，无需详加说明。

（六）

　　根据以上的探索，可以初步得出下列几点结论。

第一，作为对立统一规律的诸表现形态之一，一多对立（对比、并举）不仅作为哲学范畴而被古典诗人所认识，并且也作为美学范畴、艺术手段而被他们所认识，所采用。

第二，一与多的多种形态在作品中的出现，是为了如实反映本来就存在于自然及社会中的这一现象，也是为了打破已经形成的平衡、对称、整齐之美。在平衡与不平衡、对称与不对称、整齐与不整齐之间达成一种更巧妙的更新的结合，从而更好地反映生活。

第三，在一与多这对矛盾中，一往往是主要矛盾面，诗人们往往借以表达其所要突出的事物。

第四，一与多虽然仅是数量上的对立，但也每在其中同时包含着其他一对或数对矛盾，因而能够表现更为丰富的内容。

第五，也有的一多对比或并举只限于显示不同事物在数量上的差异，双方并不存在互相依存的关系，但运用得合适，也能使不相干的事物发生联系，表达了诗人丰富的联想，也同样能给人以艺术上的满足。

这种表现方式，在空间艺术中是常见的。南宋马远的山水构图，将所画景物压缩在整个空间的某一角落里，而使其余部分形成大片空白，因此被称为马一角。清初的八大山人以及当代白石老人所画花卉中，也都出现过类似的布局。这是世人所共知共见的。但由于诗歌是时间艺术，它不用色彩、线条去直接塑造形象，而用语言这种符号来间接描绘形象，所以这种手段虽然也被广泛使用，但又容易被人忽略。这也许就是自来的理论批评家没有就这一现象加以深入探讨的原因。[15]

我们认为：从理论角度去研究古代文学，应当用两条腿走路。一是研究"古代的文学理论"，二是研究"古代文学的理论"。前者是今人所着重从事的，其研究对象主要是古代理论家的研究成果；后者则是古人所着重从事的，主要是研究作品，从作品中抽象出文学规律和艺术方法来。这两种方法都是需要的。但在今天，古代理论家从过去的及同时代的作家作品中抽象出理论以丰富理论宝库并指导当时及后来创作的传统做法，似乎被忽略了。于是，尽管蕴藏在古代作品中的理论原则和艺术方法是无比地丰富，可是我们却并没有想到在古代理论家已经发掘出来的材料以外，再开采新矿。这就使我们对古代文学理论的研究，不免局限于对它们的再认识，即从理论到理论，既不能在古人已有的理论之外从古代作品中有新的发现，也就不能使今天的文学创作从古代理论、方法中获得更多的借鉴和营养。这种用一条腿走路的办法，似乎应当改变；直接从古代文学作品中抽象出理论的传统方法，也似乎应当重新使用，并根据今天的条件和要求，加以发展。基于这种想法，我做了这样一次尝试。对一与多在古典诗歌中存在诸形态的探索，可能是失败的；但我写此文的动机却希望得到理解，我的看法也希望引起讨论。

1981 年 10 月于南京

---

①请参看任继愈主编《中国哲学史》第 1 册中有关《周易》经、传和《老子》的章节。

②训当作篇，训乃高诱自称其注，非《淮南》诸本有训名。也如《逸周书》诸篇称解，乃指孔晁注，非此书诸篇本有解名。

③诗中太仆，系指太仆寺的官员们，不仅指太仆寺正卿。关于太仆寺的官员职掌详见《旧唐书》卷四十四《职官志》三、《新唐书》卷四十八《百官志》三。

④胡仔《苕溪渔隐丛话》前集卷三十四引《遁斋闲览》云："唐人诗：'浓绿万枝红一点，动人春色不须多。'不记作者名氏。邓元孚曾亲见介甫亲书此两句于所持扇上。或以为介甫自作，非也。"又周紫芝《竹坡诗话》云："仪真沈彦述为余言，荆公诗如'浓绿万枝红一点，动人春色不须多'、'春色恼人眠不得，月移花影上栏干'等篇，皆平甫诗，非荆公诗也。"但叶梦得《石林诗话》卷中则认为这两句是王安石的诗，《王荆文公诗集》卷四十七《龙泉寺石井》李壁注也引据叶说，所以我们还是以此诗归之王安石，虽然今本王集中已佚去。

⑤见《宫体诗的自赎》，载《闻一多全集·唐诗杂论》。

⑥见所著《美的历程》第七章《盛唐之音》第一节《青春·李白》。

⑦谭献《复堂词话》语。

⑧关于李益这首诗的背景和解释，清参看沈祖棻《唐人七绝诗浅释》。

⑨此诗，沈德潜《唐诗别裁》卷二十评《越中览古》云："三句说盛，一句说衰，其格独创。"查慎行《初白庵诗评》卷上亦云："用一句结上三句，章法独创。"均陈说所本。今按在唐人诗中，韩愈的《同水部张员外籍曲江春游，寄白二十二舍人》及元稹的《刘阮妻》，也与李白此诗同格，敖子发已指出，见王琦《李太白文集注》卷三十四，附录四，丛说引敖说。故陈云"唐人中惟太白……一首"，不确。

⑩《带经堂诗话》卷十，指数类上所附张宗柟识语曾引诸家说以明此三诗之递嬗关系。本文此点受到张氏启发。又王士祯也曾于七言绝句中采用成句借以标榜其他诗人。如其《论诗绝句》有云："'溪水碧于前度日，桃花红似去年时。'江南肠断何人会，只有崔郎七字诗。"此诗属崔华，前二句即崔诗。又云："'淡云微雨小姑祠，菊秀兰衰八月时。'记得朝鲜使臣语，果然东国解声诗。"此诗赞美朝鲜使节金尚宪之精于汉诗，颇多佳句，前二句即其《登州次吴秀才韵》诗中句。详见《带经堂诗话》卷十二，佳句类及卷二十一，采风类。

⑪关于左思《咏史》的一些问题，请参看拙著《左太冲〈咏史〉诗三论》。

⑫此句，仇兆鳌《杜诗详注》卷二作"异花来绝域"，云："旧作开，犯重。《杜臆》作'来'，盖音近而讹耳。"《杜诗镜铨》卷二及《读杜心解》卷三之一皆从改。但今印全本《杜臆》卷一云："'异花开绝域'，已别月支，又开绝域，况下又重一开字，故余疑必为'来'字之误，又细思之，非误也。谓如此异花，本开绝域，而蔓匜清池，是汉使、神农所不及见者，而今忽有之，非幽兴中所亟赏者乎？"顾廷龙在《影印本〈杜臆〉前言》中曾讨

论到仇《注》所采《杜臆》与今全本文字颇有异同的问题，做了合理的推测。但从这一条材料看来，则仇《注》所引《杜臆》稿本在先而今印本在后。后者当系定稿。

⑬ "忽忆旧游"，指第八首。但这首乃以因今日游何将军山林而联想到过去游定昆池，因觉两地情景有相类之处，与专咏戎王子者仍有区别，不能相提并论。

⑭ 见胡仔《苕溪渔隐丛话》后集卷十四及朱承爵《存余堂诗话》。

⑮ 杜甫对广阔的天空飘着一片孤云，似乎特别感兴趣，所以在诗中一再加以描绘。如《秦州杂诗》二十首之十六中说："晴天卷片云"，《江汉》中说："片云天共远"，《陪诸贵公子丈八沟携妓纳凉，晚际遇雨》中说："片云头上黑"，《野老》中说："片云何意旁琴台。"而王辟之《渑水燕谈录》卷七，书画门云："翟院深，营丘伶人，师李成山水，颇得其体。一日，府院张乐，院深击鼓为节，忽停挝仰望，鼓声不续。左右惊愕，太守召问之，对曰：'适乐作次，有孤云横飞，淡伫可爱。意欲图写，凝思久之，不知鼓声之失节也。'太守笑而释之。"这两位异代不同行的人所具有的共同爱好，虽不无巧合，但恰好证明艺术中的一多对比之美，诗画一致。

原文写作于1981年

此据《程千帆全集》第8卷，河北教育出版社，2001年。

图书在版编目（CIP）数据

20世纪中国文学研究论文选.通论卷/张燕瑾，赵敏俐丛书主编；赵敏俐选编.
—北京：社会科学文献出版社，2010.1
ISBN 978-7-5097-1166-8

Ⅰ.①2… Ⅱ.①张… ②赵… Ⅲ.①文学研究–中国–文集 Ⅳ.①I206-53

中国版本图书馆CIP数据核字（2009）第201342号

20世纪中国文学研究论文选·通论卷

丛书主编 / 张燕瑾 赵敏俐
选　　编 / 赵敏俐

出　版　人 / 谢寿光
总　编　辑 / 邹东涛
出　版　者 / 社会科学文献出版社
地　　　址 / 北京市西城区北三环中路甲29号院3号楼华龙大厦
邮政编码 / 100029
网　　　址 / http://www.ssap.com.cn
网站支持 / (010) 59367077
责任部门 / 人文科学图书事业部 (010) 59367215
电子信箱 / bianjibu@ssap.cn
项目经理 / 宋月华
责任编辑 / 薛　义　柳　宪
责任校对 / 张茂涛　蔡满虎　薛凤波
责任印制 / 岳　阳　郭　妍　吴　波

总　经　销 / 社会科学文献出版社发行部
　　　　　　(010)59367080　59367097
经　　　销 / 各地书店
读者服务 / 读者服务中心(010)59367028
排　　　版 / 北京春晓伟业
印　　　刷 / 三河市文通印刷包装有限公司

开　　　本 / 787mm×1092mm　1/16
印　　　张 / 33.5
字　　　数 / 648千字
版　　　次 / 2010年1月第1版
印　　　次 / 2010年1月第1次印刷

书　　　号 / ISBN 978-7-5097-1166-8
定　　　价 / 1680.00元(共十卷)